경여년

오래된 신세계

 천하를 바라본 전쟁

경여년 : 오래된 신세계 중-2

Joy of Life by Maoni

Copyright ⓒ Maoni, 2007
Korean Translation Copyright ⓒ 2020 Wonny Story Co.,Ltd.

Korean language edition arranged with Maoni through Shanghai
Xuanting Entertainment Information Technology Co.,Ltd.
All rights reserved.

이 도서의 국립중앙도서관 출판예정도서목록(CIP)은
서지정보유통지원시스템 홈페이지(http://seoji.nl.go.kr)와
국가자료종합목록 구축시스템(http://kolis-net.nl.go.kr)에서 이용하실 수 있습니다.
(CIP제어번호 : CIP2020055039)

慶余年
경여년

경여년 : 오래된 신세계

중2   천하를 바라본 전쟁

묘니(猫膩) 지음

경여년 각국 세력지도

북만

북제

샹징

서호

경국

딩저우

우두허

창저우   딴저우

동이성

동산로

자오지우

샤저우

징두   강북로   수저우

웨이저우   잉저우   양저우

신양   항저우

뤄저우   강남로

남조국

경국

황제의 강한 통치 아래 가장 강한 세력을 갖고 있다. 지금의 황제가 태자일 당시,
경국은 북벌을 시작하여, 북위군을 상대로 한차례 처참히 패배했으나,
뒤 이은 북벌전쟁에서 첩보전을 통해 북위를 와해시켰다.

북제

북제의 전신은 북위로, 한 때 천하를 호령했다.
그러나 3차례에 이어진 경국의 북벌에 결국 북위는 패배하여 와해되었다.
그 후 북위는 여러 제후국으로 잘게 쪼개졌고, 쟌씨가 북제를 건국하였다.

동이성

경국과 북제 사이의 많은 제후국가 중 동쪽 해변과 맞닿은 부분의 가장 큰 항구도시.
왕은 없고 성주만 있다. 경국이 북벌하던 그 당시 동이성 만은 시종일관 중립을 지키며
전쟁을 피할 수 있었다.

서호

서쪽 지방의 오랑캐.

북만

북쪽 지방의 오랑캐.

남조국

경국 남쪽 지방에 위치한 경국의 신하국.

등장인물

🏛 판씨 집안

판시엔(范闲, 범한) 계속되는 위협과 혼란 속에서 자신의 길을 찾아 나아간다.

판지엔(范建, 범건) 판시엔의 양아버지. 경국 황제의 충신.

판뤄뤄(范若若, 범약약) 판지엔과 정실 부인의 딸. 판시엔을 따른다.

판스져(范思辙, 범사철) 판지엔 둘째 부인의 아들. 막내로 철이 없어 보이나 장사에 탁월한 소질을 갖고 있다.

🏛 판시엔의 조력자

우쥬(五竹, 오죽) 판시엔의 어머니 예칭메이의 호위무사.

왕치니엔(王启年, 왕계년) 판시엔의 제1심복. 감사원 관원, 추적술의 달인.

가오다(高达, 고달) 판지엔이 관리하는 황실의 암중 세력으로 판시엔의 호위를 맡는다.

양완리(杨万里, 양만리), **스찬리**(史阐立, 사천립), **호우지챵**(侯季常, 후계상), **청쟈린**(成佳林, 성가림)
춘시 4인방, 판시엔의 제자들.

쉬마오차이(許茂才, 허무재) 예칭메이의 사람. 쟈오저우 수군 장군.

왕13랑(王13郞, 왕13랑) 스구지엔의 마지막 제자. 본명은 왕시, 티에샹이라는 가명도 씀.

🏛 황실

경국 황제 황제는 모든 것을 알고 있다. 경국 절대권력의 상징.

장 공주(李云睿, 이윈예/리윈루이) 황실 배후에서 판시엔과 대립하며 각종 일을 꾸민다.

태자(李承乾, 이승건/리청치엔) 황제 셋째 아들. 황권을 물려받을 예정.

2황자(李承泽, 이승택/리청저) 황제 둘째 아들. 태자와 황권을 두고 경쟁하는 사이.

대황자 황제 첫째 아들. 황실 군대 금군(금위군) 통령.

3황자(李承平, 이승평/리청핑) 황제의 막내 아들.

징왕 세자(李弘成, 이홍성/리홍청)
황제 동생 징왕의 아들. 2황자 편이었지만, 이후 판시엔의 친구가 된다.

🏛 황실 태감

큰 홍 태감 황실 태감 중 가장 큰 권력을 갖고 있는 태감. 숨은 무공 실력자.

작은 홍 태감(洪竹, 홍죽/홍쥬) 큰 홍 태감의 눈에 띄어 홍씨 성을 받고 황실 태감이 된다.

야오 태감, 다이 태감, 호우 태감 황실의 주요 태감들.

🏯 감사원

천핑핑(陈萍萍, 진평평) 감사원 원장. 판시엔에게 감사원을 물려주려 한다.

옌빙윈(言冰云, 언빙운) 감사원 4처장. 판시엔의 책사 역할을 수행한다.

무티에(沐铁, 목철) 감사원 1처 관원. 판시엔의 심복.

덩즈위에(邓子越, 등자월) 감사원 관원. 왕치니엔 조직원.

수운마오(蘇文茂, 소문무) 감사원 관원. 왕치니엔 조직원. 내고 총괄.

그림자 감사원 6처장. 감사원내 가장 강한 고수로 천핑핑의 심복, 판시엔을 돕는다.

🏯 예씨 집안

예류윈(葉流雲, 엽류운) 대종사. 예중의 숙부.

예중(葉重, 엽중) 2황자 장인어른. 전임 징두 수비 통령. 현 딩저우 군 통령.

예링알(葉靈兒, 엽령아) 예중의 딸, 2황자비

🏯 친씨 집안

친예(秦業, 진업) 친씨 집안 어르신.

친헝(秦恒, 진항) 친씨 집안 둘째 아들. 추밀원 정사.

🏯 밍씨 집안

샤치페이(夏栖飛, 하서비) 본명은 밍칭청. 밍씨 집안 일곱째, 사생아.

밍칭다(明青達, 명청달) 밍씨 집안의 가주.

밍란스(明蘭石, 명란석) 밍칭다의 아들.

🏯 북제

북제 황제 북제의 황제. 어린 나이에 황제에 올라 북제를 통솔 중이다.

태후 북제 황제의 어머니. 북제 황제와 소리 없는 암투를 벌이고 있다.

쿠허(苦荷,고하) 4대 종사 중 하나, 북제의 국사.

하이탕둬둬(海棠朵朵,해당타타) 쿠허의 제자. 9품 고수.

스리리(司理理,사리리) 북제 황제의 여자.

샹산후(上杉虎,상삼호) 북제의 대장군. 북제 군대 내의 영향력이 막강하다.

상 1권 : 시간을 넘어온 손님 ————

상 2권 : 얽혀진 혼동의 권세 ————

중 1권 : 양손에 놓여진 권력 ————

중 2권 : 천하를 바라본 전쟁 ————

1장	군대 원로	11
2장	복수	58
3장	담박공 '판'시엔	120
4장	태자의 비밀	176
5장	경국 최초 전환사채	229
6장	피바람	263
7장	남자, 여자 그리고 황제	302
8장	천제(天祭)	347
9장	탈출, 추격 그리고 결심	390
10장	대종사	420

11장	모두가 잊고 있던 이름	444
12장	조력자	482
13장	반격	519
14장	절망	563
15장	도박	589

하 **1권 : 어둠에 가려진 비밀** ————————

하 **2권 : 진실을 감당할 용기** ————————

제1장

군대 원로

갑자기 소나기처럼 말발굽 소리와 말 울음소리가 산골짜기 밖에서 들리기 시작했다. 이백여 명 되어 보이는 기마병들이, 갑옷과 투구를 쓰고, 칼과 창을 들고서 다가오고 있었다.

깃발이 없었다.

판시엔은 진동하는 피비린내를 맡으며, 정체를 알 수 없는 한 무리를 긴장하며 기다렸다.

앞장선 사람은 서른 정도 되어 보이는 젊은 장군이었다. 짧은 턱수염을 기른 엄숙한 얼굴을 하고, 허리에는 보검을 차고 있었는데, 암살 현상에 다가올수록 그 표정은, 의아함을 넘어 분노의 기색이 비쳐왔다.

장군이 주먹을 쥔 오른손을 위로 들었다.

"경계!"

이백여 명의 기마병들이 질서정연하게 경계 태세를 취하며, 산골짜기의 사방을 경계하기 시작했다.

장군이, 천천히, 마차 옆에 기다리고 있는 판시엔에게 다가왔다.

"별일 없는가?"

"보기엔 어떤데요?"

"누구 짓이지?"

"대인이 직접 올 줄은 몰랐네요……징두 수비군에 다른 장군은 없나 보죠? 수비 통령께서 직접 행차하시다니."

판시엔은 한편으로 여전히 경계하며, 다른 한편으로는 조롱의 의미도 담아 말했다.

예중에 이은, 징두 수비군 통령, 친씨 가문의 둘째 아들, 친헝.

"감사원 1급 위험 구조 신호이지 않았나. 오늘 자네가 징두를 들어온다는 것은 모두가 알고 있는 사실이었는데, 그렇다면 신호를 보낼 사람은 자네밖에 없고……너무 놀라 내가 직접 왔네."

친헝은 자조의 웃음을 지었다.

"자네가 죽었으면, 징두 수비군의 많은 관병들이 자네의 무덤에 순장되었을 거네."

판시엔은 친헝을 알아보자마자 속으로 안도의 한숨을 내쉬었다. 황제가 아직 군대를 장악하고 있다는 뜻이었기 때문이다.

"징두는 아무 일 없나요?"

"바람조차 불지 않고 있다네."

"그렇다면……정말 이상하네요."

친헝도 그 말뜻이 무엇인지 짐작할 수 있었다. 판시엔이 오늘 있

었던 일과 의문점을 몇 가지 말하자, 친형 미간의 주름이 점점 깊어
져 갔다.

"대인은 징두 수비 책임자인데⋯⋯이 일을 어떻게 해명하실 거
예요?"

"해명할 도리가 없어. 사실 그게 지금 우리 군 내부의 문제야."

판시엔은 고개를 끄덕였다.

"자네 부하들은 모조리 죽었나?"

판시엔은 미소를 지으며 고개를 저었다.

"제 부하들은 모두 대인을 기다리고 있었어요."

그때, 숲에서 6처 자객들 십여 명이 손에 철궁을 들고 천천히 그
모습을 드러냈다.

친형의 낯빛이 살짝 변했다.

"무슨 의미인가? 날 못 믿는 거야?"

"제가 지금 누굴 믿을 수 있을까요?"

친형은 고개를 절레절레 저었다.

"이렇게 해야 마음이 놓인다면 그렇게 하게나."

친씨 가문의 후계자 친형은, 미래에 군을 이끌 핵심 인물답게 침
착하게 말을 이었다.

"자네 말이 진실이라면, 어쨌든 이번 일은 군 측 세력이 가담했다
는 것이야. 하지만, 우리 친씨 가문은 자네를 위해 나서 줄 것이네.
그 점은 믿어야 해."

판시엔은 고개를 저었다.

"그런 말은 지금 와서 별 필요가 없어 보이네요. 그리고 이 시체들
은 여기 내버려 둘 거예요. 분명히 말해 두는데, 이 산골짜기에서 산
사람이든, 죽은 사람이든, 모두 제 겁니다."

양 쪽 숲에서 죽은 암살자들의 시체를 한 곳에 모았다. 주 군대

의 주검들은 일단 치우지 않았고, 순직한 감사원 관원들의 시체만 수습했다.

판시엔은 죽은 부하들의 주검들을 보며 눈살을 찌푸렸다.

"형제들의 주검은 잘 보살피고, 저 새끼들의 시체는 수급만 잘라서 경도로 가져가자."

명이 떨어지자, 홍창청이 큰소리로 명을 전달했다.

목이 잘려 나가는 암살자들의 시체를 보며 친형의 얼굴에 불편한 기색이 드러났다. 암살을 시도했으니 죽어 마땅한 이들이었지만, 그래도 한때는 군에서 인재라고 불렸을 군인들이었기 때문이다.

참수가 끝났다.

징두 수비 기마병의 일부가 말에서 내렸고, 감사원 관복을 입은 시체들이 말에 실렸다. 일부 다친 감사원 관원들도 함께 말에 올라탔다.

판시엔과 친형이 앞장서고 그 뒤로 감사원 주검을 실은 말이 따랐다. 그리고 그 주변에서 감사원 관원과 징두 수비군이 경계를 하며 그들을 호위해 징두로 향했다. 대열이 출발하고 얼마 지나지 않아 친형이 판시엔에게 뜬금없는 말을 던졌다.

"군대 모든 세력이 정말로 자네와 척을 지려 했다면……난 지금이라도 자네들을 모두 죽일 수 있네. 그러니까 난 믿어도 된다는 이야기를 하는 거야."

판시엔은 대꾸도 하지 않았고, 그를 쳐다보지도 않았다.

둘을 뒤따르던 감사원 주검을 실은 말 한 마리에서, 홀연듯 시체가 툭 튀어 올랐다. 그는 마치 귀신처럼 날아, 친형의 등에 가슴을 바짝 붙이고 앉았다.

그 모습이 마치 친형의 그림자처럼 보였다.

친형은 재빨리 허리춤에 있는 장검을 잡았지만, 그 순간 뒤에 있는 그림자의 차가운 입김이 느껴지며 온몸이 얼음장처럼 굳어버렸다.

친형은 말없이 장검을 검집에 집어넣고 판시엔을 쓱 쳐다보았다.

판시엔은 여전히 그를 쳐다보지도 않았다.

판시엔이 바라보는 성문은 어두컴컴하다 못해 스산하다 느껴졌다.

스산한 성문을 지나고 나니, 한겨울을 맞은 징두의 설경이 판시엔의 눈에 들어왔다. 성안에서 기다리고 있던 감사원 관복을 입은 관원 몇십 명이 달려와 판시엔이 타고 있던 말의 고삐를 넘겨받는 동시에, 뒤에 따라오던 부상당한 관원들을 챙기기 시작했다.

"하관, 죄를 용서해 주십시오."

달려온 부하가 말을 잠시 멈추고, 친형의 눈치를 살피며 말을 이었다.

"연화령이 쏘아진 후 갑자기 성문이 잠시 닫히는 바람에, 성 밖으로 모시러 가지 못했습니다."

"무티에, 자책할 필요 없어. 이번 일은 너와 아무 상관없어. 무펑알 좀 불러줘."

무티에가 명을 전달하니 무펑알이 재빨리 뛰어왔다.

"무펑알, 여기 있습니다."

"부상당한 형제들부터 치료해. 죽은 형제들의 장례는 내일 다시 이야기하자."

무펑알이 명을 받고 자리를 떠났다.

"무티에, 넌 사람들을 좀 데려와. 나와 어디 갈 데가 있어."

'부상이 심해 보이는데, 어디를 가시겠다는 거지?'

무티에가 사람을 데리러 자리를 뜨자 판시엔은 친형에게 물었다.

"징두에 들어왔는데도 누가 또 저를 죽이려 들까요?"

"아닐 걸세."

"그런데 왜 저를 계속 따라다니시는 건가요?"

"자네가 살인을 할까 봐 그래."

"오늘은 안 할 겁니다. 아직 누구를 죽여야 할지 모르니까요."

부상당한 감사원 관원들은 치료를 받으러 갔고, 무티에가 데려온 1처의 관원들이 그 자리를 대신했다. 티엔허다다오 대로에 들어선 판시엔의 일행 뒤에는, 곧 부서질 것 같은 마차와 마차의 문짝에 손이 묶여 바닥에 질질 끌려가는 사람이 있었다.

백성들에게 이런 모습들이 고스란히 노출되었고 길 양쪽으로 구경꾼들이 몰려들었지만, 곳곳에서 놀라거나 질겁하는 소리만 들릴 뿐 아무도 말을 하지는 못하였다.

판시엔이 이끄는 대열은 길옆으로 흐르는 하천을 따라 천천히 황궁으로 향했다.

황궁과 회색빛의 감사원 건물 사이에 또 하나의 건물이 있었다. 그 건물 위에는 창용(蒼龍)이 감싸고 있었고, 건물 아래에는 사자가 문을 지키고 있어, 얼핏 보아도 남다른 위용을 뽐내고 있었다.

판시엔은 황궁이 아니라, 그 건물로 향하고 있는 것이었다.

티엔허다다오 대로 돌바닥의 충격에, 마차에 끌려오던 피칠갑을 하고 있는 사람이 정신이 깬 듯 신음을 하기 시작했다. 그 사람 때문에 눈 덮인 길 위에, 대열이 지나가는 행적을 따라 길고 긴 한 줄의 선이 그어졌다.

혈선(血腺).

혈선이, 그 건물에서 끝을 맺었다.

감사원 건물에서 이 모습을 지켜보고 있던 옌빙윈은 한숨을 내쉬며 부하의 보고를 듣고 있었다.

"진원에 사람을 보내 알렸고, 경계 등급도 1급으로 올렸습니다. 6처가 모두 동원되어, 추밀원 부근의 길을 통제하고 있습니다. 그리고 2처에게 모든 일 제쳐 두고, 산골짜기 습격 사건부터 조사하라 시켰습니다."

옌빙윈은 보고를 듣고 있는지 없는지, 창밖으로 판시엔 일행만 바라보고 있었다.

"제사 대인 마중은 안 나가실 겁니까?"

"준비하게. 대인이 정말 손을 쓰신다면……아니다, 나보다 인내력이 많은 사람이니, 오늘 당장 일을 벌이진 않을 걸로 보이네."

판시엔이 찾은 곳은 경국 군대의 중심. 과거에는 병부로 불리다가 군부로 한번 개명된 후, 개혁 원년 때부터 추밀원이라 불리우고 있는 관아.

천하 최강 군대의 수뇌부.

판시엔이 이곳에 온 것은 처음이었다. 황제는 그가 군과 관계를 맺는 것을 극도로 경계해 왔기 때문이다.

추밀원에서도 오늘 벌어진 일에 대해 이미 소식을 들은 상태였기에, 적지 않은 관원들이 추밀원 정문 돌계단 앞에 나와 있었다. 판시엔은 말 위에서 내리지도 않고, 말없이 돌계단 위에 굳게 닫힌 나무 문만 바라보고 있었다.

대문이 서서히 열리고, 다섯 명의 추밀원 대신들이 나왔고, 그 뒤에 추밀원 관병들이 따랐다.

순간 감사원 관원과 추밀원 병사들 사이에 긴장감이 흘렀다.

판시엔을 맞으러 나온 사람 둘은 부사(副使), 나머지 셋은 부승지(副承旨). 추밀원 정사인 친씨 가문 어른은 병환으로 저택에 머물고 있었기에, 이들 고위 관리들이 실제 관리를 대신하고 있었다.

'짝!'

추밀원 부사 하나가 입을 열려고 하자 판시엔이 채찍을 휘둘러 바닥을 때렸다. 상대방에게 관심, 분노, 긴장, 안타까움과 같은 감정을 드러낼 기회를 주지 않은 것이다.

그리고 판시엔이 드디어 입을 열었다.

"여러분 중에 제가 징두로 돌아오지 않기를 바라는 분이 많았겠지요. 적어도 살아서는⋯⋯하지만 전 이렇게 살아 돌아왔습니다."

추밀원 대신들은 판시엔의 말을 들으며, 마차 뒤에 피칠갑이 된 사람을 바라보고 눈살을 찌푸렸다.

"본관은 징두 외곽에서 매복 공격을 당했습니다. 여러분께서도 알고 계셔야 할 것 같아 이렇게 알려드리러 왔습니다."

추밀원 우부사(右副使)가 마침내 입을 열었다.

"오늘 정말 너무 끔찍한⋯⋯."

판시엔은 말을 잘랐다.

"본관을 죽이려는 자가 누구인지 관심 없습니다. 다만, 그자가 여러분의 사람인지 알고 싶을 뿐입니다."

여러분의 사람!

"판 제사가 습격당한 일로, 저희들도 많이 걱정하고 있습니다. 아직 조사가 안 된 상황이니, 너무 그렇게⋯⋯."

"해명은 필요 없습니다. 제가 끌고 온 자가 누굴까요? 물론 모르시겠지요. 설령 안다 해도 모른다 하시겠지요. 이 자는 본관이 유일하게 살려 둔 사람입니다. 훌륭한 군인이었을 텐데, 본관도 참으로 안타깝습니다."

판시엔이 다시 한번 채찍을 아래로 내리쳤다.

이번에 채찍은 바닥이 아니라, 피범벅이 된 자의 얼굴을 내리쳤다!

이번 습격에서 강노가 등장했기에 어찌되었든 군대는 그 책임에서 자유로울 순 없었다. 하지만 판시엔이 너무 대놓고 수치스럽게 군인에게 채찍질을 가하자, 추밀원 사람들의 속에서 화가 솟구쳤다.

　그때, 추밀원 정문에서 한 사람이 느릿하게 걸어 나왔다. 키는 크지 않았지만 매우 강인해 보였고, 특히 두 눈에 실린 기백은 사람들을 일순간에 압도하였다. 그리고 자주색 관복을 입고, 등에 큰 활을 메고 있었다.

　정북 대도독 옌샤오이.

　판시엔은 다시 한번, 피범벅이 된 이의 얼굴에 채찍을 내리쳤다.

　옌샤오이는 그 모습을 말없이 바라보았다.

　판시엔이 오른손을 번쩍 들었다.

　무티에는 옆에 있는 칼을 꺼내 들고 힘껏 마차를 내리쳤다.

　곧 무너져 내릴 것 같던 마차의 벽 절반이 부서졌다.

　둥글게 생긴 무언가가 쏟아져 나와, 나무판 위에, 하얀 눈밭 위에 그리고 추밀원 사자 석상 앞에 데굴데굴 굴러갔다. 그 수가 너무 많아 한참을 구르고 쌓여 석상 옆길의 절반을 메워 버렸다.

　시체의 수급(首級).

　"매복해 있다가 저를 죽이려 했던 병사 200명의 머리가 여기에 있습니다. 산 자도 돌려드렸고, 죽은 자도 돌려드렸습니다. 그러니 이제 여러분이 저에게 뭔가를 해 주셔야 하겠지요?"

　판시엔의 말에, 아무도 대답을 하지 않았다.

　판시엔은 시큰둥하게 옌샤오이를 보며 말했다.

　"댁의 공자는 잘 계신가?"

　옌샤오이는 말이 없었다.

　판시엔은 다시 눈앞에 쌓인 수급들을 바라보며 조롱하듯 말했다.

"대단한 사람들이었을 텐데…….."

옌샤오이는 고개를 들었다. 그의 눈이 번뜩였다.

옌샤오이는 판시엔을 당장이라도 죽여버리고 싶었다. 자신을 협박하다 못해, 자신의 아들까지 비웃고 있었기 때문이다. 하지만 그럴 수 없었다.

그는 사냥꾼의 아들, 상대방은 황제의 아들.

옌샤오이는 장 공주의 도움이 있긴 했지만, 그가 지금의 자리에 오른 것은 배경도, 집안도 아닌, 그의 실력 때문이었다. 황제도 그 실력을 인정했기에, 장 공주와 친함을 알면서도 그를 신뢰하고 총애했다. 지금 옌샤오이는 입으로 아무 말도 하지 않았지만, 눈으로는 무수한 말을 던지고 있는 중이었다.

'그만 도발해라! 네가 황제의 아들이라도, 선을 넘지는 마라! 내가 언제든지 널 죽일 수 있다!'

판시엔은 옌샤오이가 무슨 생각을 하든 개의치 않았다. 이번 사건의 최대 혐의자가 장 공주와 옌샤오이였지만, 그렇다고 아직 확신할 수 있는 상황은 아니었다.

다만, 그는, 그게 누구든, 경고할 필요는 있다고 생각했다.

자신을 죽이는 것에 대한 대가를.

이미 그 대가는, 수급 200개가 분명히 보여주고 있었다.

추밀원 돌계단 위아래로 싸늘한 공기가 응축되기 시작했다.

'음음.'

적막을 깨는, 목을 가다듬는 소리.

"대도독님을 뵙습니다."

친형의 절묘한 등장으로 일촉즉발의 분위기는 약간 완화되었다. 옌샤오이도 판시엔을 바라보던 살기를 띤 시선을 거두고, 친형을 향해 차분하게 말했다.

"후작 대인, 어르신의 건강은 좀 어떠신지요? 안 그래도 이번에 징두에 와서, 어르신을 찾아뵈려 했습니다."

친형은 일찌감치 후작으로 명해졌고, 옌샤오이가 말한 어르신은 친형의 아버지였다. 옌샤오이는 중재에 나선 친형의 체면을 생각해 감정을 최대한 억누르고 부드럽게 말했다.

판시엔은 그럴 생각이 없었다.

"친형, 지금 저와 옌 대도독 사이를 막고 있어요."

'여기서 정말 끝을 보려는 건가?'

"자네, 오늘 다치지 않았나?"

"전 가르침을 구하려고 한 것뿐이에요. 예로 대하면 덕으로 보답하고, 검으로 대하면 칼로 갚아 주라던데, 옌 대도독, 그게 맞는 건가요?"

'칼과 검.'

이 두 마디에, 추밀원 병사들은 무의식적으로 전투 자세를 취했다.

옌샤오이의 친위병 백 명, 감사원 관원 백 명이, 당장이라도 맞붙을 듯이 대치했다. 누가 실수로 한 발자국이라도 움직인다면, 기침소리라도 낸다면, 어떤 상황이 벌어질지 상상할 수 없었다.

바닥의 진동이 느껴지고, 누군가 멀리서 다급하게 소리를 질렀다.

양측은 움찔했지만 다행히 아무도 움직이지 않았고, 모두 소리가 나는 방향으로 고개를 돌렸다.

금위군 한 대대.

그들을 이끌고 있는 대황자.

황궁의 호위를 맡고 있는 금위군은 황제의 위엄을 대신하고 있었다. 얼마 전까지 군을 이끌고 있었던, 판시엔과도 밀접한 관계가 있던 대황자는 중재자로 온 것이었다.

"부황께서도 이 일을 알고 계시네. 그러니 일단 집으로 가서 상처부터 치료하게나."

판시엔은 대황자의 말에 웃는 듯 마는 듯한 표정으로, 대답은 하지 않고 조용히 기다렸다. 사실 판시엔도 오늘 추밀원과 끝장을 보겠다 생각한 것은 아니었다.

누군가의 '태도'를 기다린 것이다.

작은태감 둘이 황급히 달려와 황제의 구두 성지를 전했다. 징두수비를 엄중히 문책했고, 추밀원의 잘못도 암암리에 언급했다.

이어서 언뜻 봐도 건강해 보이지 않는 원로 대신 둘이, 숨을 헐떡거리며 뛰어왔다. 슈 대학사와 후 대학사. 그들은 판시엔에게 위로를 전하는 동시에, 일을 벌인 자들에 대한 분노를 표했다.

이 모든 이의 말을 듣고만 있던 판시엔이 드디어 대황자에게 입을 열었다.

"전하가 와서 저의 체면을 살려주었으니, 저도 미친 짓은 안 할 거예요."

"내가 직접 배웅해 주겠네."

판시엔은 긴말 하지 않고 말고삐를 당겨 방향을 틀었다. 그리고 뒤도 돌아보지 않고, 손에 든 채찍으로 다시 한번 크게 바닥을 내리쳤다.

그 장면이 추밀원 앞에 있는 모든 사람들에게는, 마치 판시엔이 자신들에게 귀싸대기를 날리는 것처럼 느껴졌다.

판시엔이 잠에서 깨어났을 때 하늘은 이미 어둑어둑해져 있었다. 그리고 깨자마자 옆 사람이 떠 먹여 주는 죽을 한 모금 먹었다. 판시엔의 '아버지', 판지엔. 판시엔은 그의 얼굴을 보며, 1년 사이 흰머리가 부쩍 늘고 주름이 더 깊어진 것 같아, 가슴 한구석이 시려 왔다.

"아버지, 걱정을 끼쳐드려 죄송해요."

"감사원과 가까워지면 문제가 생긴다고……됐다. 이미 벌어진 일이니……."

"그런데 이해가 안 되는게 너무 많아요."

"말해 보거라."

판시엔은 산골짜기에서 일어난 일을 소상히 말했다.

판지엔은 잠시 생각하는 듯 하더니, 천천히 입을 열었다.

"군에서 손을 쓴 거라면……한번 생각을 해보자. 군은 징두 수비 외에, 변방을 지키는 5로 변병, 그리고 각각 로의 방위를 책임지는 7로 주군이 있지. 사실 주 군대는 실력이 그렇게 좋지 않으니 무시해도 되고, 변병이 문제인데……예중 집안이 딩저우 군을, 옌샤오이가 북방 창저우, 친씨 집안이 다른 지역 하나, 그리고 남쪽에 하나 등등이 있지. 그런데 사실 예씨와 친씨 두 집안이 사실상 다 장악하고 있다고 봐도 무방한데, 왜냐하면 그들의 문하생들이 곳곳에 들어가, 오랜 시간 각각의 군대에서 영향력을 행사하고 있기 때문이야."

판지엔이 한번 더 생각하다 설명을 이었다.

"대황자 전하가 서호 정벌을 나섰을 때에도, 특정 군대를 이끌고 간 게 아니고, 5로 변병에서 실력이 뛰어난 군인들을 차출해서 특별군 형태로 간 것이지. 그리고 그들은 대황자가 징두로 돌아온 후, 모두 각자의 진영으로 돌아갔어."

"그 생각도 황제께서 고안한 방법이겠죠?"

"그렇지. 사실 차출이라 했지만, 그들은 황실의 수족과도 같은 군인들이었어. 예씨나 친씨 집안도 통제할 수 없는 이들이었지. 결론적으로 5로 변병들은, 기본적으로 예씨와 친씨 집안의 영향력이 강하지만, 어느 누구도 군대 전체를 통제할 수 있는 곳은 없지."

아들이 매복 공격을 당해 죽을 고비를 넘겼지만 아버지 판지엔은 당황하거나 분노하지 않고, 오히려 침착하게 설명을 하고 있었다.

"징두 수비군은 징두 외곽 40리까지 책임인데 2만 명 정도 되고, 그 외에 금위군이 1만 명 정도 되지. 성문을 담당하는 13성문사도 전투력은 강하지 않더라도, 황제의 직속 명령을 받고 있으니 나름 중요한 역할을 하는 것이고. 그 외 황실 호위가 별도로 있고……물론 조정 규칙에 따라 황실의 호위와 금위군은 한 명이 이끌어야 하는데, 사실 공디엔이 맡을 때에만 그랬지. 그 외에는 모두 다른 사람이 맡았고. 지금도 금위군은 대황자, 황실 호위는 홍 공공이 맡고 있지."

'금위군과 황실 호위를 겸임했던 사람이, 공디엔밖에 없었다고?! 공디엔은 예중의 사제인데, 그 말은 예씨 집안이 엄청난 신임을 얻었다는 것이고……근데 왜 예씨 가문을 혼사를 통해 2황자와 장 공주 쪽으로 밀어버리면서, 또 현공 사당 사건을 일으키면서까지 실권(失權)을 하게 만든 것이지?'

"아버지, 공디엔에 대한 황제의 신임이 그렇게 깊었던 건가요?"

"너무 복잡하게 생각하진 마라. 폐하께서 그래도 징두 수비를 가지고 장난치신 것은 아닐 거다. 내가 보기에는, 황당하게 들리겠지만, 단순히 너 때문일 수도 있어. '예씨' 집안 아니니."

'무슨 이런 황당한, 아니 개뼈다귀 같은 소리야. 황제는 정말 의심병 환자인가?'

"저는 예씨 집안과 친하지도 않잖아요."

"지금은 아닐지라도, 나중에는 모르는 거 아니겠니? 예링알도 있고……그보다 내가 더 걱정하는 것은, 폐하께서 왜 이렇게까지 널 경계하시냐는 거야."

판지엔의 이 말은 매우 많은 것을 담은 듯 보였다.

판시엔이 조심스럽게 물었다.

"아버지, 이번 일도……황제의 계획일까요?"

판지엔은 단호하게 말했다.

"그건 아니다. 그분께서……노망이 들지 않으셨다면…….”

"징두 수비와 감사원의 실력을 동시에 무력화시켰는데……폐하가 아니면 도대체 누가 그런 짓을……장 공주와 옌샤오이의 실력이 그 정도까지……?"

판지엔은 고개를 저으며 반문했다.

"그런데 넌 왜 감사원은 가보지 않았느냐?"

판시엔은 단호하게 말했다.

"불가능해요."

그가 믿을 수 없었던 것인지, 믿고 싶지 않은 것인지는 알 수 없었다.

페이지에 스승과 쳔핑핑 원장. 그의 제사 신분. 그리고 어머니가 만든 기구.

지금의 판시엔이 있게 해 준 근원이자 뿌리.

이번 습격은 현공 사당 암살 시도와 완전히 그 결을 달리 하는 사건이었다. 현공 사당은 정말 '의외'였고, 범인은 그림자였고, 따라서 쳔핑핑의 통제 하에서 이루어진 일이었다.

다시 말해, 판시엔은 죽을 수 없었다.

하지만 이번 습격에서 판시엔은……죽을 수 있었다.

판지엔의 추측대로라면, 감사원이 어떤 상황에서는 판시엔을 버릴 수 있다는 것이었는데, 지금 판시엔에게 이성적으로든 감정적으로든 받아들일 수 있는 결론이 아니었다.

판시엔은 갑자기 콜록거리며 기침을 하기 시작했다. 내상 때문에 그런 것인지, 아버지와의 대화 때문에 그런 것인지 모르겠지만, 판시엔은 자기도 모르게 감정이 격해지고 있었다.

"그건, 불가능해요."

판시엔은 다시 한번, 단호하게, 같은 말을 반복했다.

하지만 객관적인 실력으로만 놓고 보면, 이 사건을 벌일 수 있는 능력이 있는 사람이, 황제 외에는 쳔핑핑밖에 없다는 것을 판시엔도 잘 알고 있었다.

판지엔이 냉정하게 말했다.

"세상에 불가능한 것은 없단다. 네 어미를 생각해봐라. 그녀는 감사원, 내고 심지어 그때에는 취엔저우 수군도 통제했어. 지금의 너와 비교해 봐라. 그럼에도 불구하고 그녀의 마지막은 어떠했느냐?"

판시엔은 아무 대답도 하지 않았다.

"황후 아버지의 목을 자른 사람이, 바로 나다."

'황후 아버지를 아버지께서 직접 죽였다고?!'

판시엔은 처음 듣는 말에 적잖이 놀랐지만, 더 이상 이 주제에 대해서 논의하고 싶지 않다는 생각에 아버지의 말을 자르며 다시 한번 단호하게 말했다.

"아버지께서 말씀하신 것은 오래전부터 알고 있었고, 아버지께서 뭘 경계하는지 알고 있지만……아버지, 제가 아버지를 무조건적으로 신뢰하는 것처럼, 저는 쳔 원장도 신뢰해요."

다시 한번 기침이 나왔다. 판시엔은 겨우 진정을 하고 다시 말을 이었다.

"같은 편을 의심하는 건 너무 무서운 행동이에요. 전 그러지 않을 것이고, 전 제 안목을 믿어요."

판지엔은 아들의 말에 오히려 안도했다.

"사람에 대한 믿음이 있구나. 그 점은 네 어미와 참 닮았어."

판시엔도 웃었다.

"몇 사람 안 돼요."

"그래서 이번 일은 어떻게 처리할 생각이냐?"

"황제 폐하의 입장이 중요하겠지요. 다만, 상대방도 목숨 건 행동이었으니, 뒤를 준비해 놓았을 텐데……조사를 해도 단서가 나오지 않을까 걱정이네요. 그리고……정말 이해가 안 되는게 있는데, 폐하의 자신감은 도대체 어디서 나오는 건가요? 이번 일은 어쨌든 군대를 움직인 건데, 이런 일에도 아무 걱정이 없을 수 있는 건가요?"

판지엔은 아들의 질문에 대답은 하지 않고 미소를 지으며 말했다.

"조사가 시작되었으니, 나오는 게 있을 것이야. 강노에는 모두 일련 번호가 있단다."

"강노를 다른 곳에서 빼 온 거라면, 다른 사람이 누명을 쓸 수도 있잖아요."

"사실 네가 자는 사이 이미 강노의 조사는 끝났지. 내고의 병(丙)공장에서 만들어진 후에, 딩저우 방향으로 운반되고 있는 도중 누군가 탈취한 거야."

"딩저우? 이번에 예씨 집안이 또 연루되었다? 황제께서 이번에도 그렇게 모질게 내치실까요?"

"폐하께서도 이번 일이 그렇게 간단하지 않고 수상한 점이 많다는 것을 알고 계신단다. 그러니 다른 증거가 필요하겠지."

"제가 추밀원에 보낸 생존자는 쓸모가 있을까요?"

"2황자에게 썼던 수법을 똑같이 쓴 건데, 네가 잘 한 일이긴 하지만……그렇게 쓸모가 있을 것 같지는 않구나. 이미 그들이 너의 수법을 간파했어. 추밀원과 감사원이, 마치 그 생존자가 뜨거운 감자라도 되는 듯, 아무도 받으려 하지 않았지. 서로 보내고 돌려주기를 반복한 거야."

"그래서 결국에는 어떻게 되었나요?"

"황실에서 명이 내려왔지. 감사원 감옥에 넣으라고."

"참······."

판시엔은 자기도 모르게 탄식이 나왔다. 판지엔은 그런 아들을 보면서 걱정스러운 표정으로 물었다.

"정말로 네가 직접 손을 쓸 생각이냐?"

"제가 직접 나서진 않을 거예요. 하지만 돌려줄 건 돌려줘야죠."

"그래 네가 잘 하리라 믿는다. 다만, 군대에 너무 밉보이진 말고."

"저도 생각해 둔 바가 있어요."

판지엔은 자리에서 일어나며 마지막 말을 던졌다.

"어떻게든 살아남으라는 말이다."

이날 밤, 무수한 사람들이 잠을 이루지 못했다.

황제는 판시엔 습격 사건 소식에 조정 회의를 중단시켰지만, 첫 번째 반응은 비교적 침착했다. 대황자에게 직접 나가보라 했으며, 슈 대학사와 후 대학사에게도 직접 가서 위로의 말을 전하라 시켰다. 다만, 어서방으로 돌아온 후, 찻잔을 받아 첫 모금을 마신 후, 그 잔을 바닥에 던져 깨버렸다.

그리고 아무 말도 하지 않고 있었다.

이 일을 벌인 사람과 이 일을 도운 사람들은, 철저히 준비를 해 났기에 두려워하지는 않았지만, 각자의 집 안에서 조용히 후속 대책을 생각하고 있었다.

다만, 그들의 계획에 차질이 생겼을 뿐이다.

"그가 죽지 않았다니!"

태자의 손이 부르르 떨리고 있었다. 그의 앞에 앉아 있던 황후가 조용히 꾸짖었다.

"체통을 지켜라. 언사도 조심하고. 판시엔은 조정의 대신이다. 태자로서 그가 살았음을 안도해야지, 분노하면 되겠느냐."

"어머니가 말하지 않았나요? 본궁과 판시엔, 둘 중 하나만 살아남을 수 있다고. 지금 이 일을 동궁에서 저질렀다고 의심하는 사람들이 많아요. 이왕 이렇게 의심받을 거, 인자한 척할 필요가 있나요?"

"폐하께서만 의심하시지 않으면 된다……우리에겐 애당초 그런 실력이 없으니까."

태자는 그제서야 주먹에 힘이 빠졌다. 그리고 그는 쓸쓸한 웃음을 지었다.

"모후의 말이 맞네요. 의심을 받을 수도 없겠군요. 다만……."

태자의 눈빛이 번뜩였다.

"그래도 판시엔은 죽어야 했어요."

태자는 싸늘한 미소를 지었다. 그리고 속으로 누구인지도 모르는 세력에 대해 무한한 감사를 표하고 있었다.

잠을 이루지 못한 사람들은 각자 저마다의 추리에 빠져 있었고, 가장 많은 이의 시선은 장 공주에게로 쏠려 있었다.

"안타까워. 이번에는 성공 못했네."

징두의 조용한 왕의 저택. 경국에서 가장 아름다운, 가장 실력 있는, 하지만 가장 미쳐버린 여자 하나가 낮은 침대에 나른하게 반쯤 누워있었다.

"하지만, 이번 일은 내가 한 게 아니야. 내가 그렇게 어리석진 않거든. 판시엔을 맞서는데, 더 쉬운 방법도 많은데 말이야."

장 공주의 말을 들은 2황자는 완전히 의심을 거두지는 못했다. 그는 소식을 듣자마자 그녀의 계획이라 확신하고 있었기 때문이다. 그만한 배포와 실력을 가진 이는 거의 없었다.

'저렇게 단호하게, 딱 잘라 말한다고……그럼 누구야?'

하지만 정작 장 공주는 전혀 다른 생각을 하고 있었다.

'만약에 뉴란지에 사건이 없었다면, 그놈과 내가 손을 잡았다면, 이 세상은 얼마나 아름다웠을까…….'

한참 동안 각자의 생각에 빠져 있다 장 공주가 다시 입을 열었다.

"동궁과 잘 지내. 태후를 설득하려면, 어쨌든 태자의 이름을 빌리는 게 필요하니까."

2황자는 고개를 끄덕였지만, 더 이상 의혹을 참지 못해 불쑥 말을 던졌다.

"그런데 이번 일은 누구 짓인가요?"

"강노의 일련 번호 조사가 끝났는데……네 부인 집안 것이라던데?"

"예씨 집안은 딩저우에 있는데, 그곳에 매복을 할 때 징두 수비와 감사원의 눈을 어떻게 피할 수 있겠어요? 강노는 더 황당하고……."

"안타깝게도 조정에서 일을 판단할 때, 황당한지 여부는 따지지 않아."

리윈루이가 미소를 지으며 말을 이었다.

"나도 사실 그 집안에 적잖이 감탄했어. 직접적이고, 거칠고 폭력적이고……역시 군인의 풍모가……맘에 들어. 내 사위가 죽었어도 괜찮았을 텐데……다만, 그리 해서 내 사위는 못 죽여."

리윈루이는 웃고 있었지만 판시엔이 정말 운 좋은 괴물 같다고 생각하며, 마음 한구석에서는 약간의 두려움도 피어올랐다.

"폐하 오라버니와 감사원은 그냥 화풀이 상대가 필요한 거야. 어떻게든 출구는 찾아야 하지 않겠어?"

"고모께서 좀 나서 주세요."

"난 신이 아니란다. 천자께서 분노를 하시잖니. 나 같은 일개 여인이 어떻게 해결하겠어? 그리고 지금은 네 처가가 문제가 아니라 우리부터 살펴야 해. 지금 오라버니가 정말 화나셨어. 그런데 만약 진짜 원인이 안 나오면? 누구도 안전하지 않아."

2황자는 장 공주의 말을 정확히 이해하지 못하고 있었다. 그래서 그는 자신이 저지른 일이 아니니 큰 문제가 될 일이 없다는 '순진한' 생각을 하면서 같은 질문을 되풀이했다.

"정말 누구인가요? 고모……부디 이 조카만은 속이지 말아 주세요."

장 공주는 여전히 침착하게, 하지만 약간은 한심한 듯 2황자에게 설명했다.

"판시엔과 난 다른 길을 걷고 있지. 모두가 아는 사실이야. 이유는? 난 널 지지하고, 판시엔은 3황자를 지지하니까. 그런데 이번 사건은, 3황자는 가만히 놔두고, 판시엔을 제거하려 했어. 그 의미가 뭘까? 이 사건은 황권 다툼과 아무 상관이 없다는 거야. 그러니 똑똑한 사람들은 이미 알고 있어. 이 일을 꾸민 사람이, 최소한 너와 나는 아니라는 것을……그럼 하나가 남지. 그 여자. 판시엔의 어머니인, 그 여자. 누군가 군대를 움직여, 그 여자 때문에 판시엔과 판씨 집안을 끝내려고 한 거야."

장 공주가 이 말과 함께 눈을 크게 떴다.

그 눈은 너무나도 아름답게 빛나고 있었다.

"아! 그런 거였어. 누군가가 그 여자의 죽음과 관련이 있었던 거구나."

장 공주는 분석하려 노력하지 않았다. 그저 그녀의 생각을 차분히 2황자에게 설명한 것뿐인데, 자연스럽게 사건의 진상에 다가갔던 것이다.

하지만 2황자는 여전히 이해하지 못한 듯 조심스럽게 물었다.

"그때 사건에 연루된 사람들은……모두 죽지 않았나요?"

"태후, 황후가……죽었니?"

장 공주는 미소를 띠며 부드럽게 2황자의 눈을 보며 말했다.

"그리고 내가 미치지 않았다면……그가 맞아. 군대의 그 거물. 그도 당시 그 여자의 죽음과 무관하지 않은 거지……오! 지금 난 그에게 정말 존경심이 들 정도야. 어렸을 때보다 더."

2황자도 '군대의 그 거물'이 누구인지 추측할 수 있었지만 여전히 믿을 수는 없었다.

"판시엔이 징두로 오는 길에 옌샤오이 아들이 화살로 암살 시도를 했다고……."

2황자는 에둘러 말하고 있었지만, 여전히 장 공주를 의심하고 있었다. 장 공주는 가볍게 웃었다.

"옌샤오이 아들은, 사실 그 거물의 숨겨진 수하야. 그 거물은 매일 집에 숨어 있지만, 손은 항상 밖으로 향해 있지. 그 점을 황제 오라버니가 알아차릴까 두려워하는 거야. 그래서 억지로, 최소한 표면적으로는 우리들을 끌고 들어가고 싶어 했어."

2황자는 한숨을 내쉬었다.

"모두가 판시엔이 죽기만을 바라고 있는데, 부황께서 어떻게 하실지 모르겠네요."

"넌 황제 오라버니에게 감사해야 해. 판시엔을 고독한 신하로 만들고 계시잖아. 그리고 암암리에 모든 사람들을 우리에게 밀어주고 있어. 너의 혼사로 예씨 집안을, 그리고 군대의 그 거물도 눈감아 주시고……어머! 황제 오라버니가 내 것을 하나하나 빼앗아 내 사위에게 주셨는데, 사실은 더 좋은 걸로 하나하나 돌려주고 계셨구나! 세상이 이렇게 아름다울 수 있는 거야?"

장 공주는 천천히 주먹을 쥐었다. 하지만 여전히 매혹적인, 아름다운 얼굴로 말을 이었다.

"난 정말 오라버니를 존경해. 물론 약점도 잘 알고 있지."

2황자는 감히 말을 댈 수 없는 주제였기에, 조용히 듣고만 있었다.

"오라버니는 의심이 너무 많아. 그런데 의심이 많으면 지는데……"

장 공주는 총명했다. 정국에 대한 판단, 정치적인 감각에 있어서는 탁월했다. 하지만, 그런 그녀도 표면적인 사건의 조각만 맞출 수 있을 뿐이었다.

이 사건의 '진실'에 대해 알고 있는 사람은 천하에 단 한 명밖에 없었다. 하지만 그 한 명은, 이번 습격을 계획한, '군대의 그 거물'이 아니었다.

징두성의 어느 조용한 대저택. 대저택은 거리의 절반 정도를 차지할 만큼 넓었고, 왕의 저택과 비교해도 손색이 없을 정도로 호화로웠다.

솜을 넣은 두루마기를 입은 노인이 대저택과 어울리지 않는 채소밭에 물을 주고 있었다. 노인의 신발은 좀 닳아 있었는데, 그의 차림새는 채소밭보다 더욱 생경한 풍경을 보여주고 있었다.

소박함과 단출함. 오랜 시간 군인으로 살아온 생활 습관.

그는 채소 가꾸는 걸 좋아했다. 하지만 그는 배추와 무만 심었다. 배추와 무는, 군에서 가장 많이 먹는 채소였다. 그래서 그는 채소 가꾸는 것을 좋아한다기보다, 그것 또한 습관이었다.

습관적으로 채소를 심고, 그 습관을 소박하고 단출하게, 그리고 직접적으로 이행하는 것이었다.

눈이 내리고 난 후라 날씨가 추웠고 채소밭에는 눈과 흙이 뒤섞여 있었다. 싹이 난 채소가 있는지, 물을 줄 이유가 있는지도 의문이었다. 하지만 오늘 저녁, 그는 무의식적으로, 습관적으로, 채소 밭에 깨끗한 물을 뿌려주고 있었다.

마치 무언가를 씻어내려 하는 듯.

노인은 나이가 정말 많았다. 샤오은과 장모우한이 떠난 후, 천하에서 경국이 세워지는 걸 본 유일한 사람이었다.

그가 곧 경국의 역사였다.

선황(先皇) 시절, 길을 잘 선택했다. 그게 오늘의 그와 그의 집안을 만들어 주었다. 그리고 지금의 황제는, 그가 생각하기에도 최고의 제왕이었다. 세 차례의 북벌, 서만 정복, 남만 정복…….

경국은 창, 칼 그리고 철궁으로 만들어졌다. 한마디로 말 위에서 모든 것을 이룩한 나라였다. 그는 그 과정에서 몇만 명이 죽어가는 모습을 얼굴색 하나 변하지 않고 지켜본 사람이었다. 그가 본 명장과 대신 그리고 학문의 대가는 수도 없었다.

그렇지만 가장 인상 깊었던, 지금까지 뇌리에 박혀 있는 사람은, 단 한 사람.

그 여자.

노인은 매일 그녀를 떠올렸고, 그때마다 마음이 떨렸다.

아무리 뛰어난 인재도 역사의 방향을 바꿀 뿐.

그 여자는 경국의 근간을 뒤엎으려 했고, 천하를 다시 쓰려 했다.

그때 노인은 그 여자의 시도가 성공할지 몰랐다. 다만, 하나 확신한 것은, 그 시도가 성공한다면, 경국의 왕공 귀족의 계급은 모두 엎어져 버릴 것이었다.

군대의 가장 큰 지원군, 왕공 귀족.

노인은 군인, 경국에 절대 충성하는 군인.

경국의 안정은 그에게 역사적 사명.

노인은 혼란이 두려웠다. 그래서 어느 비밀에 가담했다. 그 비밀은 아직까지 유지되고 있었다.

그 여자가, 죽었다.

그는 아직까지 그가 한 일을 '옳다'고 '믿었다'. 경국은 여전히 강대국이다. 한 사람의 죽음으로, 한 국가가 안녕을 되찾았다.

그래서 후회하지 않았다.

황제는 한번도 그를 박대하지 않았다. 그가 30년 간 추밀원 정사(正使)로 있었던 것은 경국 유사이래 처음이었다. 하지만 그는 스스로 만큼은 평범한 군인으로 생각했다. 다른 장군들을 형제로 생각했고, 나이 어린 병사들을 후손으로 생각했다.

그래서 그의 군대에서의 지위는, 명성은 남달랐다.

오늘 죽은 200명의 병사들은 이 노인이 가장 신임하는 사병들이었다. 원래는 미래에 있을 북벌에 동원할 예정이었지만, 계획보다 빨리 판시엔을 암살하는데 동원했다.

모든 것은 경국을 위해서. 경국의 안녕을 위해서.

하지만, 젊은이 하나를 죽이지 못했다.

200명.

주름이 깊게 파인 노인의 얼굴에 희미한 슬픔의 기운이 드리워졌다. 그들은 모두 그의 아들 같은 존재였고, 그들이 곧 경국의 미래였다. 이제 그들은 경국의 반역자가 되어 역사에 기록될 처지였다.

노인은 가슴이 아팠다. 심장이 얼어붙는 것처럼 느껴졌다.

황제 폐하는 너무 매정했다. 그렇게 많은 권한을 주다니. 황제가 살아 있는 동안에는 괜찮겠지만, 그 후는? 아무도 장담할 수 없었다. 그는 '묵은 빚'을 받아내려 할 수도 있다.

몇 년 전, 딴저우에서 그 젊은이가 징두로 처음 왔을 때, 노인은 가슴이 서늘했다. 이 노인이 판시엔의 진짜 신분을 알고 있다는 '비밀'을 아는 사람은 천핑핑과 판지엔, 둘뿐이었다.

하지만 노인은 인내했다. 판시엔이 징두에 오기 전보다 더 침묵했다. 친씨 가문이 모두, 침묵했다.

황실의 혈육. 서두를 수는 없었다. 그래서 황제가 어떻게 처리하는지 보기만 했다.

혼사, 내고, 시선(詩仙)에 등극. 그때까지만 해도 인내했다. 돈과 붓은, 칼과 창을 이기지 못한다.

감사원 제사. 그게 시작이었다.

그래서 처음으로 노인은 판시엔을 북제로 가는 경국 사절단으로 보내자고 간언했다. 그리고 기도했다. 그 젊은이가 살아 돌아오지 않게 해달라고.

판시엔은 살아 돌아왔고, 그 이후로 더 많은 권력을 쥐었다.

노인은 다시 침묵했다. 하지만 판시엔을 주시했다.

2황자와의 다툼, 현공 사당, 황실과의 관계.

그는 모질고, 총명하고, 어떤 대가를 치르더라도 보복을 하는 사람이었다.

그리고 강했다.

그래서 노인은 더욱 인내하는 것을, 물러나는 것을 택했다. 황제가 판시엔을 치켜세워줄수록, 노인은 더욱 물러나려 했다. 과거의 일이 들춰지지 않을 때까지, 계속 물러나려 했다.

황제는 모질었다. 매정했다.

황제는 노인의 아들에게 판시엔과 관계를 쌓게 했다.

하지만 여전히 참았다. 오히려, 아들이 판시엔과 관계를 잘 쌓으면, 괜찮을지도 모른다고 생각하기까지 이르렀다.

몇 년 전, 장 공주 사람 중 하나가 밍씨 집안의 돈을 가져왔을 때, 노인은 조용히 고개를 끄덕였다. 친씨 가문은 군 집안이었기에 현금을 구하기가 만만치 않았고, 노인은 평소 장 공주가 보기 드물게 총명하다 생각하고 있었기 때문이다.

판시엔이 강남을 뒤집고, 밍씨 집안을 엎었다. 하지만 노인은 두려워하지 않았다. 그래 봤자 상인의 돈을 좀 받은 것이고, 그 일로 황제의 그에 대한 총애나 군대 내에서 그의 명성에 흠집이 갈 일은 없었다.

동해 섬. 그게 문제였다.

사적으로 군대를 동원. 그것은 모반죄였다. 그 일은 쟈오저우 제독 챵쿤이 마음대로 한 것이다. 친씨 가문은 개입하지도 않았고, 그 뒤에 장 공주가 있었다. 하지만 그는 추밀원 정사의 신분이었기에 그 책임을 피해갈 수 없었다.

그리고 챵쿤은, 친씨 가문 사람이었다.

황제는 그 사실을 알고 있다.

노인은 다시 한번 깊은 고민에 빠졌다.

챵쿤은 이미 죽었고, 다시 노인의 조카가 쟈오저우 수군 제독을 물려 받았다.

'폐하는 무슨 생각이실까…….'

하지만 이 정도로도, 노인이 황실의 혈족을 죽일 정도의 모험을 감행하게 할 수 없었다. 심리적 방어선이 무너진 것은, 그 뒤의 일이었다.

감사원에서 날아든 소식.

감사원과 군대는 밀접한 관계였고, 노인도 감사원에 자신의 사람, 즉 밀정이 있었다. 노인이 모른 것은, 황제가 그 사실도 알면서 암묵적으로 묵인했다는 사실이었다.

감사원과 군대 둘이 서로 감시하게 하기 위한.

어느 날, 노인이 감사원 내 심어 둔 밀정 중 가장 유능하고 믿을 만한 인물이, 친씨 저택에 이상한 소식을 가져왔다.

'감사원의 어떤 세력이, 독자적으로, 20여 년 전의 어떤 사건을 조사 중이다.'

그들이 조사하는 내용은 표면적으로 보면 아무 관련성이 없었다. 징두 방어 전환 상황, 서만 정벌 당시 후방 보급 상황, 황궁의 방어 상황, 심지어 양식과 사료의 이동 등등.

하지만 모든 조사의 방향은 당시 하나의 사건으로 모아졌다.

친씨 가문은 황제의 서만 정벌 당시 후방에서 징두의 안정을 책임지고 있었고, 그때 태평별원 사건이 터졌다.

감사원 내 독자 세력, 8처 위에 군림한 힘 있는 존재.

밀정의 보고를 통해 노인은 그 세력이 판시엔이 이끌고 있는 왕치니엔 조직이라고 확신했다.

노인의 마지막 심리적 방어선이 무너졌다.

노인은 판시엔을 죽이라는 명령을 내렸다.

가장 간단하고, 거칠고, 직접적인 방법. 살인.

실패했다.

실패한 후에, 노인은 한 가지 가능성을 더 발견할 수 있었다.

'감사원의 늙은 개새끼, 쳔핑핑.'

하지만, 그게 누구든, 노인에게 더 이상 기회는 없었다.

챵쿤이 섬을 도륙한 것은 미친 여자 장 공주가 밍씨 가문을 지키기 위해 시킨 일이었지만, 그 결과는 친씨 가문을 진흙탕 속으로 몰고 갔다. 거기에 덧붙여 쳔핑핑이 20여 년 전 사건의 흔적을 찾음으로써 친씨 가문을 더욱 조급하게 만들었다.

장 공주와 쳔 원장. 둘은 다른 목적이었겠지만, 결과적으로 친씨 가문이 움직이게 만들었다. 황제, 동궁 심지어 판시엔과도 상관이 없는 일이었다.

"아버지, 날이 차니 방으로 가시지요."

친씨 가문의 둘째, 친형이 아버지에게 두꺼운 외투를 걸쳐주며 공손하게 말했다.

친씨 어르신은 고개를 돌려 둘째를 보자 가슴이 저며왔다.

"큰놈이 살아 있으면 좋으련만……."

어르신은 뒷짐을 지고 눈과 물이 뒤섞인 진흙탕 채소밭 앞에 섰다.

"너무 걱정하지 말아라."

친형은 아버지의 말을 들으며 가만히 서 있었다. 그가 판시엔 암살 계획을 안 것은 어젯밤. 그는 판시엔과의 친분을 넘어 친씨 집안의 계승자로서도 생각해 봤지만, 도무지 아버지의 생각을 이해할 수 없었다.

하지만, 친형은 아버지의 의견에 반대하지 않았다.

친형도 군인. 친씨 가문의 통수권자는 아버지. 친형에게 아버지의 말은 곧 명령이었다.

"군대에서 친씨 가문과 예씨 가문의 영향력은 막강하지. 네가 황제라면, 이 상황을 그대로 두겠느냐?"

친형은 여전히 고개를 숙이고 통수권자의 말에 대꾸하지 않았다.

"허나, 폐하께서는 당분간 용납하실 거다. 왜냐하면, 야심이 있으시기 때문이지. 천하 통일에 가기 위해선 싸울 장수가 필요하니."

어르신은 자조 섞인 웃음을 지었다.

"이 아비도 과거에는 명장이라 불렸다만……지금 이렇게 늙어버렸구나. 지금 최고의 장수는 북제의 샹샨후겠지. 물론 경국에도 대황자, 옌샤오이, 예중 등 내놓으라는 장수가 있고. 하지만 사람들이 망각하고 있는 게 있다. 지금 천하에서 가장 강하고 위대한 장군은……지금의 황제 폐하이시다."

친형은 여전히 말을 하지 않았지만, 속으로 아버지의 의견에 전적으로 동의했다.

"예씨 가문이 명맥을 유지하는 건, 예류원 그 늙은이 때문이지. 우리 집안은 그런 대종사가 없는데 어떻게 명맥을 유지할 수 있었겠느냐?"

친형이 드디어, 한치의 망설임도 없이, 진심에서 우러나오는 공경을 담아 대답을 했다.

"아버지께서 계시기 때문입니다."

"나는 폐하께 충성하고……경국에 충성했다. 그러니 폐하께서도 나에게 너무 박하게 하지는 못하실 거다."

'판시엔은 황제의 사생아인데……이번에도 과연……?'

친형은 올라오는 의구심을 아버지에 대한 존경심으로 억누르고 있었다.

"이번 일로 네게 알려주고 싶은 게 있었다. 성공과 실패를 떠나, 네가 손을 쓸 거라 아무도 예상하지 못할 때 손을 써야 한다."

친형도 이 점에 대해서 아버지에게 탄복하고 있었다. 판시엔은 조정에 많은 적을 두고 있었고, 친씨 집안은 그동안 중립을 유지했다. 지금 친씨 집안에게 의심의 눈초리를 두는 세력은 거의 없었다. 그래서 친씨 어른도, 친형도, 계획이 실패했음에도 그렇게 걱정은 하지 않고 있었다.

"다시 말하면, 모두가 손을 쓸 가능성이 있을 때, 손을 쓰라는 것이다. 혼탁한 물 아래 뭐가 있는지는 아무도 모르는 것이지. 내가 보기에 지금 나와 암살 사건을 연결시킬 수 있는 사람은 단 두 명. 하지만 그 둘은 폐하께 사실을 알리기 힘들지."

"그 두 사람이 폐하께 말하지 않는 이유가 무엇인가요?"

"절름발이 늙은이가 처음부터 침묵했으니까. 이번 암살은 감사원의 암묵적인 협조가 없었으면 불가능해. 그런데 그들이 스스로의 잘못을 밝힐까? 그들은 폐하께 어떻게 해명해야 할까?"

'쳔핑핑? 그가? 그도 판시엔이……죽기를 바라는 거라고?!'

"허나 아버지, 혹시 쳔 원장이 우리의 밀정을 알아내면 어떻게 하나요? 그렇다면 그 추측을 폐하께 말할 수도…….."

"추측? 폐하께 추측으로 말을 전할 수 있을까? 폐하께서 믿으실까?"

"그렇다면 다른 한 사람은……?"

"원래 내가 조정 대신 중 가장 두려워했던 사람은 쳔핑핑과 린뤄푸였지. 하지만 린뤄푸는 쳔핑핑 때문에 자리에서 물러났어. 쳔핑핑이 분명 다른 생각이 있었겠지만……허나 장 공주는……."

어르신은 잠시 하늘을 바라보며, 비웃는 웃음을 지었다.

"장 공주는 총명하지. 장 공주가 일을 낸다면? 우리 가문이 영향을 받을 수도 있지. 하지만……옌샤오이가 가만 있을까?"

친형은 어제 들은 이야기였지만 다시 한번 탄복하고 있었다. 그는 어제 옌샤오이 아들이 아버지 사람인 것을 처음으로 알게 되었다. 그가 습격 전 화살을 쏴 판시엔 일행을 산골짜기 쪽으로 유도한 것부터 아버지의 계획이었던 것이다.

"그동안 우리 가문은 조정에서 중립을 유지했지. 다시 말하면, 항상 폐하 편이었다. 하지만 지금은, 양쪽에서 모두 우리를 끌어들이려고 하는구나. 그건 확실히 안 좋은 일이야……."

어르신은 침통한 표정으로, 하지만 결연하게 말했다.

"마지막 생존자도 우리 군 소속이었다. 감사원에게 굴욕을 당하게 두지 말아라. 그가 영예롭게 죽도록 해 주는 것이, 이 아비가 할 수 있는 유일한 보상이다."

'그 자는 기개가 있는 장수라 우리 가문에 대해 털어 놓을 리가 없는데……꼭 죽일 필요가…….'

친형은 여전히 말을 밖으로 내진 않았다.

어르신은 두어 번 기침을 하고 안으로 들어가며, 아들에게 마지막 말을 건넸다.

"앞으로는, 준비도 더 철저히 하고, 결단도 더 빨리 내려라."

친형은 고개를 숙이고 아무 말도 못했다. 아버지는 암살 사건이 있은 후 연화령 폭죽을 보고, 그가 판시엔을 맞이하러 처음 간 상황을 말한 것이었다. 그때가 마지막 모험을 할 수 있는 상황이었지만, 친형은 하지 못했다.

친형 자신도 스스로의 머뭇거림 때문이었는지, 판시엔의 치밀한 준비 때문인지 몰랐다.

다음 날, 옌씨 저택 후문의 풍경은 여느 아침과 다를 바 없었다. 식재료를 배달해 주는 사내가 찾아왔고, 집사와 몇 마디 안부 겸 잡담을 나누고 돌아갔다.

주방에 들어간 집사는 식재료가 든 광주리를 보며 손을 뻗어 만졌다. 정확한 종류와 양이 들어왔는지 가늠해 보는 것 같았다. 집사의 얼굴에 만족한 웃음이 퍼졌다. 그리고 추웠는지 손을 재빨리 거둬 품안으로 넣었다.

집사의 품으로 향한 손에는, 눈에 띄지 않는, 식재료처럼 보이는, 조그마한 대나무 조각이 들려 있었다.

집사가 서재로 들어갔을 때, 전임 4처 처장 옌뤄하이는 여느 때처럼 글을 쓰고 있었다. 집사는 공손하게 차를 끓여 찻잔에 따른 후, 무심하게 대나무 조각을 찻잔 옆에 두고 나갔다.

옌뤄하이는 대나무 조각을 힘을 주어 부러뜨리고 안에 있던 흰 천 조각 위의 글자를 보며 깊은 생각에 빠졌다.

한참이 지난 후, 현 4처의 처장이자 그의 아들인 옌빙윈이 서재의

문을 열고 들어왔다. 옌빙윈은 아버지에게 공손하게 예를 올린 후 조심스럽게 보고했다.

"우리가 방법을 찾아서 그 생존자를 죽이기는 했는데……이를 제사 대인이 알면……."

옌뤄하이는 한숨을 내쉬었다.

"어르신이 집에 사람을 보내면서까지 지시한 일이니 할 수밖에……."

"그런데 만약에……제사 대인이 그 습격에 대해……우리가 미리 알고 있었는데 아무런 조치를 하지 않았다는 것을 알게 되면……제사 대인이 우리를……죽이려 들까요?"

옌뤄하이는 다시 긴 한숨을 내쉬며 무기력하게 말했다.

"원장 대인이 시킨 일이니 안 할 수도 없고……제사 대인이 우리를 죽이려 든다면……일단 바퀴의자부터 부수고 다시 이야기하자라고 해야 하나……."

"아버지께서는 언제 군에서 감사원으로 오신 건가요?"

"30년 전쯤. 당시 내가 친씨 어르신의 친위병인 것을 아무도 몰랐지."

"그래서 친씨 어르신이 아버지를 신뢰하신 거였군요. 아버지가 감사원에서 자리를 잘 잡으셨으니, 어르신은 만족하고 계셨을 것 같네요."

옌뤄하이는 벌써 세 번째 한숨을 내쉬고 있었다.

"그렇지……하지만 난 군에 들어갈 당시, 이미 감사원이 군에 보내는 밀정이었지. 어찌 보면 어르신의 운이 나빴던 거야."

"아버지, 사실 전 잘 이해가 되지 않아요. 원장 대인은 분명히 막을 수 있는 일이었는데, 왜 막지 않고 그 일을 지켜보기만 하셨는지……."

징두 외곽에 위치한 아름다운 장원, 진원(陳園).

천핑핑은 바퀴의자에 앉아 하품을 하며 분노로 씩씩거리고 있는 페이지에를 향해 말했다.

"뭐가 그리 급한가? 이 아침부터 날 죽이려고? 그놈이 자네가 제일 아끼는 제자라지만, 내가 가장 아끼는 후계자는 아닌 것 같은가?"

"판시엔이 죽을 뻔 했잖아요?! 도대체 왜 그런 거예요?!"

"모두들 황제의 개가 나라고 생각하지만, 실제로 그 늙은이가 폐하 최고의 충견이지……주인이 충견에 제대로 물려보지 않으면, 충견을 때릴 생각이라도 하겠나?"

천핑핑은 갑자기 박수를 두 번 치고 살짝 웃으며 말을 이었다.

"그리고 내가 폐하의 개들을 한데 모아 짖게 만들면, 폐하께서 어떻게 하실 지도 궁금했고."

"정말 황제가 어떻게 할지 몰라서 하는 말인가요? 그리고 너무 많은 사람들이 연루되었어요. 만약 일이 터지면, 폐하께서는 대인을 의심할 겁니다!"

"자네가 말한 상황은 폐하께서 승리하셨을 때, 그 전제에서 나를 의심하실 수 있겠지. 물론 난 폐하께서 승리하신다고 확신하네. 그러니 날 의심하실 것이고……그런데 그렇게 해야만 해."

천핑핑은 천천히 고개를 들었다.

"그런데 문제는, 내가 천하의 9할 9푼을 장악하고 있다 해도, 절대 장악할 수 없는 하나가 있어. 그건, 황제의 '마음'."

천핑핑은 손가락 두 개를 들어올려 좌우로 벌렸다.

"그래서 난, 편을 한번 갈라보려고 결심했네. 그렇지 않으면 그분은 그 아이를 계속 의심하실 거야. 이 방법만이, 내가 내 마음만 숨긴다면, 황제의 그 아이에 대한, 꺼지지 않는 불처럼 활활 타오르는 의심의 눈초리를 막을 수 있다고 생각했어."

페이지에는 이해했다.

그것은 피와 불로 가른 것이며, 가장 진실한 죽음의 숨결로 편을 가른 것이었다.

페이지에는 분노 대신 엄숙한 표정으로 물었다.

"폐하께서 패하시면 어떻게 될까요?"

"판시엔을 너무 얕보지 말게."

천핑핑은 두 손가락을 접어 주먹을 쥐었다.

"판시엔은 이 주먹과 같아. 주먹을 쥘 때, 손가락들은 모두 손바닥을 향하고 있지. 손가락 끝이 밖으로 향하면 잘리기 쉬운데, 안으로 향하고 있으니 안전할 뿐 아니라, 무슨 생각을 하고 있는지 드러나지도 않아."

천핑핑은 살짝 웃으며 말을 이었다.

"그리고 꿀밤도 때릴 수 있지 않나. 뿐만 아니라 퇴로까지 준비해 둔 것 같아. 형제 자매를 모두 북제에 보내 버렸어. 내가 보기에 그 아이가 경국에서 지내지 못하게 된다 해도, 천하는 그 아이 때문에 바뀔 거야."

"그건 나라를 배신하는 거지요."

"나라 같지 않은 나라를 배신하는 것도 배신인가? 그리고 그 아이에게 이 나라에 대한 미련이 있을까?"

"그 부분은 전 아직 못 믿겠어요. 어쨌든 판시엔은 폐하 옆에 서 있는 게 좋겠네요."

"참 신기해. 난 아직 아이에게 명확하게 말해 준 것이 없어. 판지엔도 아마 나와 같을 거야. 그런데 판시엔은 황제에게 깊은 응어리가 있는 것 같아. 그러니 퇴로를 마련한 것도 이상하지 않아. 만약 저번 호부 조사 사건으로 판 상서가 사직했다면, 그 아이는 뒤도 보지 않고 딴저우에 모셨을 거야. 딴저우는 참 좋은 곳이지 않나? 동이성도 가깝고, 경국 수군이 막을 방법도 딱히 없고…….”

“설마 판시엔이 내고 상품의 제조 비밀을 이미 다……?”

“강남에 1년이나 있었는데, 그것도 안 해놨겠나?”

판시엔이 이 대화를 듣고 있었다면, 천핑핑의 말에 엄지를 치켜
올렸을 것이다. 정확히 자신의 생각을 읽고 있었기 때문이다.

천핑핑은 덤덤히 말을 이었다.

“만약에 나중에 큰 혼란이 발생한다면 판시엔은 북제로 갈 것이
야. 물론 우리 위대한 경국 입장에서는 안타까운 일이지만……방법
이 없어. 천하가 뒤집어지는 거지.”

“그래도 내고 하나일 뿐인데, 천하의 대세까지? 그리고 아직도 그
놈이 북제로 간다는 것을 믿을 수 없어요. 아버지가 경국의 황제인
데, 그게 싫다고 북제의 신하가 된다? 북제 황제의 신임을 확신할 수
도 없고…….”

“북제 태후는 곧 무너질 거야. 쿠허도 줄곧 입을 닫고 있고, 태후
의 사람들 중 많은 이가 젊은 황제 사람이 되었지. 2년 정도 더 지나
면 황제가 모두 장악할 듯 보여. 그런데 하나 더 확실한 건, 나도 이
유는 정확히 모르겠지만, 북제의 젊은 황제는 확실히 판시엔 그놈
을 신뢰해. 그가 판시엔을 믿고 준 은전이 얼마인지 아나? 상상도 할
수 없는 액수야.”

페이지에가 정말 이해가 안된 것은, 천핑핑도 모르는 것이 있다는
사실이었다. 그리고 그 사실을 믿지도 않았다.

천핑핑은 가벼운 목소리로 말을 이었다.

“몇 년 후 일이야. 그때가 되면 난 이미 죽어 있을 텐데, 내가 뭘
그리 신경 쓸 필요가 있겠나? 그놈이 지금까지 날 믿어 준 것만 해
도, 다행이라 생각하고 있네. 내가 일전에 그놈에게 높은 곳을 보라
했는데, 그 아이는 이미 마음을 천하에 두고 있어. 그 점만 봐도, 이

미·장 공주를 넘어섰지. 우리의 위대한 황제 폐하와 가까워지고 있는 거야."

"오늘 전 산골짜기 습격 사건에 대해 이야기하러 왔는데, 원장 대인은 천하를 논하시는군요."

"자네는 판씨 저택으로 가서 제자 상처나 돌봐 주게나."

페이지에가 고개를 끄덕이고 문을 나서려고 하는 찰나, 뒤에서 쳔핑핑의 마지막 목소리가 들렸다.

"내가 죽기 전에는, 절대 먼저 죽지 말라고 전해줘."

판시엔은, 당연히 죽을 생각이 없었다.

그렇다고 경국을 배반할 생각도 없었다. 내고 상품의 제조 비밀을 빼내는 것, 북제와 연을 가져가는 것 모두 퇴로를 준비한 것일 뿐이었다. 경국에서 잘 살 수 있다면, 누가 그런 바보 같은 짓을 하겠는가.

사실 판시엔이 모든 것에서 손을 털 방법은 간단했다. 우쥬 삼촌과 훌쩍 떠나는 것이다. 세상 풍경도 구경하고, 심심하면 고수들과 한번 겨뤄 보고, 배를 타고 가서 서양 여자와도 사귀어 보고.

판시엔은 그렇게 살아도 정말 즐겁겠다고 생각했다.

다만, 그가 경국에서 살아가려 노력하는 것은, 그와 척을 진 이들과 죽기 살기로 싸우는 것은, 그에게 문제가 있다기보다 그의 마음에 걸리는 게 있었기 때문이다.

완알, 스스, 아버지, 할머니, 뤄뤄, 스져, 친구, 심복 등등.

어찌 되었든, 판시엔은 침대에 누워 스승이 전해주는 말을 들으며, 절름발이 늙은이의 탁월한 안목에 감탄하고 있었다. 물론 겉으로 말을 할 수는 없었기에 태연하게 말을 둘러댔다.

"어르신이 머리가 어떻게 되신 거 아니에요? 제가 경국 말고 어디를 갈 수 있다고……."

페이지에는 흡족한 얼굴로 제자를 바라보았지만, 이 작은 여우 같은 제자의 음흉한 웃음까지 읽어내지는 못했다.

"다친 곳 좀 보자."

"스승님, 이 정도 상처는 스스로 치료할 수 있어요. 스승님의 제자인데……그것보다 이것 좀."

판시엔은 옆에 있던 소가죽 봉투를 스승에게 건네며 말을 이었다.

"항저우에서 반년 가까이 약을 찾아봤는데, 제 생각엔 완알이 먹는 일연빙의 부작용을 줄여줄 수 있을 것 같은데, 확신이 없어서……한번 봐 주세요. 완알이 아이를 가질 수 있을지."

판시엔이 너무 대놓고 말하자 페이지에는 난처한 웃음만 짓고 있었다.

"복잡하게 생각하지 마세요. 스승님 덕에 완알이 병을 고쳤고, 그러니 저도 너무 감사할 따름이에요. 저는 그런데, 완알이 아이를 너무 가지고 싶어서……그러니 한번 봐달라는 의미 그 이상 그 이하도 아니에요."

'원장 대인 말을 전하러 왔더니, 이놈은 이 시국에 부인 약이나 신경 쓰고 있고……다들 무슨 생각인 거야?'

페이지에는 고개를 절레절레 저으며, 마지막 말과 함께 일어섰다.

"늙은이랑 젊은이랑 둘 다 모두 무슨 꿍꿍이가 있는 건지. 알았다. 난 약이나 살펴볼 테니, 할 말이 있으면 둘이 만나서 직접 하던지 말던지."

판시엔은 '헤헤' 웃었다.

"안 그래도, 내일 진원으로 갈 거예요."

다음 날, 진원.

늙은 여우와 젊은 여우, 오래된 바퀴의자와 신식 바퀴의자.

진원의 한구석에서 한참 동안 웃음소리가 커졌다 작아졌다⋯⋯. 마침내 둘 다 웃음을 거두고, 두 사람 모두 바퀴의자에 앉아 무릎을 붙인 친근한 자세를 취했다.

쳰핑핑이 온화한 미소로 먼저 말을 건넸다.

"바퀴의자에 적응을 좀 했느냐?"

"현공 사당 사건 때 한 달 동안 경험해 봤는데요 뭘."

말투는 부드러웠지만, 말에 가시가 있었다. 쳰핑핑은 헛기침을 두 번 했지만, 어떻게 설명해야 할지 몰라 난처했다.

판시엔은 그 모습을 보며 고개를 저으며 말했다.

"이 정도로 안 죽어요. 하지만, 오늘 우리 둘 다 솔직해 보죠."

"먼저 말해 보거라."

"바퀴의자에 두 번째 앉았어요. 첫 번째는 현공 사당 사건. 그 일로 황제의 신임을 얻게 되었으니, 일단 넘어 가죠. 그런데 왜 제가 지금 또 바퀴의자에 앉아 있을까요? 전 이 일도 대인이 계획하신 것 같은데, 이건 아니에요. 아시다시피 전 죽는 게 가장 싫어요. 그러니 다음부터 이런 시도는 하지 말아 주세요. 저 정말 미치는 수가 있어요."

판시엔은 손가락 두 개를 올렸다.

"벌써 두 번입니다. 세 번은 없어요."

쳰핑핑은 잠시 생각하다, 드디어 입을 열었다.

"현공 사당 사건에서 너의 부상은 정말 '의외'였다."

쳰핑핑은 담담하게, 침착하게 말을 이었다.

"하지만 이번 일은, 나와 정말 상관이 없단다. 이번 일은 정말 통제할 수 없었어. 그렇다면 그건 계획이 아니라 어리석은 짓이었다. 내가 그렇게 어리석다고 생각하는 것이냐?"

"당연히 어리석지 않죠. 너무 똑똑하시고 저에 대한 믿음이 너무 강하셔서 그런 거겠죠."

천핑핑의 마른 손가락이 살짝 떨렸다. 하지만 다시 천핑핑은 정색하며 말했다.

"너에 대한 믿음이 강하다는 건 좋은 일 아니냐? 사람들은 네가 얼마나 고수인지 모르지만, 난 알지 않느냐?"

"방금 말실수 하셨어요. 그건 매복 공격이었고, 그 정도 공격이면 스구지엔도 죽을 수 있었어요. 그런데 제가 죽을 수 있다고 생각 안 하셨다구요?"

"스구지엔을 그리 쉽게 죽일 수 있는 거였나? 그럼 뭐 일이 훨씬 쉬워졌구나."

천핑핑은 중얼거리며 말을 하다 다시 정색을 하며 말했다.

"난 이미 말했다. 그 일은 나와 상관없다."

판시엔은 천핑핑의 우격다짐에 화가 솟구쳤다.

"제가 조사해 보지 않았을까요? 군대의 강노가 징두 외곽 산꼭대기에 설치되었는데, 감사원이 몰랐다구요? 감사원이 그놈들과 협력 안 했는데, 저의 일정과 경로가 탄로났다구요?"

"징두 수비군 쪽에 문제가 생겼을 수 있지."

판시엔은 천핑핑의 태연함에 잠시 동안 말없이 상대방을 노려보다, 이를 악물고 말했다.

"전 습격 3리 전에, 감사원 밀정으로부터, 산골짜기에 문제가 없다는 보고를 받았습니다. 그것도 흑기병이 떠나고 난 바로 직후."

천핑핑은 오히려 비웃듯 대답했다.

"상대방이 널 죽이려 했는데, 그 정도 준비도 안 했겠니?"

"거짓말! 거짓말! 계속 거짓말! 대인이 주도하지 않았더라도, 방관했다는 사실은 피해 가실 수 없어요. 설마 대인도……저를 제거하려 그러신 거예요? 제가 감사원장 자리를 탐내고 있다고 생각해서 불안하신 거예요? 애당초 절 감사원에 끌어들인 게 대인이잖아요!"

쳔핑핑이 참지 못하고 꾸짖듯이 대꾸했다.

"이놈이! 내가 그렇지 않다는 걸 알면서 감히 그런 말을?!"

"그러면요? 저를 두 번이나 죽일 뻔하셨는데, 제가 그런 말도 못하는 건가요?!"

"나와 무관하다 하지 않았느냐?!"

쳔핑핑은 이 말과 함께 더 이상 상대하고 싶지 않다는 듯, 바퀴의자를 밀며 왼쪽 아래에 있는 정원으로 향했다.

판시엔도 양손으로 힘껏 바퀴의자를 밀며 쳔핑핑을 뒤쫓았다.

그렇게 두 사람은 저택의 돌계단을 따라 정원을 크게 한 바퀴 돌았다.

누군가 봤다면 그저 우스꽝스러운 광경이었다.

쳔핑핑은 정말 판시엔을 상대하기 싫어서 도망간 것이었지만, 사실 도망갈 방법은 없었다. 그가 자포자기하듯 작은 연못가 근처에 바퀴의자를 세웠다. 판시엔이 곧 쫓아와 그의 옆에 바퀴의자를 세우며, 잔뜩 불만스러운 말투로 입을 열었다.

"저 환자예요. 난감한 건 알겠지만 이러시면 안 되죠."

"난감한 게 아니라……내가 정말 어떻게 설명해야 할지 몰라서 그런 것이야."

쳔핑핑은 고개를 저으며 긴 한숨을 내쉬고는 무기력하게 말했다.

"좋아, 인정하마. 습격에 대해 소문은 들었었다. 감사원 내부에서 상대방을 돕는 이가 있긴 했고. 하지만 그 사람을 조사해 보진 마라. 그 사람이 간첩은 아니다."

"그 말은 대인이 일부러 노출시켰다는 것일 테고. 그런데 중요한 것은, 제가 왜 이렇게 큰 대가를 치러야 했냐는 거예요. 진짜 죽을 수도 있었다니까요?!"

"날 믿느냐?"

갑자기 겨울 바람에 공기가 얼어붙은 듯, 침묵이 흘렀다.

판시엔이 천천히 고개를 끄덕였다.

"그럼 지금은 나에게 묻지 마라. 나중에 자연스럽게 알게 된다."

"그래도 최소한 누가 했는지는 알려주세요. 그리고 감사원의 그 고의적인 첩자도."

"내가 알려준다 해도 너에게 증거가 없으니, 상대방을 어찌하지 못한다."

"증거는 대인 손에 있겠죠."

"나도 없다. 설령 있다 해도, 폐하께 넘길 수 없어. 첫째, 폐하가 정말 노하시면 그 화가 감사원까지 미칠 수 있다. 둘째, 아직 적절한 시기가 오지 않았다."

판시엔은 한참을 생각했다. 간단한 말이, 간단해 보이지 않았기 때문이다. 하지만 소화시키기에 시간이 필요하다 생각한 그는 그저 직접적으로 말했다.

"누가 절 죽이려 했는지만 알려주세요."

"네가 믿는 사람을 제외하면, 모두 널 죽이고 싶어한다."

판시엔은 진지하게, 사납게, 차갑게 천핑핑을 노려보았다.

천핑핑도 어쩔 수 없다는 듯 말을 이었다.

"알았다. 다만, 네가 지금은 무조건 인내하며 큰 국면을 망치지 않아야 해. 명심하거라."

판시엔은 대답하지 않고, 다음 말을 기다리고 있었다.

"친씨 집안."

판시엔은 곧바로 고개를 절레절레 저었다.

천핑핑은 조금 놀라며 물었다.

"놀라지 않는구나?"

"제가 바보에요? 대인이 공을 세우려고 판을 짜지는 않을 것이고, 그러면 물귀신 작전 같은 건데. 지금 조정 세력 중에 누굴 끌어들이고 싶어 하실까요? 친씨 집안밖에 더 있나요? 알고 있었지만, 확인하고 싶었던 거예요."

"그렇다면 알고 있겠구나. 네가 증거가 없으면, 황제도 그들을 쉽게 건드리지 않으실 거다. 그리고……."

판시엔이 말을 끊었다.

"증거가 있어도, 시기가 좋지 않으니 움직이지 않을 거다. 천하통일도 되지 않았는데, 군 기강이 흔들려 조정이 불안해질 수 있으니. 이 말이죠?"

쳔핑핑은 칭찬의 의미를 담아 고개를 끄덕였다.

"제가 진짜 이해가 안 되는게 있는데……대인은 이미, 태자, 2황자, 장 공주를 궁지에 몰아넣어서, 한꺼번에 그들이 폐하를 공격하게 밀어붙인 거 아닌가요? 거기에 이번에 친씨 집안까지 그 진영으로 몰아넣는다? 그럼 제가 한번 물어볼게요. 황제 폐하의 실력을 정말로 믿으시는 거예요?"

쳔핑핑은 미소를 지으며 대답했다.

"난 폐하를 믿고 있다. 내가 널 믿는 것처럼."

이 말과 함께 둘은 다시 한번 침묵에 빠져들었다. 하지만 그 공기는 이전의 침묵만큼 살을 엘 정도로 차갑지는 않았다.

한참 후, 쳔핑핑이 먼저 입을 열었다.

"폐하에 대한 믿음과 별개로, 내가 왜 친씨 집안을 끌어들였는지 묻지 않는구나."

"대인은 향후 제 적이 될 사람들을, 모두, 깨끗이 정리하시려고 하는 거잖아요. 친씨 가문을 생각해보면, 황위와도 상관없고, 저와도 친분이 있는데, 대인이 그러시는 거면……오래전 그 일에 연루되어 있겠죠."

"역시 내가 널 잘못 보지 않았어. 그 정도 판단을 할 수 있다니 이제 충분한 것 같구나."

판시엔은, 천핑핑의 칭찬이, 슬펐다.

여기까지 일을 밀어붙이는 것은……천핑핑의 몸 상태가 많이 좋지 않다는 것이었다. 그는 죽기 전에 모든 일을 마무리 짓고 싶은 것이다.

판시엔은 이미 알고 있었다. 말을 하지 않았을 뿐.

"진짜 제가 죽으면 어떻게 하시려고 했어요?"

"네가 죽긴 왜 죽어?"

"그때 상황을 안 보셔서 그런 것 같은데, 진짜 죽을 수 있었다니까요?"

"보진 않았지만, 친씨 가문이 무슨 수를 썼는지는 알고 있었어. 인정하마. 이번에는 내가 세 가지를 계산에 넣지 못했고, 그래서 '조금' 위험하긴 했지."

천핑핑은 담담하게 말을 이었다.

"첫째, 우쥬가 없음을 깜빡했다. 친씨 노인네는 우쥬의 존재를 모른다. 둘째, 그 상황에서도 네가 '상자'를 꺼내지 않더구나."

'상자? 갑자기 여기서 왜……?'

판시엔은 뜨끔했지만 태연하게 말을 받았다.

"그게 뭔지 모르지만, 저에게 없어요."

천핑핑은 당연히 판시엔의 말을 믿지 않았다.

상자의 사용법을 아는 사람은, 예칭메이, 판시엔 그리고 우쥬밖에 없었다. 하지만 그 위력만은 많은 사람이 알고 있었다. 그 상자로 친왕 둘이 죽었기 때문이다. 이는 천핑핑도, 황제도 마찬가지였다.

둘 다 경외심과 공포심은 있었지만, 실제로 그 상자에 대해 구체적인 것을 알지는 못했다.

그리고 태평별원 사건에서 예칭메이는 상자를 이용하지 않았다. 그 말은 그곳에 없었다는 것이다. 그렇다면 남은 사람은? 우쥬. 우쥬는 판시엔을 보호하기 위해서라도, 그에게 상자를 줬음이 확실해 보였다.

여기까지가 천핑핑이 추리한 내용이었다. 그리고 그 추리는 거의 정확했다. 다만 한 가지, 그 상자를 보지 못했으니, 상자의 무게와 크기를 알지 못해 벌어진 실수였던 것이다.

판시엔은 상자를 가지고 있었다. 남의 이목을 피해 휴대할 방법을 찾지 못한 것뿐이었다. 그래서 당시에 상자를 가지고 있지 않았다. 그리고 상자에 대해 그가 할 수 있는 것은 단호한 부인(否認). 황제에게 알려지면, 당연히 그 위험한 물건을 그가 소유하게 하지 않을 것이다.

"우쥬 삼촌, 그리고 뭐 상자 같은 거, 세 번째는 뭔가요?"

"감사원 마차, 그림자 그리고 너의 9품 무공 정도면 도망갈 수 있을 거라 생각했다. 내가 간과한 건, 네가 그렇게 멍청한 짓을 할 줄 몰랐다는 것이지."

"설마 제가 나와서 강노를 제거한 일을 말씀하시는 거예요? 제 부하들은 어떻게 하구요? 제가 그나마 강노를 제거했다 해도, 부하의 반이 죽었어요. 제가 대인을 냉혈한이라 욕하진 않잖아요? 그런데 대인은 저를 멍청이라고 욕하는 거예요?"

"냉혈한? 감사원 관원의 필수 조건이 차가운 피다. 너는 그게 다 어디로 간 거냐?"

"제 사람들이었어요."

"고작 부하일 뿐이다. 나약함이란 감정은 멍청할 뿐 아니라, 너도 죽게 만들 것이야."

"그건 나약함이 아니에요! 그건 책임이에요!"

판시엔은 흥분했고, 천핑핑은 하품을 했다.

"너무 많이 신경 쓰면 안 되느니라. 네 말을 들었으면, 아가씨가 좋아하시기는 했겠네."

"전 제 사람만 신경 써요."

"아가씨는 천하의 사람을 신경 썼지. 그래도 네 어머니보다 네가 더 총명하고 강한 것 같이 보이네. 하지만 그 정도론 기껏해야 며칠 더 살게 되겠지."

"걱정 마세요. 백 살까지 살 거니까. 근데 대인은 매일 여기에 처박혀 있으면 백 살까지 살아도 즐겁지는 않겠네요. 제가 대신 즐겁게 살게요."

판시엔도 점점 화가 누그러지고 있었다.

천핑핑은 농담을 진담으로 받아들인 듯 온화한 표정으로 말했다.

"내가 죽으면 진원을 물려주마. 아가씨들은 네 알아서 하고."

판시엔은 다시 한번 마음이 시큰했다. 그는 최대한 마음을 억누르고 화제를 급히 돌렸다.

"근데 이번에도 참으라구요?"

"네가 지금 움직이면 큰 판세가 무너져. 그리고 그들이 나중에 어떻게 멸문지화를 당하는지 지켜봐라. 그 점은 판지엔에게 더 배워야 겠다."

천핑핑은 판지엔 이야기에 조롱하듯 웃으며 말을 이었다.

"천하 사람이 다 죽어도 네 아버지는 살아남을 거다. 살아남는 게, 최고의 능력이야."

"전 손을 쓸 거예요. 대신 대인의 체면을 세워드리죠. 친씨 가문은 안 건드릴 게요. 하지만 제 수하들의 목숨 값은 받아야 겠어요."

"옌샤오이를 건들 것이냐? 그는 이번 일에 아무 관련이 없는데."

"대인이 친씨 집안을 장 공주 쪽으로 밀어 넣으셨으니, 친씨 가문 대신 그 쪽이 저의 화풀이를 당하는 거죠. 문제되나요?"

"문제랄 건 없지만……이치에 맞지는 않는 것 같구나."

"이치가 하나는 아니에요. 그저 서로 다른 거지."

제2장

복수

징두에 겨울이 찾아왔다. 하늘에서 큰 눈이 벌써 여러 차례 내렸고, 황궁의 주황색 담벼락도 수분을 머금어서 그런지 탁하게 변해 있었다. 경국 황제의 음울하고 음침한 마음을 대변하는 것처럼 느껴졌다. 조정의 문무백관 모두 그 사실을 알고 있었다.

황제 사생아 습격 사건에 대해, 감사원을 필두로 하여 대리사 추밀원도 협력하여 조사가 진행되고 있었다.

실마리를 찾지 못했다.

황제의 얼굴은 여전히 평온해 보였지만 조정 회의에 참석한 대신들은 오랜 경험을 통해 알고 있었다. 황제의 분노가 언제든 분출되어 그들을 한 줌의 재로 만들어 버릴 수 있다는 것을.

이 문제는 황제 사생아를 급습한 선에 그치는 것이 아니었다. 군까지 동원된 이 습격을 명확히 조사하지 못한다는 것은, 황제의 경국 통제력이 예전만 못하다는 의미였다.

황제의, 조정의 한계선을 건드리는 일이었다.

바닷속 수많은 상어들에게, 고래가 피를 흘리고 있음을 알려주는 신호였다.

문관 대신 하나가 앞으로 나와 용의(龍椅) 아래에서 엎드려 침통하게 아뢰었다.

"폐하, 심사숙고하여 주십시오!"

"심사숙고?"

슈 대학사가 어떤 단어를 써야 할지 모르는 듯, 한참을 고민하다 다시 말을 이었다.

"진짜 주모자가 누명을 씌운 것이 분명해 보입니다. 내리신 황명을 거두어 주십시오."

"일어나서 이야기하게. 나이도 많은데 걸핏하면 꿇어 앉지 말고."

황제는 온화하게 말했다. 심지어 황제는 이 말을 하며 입가에 살며시 웃음을 짓고 있었다. 그 웃음은 대신들의 눈에 똑똑히 보일 정도로 명확했다. 그리고 모든 조정 대신들은 그 말 속에서 황제의 자신감과 안정감을 느낄 수 있었다.

"짐이 예중을 징두로 부른 것이 일상적인 업무 보고를 받기 위함은 아니지만, 이번 일에 연루되었다는 증거가 있으니, 해명은 해야 하지 않겠나. 그의 변방을 수호하는 공을 폄하하는 것은 아니네."

황제의 안정감에 대신들은 '성은이 망극하다' 외치고 있었다.

제왕의 위엄은, 대신들의 생각을 통제하는 것이다.

사실 황제는 그렇게 복잡하게 생각하고 있지 않았다. 황제는 자신이 언제나 침착하며, 언제나 산처럼 진중하게 서 있으며, 그리고 천하는 언제나 자신의 손에 있음을 보여주기만 하면 된다 생각하고 있었다.

그리고 판시엔은 아직 살아 있었다.

무릇, 위대한 정치가와 어리석은 정치가는 사건을 처리할 때 공통적인 특징을 보인다고 한다. 서두르지 않는다는 것. 전자는 미리 계획이 있기 때문에, 후자는 어디부터 손을 대야 할지 모르기 때문에.

경국의 황제는 당연히 전자다.

물론 판시엔의 '아들'이라는 신분 때문에 걱정도 했고 분노도 했다. 그도 '아버지'이기 때문이다. 하지만 판시엔이 진원에 갔다는 소식을 전해들은 후 위중하지는 않다는 생각에 이미 마음이 놓인 상태였다.

그래서 놀랐지만, 더 이상 걱정은 하지 않았다.

그리고 모든 사람들의 예상과 달리 황제는 그의 권위에 정면으로 도전한 걸 환영하고 있었다. 그것을 이용해서 상황을 그에게 유리하게 이끌기만 하면 되는 것이었다.

그래서 그는 이날을 기다렸다.

"폐하께 아룁니다."

태후의 늙은 개, 큰 홍 태감.

"감사원 확인 결과, 판 제사가 징두로 오기 전 각 가문에서 특별한 움직임은 없었습니다."

"창저우는?"

"옌샤오이 대도독이 군영을 떠나 징두로 오는 길에 이상한 점은 없었습니다."

황제는 손을 휘휘 저어 물러가라 명했다. 하지만 큰 홍 태감은 감히 물러가지도 못하고, 감히 말을 하지도 못했다.

'딩저우는 왜 안 물으시는 거지? 예씨 집안으로 정하신 것인가……'

황제가 그 모습을 옆 눈길로 보며 책 한권을 집어 들어 펼치며 물었다.

"자네는 어찌 생각하느냐?"

"종에게 어찌 생각이 있겠습니까."

"사람은 누구나 자기의 생각이란 게 있다."

큰 홍 태감은 떨리는 목소리로 조심스럽게 입을 열었다.

"종이 보기에는 조금 수상쩍습니다. 그와 같은 계획을 펼칠 수 있는 능력이 있는 사람이, 왜 판시엔에게 졌는지 이해가 되지 않습니다."

"그건 말하지 말라."

"네, 폐하."

여전히 큰 홍 태감은 물러가지 않았다.

"할 말이 남았느냐?"

"태후께서 함광전에서 뵙고 싶어 하십니다."

"그 말을 아랫것들이 아닌 네가 직접 전할 필요가 있느냐?"

"황궁 밖 소식이 태후 마마의 귀에 들어갔는데, 어르신께서 답답하신 듯합니다."

"무슨 소식?"

"송스런이라는 소송 대리인이 밍씨 가문과의 소송에서 변론했던 내용을 징두에 와서 입을 놀려 대고 있습니다."

큰 홍 태감이 살짝 황제의 낯빛을 살핀 후 말을 이었다.

"태후께서 싫어하십니다."

황제는 무슨 말인지 단번에 이해했다. 태후가 가장 아끼는 황자는 태자였기 때문이다.

"그놈의 입을 다물게 만들어라. 허나, 죽이진 말거라. 판시엔 사람이니, 그 아이의 면은 챙겨주고 싶다."

홍태감은 바로 그러겠다고 대답했으나, 여전히 물러나지 않았다.

"아직도 일이 남았느냐?"

"떠도는 소문에 의하면……판 제사가 강남에서 좋은 검을 얻었는데, 감사원 북제 책임자인 왕치니엔이 보냈다 합니다."

황제는 마음속 깊이 올라오는 짜증을 강하게 억누르며 최대한 온화하게 말했다.

"알았다."

황제는 뒷짐을 진 채 넓디넓은 황궁을 걸었다. 그의 옆에는 아무도 없었고 그의 뒤에서 야오 태감을 필두로 몇몇 작은태감들이 뒤따르고 있었다.

황제가 도착한 곳은 작은 전각.

그는 문을 열고 들어가 머리에 떨어진 눈을 무심하게 털어내며 곧장 2층으로 향했다.

2층의 곁채.

황제는 벽에 걸린 그림을 말없이 바라보았다.

'북제의 검? 소송 대리인?'

황제가 싸늘하게 웃었다.

'안쯔가 급습을 당해 중상을 입었는데도 그들은 가만있지 않는구만. 모후는 많이 부드러워지셨는데, 우리 착한 여동생과 황후가 옆에서 부추겼겠지.'

한참 후, 긴 한숨소리가 전각의 곁채를 채웠다. 그리고 황제가 천천히 손을 내밀어 그림 앞 탁자에 있는 물건을 손으로 집어 부드럽게 문질렀다.

검. 왕치니엔이 보낸 검. 북위 마지막 황제의 검!

황제의 얼굴에 미소가 번졌다. 판시엔은 습격을 당한 후 잠에서 깨자마자 밀서와 함께 이 검을 황제에게 보냈다. 밀서에는 별 내용 없이 간절하고 공손한 내용이 대부분이었지만, 가끔 악에 바쳐 쓴 부분도 있었다.

진솔함.

황제는 그 부분을 높게 평가했다. 하지만 다른 황실 사람들과 대신들은……진솔함과 거리가 멀었다.

황제는 걱정스러운 듯, 조금은 지친 듯 그림 앞에 서 있었다.

여인은 걱정스러운 듯, 조금은 지친 듯 그림 안에 서 있었다.

그렇게 그림 안에서, 또 그림 밖에서 휴식을 취했다.

황제의 얼굴에 갑자기 의연한 기색이 돌며 결심이라도 한 듯 검을 들고 아래로 내려갔다.

"성지를 전하라. 감사원 제사 판시엔에게, 충정으로 경국의 이익을 도모해 짐의 마음을 깊이 위로한 공으로, 짐이 이 검을 하사한다."

야오 태감이 검을 공손히 받아 들었고, 황제가 명을 이었다.

"옌빙윈, 허종웨이, 친헝……입궁하게 하라."

황제는 십여 명의 이름을 불렀다.

그들의 공통점은 모두 젊다는 것.

야오 태감은 곧바로 성지를 전하러 출발했고 작은태감들을 시켜 대신들을 입궁하게 한 후, 그 자신은 판씨 저택으로 가 황금색 천에 감싸진 검을 판시엔에게 직접 건네주었다.

이 일은 경국의 기록에 남는 일이었다. 경국 사람 모두가, 경국의 황제가 판시엔에게 북위 황제의 검을 하사했다는 내용을 알게 되는 것이다.

판시엔은 검을 든 채 한참을 멍하게 있었다.

'황제 어르신이 갑자기 나에게 왜 이렇게 친절하게 나오시지?'

그 시각, 성지를 받은 젊은 관원들도 저마다 황제의 생각을 추측해 보고 있었다.

판시엔은 손에 든 검을 조심히 내려놓고 환약을 하나 꺼내 향로안에 부숴 넣었다. 졸음에 겨워하던 하인들이 잠든 것을 확인한 후 조심히 복도를 지나 뒷문으로 빠져나갔다.

그곳에 기다리던 익숙한 마차에 오르며 그를 부축하는 무평알을 보고 출발하자는 눈짓을 보냈다. 마차는 모든 게 변하지 않은 듯한 징두 거리를 향해 출발했고 6처의 자객들이 호위를 맡았다.

거리의 풍경을 구경하던 판시엔의 눈빛이 번뜩였다. 그는 고수로 보이는 사람들이 호위하는 소년 공자를 뚫어지게 쳐다보고 있었다.

"저 사람들을 따라가."

소년 공자의 일행이 도착한 곳은 기방. 징두에서 가장 유명한 포월루. 난데없이 들이닥친 마차를 바라보던 여 종업원 하나가, '진짜' 포월루 주인인 판시엔을 보자 너무 놀라 인사도 하지 못했다.

'다친 몸으로 포월루 시찰을?'

겨우 정신을 차린 여 종업원은 황급히 가서 스칭알에게 알렸고, 판시엔을 가장 아름다운 독채로 안내하려 했다. 하지만 판시엔은 말없이 고개를 저으며 곧장 3층에 있는 포월루 '주인방'으로 향했다. 들어가지도 않고 밖에서 한참 동안 방안의 대화만 엿듣고 있던 판시엔이, 드디어 천천히 문을 밀고 들어가며 물었다.

"누가 왔다고?"

비명 소리, 곡도를 칼집에서 빼는 소리가 차가운 바람과 함께 방안을 휩쓸었다. 곡도를 뽑은 사람들은 평상복 차림이었지만 그 신분은 평범해 보이지 않았다. 하지만 판시엔은 더 평범하지 않았다. 그는 피하지도, 숨지도 않고, 앞에 보이는 어두운 얼굴의 소년 공자로 발걸음을 옮겼다.

'쨍그랑, 쨍그랑.'

앞에 있던 소년 공자와 그 옆에 있던 여자가 들고 있던 찻잔이 동시에 바닥에 떨어져 깨졌다. 둘 다 약속이나 한 듯, 마치 정지 화면처럼, 입을 벌리고 판시엔을 바라보고만 있었다.

입을 먼저 연 자는 소년 공자.

"칼 내려놔! 모두 죽고 싶어서 그래?!"

'찰싹!'

"네가 죽고 싶구나?!"

판시엔이 소년 공자의 귀싸대기를 날리며 싸늘하게 쏘아붙였다.

"누가 돌아오라 그랬어?"

"형, 집이 너무 그리워서……."

이 모습에 사람들은 모두 그 방에서 재빨리 나왔다. 심지어 스칭알도 그 방에서 쫓겨났다. 판시엔은 한참 동안, 한쪽 뺨이 빨갛게 부어올라 공손히 두 손을 모으고 있는 동생을 말없이 바라보았다.

"큰 사장님의 위엄이 대단하셔. 북제 고수를 호위병으로 두시고. 이 형은 아무것도 아니구만."

판스져는 형의 눈치를 보다 태연하게 뒤로 돌아가 형의 어깨를 안마하며 말했다.

"돈이 있으니까……고수도 부리는 거지."

"너 지금, 체포령이 내려진 거 알아, 몰라?"

"종이 쪼가리일 뿐이잖아. 창저우 성문에 붙어 있는 건 이미 비와 눈을 맞아 글씨가 보이지도 않던데?"

결국 판시엔은 터졌다.

"이 새끼가! 히죽거리지 마! 너 도대체 무슨 일을 벌이려고, 나에게 말도 안하고 돌아온 거야?!"

판스져는 눈치를 살피며 다시 형 앞으로 가 앉으며, 기어들어가는 목소리로 대답했다.

"며칠 뒤면⋯⋯아버지 생신⋯⋯."

판시엔은 그제서야 부쩍 야위어진 동생을 보고 큰 한숨을 내쉬며 화를 삼켰다.

"돌아올 거면 말을 했어야지, 말을."

"말했으면, 못 돌아오게 했을 거잖아⋯⋯."

판시엔은 갑자기 다른 생각이 들며 다시 화가 치밀어 오르기 시작했다.

"왕치니엔은? 분명 샹징에서 널 돌보고 있다 했는데. 그놈이 어떻게 나에게 이 일을 보고 안 할 수가 있지?"

판스져는 난감한 듯 눈알만 굴리다, 어차피 형을 속일 수 없다는 생각에 조심히 말했다.

"왕 대인은 아직 안 돌아왔나⋯⋯그를 따라서 성문을 들어왔는데⋯⋯근데 형, 정말 왕 대인은 아무 잘못 없어."

판시엔은 탁자를 세게 내리쳤다.

"이런! 예정보다 앞당겨 도착했다고? 그런데 보고를 안 해?! 이 두 놈들이 다 나를 속여?!"

판스져는 벌벌 떨고 있었지만, 속으로는 생각보다 다행이라 안심하고 있었다. 형이 화가 나면 말이 아니라 손이 먼저 나온다는 것을 알고 있었기 때문이다.

"돌아왔으면서 왜 집엔 안 온 거야?"

'형이 무서우니 안 갔지!'

"징두에 와서 나도 형 습격 사실을 들었는데, 이때 집에 갔다가 형님 귀찮게만 할 것 같아서……포월루에 머무르며 정보도 좀 알아보면, 형에게도 도움이 될 수도…….”

판시엔은 진짜 화가 나기도 했지만, 사실 오랜만에 동생을 보며 안쓰러운 마음과 함께 기쁜 마음이 더 컸다. 그의 목소리는 이미 많이 온화해져 있었다.

“키가 또 컸네. 북제 생활이 나쁘지 않았나 보구만.”

이때, 문을 두드리는 소리가 들렸다. 그 소리는 마치 비통한 울부짖음처럼 들리기도 하였다. 판시엔은 문 쪽을 보지도 않고, 싸늘하게 말했다.

“농담은 괜찮은데, 슬픈 척은 하지 마.”

사십이 다 된 중년 남성이, 십대 아이처럼 민첩하고 겸손하게, 사람들 사이를 헤치며 들어왔다. 그 남성은 두려움과 연민의 눈빛을 하고 고양이처럼 판시엔을 바라보았다.

판시엔은 화가 치밀어 올랐지만 되려 판스져에게 화를 냈다.

“네가 징두에 온 걸 숨길 수 있을 것 같아? 그리고 왔으면 더 조심을 해야지. 고수들을 그렇게 대동해서 대낮에 길거리를 쏘다니면. 그리고 고수들이 차고 있는 곡도를 보면, 그들이 북제 사람인 걸 알 만한 사람은 다 알 텐데, 정신이 있는 거야, 없는 거야?!”

왕치니엔은 뭐라고 변명하는 듯 했지만, 다른 사람들이 볼 때는 그가 입만 뻥긋할 뿐이지, 그의 입에서 아무 말도 나오고 있지 않았다. 판스져는 그 모습에 한심한 눈빛을 하고, 하지만 그도 기어들어가는 목소리로 말했다.

“북제 상단처럼 보이려고…….”

판시엔은 동생의 생각을 이미 알고 있었다. 그리고 왕치니엔, 그의 가장 가까운 심복을 1년 만에 봤으니 얼마나 기뻤겠는가. 심복이 얼마나 고생한지를 누구보다 잘 아는 판시엔이었다. 그에게 이번

'분노'는 환영식 같은 거였다.

판시엔이 빙그레 웃자 그제서야 판스져는 마음이 놓이는 듯, 형에게 하소연을 하기 시작했다. 살을 에는 듯한 추위에 눈을 맞으며 맷돌을 돌리고 어쩌고 저쩌고, 콩, 당나귀 등등 대부분 하이탕과 관련된 내용이었다.

"형 그건 사람의 삶이 아니었어⋯⋯."

"너 설마 그녀가 무서워서 도망온 건 아니지?"

"형 정말 대단해⋯⋯난 하이탕 같은 성질 사나운 여자는 만나고 싶지 않아⋯⋯."

그 뒤로도 한참 동안 판스져의 북제 생활 하소연이 이어졌는데, 판시엔은 동생이 장닝 후작 저택에 하루가 멀다 들러 술을 마신다는 소리에 마침내 큰 웃음이 터져버렸다.

한바탕 이야기가 지나가고, 기분이 많이 좋아진 판시엔은 드디어 왕치니엔에게 질문을 했다.

"잘 지냈어?"

왕치니엔은 판시엔이 미소 지을 때가 가장 위험하다는 것을 알고 있었다.

"대인, 부디 저를 용서⋯⋯."

"언제 도착했는데?"

"도착한 것은 어제인데, 감사원 옌 대인에게는 보고드렸었는데, 제사 대인께서 부상을 당해 몸이 좋지 않다 하면서, 급히 찾아가지는 말라 했습니다."

"앞으로 어떤 일을 해야 하는지 알지?"

왕치니엔은 고개를 숙이며 예를 올렸다.

"대인의 자리를 물려받아 1처의 처장이 되는 일⋯⋯저는 못합니다."

판시엔은 당황하지 않고 말했다.

"원장 대인도 네가 그렇게 말할 거라 예상하더라고. 그런데 맡아야 해. 너에게도 좋은 일이고, 또 네가 맡지 않으면 내가 어떻게 안심하겠어?"

왕치니엔이 땅이 꺼질 듯 한숨을 쉬며 말했다.

"저는 원래 아내와 딸을 부양하는 것이 목표인 걸 아시지 않습니까? 저는 평생 감사원에서 그럭저럭 연명하며 살고 싶습니다. 그리고 전 대인 곁에서 일하는 게 제일 편합니다."

"내 옆에 있으면 위험할 텐데? 이번 습격에도 많이 죽었어."

방안은 잠시 정적이 흘렀다. 마침내 왕치니엔이 정적을 깨고 입을 열었다.

"그래서 제가 대인을 보좌해야 한다는 겁니다……저는 코도 예민하고 달리기도 빠릅니다. 6처는 뛰어난 자객이지만, 제가 미리 감지하고 방지하는 게 더 효과적이지요."

판시엔은 고개를 숙여 손에 든 찻잔을 돌리면서 앞으로의 계획을 머릿속에 그렸다. 왕치니엔 조직은 그동안 덩즈위에, 수운마오, 그리고 최근에 홍창청이 맡고 있었고, 그들 모두 충성심도 깊고 능력도 출중했다.

다만, 왕치니엔이 맡을 때보다 판시엔은 즐겁지가 않았다.

하지만 판시엔은 왕치니엔이 북제에서 보여준 능력을 생각하며, 단지 자신의 곁에만 머물게 한다는 것도 아쉽다고 생각하고 있었던 것이다.

"그건 다시 논의하지. 일단 북쪽 일을 덩즈위에게 인수인계 해 줘."

판스져는 감사원 관련 대화가 시작되자 그가 있기에 적절하지 않다고 생각하며 나가려고 하였지만, 판시엔은 그를 멈추며 다시 앉했다.

"네가 북쪽에서 할 일이 장사만은 아니야. 샹징에도 포월루를 열
것이고, 주 목적은 정보수집이야. 남쪽은 상운이, 북쪽은 네가 맡는
거지. 그러니 좀 이따 덩즈위에와 인사도 하고 신분 따지지 말고 잘
지내."

이것이 판시엔이 산골짜기 습격 이후 처음 떠올린 생각이다. 그
자신만의 정보 체계를 구축할 필요성을 절실히 느꼈던 것이다. 그
때, 덩즈위에가 문을 열고 들어와 판시엔에게 예를 올리고 일어나서
옆에 있는 왕치니엔을 보고 감격하며 말했다.

"왕 대인, 돌아오신 겁니까?"

판시엔은 손을 저으며 말했다.

"인사는 나중에 하고, 완알이 도착하기까지 얼마 남았지?"

"3일 남았습니다. 1급 경계 태세를 발령했고, 호위와 밀정들도 더
욱 경계를 강화했으니, 별 문제는 없을 것입니다."

판시엔은 고개를 끄덕였다. 하지만 그는 처음부터 큰 걱정은 하
지 않고 있었다. 그와 달리 완알을 암살하면서 상대방이 얻을 이익
이 없었기 때문이다.

그 뒤로 판시엔은 말도 없이 조용히 차만 마시고 있었다. 판스져
는 이런 회의를 처음 해 본 터, 자기도 모르게 몸을 비비 꼬고 있었
고, 다른 부하들은 판시엔의 눈치만 살피고 있었다.

그때, 세 번째로 문 두드리는 소리가 나며 젊은 공자 하나가 들
어왔다.

"생각보다 빨리 왔네."

흰색 옷을 입은 남자가 찬 기운을 뿜으며 냉정하게 말했다.

"제사 대인의 목숨은 개인의 문제가 아니에요."

옌빙윈.

판시엔은 그를 보고 적당히 하라는 듯 눈짓을 주고 입을 열었다.

"세 가지 일이 있어. 하나, 폐하께서 입궁하라 명한 14명의 젊은 관리들의 배경을 파헤쳐. 앞으로 그들을 통제해야 해."

옌빙윈이 조심스럽게 물었다.

"저도 제출해야 하나요?"

"그건 네가 알아서 하고. 친헝은 필요 없고, 허종웨이에게 집중해. 폐하께서 그를 상당히 총애하시는 것 같아. 하지만……난 그가 싫어."

판시엔은 살짝 웃고 다시 설명을 이었다.

"이번 습격으로 보아 감사원에 첩자가 있는 듯 보여. 찾아내."

옌빙윈은 판시엔을 보고 웃었지만, 아무 말도 하지 않았다.

판시엔은 그런 옌빙윈을 보며 웃지도 않고, 아무 말도 하지 않았다.

"마지막으로, 감사원에서 뒤처리할 준비를 해줘. 내가 몇 명 죽일 거야."

"누구를 또 죽이시려 하나요?"

옌빙윈은 못마땅한 듯 싸늘한 눈빛으로 판시엔을 바라보았다.

"고위 대신들을 죽이려 한다면 제가 먼저 반대할 거예요. 이번 습격이 있은 후, 조정이 아직 수습되지 않은 상태에서, 폐하께서 용인할 수 있는 한계에 다다르신 것 같아요. 이때 일을 더 벌인다는 것은, 너무 경솔한 행동이에요."

판시엔은 침착하게 대답했다.

"목적이 있거나 이익을 취하기 위해 하는 것은 아니야. 원장 대인의 뜻에 따라 그들에게 경고하고, 그들을 자극시키기 위한 것뿐이야. 옌 처장은 무슨 말인지 알 테니 더 설명하지는 않겠네."

"대인은 명분을 내세워 그저 화풀이나 하고 싶은 거 아닌가요?"

"좋아, 인정하지. 난 복수도 하고 싶어. 내 사람이 죽었어. 그것도 많은 수가. 난 그들의 목숨 값은 받아야겠어. 그리고 완알이 도착하기 전날 포월루에서 연회를 열어, 태자, 대황자, 2황자, 친형, 추밀원 부사(副使) 둘 이렇게 초대할 거야. 준비해줘."

왕치니엔은 재빨리 손가락을 접으며 사람들의 명단과 수를 세어보다 의아한 듯 물었다.

"옌 대도독은……?"

"됐어. 그놈이 그날 지랄발광을 해서 그 자리에서 누구라도 죽으면, 난 감당 못해."

옌빙원이 '연회'의 의미를 이해하고 무거운 마음으로 물었다.

"꼭 이렇게 해야 하나요?"

"둘 중 하나가 죽어야 한다면, 내가 먼저 움직이는 게 유리하겠지."

"먼저 폭발하는 게 반드시 좋은 방법은 아니에요."

"먼저 폭발하는 게 아니야. 냉정하게 생각해서, 이번 습격을 이용해 폐하께서는 상황을 스스로 유리한 방향으로 이끌려고 하실 거야……그런데 그 방향이 감사원에 꼭 유리할까?"

다른 부하들은 자신들이 낄 대화가 아니라 생각해 말없이 예를 올리고 방을 나갔다. 옌빙원도 마지막으로 방에서 떠날 준비를 하다, 다른 부하들이 없는 것을 확인하고 조용히 물었다.

"옌샤오이 아들을 죽이는 건……강력한 경고이지만, 상대방이 미쳐 날뛸 거예요. 뒤에 계획은 있는 거죠?"

"옌샤오이는 실력, 세력, 명성 모두 엄청나지. 놔두면 엄청난 위협이 될 거야. 그러니 설령 내 관직을 내놓은 한이 있어도 최대한 빨리 제거할 거야."

판시엔은 말은 안 했지만 하루 빨리 자신의 머릿속에 있는 '화살의 그림자'를 지워버리고 싶은 마음도 있었다.

"지금 대인이 부상을 입은 상태에서 그를 암살하는 건 미친 계획으로 보여요. 원장 대인이라면 이런 계획은……."

"아니야. 날 믿어. 그 절름발이 노인네는 나보다 더 미쳤어. 난 양쪽의 미친 짓에 내 목숨을 바칠 생각은 없으니, 내가 먼저 미치는 게 나아. 그리고 이 부분은 여기 두 사람 외에는 아무도 몰랐으면 좋겠어."

여기 두 사람은 판스져와 옌빙원.

판시엔은 판스져를 한번 힐끔 보고, 옌빙원의 어깨를 두드리며 진지하게 말했다.

"바뀐 것은 없어. 나와 함께 대세를 만들어 가자고. 그러기 위해 조정, 감사원 외에 나에게도 마음을 좀 써줘."

옌빙원이 나가고, 판시엔은 조용히 일어나 창으로 가 창문을 열고 아무 말 없이 눈 덮인 길로 빠져나가는 왕치니엔, 덩즈위에 마지막으로 옌빙원을 바라보았다.

판시엔은 고개를 돌리지도 않고 남아 있는 동생에게 말했다.

"여기 일은 아버지에게 말하지 마."

"말해도 소용없는 일을 내가 왜 말해. 아버지는 돈을 만지시는 분이지 살인을 하시는 분이 아닌데."

'살인을 안 한다고? 황제의 장인이자 태후의 친동생인, 황후의 아버지를 죽였는데?'

판시엔은 말을 할 수는 없었지만 아버지가 호부 상서의 권세를 넘어선 어떤 힘을 가지고 있다고 확신하고 있었다. 심지어 아버지는, 가오다 같은 인물을 백여 명이나 갖추고 있는 황실 비밀 호위를 길러내지 않았는가.

"뭐뭐는 봤어?"

"몇 번 봤는데, 가을부터 약초 채집한다고 산으로 들어간 후로는 못 봤어."

"쿠허, 이 까까머리 중은 참 파렴치해. 내가 섭섭하지 않게 해줬는데, 뤄뤄에게 고작 의술을 가르친다고? 그럴 거면 내가 페이지에 스승님에게 맡겼지. 하여튼 〈천일도〉를 전수하기 싫으니까 별 핑계를 다 만들어 내요."

'형은 천하에 무서운 게 없는 거야?'

"그리고 네가 데리고 온 그 고수들을 조사해봐. 조사해도 나오는 것은 없을 테지만……어쨌든 조심해. 북제 황실에서 밀정 몇은 확실히 붙였을 거야."

"나도 그 점은 알고 있었어. 그래도 공짜잖아? 중요한 일을 할 때에는 적당히 따돌리며 다닐 거야."

"그런 생각도 하고 다 컸네. 물론 네가 북제 황실과 내고 밀수를 하고 있으니 널 건드리지는 못할 거야. 그건 그렇고, 너와 단 둘이 할 이야기가 있어."

"무슨 일?"

판시엔은 고개를 돌려 동생을 바라보았다.

"그 검, 왕치니엔이 그 검을 어디서 가져왔지?"

'형이 설마 왕치니엔도 의심하는 건가?'

판스져는 두근거리는 가슴을 겨우 진정시키며 검을 발견한 것, 구매한 것 모두 왕치니엔이 홀로 진행했고, 그가 보기에 이상한 점은 없었다는 의견을 덧붙였다. 판시엔은 살며시 미소를 지으며 말했다.

"네 말에는 재밌는 부분이 있어. 사실 그 검은 돈이 많다고 해서 살 수 있는 것이 아니야. 북제의 자존심 같은 것이니까. 북제 황실이 그 과정을 방관하고 있었을까? 왕치니엔이 단순히 나에게 아부하려 했다는 걸로 설명할 수 있을까?"

"형의 말은 그러니까……북제 황실이 일부러 그 검에 대해 소문을 내서, 의도적으로 왕치니엔을 통해 형에게 보냈다?"

판시엔은 고개를 끄덕였다.

"왜 그런 건데?"

"검에 마음이 실려 있는 거지. 북제 황실의 태도이자 복선. 지금은 내가 경국에서 지위를 가지고 있는 게 그들에게 도움이 된다 판단하니 가만히 두는 거겠지만, 언젠가는 그것도 임계점에 도달하겠지, 그때가 되면……어쨌든 북제 황제는 만만치 않은 사람이야. 장기적인 계획을 가지고 있고, 이 검은 그 시작이라고 봐야 해."

이간질. 어느 역사에서나 효과적인 방법. 왜냐하면 모든 사람들은 '의심'을 가지고 있기 때문이다.

판스져가 고개를 절레절레 저었다.

"정치는 너무 복잡해. 장사가 편해. 그리고 내가 샹징을 떠나기 전에 북제 황제가 어떻게 알았는지, 날 황궁으로 불러 말을 전해달라 했어."

"무슨 말?"

"어찌 이것을 흔히 볼 수 있는 색이라 하겠는가? 눈과 얼음 속에서 짙어졌다 옅어졌다 하는 것을."

판스져가 말한 문구는 〈석두기〉에서 매화를 빗대어 지은 〈영홍매〉라는 시의 일부분이었다. 판스져는 〈석두기〉을 이용해 판시엔에게 마음을 전달한 것이라 느꼈지만, 판시엔은 구절을 듣고 그 뜻을 충분히 이해할 수 있었다.

"경국에도 눈과 얼음은 있으니, 이번 초청은 넘어가는 걸로."

동생과의 대화는 여기서 끝났지만 판시엔의 머리는 복잡하게 돌아가고 있었다.

'북제 황제가 나에게 왜 이렇게 호의를 보이는 거지? 반란을 기도 하는 건가? 사실상 불가능한 일인데……설마 북제 황제가 나의 마음, 나의 과거, 이전 생에서의 생각, 지금 경국의 정세 등을 모두 정밀하게 예측해서 이러는 거라고? 설마…….'

판씨 저택의 두 공자가 돌아오자, 판지엔은 판스져에겐 눈길도 주지 않고 다친 몸으로 돌아다닌다는 이유로 판시엔에게 불같이 화를 냈고, 류씨는 무사히 돌아온 판스져를 보며 안도의 눈물을 흘렸다. 하지만 판시엔은 판지엔의 눈가에 스쳐가는 안도감과 기쁨을 엿볼 수 있었다.

판씨 집안의 따뜻한 분위기와 달리 감사원은 매일 긴장의 연속이었다. 습격과 관련하여 군대가 개입되었기에 창저우와 딩저우 등의 소식을 수집하기 시작했던 것이다.

하지만 황궁에서는 아무런 말도 없었다.

왕치니엔은 징두로 돌아왔지만 덩즈위에의 지위를 빼앗지도 않았고, 정확히 말하면 그가 무슨 일을 하는지 아는 사람은 없었다.

그러던 어느 날, 감사원 1처의 문 옆 벽보에 새로운 종이가 붙었다.

"13랑아, 배고프냐? 그 아가씨에게 가면 국수를 말아줄 것이다."

관보를 본 백성들은 판 제사의 상태가 위중한 게 아닌지 걱정하기 시작했다.

포월루 뒤에는 호수가 있는데 징두 포월루가 장사가 잘되며 이러한 건축 방식은 일대 유행이 되었다. 그 원조 격인 이 호수는 이미 얼었고, 그 위에 눈이 소복히 쌓여 있었다. 그리고 그 위로 호숫가에 심어진 납매 나무에서 검붉은 꽃이 떨어져 있었다.

눈 위의 피.

차가운 얼음 위에 뜨거운 피.

또는, 뜨거운 국수 위에 빨간 고추 고명.

어쩌면, 왕13랑 즉 왕시의 마음과 같았다.

왕시는 순식간에 국수 면발을 집어 삼킨 후 국물까지 단숨에 들이 켰다. 그 모습을 바라보는 상운 아가씨는 미소를 지으며 앞에 있는 점쟁이를 바라보고 있었다. 덩즈위에를 따라 수저우에서 징두로 넘어온 상운은 제사 대인의 명을 이행하고 있었지만 그 이유는 몰랐다.

점쟁이는 확실히 외모가 수려했다. 왠만한 사람은 볼품없게 만드는 국수 먹는 자세도 그의 매력을 감추게 하지는 못했다.

"이제 저에게 아가씨 하나 골라 주시겠어요?"

"아가씨와 국수, 둘 중 하나만 선택할 수 있어요. 국수를 선택하셨으니, 아가씨는 없는 거죠."

"잡일을 하면 은전이라도 얻을 수 있는데……."

"여기에 일을 하러 오신 건 아니잖아요."

"그런데 이해가 안 되는 건, 상운 아가씨가 왜 직접 국수를 말아 주신 거죠?"

"제가 만든 국수는 쳰 원장 대인도 좋아한답니다."

"그럼 제가 복이 있는 건가요?"

상운은 공손히 예를 한번 올리고 침착하게 판시엔의 말을 전했다.

"국물이 너무 뜨거우면, 마음이 조급해도 마실 수 없지만, 국물이 다 식어버리면, 맛이 없어지지요."

총명한 왕시는 상운의 말의 뜻을 충분히 이해했다. 한참 아무 말 없이 생각을 하다, 결심을 한 듯 푸른 깃발을 집어 들며 말했다.

"전 정말 사람 죽이는 걸 좋아하지 않아요."

상운은 무슨 말인지 이해할 수 없었다. 판시엔은 그녀에게 말을 전하라는 명과 함께 단지 그를 한번 봐 보라 했기 때문이다.

진지함 그리고 순수함. 그것이 상운의 눈에 비친 왕시였다.

왕시는 마지막으로 한숨을 쉬고 포월루를 나가려다, 갑자기 고개를 돌리며 말했다.

"제가 여기 온 것 때문에 누군가는 그쪽을 의심할 수 있을 텐데요."

"선생은 글귀 하나를 보고도 절 찾아오실 정도로 총명하시지요. 그 정도 총명한 선생은, 다른 사람의 이목을 피하는 방법도 충분히 아실 거예요."

저녁 무렵 징두에는 눈발이 그치기 시작했다. 왕시가 푸른 깃발을 들고 성문이 닫히기 전에 성을 빠져나왔다. 그가 마지막이었다.

그는 북쪽으로 7리 정도 이동하여 산꼭대기에 있는 큰 바윗돌에 앉았다. 깃발을 옆에 꽂고, 대신 눈을 한 움큼 쥐고 크게 한 입 베어 먹었다. 그리고 멀리 있는 군영을 바라보았다.

징두 수비군 본영.

'웩!'

갑자기 왕시는 속에 있는 모든 것을 게워 내기 시작했다. 잠시 후 그는 겨우 진정을 하고 다시 한번 눈을 한 움큼 쥐고 입안에 밀어 넣어 씻었다.

"대단한 약이야. 진기를 이렇게까지 사납게 만들어 버리다니."

그 약은 상운이 판시엔의 명에 따라 국수에 넣은 것이지만, 그를 해칠 의도가 있었던 게 아니라 그를 돕기 위한 것이었다. 북제에서 랑타오와 대적했을 때, 그가 진기 운용을 높이기 위해서 먹었던 것과 같은 것이었다.

왕시도 이 점을 알고 있었지만 그래도 달갑지는 않았다.

"누구에게 명약이, 나에게는 독약이 될 수도 있는데……하마터면 죽을 뻔했네."

왕시는 한참 말없이 앞을 바라보기만 하다 하늘이 더욱 어둑어둑해지자, 푸른 깃발은 여전히 꽂아 둔 채 징두 수비군 본영으로 향했다.

왕시는 정말 사람 죽이는 걸 싫어했다. 검려에서 나온 후 손에 피한번 묻히지 않고 살아왔다. 그는 사람들을 사랑했고, 생명을 존중했다.

그래서 '투항장'은 오늘까지 연장되었다.

판시엔이 왕시에게 준 약은 흥분제였는데 그것은 왕시의 침착함에 독이 될 수 있었다. 왕시는 여전히 침착하고, 또 자비로웠다.

본영 구석에 위치한 막사에는 옌샤오이의 친아들인 옌션두(燕愼獨, 연신독)가 작은 가위로 화살촉에 붙인 깃털을 손질하고 있었다. 뛰어난 궁술 실력의 시작은 장비의 손질이었다. 화살촉 끝의 붉은 깃털은 이미 반질반질 윤이 나고 있었다.

옌샤오이 대도독의 교육 철학은, 부모가 아이에게 도움을 주지 않고 아이 혼자 스스로 커야만 강해질 수 있다는 것이었다. 그 자신이 그렇게 컸기 때문이다. 어려서 부모를 잃고 산에서 사냥을 하며 연명하다, 산에 놀러 온 장 공주를 만나 지금의 옌샤오이가 되었다.

옌샤오이는 옌션두가 열두 살이 되던 해, 그를 집에서 쫓아 내고 장 공주에게 부탁했다. 그 뒤 혹독한 훈련을 거쳐 스스로 능력을 증명한 후, 옌션두는 징두 수비사로 보내졌다.

징두 수비군. 친씨 집안이 통제하는 징두 수비군.

옌션두가 옌샤오이의 아들인 사실을 아는 이는 거의 없었고 그도 직접 훈련한 부하 몇과 장 공주의 부하하고만 어울려 다녔다.

첫 번째 맡은 임무는 경묘 제2제사인 삼석 대사 암살.

최초의 성공.

임무 도중 계속 마음에 새긴 아버지의 말.

'무기가 위력을 발휘할 수 있는 거리를 유지하는 것. 그것이 생사를 결정한다.'

그 뒤로 자신감은 충만해졌지만 그는 경거망동 않고 분부만 기다렸다. 그는 군인이다.

마침내, 기다리던 분부가 내려졌다. 임무는 이해하기 힘들었지만, 그가 가장 존경하는 군대 원로로부터의 직접 명령.

눈 내리는 밤, 화살을 쐈고, 푸른 깃발에 막혔다. 최초의 실패.

그 이후로 임무를 완수할 기회를 찾지는 못했다. 감사원의 저력을 다시 한번 확인한 순간이었다. 다만, 돌아와서 꾸지람을 듣지도 않았고 바로 이어서 산골짜기 습격 사건을 듣게 되었다.

판시엔은 살아남았지만, 친 장군과 장 공주가 손을 잡은 이상 그의 목숨도 얼마 남지 않았다는 생각이 들었다.

그는 가위를 탁자 위에 내려놓으며 만족한 표정으로 고개를 끄덕였다. 그리고 천천히 큰 활을 꺼내 손질을 마친 화살을 장전하고 활시위를 당기며 막사 정문에 달린 두꺼운 휘장을 조준했다.

"나와."

휘장이 살짝 움직이고, 왕시가 민망한 얼굴로 들어왔다.

"미안해."

옌션두의 동공이 순식간에 수축되었다. 푸른 옷의 사나이. 아무 인기척을 느낄 수 없었다. 그리고 무슨 이유에서인지, 활 시위를 놓을 수가 없었다.

"누구냐."

"난 왕13랑이라 하고, 널 죽이라는 명을 받았는데, 하고 싶지가 않네. 정말 내키지가 않아."

옌션두가 팔을 미세하게 움직여 왕13랑의 미간을 조준하며 물었다.

"판시엔인가?"

"그 사람 말고 누가 있겠나?"

'휘잉.'

산속 맹수의 울음소리처럼 섬뜩한 겨울 바람 소리가 장막 안에 있는 두 사람의 고막을 때렸다.

옌션두는 침착했지만, 처음으로 자기 실력에 의구심이 들었다.

'내 화살이 저자를 죽일 수 있을까?'

왕시는 침착하다 못해 부끄러운 듯, 조심스럽게 물었다.

"내가 널 안 죽이면, 넌 날 따라갈 수 있어? 더 이상 세상일에 참견 말고, 무공도 뽐내지 말고……세상과 연을 끊는 거지."

옌션두는……황당했다.

그래서 옌션두는……손을 놓았다.

그래서 왕시는, 세 걸음 이리저리 움직이고, 다시 제자리에 섰다.

화살은?

왕시의 뺨을 스치고, 장막을 뚫고, 어둠 속으로 사라졌다.

'저 새끼는 뭐야? 어디서 저런 고수가? 왜 판시엔을 위해?'

세 가지 의문과 함께, 세 발의 화살을 바로 쏘았다.

'획! 획! 획!'

왕시의 위, 중간, 아래 방향.

그리고 옌션두는 몸을 돌려, 단도로 막사를 찢고 뛰쳐나왔다.

막사 밖, 옌션두가 고개를 들자, 그 앞에 다시 왕시가 서 있었다.

옌션두는 다시 활 시위를 당겼다. 하지만 이번에는 바로 쏘지 않았다. 천하에 어떻게 이런 자가 있을 수 있는지 이해가 되지 않았지만, 그는 상대방의 소매에서 피가 떨어지는 것을 발견했다.

'이 새끼도 다 피할 수는 없는 거야.'

자신감이 생겼다.

왕시는 일말의 감정의 동요 없이 자신의 소매에서 떨어지는 피를 보고 고개를 저었다.

"난 정말 살인을 하기 싫어."

"어디서 온 거냐."

왕시는 상대의 물음에 답하지 않고 그가 하고 싶은 말을 이었다.

"그런데, 난 판시엔을 도와야 해. 천하의 안정을 위해서든, 내 고향을 위해서든, 아무튼……큰 시대를 위해, 작은 인물의 희생도 필요해."

'작은 인물?'

옌션두가 지금까지 한번도 들어보지 못한 말. 작은 인물.

왕시는 고개를 들어 하늘을 보며 나지막이 말했다.

"저의 선택이 잘못되지 않았기를 바랍니다."

휙, 휙휙휙휙휙휙, 휘익!

옌션두는 활시위를 놓음과 동시에 연달아 일곱 발의 화살을 쏘았고, 마지막 남은 한 발의 화살에 자신의 모든 진기를 담아, 발사했다.

왕13랑의 따뜻한 마음과 달리, 그의 싸움 방식은 거칠었다.

그렇다. 공포스러웠다.

왕시는 고개를 내림과 동시에, 큰 날개를 펼치는 새처럼 날아올라, 그대로 옌션두를 덮쳤다. 그를 향해 날아오는 화살은, 무시했다.

'푹푹푹……'

일곱 발의 화살이 왕시의 몸에 박혔다. 하지만 공중에서 정교한 움직임으로, 치명적인 곳을 피해, 어깨, 팔 같은 곳에 박혔다.

'츠츠츠……'

왕시가 마지막 화살을 오른손으로 낚아챘다!

일정하지 않은 마찰음과 함께 타는 듯한 냄새가 났다.

그리고 그 화살을, 옌션두의 명치에 내리 꽂았다!

옌션두는 비틀거리다 땅에 쓰러졌다.

'거리가 너무 가까웠구나……난 작은 인물이었어.'

왕시는 쓰러진 그를 보며 나지막이 말했다.

"작은 활잡이, 잘 가시게."

그때, 옌션두는 마지막 힘을 짜내, 왕시의 허리띠를 낚아챘다.

암살자를 죽이고, 그의 앞에 다가오는 죽음도 죽이고 싶었다.

하지만 그것이 마지막 순간이었다.

이윽고 힘이 다했고, 고개가 옆으로 넘어갔다.

왕시는 고개를 숙여, 자신의 몸에 꽂힌 화살 일곱 발과 흐르는 피를 바라보았다.

"아파 죽겠네."

그는 통증을 참으며 어둠과 바람 속에 숨어 본대를 빠져나온 후, 푸른 깃발을 들고 다시 어둠 속으로 사라졌다.

둘째 날, 둘째 날은 셋째 날의 전날. 쓸데없는 이야기 같지만, 완알이 도착하기 전날이자, 판시엔이 거사를 치르기로 결정한 날이다.

성문을 지키는 13성문사는 황실에서 직접 통제하기에, 성문이 닫힌 뒤로는 국위에 문제가 되는 특별한 일 이외에는 누구도 열 수 없었다. 그래서 징두 수비 통령인 친형이 소식을 들은 때는 성문이 열리는 이른 새벽이었다.

그리고 곧 옌샤오이의 귀에도 들어갔다.

옌샤오이는 양다리를 쩍 벌리고 침대 모서리에 앉아 있었다. 오랜 시간 말을 타며 배어버린 습관.

침대 위에 두 명의 여자가 두려움에 떨며 그를 씻기고, 그에게 옷을 입히고 있었다. 어려서부터 정력이 대단했던 그는 군인이 된 후에도 항상 옆에 여자를 두었다. 징두 저택에 정실 부인은 없었지만 첩은 다섯이나 되었고, 눈보라가 치던 어젯밤에도 두 명의 첩과 함께 밤을 보냈다.

옌샤오이는 고개를 돌려 옆에 있는 첩 둘을 바라보았다. 정욕에 불타오르는 눈빛 대신, 혐오감이 짙게 배어 있는 눈이었다.

여자는 많다. 아들은 하나다.

그는 침착하게 일어나 허리에 흑금옥 허리띠를 채우고 외투를 걸친 뒤 문을 나갔다. 그리고 의연하게 기다리던 심복들에게 지금까지의 소식을 전해 들었다.

한 무리의 말발굽 소리가 옌씨 저택에서 멀어져 갔다.

저택 안 침대 위에는 여자 시체 두 구가 참혹하게 널려 있었고, 비취색 장막은 붉은 피로 물들어 있었다.

징두 수비 본영 안. 옌샤오이는 달려오는 친형에게 눈길조차 주지 않은 채 곧바로 장막 안으로 들어갔다.

오랜 시간, 아무 말없이, 아들의 시신을 바라보았다.

한참이 흐른 뒤, 가만히 손을 뻗어, 경직되어 있는 아들의 손을 폈다. 아들의 손가락 두 개가 부러졌다. 그는 개의치 않고 아들이 마지막까지 쥐고 있던 물건을 자세히 관찰했다.

옥패. 그 위에 새겨진 작은 검과 문자.

옌샤오이는 그 문양을 알고 있었다.

옌샤오이는 말없이 아들이 생활하던 막사로 발걸음을 옮겼다. 몇 개의 화살이 꿰뚫은 자국, 막사 뒤 찢어진 천. 아들의 마지막 싸움의 흔적과 핏자국을 바라보았다.

그는 다시 말없이 아들의 시신이 있는 본부로 돌아왔다. 고개를 숙이고 아들을 바라보던 그가, 불쑥 손을 뻗어 아들의 명치에 박혀 있는 화살을 뽑았다.

화살을 손에 꽉 쥐었다. 그리고 친위병 등에 있는 화살통에 집어
넣은 후 친형에게 말했다.

"태워주십시오."

다시 울려 퍼진 말발굽 소리가 징두 수비 본영에서 멀어져 갔다.

찬바람이 그들의 얼굴을 때렸다. 친위병들의 얼굴에는 비통함과
분노가 가득했다. 하지만 옌샤오이는 얼굴색 하나 변하지 않고 침
착하게 말했다.

"자객도 피를 흘렸다. 스구지엔은 아니고 9품이다."

"징두에 공식적으로 남아 있는 9품은 몇 되지 않습니다. 물론 얼
마 전에 한 명이 더 늘긴 했지만."

심복은 당연히 판시엔을 겨냥했다.

"판시엔은 아니다."

옌샤오이는 여전히 침착하게 말을 이었다.

"하지만 그와 관련이 있다."

옌샤오이는 이 말을 끝으로 더 이상 아무 말도 하지 않고 말을 몰
았다. 찬바람 탓에 가끔씩 입을 가리고 마른 기침을 할 뿐이었다.

입을 가린 손의 손가락 사이로 붉은 피가 흘러내렸다.

어젯밤 암살 사건은 널리 알려지지 않았다. 우선, 옌샤오이 아들
이 징두 수비 본영에 있었다는 사실을 아는 이가 몇 없었다. 그리고
문관과 무관 두 개로 이루어진 경국 조정 체계 때문에, 아침 조정 회
의에서 그 소식을 들은 사람은 거의 없었다. 감사원이 조사하기에도
시간이 너무 짧았다.

그날 조정 회의에는 검은색 마차에 탄 사람이 참석했고, 대황자가
직접 가서 마차의 주인을 맞이했다.

"급히 입궁한 이유가 무언가? 자네가 습격당한 일 때문에 요즘 조

정이 조금 소란스럽다네."

"아시다시피 오늘 제가 연회를 열 건데, 입궁해서 업무 보고를 먼저 하지 않으면 폐하께서 노하시지 않겠어요?"

대황자가 살짝 웃었지만 이내 숙연한 표정으로 조용히 말했다.

"그 소식 들었나? 옌샤오이의 아들이 어젯밤 죽었어."

"그런 눈으로 보지 마세요. 잘된 일이긴 한데, 그 일과 전 아무 관련 없어요."

"그래도 자네가 의심을 피하긴 힘들어."

"의심하려면 의심하라 하세요. 저에게 원한 있는 사람이 너무 많아, 한 둘 추가되는 것은 대수롭지도 않네요."

"그래도……옌샤오이야."

대황자는 걱정스러운 눈빛으로 일깨워주듯 말했다.

"이 일은 절대 쉽게 끝날 수 없어. 심지어 징두 수비군 본영에서 일이 벌어졌어."

"그게 뭔 대수라고. 군대의 강노로 암살을 시도한 사람도 있는데……."

판시엔의 이 말에, 대황자는 이 주제로 더 말하기가 적절치 않다고 여기며 화제를 급히 바꿨다.

"완알은 언제 오나?"

"내일 와요. 그리고 다시 강남에 다녀올 때에는 서호 공주도 데려올 생각이에요. 양총(羊葱) 골목에 집을 한 채 샀는데, 외지고 조용한 곳이라 첩을 숨기기에 제격이지요."

대황자는 당황하며 물었다.

"무슨 첩을 숨긴다 그러나?"

판시엔은 품에서 집문서를 꺼내 건네며 의미심장한 표정으로 말했다.

"첩을 돌려드리겠다는 말입니다."

대황자는 화난 표정으로 그를 사납게 쳐다봤지만 한 손으론 가만히 문서를 받아 들어 품에 넣었다.

"오늘 연회에서 함부로 움직이지 말게. 어쨌든 한 아버지 밑에서 난 형제들이야."

판시엔은 미소를 지으며 말했다.

"전 성이 판씨인데요? 걱정 마세요. 그들이 솔직하게 나온다면, 제가 무슨 짓을 하겠어요?"

판시엔은 이 말과 함께 자리를 뜨며 어서방으로 향했다.

어서방에서 오랜 기다림 끝에 '리씨 성을 가진' 황제를 만나자, 판시엔은 더없이 공손한 표정으로, 하지만 고집스러운 눈빛으로 예를 올렸다.

그의 연기는 계속되고 있었다.

황제는 고개를 끄덕인 후, 작은태감이 가져온 일상복으로 갈아입고 따뜻한 제비집 죽을 마셨다.

판시엔은 그 모습을 힐끔힐끔 훔쳐보았다.

그 모습을 보고 황제는, 웃는 얼굴로 꾸짖었다.

"강남에서 이런 것도 못 먹은 것이냐?"

판시엔은 태연하게 '헤헤' 웃으며 말했다.

"오늘 새벽부터 입궁하느라 아침을 못 먹었습니다."

황제는 반쯤 먹은 죽을 탁자 위에 올리며 물었다.

"상처는 어떠하냐?"

"폐하의 성은에, 소신은 무사합니다."

"그렇게 딱딱하게 말할 것 없다. 말하고 싶은 게 있으면 말해 보거라."

"이번에 강남에 가서 제가 정말 원하는 것이 생겼습니다. 강남의 풍광에 매료되어 그곳을 계속 여행하고 싶습니다."

호칭이 '소신'에서 '저'로 바뀌었다. 언제나처럼. 군신관계에서, 모호한 부자관계로.

황제가 미소를 지은 채 한동안 말이 없다 이윽고 입을 열었다.

"이번 강남 일은 잘 했다. 짐이 기뻤고, 짐에게 적잖은 위안이 되었다."

'강남 일'이란 내고, 그리고 쟈오저우에서의 일. 판시엔은 현재 황제가 쥐고 있는 칼이었다.

판시엔은 이미 밀서로 보고했지만 다시 한번 강남 일을 보고했고, 황제는 또 다른 강남 일을 물어봤다. 딴저우에서의 일. 판시엔은 황제가 왜 그 일에 관심있어 하는지 몰랐지만 황제를 속일 수는 없다 생각해 심지어 동알에 관련한 일까지 모두 말했다. 황제는 판시엔의 말을 들으며 딴저우의 풍경을 떠올렸다.

"딴저우의 풍경이 그립구나."

"폐하께서 딴저우를 가 보신 게 언제입니까?"

"짐이 딴저우를 갔을 때는 네가 태어나기 전이다. 그곳에서 네 어미를 만났지."

'그곳에서 엄마를 만났으니 당연히 내가 태어나기 전이지.'

"그런 거였군요."

"천핑핑이나 판지엔이 말해주지 않은 것이냐? 짐은 네가 이미 알고 있다 생각했는데."

판시엔은 더 이상 '부모님'의 러브스토리를 듣고 싶지 않았고, 마침 그의 배에서 '꼬로록' 소리가 울렸다.

"황상……근데 정말 배가 고픈데 그 죽 좀 하사해 주십시오."

황제는 당황해서 판시엔에게 손가락질하며 크게 웃었다. 한참을 웃은 후, 겨우 웃음을 참으며 말했다.

"저, 저, 저 뻔뻔스러움은 제 어미를 꼭 빼닮았어……하하하."

그러고는 한참을 더 웃었다. 그리고 미소를 지으며 말했다.

"아직 온기가 남아 있을 때 얼른 먹어라."

판시엔은 쭈뼛쭈뼛 앞으로 걸어가 냉큼 그릇을 받아 들더니, 망설이지 않고 곧장 다 먹어버렸다. 그리고 황송하다기보다 만족한 미소를 지어 보였다.

황제는 그의 모습에, 그의 진솔한 모습에 흡족한 표정을 지었지만, 옆에서 지켜보던 야오 태감은 놀란 가슴을 진정할 수가 없었다.

물론, 황제가 슈 대학사에게 육포 반조각을 하사한 적이 있긴 했었다.

물론, 슈 대학사는 육포를 먹지 않고 엎드린 채 눈물을 흘리며 반나절 동안 감사 인사를 올렸다.

"오늘 밤에 연회를 연다고?"

"네 그렇습니다. 1년 만에 징두에 왔으니 이번 기회에 모두 만나 뵈려 했습니다."

"제멋대로 굴더라도, 분수를 지켜야 한다."

"네, 폐하."

"산골짜기 습격 사건은, 네가 직접 조사하여라."

"네, 폐하."

"눈앞의 것에 집착하지 말고, 멀리 보려 노력해라."

"네, 폐하."

"내년에 시간을 내서 강남으로 가, 쉐칭과 네가 내고를 어떻게 처리하고 있는지 보고 싶구나."

"네……?"

판시엔은 자기도 모르게 고개를 들어 황제를 바라보았다. 황제가 징두가 아닌 지역을 순시하는 것은 십여 년 동안 없는 일이었다. 심지어 지금은 징두에서 각 세력들이 피 흘리는 고래를 공격하기 위해 기회만 엿보고 있는 위험한 상황이었다.

"소신이 보기에는……."

'저'에서 '소신'으로 호칭이 바뀌었다. 충신으로서 충언을 하겠다는 의미였다. 하지만 황제는 기회를 주지 않았다.

"짐은 결정했다. 짐은 특히 딴저우를 가보고 싶다. 네가 강남 갔을 때 충분히 준비를 해 두어라. 그리고 이 일은 다른 이에게 알리지 말아라."

판시엔은 고개를 끄덕였다.

황제가 다시 한번 근엄한 목소리로 말했다.

"짐에게는……아들이 몇 있다. 너희들 모두 소란을 피우기 좋아하지만, 어느 누구도 수습할 수 없을 정도로 소란을 피우면 안 된다. 네마음은 짐이 잘 알고 있으니, 너도 분수를 지키거라."

'아들? 너희들?'

"하이탕은 돌아갔느냐?"

판시엔은 연신 놀라고 있었다.

"네, 랑타오가 데리고 갔습니다."

"천일도와 경국 사당은 연관이 있으니, 네가 천일도를 통제하는 것도 나쁘지 않다. 허나, 쿠허가 죽으면 하이탕이 그 자리를 계승할 것이라는 것을 잊지 말거라. 그리고 경국은 천하에 뜻을 두고 있다. 짐은 널 믿지만, 군대에서 볼 때 너의 행동들은 의심을 사기에 충분했다. 이번 습격도 무관하지는 않을 것이다. 북제와는 반드시 일정한 거리를 유지하거라."

"네, 폐하. 분수에 맞게 처신하겠습니다."

황제는 굳은 얼굴을 펴며 위로하듯 말했다.

"입궁한 지 오래니 황궁을 좀 더 둘러보고 가거라. 태후도 좋아할 것이다.”

판시엔은 그러겠다 마지막 대답을 하고 어서방을 빠져나왔다.

첫 번째로 들른 곳은 함광전. 하지만 별다른 대화 없이, 판시엔은 이후에 완알과 함께 다시 들르겠다는 말과 함께 물러났다. 다시 황궁을 걸어가다 광신궁이 다가오자 옆에서 시중을 들던 야오 태감이 조심스럽게 말했다.

“판 대인……광신궁입니다.”

“나도 알아. 무슨 말을 하고 싶은 거야?”

“대인의 장모이신데…….”

판시엔은 고개를 저었다. 그는 미친 장모를 만나더라도, 하루라도 더 늦게 만나고 싶었다. 야오 태감은 판시엔의 안색을 살핀 후, 더 이상 말을 대지 않고 동궁으로 안내했다. 그들이 동궁에 도착했을 때, 공교롭게도 황후는 광신궁에서 장 공주와 대화를 나누고 있었고, 태자 혼자만 태부의 지도 아래 책을 읽고 있었다.

판시엔이 궁에 들어가자 태자는 웃으며 그를 맞이했다. 둘은 웃으며 강남의 미인들과 아름다운 풍경에 대해 이야기를 나눴지만 즐거운 분위기는 아니었다. 마음속에 칼을 겨누고 있더라도, 둘은 모두 황실의 자손이었고, 대화를 나누는 곳은 황궁이었다.

판시엔은 ‘화기애애’한 대화를 마치고 일어나 예를 올리며, 태자의 귓가에 대고 조용히 말을 건넸다.

“전하, 오늘 저녁 잊지 마세요.”

“그곳은……처음엔 둘째 형님과 셋째 것이었다가, 이제는 자네 것이 되었는데……본궁이 가기는 적절치 않아 보이네만.”

판시엔은 태자의 정확한 의도는 몰랐지만 그저 ‘하하’ 웃으며 다시 한번 오라는 소리와 함께 궁을 빠져나왔다.

헌데 동궁 밖에서 뜻밖의 사람을 만났다. 판시엔은 차가운 눈빛으로 상대방을 노려보며, 고개만 살짝 까딱하고 곧장 지나쳐갔다.

동궁 수령태감, 홍쥬.

판시엔은 황궁 안에서 그를 최대한 냉담하게 대했다. 소중한 패를 아무 때나 사용할 수는 없지 않은가.

이어서 슈 귀비와 닝 재인 궁에 들렀고, 슈 귀비에게는 미리 준비한 고본 장서를 주었다. 슈 귀비는 의외라는 표정으로 감동한 듯 보였는데, 그녀의 아들과 죽기 살기로 싸운 판시엔이 보인 성의 때문이었다.

닝 재인에게는 한바탕 훈계를 들었다. 목숨이 귀한 줄 모른다고. 그리고 마지막엔 아들처럼 머리를 쓰다듬으며 시간 날 때마다 완알과 같이 들르라고 당부했다. 알겠다고 말하며 나오는 판시엔의 뒷모습을 보며, 닝 재인은 슬픔이 담긴 눈에서 떨어지는 눈물을 닦아내고 있었다.

마지막에 들른 곳은 황궁에서 판시엔에게 가장 편한 곳, 수방궁.

"이모, 곧 궁을 나가야 해서 시간이 별로 없어요."

"오늘 저녁에 어떻게 하려고 하는 거야?"

"그 일을 아세요?"

"누가 주최하는 건데 당연히 알지. 하고 싶은 말은 많지만, 오늘은 저 아이를 1년 동안 잘 보살펴줘서 고맙다는 말만 하겠네. 저녁 일로 바쁠 테니 어여 가봐."

"그게 아니라……셋째를 데리고 가려고 온 거예요."

"핑알도 거기 가야 한다고?"

"형제들이 다 모이니까요. 제가 있으니 걱정 마세요."

징두 전체가 차가운 냉기로 가득했지만, 붉은 등이 걸린 건물만큼은 촛불로 환하게 밝혀져 냉기라고는 찾아볼 수 없었다. 심지어 포월루 대문에는 세 겹의 가죽 발이 걸려 있어, 실제로 건물 안은 따뜻한 온기로 가득 채워져 있었다.

천하에 있는 술집, 기방을 모두 통틀어도, 이처럼 화려하고 따뜻한 곳은 포월루밖에 없었다. 심지어 오늘은 평소보다 더욱 화려하고 사치스러워 보였다.

하지만 포월루는 오늘, 영업을 하지 않았다.

그리고 징두 관아와 징두 수비군이 거리의 절반을 막고 있었다.

오늘의 참석자. 태자, 세 명의 황자들 그리고 추밀원 부사 둘. 그 외에도 경국의 중요한 인물들과 조정 대신들이 대거 참석하기로 되어 있었기 때문이다.

대황자가 도착하고, 바로 이어 추밀원 좌우(左右) 부사와 신치우, 런샤오안도 도착했다. 그들은 연회가 열리기 전 연회 장소 외 다른 방에서 환담을 나눴는데, 밖에서 들려온 소식을 듣자마자 모두 황급히 일어났다.

태자 전하의 도착.

태자는 민심을 생각해 최대한 행차를 간소하게 했지만, 가마에서 연황색 옷을 입은 태자가 내리자 포월루에 있는 사람들이 앞다투어 인사를 했다.

태자가 이 모습에 흡족한 표정을 짓고 있을 때, 또 다른 가마 하나가 천천히 다가왔다.

'누가 이 태자보다 더 큰 가마를 타고, 더 늦게 도착한단 말인가?!'

곱지 않은 시선을 받고 있던 가마에서 수척한 중년 남성이 모습을 드러냈다.

강남로 총독 쉐칭 대인.

쉐칭이 은은한 미소로 태자에게 먼저 인사를 했다. 태자도 황급히 예를 갖춰 인사를 하자 다른 대신들도 모두 공손히 쉐칭에게 인사를 했다. 그 모습을 보며 판시엔은 미소를 지으며 설명했다.

"쉐칭 대인이 업무 보고 차 징두로 들어오셨다는 소식을 듣고, 제가 강남에서 받은 도움에 보답하고자 초청했습니다."

모두들 고개를 끄덕이며 판 제사의 위신이 대단하다 칭송했지만, 속으로는 위세를 떤다고 생각하며 욕을 하고 있었다. 사실 오늘 모임은 젊은이들의 모임이었기에 슈 대학사나 후 대학사도 초청하지 않았는데, 갑자기 쉐칭 대인이 모습을 드러내자 사람들이 그리 생각하는 것도 무리는 아니었다.

포월루 대청이 훤히 보이는 3층의 연회장이 오늘 모임의 장소였다. 2황자가 연회장으로 들어가다 문 위에 금으로 새겨진 두 글자를 보고 고개를 갸웃 하였다.

홍문(鴻門).

연회장 안에는 모든 것이 완벽하게 준비되어 있었다. 술은 내고에서 생산된 천하에서 가장 비싸다는 마오타이였고, 시중을 드는 기생들도 경국에서 가히 최고의 미녀라 할 만했다.

상석에 앉은 태자가 판시엔을 보며 타박하듯 입을 열었다.

"자네가 이렇게까지 누리고 사는지 몰랐네. 이 모두 내고에서 생산된 최상품들 아닌가."

"누릴 수 있을 때 누려야 하지 않을까요?"

술이 따라지고 십여 명의 손님들과 기생 그리고 하인들까지 포함해 연회장은 가득 차 있었지만, 분위기는 점점 더 어색해졌다. 어색한 침묵이 돌다 이따금 조정에 대한 재미없는 농담만 주고받을 뿐이었다. 예를 들어, 슈 대학사가 술에 취해 눈길을 걷다 미끄러져 넘어졌다는 등.

모두들 오늘 연회의 진짜 목적이 무엇인지 추측하고 있을 뿐이었다. 그 중 단 한 사람만 분위기에 개의치 않고 술을 마시며 옆에 있는 기생의 작은 손을 잡으며 희롱하고 있었다.

쒜칭. 그는 오늘 황제의 명을 받아 연극을 보러 왔기에 아무것도 신경 쓰지 않았던 것이다.

무거운 분위기가 조금이라도 가벼워지려면 판시엔과 2황자 중 한 명은 입을 열어야 했다.

처음 입을 연 자는, 뜻밖에, 2황자.

그는 판시엔의 시중을 들고 있는 상운 아가씨를 향해 술잔을 들어올리며 말했다.

"포월루가 이렇게 잘 운영되는 건, 상운 아가씨의 세심함과 뛰어난 안목 때문인 듯 보이네. 소생, 이 잔으로 아가씨의 노고를 위로하고 싶네."

황자가 스스로 '소생'이라 낮추는 것은 온화한 성품을 표현했다. 풍류를 즐길 때 신분의 귀천을 따지지 않는 것이 관례였다.

다만, 첫 번째 잔을, 주최자인 판시엔이 아닌 상운 아가씨에게 청했다.

상운이 술을 마시고, 이어서 2황자는 태자와 대황자에게도 술을 청했다. 그리고 상운 아가씨에게 노래를 청했다. 상운은 어색한 미소로 담담하게 거문고를 잡았지만, 판시엔이 상운의 손을 잡으며 2황자를 향해 정중히 말했다.

"상운 아가씨는 더 이상 노래를 부르지 않아요."

'내가 오늘 자리를 만든 것은 위협하려 한 건데 노래를 부를 순 없지.'

2황자가 미간을 찌푸리며 이해할 수 없다는 표정을 짓자, 추밀원 부사가 일어나 대신 말을 했다.

"판 제사의 말은······황자께서 기생에게 노래를 부르라 명하지도 못한 다는 것입니까?"

그의 성은 취(曲, 곡), 이름은 샹동(向東, 향동). 경국의 군인답게 단순하고 직설적이었다. 그는 마지막 북벌에서 선봉장을 맡아 혁혁한 공을 세운 적도 있었기에 판시엔 앞에서도 주눅들지 않았다.

판시엔은 화를 내지 않았고 오히려 웃으며 답했다.

"샹운 아가씨는 진원에서만 노래를 부릅니다. 취 부사가 정 듣고 싶으시면, 첸 원장 대인에게 직접 물어보세요."

천핑핑 이름이 거론되자, 2황자는 실소가 터졌고, 취 부사도 애써 나오는 욕을 참았다.

"마셔!"

대황자의 외침이 긴장된 분위기를 갈랐다. 그도 군인이었기에 성격이 호탕한 데다, 이 자리를 빌려 형제들이 갈등도 풀었으면 좋겠다고 생각하고 있었기에 직접 나선 것이다. 추밀원 부사 둘이 앞에 있는 술병을 잡고 들이켰으며 판시엔도 질새라 천천히 술병을 다 비웠다.

그 모습에 태자가 어쩔 수 없다는 듯 대황자를 향해 입을 열었다.

"형님 호통 소리에 술을 쏟을 뻔했어요."

모두가 큰소리로 웃었다.

다시, 태자가 추밀원 부사를 보고 웃으며 말했다.

"자네들도 군대 일을 포월루로 가져오지 말게나. 최근 일로 서로 원망이 있다는 건 본궁도 이해하지만, 원망하는 마음을 가지고 술 싸움을 해서는 안 되네. 그리고 북제 장닝 후작을 고꾸라트렸던 안쯔를 자네들이 어떻게 이기겠나."

술 싸움을 말리는 듯했지만, 술 싸움을 부추기고 있었다.

분위기를 어떻게든 술로 부드럽게 만들려고 하는 태자의 의도를 눈치채고 동궁 사람 신치우가 거들기 시작했고, 이윽고 거나하게 취한 쉐칭이 대놓고 술 싸움을 재촉했다.

술잔이 채워지고, 분위기가 무르익기 시작했다.

대황자도 누그러진 분위기에 기분이 좋은 듯 사람들을 부여잡고 억지로 술을 먹였다.

판시엔은 태자, 대황자, 2황자를 천천히 훑어본 뒤, 미소를 지으며 말을 하기 시작했다.

"징두를 떠나 있던 지난 1년 동안, 여러분들이 참 그리웠습니다."

사람들의 시선이 일순간에 그에게로 쏠렸다.

"하지만 징두로 돌아오는 길에, 안타깝게도 도적의 습격을 받아, 제 부하 십여 명이 목숨을 잃어야 했습니다. 집에서 그들이 돌아 오기만을 기다린 아내와 자식들도 지금 모두 슬픈 나날을 보내고 있을 것입니다."

그는 술잔에 든 독주를 단숨에 들이켜고 말을 이었다.

"그 일을 생각하면 술이……목으로 넘어가지 않습니다."

오늘 밤 놀이는, 끝났다.

포월루에서 5리 정도 떨어진 조용하고도 좁은 골목.

검은 옷을 입은 사람 한 무리가 나타났다. 수장 무티에가 엄숙한 표정으로 골목 안에 있는 세 명을 바라보며 말했다.

"양공청(楊攻城, 양공성)?"

그의 손이 허리춤으로 내려가며 차갑게 말했다.

"그렇다. 할 말이 있나?"

"무고한 사람을 죽일 수 없으니 신분을 확인한 것뿐이다."

무티에의 말이 떨어지자마자, 그의 뒤에 있던 검은 옷을 입은 무리들이 전광석화처럼 앞으로 튀어나갔다.

2황자의 수하에 있는 가장 뛰어난 여덟 가문의 고수.

그 중 셰비안은 판시엔에게 당해 죽었고, 판우지우는 6처 자객의 모습을 보고 떠났다. 여전히 여섯 명은 남아 있었지만 포월루에 데려가기는 적절하지 않아, 2황자는 그들을 두고 집안 호위들만 데리고 연회에 참석했다.

여덟 가문 고수 중 가장 반응 속도가 뛰어난 고수, 양공청.

달려드는 검은 그림자를 보며 양공청은 눈을 번뜩이며 허리춤의 검을 뽑았다. 그리고 몸을 돌리며 빠르게 검을 휘둘러 처마에 매달린 고드름을 잘랐다.

'챙.'

검은 그림자가 고드름과 부하들을 상대하는 사이, 재빨리 부하 둘의 어깨를 밟고 올라가 위쪽을 탐색했다.

암살. 계획된 암살.

그는 죽고 싶지 않았다. 그는 저항이 아닌 도주를 택했다.

그가 부하의 어깨를 딛고 공중으로 뛰어올랐다.

'휙.'

철궁 화살 하나가 공중에 뜬 그의 가슴을 향해 날아왔다.

그는 번개 같은 반응 속도로, 손에 든 검을 휘둘러 날아오는 화살을 쳐냈다.

'휙휙휙휙……!'

화살이 하나가 아니었다. 그의 얼굴이 순간 어두워졌다. 그는 날아오는 십여 발의 화살을 필사적으로 쳐냈다. 하지만 공중에 뜬 그가 화살을 막아 내는 데는 한계가 있었다.

'퍽!'

화살 한 발이, 그의 허벅지에 꽂혔다.

허벅지의 묵직한 통증과 함께 화살에 발린 독에 의해 다리가 저려오기 시작했지만, 그는 포기하지 않았다. 다른 다리로 다시 한번 발돋움해 다른 방향의 허공으로 튀어 올랐다.

골목과 맞닿은 민가, 처마 밑 궁수 일곱.

아래에는 자객, 위에는 궁수.

그의 눈에 절망의 빛이 스쳐갔다.

'휙!'

그가 도움을 요청하는 소리를 지르려 입을 벌리는 순간, 화살 하나가 그의 입안에 꽂혔다. 솟구쳐 나오는 피가, 나오는 외침을 막아버렸다.

'퍽!'

그가 땅에 떨어졌지만, 쉽게 죽지는 않았다. 그는 고수다. 그의 눈동자는 죽음을 앞둔 야수처럼, 두려움을 안은 채 여전히 잔혹하게 빛이 났다.

하지만 더 이상 살아날 방도는 없었다.

무티에가 그의 앞으로 걸어와 허리에 찬 칼을 뽑았다.

'똑.'

고드름에 맺혀 있던 구슬처럼 맑은 물방울이, 피가 고여 있는 땅에 떨어지며 맑은 소리를 냈다.

무티에가 무심하게 직도를 휘두르자, 양공청의 머리는 땅에 떨어졌다.

무티에가 손짓을 하자 처마에 있던 궁수들과 골목에 있던 자객들이 질서정연하게 주변을 정리하며 흔적을 없앴다. 그리고 평상복으로 갈아입고 그 골목을 떠났다. 징두는 영원히 변할 것 같지 않은 일상으로 돌아간 듯 보였고, 좁은 골목에 고슴도치 같은 시체 세 구 외에는 어떠한 흔적도 남아 있지 않았다.

"이전에는 철궁이 그렇게 무서운 무기인지 몰랐습니다. 감사원도 철궁을 자주 사용하는데, 이번 습격에서 보니 그 수가 모이면 엄청난 위력을 나타내더군요."

포월루 연회에 참석한 사람들은 아무 말 없이 판시엔의 살기가 묻어 나는 연설을 듣고 있었다.

"하늘 가득 비처럼 쏟아지는 화살은, 저도 평생 처음으로 그날 봤습니다. 사실 습격이 아니라 전투에 가까웠지요. 화살이 마차에 박히는 소리는 마치 영혼을 빼앗아 가는 북소리 같았습니다……그렇게 포위되어서 습격을 당하는 기분은 정말 좋지 않더군요."

태자가 한숨을 쉬며 위로했다.

"안쯔, 어쨌든 살아나오지 않았나. 조정에서 자세히 조사하고 있으니 곧 결과가 나올 것이고, 대역무도한 놈들은 모두 사형을 당할 거야."

"감사합니다, 전하."

판시엔은 태자에게 예를 올린 후 다시 한번 모두를 향해 술잔을 들었다.

"그렇습니다. 제가 살아나와서 실망한 사람들이 많을 겁니다. 강노까지 동원했는데 제가 살아남았으니까요. 이 사실이 무엇을 설명할까요?"

대답을 바라는 질문은 아니었다. 판시엔은 곧바로 웃으며 말을 이었다.

"저는 자신감이 넘칩니다. 그런데 이유가 뭘까요? 그건 제가 운이 좋기 때문입니다. 이 세상에서 저보다 운이 좋은 사람은 없습니다."

사람들은 판시엔의 말이 농담인지 진담인지 분간이 되지 않았다.

"철궁의 화살이 운 좋은 저를 죽이지 못했지만, 저의 적들은 저처럼 운이 좋지는 않을 것입니다."

감사원에서 천 원장이 제일 좋아하는 곳, 밀실 내. 옌빙원이 순백색 비단 옷을 입고 탁자위에 있는 보고서를 바라보았다. 그리고 긴 한숨을 내쉬며 지끈거리는 태양혈을 지그시 눌렀다.

문을 두드리는 소리와 함께 2처 관원 한 명이 들어와, 밀봉된 작은 죽통 세 개를 놓고 명을 기다렸다. 옌빙원은 그 안에 들어 있는 종이를 꺼내 읽고는 곧바로 옆에 있는 촛불에 태워버렸다.

"오늘 일은 문서에 기록하지 말게."

"43개 목표 중 3개가 제거되었습니다."

옌빙원은 두통이 심해지는 듯 손을 휘휘 저어 나가라 손짓했다.

판시엔이 오늘 여유롭게 연회를 즐기는 동안 감사원은 눈코 뜰 새 없이 바쁘게 움직이고 있었다. 오늘 밤이 지나가는 동안, 판시엔의 미친 발광 때문에 얼마나 많은 사람들이 움직이고, 또 얼마나 많은 사람들이 죽어 나갈지 알 수 없었다.

오늘 밤 계획은 옌빙원이 직접 계획한 것이다. 그는 판시엔의 의견을 완강히 반대하였지만, 명령은 명령이었다. 그 계획을 통해 오늘 밤 11명의 사람이 죽고, 32명의 사람이 체포될 예정이었다. 생사를 달리할 11명 중 6명은, 2황자 심복 여덟 가문 고수 중 남은 6명, 그들이었다.

미친 짓이었다. 미친 놈이나 할 만한, 복수였다.

옌빙원은 창가로 가 검은 장막을 살짝 젖혀 근심 가득한 눈빛으로 황궁을 바라보았다.

'폐하께서 대인에게 고독한 신하가 되라 하셨지, 단절된 신하가 되라 하셨나요…….'

잠시 후, 다시 문을 두드리는 소리가 들리고, 2처 관원이 들어오고 죽통을 책상 위에 올려 놓았다.

옌빙원은 내용을 읽었고, 다시 태웠다. 그의 두 손은 떨리지 않았고 점점 평정심을 찾아 갔다. 일이 시작된 이상 조금의 의문도 가지면 안 된다. 시위를 떠난 화살은, 다시 돌아올 수 없다.

2황자 심복 여덟 중 남아 있던 여섯. 그들 모두 죽임을 당했다. 각기 다른 방법으로, 다른 장소에서, 징두의 어둠 속으로 사라졌다. 그들은 더 이상 존재하지 않았고, 역사에 기록되지도 않을 것이다.

옌빙윈은 차분하게 다음 5명의 소식을 기다렸다. 하지만 조금 전과 달리 마음속에 미세하게 올라오는 근심을 최대한 통제하려 애쓰고 있었다.

옌빙윈은 판시엔의 미친 복수를 계획했지만, 그래도 일정 정도 안에서 통제할 방법을 모색했다. 사실 2황자의 심복들은 사병일 뿐이었다. 사병을 죽인 일로 감사원이 책임질 일도 없었고 조정에서 판제사에게 책임을 물을 일도 없었다.

하지만 나머지 다섯은, 그리고 체포하려는 관리들은, 달랐다.

지위 고하를 떠나 하룻밤 사이에 그 많은 인원이 죽거나 체포되면 조정에 어떤 혼란이 올지는 예측하기 힘들었다. 옌빙윈은 한숨을 쉬며 다시 한번 옆에 있는 부하에게 명을 전달했다.

그리고 다시 창가로 가 황궁을 바라보았다.

'심복 십여 명이 죽었다고 이런 미친 짓을 벌이는데, 원장 대인이 죽으면……원장 대인의 말에 일리가 있어. 어떤 사람으로 변할지…….'

포월루에서 술을 마시며 일장연설을 하고 있는 판시엔은 미쳐 보이지도, 무서워 보이지도 않고, 그저 기분이 좋아 보였다. 한밤중에 포월루 밖에서 일어나는 일은 전혀 모르는 듯한 모습이었다.

한동안 이어진 습격 관련한 이야기에 진심이든 아니든 모두들 판시엔에게 위로의 말을 건넸다. 그리고 판시엔은 강남의 일, 밍씨 집안 그리고 내고의 일에 대해 간략히 설명했다.

"이것도 정말 이해가 안됩니다. 제가 조정을 위해 강남에서 죽어라 힘쓰고 있을 때, 징두에서는 제 뒤를 칠 생각이나 품고 있었다니."

이 말을 아무도 제대로 이해하지 못했다. 실제로 판시엔에게 아무 일도 없었기 때문이다. 하지만 각자 켕기는 것을 하나둘 떠올리기 시작했다.

'호부 조사를 말하는 건가? 아니면 내고 관련 상주문? 어쨌든 다 해결된 거 아닌가?'

태자가 웃는 얼굴로 가볍게 꾸짖듯이 입을 열었다.

"억울한 일이 뭐 있었다 그러나? 맘에 들지 않는다고 함부로 모함해서는 안 되네."

"아무래도 제가 1년 동안 징두에 없다 보니, 다들 제 성격을 잊어버리신 듯 보입니다."

2황자의 마음이 갑자기 서늘해졌다. 판시엔이 과하게 오만방자했기 때문이다. 문제는, 그 행동이 판시엔 스스로에게 아무 도움이 될 게 없어 보였다.

'습격 사건? 그건 이미 일장연설을 했잖아. 그리고 아직 결과가 안 나왔는데, 여기서 우릴 잡고 늘어져 봤자 그게 무슨 의미야.'

이때, 포월루 아래에서 말발굽 소리와 함께 요란스러운 소리가 들렸다. 태자가 미간을 찌푸리며 말했다.

"누가 감히 여기서 소란이야?"

자리에 있는 사람들의 시선이 일제히 창밖으로 향했다. 판시엔이 눈짓을 주자, 상운이 재빨리 밖으로 나가 다섯 명의 사람들을 데리고 들어왔다. 그들 모두 관복을 입고 있었기에 한눈에 조정의 관리임을 알 수 있었다.

앉아 있던 사람 중 몇몇은 자신의 심복임을 알아보고 얼굴빛이 어두워졌다. 이 자리에 실례를 무릅쓰고 찾아올 정도면 징두에 큰일이 발생했기 때문이다.

불안감, 두려움, 황당함.

관원들은 자신의 감정을 살필 새도 없이 다른 귀인들에게 사죄를 한 후, 자신들의 주인들에게 귓속말로 소식을 전했다.

판시엔이 술잔을 들어 태자, 대황자 그리고 런샤오안에게 건배를 청했다.

태자는 짐작되는 바가 있는 듯 일부러 귀를 닫고 술만 급하게 들이켰다.

대황자는 심상치 않은 분위기에 판시엔을 노려봤지만 판시엔은 태연하게 어깨를 살짝 올렸다.

2황자의 준수한 얼굴은 창백하게 변했다가, 붉게 상기되었다가, 마침내 평온한 모습을 되찾아 갔다.

판시엔은 그 모습을 훔쳐보며 속으로 감탄하고 있었다.

'심복 여섯이 죽었는데……저 정도로 자기 통제가 강하다고?'

대황자가 눈치를 살피다 물었다.

"무슨 일인가?"

고개를 숙이고 술을 마시던 2황자가 천천히 고개를 들어 판시엔을 바라보며, 한 글자씩 또박또박 말했다.

"무슨 일인지, 판 제사가 제일 잘 알고 있겠지요."

분위기가 순식간에 얼어붙었고, 소식을 받은 사람들은 이미 판시엔을 주시하고 있었다. 모든 사람들은 판시엔의 대답을 기다렸고, 분위기는 점차 살벌하게 변해갔다.

판시엔은 너무도 태연하게 말했다.

"무슨 말씀이신지요."

판시엔의 능청에 2황자가 웃음이 터졌다. 즐거움 보다는 괴로움이 담긴 웃음. 그는 이미 마음속이 서늘해지며 다리가 저려 오기 시작했다. 판시엔의 미소가, 악마의 미소처럼 느껴졌다.

하지만, 황자인 그가, 어떻게 반응해야 할지 당장 떠오르지 않았다.

그래서 술을 들이켰다. 마음이 아려 왔다.

이번에도 추밀원 부사 취샹동이 판시엔을 쏘아붙였다.

"2황자 전하의 심복 여섯이 오늘 밤 동시에 암살을 당했는데, 판 제사는 정말 모르고 있었습니까?"

대황자가 대경실색 했고, 귀를 닫으려 노력했던 태자도 품에 안고 있던 기생을 내팽개치고 벌떡 일어났다.

'이렇게 간단하고, 직접적이고, 거칠게……나온다고?'

판시엔은 여전히 태연했다.

"그래요? 모두 죽었단 말인가요?"

판시엔은 속으로 계획이 잘 진행되었음에 만족하고 있었지만, 겉으로는 전혀 내색하지 않고 말을 이었다.

"그런데 2황자 전하의 심복 문제를 왜 본관에게 물으십니까?"

연회가 시작된 후 처음으로 판시엔은 자신을 '본관'이라 칭했다.

2황자가, 갑자기, 다시 한번 큰 웃음이 터졌다. 그리고 판시엔에게 건배를 청하며, 진심을 담아 말했다.

"제사 대인, 좋은 수단……패기가 좋네요."

판시엔도 술잔을 들며 위로했다.

"전하께서는 슬프시겠지만, 오래된 것이 가야 새것이 오지 않겠습니까. 새로운 시대는 항상 이렇게 열렸습니다."

추밀원 취 부사는 이 모습을 보고 속으로 탄식을 하며, 자신이 정말 늙었다고 생각했다. 그의 상식으로 신하인 판시엔이 황자에게, 이렇게까지 할 수는 없었기 때문이다. 그는 판시엔을 다시 한번 쏘아붙였다.

"판 제사, 오늘 밤 감사원 4처에서 조정 관리 수십 명을 체포한 것은 알고 계십니까?"

"본관은 감사원 제사로서 폐하의 명을 받고 징두 관리들을 감찰하고 있어요. 본관이 승낙을 했으니, 감사원이 조정을 좀먹는 해충들을 체포했겠지요."

세상에 탐욕을 부리지 않는 관리는 없다. 정도의 차이일 뿐.

물론, 이번에 체포된 관리들은 모두 2황자와 장 공주 쪽 사람들이었다. 3품 이상의 관리는 감사원의 권한 밖이었지만, 조정에서 '진짜' 필요한 사람들은 3품 밑의 관리들이었다. 그리고 2황자와 장 공주 쪽이지 군대 측 관리가 아니었기에, 습격에 의한 보복이라 단정짓기도 힘들었다.

다시 말해, 명분은 충분했고, 의혹은 부족했다.

다만, 판시엔이 왜 갑자기 이런 수준 낮고 잔혹무도한 방법을 사용했는지 이해할 수 없었다. 그리고 이미 2황자와 장 공주에게 충분히 복수하지 않았는가.

보고하러 온 다섯 관리가 물러나자 대황자가 굳은 얼굴로 물었다.

"왜 그런 것인가?"

"저는 폐하의 명을 받아 관리들의 품행을 조사해야 할 의무가 있어요."

대황자가 고개를 절레절레 저었다.

"자네가 오고 나니 징두가 조용할 새가 없어. 너희들은 왜 그만하지 못하는 것이냐."

판시엔은 대황자가 진심을 담아 한 말이란 것을 알고 있었다. 하지만 판시엔도 지지 않았다.

"그동안 징두는 조용했나 봅니다. 어쩌면 제가 재난을 몰고 오는 사람일 수도……하지만 저를 습격했던 사람이, 저를 조용히 지내지 못하게 한 것도 사실입니다."

판시엔은 한숨을 쉬었다.

"이 세상에는 황당한 일이 많지요. 습격을 조정에서 조사한다지만, 증거가 없어 확실한 결론에 도달하지 못할 것 같아 보이더군요."

태자가 조용히 입을 열었다.

"조정에서 조사하고 있네."

이 말은 오늘 그의 입에서 벌써 세 번째 나오는 말이었다.

판시엔은 미소를 띠며 한 가지 우화를 말하기 시작했다.

"예전에 흰색 토끼 한 마리가 살고 있었는데, 기분 좋게 집을 나오다 회색 늑대를 만나고 말았지요. 늑대가 토끼를 때리며, '내가 모자 쓰지 말라 했잖아'라고 말했습니다."

"다음 날, 흰색 토끼가 모자를 벗고 나갔더니, 늑대는 다시 토끼를 때리며, '모자 쓰고 오랬잖아'라고 말했습니다."

"억울한 흰색 토끼는 곧장 호랑이를 찾아가 늑대의 횡포를 고자질했지요. 호랑이는 흰색 토끼의 억울함을 안타까워하며 걱정마라 했습니다. 하지만 호랑이는 곧장 늑대에게 찾아가 말했지요. '흰색 토끼를 때리려면 정당한 명분을 찾아야지. 예를 들면, 고기를 잡아오라고 말한 뒤, 큰 고기를 잡아오면 크다고 때리고, 작은 고기를 잡아오면 큰 고기가 좋다 하든지. 아니면 암컷 토끼를 찾아 달라 한 후, 뚱뚱한 걸 찾아오면 마른 게 좋다 하고, 마른 걸 찾아오면 뚱뚱한 게 좋다고 하든지'."

판시엔은 진지하게 말했지만, 내용은 황당하고 유치했다. 그럼에도 자리한 대신들은 무슨 의미인지 이해를 하고 있었다. 다만, 호랑이가 누구인지는 아무도 입 밖에 낼 수 없었다.

판시엔은 술을 한 모금하고 이야기를 이어갔다.

"늑대는 호랑이가 영리하다 칭찬했지만, 사실 둘의 대화를 흰색 토끼가 엿듣고 있었던 겁니다. 다음 날, 흰색 토끼가 회색 늑대를 만났고 늑대가 명했습니다. '고기를 가져와' 그랬더니 토끼가 말했죠. '큰 게 좋으세요, 작은 게 좋으세요?' 늑대가 다시 명했습니다. '고기는 됐고, 암컷 토끼를 찾아와.' 그랬더니 토끼가 말했습니다. '뚱뚱한 게 좋으세요, 마른 게 좋으세요?'."

판시엔은 웃으며 질문을 던졌다.

"이런 교활한 토끼를 만나면, 여러분들은 뭐라고 답하시겠습니까?"

아무도 답이 없자, 판시엔은 여전히 웃으며 말을 이었다.

"회색 늑대는 흰색 토끼를 다시 사납게 때리면서 말했습니다. '내가 모자 쓰고 오랬지!'."

세상에서 가장 비합리적인, 뻔뻔스러운, 황당한 이유.

가장 충분한 이유이자, 가장 필요 없는 이유.

결국, 누구의 주먹이 더 세냐의 문제.

판시엔은 웃음을 거두고 진지하게 이야기를 마무리했다.

"전 계속 흰색 토끼의 역할을 하고 싶지 않네요. 그럴 바엔 차라리, 회색 늑대가 되렵니다."

판시엔이 말한 우화는 이전 세계에서 들었던 우스갯소리였지만, 오늘 이 자리에서는 아무도 웃지 않았다.

산골짜기의 습격, 오늘 밤 2황자 심복의 암살.

두 사건 모두 명확한 조사가 힘들 것이다.

태어나면서부터 서로를 적대시해야 하는 운명을 타고난 사람들. 충분한 이유가 없지만, 굳이 이유를 찾을 필요도 없었다.

권력 싸움에서는 항상 때리는 늑대, 도망치는 토끼 그리고 옆에서 방관하는 호랑이만 있을 뿐이다.

연회를 더 이상 지속할 이유도 없었다.

포월루를 떠나던 쉐칭이 배웅하는 판시엔을 보고 미소를 지었다.

"늑대는 무리를 지어 움직이는 동물이네. 혼자 움직이는 늑대는 위험해."

판시엔은 공손히 두 손을 모아 예를 올렸다.

"황상께서 허락했다고는 하지만, 항상 분수를 지키고 조정의 체면을 생각하게."

판시엔은 고개를 끄덕였다.

태자가 기생을 품에 안고 내려오다 문 앞의 판시엔을 보고 웃으며 말했다.

"오늘 밤 연기는 보는 재미가 있었어. 생각해 보면, 1년 전 둘째 형님과 자네가 했던 연극도 볼만 했지……하지만 본궁과 자네는 아직 아무것도 한 게 없는 듯 보이네."

판시엔은 무슨 의미인지 순간 파악이 안 되어 살짝 당황하고 있었다. 그 모습을 보고 태자는 웃으며 말을 이었다.

"본궁과 자네 사이에 아무 문제가 없다는 거야. 만약 문제가 있다면 '그 당시' 문제이지, 나와 자네 사이의 문제가 될 수는 없다는 거네. 나는 자네가 이 점을 기억하길 바라네."

태자와 판시엔은 지금까지, 최소한 표면적으로는 평화 상태를 유지하고 있었다. 하지만 황후가 '그 당시' 참여했던 문제로 두 사람은 태생적으로 적이었다. 그래서 판시엔은 태자가 지금 이 말을 하는 이유를 이해할 수 없었다.

다만, 판시엔은 확신할 수 있었다.

태자가 판시엔의 지지를 얻지 못한다는 것, 판시엔이 황후를 죽이는 것을 태자가 가만히 지켜보지 않을 거라는 것.

그래서 태자의 말은……아무 의미가 없었다.

판시엔이 태자를 배웅하고 다시 연회장으로 올라가자 대황자와 2황자만 남아 있었고, 2황자는 연거푸 자작을 하고 있었다. 판시엔이 그 모습을 보며 탁자에 앉아 손뼉을 쳤다. 발 뒤에서 3황자가 걸어 나와 그의 스승인 판시엔 옆으로 앉았다.

이렇게 세 명의 황자, 한 명의 사생아 판시엔이 남았다.

2황자가 취한 말투로 조롱하듯 입을 열었다.

"겁을 먹었군."

"제가 두려울 게 뭐가 있을까요?"

"겁을 먹은 게 아니면, 오늘 밤에 이런 짓을 벌일 필요가 있었을까?"

"이제 외부인이 없으니 솔직히 말하지요. 제가 한 게 맞아요. 하지만 증거가 없지요. 산골짜기 습격도 증거는 없지만, '당신들'이 한 것은 맞지요."

"난 이번 습격은 참여하지도 않았고, 알지도 못했어."

"그럼 뉴란지에 암살 시도 사건은요? 흰색 토끼가 뺨을 너무 많이 맞았어요. 사방팔방 모두가 적이라, 어느 쪽이 진짜 적인지 가릴 필요도 없더군요. 화살을 그저 마구잡이로 쏠 생각이에요. 주모자가 맞으면 좋은 것이고, 상관없는 사람이 맞아도 어차피 적이니, 저에게 손해 될 것 없고."

2황자는 판시엔 옆에 앉아 있는 3황자를 보며 뜬금없이 말을 했다.

"가끔은 인생이 너무 불공평해 보여. 정말 내가 판시엔 자네보다 능력이 없다면 괜찮은데……사실 지금 상황은 능력과 상관없는 문제 아닌가? 부황께서 나에게 감사원을 줬다면? 나에게 내고를 줬다면? 내가 자네보다 못했을 것 같은가? 안쯔, 자네는 이게 불공평하지 않은 것 같나? 어쨌거나 내가 정식 황자인데……."

판시엔은 한참을 침묵했다. 2황자의 말에 일리가 있었기 때문이다. 판시엔은 천천히 입을 열었다.

"역사에 만일은 없지요."

"그래 맞아. 지금 감사원과 내고를 쥐고 있는 사람은 자네지. 그리고 그 권력은 사실 자네 모친이 가졌던 것이지……모반을 했던…… 그래서 지금 미리 겁을 내는 게 아닌가?"

판시엔의 얼굴이 다시 굳었다.

2황자는 담담히 말을 이었다.

"앞으로의 일은 생각해 봤어? 누구를 위해 이렇게 고생을 하는 건가?"

2황자는 다시 한번 3황자를 바라보고 웃으며 말했다.

"이제 자네도 알겠지. 황실의 자제들은 사귀기가 쉽지 않아."

3황자는 고개를 숙일 뿐 말을 할 엄두를 내지 못했고, 판시엔도 2황자의 의도를 생각하며 그의 말을 듣고만 있었다.

"자네는 정말 겁을 먹었어……나중에 누가 천자의 자리에 오르든, 그 사람이 그리고 이 경국이 자네를 포용해 줄 수 있을 것 같아? 감사원이 계속 존재할 수 있을 거라 생각해?"

2황자는 조롱 섞인 짧은 웃음을 지은 후 다시 말을 이었다.

"자네는 총명하니 알 거야. 지금 가진 권세가 하늘에 닿을 정도로 높다 해도, 언제든 흩어질 수 있는 구름일 뿐."

2황자는 다시 한번 탄식했다.

"자네 손의 권력은 부황께서 주신 것이고, 언제든 성지 한 장이면 없어지는 것이야. 자네를 총애하는 건 사실이지만, 경계하는 것도 사실이지. 부황께서 자네에게 군대와의 접촉을 막은 것이 무슨 의미인지는 자네가 더 잘 알고 있지 않나?"

2황자는 판시엔의 눈을 보며 또박또박 말했다.

"넌 겁을 먹어서, 내가 가진 권력을 빼앗으려 하는 거야."

판시엔이 드디어 입을 열었다.

"권력은 뜬구름 같은 것이지요. 전하는 황자이니 천하를 마음에 품고 있겠지만, 전 신하이니 자신과 가족의 안녕만 지킨다면…….."

2황자가 말을 끊었다.

"황자? 신하? 네가 황실의 핏줄이 아니었다면 지금까지 살아남을 수 있었을까?"

자리에 앉은 네 명의 형제 중 두 명은 침묵했고, 두 명은 대치하고 있었다.

2황자는 타이르듯 말을 이었다.

"그만 내려놔. 자네의 힘은 허상이고, 자네는 날 죽일 수 없어. 시간이 지날수록 자네만 위험해질 뿐이야."

"전하, 그건 제가 먼저 말하지 않았던가요. 포월루 앞 찻집에서 말했지요. 전하가 내려놓지 않으면, 저는 전하가 내려놓을 때까지 공격할 거예요. 그때 찻집에 있었던 전하의 심복 여덟이 이 자리에 없는 것이 그 증명 아닌가요?"

'찻집'이라는 두 글자에 2황자의 표정이 얼어붙으며 날카롭게 쏘아붙였다.

"내가 왜 내려놓아야 해?!"

"전하는 장 공주의 독에 중독되었으니 제가 해독시켜드리지요. 아직 당시의 말이 유효해요. 장 공주와 거리를 유지하고 모든 것을 내려놓으시면……평안한 삶을 살게 해 드릴 거예요."

"너에게 기대라고? 감사원과 돈에 기대서 편안한 삶을 살라고?"

"누가 누구에게 기댈 수 있을까요? 삶은 그런 게 아니에요. 전하가 내려놓지 않으면, 저는 전하의 힘을 모두 제거한 후 썩은 물속에서 전하를 빼낼 거예요."

"왜 나만 그래야 해?! 나만 부황의 아들이야? 너도 부황의 아들이잖아?!"

"저는 조금의 야망도 없는 신하일 뿐이에요."

판시엔은 대담한 말을 이어갔다.

"이틀 후에는 전하도 제 진심을 알게 될 거예요. 다른 황자 중 한 분은 저의 제자이니 혼을 내면 되고, 대황자 전하야 술을 더 좋아하니 문제가 안 되고 그러니 전하밖에 없지요. 이 핏줄을 조금은 존중할 가치가 있다고 생각하기에, 저는 모든 힘을 동원해 두려운 일이 발생하는 것을 막을 거예요."

판시엔은 마지막 말로 못을 박았다.

"한창이신 폐하께서 이런 일이 발생하는 걸 원치 않으신다는 점, 전하가 명심하길 진심으로 바랍니다."

포월루를 떠나는 2황자는 이상할 정도로 냉담한 모습이었다. 판시엔에게 인정사정없이 세력을 제거당한 그에게 남은 길은 두 가지밖에 없었다. 하나는 장 공주에게 기대는 것, 다른 하나는 판시엔의 말대로 황위 쟁탈 싸움에서 물러나는 것.

대황자는 판시엔과 몇 마디 말을 주고받은 뒤, 근심 가득한 표정으로 3황자를 데리고 포월루를 떠났다.

판시엔은 홀로 남아 술을 몇 잔 마시고, 목욕을 한 후, 방문을 열었다. 옆에서 시중을 들던 상운이 급히 말을 건넸다.

"대인, 검을 놓고 가셨어요."

판시엔은 고개를 돌려 상운과 검을 한 번씩 보고 천천히 말했다.

"그 검은 눈에 너무 띄어. 당분간 이곳에 놓아둘 생각이야."

판시엔이 포월루 정문 두꺼운 가죽 발을 열고 나가자 사람들이 공손히 판시엔을 배웅했다. 판시엔은 건물 밖 돌계단을 내려오다 고개를 들어 밤하늘을 바라보았다.

곧 있으면 눈이 올 것 같다는 생각이 들었다.

마차가 다가오자 고개를 저으며 걸어가겠다는 뜻을 내보이고 동쪽을 향해 걸어갔다.

오늘 연회에는 가오다가 이끄는 비밀 호위를 데리고 오지 않았고 왕치니엔 조직원들도 작전을 수행하는 데 투입해서, 지금 그의 옆에는 집안 호위 몇 명과 마부밖에 없었다.

판시엔은 조용히 앞장서서 걸었고, 뒤에 몇몇이 따랐으며, 그 뒤로 마차가 멀찌감치 떨어져 따라갔다.

얼마 가지 않아 길게 뻗은 거리가 나타났다.

직선으로 길게 뻗은 거리.

판시엔이 갑자기 발걸음을 멈췄다. 그는 손을 올려 뒷사람과 마차에게 따라오지 말라 지시하고 홀로 성큼성큼 거리 중앙으로 걸어갔다.

눈이 그친 징두 거리에 기괴한 안개가 짙게 깔리기 시작했다. 점점 짙어진 안개는 사방에서 모여들더니, 어느덧 긴 거리에 자욱하게 깔렸다. 손을 뻗어도 자신의 손가락도 보이지 않을 정도로 시야가 탁해졌다.

뒤에서 따라오던 호위들은 걱정스러운 얼굴로 등불을 밝혀 앞을 비추었지만 보이는 건 안개밖에 없었고, 검은색 감사원 관복을 입은 판시엔의 모습도 시야에서 사라져버렸다.

안개가 자욱하게 깔린 긴 거리에는 판시엔의 규칙적인 발걸음 소리뿐. 마치 판시엔 외에는 그 거리에 어떠한 생명체도 살지 않는 것처럼.

발걸음 소리가 멈췄다.

순간 차가운 겨울 바람이 불어왔다. 자욱하게 깔린 안개가 잠시 흩어지며 거리 끝이 어렴풋하게 보이기 시작했다.

아무도 없었지만, 누군가 있는 느낌.

감사원 관복을 입은 이가, 두 눈으로 앞을 주시했다.

사람의 형체, 아니 사람!

우람한 체격의 사람이, 우뚝 솟은 산처럼, 안개 낀 긴 거리의 끝에 서 있었다.

그는 등에 큰 활과 화살통을 메고 있었고, 화살통에는 열세 발의 화살이 담겨 있었다.

바람이 지나가고, 안개가 다시 짙게 내려앉았고, 그 사람의 모습도 안개 속으로 사라졌다.

가장 맹렬한 공격을 펼칠 때가 곧 가장 방어가 약해지는 시기.

판시엔은 그 사실을 놓친 것 같았다.

지금 판시엔 옆에는 아무도 없었다. 오직 그 자신뿐.

하얀 안개 속에서 옌샤오이는 두 눈을 감은 채 길 너머 마주하고 있는 판시엔의 기세를 느끼고 있었다. 상대방이 그의 통제를 벗어날 일말의 기회도 주지 않을 생각이었다.

아직 맞은 편에서는, 움직이는 기척이, 조금도 느껴지지 않았다.

전임 금군 대통령, 현임 정북 대도독, 경국 9품 최상급 고수.

그는 미치광이가 아니었기 때문에 지금 판시엔을 암살한다는 의미를 명확히 알고 있었다. 하지만 그는 지금 전의와 혈기를 억누를 수 없었다. 아들의 시신을 봤을 때 이미 결정을 내렸다.

'이제 무엇을 위해 살아야 할까……'

그는 미치광이가 아니었지만, 지금 미쳐 있었다.

오늘 밤 아무도 판시엔의 행동을 예상할 수 없었듯이, 아무도 옌샤오이가 예전 사냥꾼의 모습으로 돌아갈지 몰랐다. 그는 판시엔을 관찰했고, 주시했고, 사지로 들어올 때까지 인내심을 가지고 기다렸다.

자욱한 안개가 사람들의 시선을 막았지만, 옌샤오이의 화살을 막을 수는 없었다.

애초에 그의 궁술은, 눈을 사용할 필요가 없었다.

옌샤오이는 판시엔의 무공 수준이 얼마에 이르렀든 그를 죽일 자신이 있었다. 황위 다툼도, 천하도, 정의나 이익도 아니었다.

그저 개인적인 복수.

두 사람의 기세는 이미 안정되어 있었다. 한 사람은 거리 끝에, 한 사람은 거리 중앙에 서 있었다. 중앙에 선 판시엔은 아무 말없이 서서 싸울지 도망갈지를 고민하고 있는 듯 보였다.

옌샤오이가 한 발을 내딛었다.

하얀 안개가 흩어지며 공간이 나타났다.

순간 찬바람이 일었다.

갑자기, 그가 발을 다시 거두고, 곁눈으로 왼쪽 건물의 처마 위 돌사자상을 힐끗 쳐다봤다.

그는 미세하게 움직여, 그의 몸과 돌사자상이 일직선이 되게 만들었다.

돌사자상은 일종의, 보이지 않는 경계선 같았다. 조금만 더 앞으로 가면, 마치 이상하리만큼 무서운 살기가 그를 기다리는 것처럼 느껴졌기 때문이다. 어렸을 때부터 숲에서 야수와 어울리며 살았던 그는, 야수처럼 민감한 감각을 가지고 있었다.

'누가 누구를 매복하는 것이지?'

한 발을 내딛기 전까지 옌샤오이는 이 거리에 자신과 판시엔 둘밖에 없다고 확신했다. 하지만 한 발을 내딛는 찰나 깨달았다.

예상치 못한 위험.

발을 걷어들이는 순간, 안개 맛도 미세하게 변한 것 같았다.

안개 맛은 맛이 아니지만, 맛이었다. 입안에서 느껴지는 감각은 아니지만, 바람과 안개의 미세한 촉감의 맛이었다.

그의 뒤에, 강한 인물이 있을지 모른다는 생각이 들었다. 얼마나 강한지 알 수 없었지만, 이렇게 오랜 시간 기척을 숨길 수 있다면, 분명히 그를 다치게 할 수 있을 정도의 강함이었다.

화살을 쏘면, 진기가 소모되고, 약점을 드러낼 것이다.

잠시의 차가운 적막이 흘렀다.

안개 속 그 누구도, 함부로 움직이지 못했다.

아무런 전조 없이 옌샤오이가, 숨을 깊이 들이마시고, 가슴을 활짝 편 후, 무심하게, 활시위를 잡아당겼다.

손가락은 우악스러웠지만, 동작은 부드러웠다. 거문고를 튕기는 것처럼 부드러웠고, 살며시 피어나는 난초 꽃처럼 조심스러웠다.

'피잉잉.'

활시위가 떨렸다.

활시위의 떨림이 주변 공기로 전해지고, 화살이 안개를 뚫고 나아갈수록 점점 더 기세를 더해갔다.

'웅웅웅…….'

안개에 묻힌 채, 장엄한 소리를 내며, 무시무시한 기세로, 맞은 편 사람에게 날아갔다.

'펑!'

묵직한 소리와 함께 사람이 땅에 쓰러지는 듯한 소리가 들렸다.

옌샤오이는 이미 다시 화살을 장전해 활시위를 당기고 있었다.

하지만 쏘지 않았다.

'판시엔이 아니다.'

옌샤오이는 판시엔이 포월루에서 나온 후부터 그의 행적을 면밀히 감시했는데, 그가 언제 어떻게 자신의 감시를 피한 건지 이해할 수 없었다. 하지만 두 가지는 확실히 이해했다.

하나는 화살을 맞은 이는 판시엔이 아니다.

다른 하나는 오늘 밤 자신은 사냥꾼이 아니라 사냥감이다.

하지만 그는 두렵지 않았다. 화살만 손에 쥐고 있다면, 어느 것도 두렵지는 않았다. 그의 화살은 여전히 맞은편을 향해 있었지만, 정신은 온통 자신의 뒤와 처마 위 돌사자상에 고정되어 있었다.

돌사자상 때문에, 화살을 쏠 수가 없다.

뒤에 안개의 막도, 이전처럼 돌아와 있다.

누구도 먼저 움직이지 않았다. 옌샤오이는 조금의 지친 기색 없이, 여전히 산처럼 굳건히 서 있었다. 하지만 어둠 속의 두 사람 역시, 그와 비슷한 인내심과 의지력을 가지고 있는 듯 보였다. 옌샤오이는 속으로 상대방의 실력을 인정했다.

상대방이 먼저 물러나지 않는 한, 옌샤오이도 움직일 수 없었다.

그는 지금 자신이 불리함을 잘 알고 있었다.

그는 산처럼, 조각상처럼, 화살을 장전한 채, 조금도 움직이지 않고 있었다.

'콜록콜록.'

먼 곳에서 희미하게 마른 기침 소리가 들렸다.

기침 소리와 함께 옅은 불빛이 안개 속을 비추었다. 길 모퉁이에서 등장한 불빛은 점점 가까워지고 있었다.

두 개의 등불.

백지장처럼 하얗게 질린 작은태감 둘이 등불을 들고, 옌샤오이에게 다가오고 있었다.

그 뒤에는 네 명의 하인이 작은 가마를 들었고, 기침 소리는 그 가마 안에서부터 밖으로 울려 퍼졌다.

가마가, 옌샤오이 옆에 멈췄다.

큰 홍 태감.

"거리에 눈이 많이 내려 대도독께서 기쁘신가 봅니다. 밤이 늦었으니 저택으로 돌아가시지요. 이 종이 배웅해 드리겠습니다."

가마가 천천히 긴 거리를 떠나자, 큰 활을 짊어진 고수도 자욱한 안개가 휩싸인 그곳을 떠났다. 가마가 사라지며 기침소리도 아득히 멀어졌고, 거리를 감싸던 안개도 점차 옅어졌다. 칠흑 같은 밤이었지만 안개가 사라져 훨씬 밝아진 듯 보였다.

하늘에서 마치 신선이 꽃나무를 흔들고 있는 듯,

눈송이가 하늘하늘 떨어지기 시작했다.

두껍게 하늘을 가리고 있던 먹구름이 흩어지며,

은색의 달빛이 거리를 비추었다.

달빛이 근처 건물 처마 위를 비추자,

돌사자상 뒤에 기괴한 그림자가 나타났다.

검은 그림자가 부르르 떨더니, 어둠 속으로 소리 없이 사라졌다.

제3장

담박공 '판'시엔

판시엔은 거리에서 조금 떨어진 건물 지붕의 구석에 엎드려 긴 한숨을 내쉬었다. 피곤에 찌든 그가 몸을 돌려 누워 온몸의 근육을 풀며 멍하니 하늘 위에 빛나는 달을 바라보았다.

그리고 한손으로 옆에 있는 검은 상자를 쓰다듬고 있었다.

그는 오늘 상당한 노력을 들여 충분히 준비했다 생각했고, 실제로 성공이 눈앞에 있었는데, 갑자기 나타난 가마 하나로 모든 게 수포로 돌아갔다.

그는 최후의 순간이 오지 않는 한, 상자를 사용할 생각이 없었다. 하지만 아무리 생각해도 지금 상태에서 옌샤오이를 죽일 방법은 상자를 이용하는 것밖에 없었다.

그래서 결심했고, 사용했다. 하지만 실패.

실패의 아쉬움과 함께 알 수 없는 분노가 치밀어 올랐다.

그때, 왕치니엔이 건물의 하수관을 따라 기어올라와 복잡한 표정을 하고 있는 판시엔을 보며 조심스럽게 보고했다.

"늙은 홍 태감이었습니다."

"고생했어."

왕치니엔이 오늘 하루 종일 사라져 있었던 이유는 판시엔의 비밀 지령을 받고 옌샤오이의 행적을 감시했기 때문이었다. 판시엔은 옌샤오이가 자신을 죽일 이번 기회를 놓치지 않을 거라 확신했고, 따라서 그도 이 기회를 놓치고 싶지 않았다.

왕치니엔의 얼굴은 말도 못하게 창백했다. 길가에 쌓인 눈을 비추는 은색 달빛보다도 창백했다. 옌 대도독을 미행하는 건 그의 인생에서 가장 공포스러운 임무였다. 40대 중년인 그는 두려움과 압박감에 시달려 정신이 붕괴되기 직전이었다.

그리고 오늘, 그가 보지 말아야 할 상자를 본 것 같았다.

판시엔은 그를 보며 진지하게 말했다.

"나는 너를 믿어. 정확히 말하자면, 오늘 계획은 너에 대한 믿음이 없었으면 불가능한 일이었어."

왕치니엔은 판시엔의 말뜻을 정확히 알고 있었다.

감동적이었다. 하지만 겁이 났다. 그리고 부인과 딸이 머릿속을 떠나지 않고 있었다. 그는 오늘 이후 자신의 목숨이 고스란히 판시엔의 손에 넘어갔다는 것을 알고 있었기 때문이다.

건물 아래에서 올빼미 울음소리가 두 번 울리자, 판시엔이 주변에 아무도 없는 것을 확인하고 옆에 있는 왕치니엔에게 손짓을 했다.

왕치니엔이 마치 사마귀가 내려가는 것처럼 미끄러지며 하수관을 타고 내려갔다. 그리고 거리 중앙으로 걸어가 쪼그리고 앉아 거리에 누워 있는 사람의 숨이 붙어 있는지 확인했다. 위독했지만 아직 살아 있음을 확인하고 그는 허공에 손짓을 했다.

판시엔은 그 손짓을 보며 마음속으로 다시 한번 안도했다.

가짜 판시엔. 북제에서 판시엔 대신 사절단에서 밤새 술을 마시고 기녀를 끼고 놀던, 가짜 판시엔. 그는 북제에서도 이번에도 적을 유인하는 데 중요한 역할을 했다. 물론 이번에는 생사를 건 모험이었지만.

건물 아래에서 다시 새 울음소리가 나고, 검은색 관복을 입은 몇이 판씨 집안 마차를 끌고 나타나 왕치니엔과 가짜 판시엔을 싣고 출발했다.

흩어진 구름이 모이면서 징두 전체가 다시 어둠에 잠겼다.

여명이 밝아 오기 직전 가장 어두운 시간, 눈이 다시 내리기 시작했고 판시엔은 홀로 성 서쪽의 한 점포로 이동했다. 가장 빨리 문을 여는 국수 가게도 고명을 준비하던 그 시각, 판시엔은 점포 밖 작은 탁자에 앉아 그릇에 담긴 순두부를 천천히 마셨다.

이 두부 가게는 판시엔의 것이었다.

그림자의 판단이 옳았었다.

판시엔은 옌샤오이가 그렇게 강한지 몰랐다. 한 치 앞도 안보이는 안개 속에서 판시엔의 위치를 정확히 알아냈다. 안개 속에 푼 약도 소용없었다. 9품의 절대 강자에게는 그런 잔재주가 통하지 않았던 것이다.

'태감 늙은이는 왜 나타난 거야? 평소에 보려고 해도 궁 밖을 나오지도 않더만.'

가장 화가 난 것은 홍 태감의 등장이었다. 옌샤오이가 아무리 강해도 판시엔은 오늘 끝을 보려 했었다. 그래서 상자까지 사용한 것이었다. 그 판을, 홍 태감이 깨버린 것이다.

'늙은 홍 태감이 움직였다는 건 태후나 황제의 명인데……두 모자가 무슨 생각인 거야? 내가 2황자 세력을 정리하고 옌샤오이를 죽이면 장 공주 힘도 약해질 거 아니야. 그럼 황실에 좋은 거 아닌가?'

판시엔은 도무지 이해가 되지 않았다.

'그들이 그것을 막는다? 그럼 황제는 자신의 여동생이 정말로 모반을 일으키길 바라기라도 한다는 거야? 황제도 미치광이인 건가? 스스로 무덤을 판다고?'

사실 황제의 생각을 천핑핑도, 판시엔도 알고 있었다.

스스로 무덤을 파는 것이었다. 그 무덤에 들어갈지는 다른 문제일 뿐.

지금 경국의 징두는 발효 단계에 놓여 있었다. 판시엔은 반죽이 갑자기 팽창하지 않도록 노력하는 것이었다. 하지만 황제와 천핑핑은 그게 팽창하도록 놔두는 모험을 하려는 것이었다. 큰 홍 태감의 등장은 황제의 이러한 태도를 분명하게 표현한 것이었다.

'도대체 무슨 자신감이지? 아니면 천하가 하루라도 시끄럽지 않으면 견디지 못하는, 미치광이 변태들인가?'

그때, 마차 세 대가 징두의 침묵을 깨고 두부 가게 앞으로 천천히 다가왔다. 앞뒤 마차에서 검객들이 뛰어내려 경계심 가득한 눈초리로 주변을 바라보며 방어 태세를 취했다. 중간 마차의 장막이 걷히고 옌빙윈이 내렸다. 그의 하얀 얼굴이 하룻밤 사이 더욱 창백해졌고 수척해졌다.

옌빙윈은 판시엔이 혼자 두부를 먹고 있다는 것에 놀랐지만, 판시엔은 아무렇지 않은 듯 남은 두부를 건넸다. 옌빙윈은 두부는 먹지 않고 품에서 서류를 꺼내 건넨 뒤 지난 밤 상황을 보고했다.

"장 공주 모사, 황이는 죽이지 못했습니다."

"무슨 일 있었어?"

"독을 타는 데는 성공했는데……장 공주 주변에 독술에 능한 자가 있는지……."

"그건 아닐 테고……장 공주가 전임 1처장 주그어와 내통한 적이 있으니, 그때 뭐 해독제도 가져갔나 보지."

"장 공주 별원에 잠복해 있는 밀정의 신분은 다행히 드러나지 않아 일단 철수하라고 명했어요."

"잘했어. 불필요하게 부하를 위험에 처하게 하면 안 돼."

옌빙윈은 판시엔의 눈치를 살피다 조심스럽게 입을 열었다.

"자백을 받으려 했던 습격 사건의 증인이 죽었습니다."

산골짜기 습격의 유일한 생존자. 3처와 7처가 동시에 지키고 있던 감사원 감옥에 수감되어 있던 죄수.

'그가 죽었다고?'

판시엔은 최대한 평정심을 찾으려 노력하며, 웃는 듯 마는 듯 옌빙윈의 눈을 바라보았다. 하지만 더 이상 캐묻지 않고 화제를 돌렸다.

"홍 태감이 왔었는데, 그건 어떻게 생각해?"

"폐하께서 지난 밤 대인이 한 일이 선을 넘었다 생각하는 것 같아요. 옌샤오이나 대인, 누구도 죽는 것을 보고 싶지 않으신 거겠죠. 물론, 전체적인 계획을 폐하께서 암묵적으로 동의하셨다지만, 오늘 조정 회의에서 대신들이 대인을 공격할 거예요. 만약, 슈 대학사나 후 대학사까지 그 공격에 가담한다면, 폐하께서도 입장을 바꾸실 수도 있어요."

"뭘 그렇게 겁내나?"

"폐하께서는 이전부터 감사원 권력을 줄이고 싶어 하셨는데, 이번

이 좋은 기회가 되지 않을까요?"

'쨍!'

판시엔이 숟가락을 두부 그릇에 던졌다.

"젠장, 그것보다 어젯밤 진짜 해야 할 일을 못한 게 문제인 거야."

옌빙윈은 판시엔의 신경질적인 반응에도 여전히 침착하게 말했다.

"몇 시간 뒤, 조정 조회가 열려요. 폐하의 질책을 들을 준비를 하셔야 할 거예요."

"폐하께서는 원로 대신들을 물리고 젊은 관리들로 바꾸려 하는 거야. 원로 대신들이 순순히 물러날까? 내가 폐하를 대신하여 정리를 도운 건데, 그러면 최소한 고맙다는 말을 해야 하는 거 아닌가?"

옌빙윈은 판시엔이 황제나 조정 대신들을 무례하게 언급하는 것이 여전히 적응이 되지 않았기에 아무 말 없이 듣고만 있었다.

"어젯밤 일은 거의 다 계획대로 진행되었지만 결국 내가 기다렸던 사람은 나타나지 않았어."

옌빙윈은 그 사람이 누구인지 알고 있었지만 겉으로는 모른다는 표정을 지었다.

"어젯밤은 이미 지나갔고, 지금 이렇게 혼자 있는 건 위험해요."

"내가 누구를 데리고 다니면 그놈들이 움직일 엄두라도 내겠어? 습격이나 하는 겁쟁이들이……여기 내가 반 시진이나 혼자 있었는데 아무도 안 왔어. 강철 군대라는 것도 다 헛소문이야."

옌빙윈은 입을 다물었다.

판시엔은 약간 떨어진 거리에서 장정 일곱 명이 마차에 시체를 옮기는 모습을 바라보았다. 피비린내가 옅게 두부 가게까지 전해지고 있었다. 시신 세 구는 모두 십여 개로 토막 났는데 모두 장도에 의한 상처였다.

우두머리로 보이는 사람이 두부 가게를 바라보았다. 말고삐를 잡은 오른손바닥 아래 굳은 살이 살짝 보였다.

"도련님, 천천히 드십시오."

동틀 무렵 집으로 돌아온 판시엔은 옷만 갈아입고 황궁으로 향했다. 밤새 한숨도 못 자 지친 그는 덩즈위에가 건네준 찬 수건으로 거칠게 얼굴을 닦았다. 그리고 크게 하품을 하며 기지개를 켠 후 마차에서 뛰어내렸다.

오늘은 판시엔이 강남을 다녀온 후 처음으로 조정 회의에 참석하는 날이라 일반적인 경우라면 대신들이 우르르 다가와 인사를 했을 터였다. 하지만 대신들은 경계심 가득한 눈빛으로 그를 바라보기만 할 뿐 아무도 그에게 다가오지 않았다.

판시엔은 개의치 않고 멀리서 보이는 두 명의 대학사에게 다가갔다. 그들이 모두 하늘을 쳐다보고 있었기에 판시엔도 곁으로 가서 하늘만 쳐다보았다. 슈 대학사가 곁눈으로 판시엔을 한번 보고 마음에 들지 않는다는 말투로 입을 열었다.

"판 제사는 무엇을 보는 것인가?"

"두 대인이 보고 있는 걸 저도 보고 있지요."

슈우의 입모양이 이상해지며, 말을 하려다 말고를 몇 번이나 반복하다 겨우 입을 열었다.

"감사원의 권한이 막강하니 조심히 행동해야 한다는 걸, 판 제사도 알지 않나? 이렇게 마구잡이로 잡아가면 조정은 어떻게 대처해야 하나?"

후 대학사가 옆에서 그만하라 눈치를 줬다.

판시엔은 그 모습을 보며 공손하게 말했다.

"소인을 너무 혼내지 마세요. 대인이 연장자이지만, 이렇게 화를 내는 모습은 아래 관리들이 보기에도 좋지 않아요."

슈우는 화가 났지만 판시엔의 공손한 태도에 더 몰아붙이진 않았다. 하지만 옷 소매를 '휙' 털며 차갑게 말을 던졌다.

"아무튼 오늘 회의에서 내가 자네를 나무랄 것이니, 그리 알게."

"예상하고 있어요. 그래도 소인을 애틋하게 생각해 주세요."

슈우는 판시엔의 능청스러움에 화가 나기도, 웃음이 나오기도 했다. 그때, 황궁 문이 열리고, 두 대학사를 선두로 하여 대신들이 입궁하기 시작했다.

조정 회의가 시작되자마자 두 명의 대학사를 포함하여 보고를 하러 지방에서 올라온 3로의 총독들까지 재빨리 상주문을 올렸다.

판시엔에게 남은 건 대신들의 공격을 받는 일이었다.

하지만 판시엔은 너무 피곤한 탓인지 대신들이 하는 말이 귀에 들리지가 않았다. 물론 그의 상태와 상관없이 문무백관들의 공격하는 소리가 끊임없이 태극전에 울려 퍼졌고, 죄명도 점점 커지기 시작했다. 조정을 기만했다는 둥, 덕을 중시하지 않았다는 둥, 나라의 인재를 개인의 사욕을 위해 마음대로 사용했다는 둥, 패거리를 만들어……등등.

그동안 침묵했던 추밀원도 오늘은 가만히 있지 않았고, 추밀원 부사 둘이 모두 나와 불만을 표시했다.

판시엔은 대열 맨 끝에 외로이, 묵묵히 서 있었다.

"판시엔! 너는 할말이 없느냐?"

황제의 호통에 판시엔은 정신이 번쩍 든 듯, 관복을 정리하고 앞으로 나와 예를 올렸다.

"폐하, 어젯밤 감사원 1처에서 서른두 명의 관원을 체포한 것은, 경국의 법률에 따라 집행한 것입니다. 소신은 대신들이 격분하는 이유를 모르겠습니다."

"서른두 명이라……자네는 경국 조정에 탐관오리만 있다고 생각하는 건가?"

"서른두 명은 일부에 불과합니다. 폐하께서 특명을 내려 주신다면, 소신이 나머지 탐관들도 모조리 잡아내겠습니다."

조정은 곧 대신들이었다. 예상치 못한 판시엔의 반격에 너도 나도 일어나 판시엔을 욕하기 시작했다. 이에 황제도 판시엔이 경험이 부족해 경솔하게 행동한다는 둥, 황제의 마음을 어지럽힌다는 둥 꾸짖었다.

이것은 연기이자 정치일 뿐.

황제는 어쨌든 대신들의 마음을 어루만져 주어야 하기 때문이었다.

물론, 욕을 먹는 판시엔의 기분이 좋지는 않았다.

한참 동안, 대신들의 분노 표출과, 황제의 동조와, 판시엔의 침묵이 지난 후.

황제가 냉랭하게 말했다.

"판시엔이 습격당한 사건 조사는 어떻게 되어가는가?"

이것으로 끝. 침묵.

대리사 소경과 형부 상서가 겁에 질린 목소리로 죄를 고했다.

"마지막 증인이 어젯밤에 감사원 감옥에서 죽었다는데, 어떻게 이런 일이 벌어진 것인가?"

황제의 이 말로, 판시엔의 발언도 끝.

황제는 대신들의 반응과 판시엔의 해명이 중요하지 않았다.

황제는 준비해 온 명을 내렸다.

'감사원의 권력을 제한한다.'

감사원의 지위나 역할은 변하지 않았지만 권한에 제약을 두었다.

징두 관리를 감찰하는 1처에 체포 권한은 있었지만 '규정에 의거하여' 일을 진행해야 했다. 특히 대리사와 관련된 범인을 체포할 경우 48시간 안에 심문이 이루어져야 했다.

한마디로, 1처는 더 이상 징두 관리들을 비밀리에 심문할 수 없었다. 징두 외 지역을 감찰하는 4처의 권한도 제한을 두기로 했고 구체적인 규정은 차차 정하기로 했다.

조정의 문무백관들은 모두 기뻐 어쩔 줄을 몰라 했다. 그들은 사실 감사원을 비난하며 체포된 하급 관리들의 살길을 마련해 주려는 소박한 목표를 가지고 있었는데, 황제는 감사원 자체를 건드려 버린 것이다.

만세 소리와 성은이 망극하다는 소리로 한동안 태극전이 떠나갈 듯했다.

다만, 어젯밤 체포된 관리에 대한 소급 적용은 없다는 명이 뒤따랐다.

그리고 습격 사건 조사 부실과 징두 수비군의 실책으로, 추밀원 우부사 취샹둥이 강등되었고 징두 수비 친형은 면직되었다. 친형은 추밀원으로 돌아가게 되었고, 징두 수비 대장은 당시 서만 정벌군 부대장이 맡게 되었다. 형부 시랑과 대리사 부소경이 교체되었고, 도찰원 집필 어사도 교체되었다.

그 모든 자리를 며칠 전 입궁했던 젊은 관리들이 차지했다.

그 순간 조정의 대신들은, 어젯밤 일이, 오늘 조정 회의에서 내려질 황제의 명령을 위한 것임을 깨닫게 되었다.

감사원 권한 축소 명령에 기분이 좋지 않던 판시엔은 이어진 황제의 명령을 듣고, 이미 예상은 하고 있었지만, 황제가 그의 생각보다 치밀하게 준비해 왔다는 것을 알게 되었다.

단, 옌빙윈의 이름이 들리지 않았다.

단, 더 놀랍게도, 자신의 제자 청쟈린의 이름이 들렸다.

'청쟈린? 이부(吏部)? 내가 한번도 개입한 적 없는 관아로? 그것도 두 단계를 한꺼번에 승진?'

판시엔은 불안해졌다.

황제가 당근만 줄 리 없다는 것을 알고 있기 때문이다.

"……션충운(申冲門, 신충문)을 도찰원 집필어사로 임명하고, 도찰원 좌도어사 허종웨이는 판시엔과 협조해 감사원 사무를 살펴, 황실에 보고하라."

판시엔은 등에서 식은땀이 흐르고 오른손 손가락이 가늘게 떨렸다. 천핑핑이 원장으로 있을 때 감사원은 독립 왕국이나 다름없었다. 판시엔의 특수 신분 때문에, 황제가 그를 천핑핑만큼 신뢰할 수 없었기 때문에 무슨 방법을 취할 거라 예상은 했지만, 이런 강력한 방법을 사용하리라 예상하지 못했기 때문이다.

'허종웨이?'

"폐하!"

판시엔이 허종웨이 옆에 서서, 용의에 앉아 있는 중년 남성을 향해 소리쳤다.

"소신, 이견이 있습니다!"

허종웨이는 온화한 미소를 지으며 옆에 선 판시엔을 바라보았다.

황제는 판시엔의 등장에 불쾌한 표정을 지었다.

"이견?"

"감사원은 도찰원 어사의 간섭을 받아서는 안됩니다!"

"감히!"

황제가 '버럭' 했다.

"경국의 법률에 따라 짐이 결정한 사항에, 이견이 있어?!"

판시엔은 지지 않았다. 감사원 권력은 물러설 수 없는 것이었다.

"폐하! 감사원은 관리들을 감시하고, 황실은 감사원을 감시합니다. 그렇다면 도찰원 어사는 도대체 누가 감시할 수 있습니까!"

대신들이 웅성대기 시작했고, 황제는 평정심을 되찾으며 차가운 목소리로 말했다.

"총명하다더니 오늘은 억지를 부리는구나. 들어가라."

"소신! 반대합니다!"

반대? 선을 넘어도 한참을 넘은 말이었다.

화가 난 황제는 수염을 부들부들 떨며 판시엔을 손가락질하며 말을 했다.

"반대? 네가 감히 짐이 결정한 일을 반대할 수 있다 생각하느냐?!"

"소신, 어찌 폐하의 뜻에 반대할 수 있겠습니까. 다만, 소신은 감사원 제사이고, 쳔 원장 대인은 진원에 있으니, 여기에서 그 일을 다루는 것은 적절치 않다고 생각합니다. 소신, 오늘부로 감사원 제사직에서 물러나겠으니, 폐하께서 직접 감사원에 성지를 내려주십시오!"

'감사원 제사에서 물러나?'

대신들은 또다시 웅성거리기 시작했다. 직위를 걸고 성지를 거부한다? 경국 유사 이래 이렇게 간이 큰 관원은 한 명도 없었다.

슈 대학사와 후 대학사가 앞으로 나왔고, 슈 대학사는 신하의 본분을 잊은 거냐며 한바탕 꾸짖었고, 후 대학사는 온화한 목소리로 황제 성지의 뜻을 설명해 주었다.

판시엔은 아무 대답도 없이, 고집스럽게 서서, 성지를 받지 않았다.

황제가 '피식' 웃음을 터트렸다.

"판시엔, 너는 지금 사직을 무기로 짐을 위협하는 것인가?"

"감히 그러지 못합니다."

"그래, 좋다."

황제는 결심을 한 듯, 고개를 끄덕인 후 말을 이었다.

"짐이 널 아껴, 이번 일로 벌을 내리지 않을 거라 생각하나 본데……정 그렇게 사직을 하고 싶으면, 짐이……."

황제의 말이 끝나기도 전에, 판시엔은 감격한 목소리로 외쳤다.

"감사합니다, 폐-하-! 소신, 태학으로 돌아가, 학생들을 가르치고 싶습니다!"

황제의 말을 끊, 었, 다!

대신들은 너무 놀랐고, 황제의 얼굴은 당장이라도 참형을 내려도 이상하지 않을 만큼 분노에 차 있었다.

"이, 이, 이놈! 짐은, 네가 사직하는 걸……허락할 수 없다!"

순간, 태극전 이곳저곳에서 탄식이 울려 퍼졌고, 이내 무거운 침묵에 휩싸였다!

너무나 흥미진진한 연극이었다. 다만, 모든 대신들은 판시엔이 오늘 왜 이렇게 고집을 피우는지 이해할 수 없었다. 감사원의 권력 문제는 돌아가 다른 방법을 고안하던지 아니면 쳔 원장이 대신 해결할 수도 있는 문제였기 때문이다.

이유를 모르긴 황제도 마찬가지였다.

"당장 굴러와!"

판시엔은 구르지 않았다. 엉덩이를 실룩이며 용의로 뛰어갔다.

황제는 목소리를 최대한 낮춰서 물었다.

"성지, 받을 거냐 말 거냐?"

"받지 않을 겁니다."

"왜?"

"허종웨이가 싫습니다."

"어젯밤엔 조정의 체면을 깎더니, 오늘은 짐의 체면을 깎으려 하는 게냐? 썩 물럿거라!"

뒤에 서 있던 야오 태감은 터져 나오는 웃음을 '꾹' 참고 있었다.

황제는 판시엔에게 다시 말할 기회를 주지 않았고, 대신 야오 태감을 향해 고개를 끄덕였다.

"강남로 전권 흠차 판시엔, 앞으로 나와 성지를 받아라."

판시엔은 옷매무새를 추스리고 바닥에 엎드렸다.

천천히 읊는 성지에 도찰원 어사가 감사원에 들어가는 일에 대해서는 언급되지 않았다. 대신, 판시엔이 강남에서 세운 공에 대한 칭찬 일색이었다.

황제가 중간에 입을 열었다.

"판시엔은 나라를 위해 충성하는 관리이니, 짐이 큰 상을 내리려 한다."

쉐칭이 나와 강남에서 세운 판시엔의 공을 칭찬했다.

슈 대학사가 나와 다시 한번 판시엔을 문하중서성에 중용해야 한다 주장했다.

황제는 마른 기침을 하며 눈치를 줬고, 판시엔은 황당했다.

'이 나이에, 내가 문하중서성을?'

하지만 슈 대학사는, 판시엔이 감사원을 사직할 의사가 있다는 핑계로, 고집스럽게 주장했다.

황제는 황당한 표정을 지으며 무시했다.

하지만 황제가 내린 상이 더 황당했다.

'담박 공작.'

'공작? 내가 공작이라고? 아버지보다 작위가 높다고?'

지금 판시엔의 작위는 1급 남작, 정2품. 공작은 중간에 후작 백작을 모두 건너 뛴, 왕 바로 아래 작위였다. 판시엔은 자신도 믿을 수 없다는 표정으로 허종웨이를 바라보았다.

'이제 이놈이나 때리며 놀아 볼까?'

하지만 판시엔의 얼굴에 이내 기쁜 기색이 사라졌다.

공작은 매우 높은 작위였지만 왕의 작위는 황자에게만 내려지기 때문에, 그것은 판시엔이 올라갈 수 있는 한계치였다. 황실에서 사생아인 판시엔에게 왕의 작위를 내릴 수는 없다.

다시 말해, 그 다음은 은퇴였다.

공작은 매우 높은 작위였지만, 현재 판시엔이 가지고 있는 권력은 심지어 황자나 왕보다도 많았다.

다시 말해, 실질적 의미는 없었다.

더 중요한 것은, 황제는 그에게 알리지도 않고 허종웨이를 투입해 감사원을 감시한다는 명령을 발표했다.

결과적으로, 황제가 스스로 마음의 짐만 던 것이다.

판시엔은 실소가 터졌다.

그리고 한참을 웃었다.

태극전 안의 모두는 경국 유사 이래 가장 젊은 공작을 보고 있었다. 각자의 복잡한 생각을 가지고, 기괴하고 귀에 거슬리는 웃음소리를 말없이 듣고 있었다.

조정 회의가 끝나고 여느 때처럼, 3로 총독을 비롯한 주요 대신들은 어서방으로 향했다. 물론, 판시엔도 맨 뒤에 따라갔다. 특별한 내용은 없었고 항저우회에 대한 이야기가 나왔지만, 명의가 태후이고 실질적인 운영은 완얄이 했기에 아무도 말을 대는 이는 없었다.

오늘따라 어서방 회의는 일찍 끝났고 밤을 샌 판시엔은 누구보다 빨리 집으로 돌아가고 싶었지만, 역시나 황제는 판시엔을 따로 남으라 명했다.

제비집 죽을 먹던 황제가 판시엔에게 먹겠냐고 눈짓을 보냈지만 판시엔은 고개를 저었다.

"담백하게 고상한 뜻을 펼칠 수 없으면 안정적으로 멀리 갈 수 없다."

황제가 그릇을 내려놓으며 담담하게 입을 열었다.

"네가 2년 전 '담박'서점을 열면서 했던 말이다."

판시엔은 고개를 끄덕였다.

"짐은 너의 이 말이 맘에 든다. 그래서 '담박'공을 내렸다."

"뜻은 분명히 하고, 생각은 적게 하겠습니다."

"무엇을 해야 할지 분명히 알고, 무엇을 할 수 있을지 적게 생각하라."

'성실한 신하가 되라는 거야, 외로운 신하가 되라는 거야?'

사실 황제의 의미는 간단했다.

'무슨 신하든, 신하로 살라.'

"네."

황제가 갑자기 옆에 있던 야오 태감에게 손짓을 하자 야오 태감이 예를 올리고 어서방을 빠져나갔다.

잠시 침묵이 흐른 뒤, 황제가 다시 입을 열었다.

"짐이 어사를 감사원에 파견한 이유는 너도 시간이 지나면 이해하게 될 것이다. 네 마음은 짐이 알고 있지만, 조정의 일은 사람의 마음만으로 되는 것이 아니니라."

둘밖에 없는 상황에서 억지를 부릴 수도 없는 일이라 판시엔은 듣고만 있었다.

"어젯밤 일은 무척이나 마음에 든다. 다만, 너에게 그만큼의 힘이 있다는 것은 의외였다."

"큰 제방은 아직 무너지지 않았으니, 먼저 새 물을 끌어와 백성들이 고통받지 않게 해주려 합니다."

"물을 다 빼낸 후 나중에 다시 채우면, 다시 채운 물로 제방이 무너질 거라 생각해 보지는 않았느냐? 산이 무너지고, 땅이 꺼지고, 제방이 다 무너진 뒤에 비로소 강물이 아래로 자연스럽게 흘러가는 것이다. 그게 아니라면, 짐의 제방과 충돌하게 된다."

황제는 진지하게 말을 이었다.

"짐이 살면서 의도한 일은 두 가지뿐. 천하와 계승. 너도 더는 움직이지 말고, 짐과 함께 보도록 하거라."

황제의 말은 명확했다. 그리고 분명한 경고였다.

담방공, 즉 공작으로 남아, 더 이상 태자, 2황자를 공격하지 말라.

"그리고, 옌샤오이를 더 이상 괴롭히지 말라. 옌샤오이는 나라에 공을 세운 사람이고 경국의 용맹한 장수이다. 이번 일로 그가 다치는 걸, 짐은 원하지 않는다."

"하지만 대도독은 그의 아들을 제가 죽였다고 의심하며……."

"네가 죽였느냐?"

"어찌 제가 감히 대신의 아들을 암살할 수 있겠습니까?"

"어젯밤 암살은 어찌한 것이고?"

"어젯밤 죽인 이는 조정 대신들이 아닙니다."

"옌 대도독 아들을 죽인 자는 동이성 사람이다. 짐은 동이성의 생각도 알고 싶고, 옌샤오이도 총명한지 아닌지를 보고 싶다."

'왕13랑, 대단한데? 황제까지 속였구나!'

판시엔은 황제가 이 잘못된 근거로 잘못된 판단을 내릴 것이 분명해 보였지만, 그렇다고 그 자신이 한 일이라 말할 수도 없었다.

"대신, 네가 옌샤오이 관련해서 명심해야 할 것이 있다. 군대는 조정과 달리 절대 시끄러워져서는 안 된다."

황제는 단호하게 말했다.

"서쪽 오랑캐가, 다시 움직이기 시작했다."

'서만? 서호가 다시 움직이기 시작했다고? 대황자가 서만 정벌에

서 돌아온 지 고작 2년…….'

판시엔은 너무 놀라 저도 모르게 고개를 들어 황제를 바라보았다.

"서호 쪽은 2년 동안 날씨가 좋아 풀이 자라고 말이 살쪘다. 물론 짐이 오랑캐를 걱정할 필요는 없지만……북쪽 오랑캐가 수십 년 만에 냉해를 입었다."

'북쪽 오랑캐? 북만?'

"북만이 냉해를 입었지만 북제 샹샨후 때문에 남하하진 못하고, 활로를 찾기 위해 치롄 산맥을 돌아 서만이랑 합류를 했다. 반년에 걸친 대이동이었기에 20만 명 중 4만밖에 살아남지 못했다지만, 모두 정예병만 남았겠지."

"서호가 북만을 받아들일까요?"

"수적으론 서호가 우세했지만, 북만 정예병의 목숨 건 혈투로, 결국 둘은 연맹을 결성했다."

판시엔은 그제서야 황제가 왜 지금 경국 군대에 대해 민감하게 생각하는지 이해할 수 있었다.

"무슨 생각을 하느냐?"

"이 정보는 극비일 텐데……만약 큰 전쟁이 벌어진다면, 소신이 선봉에 서고 싶습니다."

"공을 세우고 싶은 너의 마음은 이해한다만, 전쟁은 수십만 명이 뒤엉켜 목숨을 걸고 싸우는 것이다. 예류원 같은 경지에 오른 사람이 아니면 난도질 당하기 쉽상이다."

판시엔이 씁쓸한 표정을 짓자 황제가 자신감 넘치는 눈빛으로 위안했다.

"오랑캐들은 두려워할 필요가 없다. 짐은, 단 한번도 그들에게 신경 써 본 적이 없다. 다만, 북만이 이동하며 북제의 걱정이 줄어들었으니, 북제를 주시해야 한다."

판시엔은 민감하고 정확한 황제의 상황 판단에 속으로 탄복했다.

"옌샤오이는 곧 북쪽으로 돌아갈 것이다. 북제 황제가 태후를 설득시켜 샹샨후를 다시 기용한다면, 옌징(燕京, 연경)에서의 충돌을 준비해야 한다."

황궁 밖으로 나온 판시엔의 마음은 매우 복잡해져 있었다. 어젯밤의 피로와 겹쳐 정신이 몽롱해진 탓도 있는 듯 보였다.

황제가 샹샨후 이름을 언급할 때, 내색은 못했지만 판시엔은 매우 놀랐다. 왜냐하면 샹샨후의 가장 큰 원수가 판시엔이었기 때문이다. 의붓아버지 구출에서 그를 속였고, 그의 부하 단우가 죽기 전에 '나를 죽인 이는 판시엔이다'라고 외치기도 했다.

'샹샨후가 전장에서 날 만난다면, 어떻게 행동할까……?'

그를 상대하기 위해 경국 황제가 내세운 장군은 옌샤오이. 그의 가장 큰 원수도 판시엔이었다.

'동이성으로 도망갈 수도 없고…….'

비통함에 휩싸인 판시엔은 마차 안에서 고개를 절레절레 저었다.

'천하에 적이 너무 많아…….'

지금까지 황제의 생사와 경국의 존망에 대해 깊이 생각해 본 적이 없는 판시엔이었다. 하지만 오늘 황제의 이야기에 그것이 자신과 얼마나 밀접한 관계인지 깨닫게 되었다.

자신과 가족의 미래가, 경국의 미래에 달려 있는 듯 느껴졌다.

복잡한 판시엔의 심경과 달리 완알은 즐겁게 징두로 돌아왔고, 그가 공작 작위를 받은 이유로 집안이 한바탕 기분 좋게 뒤집어졌다.

그리고 며칠 동안 특별한 일 없이 조용했다. 세력을 대거 잃은 2황자는 잔뜩 움츠러들었고, 장 공주는 광신궁에 틀어박혀 무슨 생각을 하는지 알 수 없었다. 태자는 여전히, 무슨 자신감인지, 태연하게 지냈다.

하지만 특별한 일이 없는 것은 '좋은 일'이었다.

설이 지나면 강남으로 다시 내려가야 하는 판시엔도 이 시간을 좀 더 가족에게 할애하기로 마음먹었다. 구체적 행동이 특별한 것인지 좋은 것인지는 사람마다 다르겠지만.

섣달 스물여덟 날.

판시엔은 '아버지' 판지엔에게 진지하게 말했다.

"아버지, 이번 설에는, 저도 판씨 가문 제사에 참여하고 싶어요."

판지엔은 예상과 달리, 아들의 말에 크게 놀라지 않았다.

"그 일은, 내가 입궁해 물어보도록 하마."

섣달 그믐.

판씨 집안 온 가족이 밤새 마작을 했고, 판스져와 린완알이 다른 가족들의 돈을 다 빼앗고 나서야 끝이 났다.

초하루.

판시엔은 마차에 앉아 충혈되어 뻑뻑한 눈을 비비며 생각했다.

'조상에게 제사 지내는데 굳이 이렇게까지 남들의 시선을 피할 필요가 있나?'

스난 백작 저택 앞에는 판씨 가문 마차들이 모여 거대한 행렬을 만들었다. 판시엔이 기억하기로 작년 설에는 오후에 제사를 드렸는데 이번에는 새벽에 출발했다.

'나 때문인가? 어쨌든 황제와 태후가 동의했는데, 이렇게까지⋯⋯.'

판시엔은 황제가 동의할지 알고 있었다. 황제가 그를 담박공으로 봉한 것은, 판시엔의 신분을 명확하게 함으로써 황권 다툼이 더 복잡해지는 것을 막으려 한 것일 테다. 그리고 황실에서 사생아에게 명분을 줄 수 없다면, 언젠가는 판시엔에게 의지할 만한 성씨를 주어야 하지 않겠는가.

황제는 지금이 적절한 시기라 판단한 것이다.

판시엔이 이런저런 생각을 하는 와중에 마차는 징두 서쪽에 있는 판씨 가문 장원에 도착했다. 가문의 수장 격인 호부 상서 판지엔은 세 가지 색이 어우러진 정복을 입고 집안 사당 계단에 서서 천천히 주변을 살폈다.

그의 눈에는 따스함과 즐거운 감정이 엿보였다.

황제를 대신해 그가 키운 '아들'이 마침내 진정한 그의 '아들'이 되는 순간을 맞이하며, 오늘이 그의 인생에서 가장 성공한 날이라 생각하고 있었다.

각자 제사에 필요한 복장을 나눠 갖추고 향에 불을 붙이면서 제사 준비가 끝났다. 이제 사당 종묘 안에 있는 제사장이 바닥에 융단을 깔고 사당의 문을 열기만 하면 되는 것이다.

'끼익.'

사당의 문이 열렸고, 마차의 장막도 걷혔다.

판시엔이 조용히 제사장 안으로 걸어 들어왔다.

판씨 가문에서 가장 나이가 많은 큰 할아버지가 수심 가득한 얼굴로 판지엔에게 속삭였다.

"이건……해서는 안 될 일이네……."

"둘째 백부, 뭘 해서는 안 된다는 말입니까?"

"저 아이는……저 아이는……."

그는 말을 다 마치지 못하고 입을 다물었다. 그 말 뒤에는 아마 '저 아이는 자네 아들이 아니지 않는가' 그리고 '저 아이는 황실의 자손이지 않는가'의 뜻이 모두 담겨 있었을 것이다.

판지엔은 은은한 미소를 지으며 대열 중 어느 위치를 가리키며

'아들'에게 말했다.

"저기가 네 자리다."

해가 점차 떠오르며, 장원에 피어오른 안개가 사당에서 뿜어져 나오는 연기와 만나 한데 뭉쳤다.

그날, 강남 수저우의 한 거대한 장원에서는 다르고 또 같은 풍경이 펼쳐지고 있었다.

샤치페이가 조상의 위패 앞에 엎드려 소리 없이 흐느끼고 있었다. 이제는 당당히 밍씨 가문 일곱째 어르신으로 불려야 할 밍칭청이, 조상의 위패 앞에서 몸을 떨며 눈물을 흘리고 있었던 것이다.

밍씨 가문의 수장 밍칭다가 복잡한 눈빛으로, 일곱 살 때 집을 나간 아우 밍칭청의 모습을 바라보고 있었다. 그의 아들 밍란스는 좌절감 가득한 심정으로 그의 일곱째 삼촌을 바라보았다.

지금 밍씨 집안의 상황은 무척 좋지 않았다. 들어오는 돈은 쉽게 줄지만, 나가는 돈은 쉽게 줄일 수 없는 법. 유통되는 은전의 양이 너무 줄어 외부에 손을 뻗어야만 유지할 수 있는 상황이었다. 초상전장에서 큰 도움을 주고 있었지만 결국 장사가 호전되지 않으면 해결될 수 없는 상황이었다.

심지어 가문 내에, 샤치페이를 중심으로 넷째 어르신을 비롯한 다른 세력들이 점점 커가고 있었다.

"아버지 어머니……늙은 여우가 죽어, 드디어 아들이 돌아왔습니다."

밍란스는 삼촌의 모습을 보며 이런 상황에서 아버지가 판시엔의 요구에 응한 이유가 뭔지 이해할 수 없었다.

밍씨 넷째 어르신이 샤치페이를 부축해 일으켜 세우며 말했다.

"아우는 이제 돌아가게."

"네, 형님"

일어난 샤치페이가 밍씨 집안의 가주 밍칭다를 보며 예를 올렸다.

"큰 형님, 저는 먼저 가보겠습니다."

밍칭다는 은은한 미소를 지으며 그에게 다가와 귓가에 대고 조용히 말했다.

"아직 시간이 남았으니, 오늘은 네 밥상을 차리진 않으마."

샤치페이는 말의 뜻을 이해하고 차가운 눈빛으로 밍칭다를 바라보았다. 밍칭다는 앞으로 누가 우위를 점하고, 누가 이 집안을 차지할 지는 모를 일이라는 뜻과 함께, 아직까지는 밍칭다 그가 이 집안의 가주임을 똑똑히 알려준 것이었다.

하지만 샤치페이는 크게 신경 쓰지 않았다. 마지막 승리자는 판 대인이었고, 판 대인이 실패할 거라는 생각을 한번도 해본 적이 없기 때문이다. 그는 조용히 명원 밖으로 발걸음을 옮겼다. 그를 바라보는 다른 가족들의 눈빛에, 아직 인정하지 못하겠다는 의미가 농후했다. 넷째 어르신이 그를 배웅하며 나지막이 말했다.

"일곱 중 셋이 우리 편에 섰다지만, 일을 진행하면서 가주 밍칭다를 속이긴 힘들어."

"우리는 장사에 관여하지 않을 거예요. 우선 명원 호위병들을 많이 포섭해야 해요. 그리고 지켜보다 대세가 정해지면, 그때 최후의 일격을 날릴 거니까요."

"섣불리 진행하면 안 돼. 강남 전체가 명원을 주시하고 있어."

이 말에 샤치페이는 대답하지 않고 조용히 인사를 드리고 밖으로 나왔다.

"당주, 축하드려요."

"당주? 그건 아직……."

"사촌 오라버니 축하드려요. 밍씨 집안 일곱째 어르신이 되신 걸

축하드린다구요."

관우메이가 복받치는 감정을 억누르며, 환하게 웃었다.

초하루 날. 징두 왕의 저택. 2황자는 왕비 예링알과 함께 바둑을 두고 있었다. 그때, 초하루부터 밖에서 다급한 발걸음 소리가 들리자 2황자는 눈살을 찌푸렸다.

집사가 들어와 2황자의 귓가에 속삭였다.

'퐁.'

2황자가 쥐고 있던 광택 없는 검은 바둑돌이 손에서 빠지며 아래에 있는 찻잔에 빠졌다.

예링알은 최대한 기쁜 내색을 숨기며 물었다.

"또 무슨 일이에요?"

예링알은 사실 자신의 부군이 판시엔에게 당해 세력을 잃을수록 좋다고 생각했다. 그래야 부군이 황권을 포기하고 편안한 삶을 살 터.

"판시엔이……판씨 집안 제사에 참석했다고……."

"헉!"

예링알은 자기도 모르게 자신의 입을 막고 한동안 아무 말도 하지 못했다.

2황자가 그녀를 바라보며 씁쓸한 미소를 지었다.

"판시엔이 결국 미쳤나봐."

"무슨 말이에요?"

"판시엔에게는 네 가지 길이 있었는데……오늘로써 두 가지 길이 막혀 버렸어."

"네 가지 길?"

"하나, 판시엔이 황자의 아들로 인정받아 황권 다툼에 뛰어드는 것, 다른 하나, 셋째를 황제로 추대하며 그는 뒤에서 실질 권력을 쥐고 섭정을 하는 것. 이 두 가지 길을 막은 거지. 하지만 문제는, 이 두 가지 길이 그와 그의 가문을 살릴 유일한 방안이었다는 것인데…… 그것을 스스로 막았어."

"네?"

"가능성은 적지만, 판시엔이 판씨 가문에 들어가지 않으면, 어쨌든 황실에서 받아 줄 여지는 있었지. 그리고 섭정을 하려 해도, 물론 황실, 황족, 군대의 동의가 필요하지만, 동의를 떠나 판씨 성을 가지고 있으면 아무도 인정을 해 줄 수 없지."

"그럼 남은 두 개의 길은요?"

"그렇다면, 부황이 승하하신 후, 누가 황위에 오르든 무조건 판씨 집안을 숙청해야 해. 판시엔과 그의 집안은 그의 특수한 신분뿐 아니라 너무 많은 권력을 쥐고 있어서, 새로운 황제가 경국을 완전히 통제하는 데 방해가 되기 때문이야."

여기까지 들은 예링알은 점점 무서워지기 시작했다.

2황자는 믿을 수 없다는 표정으로 말을 이었다.

"결국 판시엔에게 남은 두 가지 길은……이전 예씨 가문처럼 멸문지화를 당하거나……아니면 스스로 모반을 일으키는 거겠지."

예링알이 다른 가능성을 제시했다.

"3황자가 황권을 이으면, 사제 관계도 있으니 멸문지화를 당하지는 않지 않을까요?"

"3황자도 황자야. 그리고 만약 황제가 된다면, 개인적인 관계보다 국가를 생각할 수밖에 없지. 더구나 아직 태자가 건재하고 3황자가 어리기에, 3황자가 황권을 이을 가능성은 현실적으로 거의 없어."

예링알은 주체할 수 없는 두려움에 떨리는 목소리로 물었다.

"그럼 만약 상공이 판시엔이라면 어떻게 할 수 있을까요?"

"정확히는 모르겠어. 일단 상황이 많이 불리해졌다는 거밖에. 모반을 일으킬 게 아니라면, 철저히 뒤로 물러나는 수밖에……내가 지금 그의 상황이면, 당장 입궁해서 감사원과 내고를 포함한 모든 권력을 내려놓을 거야. 그런 뒤에 상황을 보면서 고분고분 행동을 하고……우리 쪽에 기대려 하겠지."

2황자는 자조적인 미소를 지으며 고개를 저었다.

"하지만, 2년 동안 봤듯이, 판시엔은 상식대로 움직이지 않는 미친놈이야. 그래서 나도 내 생각대로 움직일 거라 기대하진 않아."

그 시각 황궁.

징두의 백성들과 마찬가지로, 황궁에 있는 마마들도 모두 판시엔 소식에 놀라고 있었다. 대부분의 사람들이 보기에는 판시엔의 행동이 멍청하고 충동적인 선택이었다.

아름다운 글씨체로 판시엔이 보낸 고서를 베끼고 있던 슈 귀비는, 우울한 표정을 지으며 고개를 저었다.

나무를 빙빙 돌며 검술을 연마하고 있던 닝 재인은, 얼굴이 밝아지며 판시엔의 기백을 칭찬했다.

수방궁에서 3황자 공부를 지도하고 있던 이 귀빈은, 은은한 미소를 지은 채 아무 말없이, 복잡한 눈빛으로 그녀의 아들을 바라봤다.

3황자는 그 소식에 고개를 숙였다.

스승의 행동이 자신을 위한 것임을 알았기 때문이다.

광신궁 안.

소식을 들은 장 공주는 수없이 걸려 있는 하얀 비단 천과 종이꽃, 그리고 장식 나무들의 광채도 모두 묻어 버릴 만큼 아름다운 미소를 짓고 있었다.

"공주 전하, 뭐가 그리 기쁘십니까?"

"갑자기 우리 사위가 맘에 드네. 분수를 알고, 물러날 때를 알잖아? 정말 아까운 녀석이야……내일 입궁하면 그동안 얼마나 컸는지 봐야겠어."

함광전 안.

"그 아이가 대세를 아는 건 쉽지 않은 일인데……."

태후의 늙은 개, 큰 홍 태감이 대답했다.

"판 제사는 평범한 사람이 아닙니다."

황궁 뒤쪽, 낡은 전각 2층 곁채.

황제가 뒷짐을 지고 황색 옷을 입은 여인을 바라보며 말했다.

"우리 아들은 확실히 당신을 더 닮았어. 거만하기 이를 데가 없어. 짐이 말하기도 전에, 스스로 나서서 짐에게 돌아오고 싶지 않다고 하네……뭐, 판씨 성이 나쁘지는 않지. 당신과 판지엔이 오누이처럼 지냈으니, 당신 성을 따랐다고 생각하면 되겠지."

차가운 겨울바람이 전각안으로 불어왔다. 초상화가 살짝 흔들리자, 그림 속 여인의 미소가 어쩌면 비웃는 웃음처럼 보였다.

마치 황제의 말을, 그녀는 믿지 않는다고 말하고 있는 듯 보였다.

초하루 오후. 판시엔은 징왕 저택으로 향하는 마차에 앉아 있었다. 완알이 앞에서 의심의 눈초리로 그를 바라보자 판시엔은 히죽히죽 웃으며 말했다.

"묻고 싶은 게 있으면 물어봐."

"모두들 상공이 바보라고 말하겠지만……."

판시엔은 완알이 의심의 눈초리를 거두지 않는 모습을 보며 은은한 미소를 지으며 말했다.

"천하는 속여도 당신은 못 속이겠네. 사실 간단해. 두 가지야. 첫 번째, 할머니 밑에서 자랄 때부터, '판'시엔이라고 생각했어. 다른 성씨를 가지겠다고 생각해 본 적이 없어. 두 번째, 3황자를 지지하겠다고 밝혔으니, 이제 3황자를 지지하는 '신하'가 되어야지."

황실에서 커온 린완알은 이 문제가 그렇게 간단한 게 아님을 알고서 여러 가지 생각에 빠져 있었다. 판시엔은 그녀의 어깨를 토닥이며 말을 이었다.

"담백하고 고상한 뜻을 밝혀라."

"갑자기 무슨 말이야? 무슨 뜻을 누구에게 밝혀?"

"내가 황제가 될 생각이 없다는 뜻을, 당신 외삼촌 폐하에게."

"하지만 앞으로는?"

"앞으로? 폐하께서 20년은 더 사시지 않을까? 알 수 없는 미래의 위험과, 20년 동안의 평화를 바꿨다고 할 수 있지. 아니면, 20년 동안 폐하의 신임을 얻기 위해서라고 생각해도 되고. 절대 손해보는 장사는 아니지."

판시엔은 웃으며 말을 이었다.

"남녀 관계는 애매한 관계가 도움이 될 수 있지만, 황제와 신하의 관계는 애매하면 죽을 수 있어. 폐하께서는 분명 내 결정에 만족하실 걸?"

그때, 마차가 징왕 저택 앞에 섰다. 판시엔이 린완알을 데리고 아버지와 류씨 뒤를 따라 성큼성큼 안으로 들어가자, 너무나 익숙한 목소리가 귀를 때렸다.

"이런 똥개 같은 새끼, 그래도 나를 보러 왔구나!"

판지엔이 급히 달려가 욕을 퍼부으려는 징왕의 입을 막았고, 이 때문에 저택에서 한바탕 소동이 벌어졌다. 겨우 상황이 진정된 뒤, 뜬금없이 징왕이 판시엔과 둘이 갈 데가 있다며 그의 손을 끌고 갔다. 판시엔이 어이가 없었던 것은 아버지가 그 모습을 바라보고만 있었다는 것이었다.

이전보다 황량해진 정원을 거쳐 징왕이 기르고 있는 채소밭에 이르렀다. 어떤 연유인지 몰라도, 징왕이 밤낮으로 가꾸던 채소밭도 이미 진흙으로 뒤덮여 있었다.

징왕이 채소밭을 바라보며 쉰 목소리로 말했다.

"징두에서 채소를 키우는 사람이 나만 있는 건 아니야."

물론 징두의 모든 집에서는, 크던 작던 정원에서 먹을 채소를 키운다. 하지만 판시엔은 지금 징왕이 농담을 하는 것 같아 보이지는 않았다.

"친씨 집안 늙은이도 키워. 배추와 무만 키우지만. 군인이라 그런지 채소를 키우는 것도 예술이라는 것을 모른단 말이야."

판시엔은 갑작스러운 징왕이 말의 의미를 이해하기 위해 노력하며 조용히 그의 말을 듣고 있었다.

"산골짜기 습격 사건이 누구 짓인지 알아냈느냐?"

판시엔은 당연히 알고 있었다. 하지만 그는 쳔핑핑과 그 자신만 안다고 생각하고 있었다.

'갑자기 친씨 집안을 거론하다 또 갑자기 습격 사건을? 설마……
아니지, 징왕은 평소 정치에 무관심하고, 조정 대신들과 왕래도 하지 않는데……왜 친씨 집안 소행이라 하는 거지?'

"조정과 감사원에서 조사는 하고 있는데, 아직 실마리를 찾지 못했어요."

"멍청한 새끼!"

'제가 지금 멍청한 새끼처럼 하지 않으면, 그게 더 멍청한 것 같은데요?'

"강노는 예씨 집안 것이지만, 친씨 집안을 잊어서는 안 된다."

징왕의 직설적인 말에, 판시엔도 더 이상 멍청한 척을 할 수 없었다.

"제가 친씨 집안에 원한을 산 적이 없잖아요?"

'징왕은 분명 태평별원 사건을 통해 짐작한 것 같은데……친씨 집안이 태평별원 사건과 관계되어 있다는 것은, 아버지도 모르고, 천핑핑도 십여 년을 조사해서 겨우 알아냈다 했는데……징왕이 어떻게 아는 거지?'

판시엔이 이런 생각을 하고 있을 때, 징왕은 채소밭을 나와 더 깊이 안쪽으로 들어가고 있었다. 판시엔은 황급히 쫓아가 징왕의 소매를 붙잡았다.

판시엔이 간절한 눈빛으로 물었다.

"징왕 어르신, 그날 무슨 일이 있었던 거예요? 친씨 집안이 그 일에 관여되어 있다는 걸, 어떻게 아무도 모를 수 있는 거죠? 그리고 후에 피의 복수를 할 때, 왜 그 사실을 아무도 밝혀내지 못한 건가요?"

"질문이 너무 많다."

징왕은 한숨을 한번 쉬고 담담하게 말을 이었다.

"난 황족이야. 너의 뒤를 봐주는 두 늙은이가 모르는 것을 난 알 수도 있는 거지. 왜냐하면 난, 어려서부터 항상 어머니 옆을 따라다녔으니까."

징왕은 어린아이 같은 교활한 표정을 지으며 말을 이었다.

"아이들은 항상 어디 숨길 좋아하잖니. 그러다 예상치 못한 사실을 듣기도 하고."

판시엔이 무언가 이야기를 하려다, 말을 멈췄다. 징왕은 그 모습을 보며 단호하게 말했다.

"윈루이는 이 일과 관련이 없어. 당시 너무 어렸으니까."

징왕은 잠시 멈칫하다 다시 말을 이었다.

"너에게 꼭 말해 주고 싶은 게 있었다. 네가 판지엔과 천핑핑 밑에서 많은 것을 배웠지만, 네가 일을 너무 복잡하게 생각하게 된 것도 사실이야. 둘 다 음모에는 고수지만 그래서 일을 너무 복잡하게 만들어. 가장 중요한 건, 아무도 믿지 못하고, 심지어 그 둘도 서로 믿지 못해."

징왕은 한숨을 내쉬었다.

"얼마나 웃긴 일이야. 처음에 천핑핑은 태평별원 사건이 윈루이와 관련되어 있을 수도 있다 생각했지. 개똥 같은 소리지. 그때 윈루이가 몇 살이었는지 아나?"

판시엔은 차분히 징왕의 말을 듣고 있었다.

"내가 오랫동안 함구해 온 친씨 집안 일을 자네에게 오늘 말한 건, 그래서 복수하라는 것이 아니야. 난 그저 자네가 군대 측에 많은 원한을 샀다는 것을 알려주려 한 거야. 경국은 군대를 기반으로 세워진 나라야. 네가 군대 쪽에 진정한 적이 누군지 모르면 쥐도 새도 모르게 죽을 수 있지. 난 그 점을 걱정하는 것뿐이야."

"어르신께서 저에게 잘 대해 주시는 이유는 뭔가요?"

한동안 멍한 표정을 짓고 있던 징왕이 갑자기 웃기 시작했다. 웃음소리가 날카로워졌다, 갑자기 처량하게 들렸다, 심지어 너무 웃어서 배가 아픈지 바닥에 쪼그리고 앉아 눈물까지 흘리며 웃었다.

한참이 지난 후 일어난 징왕이 재밌다는 듯이 말했다.

"나도 그걸 모르겠어."

이 말과 함께 징왕이 다시 걷기 시작했고 판시엔은 그의 뒤를 따라갔다.

"폐하와 나는 모두 같은 유모 밑에서 자랐지. 너의 할머니 말이야. 당시 우리 쳥왕 집안은 아무 주목도 받지 않아서, 형님과 난 마음대로 돌아다닐 수 있었는데, 어느 날 형님이 판지엔과 천핑핑을 데리고 유모의 고향 딴저우에 갔다 와서, 나에게 재밌는 아가씨를 알게 되었다고 하며 무척 기뻐하더군."

징왕은 그때의 기억을 떠올리며 미소를 띠고 말을 이었다.

"얼마 지나지 않아 그 아가씨가 징두에 와서 청왕 저택을 찾아왔지."

"그 아가씨가 제 어머니군요?"

"그렇지. 나는 자네 어머니를 '예 누나'라고 부르며 매일 따라 다녔어. 누나가 나를 정말 많이 예뻐해 줬지. 그래서 형님도 날 더 괴롭히지 못했고."

어느새 둘은 징왕의 서재에 도착해 있었다. 징왕은 평소 채소를 기를 뿐 책을 읽지 않았기에 징왕의 서재에 손님이 드는 건 매우 이례적인 상황이었다.

"앉아."

판시엔은 먼지가 자욱이 쌓인 의자에 앉았다.

징왕이 책장을 훑어보다 두꺼운 책 한 권을 꺼내 판시엔에게 건넸다.

"읽어 봐."

'농예강습'. 책 제목이었다.

징왕이 판시엔을 바라보며 조용히 온화하게 입을 열었다.

"자네 어머니에 대해 내가 해 줄 말은 많이 없어. 자네는 나에게 왜 잘해주냐 물었지만……사실 난, 자네에게 충분히 잘해 주지는 못했어. 그들은 날 20년이나 속였어."

이 말과 함께 징왕은 먼저 서재를 걸어 나가며 무심하게 말했다.

"나는 지금까지, 그녀가 자식을 남기지 않았다고 알고 있었어."

판시엔은 먼지가 자욱하게 깔린 의자에 앉아 먼지가 자욱하게 묻은 두꺼운 책을 펼쳐보며 징왕의 말들을 머릿속에 되뇌였다.

살짝 누렇게 변한 종이를 넘기던 판시엔의 손가락이, 멈췄다.

얇은 종이가 책 사이에 끼어 있었다.

종이 위에는 낯설지만, 너무 익숙한 글씨가 보였다. 시대의 악필.

내용도 예상과 다르지 않았다. 감사원이나 내고 일에 대한 누군가의 의견, 또 오늘 뭘 먹고 싶다는 내용, 내일 모두 함께 놀러가자는 내용이 두서없이 적혀 있었다.

"위대하신 어머니도 당시 소년이 몇 장의 메모를 몰래 숨겼을 거라고는 예상치 못했지요? 그리고 저도 글씨를 못 쓰는데 어머니 때문인가 보네요."

혼잣말을 마친 판시엔은 아무 고민 없이 종이를 품에 넣고, 언젠가 징왕도 비밀을 이렇게 털어버리는 게 필요했을 거라 생각했다.

판시엔은 미소 짓고 있었다.

징왕은 서재 밖에 없었다. 하지만 판시엔은 징왕 저택의 구조를 잘 알고 있었기에 아무 도움 없이 혼자서 밖으로 향하다, 커다란 자물쇠가 채워진 작은 건물을 발견했다.

판시엔은 '피식' 웃음을 터트리고 문을 있는 힘껏 두드렸다.

"왔는데 문을 열어주지 않으니, 오늘은 그냥 갈게요."

"가지 말게! 가지 마!"

안에서 다급한 목소리가 들렸다.

'쿵.'

무언가 문에 부딪히는 소리가 이어 들렸는데 어지간히 급한 모양이었다. 판시엔이 문 틈새로 안을 보니, 눈곱이 끼고 머리가 산발인 누군가가 초췌한 모습으로 눈을 부릅뜨고 있었다.

"벌써 괴물이 된 거예요?"

"자네가 괴물이지, 내가 괴물인가?"

건물에 갇혀 있는 세자 리훙칭이 울먹이며 소리쳤다.

"나 좀 빨리 꺼내 주게! 제발!"

"어르신이 가두신 걸 제가 어찌 하나요."

"그럼 자네가 아버지께 부탁 좀 드려 보게. 자네도 양심은 있잖나. 자네가 날 얼마나 모함했는가. 물론 내가 잘 했다는 건 아니지만……그래도 지금 내가 불쌍하지 않나? 연민의 정도 없는 건가?"

"알았어요, 그만하고. 바람을 쐬게는 해 줄게요. 하지만 다른 사람 눈에 띄면 안 돼요."

판시엔은 허리띠에서 감사원 만능 열쇠 하나를 꺼내 문을 열어주었다. 징왕 세자는 밖으로 나와 크게 숨을 한번 들이마시고, 판시엔의 어깨를 '툭' 쳤다.

"그래도 우리의 우정을 잊지 않았군!"

그때, 또 다른 다급한 목소리가 들렸다.

"오라버니! 어떻게 나온 거예요?! 아버지께서 아시면 때려죽이실 거예요."

판시엔이 당황하며 고개를 돌려 '소녀'를 바라봤다.

'뭐지? 애기가 어떻게 1년 만에 청순 가련 소녀로 변할 수가 있지?'

그때 판시엔을 알아본 소녀가 '화들짝' 놀라며 자신의 입을 틀어막았다. 하지만 이내 그녀의 두 눈에서 닭똥 같은 눈물이 '뚝뚝' 떨어졌다.

판시엔은 가슴이 철렁했다.

그가 징두에서 무서워하는 사람이 셋 있었는데, 하나는 당연히 황제, 나머지 둘은 이 저택에 있었는데, 하나는 욕쟁이 어르신, 다른 하나는 그를 흠모하는 이 어린 소녀였다.

"판 오라버니를 뵙습니다."

"로우쟈, 오랜만이야."

이 말과 함께 어색한 판시엔은 세자와 내빼려고 했다.

그때, 또 다급한 목소리가 들렸다.

"세자 전하, 이 상황을 어르신께서 보고 계십니다."

리홍청은 크게 '쓰읍' 하며 찬 공기를 들이마신 후, 이내 받아들이고 하인을 따라 돌아갔다.

로우쟈와 판시엔. 그렇게 어색한 두 사람만 남게 되었다.

그래서 일단 걸었다. 그리고 판시엔이 먼저 말을 걸었다. 어쨌든 도망갈 수 없으면, 분위기에 적응하며 시간을 넘겨야 했기 때문이다.

"세자는 원래 품위 있는 귀공자였는데, 어쩌다 이 지경이 된 거야."

"오래……갇혀……매일 욕을 먹어……갈수록 아버지를 닮아……."

판시엔은 로우쟈의 긴장을 풀어 주기 위해 화제를 바꿨다.

"요즘 친구들 사이에 새로운 일은 좀 있어?"

"없어요, 오라버니."

"로우쟈……."

"네, 오라버니."

참으로 대화를 이어 가기 힘들었다. 하지만 여전히 견뎌야 했다.

"세상이 참 재밌지? 난 네가 사촌 동생일 거라 생각도 못 했었는데, 지금 네가 오라버니라고 불러주는 게 이렇게 잘 어울리니 말이야."

판시엔의 말에 로우쟈의 마음이 심란했다. 얼굴이 발그레하게 달아올라 입을 닫아 버렸다.

'뚝, 뚝.'

구슬처럼 영롱한 눈물방울이, 그녀의 긴 아래 속눈썹을 타고 내려와, 그녀 발 옆에 떨어졌다.

　판시엔은 느닷없이 울기 시작하는 소녀를 보며 어찌해야 할 바를 몰랐다. 결국 입을 벌린 채 멀뚱멀뚱 바라보기만 했다. 판시엔이 이 상황을 어떻게 풀어가야 할지 모르고 있을 때, 로우쟈 군주가 갑자기 발걸음을 멈추고 진지하게 그를 바라보았다.

　"오라버니. 부탁 하나만 할게요."

　"그래 그래. 내가 할 수 있는 거면 다 들어 줄게."

　"저도 알고 있어요. 오라버니가 뭐뭐 언니 혼사를 깼다는 걸."

　"응? 그게 무슨 말이니?"

　"나중에 저도 황실에서 혼처를 정해주실 텐데……만약 제가 싫어하면, 오라버니가 저도 신경 써 주세요."

　판시엔은 입이 '떡' 하니 벌어졌다.

　'젠장, 이게 뭐야? 중매쟁이는 못 될 망정, 난 파혼 전문가?!'

　하지만 판시엔은 고개를 세차게 끄덕였다.

　소녀가 다시 울기 시작했기 때문이다.

　다음 날, 황궁 태극전 뒤쪽에 위치한 긴 복도.

　그곳은 마마들의 거처 내궁과 가까운 곳이라 조정의 대신들도 쉽게 들어올 수 없는 곳이었다. 하지만 긴 복도에서 기지개를 켜고 다리를 늘리고 있는 젊은 관원을 나무랄 수 있는 태감과 궁녀는 아무도 없었다. 그곳에서 준비 운동을 하고 있는 이는 당연히 판시엔.

　오늘 판시엔은 완알과 함께 처가에 온 것이다. 지금 태후는 외손녀와 밤을 보내고 싶다고 곁에 붙잡아 두고 보내줄 생각을 안 하고 있었다.

　판시엔이 불편한 장화를 거의 벗다시피 하여 꺾어 신고 질질 끌고 다니자, 한때 슈 귀비 시중을 들었지만 여러 사건을 통해 판시엔

이 거의 살려주다시피 한 다이 태감이 옆에서 시중을 들다 조심스
럽게 말을 건넸다.

"대인, 황궁 안에서 그래도 신발은 제대로 신으시지요."

판시엔이 다이 태감을 놀려주려는 찰나 복도 끝에서 태감 한 무리
가 거만한 모습으로 걸어오고 있었다.

"누구지?"

"작은 홍 태감입니다."

홍쥬와 판시엔은 긴 복도 중간에서 마주쳤다. 두 사람의 사이가
좋지 않다는 것은 황궁의 모든 이가 아는 사실이었다.

물론 황제는 달랐지만.

판시엔이 먼저 시비를 걸었다.

"태감 주제에 어디서 이렇게 거만하게 다니는 것이냐? 직접 네 따
귀를 때리거라."

홍쥬가 이를 악물고 맞섰다.

"종은 동궁 사람입니다. 판 대인은 조정 대신이시고. 그러니 황궁
일은 관여하실 수 없습니다."

판시엔은 싸늘하게 홍쥬를 바라보았다.

홍쥬는 압박감에 못 이겨 자신의 따귀를 한 대 쳤다.

뒤에 따라오던 작은태감들은 동궁 수령태감이 그 자신의 따귀를
때리는 모습을 보고 초주검이 되어 엎드려 벌벌 떨고 있었다.

판시엔이 옆으로 몸을 살짝 돌려, 다이 태감의 시선을 가로막으
며, 홍쥬에게 눈짓을 보냈다.

홍쥬가 다시 눈짓을 보내자, 판시엔은 싸늘하게 말했다.

"꺼져라!"

이 모습을 보고 다이 태감이 판시엔에게 아첨하듯 말했다.

"저 개 같은 종놈이 폐하와 황후 마마의 총애를 등에 업고 저렇게

제멋대로입니다."

"그래도 황궁에서 제멋대로 굴기는 힘들 거야. 참, 나도 수방궁을 가야 하니 차림새를 바로 해야지."

판시엔은 쭈그리고 앉아, 꺾어 신고 있던 장화를 바로 신었다.

동시에, 장화 아래 밟고 있던 종이를 장화 안쪽으로 집어넣었다.

수방궁 안.

이 귀빈은 책상 앞에 앉아 있는 두 사람을 바라보며 웃고 있었고, 판시엔은 책을 베껴 쓰고 있는 리청핑을 주시하고 있었다. 이 귀빈은 그렇게 계산적인 사람이 아니었다. 반대로, 이 음모와 계략이 난무하는 황실에서 명랑함과 순수함을 가지고 있는 사람이었기에, 황제로부터 총애를 받아 3황자도 낳게 된 것이다.

순수한 이 귀빈도 사실 판시엔의 권세와 황제로부터 받는 총애를 생각하면 놀랄 정도였다. 그래서 지금의 광경을 보며 행복과 안도감을 느끼고 있던 것이다.

"듣자 하니, 태극전 뒤 복도에서 누굴 만났다 하던데."

"홍쥬란 놈이 갈수록 방자해져, 제가 한마디 했어요."

"작은 홍 태감은 지금 황궁에서 제일 잘 나가는 태감 중 하나란다. 동궁 수령태감에다, 황제께서도 아끼셔."

이 귀빈 조차도 판시엔과 홍쥬가 반목하고 있다 알고 있었다. 판시엔은 냉소를 지으며 말했다.

"그놈은 자기 형에게 백성의 땅을 강제로 취하도록 종용한 놈이에요. 설령 황제의 총애를 받아 어서방으로 간들 오래 못 갈 거예요."

이 귀빈은 재밌다는 듯이 웃었다.

"고작 종과 힘겨루기 하는 거니?"

경국의 태감, 즉 내관에게 조정의 지위라는 것은 없었다. 개국 이래로 태감의 국정 간섭을 엄히 금했기 때문이다. 물론, 함광전의 큰 홍 태감은, 무슨 이유인지 몰라도, 모든 것의 예외였다.

"이모, 걱정 마세요. 제게도 생각이 있답니다."

이 귀빈은 조금 못마땅했지만 어쩔 수 없다 생각하고 더 말을 하진 않았다.

이때, 결국 태후가 기어코 완알과 같이 자겠다는 의사를 수방궁으로 전해왔고, 판시엔은 자리에서 일어나 홀로 집으로 돌아갈 채비를 했다. 오늘 밤만이라지만, 며칠이 될지도 모를 일이었다.

집으로 돌아온 판시엔은 가장 은밀한 서재로 들어가 주위에 감시하는 눈과 귀가 있는지 세심하게 살폈다. 황실 비밀 호위들과, 황제가 잠입시켜 둔 나이든 여종이 서재에서 멀리 떨어져 있는 것을 확인한 후, 판시엔은 낮은 침대에 양다리를 벌리고 편하게 누웠다.

벗어 놓은 장화는 그 침대 밑에 놓여 있었다.

그리고 종이 조각은 이미 판시엔의 손에 들려 있었다.

판시엔과 홍쥬의 관계를 아는 사람은 없었다. 황제만 짐작하고 있을 뿐, 쳔핑핑과 아버지도 모르는 사실이었다. 즉, 홍쥬는 판시엔이 황궁에 가장 깊숙이 심어 놓은 첩자이자 심복이었다.

일반적으로 두 사람은 연락하지 않았고, 연락책 같은 것을 만드는 모험도 하지 않았다.

오늘, 홍쥬가 모험을 해 가면서 판시엔에게 소식을 전하려 했다는 건, 매우 중요하고 시급한 일이라는 것.

쪽지의 내용은 생각보다 간단했다.

가장 먼저 등장한 내용은 태자가 잠자리를 가질 때의 이상한 습관. 태자는 궁녀의 상의를 들어 올려 그녀들의 얼굴을 가리고, 하반신만 드러나게 한다는 내용이었다.

'변태 새끼.'

두 번째 내용부터 필체가 조금 흔들려 있었다. 서신을 쓸 때 겁에 질려 있었던 것 같았다.

태자의 몸이 점점 좋아졌고, 성병도 거의 다 치료가 된 것 같다는 내용. 다만, 술에 너무 취해 잠자리를 가질 때, 마지막 최고조에 이르는 순간, 고모라는 말을 몇 차례 내뱉었다고 했다.

'고모? 고모! 고모라고?!'

판시엔은 재빨리 고개를 저었다. 태자가 장 공주의 아름다운 용모와 완벽한 몸매에 환상을 품을 수도 있는 것이었다. 물론 변태 같았지만, 이전 생에서 무수히 많은 야설과 변태 같은 글을 섭렵한 판시엔에게 새로운 것은 아니었다.

마지막 내용은, 최근에는 태자가 동궁의 궁녀들도 가까이하지 않고, 정신 상태도 매우 좋다는 내용이 들어있었다.

간단한 내용이었다. 그리고 좋은 소식이었다.

하지만 판시엔은 등골이 오싹해졌다.

판시엔은 서재 안을 빠른 걸음으로 빙글빙글 돌기 시작했다. 입술이 말라 왔다. 한참 후, 침대 앞에 멈춰, 서신을 가루로 만들어 버렸다.

"더러운 새끼! 네가 사조협려의 양과인 줄 알아?!"

판시엔은 머리가 멍했다. 이전 생의 김용 선생, 알렉상드르 뒤마 선생이 말했 듯, 세상에서 가장 더러운 곳이 황궁과 사창가다. 전생에서 배웠던 수많은 역사의 야화에서도 봐 왔다. 당나라 때 그런 일이 특히 많았다 알고 있었다.

'경국 황실에서, 내 눈앞에서, 진짜 이런 일이?!'

판시엔은 태자가 요즘 왜 이렇게 차분해졌는지 이해가 될 것 같다. 장 공주를 2황자로부터 뺏을 자신이 있었던 것이다.

'잠깐만……장 공주가 태자를 가지고 노는 거라면?'

판시엔은 자기 생각에 자기가 더 놀라, 자기의 뺨을 '착착' 때렸다.

'지금 내가 무슨 생각을 하는 거야. 이게 지금 얼마나 큰일인데. 지금 태자와 2황자 걱정할 때야? 내가 어떤 이득을 얻을까 생각해야지. 집중하자, 집중하자…….'

판시엔은 생각하면 할수록 마음이 편치 않았다.

'경국 제일의 미녀가 자신의 몸을 무기로 사용한다고? 이게 말이 돼?! 그리고, 젠장, 장모잖아. 장인어른은 어떻게 되는 것이고……나는? 니미랄, 나는 뭐가 돼?!'

판시엔은 주먹을 꽉 쥐었다. 최대한 평정심을 찾으려 노력했다.

'장 공주와 태자가 잠자리를 가졌다고? 참나, 미치겠네. 이 소식이 사실이면, 태자를 무너뜨릴 수도 있다. 침착하자.'

판시엔은 홍쥬를 다시 만나야 한다고 생각했다. 그리고 이 정도 소문은 적당히 8처를 시켜서 소문을 내는 방식으론 안 된다고 생각했다. 그런 방식으로는 황제나 태후가 오히려 역정을 내거나 정말 진노할 수도 있는 상황이었다.

황제나 태후가 이 사실을 어떻게든 직접 발견할 수 있게 해야 했다. 최소한 공식적인 소문이 아니라, 황실 내의 비밀 추문 같은 것.

판시엔은 갑자기 옌빙윈이 보고 싶어졌다.

생각할 겨를도 없이 후문으로 튀어나가 감사원 마차에 올랐다.

그래서 황궁의 명을 전달하러 온 태감의 가마가 이미 판씨 저택 정문에 도착한 사실을 알아채지 못했다.

판시엔은 감사원에 마차가 서자마자 아무 말도 없이 뛰어서 감사원 밀실로 직행했다. 밀실 안에서 옌빙윈은 뒷짐을 지고서, 창에 장막을 걷고 멀리 있는 황궁을 바라보고 있었다.

판시엔은 그 모습을 보며 '아차' 싶었다. 그리고 옌빙원과 상의하려던 생각을 접었다.

첫 번째는 홍쥬의 안전을 보장하기 위해서였고, 그보다 중요한 것은 옌빙원의 경국 조정과 황실에 대한 충정심을 잘 알고 있었기 때문이었다.

판시엔은 옌빙원 곁으로 가 그의 어깨에 손을 얹었다.

"몸 상태가 왜 이래? 며칠 여기서 밤 샌 거야?"

"제사 대인이 그렇게 많은 사람을 공격했으니, 누군가는 정리해야 하지 않을까요?"

판시엔은 그저 멋쩍게 웃을 수밖에. 옌빙원은 말을 계속이었다.

"하지만 이건 알아 두셔야 해요. 2황자의 곁가지만 제거했을 뿐, 본 뿌리는 건드리지도 못했다는 걸."

판시엔은 옌빙원이 언급한 '본 뿌리'가 예중의 예씨 집안인 것을 알고 있었다. 원래 강노의 일련번호를 통해 예씨 집안에 타격을 줄 수 있을 것이라 생각했는데, 갑자기 북제 황제가 경국 황제에게 문안 인사로 보낸 서신에서 그에 대한 조사를 멈춰 달라 하는 바람에, 모든 조사가 중단된 것이다. 물론, 예씨 집안을 주모자로 낙인 찍을 수는 없었겠지만, 그래도 어느 정도 피해는 줄 수 있었을 터였다.

"예씨 집안 일은 다음에 다시 이야기해."

"2황자는 혼사를 치르고 나서 예씨 집안에 많이 기대게 되었지요. 물론 그렇게 됨으로써 기존 장 공주와의 관계가 많이 약해지긴 했지만⋯⋯."

옌빙원의 이 덤덤한 사실 진술에 판시엔은 갑자기 소름이 끼쳤다.

'그래, 예전에도 공식적으로는 태자를 지지하면서 암중으로 2황자를 밀었지. 잠깐만⋯⋯이 상황이라면, 이 상황이, 이제 정말 장 공주가 태자를 무너뜨리려고⋯⋯?!'

판시엔은 가슴이 떨렸다. 그리고 황급히 말을 던졌다.

"태자는 가망성이 없어. 그러니 태자에 신경쓰기보다, 둘째를 집중적으로 무너뜨려야 해."

'태자에게 기회가 없다고?'

판시엔은 옌빙윈의 의심스러운 눈빛을 읽었지만 설명해 줄 수 없었다. 그리고 말을 재빨리 이었다.

"수운마오와 샤치페이에게, 빨리 그물을 걷어 올릴 준비를 하라 전해."

"강남 일은 이미 실질적 장악이 된 상태지만, 단칼에 베어 버리려 하면 안 돼요. 징두에서도 보고 있고, 엮여 있는 사람도 많아서, 징두에서 갑자기 큰 세력 변동이라도 생기지 않는 한……."

판시엔은 웃기 시작했다.

'눈치는 빨라서.'

"그러니까 미리미리 준비하자는 거지. 그리고 그런 혼란이 생기지 않아도, 황제께서 지시한 일이잖아."

판시엔은 일부러 '황제'를 들먹였다. 옌빙윈의 눈빛이 조금은 부드러워졌다.

"어느 정도까지 거둬들일까요?"

"뭘 어느 정도야? 전부 다. 초상전장에게도 말을 전하고, 명원에서 있을 암살 등도 준비하고."

판시엔이 전장까지 언급하자, 옌빙윈은 정말로 큰 패를 던질 때가 되었다는 것을 알았다. 초상전장 배경인 이름만 있는 션씨 가문과 동이성 내 권문세가는 사실 옌빙윈이 계획해서 마련한 것이었다.

다만, 그 은전의 출처에 대해서는 몰랐다.

"그럼 전장을 움직일게요. 월권일 수 있겠지만, 그 전장의 은전의 출처에 대해, 기우겠지만……북제가 연결되어 있으면 안 돼요."

판시엔은 다시 웃었다.

'하여튼, 눈치 하나는.'

"내 어머니가 누구인지 잊었어? 나에게 하나도 남겨 놓지 않을리가 있겠어?"

옌빙윈은 이 말을 '진짜' 믿을 수밖에 없었다. 예전에 예씨 가문은 천하의 부(富)를 상징했다는 것을 알고 있었기 때문이다.

돌아오는 마차 안에서 판시엔은 실의에 빠져 있었다. 이 일에 옌빙윈을 끌어들일 수 없었기 때문이다. 물론, 이 점은 예전부터도 인지하고 있었다.

옌빙윈이 판시엔의 일을 몸과 마음을 다해 돕는 것은 판시엔이기 때문이 아니라, 경국과 황실을 위해서였다. 그래서 강남 대부분의 일을 옌빙윈이 기획했지만, 판시엔은 그와 북제 사이의 관계와 같은 은밀하고 중요한 이야기를 하지는 못했다.

'홍쥬를 어떻게 접선하지……황궁에 또 잠입해야 하나? 삼촌이 필요한데……젠장, 삼촌은 어디 있는 거야?!'

판씨 저택에 마차가 도착하자 판시엔은 그 자신보다 더 실의에 빠져 있는 사람을 볼 수 있었다.

태후의 명을 전달하러 온, 태감.

판시엔이 옌빙윈을 만나러 후문으로 나가는 바람에 전달할 시기를 놓쳤고, 함흥차사였기 때문에 발만 동동 구르고 있었던 것이다.

태후의 명은 입궁하라는 것이었다.

판시엔은 공손히 명을 받았지만 속으로는 쾌재를 부르고 있었다. 입궁의 이유는 생각지도 않은 채, 이번 기회를 이용해 어떻게든 홍쥬를 만날 생각만 하고 있었다.

완알과 손을 잡고 함광전에서 물러났다. 하지만, 판시엔은 기분이 무척이나 좋지 않았다.

태후의 명은 '광신궁에 가서 인사드려라' 였다.

완알이 판시엔의 눈치를 보며 입술을 뾰로통하게 내밀며 말했다.

"광신궁 가기 싫어."

"당신 어머니잖아. 인사는 드려야겠지."

말은 이렇게 했지만, 심장 박동수가 빨라지고 있었다.

"상공도 싫잖아? 그냥 몰래 나가버릴까?"

판시엔은 웃음이 터졌고, 완알을 사랑스럽게 쳐다보며 말했다.

"할머니께서 철딱서니 없다고 때려죽이실 수도 있을 걸?"

이 말을 끝으로 둘은 말없이 손을 잡고 광신궁으로 향했다.

"이리 오렴, 우리 천이 좀 보자."

장 공주 리윈루이는 광신궁 밖까지 마중을 나와 있었다. 억지로 평온함을 유지하는 어조였지만, 그 어색함을 감출 수는 없었다.

완알은 입술을 꽉 깨물고 판시엔의 손을 절대 놓으려 하지 않았다. 판시엔은 아내의 손등을 가볍게 치며 완알을 응원해 주었다.

완알은 결심을 한 듯 한 발짝 앞으로 가 돌계단 위에 있는 아름다운 여인을 향해 가볍게 인사했다.

"어머니를 뵙습니다."

장 공주의 기대감에 부풀어 있던 얼굴이 갑자기 담담하게 변했다.

"요즘 잘 지내?"

판시엔이 그 모습을 보며 헛기침을 한번 하고, 완알 곁으로 가 웃으며 인사했다.

"장모님을 뵙습니다."

"날 보러 올 줄도 아는구나?"

장 공주는 이 말과 함께 완알의 손을 끌고 돌계단 위로 올라갔다.

판시엔은 고개를 들어 돌계단 위의 두 여인을 바라보았다. 둘을 동시에 보니, 재밌게도 둘이 별로 닮지 않았다는 생각이 들었다. 장 공주는 이 세상에서 피부 관리를 어떻게 하는 건지 모르겠지만, 너무 어리게 보여서 둘은 모녀라기보다는 자매처럼 보였다.

완알은 혼사를 치렀지만 아직 덜 여문 티가 있었다. 반면, 장 공주는 성숙한 여인이었지만 나이 들어 보이지 않고, 여전히 활짝 피어 있는 한 떨기 목련같이, 사람의 눈을 단번에 잡아 끌었다.

광신궁에는 이미 세 사람만을 위한 저녁 연회가 준비되어 있었다.

"네 눈에는 이 어미가 많이 모자라 보이겠구나?"

완알의 눈시울이 붉어지더니 어느새 눈가에는 눈물이 가득 고였다. 판시엔에게 이 모습이 전혀 의외로 다가오지는 않았다. 왜냐하면 그는 인간성에 대한 믿음을 가지고 있었기 때문이다.

장 공주가 아무리 미쳤다 해도, 그녀의 어머니였다.

다만, 판시엔의 눈에는, 이전 생에서 들었던 화장실에서 아기를 낳은 중학생같이 보였을 뿐.

'그런데 이 우울감과 상실감은 뭐지? 젠장.'

장 공주는 어느 각도에서 보면 참으로 딱한 사람이라는 생각도 들었다. 하지만 딱한 사람은, 항상 원한이 있다.

그리고 그가 최근 감사원 보고서를 보면, 심리학적 관점에서 볼 때, 예씨 아가씨에 대한 장 공주의 복잡한 시선, 심지어 일종의 '기형적인 감정'을 감지해 낼 수 있었다.

원한이 있는 사람은, 딱한 구석이 있는 것이다.

하지만 중요한 건, 그녀는 그의 '진정한 적'이었다. 이제 와서 보면 태자와 2황자는 장 공주에게 하나의 작은 패에 불과했다.

그래서 판시엔이 장 공주에게 '연민'을 느끼지는 않았다.

장 공주가 새하얀 손으로 들고 있던 술잔을 내려놓았다. 완알은 독주 몇 잔에 이미 잠들어 태후의 거처 함광전에 옮겨졌고, 완알을 시중하던 궁녀가 돌아와 장 공주의 귓가에 몇 마디 건넨 후 인사를 하고 물러갔다.

장 공주는 유혹하듯, 아름다운 목소리로 말했다.

"강남은 어때?"

"참 좋은 곳이더라구요. 풍경도 좋고 사람들도 좋고. 장모님도 언제 시간 내서 항저우에 가 보시죠."

'장모'라는 단어를 판시엔은 제법 어렵게 뱉었다.

"몇 년 전에는 갔었지. 풍경도 비슷할 테고 사람도 그대로일 텐데, 다시 가 볼 필요가 있을까?"

장 공주는 내고와 밍씨 집안을 판시엔이 가져갔으니 더 이상 가 볼 필요가 없다는 뜻을 넌지시 던졌다. 하지만 판시엔은 공손히 대답했다.

"세상에 태어났으면 사람과 풍경을 봐야하지 않을까요? 사람은 꽃처럼 언젠가는 지는 존재이지요. 하지만 풍경은 인간 세상에 들어와 있지만, 천년이 지나도 변하지 않아요. 그래서 짧은 생을 사는 인간이 만고불변의 풍경을 좋아하는 것 아닐까요? 그래서 저 안쯔는 사람과 풍경을 보는 것은 항상 재밌고 의미있다 생각해요."

장 공주는 재밌다는 듯이 판시엔을 바라보며 아름다운 목소리로 물었다.

"그래서 나에게 권하는 게 뭐야?"

"안쯔가 감히 장모님에게 권할 수는 없지요."

장 공주는 살짝 비웃듯이 답했다.

"이제 너는 할 수 있는 것도 많아졌잖아? 근데 굳이 그런 재미없는 말로 나를 타이를 필요가 있어?"

장 공주는 순수하게 진짜 모습으로 변해가고 있었다. 어쩌면 둘은 서로를 가장 잘 이해하는 '적'이었기에, 가식이 필요 없다 생각하고 있는지도 몰랐다.

"빛과 그림자는 지나가는 나그네, 하늘과 땅은 만물이 잠시 머무는 객잔이라 했어요. 인생은 쓸쓸하고 짧지만, 그래도 항상 즐거움은 있다는……."

장 공주가 말을 끊었다.

"시선(詩仙)이 뭐야? 칼이 날아오면 시로 막을 수 있어? 그럴싸한 말들은 그만하고, 너의 눈앞에 누가 있는지 똑똑히 봐."

장 공주는 이전과 달리 날카롭게 말을 이었다.

"여인이라고해서, 감정과 감성으로 이길 수 있다 생각하지 마. 너도 어느 책에선가 쓰지 않았어? 남자는 모두 진흙탕이라고. 그런데 지금 네가 옥석인 척할 필요는 없어."

장 공주가 광신궁 문옆으로 걸어가 비단으로 된 장막을 열어젖혔다. 그리고 돌계단 위에서 적막한 황궁의 밤 풍경을 둘러보았다.

"넌, 네 앞에 서 있는 사람이 누구인지 똑똑히 봐. 난 하이탕처럼 바보가 아니야."

'제가 감히 어떻게……이 세상 여자 중에 당신과 견줄 수 있는 여자가 있을까요?'

장 공주는 뒤도 돌아보지 않고 말을 이었다.

"모후께서 널 입궁하라 한 이유는 알겠지. 넌 내 마음을 훤히 꿰뚫고 있으니 자세히 할 말은 없고, 다만 네 마음을 좀 감추는 것도 배워. 난 어머니가 마음 아파하는 건 싫으니까."

"삼가 명을 받들겠습니다."

"삼가 명을 받들어?"

장 공주의 입꼬리가 살짝 올라갔다.

"인정하지. 넌 내가 생각한 것보다 능력이 뛰어나. 그렇지만 넌……더러운 남자에 불과해."

"그건 호르몬과 그 분비의 문제이지요."

"호르……뭐? 넌 참 그녀처럼 새로운 단어를 많이 써."

"제 어머니를 본 적 있으세요?"

"무슨 말이야. 그녀는 징두에 와서는 항상 청왕 저택에서 지냈는데, 내가 어떻게 못 볼 수 있을까……난 그녀가 참 좋았어. 질투도 났고. 그런데 결론적으로 난……그녀가 우스워."

판시엔은 순간 '욱' 하며 말했다.

"장모님이 그럴 자격이 있을까요?"

장 공주는 화를 내지 않고 오히려 웃으며 대답했다.

"많은 사람들이 그렇게 생각할 거야. 하지만 난 그녀가 우스워. 왠지 알아? 그녀는……죽었거든."

장 공주가 부드러운 곡선을 뽐내 듯 천천히 몸을 돌렸다.

"그녀도 천하 통일은 못했지. 내가 그걸 할 수 있을까?"

"누군가를 평가할 때, 남긴 강토의 크기나, 역사상의 기록만 가지고 할 수는 없겠지요. 제 어머니는 역사에 어떤 흔적도 남기지 않았지만, 세상을 바꾸었고, 그건 여전히 이 세상에 남아 있지요."

"맞는 말이네. 난 이 세상에 제대로 된 변화를 가져온 적은 없어. 경국의 영토는 확장했지만……."

"만리의 강산을 이룬다 하더라도, 죽고 나면 무덤일 뿐이에요."

장 공주는 다시 몸을 돌려 황궁의 밤을 바라보았다.

"넌 이 세상 남자들과 좀 달라. 보통 남자들은 비겁하고 무능해서, 체념 조로 그럴싸한 말들만 늘어놓을 뿐. 지위가 올라가도 거기에 만족할 뿐, 공을 세우거나 역사에 이름을 남기려고 하지 않더라고. 그럴 배짱도 없고."

"안쯔는 스스로 그런 능력이 없다 생각해서 그럴 거예요. 폐하처럼 영웅적 기개를 가진 인물이 아무 때나 나오는 것은 아니니까요."

이 말을 하고 판시엔은 장 공주의 눈치를 슬쩍 살폈다.

장 공주는 판시엔에게 눈길도 주지 않고 황궁의 한구석만 바라볼 뿐이었다. 다만, 그녀의 뒷모습에서, 그녀가 이상한 기분에 휩싸여 있는 것처럼 보였다.

"난 권력욕이 강해."

장 공주는 잠시 침묵하다, 다시 말을 이었다.

"권력을 좋아한다는 건 아니야. 권력으로 어떤 것을 이루고 싶을 뿐이지. 그 '어떤 것'을, 너 같은 사람은 이해할 수 없겠지만……."

판시엔은 대꾸하지 않았다. 한동안 적막이 흘렀다.

장 공주가 불쑥, 어린 소녀처럼 활짝 웃으며 말했다.

"여인도 일을 할 수 있지. 난 줄곧 그 점을 증명하려 했어. 어쩌면 그건 그녀에게 배운 거야. 하지만 내가 그녀를 무시하는 건…… 결국 그녀도 다른 여자들처럼, 종국에는 남자들에게 이용만 당했기 때문이야."

장 공주는 짧게 한숨을 쉬었다.

"에휴, 말이 너무 많았어. 이런 대화는 두 번 다시 없을 거야. 이만 돌아가, 나도 좀 쉬어야겠어."

판시엔은 말없이 고개를 숙여 인사를 올렸다. 그리고 나오며 옆 눈길로 매끈한 그녀의 신체 곡선을 힐끔 쳐다보며 생각했다.

'그건 천고의 세월을 겪어온, 남녀 간의 투쟁이라고 하는 겁니다. 너라고 끝까지 남자에게 이용당하지 않을 것 같아?'

장 공주는 판시엔의 뒷모습을 보며, 오늘 그녀의 말이 판시엔의 마음속에서 '독의 꽃'을 피우길 바랐다. 그리고 다시 황궁의 어느 한 구석을 바라보았다.

'황제 오라버니는 오늘 저녁 어느 궁에서 밤을 보내실까.'

광신궁을 나온 판시엔은, 동정심이 일지도, 감동하지도, 고찰 따위를 하지도 않았다. 다만 그의 등만 축축하게 젖어 있었다. 두려워서가 아니라 복잡한 감정이 밀려왔기 때문이다.

'이제는 정말 그녀가 미쳐 날뛸 것 같네……어쩌다가 저렇게 미친 걸까? 장인어른이 추측한 것과 같은 걸까?'

판시엔은 그 내용까지는 정확히 모르겠지만 확실히 그녀에게 변화가 있다고 생각했다.

그러다 갑자기 혼잣말을 내뱉었다.

"2황자의 대체품인가?"

'난 확실히 태자보다는 2황자와 비슷한 면이 많아. 태자는 황제의 얼굴과 더 닮았고.'

"대인 몇 품 대신을 말씀하시는 겁니까?"

길을 안내하던 태감이 아부하는 표정으로 질문을 하자 판시엔은 웃으며 짧게 답했다.

"아니야."

황궁에는 대신들을 위한 숙소와 휴식 공간이 따로 있었는데, 최근에는 국정이 그렇게 바쁘게 돌아간 적이 없어 오랫동안 조용히 비워져 있는 곳이었다. 오늘 밤 전까지.

판시엔은 숙소에 들어가서 태감이 물러간 것을 확인한 후, 곧바로 다시 나와 황궁의 담벼락을 따라 어디론가 향했다.

소나무 아홉 그루가 심어진 곳. 완의방.

원래는 완의국이라는 이름으로 황실의 세탁을 담당하는 곳이었는데, 이후에 태감 숫자가 늘어나 그곳이 개조되어 태감들의 거주지로 만들어졌다. 그 옆에는 황궁의 출입문이 하나 있었는데, 금군이 지키기는 하지만, 워낙 궁녀와 태감들이 심부름 때문에 자주 드나들기에 다른 문보다는 경비가 허술한 곳이었다.

판시엔은 오늘 황궁을 몰래 빠져나오기 위해 이곳을 온 것이 아니라, 누군가 만나러 온 것이다.

홍쥬.

완의방은 건물이 빽빽하게 들어서 있어 언뜻 보면 징두의 빈민촌처럼 보이기도 했다. 경국의 황실은 태감들을 엄격히 관리했다. 황실 귀인들의 사생활 보호도 목적이었지만, 권세 있는 태감들이 황궁 밖에 거주하면 그들이 조정의 대신들과 결탁하는 것을 막기 힘들었기 때문이다.

하지만 지위가 있는 태감들의 손에는 은전이 마를 날이 없었고, 이 정도는 황실에서도 눈 감아주고 있었다. 따라서 '빈민촌' 안에 십여 채는 눈에 띄는 화려한 저택이었다.

저택에 딸린 정원으로 들어선 홍쥬는 곧바로 집안으로 들어가 팔걸이가 달린 의자에 앉았다. 이 팔걸이 의자는 큰 홍 태감이 함광전 밖에서 햇빛을 쬘 때 쓰는 것과 똑같이 생겼고, 집에 돌아올 때마다 여기 앉는 것은 작은 홍 태감의 습관이었다.

그는 의자에 앉아 큰 홍 태감을 떠올리며, 경계심과 동시에 존경심을 가졌다.

홍쥬는 은혜를 중히 여겼다. 비록 사타구니 사이에 그것은 없었지만, 스스로 선비라고 생각하였기 때문이다. 그때의 참극이 일어나지 않았다면, 그 자신도 춘시에 합격해 문인의 길을 걷고 있을 거라 생각했다.

홍쥬가 모험을 감행하면서까지 판시엔에게 소식을 알린 것은 판시엔에게 이득이 될 거라 생각한 것이고, 동시에 자신이 판시엔에게 보은하는 것이라 생각했다.

다만, 그 사건에 연루되지만 않는다면.

열서너 살 먹은 작은태감이 마른 수건으로 홍쥬의 발을 닦아주며 물었다.

"싱알을 불러 안마해 달라고 할까요?"

홍쥬는 궁녀 싱알의 부드러운 몸과 촉촉한 혀가 떠오르며, 아랫도리에서 열이 솟구쳤다. 하지만 이내 '불끈' 하지 못하고, 열도 갈 길을 잃어버리자, 안색이 어두워졌다.

"꺼져! 싱알은 무슨."

홍쥬가 화내는 이유를 알지 못한 작은태감은 울상이 되어 방문을 나섰다.

"싱알이라……이 귀빈의 심복인 궁녀? 간도 크네."

판시엔이 안쪽에서 걸어 나오며 웃는 얼굴로 놀렸다.

"어르신, 그만 놀리세요. 제 간은 콩알만 합니다. 그리고 싱알은 어르신……사람 아닌가요?"

판시엔은 펄쩍 뛰었다.

"이놈 봐라. 죽고 싶은 거야? 어디서 그런 황당한 말을!"

홍쥬는 웃고 있었지만 입은 꼭 다물었다.

판시엔이 그림자가 나가지 않는 위치에 자리잡고 눈짓을 하자 홍쥬가 조용히 말했다.

"어르신, 이곳은 그리 안전하지 않으니, 시간이 별로 없습니다."

"확인했어?"

홍쥬는 입으로 무슨 말을 하려다, 주변부터 먼저 살피고, 고개만 끄덕였다.

"아무에게도 말하면 안 돼. 그리고 잘 때에도 싱알이나 다른 궁녀도 두지 말고."

'제기랄! 잠꼬대까지 통제하라고?'

"네가 꼭 명심해야 할 게 있다. 누구도 네가 이 일과 관련되었다는 것을 눈치채선 안 돼. 다시 말해, 그럴 가능성이 조금이라도 있으면, 그 즉시 아무것도 하지 마."

홍쥬는 조용히 고개만 끄덕였다.

그리고 판시엔은 홍쥬에게 다가오라 손짓한 후, 그의 귀에다 몇 마디 더 했다. 홍쥬의 눈빛은 번뜩였지만, 여전히 눈 속에는 공포와 두려움이 서려 있었다. 판시엔은 다시 그를 떨어뜨리며, 하지만 나지막이 말했다.

"연락하기가 너무 불편한데, 그렇다고 중간에 누굴 둘 수도 없으니, 내가 방법을 생각해 볼게. 어쨌든 내가 강남 가기 전에 한번 더 봐야해. 정월(음력 1월)에 언제 출궁하지?"

"22일입니다. 황후께서 작년에 강남에서 공물로 바친 옷감 색이 맘에 안 드신다고 동이성 것과 바꿔 달라 했어요. 이문이 남는 장사라 저에게 상처럼 내려 주셨습니다."

판시엔은 고개를 끄덕이다, 자기도 모르게 홍쥬의 사타구니 쪽을 쳐다봤다. 항상 홍쥬의 여드름이 의심스러웠기 때문이다.

하지만 이내 자조적인 미소를 지었다.

'내가 이전 생에 병원 침대에서 소설을 너무 봤어. 김용 소설 녹정기의 주인공 위소보가 경국에 나올 리 없지.'

그리고 판시엔은 고개를 저으며 쓸데없는 생각을 지우고 조심하라는 말을 몇 마디 더 한 후 자리를 떴다. 홍쥬는 판시엔을 보며 그를 믿고 따를 수 있는 것이 참 다행이라 생각했다.

하지만 지금까지 판시엔은 홍쥬에 대한 믿음이 충분하지 않았다. 사람의 성격과 품성은 항상 처한 환경에 따라 변하기 때문이다. 홍쥬가 또다른 이익의 유혹에 이끌려 저도 모르게 다른 쪽으로 붙을 가능성을 배제할 수는 없었다.

문제는 그럴 경우 판시엔에게 너무 타격이 컸다. 하지만, 태자의 비밀은 지금 그들에게 '공동의 비밀'이 되었다. 다시 말해, 이제 홍쥬는 그를 떠날 수 없었다.

최소한 장 공주와 태자가 무너지기 전까지는.

다음 날 저택으로 돌아오는 마차 안에서 판시엔은 고개를 돌려 황궁의 주황색 담벼락을 바라보았다. 그리고 무의식적으로 황궁과 가능하면 멀리 떨어지고 싶다 생각했다. 그리고 곁에 있는 사랑스러운 완알의 머리칼을 가볍게 빗어 내리며 말했다.

"몇 년만 지나면, 천하가 태평해질 거야."

"몇 년? 제발 그렇게 되었으면 좋겠다."

"어머니와 대화는 어땠어?"

"그냥 잡담이지 뭐. 자기가 일찍 잠드는 바람에, 광신궁에서 오래 있지는 않았어."

"자는 척한 거야. 내가 빠져주지 않으면, 둘이 대화하기 불편할까봐……."

판시엔은 아무런 대꾸도 하지 않았지만 다시 한번 부인에게 감탄하고 있었다.

"그래서 상공은 어떻게 할 건데?"

판시엔은 이번에도 어떻게 대답해야 할지 몰랐다. 그냥 조용히 아내를, 다정하게 '꼬옥' 끌어안았다.

완알도 고개를 살짝 돌려, 판시엔의 가슴에 안겼다.

그녀의 눈에서 떨어진 눈물이, 끊임없이 판시엔의 옷을 적셨다.

판시엔은 말없이 마차 밖의 풍경을 바라보며 생각했다.

두 번째 삶이 주어졌다 해도, 생각보다 많은 것을 바꿀 수 없는 거라고.

아무리 많은 소망이 있어도, 다 이룰 수는 없는 거라고.

어머니도 그랬 듯, 자신도 그럴 수밖에 없다고.

제4장

태자의 비밀

　수일이 지난 후, 드디어 판시엔에게 일의 시작과 끝에 대한 명확한 판단이 섰다. 이 일은 판시엔이 징두로 온 후 처음으로 아무에게도 도움받지 않고 하는 첫 번째 일이었다.

　약(藥). 처음에 든 생각은 약이었다.

　'무슨 약이기에 그리 짧은 시기에 태자의 성병을 완치시켰지? 무슨 약이기에 태자의 담력을 저렇게 크게 만든 거야?'

　그리고 또 약에 대해 생각이 들자 자연스레 페이지에 스승이 떠올랐다.

　'약이 분명히 여러 가지 촉진제 역할은 했을 텐데, 이런 식의 계

획을 짠다는 건 너무 대담하고 이례적인데……천핑핑? 2황자? 아니면 황제?'

처음엔 그 조사를 포월루 상운에게 지시를 내렸으나, 태의들은 너무 늙어, 그의 제자들은 너무 봉록이 적어, 기방에 출입하질 않았다. 그래서 과감하게 중단하고 방향을 틀었다.

판시엔이 탄 마차가 왕치니엔 명의로 된 그의 비밀 가옥에 멈췄다. 왕치니엔은 벌써 와서 기다리고 있었다. 그리고 언제나처럼 울상을 짓고 말했다.

"덩즈위에가 내일 북제로 간다고 작별 인사를 하고 있고……무티에는 1처를 못 맡겠다 그러고……."

판시엔이 귀찮다는 듯 말을 끊었다.

"지금 그게 중요한 게 아니잖아?"

"옌 대인을 찾아 가시는 게 좋을 듯 보입니다."

왕치니엔은 얼굴이 더 일그러지며, 마치 당장이라도 눈물이 '뚝' 떨어질 것 같았다.

"제가 그 일에 능숙한 것도 아니고……그건 삼족이 멸할 대역죄입니다. 저는 부인과 딸이……."

판시엔은 눈을 부릅뜨고 말했다.

"그게 무슨 죄라고, 우리가 그 짓을 했어?!"

왕치니엔은 잔뜩 주눅이 든 채 눈치를 살살 살피며 말했다.

"삼족이 멸하지 않더라도……제가 아는 걸 황실이 알면……설령 제가 날개가 있어 날아 도망가더라도……죽을 겁니다."

판시엔은 왕치니엔의 어깨를 토닥이며 위로 아닌 위로를 했다.

"지금껏 한 일이 모두 그런 일인데, 겨우 하나 더 늘었다고 그게 대수야? 그리고 봐. 이건 내가 널 매우 신임한다는 거 아니야?"

왕치니엔은 후회가 물밀듯이 밀려왔다.

1처를 맡았어야 했다. 판 대인 옆에 남아 왕치니엔 조직을 다시 맡겠다고 말하지 말았어야 했다.

그렇게 했다면, 눈이 멀었을 망정, 그 보지 말았어야 하는 상자를 보는 일도 없었을 것이고, 귀가 멀었을 망정, 듣지 말았어야 하는 비밀을 들을 리도 없었을 것이다.

"누군가 조사하고 있어."

눈이 녹지 않은 진원에서 천핑핑이 두툼한 외투를 걸친 채 바퀴의자에 앉아 말을 이었다.

"그런데, 아주 교묘하게 조사하고 있어. 누가 조사하는지 모르겠어."

페이지에는 원장 대인을 바라보며 말했다.

"예정된 때까지 3개월 남았습니다. 변수가 생기면 안 될 텐데……."

"미친 여자가 눈치를 챘나 모르겠어. 하지만 이제 와서 할 수 없지."

천핑핑이 한숨을 쉬며 말을 이었다.

"아가씨가 말했지. 낙타를 죽이는 건 원래 지고 있던 무거운 볏짚단이 아니라, 마지막에 살짝 올린 볏짚 하나라고. 난 몇 년 살기 힘드네……그러니 빨리 마지막 볏짚을 올릴 수밖에."

페이지에는 천핑핑의 몸 상태를 알고 있었기에 위로의 말이 차마 입에서 떨어지지 않았다.

"올해 안에 떠나."

천핑핑은 단호하고 힘있는 목소리로 말을 이었다.

"올해 징두를 떠나 다시는 돌아오지 마. 바다 건너 서양도 좀 가보고, 그들은 약을 어떻게 만드는지도 좀 보고."

페이지에는 천핑핑의 말이 자신에 대한 배려임을 알고 있었다. 이 사건이 대대적으로 폭로되기 전에, 징두에 엄청난 일이 벌어지기 전에, 이 사건에서 벗어나게 해 줌과 동시에 자신이 본래 하고 싶었던 꿈을 이루게 해 줄 기회를 주는 것이었다.

"원래는 저도 최대한 빨리 가려 했는데 그 제자 놈이 마음에 걸리네요."

"가!"

천핑핑의 목소리는 강요보다 간곡히 부탁하는 듯 느껴졌다.

"한번 사는 인생, 하고 싶은 게 있으면 해야지. 미적거리다 늙고, 나처럼 다리라도 못 쓰게 되면, 가고 싶어도 못 가는 거야. 자네 일생의 꿈이었지 않나……."

"알겠습니다. 올해 안에 동이성으로 가서 바다를 건너겠습니다."

"그냥 개인적인 호기심인데, 왜 취엔저우를 거쳐 나갈 생각은 안 하는 건가?"

"그곳은 과거의 냄새가 너무 배어 있어서……그 과거를 떠올리기 싫습니다. 그리고……혼자 나가는 것이니, 폐하나 제자 그놈에게 제 행방을 알리기 싫습니다."

페이지에는 감사원에서 매우 특수한 지위였다. 3처 처장을 그만둔 지는 오래라 지금은 봉사한다고도 말할 수 있었다. 그래서 감사원 지하에 그를 위한 실험실이 있긴 했지만, 그는 징두 구석진 곳에 위치한 조그만 저택에서 연구하는 것을 좋아했다.

모든 비용은 감사원이 댔으며, 필요한 하인과 조수 모두 감사원 관원 신분이었다.

감사원에서 비용을 댄다 하지만, 그 연구실의 경제적인 사정이 넉넉하지는 않았다. 새로운 독약을 연구한다는 것은 새로운 원료를 구하는 것이었고, 그것은 얼마의 돈이 들어간다 해도 넉넉할 수는 없는 일이었다.

하지만 고양이도, 쥐도 각자 사는 법은 있다.

그곳의 하인과 조수들이 페이지에의 약방문을 팔기 시작한 것이다. 처음에는 장사가 잘되지 않았다. 어쨌든 '독'약의 전문가 페이지에의 약이기에. 하지만 완알이 낫고 판시엔이 명성을 얻으면서, 말 그대로 불티나게 팔려 나갔다.

반년 전쯤, 페이지에 옆에 있던 조수 하나가, 어떤 약방문을 팔아 엄청난 이득을 취득했다. 사고 파는 쪽 모두 약방문이 페이지에 것이라는 것을 알았지만, 관례처럼 서로의 신분이 드러나지 않게, 은밀하고 조심스럽게 거래가 진행되었다.

얼굴도 드러내지 않고, 한 손으로 돈을 건네는 동시, 한 손으로 약을 주는 방식.

하지만 너무나 안타깝게, 평생 쓸 돈을 한번의 거래로 번 이 조수는, 2개월 뒤 이름 모를 중병에 걸려 침대에서 객혈을 하고 죽어버렸다.

죽은 자는 안타깝지만, 산 자는 살아야 하는 법.

그 약방문을 구입한 자는 회춘(回春)약방이라는 이름을 내걸고 환약을 만들어 냈고, 실험을 통해 약효를 확인하자 그 환약의 존재를 약방의 최대 극비 사항으로 만들어 버렸다.

부작용도 없이 회춘(回春)을 한다.

엄청난 일이었다. 약방의 주인은 이 약을 황실과 귀인들에게 암암리에 독점적으로 팔면 엄청난 부를 축적할 수 있다 생각했다. 그래서 당연히 그 약방문도 극비에 붙여버렸다.

대신, 환약 한 알을 배후에 있는 '주인'에게 상납하였다.

회춘약방의 '주인'은 태상사에 있는 6품 관리였다. 항상 조심스럽게 행동하던, 그래서 아무도 그가 그 약방의 주인인 것도 모르게 관리해 오던 그가, 약을 먹자마자 흥분을 주체하지 못하고 얼굴에 그 감정을 고스란히 드러내놓기 시작했다.

스스로 약효를 확인한 그의 눈이 번뜩였다.

태상사는 황궁 출입이 빈번한 관아였고, '주인'은 총명했다. 누구에게 이 약을 바쳐야 출세할 수 있는지 너무 잘 알고 있었다.

이에 그 관리는 황실의 외척에게 찾아가 약을 바쳤다. 당연히 회춘약방의 이름은 숨겼고, 동이성의 서양 물건 취급하는 곳에서 어렵게 구했다고 둘러댔다.

그 황실 외척의 눈도 번뜩였다.

그도 총명했다. 이 약만 쥐고 있으면 동궁의 그 귀한 분이 자신을 필요로 할 것이고, 그러면 자신이 어디까지 올라갈 수 있을지 즐거운 상상의 나래를 펼쳤다.

하지만 태상사 관리에겐 칭찬을 해주며 자신이 먹겠다고만 하고, 황궁에 들여보내겠다는 말은 절대 하지 않았다.

태상사 관리는 자신의 약방에서 제조한 약을 '다시 찾아보겠다'며 물러갔고, 황실 외척은 황궁에 보낸다는 말 없이 '자신이 잘 먹겠다'고 대답했다.

둘 다 너무 총명했다.

그래서, 회춘약방이 묘약을 '주인'에게 보내면, '주인'은 황실 외척에게 보냈고, 그 약은 다시 '체력을 보충하는 약'이라는 명분으로 황궁으로 들어갔다.

묘약은, 차 한 잔과 함께, 태자의 입 안으로 들어갔다.

태자는 열흘 동안, 단 하루도 거르지 않고 약을 복용했다.

참여자들은 모두 총명했지만, 과하게 총명하여, 자신이 누군가에게 통제되고 있는 하나의 작은 패라는 것을 알지 못했다.

비밀가옥에서 나온 판시엔과 왕치니엔이 탄 마차는 왕치니엔의 집 후문에 있었다. 하지만 마차에 사람은 타고 있지 않았고, 왕치니엔의 집에도 사람이 보이지 않았다.

그 시각, 평범한 외모의 거친 천으로 된 솜저고리를 입은 평민 둘이, 성 남쪽에 위치한 황실 외척의 저택 옆 골목에 나타났다. 두 사람은 양손을 소맷자락에 넣어 팔짱을 끼고 쭈그린 자세로 한참 동안 한담을 나누고 있었다.

"이 집이야. 황후 가문은 거의 멸문지화를 당했으니, 먼 친척이지."

"그걸 안다고 무슨 소용 있겠습니까?"

"약을 보냈다면, 분명 일정한 주기가 있을 거야. 한 번에 며칠 분의 약이 들어 갔는지 알아야겠어."

백성으로 변장한 판시엔이 '퉤' 하고 침을 뱉고 다시 말을 이었다.

"그 약이 양기를 북돋아 주는지는 정확히 모르겠지만, 담력을 키우는 데에는 효과가 있는 것 같아. 저 집의 어르신이 담이 커졌다는 소문이 파다해."

판시엔은 목표를 확인하고 그 정도로 임무를 설명한 후 재빨리 왕치니엔 집으로 돌아와 바로 마차에 올랐다. 오늘은 정월 초이레. 22일에 홍쮜를 만나고, 다음 달 초에는 강남으로 가야했다.

즉, 시간이 없었다.

마차 안에서 그는 최대한 눈에 띄지 않는 행인처럼 보이도록 다시 한번 분장을 했다. 그 사이 마차는 성 서쪽에 위치한 연꽃 연못 밖에 도착했다. 판시엔은 재빨리 내려 성 서쪽에 몰려 있는 사람들 속으로 모습을 감췄다.

성 서쪽의 연꽃 연못 근처는 진짜 징두의 빈민촌이고 이런 저런 사람이 사는 탓에, 온갖 불법적인 거래가 성행하는 지역이었다. 그는 좁디 좁은 여러 골목을 지나 홍등 뒤쪽에 있는 작은 목조 건물로 들어갔다. 목조 건물에 들어가자마자 썩은 목재 냄새와 함께 말 못할 악취가 코를 찔렀다.

판시엔은 옷에 달린 모자를 푹 눌러쓴 채 침대 가장 자리에 앉아, 품에서 증표를 꺼내 반신불수의 사람에게 건넸다. 침대에 누워 있는 사람이 증표를 한참 동안 살폈다.

판시엔은 참지 못하고 단도직입적으로 물었다.

"최근 안쪽에서 뭐 좋은 게 나왔나?"

그가 악취가 나는 이불 속에서 물건 여러 개를 꺼냈다. 판시엔은 일일이 살펴보았지만 불만족스러운 표정으로 고개를 저었다.

반신불수인 사람도 고개를 저으며 베고 있던 베개 안을 뒤져, 반쪽짜리 옥 장신구, 옥결(玉玦)을 판시엔에게 건넸다.

구름 무늬 조각의 최상품 옥 장신구. 황실의 물건.

판시엔은 만족스럽게 고개를 끄덕였다.

"좋아, 최상품이야. 이런 건 많을수록 좋네."

반신불수인 사람은 득의양양하게 웃었다. 판시엔도 속으로 웃었다. 하지만 판시엔은 앞에 있는 반신불수인 사람이 그렇게 좋은 사람이 아님을 알고 있었다.

하락방(河洛幇). 이전 생의 불법 장물 취급소를 운영하는 패거리였다. 이 세상의 장물이라 하면 권문세가의 저택에서 하인들이 주인들의 물건을 훔치는 게 대부분이었는데, 그중 단연 으뜸은 궁녀나 태감이 황궁에서 훔쳐 파는 것이었다.

강남에 있을 때 샤치페이를 통해 이와 같은 어둠의 세력이 있는지 처음 알게 되었고, 황궁에 고정 통로까지 있다고 들었다. 그리고 언젠가 쓸 일이 있을 거라 생각이 들어 감사원을 통해 증표를 만들어 두었던 것이다.

반신불수인 사람이 드디어 첫 말문을 열었다.

"내가 듣기로 이 물건은 선황이 태후에게 하사한 거네. 어찌 된 영문인지, 함광전이 아닌 동궁에서 들어오게 되었지만."

"그 귀한 분들이 이런 것에 신경 쓰겠나? 대충 어디 던져 놨는데, 굴러굴러 들어간 거겠지."

반신불수인 사람은 '허허' 웃더니 품에서 귀한 술을 하나 꺼내 한 모금 권했다. 마오타이.

'많이도 해 처먹었네.'

판시엔은 살짝 한 모금하며 품에서 은표 한 장을 꺼내며 말했다.

"처음엔 3할이지? 너무 많이 받지 말아 주게나."

반신불수인 사람은 천 냥짜리 은표를 보며 고개를 끄덕였다.

"얼추 맞네. 훨씬 비싼 옥이지만, 됐네."

판시엔은 옥결을 조심스레 챙기고 어두컴컴한 방에서 나왔다.

정월 초열흘. 경국 민간에서는 말십(末十)일이라고 불렸고, 절기 중 비교적 중요한 길일이었다. 모든 사람들이 쉬는 건 아니었지만 그래도 거리에는 사람들로 북적였다.

판시엔은 완알과 함께 마차를 타고 돌아다니며 사람들을 구경하다, 덩즈위에의 재촉에 못 이겨 원래 목적지인 화친왕 대황자의 저택으로 향했다.

대황자가 황족 형제들 모임에 판시엔을 초대한 것이었다.

저택에 도착하니, 대황자가 문 앞에서 기다리다 판시엔을 보자마자 쏘아붙였다.

"이렇게 늦게 오다니. 나중에 먼저 빠져나가기만 해보게. 그리고 뭘 그리 긴장하는 건가? 식사나 하자는 것인데."

그 순간 완알은 이미 마차에서 내려 대황자 옆으로 가 있었다.

'젠장.'

하인이 나와 무리를 저택의 대청으로 안내했고, 판시엔은 다행히 아무도 없는 것을 보고 안심했다. 그리고 대황자와 완알의 대화에 끼느니 그냥 무료하게 혼자 있기를 선택하기로 했다.

이때, 문득 뒤쪽에서 미풍이 불어왔다. 깜짝 놀란 판시엔이 몸을 돌리니, 화려한 복장의 젊고 아름다운 부인이 안으로 들어오고 있었다.

"왕비를 뵙습니다."

북제의 공주이자 경국의 화친왕비. 판시엔이 경국까지 모시고 온 사람. 하지만 너무 오랜만에 만나다 보니 서로 데면데면할 수밖에 없었다.

공주는 반갑게 완알의 인사를 받고, 완알에게 강력하게 자기를 민간에서 부르듯 '언니'라고 부르라 했다. 그런 후 판시엔을 보고 정색을 하며 말했다.

"오랫동안 판 공작을 못 보았는데, 판 공작은 잘 지냈는지 모르겠네."

'공작, 공작'. 그녀가 두 번이나 이렇게 부른 것은 심기가 편하지 않은 것이었다. 판시엔은 아마도 서호 공주를 위한 양총 골목의 저택을 알아차린 게 아닌가 추측했다.

"공주 마마, 예전처럼 판시엔으로 불러 주시지요. 아니면……매제 어떠세요?"

판시엔의 말에 공주는 '피식' 웃음이 터지더니, 표정이 훨씬 부드러워졌다. 그리고 넷은 한동안 대화를 나눴는데, 판시엔은 아무도 나타나지 않자 대황자에게 슬며시 말을 걸었다.

"저도 좀 이른 지 알았는데, 완알이 재촉해서."

"무슨 말인가? 이미 다 와서 후원에서 자넬 기다리고 있네."

'젠장.'

대황자는 판시엔을 보며 약간은 조롱하는 말투로 말을 이었다.

"새로 봉해진 공작 어르신의 체면이 대단한가봐. 왕 둘을 기다리게 만들다니……태자는 미안하다는 표시와 함께 귀한 선물만 보내고 오지 않았고, 2황자와 2황자비, 홍청과 로우쟈는 이미 와 있네."

"2황자 오라버니가 벌써 오셨다구요? 그럼 빨리 가야죠."

완알이 대신 대답하며 자리에서 재빨리 일어나 대황자의 손을 끌고 응접실로 향했고, 판시엔과 화친왕비가 뒤따랐다.

마련된 응접실로 들어가자 남자 둘 여자 하나, 이렇게 세 사람이 판시엔 일행을 맞이하였다. 로우쟈가 '완알 언니'라고 부르자, 완알이 '둘째 오라버니'라고 불렀고, 이어 홍청이 '안쯔'라고 다정하게 말했다. 홍청은 판시엔이 이전에 자물쇠를 풀어준 일로 고마운 마음이 아직 있는 듯 보였다.

그리고 저택 내 호수 풍경을 바라보며, 남쪽에서 공물로 올라온 과일을 먹으며, 한가로이 이야기를 나누었다.

참으로 편안하고 자유로운 대화.

이건 정치인가? 황족 자제들의 타고난 능력인가? 하지만 판시엔은 불편했고, 변소가 급하다는 이유로 자리를 혼자 빠져나왔다.

하인을 따라 변소로 향하던 판시엔은, 그 앞에서 치마 허리춤에 손을 올리고 정리하며 밖으로 나오는 여인을 보고 대뜸 웃으며 꾸짖었다.

"다 큰 여인이 그게! 안에서 정리를 다 하고 나와야지!"

예링알이 민망하게 웃으며 말했다.

"제가 좀 그래요, 스승님……."

왕비가 된 예링알은 여전히 판시엔을 보고 스승님이라 불렀고, 판시엔은 그녀를 여전히 동생처럼 대했다. 판시엔은 순간 불편한 마음이 사라지며 온화하게 말했다.

"좀 걸을까?"

예링알도 웃으며 장난을 쳤다.

"급한 일 보러 오신 것 아닌가요? 참을 수 있는 거 맞아요?"

판시엔은 '하하' 웃으며 말했다.

"그냥 핑계를 대고 나왔을 뿐이야."

"자리가 그렇게 불편했어요?"

"알잖아? 난 저런 자리는 익숙하지 않아."

예링알은 문득 지난 일이 생각난 듯 걱정스러운 얼굴로 물었다.

"스승님이 얼마전 일을 당했다는 건 알고 있었는데, 가보려 했지만, 그런데……."

판시엔은 자신의 습격과 관련되어 2황자 또한 의심의 눈초리를 받는 상황에서, 예링알이 2황자비 신분으로 찾아오기가 쉽지 않다는 것을 충분히 이해했다.

판시엔은 그녀의 어깨를 토닥이며 말했다.

"내가 이렇게 멀쩡한데 무슨 대수라고."

그리고 판시엔은 빨리 화제를 돌렸다.

"참 그리고 강남에서 네 작은 할아버지를 만났어. 근데 아는 사람이 몇 없으니 외부에 말하지는 말고."

"그래요? 근데 왜 영감님은 강남까지 갔지?"

'영감님?'

"아니 그래도 네 할아버지고, 대종사인데, 영감님이라니?"

"매년 동에 번쩍 서에 번쩍 하시고, 집에 돌아올 때도 아무것도 안 가지고 오시고……그리고 내가 영감님이라 부르겠다는데, 뭐라 하실 수 있겠어요?"

판시엔은 잠시 웃었다.

'예류원은 예중, 예링알과 친하다. 예류원은 천하를 돌아다니지만, 집에 자주 온다. 그렇지 않다면, 예링알이 예류원을 저렇게 친근하게 영감님이라 부르지 않겠지?'

"네가 네 할아버지를 영감님이라 부르는 건 네 자유지만, 앞으로 날 스승님이라 부르지 마. 난 좋은데, 그래도 이제 어엿한 왕비잖아."

예링알은 오히려 화를 냈다.

"내가 그렇게 부르겠다는데, 누가 뭐라 한다 그래요? 그럼 차라리 스승님이 날 스승님이라 부르던지. 산수권법 대벽관도 저에게 배워갔으니까."

판시엔은 기가 막혀 말문이 막혔지만 예링알의 호탕함과 진솔함이 맘에 들었다. 하지만, 이어진 예링알의 말은 제법 진지했다.

"스승님, 아버지께서 징두로 오셨어요."

판시엔은 그녀가 무엇을 일러주려는지 짐작하고 있었다.

"군대 원로들의 스승님을 보는 눈이 모두 곱지 않아요."

"네 뜻은 알았으니 이제 그만하자. 겨우 며칠 조용히 살았는데, 너의 입에서 또 나쁜 소식 듣기 싫어."

예링알은 고집스럽게, 하지만 더욱 진지하게 대화를 이었다.

"스승님, 전 예씨 가문의 여식이에요. 그러니 전 아버지와 그분 옆에 설 수밖에 없어요."

'그분'은 당연히 2황자. 판시엔은 진중히 고민을 한 후, 그도 진지하게 대답했다.

"그건 당연한 거야. 이 말은 진심이야. 믿어도 돼."

예링알은 판시엔이 진심임을 알았다. 그래서 슬펐다.

판시엔은 호수를 가리키며 말했다.

"봐봐. 호수의 얼음도 언젠가 녹잖아? 그러니 세상사가 꼭 그렇게 된다는 보장도 없는 거 아니야?"

예링알은 그제서야 활짝 웃었다.

그리고 보석처럼 맑은 눈으로, 힘을 주어 고개를 끄덕였다.

두 사람이 응접실로 들어갈 때쯤, 2황자가 완알이 건네 주는 손수건으로 손을 닦으며 공주에게 질문을 하고 있었다.

"공주, 줄곧 궁금했는데, 북제 황제 폐하는 어떤 분이신가요?"

"폐하께서는 사람 보는 것과 화초 심는 것을 좋아하세요. 아름다운 풍경을 감상하는 것도 좋아하시고."

"그럼, 징왕 삼촌과 취미가 비슷하네요?"

"폐하께서는 게을러서 직접 심지는 않고 보기만 하세요."

"하이탕 아가씨도 전원 생활을 좋아한다고 들었는데."

일순간 분위기가 썰렁해졌다.

"폐하께서는……재밌는 분이세요. 물론 어려서부터 모후에게 잡혀 치국(治國)의 도를 배우시느라 저도 거의 볼 수 없었지만."

판시엔은 말은 하지 않고 2황자와 북제 공주의 말을 듣고만 있었지만, 공주가 하는 말에 거짓은 없다 생각했다. 그가 알기에도 북제에는 태후가 낳은 아들 하나라, 지금의 황제는 어려서부터 엄한 교육을 받았고, 나머지 공주들은 모두 첩에서 나왔기에 항상 괴리감을 느끼고 있었다.

그 뒤로도 북제 황제에 대한 질문이 끊이질 않았는데, 공주는 자세한 내용은 피한 채, 재밌고 흥미로운 이야기들로 답변을 해주었다.

"이제 저에게 그만들 물어봐요. 저도 사실 황궁에서 한번 뵙는 것도 힘들었어요. 폐하께서는 판시엔을 좋아하니, 이제 묻고 싶으면 차라리 판시엔에게 물어요."

공주의 말에도 서로 눈치만 봤지만 그래도 가장 오랜 친분을 가져온 리훙청이 먼저 입을 열었다.

"안쯔, 북제 황제는 어떤 분인가?"

"일국의 군주인데, 저 같은 타국의 신하가 뭐라 말을 하겠어요. 근데 왜 북제 황제에게 그렇게 흥미를 가지세요?"

왕비는 재밌다는 듯이 한번 웃고는 점심 연회 준비를 챙긴다는 핑계로 방을 나갔다. 북제 공주 앞에서 경국 사람들이 재밌는 이야기를 못한다 생각하여 남아 있는 사람들을 배려한 행동이었다.

그녀가 나가자마자 대황자가 입을 열었다.

"북제 젊은 황제는 신비한 존재야. 감사원이나 군측 정보에도 자세한 설명이 없어. 성격, 기호, 선호 사항 모두."

"그럴 수도 있지 않나요? 황제는 백성들 앞에서 신비함을 유지해야죠."

"하지만 생각해 보게. 경국의 황제가 아니라 북제 황제야. 그 신비함이 우리에게 두려움으로 다가올 수도 있는 거야."

"그냥 소년일 뿐인데, 뭐가 또 두렵다고……."

심지어 북제 황제는 판시엔보다 두 살 어렸다.

2황자가 들고 있던 과일을 내려 놓으며 끼어들었다.

"그런 두려움은 나이와 상관없는 거야."

판시엔이 징두에 왔을 때에는 지금의 북제 황제보다 어린 16살이었다. 리훙청이 옆에서 거들었다.

"북제 황제는 여색을 가까이하지도 않고, 나쁜 취미도 없다 알려져 있어요. 그런 사람이 사실 가장 두려운 사람이죠. 북제의 실력을 판단할 때 북제 황제의 심성부터 살펴야 해요. 황제가 정말 '바른' 사람이라면, 싸움이 쉽지 않을 거예요."

리훙청의 말에 대황자, 2황자도 모두 고개를 끄덕였다.

대황자가 진지하게 판시엔에게 물었다.

"안쯔, 저번에 사절단 정사로 샹징에 갔을 때 뭐 세부적인 것 알아낸 것은 없나?"

"여색을 가까이하지 않는 건 사실이에요. 몇 명의 첩만 있을 뿐 아직 정식 비(妃)는 없어요. 더구나 외척 세력을 막기 위해 상징성의 거대 가문들도 압박하고 있구요. 그래서 첩도 다 평민 중에 골랐더군요. 다만, 그것을 태후가 반대하지 않은 것은 의아하구요."

2황자가 미간을 찌푸렸다.

"아무리 외척 세력을 억제한다지만, 평민을 궁에 둔다? 그 같은 결정은 신하들을 달래는 데 그다지 좋은 생각이 아닌데⋯⋯."

"아무튼 신비한 인물이었어요. 눈앞에 있는데도 위장술을 쓸 수 있을 것 같은?"

리훙청이 끼어들었다.

"이번 습격 사건 관련해서, 북제 황제가 자네를 걱정하며 폐하께 섭섭한 마음을 전했다는데, 북제 황제가 자넬 너무 좋아하는 것 아닌가?"

2황자는 '습격' 이야기에 불편한지 다시 조롱하듯 말했다.

"북제 황제가 아무리 판시엔을 좋아한다 해도, 여동생은 대황자 형님께 주었지. 판시엔을 좋아하는 게 별거 있겠어?"

예링알이 불쑥 말했다.

"모르죠. 북제 황제가 〈석두기〉에 푹 빠졌다던데요?"

예링알의 말에 진지했던 토론이, 순식간에 농담이 되고 말았다. 그리고 한참을 농담과 환담이 오고 갔는데 판시엔은 한마디도 하지 않았다. 아니 하지 못했다.

판시엔은 애당초 어려서부터 같이 커 온 이들에게는, 외부인이었다. 물론 판시엔은 그러한 기분에 과도하게 몰두하지 않았고, 혼자 차분히 북제 황제와의 밀약과 앞으로 일들을 머릿속에 그려보고 있었다.

옅고 그윽한 향이 퍼졌다. 판시엔은 향을 즐기며 조용히 자신의 생각에 빠져들었다.

이미 다른 사람들은 대화를 멈추고 그를 바라보고 있었는데도 판시엔은 인지하지 못했다. 그러다 순간 사람들의 시선을 느끼고, 자신이 무례를 범한 것처럼 느껴져 빨리 화제를 돌렸다.

"향이 좋네요!"

'향이 좋네요?'

판시엔을 바라보던 이들은 다들 의아하게 생각했다.

판시엔이 그윽하지만 마음을 뒤흔들어 놓을 만큼 농염한 향이 나는 곳으로 고개를 돌리니, 북제 공주가 이미 조용히 돌아와 있었다. 옷은 좀더 편안한 복장으로 바뀌어 있었다.

"공주, 어디서 가져온 향인가요? 너무 맘에 드는데요?"

화친왕비는 살짝 놀랐지만 바로 웃음을 지으며 말했다.

"얼음과 눈같은 냉정한 총기만 있는 줄 알았더니, 마음과 코도 모두 섬세하네요. 이 향을 찬 지 1년이 넘었는데 화친왕도 향을 알아차리지 못하셨는데……근데 어떻게 맡자마자 바로 알아차렸지?"

예링알은 자신의 코를 문질러 보았지만 응접실에 피워 놓은 향 외에 다른 냄새가 나지는 않는 듯했다.

"여기 응접실에 피워 놓은, 저 향 말하는 건 아니시죠?"

"그럴리가요. 이건 제가 상징에서 가져온 거예요."

판시엔은 향주머니를 잠시 빌려 달라 하여 그 향을 제대로 맡아보고 싶었지만, 여인에게 향주머니의 의미는 특별했고, 또 너무 무례한 행동이었기에 참고 있었다.

"아 그런 거구나. 다른 분들은 북제를 안 가 보셔서 향을 구분 못한 거고, 전 가 봤으니 그 향을 맡을 수 있는 거죠?"

"판시엔도 못 맡아 봤을 거예요. 내기해도 좋아요. 혹시 북제 황궁

뒷산에 올라간 적이 있어요?"

판시엔은 고개를 끄덕였다. 처음 입궁했을 때 황제가 데리고 간 정자가 그곳에 있었다.

"이 향주머니에는 금목서 꽃이 들어가 있어요. 그 꽃나무는 북제 황궁 뒷산에 있는데, 천하에서 유일하게 그 한 그루밖에 없죠. 근데 그 향이 너무 옅어서, 신경을 쓰지 않으면 맡을 수도 없어요."

"저도 그 산 중턱에 있는 정자에 머무른 적이 있는데, 그 꽃나무 는 못 봤는데요?"

"산꼭대기에서 자라니까요. 쿠허 국사께서 그곳에 친히 가져다 심 으셨는데, 그 향이 강하지 않아 그 누구도 그 꽃을 따서 향주머니를 만들 생각을 못 한 거죠. 그래서 제가 판시엔이 향을 못 맡아봤을 거 라 내기하자 한 거예요."

판시엔은 너무 놀라 황급히 물었다.

"그렇다면 공주는 이 향주머니를 어떻게……?"

판시엔과 공주의 대화를 듣는 사람들은 그가 왜 이렇게 이 향에 집착하는지 의심이 되기 시작했다. 판시엔은 재빨리 눈치를 채고 둘 러 말했다.

"아니 전 다만, 이 향이 너무 좋아서……완알에게 하나 주려고."

"완알에게 하나 주고 싶은 마음은 알겠지만, 쉽지 않을 수도…… 아니야, 쉽진 않겠지만 판시엔에겐 기회가 있을 수도……폐하께 책 을 써 보내서 부탁을 해 봐요."

화친왕비가 말하는 '폐하'는 당연히, 북제의 젊은 황제.

판시엔은 더없이 온화한 미소를 지으며 공주에게 천천히 물었다.

"공주가 지니고 있는 그 향주머니도 북제 황제께 하사 받은 건가 요?"

"맞아요. 북제에서, 아니지 천하에서 폐하께서만 이 금목서 향이 들어간 향주머니를 지닐 수 있어요. 그분도 판시엔처럼 이 옅은 향을 매우 좋아하신답니다. 지금 제가 차고 있는 이 향주머니는, 제가 상징을 떠나기 전날 폐하께서 지니고 계신 걸 제게 하사하신 거예요. 타국에 가서도 고향의 향을 기억하라는 의미로."

화친왕비의 담담한 몇 마디에, 응접실에 앉은 이들은 잔잔한 감동과 함께 저마다의 감상에 빠져들었다.

판시엔 향주머니를 '힐끔' 보고, 알 수 없는 웃음을 지은 후, 더 이상 말을 하지 않았다.

화친왕 저택에서 식사를 마치고, 다시 한번 다과와 함께 차를 마시다 보니 이미 해가 서쪽으로 넘어가고 있었다. 판시엔은 '이리' '저리' 불편했지만 어쩔 수 없이 옆에서 장단을 맞춰주고 있을 때, 마침 감사원이 판시엔에게 소식을 하나 전했고, 곧이어 판시엔에게 입궁하라는 황궁의 명이 내려졌다.

서호 쪽에서 이상한 움직임이 있다는 소식이었다. 그 소식은 이미 추밀원에 전달되었고 사실 그렇게 급박한 상황은 아니었다. 서호와 징두 간의 거리를 봤을 때 소식이 전해지는 데만 한 달이라는 시간이 필요했기에, 지금 급히 입궁한다 해서 달라질 게 없었기 때문이다.

하지만 판시엔은 급했다. 오늘 이 저택에서 얻게 된 '뜻밖의 결론'을 소화할 시간이 필요했기 때문이다.

판시엔은 완알에게 가족들과 더 이야기를 나누라는 말과 함께 황급히 나가 마차에 올라탄 후, 배웅하려는 대황자를 기다려 주지도 않은 채 마차를 출발시켰다.

'은은한 금목서 꽃향이라……그날 밤 향이 분명…….'

판시엔은 마차 안에서 망연자실한 표정으로 그날 밤을 떠올렸다. 그 사당, 그 밭 그리고 불한당처럼 허리띠를 다 여미지 못하고 헐레 벌떡 뛰어나오던 자신.

'스리리……스리리……깨어나기 직전 향을 맡았고, 그건 스리리가 태양혈을 만져줄 때 그녀에게 나던 향인데……!'

판시엔은 무의식적으로 욕을 몇 마디 내뱉었다.

'펑!'

마차벽이 절반쯤 부서지고, 이어 한쪽으로 기울어지며 전복했다!

판시엔이 주먹으로 마차의 벽을 한 대 쳤는데, 자기도 모르게 진기가 너무 실렸던 것이다!

자욱한 먼지가 가라앉자, 검은색 관복을 입은 판시엔이 정신이 나간 듯, 부서진 나무 조각과 먼지 사이에 서 있었다. 가오다는 장검을 뽑아 들고 주위를 경계했고, 6처의 검수들은 쇠막대기와 철궁을 양손에 들고 자객을 찾으러 사방으로 흩어졌다.

"니미랄!"

6처의 검수들이 돌아와 자객이 없음을 보고했고, 행인으로 위장하여 주위를 감시하던 다른 밀정들도 속속히 마차로 와 이상징후는 없다고 보고 했다. 그제서야 가오다가 조심스럽게 다가와 판시엔에게 물었다.

"대인, 무슨 일이십니까?"

"아니야."

이미 다른 검은색 마차가 판시엔 옆에 와 있었다. 좀 더 튼튼한, 강철심이 들어간 감사원 마차.

마차가 다시 운행을 시작했다. 하지만 판시엔은 마차를 몰라는 말을 할 뿐 목적지를 알려주지는 않았다. 한참이 지나도 판시엔이 말을 하지 않자 마부석에 앉아 있던 무펑알이 조심스럽게 말했다.

"대인, 황궁에서 입궁하라는 명이 있었습니다."

"생각하고 있잖아! 귀찮게 하지 마!"

'오늘 무슨 일이 있으셨던 거지?'

판시엔이 욕을 하고 화를 낸 적은 있었지만, 오늘은 왠지 분위기가 달라 보였다. 그래서 판시엔이 황궁 대신 감사원으로 먼저 가자는 명을 내렸을 때, 아무도 두 번 말을 대지 못했다.

감사원에 도착해 곧장 밀실로 들어간 판시엔은 옌빙윈에게 인사도 하지 않은 채, 다짜고짜 최근 1년 동안 북제 관련 정보 문서를 가져오라 명했다.

분위기가 심상치 않은 상황에서 명을 받은 2처의 관원들은 판시엔이 차 한 잔을 다 마시기도 전에 밀실 책상 위에 문서를 작은 산처럼 쌓았다.

판시엔은 무례하게 손만 '휘휘' 저어 옌빙윈에게 나가라 했다. 옌빙윈은 안절부절 못하는 판시엔을 보며 미간을 찌푸렸지만 아무것도 묻지 않고 그냥 나갔다.

판시엔은 조용히 문서를 넘기며 사색과 추리에 빠졌다.

예전에 다 본 문서였지만 지금은 그 의미가 달랐다.

판시엔은 지금, 대담한 가설에 입각해, 조심스럽게 증거를 찾고 있었다.

문서에는 명확히 적혀 있었다.

북제 황제는 태후의 품에서 자랐다.

유모는 십 년 동안 딱 두 사람이었다.

북제 황제는 여색을 밝히지 않고, 네 명의 첩도 모두 평민 출신이었다.

북제 황제의 시중을 드는 궁녀는 바뀐 적이 없었고, 그 수도 극히 적다. 심지어 목욕을 할 때에 들어가는 궁녀가 따로 정해져 있다.

북제 태후는 이 모든 것을, 북위가 과거에 사치로 나라를 망하게 했으니, 북제 황제에게 소박하고 간소한 삶을 가르친다 해명하고 있었다.

하지만, 그 화려한 황궁과 북제의 호황스러운 기풍에 비해……너무 과하게 소박했다.

'2황자 말처럼, 일국의 군주에게 후궁은 조정을 안정시킬 수 있는 무기지. 혼사를 통해 화친을 구하고, 상대를 압박하는 것은 당연한 일이야. 그런데 평민을 둔다는 건…….'

'대신의 딸을 비(妃)로 받아들이고 잠자리를 하지 않는다면, 그 소식은 당연히 그 대신 집안과 왕공 귀족에게 전해지겠지. 그래서 평민을…….'

판시엔은 가설을 세우고 보니, 무언가 너무 맞아 떨어지고 있었다. 판시엔은 소름이 끼쳤다.

'북제 황제는 동성애자가 아니라, 그는……아니지 그녀는, 여자야.'

판시엔은 뻑뻑해진 두 눈을 비볐다.

지금까지 받아본 스리리의 북제 황제에 대한 정보는 쓸데없는 것이었다.

'젠장.'

그 순간 갑자기, '그날 밤' 하이탕이 했던 한마디가 머리에 스쳤다.

'우리 자매들 생각으로는 가능한 일이어서……?! 우리 자매!'

하이탕, 스리리 그리고 북제 황제.

너무도 강력한 '우리 자매'였다.

'나를 손바닥 위에 가지고 놀았다는 거지?!'

'잠깐만, 근데 진짜 그날 밤 나와 잠자리를 가진 게 북제 황제라면……왜 이렇게 큰 위험을 무릅쓰고 나와 잠자리를 가진 거야?'

판시엔은 미간을 찌푸리며 재빨리 다시 고개를 박고 문서를 뚫어지게 읽었다.

'내가 천하에 하나밖에 없는 치명적 매력의 소유자도 아니고, 북제 황제는 신중하고 진중한 사람인데 색을 탐해 미약으로 사람을 덮칠 사람도 아니고, 평생을 남장(男裝)을 하고 조심히 살아온 사람이 갑자기 첫눈에 반해 사랑에 빠졌다고? 아니야, 아니야.'

생각이 여기에 미치자, 단 한 가지 이유만 남았다.

무서운, 공포스러운 가능성에 직면한 것이다.

판시엔은 엄청난 공포심을 안고, 황급히 최근 1년 반 동안의 북제 황제의 근황 정보를 읽었다. 그리고 조금은 편안해진 표정으로 고개를 들었다.

1년 반 동안 북제 황제는, 조정 회의를 빼먹지 않았고, 행궁으로 피서를 간다거나 수렵을 가는 일도 없었다. 즉, 북제 젊은 황제는 사람들의 시선에서 이틀 이상 사라진 적이 없었다.

다시 말해, 북제 황제가 임신했을 가능성은 없었다.

판시엔은 자기도 모르게 일어나 허리를 쭉 펴며 기지개를 켰다. 마음이 많이 편해진 것이었다.

판시엔도 '진흙탕' 남자였다. 뜻하지 않게 성관계를 맺은 것에 가장 큰 걱정은, 상대방과의 관계나 감정이 아니라, '임신'이었다.

사실 판시엔이 '아이'가 무서웠던 것은 아니었다. 다만, 황제의 아버지가 될 준비가 되어 있지는 않았다. 그리고 무엇보다, 씨내리가 되기 싫었다. 그 생각과 동시에 미약을 이용해 황제를 씨내리로 만들어 버린 어머니가 생각났다.

"이게 인과응보인가요? 어머니가 한 일에, 제가 보복을 당한다고? 젠장."

판시엔은 혼잣말을 한 후 어쩔 수 없다는 듯이 웃고 있었다. 그리고 제멋대로의 논리를 만들어 위안을 삼기 시작했다. 원래 그는 어머니를 못 따라 간다 생각했는데, 자신도 황제와 잠자리는 했으니 그 점에서는 대등해졌다는 뭐 그런 쓸데없는 논리.

그러다 뒷북처럼 밀려드는 두려움과 무기력감을 느끼며, 자신의 엉덩이를 툭툭 치고 감사원 밀실을 나갔다.

황궁으로 가는 마차 안. 판시엔은 내고에서 생산한 연필을 들고 한참 생각하다, 종이 위에 한 문장을 써서 서신 봉투에 넣었다. 그리고 같은 내용으로 세 통을 준비했다.

"나는 너희들이 작년 여름에 한 짓을 알고 있다."

그리고 밖에 있는 무펑알에게 서신을 왕치니엔에게 가져다주라 명했다. 무펑알은 서신을 받아 들고 말은 안 했지만 의아해했다.

'세 통? 하이탕, 스리리 그리고 누구지? 대인이 너무 '막' 나가시는 게 아닌가?'

판시엔도 갑자기 든 생각에 더욱 의아해했다.

'잠깐만……북제 황제가 그 향주머니를 공주에게 하사했다고? 그 향을 내가 알아차리는 것을 걱정하지 않았다고? 지금 나랑 잠자리 한 것에 양심의 가책을 느껴, 나에게 살짝 알려준 거야? 이게 뭐야?!'

판시엔은 고개를 저었다. 자신이 너무 많이 나갔다는 생각이 들었기 때문이다. 그리고 더 이상 생각하지 않기로 결심하고 혼잣말로 중얼거렸다.

"〈홍루몽〉에 그렇게 빠졌다 했을 때부터 여자인 걸 눈치챘어야 했는데……바보같이."

어서방은 이미 대신들로 가득 차 있었다. 판시엔은 잔뜩 난처한 표정으로 맨 아래쪽에 자리 잡고 섰는데, 들어가면서부터 황제에게 매섭게 꾸지람을 들은 터라 오늘 그에게 앉을 자리는 없었다.

황제가 오늘 판시엔을 입궁시킨 것은, 경국의 돌발 사건에 대한 고위층의 정책 결정 자리에 판시엔이 참여할 기회를 주기 위해서였는데, 판시엔이 지각하자 황제는 불쾌할 수밖에 없었다.

지금까지 결정된 사항은, 예중이 군을 이끌고 서쪽 3백 리까지 진군해 서호의 움직임을 통제하기로 한 것이다. 동시에 정북 대도독 옌샤오이를 예정보다 일찍 북으로 돌려보내, 북제 샹샨후의 기세를 막기로 했다.

판시엔의 눈에 가장 먼저 들어온 사람은, 오른쪽 두 번째 자리에 앉은 무장 예중. 판시엔이 그를 보며 살짝 웃는 사이 야오 태감이 황제의 명을 읽기 시작했다.

"경력 7년……."

'경력 7년? 맞아, 해가 지났지? 북제 사당에서 그 일은 작년이 아니라……재작년이었구나!'

어서방의 공식 회의가 끝나고 오늘도 황제가 판시엔만 따로 남으라 명했다. 황제는 쌀쌀하게 판시엔을 노려봤지만, 그도 자신이 잘못한 걸 알았기에 공손히 고개를 숙이고만 있었다.

"화친왕 저택에 있지 않았느냐? 그 후로 어디를 간 것이냐?"

"감사원에 급한 일이 생겨 처리하고 오느라 좀 늦었습니다."

"무슨 일이길래 황제의 명보다 급한 것이냐?"

판시엔은 얼굴색 하나 변하지 않고 대답했다. 미리 준비하고 있었기 때문이다.

"감사원 정보에 따르면, 샹샨후가 300여 명의 군사를 이끌고 옌징에서 300리 떨어진 곳까지 왔다 하나, 친위대를 이끌고 온 것은 아니라 합니다."

"친위대가 아닌 300명이라……북제 황제의 마음 씀씀이가 고작 그 정도였군."

그 뒤로 황제가 몇 마디 더 물었지만 오늘은 특별한 일 없이 어서방의 '독대'는 끝났다.

특별한 일은, 어서방을 나온 후 태극전 옆의 긴 복도에서 일어났다.

거구의 장수가, 판시엔을 기다리고 있었기 때문이다.

판시엔은 그를 보고 발걸음을 멈추고, 티 안 나게 그자를 경계하며 바라봤다.

장수는 갑옷을 입고 있지 않았고, 큰 활도 메고 있지 않았다. 하지만 판시엔은 그의 강한 기세에 고개를 살짝 숙일 수밖에 없었다.

거구의 장수의 실력이 판시엔보다 한 수 위였기 때문이다.

정북 대도독 옌샤오이는 9품 상 중에서도 최상의 고수였다. 지금 대종사에게 도전할 수 있는 사람이 있다면, 바로 그일 것이다.

"대도독, 잘 지내시나요?"

"난 머지않아 북으로 돌아가네. 무의에서 제사 대인과 무(武)를 겨루지 못해 실망했네."

'내가 옌샤오이를 이길 수 있을까?'

판시엔은 자문을 했다. 공식적 무의에서는 독을 쓸 수도, 암궁을 쓸 수도 없다. 그도 9품이었지만, 엄연한 실력 차이가 있었다. 그렇다면 결론은, 중상.

"대도독, 오해가 있나 보네요."

"판 제사의 잔재주를 배워 보고 싶은 것뿐이네."

"지금은 태평성세인데, 싸우고 죽이는 일은 적게 할수록 좋겠지요."

옌샤오이는 여전히 살의를 거두지 않고 있었다. 판시엔은 간담이 서늘했지만, 얼굴만은 태연하게 미소를 짓고 있었다.

"음음."

어디선가 목을 가다듬는 소리가 나며, 누군가 복도 양쪽에 서 있는 두 사람 사이로 끼어들었다.

예중.

"옌 대도독, 판 제사, 황궁에서 소란을 피우면 안 되네."

'다행이다.'

"예 숙부님, 딩저우에서 잘 지내시지요? 전 그만 물러가 볼게요. 오늘은 급한 일이 있어서."

예중은 고개를 끄덕였다.

옌샤오이는 느릿느릿 말하기 시작했다.

"몸 조심하게."

판시엔은 가슴이 철렁했지만, 두 손을 공손히 모으고 '하하' 웃으며 답했다.

"저는 하늘이 지켜주니, 대도독이 너무 마음 쓰실 필요 없어요."

"하늘도 내 눈을 가릴 수는 없어. 판시엔, 넌 내 손에 죽을 거다."

예중이 눈살을 찌푸렸다. 황궁에서 그런 말을 하는 것은, 아무리 옌 대도독이라 해도 너무 오만하고 무례했기 때문이다.

판시엔은 온화하게 웃으며 답했다.

"옌샤오이, 네가 내 손에 죽겠지. 그리고 가장 처참한 꼴로 죽을 거야. 내기할까?"

판시엔은 이 말을 끝내고, 소매를 한번 펄럭하더니, 예중에게 공손하게 예를 올린 후 천천히 황궁 문 쪽으로 걸어갔다.

예중은 그를 보며 의아한 표정을 지었다.

'저놈의 저 자신감은 어디서 나오는 거지? 그나저나 몇 년 동안 준비한 게, 저놈 때문에 변수가 생기면 안 되는데…….'

예중은 이런 생각을 하며, 남아 있는 옌샤오이에게 타이르듯 말했다.

"소식은 들었지만, 너무 상심하지 말게. 그리고 황궁에는 벽에도 귀가 있다는 걸 명심하고. 저자는 평범한 자가 아니지 않나……폐하의 아들이야."

옌샤오이는 멀어져가는 판시엔에게 시선을 떼지 않으며, 싸늘하게 대답했다.

"아들이라면 저에게도 있었습니다."

천하 최강 경국의 군대가 움직이기 시작했다. 옌샤오이는 창저우 옌징 일대에서 샹샨후의 움직임을 막기 위해 친위병을 이끌고 북으로 갔다. 예중도 딩저우로 돌아갔고, 조정에서는 서쪽으로 군사를 보내기 위해 5로 중앙군에서 정예병 10만을 차출해 딩저우로 보내 주었다.

초봄이 되면 10만에 이르는 경국 정예 부대가 서쪽으로 200리 정도 진군해 있을 것이다. 북만과 결탁한 서호에 조금이라도 이상한 움직임이 있으면 경국의 군대는 당장이라도 도륙할 태세였다. 조정의 6부는 후방 보급을 위해 바삐 움직였고, 그 움직임은 효율적이며 일사불란했다.

다른 나라와 맞설 때, 경국은 늘 이런 식으로 단결이 잘 이루어졌다. 그러는 동안, 황자 간의 다툼이나 판시엔의 소동에 관심을 기울이는 사람들은 거의 없었다.

정월 22일.

징두의 대형 포목점 밖에서는 황궁의 호위들이 경호를 서며 연신 하품을 했다. 그리고 특별한 일이 벌어질 가능성이 거의 없다 생각했다. 점포 안에 황실 귀족도 아닌 그저 태감 하나만 있었기 때문이다.

2층 조용한 방에서 홍쥬는 옷감의 실 두께와 색상을 자세히 살펴보고 있었다. 홍쥬의 손끝이 살짝 떨렸다.

"누구냐?"

홍쥬가 경계심 가득한 목소리로 물었지만 아무 대답을 들을 수 없었다. 대신 평범한 백성 복장을 한 판시엔이 손가락 하나를 입에 가져가 조용히 하라는 신호를 보냈다.

판시엔은 반쪽짜리 옥결을 홍쥬에게 건넸다.

"이것은 동궁에 있던 물건이야."

"어찌하실 생각이십니까?"

"태자가 광신궁에 가는 건 매달 이날인 것 같은데, 맞아?"

홍쥬가 기억을 더듬어 계산해 보고 고개를 끄덕였다.

왕치니엔이 매일 그 외척의 집에 잠복 근무를 하며 내린 결론이었다. 그 외척은 기본적으로 매달 같은 날짜에 황궁으로 약을 보내고 있었다.

"좋아. 옷감을 들고 입궁하면, 동궁은 늘 하던 대로 각 궁에 나눠주겠지. 일반적으로 황후가 궁녀를 시켜 광신궁으로 옷감을 언제 보내지?"

"옷감이 들어온 다음 날 오후입니다."

"지금부터 시간 계산을 잘 해야 해. 태자가 광신궁으로 가는 날과 궁녀가 광신궁으로 옷감을 가져가는 날을 정확히 맞춰야 해. 태자가 광신궁으로 갈 날이 아직 며칠 남았으니……일단 옷감 구매를 늦춰."

"네. 근데 이 옥결은 황후께서 사용하시던 것 아닌가요? 제가 그곳에서 본 기억이……."

"맞아! 네 밑에 있는 작은태감 하나가 훔쳐 팔았겠지."

"이러 쥐새끼 같은 놈들이 감히!"

"조용!"

"죄송합니다. 이 옥결은 어떻게 처리할까요?"

"광신궁으로 옷감을 가져가는 그 궁녀의 방에 놓아 둬."

홍쮸는 머릿속으로 판시엔이 시키는 일련의 명들을 연결시키고 있었다.

"그리고 네가 할 일은, 황후가 이 옥결을 알아보고 떠올리게 하는 거야. 그러면 어떤 일이 벌어질까?"

홍쮸는 대략적인 것은 이해되었지만 아직 정확하게 그림은 잡히지 않았다. 하지만 판시엔도 더 자세히 설명할 시간은 없었고, 마지막으로 그에게 연루될 기미가 보이면 무조건 행동을 멈추라고 다시 한번 신신당부했다.

문밖에서 두드리는 소리가 들려 홍쮸가 고개를 돌리자 판시엔은 이미 사라져 있었다.

홍쮸가 날카로운 목소리를 짜내듯이 툭 뱉었다.

"이 옷감은 처음 마마께서 고르신 것과 조금 다른 것 같군."

"태감께서 그리 말씀하시면……저희는 어떻게…….."

주인은 속으로 비명을 지르며, 티 안 나게 은표를 꺼내 슬쩍 홍쮸에게 건넸다.

"꽃의 노란 실의 굵기가 미세하게 다르고, 전반적으로 실이 튼튼하지 않은 것 같군."

"진짜 서양에서 온 진품입니다. 세 겹 혼방으로 된 36수로, 이 보다 더 좋을 수 없습니다."

"그래? 다시 한번 알아보게. 며칠 뒤 다시 가지러 오겠네."

말을 마친 홍쮸는 소맷자락을 툭 털고 아래층으로 내려가 버렸다.

주인은 속으로 온갖 욕을 하고 있었다.

'거시기도 없는 어린 놈이, 돈 욕심은 많아 가지고…….'

징두에 돌아온 지 한 달여. 판시엔은 징두의 변화를 민감하게 느

끼고 있었다. 그리고 여러 사건과 대화들을 통해 무엇보다 황제를
조금 더 이해하게 되었다.

황제는 태자를 단련시키기 위해, 2황자를 숫돌로 이용했지만, 그
렇다고 아들의 죽음을 달게 여기는 변태는 아니었다. 그리고 황제는
의심이 많고 민감한 사람이었고, 원하는 건 두 가지로 압축되었다.

천하통일, 그리고 만고에 남을 명예.

'자기 자식을 밀림에 던져 피를 즐기는 야수로 만들어 놓고, 마지
막에는 자식들이 다시 인성을 되찾길 바란다고? 황제는 너무 이상
주의자 아니야?'

강남에 있을 때 판시엔은 천핑핑과 자신의 생각이 매우 일치한다
고 생각했었다. 두 사람 다, 황제가 되도록 빨리 결정을 내리도록, 황
제의 생각에 영향을 미칠 방법을 동원해야 한다 생각했다.

판시엔이 몰랐던 것은, 천핑핑이 독단적으로 이미 많은 시도를 했
다는 것이다. 삼석 대사의 진짜 죽음의 원인, 군산회와 장 공주와의
관계. 하지만 황제는 움직이지 않았다.

그래서 천핑핑은 가장 더럽고, 가장 악랄한 수를 쓰고 있었다.

약. 불륜. 치정.

그리고 그 수를, 판시엔은 또 교묘하게 이용하려 했다. 천핑핑이
놓은 수인지도 모른 채.

늙은이와 젊은이가, 비록 서로는 정확히 모르지만, 동일한 목표
를 위해 공동으로 노력하고 있었다. 이들은 차분히 계획을 짜 경국
황제의 마음을 가지고 놀고 있었고, 황제의 의심과 사람의 질투심을
이용하여 그들의 목적을 달성하려 했다.

다만, 천핑핑의 목적은 단순히 태자를 낙마시키는 데 머물지 않
았다. 그 점에서 늙은이는 젊은이보다 훨씬 더 먼 곳을 바라보며, 더
야만스러운 것을 기도하고 있었다.

정월이 끝나갈 무렵, 판시엔의 징두 일정도 막바지를 향해 가고 있었고, 부하들도 모두 강남으로 돌아갈 준비에 들어갔다. 판스져와 덩즈위에는 모두 북쪽으로 돌아갈 준비를 했는데, 판시엔은 향주머니 사건을 통해 북제와의 관계가 좀 더 복잡해졌음을 느끼고 찜찜해하고 있었다.

'동생 둘을 북제에 보내고, 북제가 그들을 잘 보살펴주기는 하는데…….'

그래서 판시엔은 마지막 순간에 판스져에게 북제 황제에게 별다른 말을 전달하지 말라 일렀다.

바쁜 일정 중에도 큰보배 형님을 소홀히 할 수 없었기에 판시엔은 왕치니엔 집에서 셋이 밥을 먹었다. 지금 다른 부하들은 너무 바빴고 곁에 있는 심복이라고는 왕치니엔밖에 없었기 때문이다.

그때, 갑자기 왕씨 집 밖에서 다급한 발걸음 소리와 함께 세차게 문을 두드리는 소리가 들렸다. 왕치니엔이 재빨리 가서 대문을 열었고, 판시엔은 조금 걱정을 하며 문 쪽을 쳐다보았다.

대문을 박차고 들어온 사내가 크게 외쳤다.

"대인, 축하드립니다. 대인!"

'텅즈징?'

"징두 밖 장원으로 돌아가 내년 춘시 무과 시험이나 준비하고 있으랬더니……뭔 일이야?"

"도련님, 얼른 댁으로 돌아가 보세요. 어르신도 이미 돌아와 계시고, 온 가족이 도련님을 기다립니다."

"대체 무슨 일인데 그래?"

"류씨 마님께서, 아이를 가지셨습니다."

'류씨?'

판시엔은 멋쩍은 표정을 짓다 이내 환하게 웃으며 말했다.

"판스져 동생이 생긴다고? 아버지는 그 나이에 정말……비범하시구만!"

텅즈징은 순간 멍하니 그의 어린 주인을 어이없이 바라보았다.

"아니 그게……큰 마님이 아니라, 작은 마님……."

"뭔 말이야? 그럼 우리 집안일이 아니라, 류씨 국공 집안 회임 소식이야? 근데 왜 이렇게 소동이야?"

텅즈징은 황당했지만 웃으며 황급히 소리쳤다.

"그게 아니라, 우리 판씨 집안 작은 마님, 스스 마님이요!"

판시엔은 그제서야 '아차' 싶었다. 스스는 하녀로 이름이 없었는데, 징두로 와서 류씨가 그녀를 가엽게 여겨 그녀에게 자신의 성을 붙여주었다. 하지만 판시엔은 어려서부터 그녀를 누이로 생각했고, 심지어 스스라는 이름이 입에 붙었기에, 한번도 스스를 류씨라 생각해 본 적이 없었다. 물론 하인들은, 스스가 판시엔의 첩으로 들어간 이후부터 당연히 그녀를 류씨 마님이라 불러야 했던 것이다.

"스스가 임신했다고?!"

판시엔은 그제서야 껄껄껄 웃으며 재빨리 마차를 타고 판씨 저택으로 향했다.

마차 안에서 난데없이 머리가 마차 벽에 부딪히는 소리가 나고, 신음 소리와 함께 놀라움과 당혹감이 뒤섞인 비명 소리가 흘러나왔다. 하지만 이번에는 다른 호위들과 6처 밀정들도 당황하지 않았다.

정상적인 반응이라 생각했기 때문이다.

"스스가 임신했다고?! 그럼 나도 이제 아버지가 되는 거야?!"

충분히 준비했다 생각했지만, 사실을 맞닥뜨리고 난 후 감정의 동요는 상상을 초월했다.

스스의 침대에 앉아, 판시엔은 자기보다 두 살 많은 여인을 바보처럼 바라보고 있었다. 그러다 저도 모르게 말이 튀어나왔다.

"어떻게 한번에 됐지?"

완알은 그녀가 성공하지는 못했지만 스스가 임신을 하자 누구보다 기뻐하고 있었다. 평범한 가정에서는 본처가 아이를 못 가지는데 첩실이 가졌다고 하면 질투할 일이었지만, 완알은 그런 생각이 바보 같다 느끼고 있었다. 그래서 그녀는 판시엔의 이상한 말에 잔뜩 인상을 쓰고 꾸짖었다.

"그게 지금 무슨 말이야?!"

판시엔은 그제서야 정신이 들었지만 설명하지는 못하고 웃기만 했다. 북제 황제와의 그날이 떠오르며 무심코 내뱉은 말이었기 때문이다. 얼마 전까지 가장 큰 고민이었던, 북제 황제의 임신.

"아니야, 스스, 편히 쉬어. 잠깐 근데, 난 뭘 해야 하지?"

창백해진 얼굴의 스스가 그제서야 소리를 내어 웃었다.

"도련님은 당연히 드시던 식사 계속 드시고, 주무실 때 주무시면 되지요. 아이를 가진 건 저에요."

판시엔이 갑자기 스스의 팔목을 가볍게 끌어당기며 그 위에 손가락을 얹었다. 그 모습을 본 완알이 호기심 어린 표정으로 물었다.

"아들이야, 딸이야?"

판시엔은 웃으며 말했다.

"그걸 어떻게 알아? 내 손가락이 초음파도 아니고……."

"초월? 뭘 초월해?"

판시엔은 고개를 저으며 옆에 있는 스치에게 명을 하고 완알의 손을 잡고 방을 나왔다.

"장원에서 양젖 좀 구해서, 매일 한 그릇씩, 반드시 끓여서 줘."

판시엔은 방을 나오며 완알의 눈치를 살핀 후, 속으로 걱정되었지만 분위기를 누그러뜨리기 위해 일부러 장난치듯 말했다.

"사람들 보기 민망해?"

완알은 판시엔을 한번 째려보고 나지막이 말했다.

"어떨 것 같은데?"

판시엔은 포동포동한 완알의 볼을 살짝 꼬집으며 말했다.

"완알은 진짜로 기뻐, 아님 기뻐하는 척하는 거야?"

"어떨 것 같은데?"

그리고 완알은 판시엔의 어깨에 머리를 기댔다.

"상공도 그런 말을 하는 거 보니, 내가 기뻐하는 척한다고 생각하 겠구나……하지만 알잖아? 난 그런 사람은 아니야."

판시엔은 그녀를 꼭 끌어안았다. 그리고 잠시 후 진지하게 말했 다.

"난 아버지가 될 마음의 준비가 되지 않았나봐……자기도 아까 봤 잖아, 나 살짝 겁먹은 거."

"왜 그런 건데?"

"음……난 아버지가 없는 사람이야. 물론 있지. 그것도 두 분이 나. 그런데 어렸을 때에는 항상 없었어. 그런 결핍이 뭔가 불안감을 만드는 것 같아. 내가 제대로 된 아버지가 될 수 있을까 하는……."

완알도 안쓰러운 표정으로 판시엔을 보다 천천히 입을 열었다.

"나도 어머니가 없어. 정확히 말하면, 날 사랑하지 않아."

"내 어머니도 대단했지만, 날 사랑하지 않은 거야. 그게 아니라면, 날 이렇게 혼자 내버려 두지 않았어야 해."

판시엔은 장난스러운 표정을 지으며 말을 이었다.

"심지어 편지에 개자식이라고, 하하. 사실 그건 좋았는데……나에 게 한마디도 남기지 않았어. 이 세상을 어떻게 살아야 하는지, 아내 를 어떻게 사랑해줘야 하는지……."

판시엔은 결국 웃음이 터졌다.

"천하를 아끼셨다면서, 자식은 안 아끼셨더라고."

판시엔은 웃음을 거두고 다시 진지한 목소리로 말을 이었다.

"다시 생각하니, 아버지는 계신 거지. 판지엔. 할머니도 계시고. 심지어 날 지켜주는 스승님과 절름발이 노인네도 계시고……하긴, 복에 겨워 하는 소리네."

이 말을 끝내고, 판시엔은 목을 가다듬고, 노래인지 시인지 편지인지 모르겠지만, 무언가 읊기 시작했다.

어머니, 안녕하세요.

전 어제 삼나무 가지 끝에서 반짝이는 별을 보았어요.

별이 저를 보고 있는데, 어머니처럼 따스했어요. 그래서 별에게 말해주었죠. 좌절을 견디겠다고.

저는 사내 아이니까, 외로움이 밀려올 때, 스스로에게 말할 거예요. 언젠가는 할 수 있을 거라고.

답장 주세요. 어머니께. 이슈 올림.

어머니, 잘 지내셨어요?

어제 사원에 있는 작은 고양이를 옆 마을 사람들이 데려갔어요. 작은 고양이는 울면서, 엄마를 꼭 끌어안았죠.

그래서 제가 말해줬어요. 울지 말라고. 너는 외롭지 않을 거라고. 너는 남자이니까. 다시 엄마를 만날 때가 있을 거라고. 언젠가는 분명 그럴 거라고.

답장 주세요. 어머니께. 이슈 올림.

완알의 벌게진 눈을 보며 판시엔은 미소를 지었다.

"멋지지?"

"응. 이슈가 서한을 쓴 사내지? 너무 불쌍해."

"응. 정말 똑똑한데, 어머니와 함께 살지 못하는 불쌍한 아이야. 그래도 그 아이는 편지를 붙일 주소라도 알았지……."

"제목이 뭐야?"

"어머니."

판시엔은 검은 상자를 다시 열었다. 하지만 여전히 우쥬 삼촌은 오지 않았다. 그래서 판시엔은 세 번째 칸을 혼자 열어 보았다.

낙태약.

'어머니, 좀 창의적일 수 없었을까요?'

판시엔은 한참 침묵하다 상자를 보고 진지하게 말했다.

"어머니가 주신 건, 모두 누구를 죽이는 거네요. 하지만 어머니도 살아남지 못했잖아요. 저는 달라요. 저는 어떻게든 이 세상을 살아갈 거예요. 제 딸이든, 아들이든……그들과 함께. 믿어주세요. 어떻게든 제 아이를 잘 돌볼 거예요……적어도 어머니보다는 더, 잘."

판씨 가문의 희소식은 삽시간에 징두에 퍼졌고 모두의 대화 소재가 되었다. 황궁도 예외는 아니었다.

야오 태감이 전한 소문에 따르면, 황제는 소식을 듣자마자 수염을 쓰다듬었다 했다. 매우 기분이 좋다는 표시였다. 그리고 다시 황궁 뒤편의 작은 전각을 찾았다고 했다.

태후는 소식을 듣자마자 함광전 뒤쪽 사당에 가서 신에게 기도를 올렸는데, 만면에 웃음을 띠고 있었다 했다. 나머지 황자들의 자손이 아직 없으니 황실의 3대 중 첫째가 되는 셈이었다.

하지만 태후는 마음속으로 은근히 아쉬워하고 있었는데, 그 아이가 완알의 아이였으면 더 좋았을 거라는 생각을 지울 수 없었기 때문이다. 태후가 가장 예뻐하는 손녀.

황실의 기쁨은 공식적으로는 두 가지로 표현되었다. 황실이 발행하는 신문에 대서특필되었고, 다른 하나는 판씨 집안 전체에 엄청난 상이 하사되었다. 가장 큰 상은 판시엔의 정실 부인 완알에게 주어졌고, 뤄뤄 뿐 아니라 뱃속에 있는 아기까지 고려해 듣도 보도 못한 작위가 내려졌다.

신문과 작위.

판시엔은 아버지 판지엔을 보며 기쁘지 않은 얼굴로 말했다.

"제 아이와 황실이 무슨 관련 있다고……."

"조금은 성숙한지 알았더니……이 녀석아. 어쨌든 황실의 첫 번째 3대 아니냐?"

"그래서 그 귀한 손자를 안아 보시겠다고요? 전 내일 당장 스스를 딴저우로 보낼 거예요. 아이도 거기서 키울 거고. 할머니께서 안고 놀게 해드릴 거예요."

물론 그냥 해본 말이었다. 임신 중인 스스에게 어떻게 그 먼 길을 가라 할 수 있겠는가.

판 상서는 기분이 좋은지, 아들이 짜증내는 것도 개의치 않고 그저 담담히 말했다.

"입궁하게 되면, 황실 분들께 감사 인사드리는 거 잊지 말거라."

판시엔은 갑자기 무슨 생각이 스치며 물었다.

"아버지, 근데 왜 태자는 태자비를 들이지 않는 거죠?"

"원래는 3년 전부터 궁에서 서둘렀는데, 웬일인지 태자가 모두 거절했다더구나. 물론 태자가 어려서부터 방탕하고 기방을 자주 다니긴 했지만……."

"근데 황실 혼사가 개인의 의사와 별로 상관없지 않나요?"

"그렇지. 그런데 태자는 갑자기 예의를 끌어들이며, 당시 대황자, 2황자 모두 혼사를 치르지 않았다는 이유로 거절을 했지. 명분은 된다마는, 그렇게까지 거절하는 이유는 나도 잘 모르겠다. 피곤해 보이는데 이런 이야기는 다음에 하고, 어여 가서 쉬거라."

판시엔은 확실히 피곤하긴 했다. 스스를 보살피는 것도 그랬지만, 사실 완알의 마음을 챙겨 주기 위해 최대한 노력하고 있어 잠을 거의 못 잤기 때문이다. 판시엔이 예를 올리고 나오자, 뜻하지 않은 손님이 서재에 와 있었다.

"스승님!"

판시엔은 너무 반갑게 스승을 맞이했지만 웬일인지 페이지에는 얼굴이 그렇게 밝지 않았다. 판시엔은 약간 의아했지만 스승이 너무 늙은 탓이라 생각했다.

"어쩐 일이세요?"

"쳔 원장 대인이 네가 편치 못할 수도 있다고, 널 안심시키기 위해 날 보낸 거란다."

"안심?"

"내게 반년만 시간을 더 다오. 그러면 너희 부부 문제를 해결해 보마. 그리고 스스가 임신했다는 핑계로 강남 가는 것을 미루지는 말거라."

이상했다. 판시엔은 이상하다 생각했다. 완알과의 문제는 실제 판시엔에게 걱정거리가 아니었다. 스승의 약에 대해서도 완알의 몸이 좋아지면 아이는 괜찮다고, 분명히 태도를 밝혔었다.

판시엔은 마치 스승의 말이 그가 징두에 머물지 말라는 뜻으로 들렸다.

"징두에 무슨 일이 생길 건가요?"

페이지에는 웃었다.

"무슨 일이 있겠느냐."

페이지에의 눈가에 살짝 걱정의 기색이 스치긴 했지만, 판시엔을 속이기엔 충분했다.

페이지에는 십여 년 전처럼 티 없이 맑은 제자의 눈을 보며, 그때 무덤가에서 시체를 해부하던 아이를 떠올리며, 담담하게 말했다.

"나중에 너 혼자 있을 때에는 더욱더 조심해야 한다. 다른 사람들에게 속고 다니지 말고."

이상했다. 판시엔은 뭔가 이상하다 생각했다.

"스승님 그건 또 무슨 말이에요?"

"아니, 내가 허구한 날, 산속에 약초나 캐러 다니니, 네 옆에 있어 주지 못하지 않느냐. 미안해서 그런다……그리고 일연빙 그 약에 대해서는, 내가 처음부터 알려주지 않아 미안하구나."

"스승님 정말 별말씀을."

그리고 페이지에는 황급히 손사래를 치며 자리에서 일어났다.

이상했다.

판시엔은 오늘 스승이 너무 이상하다 생각했다.

정월이 지나고 2월로 접어들었다. 봄은 아직 오지 않았지만 맑은 날이었다. 징두성 밖으로 뻗은 도로 양측에 잎이 다 떨어진 나무들이 우뚝 솟아 있었고, 나뭇가지들은 이빨과 발톱을 세운 것처럼 흉악한 모습으로 징두를 떠나려는 사람들을 위협하고 있었다.

검은 마차 대열이 성문을 줄줄이 나오더니 도로 옆으로 정렬을 했다. 한 젊은이가 마차 장막을 열고 나와 마차 앞에 서서 전방에 있는 행렬을 보며 중얼거렸다.

"저건 또 뭐야?"

잠시 후, 앞에 있던 기마병 중 몇이 판시엔 쪽으로 다가왔다. 선두에 선 이는, 면으로 된 옷 위에 갑옷을 둘러 영웅적인 느낌을 물씬 풍기고 있었다. 친위병 몇이 그의 뒤를 따랐다. 장수가 채찍을 휘두르고 말을 세운 후 얼굴에 쓰고 있던 투구를 벗었다.

징왕 세자, 리홍청.

"우리 둘이 동시에 징두를 떠나게 되었네."

판시엔은 적잖이 놀라며 말했다.

"이건 또 무슨 일인가요? 갑자기 군에는 왜 들어간 거예요?"

"자네도 알다시피 내가 징두에 있어도 아버지께서 날 가두시기나 하지 뭐……그럴 바에는 서만족들이나 죽여야겠네. 난 사실 서만 정벌군에 들어가는 건, 어렸을 때부터 해보고 싶었다네."

판시엔은 한번 더 놀랐다.

"그런 생각을 가진지 정말 몰랐어요. 어쨌든 몸 건강하고, 살아서 돌아와요. 아니면 내가 너무 미안하니까."

"자네에게 양심의 가책을 느끼게 할 수 있다니……이번 출정이 손해는 아니네."

두 사람은 서로를 바라보고 미소를 지었다.

리홍청은 주위 친위병을 물러가라 손짓한 뒤 판시엔에게 나지막이 말했다.

"최근 2년 동안 나도 봤네. 징두에서의 놀이에서는, 나도, 둘째도, 자네를 이길 수 없었지. 그러니 징두에서는 자네가 놀게나. 난 서쪽 가서 놀 테니. 다만……."

리홍청은 잠시 머뭇거리다 다시 말을 이었다.

"나와 둘째는 줄곧 우의가 좋았어……그리고 결국 그 싸움에서 자네가 이길 것 같아. 정말로 그런 날이 온다면 부디 둘째를 살려주게나. 자네들은, 친형제야."

"절 너무 과대 평가하신 거 아니에요?"

"하하, 누가 그렇게 생각하겠나. 여하튼 나는 일이 평화롭게 끝맺기만 바랄 뿐이야."

판시엔은 잠시 생각하다 다시 한번 같은 말을 했다.

"서호 가는 길은 험난하니, 부디 몸조심하고 살아 돌아오세요."

리훙청은 가볍게 고개를 끄덕이고 말 위에 올랐다. 그리고는 판시엔을 다시 한번 바라보고 나지막이 말했다.

"만약 내가 서쪽에서 죽으면……그 소식을 뤄뤄에게 서둘러 알려주게나……내가 죽으면 그녀도 더이상 북쪽에 숨어 있을 이유가 없지 않나. 이국타향이 아무리 편해도, 집에 있는 것만 못할 거야."

"쓸데없는 소리 집어치우고, 살아서 돌아오기나 해요!"

세 번째 '살아 돌아오라는' 말이었다.

리훙청은 큰소리로 '하하하' 호탕하게 웃고는 먼지를 휘날리며 전방으로 달려갔다. 판시엔은 그의 뒷모습을 보며, 속으로 리훙청이 평안하기를 진심으로 기도했다.

판시엔의 마차가 습격을 당했던 산골짜기를 지나자 그의 머릿속에 복잡한 생각들이 스쳐 지나갔다. 첫 번째 생각은 당연히 친씨 집안에 대한 것이었다.

'강남 일만 끝내면, 어떻게든 친씨 집안 그 노인네의 목을 잘라 버려야지.'

그리고 바로 그 사건으로 인한 결과를 정리해보았다. 가장 큰 것은 조정의 세대 교체가 이뤄진 것인데, 하지만 정작 사건을 벌인 군대의 변화는 거의 없었다. 군은 여전히 친형의 친씨 집안, 예중의 예씨 집안, 그리고 옌샤오이 세력이 장악하고 있었다.

세대 교체를 할 세력이 없는 것도 아니었다. 오히려 대황자가 서만 정벌을 하며 키워 놓은 중견 장수들은 실력을 발휘할 전장이 없는 게 문제였다.

'황제는 왜 이러는 것이지? 군에게 일부러 약한 척하는 건가? 아

니면 도발을 유혹하는 건가?'

판시엔은 황제가 무엇을 생각하든, 너무 황당하고 너무 도박적이라 생각했다. 왜냐하면 판돈이 목숨이었기 때문이다.

산골짜기를 지나자 5백여 명의 흑기병이 합류했다. 이로써 경국 영토 안에서는 어느 누구도 판시엔의 안전을 위협할 수 없게 된 것이다.

판시엔이 가볍게 신호를 보내자, 그림자가 그의 마차 안으로 스며들어 입을 열었다.

"무슨 일인가?"

"징두로 돌아가줘. 원장 대인을 지켜줘."

그림자를 판시엔 곁으로 보낸 사람이, 천핑핑이었다. 이제는 판시엔이 천핑핑 곁으로 그를 보내고 있었다. 그림자가 의아한 표정으로 판시엔을 바라보자 판시엔이 단호하게 말했다.

"내 실력은 알잖아? 그리고 천 원장이 절름발이인 것도 알고. 그러니까 빨리 가."

그렇게 그림자는 판시엔을 떠나 징두로 향했다.

판시엔이 그림자를 보낸 것은, 그냥 불안했기 때문이다. 페이지에 스승과의 마지막 대화가 계속 마음에 걸렸다. 강남이 몇 달밖에 걸리지 않는 일정이고, 고작 태자를 공격한다면, 그건 천핑핑에게 큰 타격이 있을 만한 일이 아니었다.

하지만 불안했다. 페이지에 스승이 그를 강남으로 보내려 한다는 느낌을 받았을 때, 뭔가 더 큰일이 벌어질 것 같은 느낌이었다.

징두에서 큰 혼란이 일어난다면, 누군가 황제를 노린다면, 그렇다면 그들의 1순위 목표는 무조건 천핑핑이었다.

하지만 판시엔은 요즘 너무 음모적으로 생각하는 자신을 보며 자조적인 웃음을 짓고, 고개를 저으며 불안을 떨치려고 노력했다.

마차는 계속 남하를 거듭해 잉저우에 다다랐다. 여기에는 하운 총독 관아 지점이 있었고, 그곳에 양완리가 있었지만 일부러 부르지는 않았다. 그를 보더라도 직접 가서 볼 생각이었다.

역참 숙소에서 감사원과 강남 수채에서 보내온 소식들을 읽던 판시엔이 늦은 밤이 되어서 얼굴을 가리고 숙소 밖으로 나왔다. 그리고 잉저우성 밖 오래된 사당에서 푸른 깃발 하나를 찾았다.

"작은 활잡이 일은 만족스러웠어. 중상을 입었다 들었는데, 지금 보니 회복한 것 같은데?"

"제 몸이 좀 튼튼한가 보지요."

"잘되었네. 다른 일을 줄 거거든. 난 항저우를 거쳐 수저우로 가는 일정인데, 네가 먼저 수저우에 가서 나 대신 빚 좀 받아와."

"밍씨 가문 일은 도울 수가 없어요. 아시다시피, 지금 윈즈란 사형이 그곳을 주시하고 있어서……."

"갑자기 그런 바보 같은 소리는 뭐야? 만약 윈즈란이 거길 주시하지 않으면, 내가 너를 왜 보내겠냐?"

판시엔은 웃으며 말을 이었다.

"그저 장사와 관련된 일이야. 난 지금 동이성과 살고죽고 할 생각은 없어."

"전 단지 스승님의 태도를 보여드리러 왔어요. 제 말은, 제가 스승님의 제자 윈 사형까지 정리하겠다는 의미는 아니에요."

판시엔은 고개를 절제절레 저었다.

"그런 일이 아니라니까. 장사의 빚을 받는 거야. 내가 직접 나서기가 불편해서 그래. 제자나 내 부하를 보내면 어차피 그들이 알 거고, 원래는 낯선 사람을 보내려고 했는데, 밍씨 가문이 너무 흥분해서 죽여버릴 수도 있어서……넌 세니까 그런 걱정 안 해도 되잖아."

"판 대인, 저는 대인의 살수가 아니에요."

"말 못 알아듣네. 태도가 중요해. 태도가 모든 걸 결정하지. 네 사부가 비밀을 유지하고 싶어하니, 태도를 명확히 해야지. 안 그러면, 밍씨 가문이 다 무너지고, 내고 상품이 동이성으로 가는 걸 장담해 줄 수 없어."

"그렇다면 경국도 타격을 입을 텐데요?"

"경국은 황제의 것이지 나의 것이 아니야. 그러니 난, 경국이 손해보는 건 관심 없어. 하지만 넌, 동이성이 너의 사부의 것이니, 동이성이 손해보는 걸 신경 쓰겠지. 이게 큰 차이야. 이제 알겠어?"

강남은 징두보다 많이 따뜻했다. 겨울이 막바지에 이르자 강남에는 눈이 그치고 얼음이 녹으면서 순식간에 추위가 누그러졌다. 수저우 밖으로 난 도로가 나무의 가지에는 일찌감치 파릇파릇한 새싹이 얼굴을 내밀고 있었다.

강남 최고의 거상 밍칭다는 수저우성 외곽 명원의 작은 언덕에 위치한 정자에 앉아서, 담벼락 너머 나뭇가지의 새싹을 보고 있었다.

비록 겨울이었지만, 봄을 고대하게 되는 날이었다.

판시엔이 강남을 떠나자 밍씨 가문 머리 위에 드리워져 있던 먹구름이 이동하며, 잠시나마 가문도 활력을 되찾기 시작했다.

"아!"

밍칭다는 새싹을 보며 저도 모르게 짧은 기쁨의 탄식을 내뱉었다.

"아!"

밍칭다는 다시 한번 탄식을 내뱉었지만, 그 탄식은 기쁘지 않았다. 봄에 새싹이 났으니 흠차 대인도 곧 강남으로 돌아올 터.

갑자기 우울해지고, 알기 힘든 분노가 올라왔다.

큰노마님이 '죽은' 후 가주가 된 밍칭다는 관례상 그녀의 생전 거처로 들어가야 했다. 하지만 그는 그곳을 어머니를 기리기 위한 사당, 즉 사친당(思親堂)으로 만들겠다는 변명으로 한사코 거처를 옮기지 않았다.

아침에 눈을 떴을 때, 천장 위에 달린 흰 천과, 아래에서 흔들리고 있던 작은 두 발을 보게 될까 두려웠기 때문이다.

그는 오전에 가문의 장사와 가문 소유 논밭에 대한 일을 처리했다. 그는 팔팔 끓는 물에서 건진 뜨거운 수건으로, 얼굴을 거칠게 닦았다. 문제가 하나둘이 아니었다. 흠차 대인은 가문에 대한 압박을 멈추지 않았고, 설상가상으로 가문 내부에도 문제가 생겼다. 최근 들어 셋째도 샤치페이와 어울린다는 소식이 들렸고, 여섯째는 아직도 정신을 못 차리고 돈을·펑펑 쓴다 했다.

'장 공주가 성공할 때까지 버텨야 한다.'

밍칭다는 이를 '악'물고 자신의 앞에 있는 두 사람을 바라봤다. 한 남자는 아들 밍란스고, 한 여자는 과거 큰노마님의 심복 하녀, 지금 밍칭다의 첩이었다. 이 첩이 큰노마님의 비밀과 생각을 알려주지 않았다면 밍칭다는 가주가 될 수 없었다. 그래서 밍칭다는 보상과 함께 애정까지도 주었다.

'이놈의 아들이 능력은 좋지만……'

밍칭다는 아들을 볼 때마다 가슴이 답답했다. 그와 생각이 달랐기 때문이다. 아들은 가문이 내고 사업에서 물러나 동이성과의 무역에 더욱 집중해야 한다 생각하고 있었다.

밍칭다는 첩을 물리고 아들에게 말했다.

"어젯밤에 네가 했던 제안은……안 된다."

"아버지, 누가 조정에 맞설 수 있을까요? 지금 물러나지 않고, 판시엔이 다시 강남에 오면, 그때는 물러나고 싶어도 할 수 없어요."

"판시엔이 뭘 할 수 있단 말이냐? 군대라도 움직인다더냐?"

"그는 황제의 사생아예요……."

"우리도 궁에서 지켜주는 사람이 있다. 태후, 황후, 장 공주……이들 귀인이 사생아 하나 못 이겨낼 것 같으냐?"

"지금 손해가 막심해요. 너무 높은 가격에 낙찰받아 팔아도 빚을 갚기도 버거운 상황이에요."

"급할 거 없다. 내고 장사는 포기할 수 없어. 장 공주의 확고한 뜻이야. 그녀의 손을 놓으면 당장은 판시엔이 우리를 놓아주겠지만, 우리는 언제든 잡아 먹힐 수 있는 고깃덩어리에 불과해져 버린다."

"그럼 동이성에 보내는 내고 물품이라도 양을 줄이면 어떨까요? 그건 원가가 너무 높아 팔면 팔수록 손해예요."

"안 된다. 스구지엔에게 밉보일 수가 없다. 그리고 우리에겐…… 태평전장의 현금이 필요하다."

"아버지, 만일……그러니까 만약에, 전장에서 은전을 회수하려 들면 어떻게 하나요?"

"전답과 점포들을 담보로 제공했으니 그럴 일도 없고, 설령 그들이 그것들을 가져 간다 해도 실질적 이익이 없다. 조정에서 민간 부동산의 거래를 엄격하게 관리하고 있고, 그 많은 것을 다시 팔려면 일이 년은 걸릴 것이다. 그들에게 실질적인 이득이 없어. 그러니, 그들은 우리에게 현금을 지원해 주면서 장사가 잘되도록 지원할 수밖에 없다."

"그럼 이제 우리 장사는 앞으로 어떻게 해야 하나요?"

"버텨야지!"

"얼마나 오래……?"

"판시엔이 무너질 때까지……2년이든 3년이든 버텨야 한다. 징두쪽 상황을 기다려야 한다."

수저우성 전장이 몰려 있는 거리. 푸른색 돌이 깔린 이 거리는 번

화가에 위치해 있음에도 그렇게 혼잡하지 않았다. 찾아오는 사람들이 모두 대단한 부자였기 때문이었다.

밍란스는 당연히 자주 그곳을 드나들었다. 강남 최대 부호의 승계자. '초상'이라는 두 글자가 적힌 깃발이 꽂힌 전장을 들어가자 지배인들이 곧바로 공손하게 그를 맞이했다.

내고 입찰 이후로 밍씨 가문과 초상전장의 거래는 갈수록 늘어났다. 그럴 수 있는 이유는 밍씨 가문이 그 전장의 배경을 상세히 조사했기 때문이다. 북제 션씨 집안 그리고 동이성의 귀족 가문. 판시엔과는 물과 기름 같은 존재들이었다.

그래서 밍씨 가문은 마음을 놓았고, 이미 거래 금액이 300만 냥을 넘어, 초상전장은 태평전장을 제치고 밍씨 가문의 최대 거래처가 되어있었다.

밍란스는 오늘도 은전을 가지러 온 것이다. 양측은 매우 능숙하게 계약서와 공증서에 서명을 하며 금전 거래 절차를 신속하게 마쳤다.

떠나는 밍씨 가문 마차를 향해 지배인이 공손하게 예를 올린 후, 그는 뒤쪽에 있는 창고방에 들어갔다. 경계가 삼엄한 그곳에는 각처에서 발행한 전표와 각종 계약서들이 놓여 있었고, 그는 당연히 강남 최대 부호인 밍씨 가문의 것을 가장 중시했다.

이미 차용증이 수북이 쌓여 있었다. 지배인은 담담하게, 낙타에 마지막 볏짚을 얹듯이, 손에 든 계약서를 그 위에 올렸다.

지배인은 옆에 있는 보조에게 온화하게 말했다.

"밍씨 가문 여섯째 어르신은 얼마나 돈을 빌려갔지?"

"이미 한도액을 넘겼습니다."

초상전장이 담보로 잡은 자산이 밍씨 집안 재산 절반 정도에 육박했다. 물론, 밍씨 가문의 사업 가치가 그보다는 훨씬 높았기에, 초상전장 입장에서 그 금액을 상환하라 압박하는 것은 바보 같은 짓이었다.

그래서 초상전장은 그런 짓을 할 생각이 없었다.

지배인은 뒤에서 이 모습을 바라보고 있던 푸른 깃발을 든 점쟁이에게 공손히 물었다.

"대인, 다음은 어떻게 할까요?"

왕13랑은 판시엔의 명에 따라 수저우에 와서 초상전장으로 왔다. 황당한 것은, 놀랐던 것은, 초상전장이 판시엔의 것이었다!

그의 생각에 밍씨 가문은 이미 끝난 것이었다.

판시엔이 지금까지 손을 쓰지 않았던 것은 징두의 상황을 보기 위함이었다. 지금 손을 쓴다는 것은, 징두에서 밍씨 가문의 뒤를 봐주는 세력이 더 이상 밍씨 가문을 도울 여력이 없다는 확신을 가졌기 때문이다.

'판시엔은 도대체 어떤 방법으로 장 공주의 지원을 끊어버리게 하려는 거지?'

왕13랑은 미간을 찌푸리며 대답했다.

"그건 나도 모르네. 난 돈을 받으러 갈 때, 자네와 같이 받으러 가라는 명만 받았네."

지배인은 고개를 끄덕이며 웃어 보였다.

한때 호부에서 잘 나가는 호부 관원이었던 그가 이제는 대단히 성공한 고리대금업자가 되어 있었다.

판시엔은 강남에서의 준비가 이미 완료되었다는 것을 알고 있었다. 그리고 징두에서의 소식만 기다리고 있었다. 적절한 시기를 맞추기 위함이었다.

2월의 어느 날, 징두에 있는 포목 가게 주인에게 좋은 소식이 들려왔다. 그는 홍쥬에게 준 은표가 제 역할을 했다 생각하며 기뻐하고 있었다.

'내일, 드디어 내일!'

황후가 주문한 옷감이 드디어 황궁으로 들어가게 된 것이다.

다음 날.

아직 완연한 봄이 오지 않은 2월, 황궁에 봄 옷을 위한 옷감이 동궁으로 들어갔다. 옷감을 주문한 것은 홍쥬이지만 수령태감이 옷감을 나르지는 않을 터. 홍쥬는 황후 뒤에서 그녀를 안마해 주고 있었다. 황후는 홍쥬의 안마를 좋아했는데, 오늘은 두 눈을 감고 안마를 즐기지 않고 앞에 있는 책을 멍하니 바라보고 있었다.

"마마, 무슨 생각을 하십니까?"

"그냥……황궁 생활이 짜증나서. 태후께서 이틀 동안 수양을 하고 경전을 읽으신다고 사람을 만나시지 않으니, 한담을 나눌 사람도 찾기 힘드네."

"이 종이 대신 말동무를 해드려도 되지 않습니까."

"그래, 며칠 전처럼 네 어린 시절 이야기나 해 보렴."

홍쥬는 궁에 들어오기 전 들었던 재밌는 이야기를 하기 시작했는데, 오늘은 기생집 관련 이야기라 노골적인 표현은 자제하며 말했다. 황후는 눈썹이 약간 떨리며 엷은 미소를 짓는 게, 홍쥬의 이야기가 무척 재미있는 모양이었다.

"입궁하기 전에는 고생이 많았구나."

홍쥬는 황후의 눈치를 살피며 살짝 미소 짓고 물었다.

"마마처럼 존귀하신 분들은 어렸을 때……?"

황후의 눈빛에 암담한 기색이 스쳐 지나갔다.

'사촌 오라버니였던 폐하와 어렸을 때에는 참 즐거웠는데……어쩌다 지금처럼…….'

이어서 그녀는 가문이 멸문지화를 당했던 '징두 피의 달'을 떠올리며 원망과 슬픔의 감정이 복받쳤다. 홍쥬는 그녀의 눈치를 살피다 재빨리 화제를 바꾸었다.

"마마께서 어렸을 때 좋아하셨던 것은 무엇입니까?"

여러 차례 말이 돌고 돈 끝에, 홍쥬는 황후가 자연스럽게 황궁으로 들어올 때 가지고 들어왔던 '옥결'을 떠올리게 만드는 데 성공했다.

"그 옥결을 참 좋아했지. 대동산의 옥보다는 품질이 떨어졌지만, 왕 집안에서는 그래도 구하기 힘든 것이었어. 더구나 선황이 본궁 집안에 하사한 거라, 황제의 제식도 새겨져 있었고. 항상 옷 안에 숨겨두고 다녔었지."

"황궁에서는 마마께서 차고 다니는 걸 보지 못한 것 같습니다."

"옥결이 너무 얇아 어렸을 때에나 어울리지, 지금의 본궁에겐 맞지 않아."

"마마는 절세 미인이시고 과거에 비해 아름다움도 전혀 손색이 없으시니, 지금 차도 잘 어울리실 겁니다."

황후가 꾸짖듯이 말했다.

"갈수록 말이 방자해지는구나!"

홍쥬는 화들짝 놀라며 재빨리 손으로 자신의 입을 막았다.

황후의 입가와 눈가에 만족한 미소가 피어나고 있었다.

다음 날, 황후는 어제 옷감이 황궁에 들어왔다는 소식을 들었지만 그런 사소한 일에 신경 쓰지는 않았다. 옷감은 황궁의 규칙에 따라 각 궁에 보내졌다. 태후가 가장 먼저 받았고, 이후 각 후궁들에게 보내졌으며, 가장 마지막으로 장 공주가 있는 광신궁으로 보내졌다.

동궁 뒤채는 옷감을 나누느라 분주했지만 황후를 모시는 수령태감 홍쥬가 할 일은 없었다. 그는 한가로이 문밖에 서서, 바쁘게 움직이는 궁녀들의 풍만하고 살짝 올라간 엉덩이를 훑고 있었다.

"아."

홍쥬가 갑자기 허리에 통증을 느끼며 낮고 짧게 비명을 질렀다. 그리고 그는 고개를 돌리고 최대한 낮은 목소리로 말했다.

"슈알(秀兒, 수아), 너 미쳤어? 이렇게 사람이 많은데……."

동궁 수령태감의 등을 꼬집을 정도로 간이 큰 궁녀, 슈알.

그녀는 홍쥬의 외로운 황궁 생활을 '함께'하는, '동료'였다.

"너야말로 뭐하는데?"

'질투하는 거야?'

홍쥬는 '히히' 웃다 갑자기 정색을 하며 물었다.

"네가 광신궁에 옷감을 보내는 거 아니지?"

"그건 아니고, 마마께서 청색 옥결을 창고에서 찾아보라 하셔서. 누가 그 물건을 기억나게 한 건지……그렇게 오래 사용하지 않던 물건을 내가 무슨 수로 찾아? 설마 못 찾았다고 혼내시지는 않겠지?"

홍쥬는 자신이 황후에게 한 말이 효과가 있었다 생각하며 기뻤지만, 슈알이 찾지 못할 거라는 것도 알았기에 속으로 조금 미안했다. 홍쥬는 빨리 화제를 돌렸다.

"저 궁녀와 작은태감들이 가져가는 옷감은 어디로 가는 거지?"

"저건 광신궁에 보내는 거야."

그 궁녀의 이름은 왕쮀이알. 성씨가 있다는 것은 동궁에서 비교적 총애를 받는다는 의미였다. 그녀는 광신궁에 도착해 광신궁의 관습대로 태감들은 밖에 둔 채, 혼자서 옷감을 가지고 들어갔다 나왔다.

궁녀가 물러간 후 광신궁 안.

장 공주가 병풍 뒤로 가서, 얼굴 가득 행복한 표정을 짓고 있는 태자에게 부드러운 목소리로 물었다.

"나라를 다스리는 세 가지 책략은 모두 외웠어?"

태자는 넋이 나간 눈빛으로 장 공주를 바라보며 고개를 끄덕였다. 그는 만지면 부서질 것 같은 장 공주의 작은 손을 조심조심하며 잡고, 자신의 뺨으로 가지고 와 부드럽게 비볐다.

"아이가 다 외웠어요."

장 공주는 태자의 미간에 있는 익숙한 흔적을 가볍게 쓰다듬으며 매혹적인 목소리로 말했다.

"착하네. 고모에게 들려줄래?"

제5장

경국 최초 전환사채

그 시각 동궁.

황후의 분노에 찬 목소리가 울려 퍼졌다.

"본궁이 찾아오라 하지 않았느냐!"

황후는 그동안 태감과 궁녀들에게 너무 관대했다 생각하며, 그래서 그들이 자신을 조금은 우습게 본다는 생각을 하고 있던 차에, 이번 기회를 빌려 단단히 버릇을 고쳐야겠다고 생각하고 있었다. 태감과 궁녀들이 황궁의 물건을 훔쳐 판다는 것은 공공연한 사실이었기 때문이다.

엎드려 있던 태감과 궁녀들이 겁에 질려 소리쳤다.

"창고에서 도무지 찾을 수 없어, 각 방을 수색하고 있습니다!"

그 중 작은태감 셋의 안색이 유달리 안 좋았는데, 그들이 옥결을 이미 팔았기에 찾을 수 없다는 것을 알고 있었기 때문이다.

"손버릇이 나쁜 놈이 누구인지 찾아내면, 나에게 올 것도 없이 때려죽여라!"

엎드려 있던 태감과 궁녀들이 부들부들 떨며 황급히 문밖으로 나갔다. 하지만 문밖에 나서자, 그들은 모두 차분한 얼굴로 바뀌었다. 오늘 같은 일은 항상 일어나는 일이었고, 값비싼 물건을 자기 방에 둘 바보는 없었기 때문이다.

그 물건을 판 작은태감 셋도, 옥결이 궁에 있을리 만무했기에, 전혀 두려워하는 기색 없이 이 일이 빨리 지나갔으면 좋겠다고만 생각하고 있었다.

모두의 생각과 달리, 범인은 '바보'였다.

태감 셋은 영문을 모르겠다는 표정으로, 서로를 멀뚱멀뚱 바라보고만 있었다.

"저는 아닙니다! 저는 아닙니다!"

홍쥬는 의심을 피하기 위해 직접 수색은 하지 않았지만, 작은태감이 궁녀의 침대 아래에서 옥결을 찾아내서 그녀를 데리고 오자, 그녀를 보며 고개를 저었다.

왕줴이알. 광신궁에 옷감을 가지고 갔던 그 궁녀.

그녀는 홍쥬 앞에 무릎을 꿇고 사정했다.

"태감님, 제가 한 게 아닙니다. 전 모르는 일입니다……전 아니예요."

옥결을 내다 팔았던 작은태감 셋의 등에 식은땀이 흘렀다.

홍쥬는 무심하게 명했다.

"포박하고, 마마의 처분을 기다려라."

홍쥬가 명을 받기 위해 궁 안으로 발걸음을 옮기자 작은태감 셋 중 하나가 용기를 내어 뒤따라가며 말을 건넸다.

"마마께서 때려죽이라 하셨습니다."

"아무래도 종들이 결정하기에는 사안이 너무 크다."

작은태감의 눈에 실망하는 기색이 스쳤다. 그는 홍쥬가 허락만 하면 자신의 손으로 궁녀를 때려죽이고 싶었다. 하지만 홍쥬의 이어지는 말에 가슴이 철렁했다.

"애초에 궁녀 혼자 물건을 훔칠 수는 없을 것이다. 도와준 사람이 있었을 터, 이번 기회에 근본적인 원인을 찾아 파악해야 할 것이다."

'근본적인 원인을 파악……?!'

"그럼 마마께서는 이 일을 어떻게 처리하려 하실까요?"

"정말 폐단을 조사하려 하신다면, 감사원의 도움을 받으실 수도 있겠지."

'감사원?!'

작은태감이 마른 침을 꼴깍 삼켰다.

"황실의 일인데, 감사원이 조사를 한다면……마마의 체면 문제도 있고, 차라리……저희가 먼저 조사를 해 보면 어떻겠습니까?"

홍쥬는 일리가 있다고 생각이 드는 듯 고개를 끄덕였다.

"그럼 자네가 먼저 조사해 보게."

홍쥬는 웃으며 '네' 하고 대답하는 작은태감의 눈에서 '살의'를 엿볼 수 있었다.

궁으로 돌아온 홍쥬는 태감들이 먼저 조사하겠다는 청을 올리며, 최대한 관용을 베풀어 달라 요청하고 있었다. 나라의 국모로서 살생을 하는 것은 좋지 않다는 말과 함께.

황후는 홍쥬의 말에도 일리가 있다 생각하고 그녀의 손에 들린 옥결을 쓰다듬으며 말했다.

"죽어 마땅한 죄는 용서할 수 있고, 살아 마땅한 죄는 모면하기 어렵다는 말도 있지. 목숨은 살려주되, 호되게 때리거라."

홍쥬가 명을 받아들고 나가려 하자 황후가 그를 불러 세웠다

"그런 더러운 일은 아랫것들에게 시키고, 넌 남아서 본궁을 안마하거라. 신경을 썼더니 어깨가 굳은 것 같구나."

얼마 후, 작은태감 하나가 얼굴이 사색이 되어서 궁 밖에 무릎을 꿇고 엎드렸다. 홍쥬가 나가 보고를 받은 후, 황후의 귓가에 대고 몇 마디 말을 속삭였다.

"불길해, 불길해……매질이 무서워서 그런 건가, 아니면 수치심에 그런 건가……그도 아니면 목숨을 끊어 용서를 비는 거야?"

황후는 잠시 생각하다 대수롭지 않다 생각하며 차갑게 말했다.

"정악당으로 가져가 태워."

홍쥬는 그녀의 죽음을 예상했지만, 황후의 반응도 예상했지만, 마음이 편치만은 않았다. 이곳 귀인들의 눈에 자신과 같은 종들은 그저 가지고 노는 대상에 불과했고, 옥결은 차치하고 개미만큼의 가치도 없었기 때문이다.

그래서 동궁 안에서 '궁녀 하나'가 죽었다는 소식은 어느 사람의 관심도 끌지 못했다. 정악당에서 시체 한 구가 태워졌고, 수의국에서 세탁을 담당하던 여종 한 명이 동궁에 들어가는 행운을 얻었다.

황후는 매일 홍쥬의 안마를 받으며 그가 들려주는 이야기를 들었고, 태후는 두문불출하며 정진을 계속 했고, 태자는 '치국의 도'를 깨치기 위해 하루가 멀다 하고 광신궁을 찾았다.

모든 것이 평소와 같았다.

"대가문이나 대부호를 밖에서 공격해서 무너뜨리기는 힘들어. 그

들의 기반이 튼튼하기 때문이지. 하지만 만약 내부에서 문제가 발생한다면? 자기들끼리 의심하고 싸우다, 결국 무너지는 법이지."

판시엔이 잉저우에 새롭게 완공된 제방 위에 서서, 동쪽으로 흘러가는 강물을 내려다보며 말했다.

"천리에 달하는 큰 제방도 개미구멍 하나로 무너질 수 있고, 천년을 존속한 가문도 의심 하나에 무너질 수 있는 법이야."

그는 고개를 돌려 얼굴이 까맣게 탄 양완리를 바라보며 말을 이었다.

"단지 네가 쌓아 올린 제방이나, 밍씨 집안만을 말하는 게 아니야. 천하 전체를 통틀어 말한 거지."

판시엔은 시간을 계산하며, 오늘쯤이면 궁녀가 죽었을 거라 생각했다. 이제 의심 많은 황제가 그 궁녀의 죽음을 수상하게 여기기만 하면 될 일이었다. 그 뒤로는, 황제가 알아서 '문제'를 수면 위로 올려줄 것이다.

그리고 그 '의심'과 '문제'는, 겉으로만 화목한 황족들에게 예기치 못한 혼란을 가져다줄 터였다.

양완리가 드디어 입을 열었다.

"스승님, 강남의 일을 너무 서두르지는 마세요."

양완리의 말은 황실의 배후 세력을 염두에 둔 것이었다. 판시엔은 제자의 총명함에 만족하며, 안심시키듯 말했다.

"걱정 마. 난 게으른 사람이라, 급히 먹다 체하진 않을 거야."

판시엔은 웃으며 화제를 돌렸다.

"이번에 징두로 돌아가면 반가운 소식을 접하게 될 거야. 관보에서 청자린의 이름을 볼 수 있을 테니."

"역시 자린 형님이 저희 넷 중에 가장 먼저 징두로 들어가게 되었군요."

"넷 중에 가장 조용하고 평범했지. 하지만 바로 그 점 때문에, 그가 제일 먼저 승진한 거야. 너도 여기서 비바람을 맞으며 1년 동안이나 고생했으니 곧 나와 함께 징두에서 일을 할 수 있을 거야."

"스승님, 전 징두로 돌아갈 생각이 없습니다. 그리고 지금 일을 고생이라 생각지도 않고요."

"아니야. 제대로 된 일을 하려면 반드시 징두로 돌아와야 해."

양완리는 더 이상 말을 하지 않고 화제를 돌려 말했다.

"그런데 스승님, 수저우에는 안 가시나요?"

"조금 더 기다려야 해. 아직 때가 안 왔어."

판시엔은 많은 설명없이 그저 웃었다. 그는 잉저우에 조용히 머물면서 북쪽에 있는 징두와 동쪽에 있는 수저우의 동태를 지켜볼 생각이었다. 정확히 말하면, 징두와 수저우 중간에서 앞으로 불어 닥칠 '풍파'를 기다리고 있었다.

판시엔의 심복들, 감사원의 왕치니엔 조직원 중 두 명이 강남에서 판시엔을 대신해 일을 진행하고 있었다. 내고 생산을 책임지는 수운마오, 다른 하나는 전운사에서 밍씨 집안 동태를 살피는 홍창청.

밍씨 집안에 대한 계획은 내고 입찰 이후부터 체계적으로 진행되고 있었고, 반년 전부터 본격적인 결과가 나오기 시작했다.

초상전장은 밍씨 집안에 돈을 지속적으로 공급하고 있었고, 밍란스가 새로운 사업을 시작하도록 자극했고, 방탕한 밍씨 여섯째 어르신을 부추겨 돈을 쓰게 만들었다.

모든 것은 투명하게 진행되었다. 하지만 초상전장에서 당장 빚을 상환하라 압박한다 해도, 밍씨 집안은 수중에 있는 재고와 매출 채권을 담보로 잡아 태평전장에서 돈을 빌려 상환하면 되는 일이었다.

그래서 다른 '결정적인 무엇'이 필요했다.

밍씨 집안의 매출이 급속도로 줄게 만들어 자금 흐름에 심각한 문제가 발생하게 만들어야 했다.

가장 먼저 행동에 나선 사람은 수운마오. 내고의 생산량은 전운사 부사 마카이와 경여당 지배인들 덕분에 작년 여름부터 점점 많아졌고, 그 품질도 높아졌다. 품질이 좋은 물건이 많이 생산되면? 수요가 많아지고, 공급상인 밍씨 집안이 이 기회를 놓칠 수 없었다.

밍씨 집안은 점점 더 많은 양의 화물을 확보해 동이성과 취엔저우에 보내기 시작했다. 더 많은 화물을 확보하려 할수록, 더 많은 양의 은전이 필요했다. 그 은전은 화물을 담보로 초상전장에서 빌리고 있었고 그 양은 점점 많아졌다

'갑자기', '알 수 없는 이유'로, 내고의 생산이 멈췄다.

분노한 밍씨 집안이 황급히 사람을 보내 내고 관리 관아 관원, 홍챵청에게 항의했다. 홍챵청은 면목 없는 표정으로 설비에 문제가 생겨 하루정도 멈춘 것이라 해명했다.

다음 날, 다시 설비가 돌아갔다.

그 다음 날, 다시 생산이 멈췄다. 홍창청은 이번엔 공장에서 파업이 발생했다 해명하며 앞으로 수일간 생산에 차질이 생길 것이라 말했다.

밍씨 집안은 분노하며 항의했고, 그들은 그럴 자격이 있었다. 독점 판매권을 가진 그들에게, 생산 공장은 적절한 양의 화물을 제공해야 했기 때문이다.

홍챵청은 난처했지만, 그래도 심각한 곤란을 겪은 것은 아니었다. 작년 1년 동안 생산량이 늘었기 때문에 이미 밍씨 집안에 확보해줘야 할 '최소 상품량'을 초과 달성했기 때문이었다. 그리고 최소한 보름치 정도의 재고도 있었다.

급한 쪽은 밍씨 집안이었다.

늘어난 생산량에 맞춰 동이성과 해외 곳곳에 평소보다 많은 규모의 계약을 체결한 상태였기 때문이다. 장사는 신용이 핵심이기에 어떻게든 상품을 공급해 주어야 했다.

피 말리는 며칠이 지난 후, 마침내 다시 내고의 생산 공장은 재개되었다. 다만, 생산량이 턱없이 줄어들었을 뿐이다.

밍씨 집안은 계약을 이행하기 위해 사방에서 화물을 모으기 시작했다. 내고에 남아 있던 재고들은 이미 모두 소진했고, 어쩔 수 없이 이미 소매상에게 팔아버린 상품들도 다시 웃돈을 주고 재매입하기 시작했다.

"이번만 넘겨보자. 다음부터는 욕심을 줄이고 다시 예전처럼 하면 돼."

밍칭다가 자신감 있는 표정으로 아들에게 말했지만, 아들은 여전히 걱정되었다. 내고 장사의 상황 때문이 아니었다. 얼마 전 아버지 몰래 초상전장에서 돈을 끌어 소금 밀매 사업을 준비하고 있었기 때문이다.

그와 협력하기로 한 사람은 강남 최대 소금 밀매상, 양지메이. 그래서 밍란스는 걱정하지 않았다. 다만, 수익을 얻으려면 최소 3개월은 걸렸기 때문에, 밍씨 집안이 은전으로 압박을 받다 아버지가 자신이 몰래 벌인 일을 눈치챌까 걱정이었다.

하지만, 이번도 넘기지 못했다.

밍씨 집안이 겨우 겨우 공급 물량을 맞추고 이틀이 지났을 때, '우연히', 내고 노동자들이 보약이라도 먹었는지, 갑자기 생산량이 폭발적으로 늘어났다. 상품 가격이 급격하게 내려갔다. 공장 공급 가격이 내려가면, 도매상들은 당연히 이득.

링난 쑹씨 집안, 순씨 집안, 샤치페이도 갑작스러운 시세 차익 때문에, 손대지 않고 부가적인 이익을 적지 않게 보았다.

밍씨 집안만 손해였다. 심지어 취엔저우의 외국 상인들은 비겁하고 파렴치하게 다른 소매상으로 달려가 싼 값에 물건을 사갔다. 밍씨 집안의 계약을 파기한 손해보다 다른 곳에서 매입하는 것이 더 이익이었기 때문이다. 장사에서 도덕이 무슨 상관이겠는가.

이 일로 밍씨 집안은 70만 냥의 손해를 보았다. 밍칭다는 위기의식을 느꼈지만, 그래도 강남 최고의 부호 밍씨 집안에 70만 냥은 넘어갈 수 있는 금액이었다.

그리고 밍칭다는 손해를 바로 만회할 수 있는 다음 패가 있었다.

"란스야. 이번에는 네가 직접 화물을 운송하거라. 이번 건은 꼭 성사시켜야 한다."

밍칭다가 모든 관계와 뇌물을 이용하여 빼 온 내고의 '신제품'이었다. 신제품은 일반적으로 요청에 의한 선주문으로 이뤄졌고, 그 이문 또한 무척 컸다.

이번 신제품은 '거울'. 주재료는 유리였는데, 무슨 작업을 한 것인지 한쪽은 은으로 도금되어 있었고, 물건을 비추면 미세한 부분까지 비춰주는 '보물 같은 상품'이었다.

"아들아, 그렇다고 너무 걱정은 마라. 이번에 징두와 이야기를 주고받아 네가 쟈오저우까지만 운반하면, 쟈오저우 수군이 직접 바다 건너 운송을 해 줄 것이다. 수입이 조금 줄겠지만, 이번 거래에서는 안전을 중요시하는 게 좋을 것 같다."

3일 뒤, 수저우 동남쪽에 위치한 작은 산 위에서 홍창청이 골짜기 도로에 길게 이어진 마차 행렬을 굽어보고 있었다. 거울을 실은 마차는 단 두 대였지만, 밍씨 집안은 마차 두 대의 호송을 위해 사병을 500명이나 동원했다.

홍창청은 쟈오저우 수군이 섬에 들이닥쳐 살육을 자행하던 모습이 떠올랐다. 그렇다고 오늘의 목적이 살인은 아니었다.

밍씨 집안 마차 행렬의 맞은 편에서 200여 명 정도 되는 기병이 다가왔다.

두 마차 행렬이 마주하자 도로가 일순간에 비좁아졌다. 밍란스는 심상치 않은 조짐에 사병들에게 무기를 들고 준비하라 명했다. 하지만 기병들은 아무 움직임이 없었다. 그저 조심스럽게 밍씨 집안 마차들을 스쳐 엇갈려 지나갈 뿐이었다.

기병이 호송하고 있던 마차와 거울을 실은 마차가 나란히 섰을 때.

기병이 호송하던 마차가 갑자기 옆으로 쓰러지며, 거울을 실은 마차 두 대를 덮쳤다!

'와장창창!

아주 무겁고 날카로운, 쓸모 없는 돌덩이들이 거울 위로 쏟아졌다!

밍란스가 소리를 듣고 벌떡 일어나 황급히 마차에서 뛰어내렸다. 백여 개의 은거울이 대부분 산산조각 부서졌고, 그 파편들이 햇빛을 받아 다채롭지 못해 아름다운 광경을 뿜어내고 있었다.

양측 진영에 갑자기 긴장이 고조되기 시작했다. 일촉즉발의 상황. 밍란스가 이를 바득바득 갈며 기병의 우두머리에게 말했다.

"언제부터……흑기병이 사람을 죽이고 화물을 약탈하는 짓도 하는 거야?!"

흑기 부통령 징거가 밍란스에게 담담하게 대답했다.

"사람을 죽이지도 않았고, 화물을 약탈하지도 않았다. 내고에 필요한 석재를 호송하다 갑자기 나타난 민간 상인에 길이 막혔고, '불행히도' 마차가 쓰러지면서 양쪽이 손해를 본 거다. 내가 배상 요구는 안 할 테니, 너도 시끄럽게 굴지 마라. 괜히 서로 불편해지면, 머리가 날아갈 수도 있으니."

밍란스는 목구멍까지 치솟은 분노를 애써 삼키자 입안에서 피비린내가 느껴졌다.

"불행히도 마차가 쓰러졌다고? 양쪽이 손해를 봤다고?!"

밍란스는 다시 한번 눈부시게 빛나는 거울 파편들을 보며 화가 머리 끝까지 났다.

"징두에서 소송을 할 거야!"

징거는 침착하게 대답했다.

"마음대로. 난 징두를 못 들어가니, 아쉽게 구경은 못하겠다."

그리고 징거는, 떠났다.

밍씨 집안은 군대와 결탁해 수많은 화물을 약탈하고 사람을 죽였다. 과거의 잘못은 돌고 돌아, 결국 자신에게 오는 것이다.

그리고 그 일은 아직 다 돌아오지 않았다.

"음음."

감사원 관복을 입은 홍챵청이 헛기침을 하며 밍란스 옆으로 다가왔다.

"밍씨 도련님 안녕하세요?"

"홍 대인 아니십니까?"

"제 본명은 칭와라 하는데, 저도 그 동해의 섬에 있었지요."

밍란스가 놀라 입을 벌렸지만, 홍챵청은 말할 기회를 주지 않고 면을 바꾸며 사납게 말했다.

"멍즈 형님과 란화 누나 기억하지? 란화 누이는 너의 첩이었으니 기억 못 할 리 없겠지. 이 유리 파편들을 그들과 함께 섬에서 도륙 당한 사람들이라 생각해, 이 새끼야."

홍챵청은 분노와 함께 복수의 기쁨이 동시에 용솟음치며 큰소리로 외쳤다.

"고맙다, 이 개-새-끼-야!"

그리고 그는 큰소리로 웃으며 자리를 떴다.

밍란스는 자신이 아끼던 여자를 죽인, 자신의 오른손을 멀뚱멀뚱 바라보고만 있었다.

명원에서 소식을 들은 밍칭다는 오른손에 쥐고 있던 최고급 도자기 그릇이 손에서 빠지는 것도 모르고 있었다.

'쨍그랑.'

파편이 사방으로 튀었다.

그 모습을 보며, 은거울도, 자신의 계획도, 이렇게 깨졌다는 것을 깨달았다.

"소송을 한다고? 제발, 나야 고맙지."

잉저우에서 반달 정도 머무르며 왕치니엔을 기다리던 판시엔은 드디어 마차를 타고 항저우로 향하기 시작했다. 그는 일련의 보고를 받으며 부하들의 일 처리에 만족하고 있었다. 한번에 죽이기보다 차례차례 단계를 밟아 죽이고 있었기 때문이다.

그 모습을 보며 왕치니엔도 미소를 지으며 말했다.

"개구리를 솥에 넣고 천천히 익혀 죽이는 셈이죠."

"상상을 하니, 나도 그 개구리가 불쌍해져. 이제 불은 다 피웠으니, 그만 놀고 빨리 수확하라 명해."

왕치니엔이 징두에서 반달을 더 머무르다 내려온 것은 판시엔의 명을 받아 황궁의 동태를 주시하기 위함이었다.

"이틀 정도 지나면 장 공주와 태자는 정신없을 겁니다. 그러니 대인의 판단대로 지금 빨리 움직이는 게 좋을 듯 보입니다."

업무 보고를 위해 징두에 머물고 있는 쉐칭 대인이 관저의 서재에 앉아 판시엔이 직접 쓴 서신을 받아 보고 넋을 놓고 있었다. 양쪽에 서 있던 모사 둘도 같은 표정으로 멍하게 있었다.

진흙으로 빚은 인형처럼, 세 사람은 미동도 없이 가만히 있었다.

'내가 지금 바로 징두를 떠난다 해도, 20여 일은 지나야 수저우에 도착할 것이고, 그때쯤 되면 이미 상황은 끝나 있겠지. 그런데 판시엔, 도대체 뭘 믿고 이렇게 한방에 밍씨 집안을 끝내겠다는 거지?'

쉐칭은 초상전장 상황을 몰랐다. 그래서 걱정이 앞섰다.

"판 제사는, 또 무력으로 싸우겠다는 건가?"

왼쪽에 서 있던 모사가 쉐칭에게 일러주었다.

"흠차 대인이 저리 말한 이상 일은 벌어질 것입니다. 우리도 대비를 해야 합니다."

쉐칭은 고민에 빠졌다.

'밍씨 집안을 정리하는 건 폐하의 뜻이니 당연히 그리하는 것이지만……배후의 황실 사람들은 어떻게 하려는 거지? 징두에 뭔가 변화가 생긴다는 건가?'

오른쪽에 서 있는 모사가 두리뭉실하게 말했다.

"일단 상황을 지켜보시는 게……."

쉐칭이 결심이 선 듯 힘을 주어 말을 하기 시작했다.

"지켜봐야지. 하지만 그냥 지켜봐선 안 돼. 주 군대를 동원해 명원과 밍씨 집안 사병들을 감시하도록 하게. 만약 판시엔이 실패하면, 우리는 개입하지 않고 지켜보기만 하는 거야. 하지만 성공한다면, 그를 도와 밍씨 집안 세력을 다 없애 버리게."

오른쪽 모사가 떨리는 목소리로 말했다.

"대인, 주 군대가 민간 상인의 사람들을 죽이면……조정과 황실에서 그 문제를 알게 되면, 큰 문제가 될 수 있습니다."

쉐칭은 단호했다.

"판 제사가 움직이는 건 징두 상황을 파악했다는 거야. 그는 영리해. 그리고 나에게 미리 서신으로 알려준 건……공을 나누자는 의미야. 이 기회를 놓쳐서는 안 돼."

이때 갑자기 누군가 서재의 문을 급히 두드렸다. 모사 한 명이 문을 열자 강남로 관아의 관원 하나가 인사도 하지 않은 채 보고했다.

"밍씨 집안에 자금 회전 문제가 발생했다 합니다. 전장 사람들이 명원에 찾아와 빚 독촉을 하고 있다고 합니다!"

"빚 독촉?!"

쉐칭은 벌떡 일어났다.

'강남의 최고 부자, 백 년을 이어온 밍씨 집안에, 빚 독촉? 이건 불가능한 일인데. 전장에서 최대 물주인 밍씨 집안과 척을 진다고?'

"태평전장도 명원으로 갔나?"

"그건 아닙니다."

"알았어. 사람을 보내 명원을 주시하라 해."

쉐칭은 가장 큰 전장인 태평전장이 빚 독촉에 참여하지 않았다는 사실에 조금은 안심이 되었다. 하지만 불안감은 여전했다.

"그리고 전장 쪽에 알리게. 밍씨 집안과 전장 사이 일에 조정이 관여하지는 않겠지만, 밍씨 집안이 한순간에 쓰러지는 일은 허락할 수 없어. 강남이 혼란에 빠지면 안 돼."

황제도, 판시엔도, 강남을 혼란에 빠지게 할 생각은 조금도 없었다. 이번 빚 독촉은 밍씨 집안에게 가산을 팔아 빚을 상환하게 하는 목적이 아니었다.

더 큰일을 위한 포석이었을 뿐.

돈을 빌려준 사람보다, 돈을 빌린 사람이 더 당당하다. 이상한 일이지만, 그것이 현실이었다. 밍씨 집안 밍칭다는 상석에 앉아 따뜻한 차를 천천히 한 모금 한 모금 음미하며, 눈만 꿈뻑꿈뻑 하고 있었다. 반면, 채권자인 전장의 지배인들은 불안한 마음으로 그 아래 의자에 앉아 있었다.

사실 오늘 온 이들 대부분은 조그만 지역 전장 지배인이었기에, 그 돈을 받을 수 없다고 생각하지는 않고 있었다. 다만, 은거울이 깨진 사건 이후, 내고 전운사가 그 상품값을 재촉했다는 소문을 듣고서 인내심이 무너져버린 것이었다.

그 중 가장 나이 많은 지배인이 난처한 표정으로, 공손하게 입을 열었다.

"밍씨 어르신, 강남을 근 백 년 동안 이끌어 온 밍씨 집안에서, 은전을 갚지 못할 거라 생각하는 사람은 아무도 없을 것입니다. 다만, 요즘 시장에서 워낙 흉흉한 소문들이 돌다 보니, 어르신께서 저희에게 확실한 말을 해주셨으면……"

"무슨 말을 해달라는 것인가?"

밍칭다는 말을 하면서 앞에 있는 늙은 지배인을 보는 게 아니라, 가장 뒤쪽에 있는 푸른 깃발을 든 젊은이만 바라보고 있었다.

'초상전장은 왜 온 것이지? 저 점쟁이는 뭐지?'

밍칭다는 조그만 전장들이 귀찮다는 듯 집안 회계 선생을 시켜 빚을 다 청산하라 지시했다. 그래봐야 모두 십여만 냥 정도였기 때문이다. 그들을 다 내보내니, 대청에는 초상전장 지배인과 그를 따라온 푸른 깃발 든 점쟁이만 남아 있었다.

"저들은 자네가 끌고 왔다는 거 아네. 도대체 무슨 생각인 건가?"

"어르신, 저희 주인님께서……계약을 맺고 싶어 하십니다."

'계약?'

"전장과 사업 집안이 금전 차용 계약 말고 무슨 계약을 맺을 수 있단 말인가? 뭔지 모르겠지만, 안 되네."

지배인은 조금은 난처한 듯 말했다.

"안 된다 말씀하셔도……하셔야 합니다."

"지금 날 위협하나?"

"아닙니다. 그저 요청할 뿐입니다."

이건 요청인가, 협박인가.

지배인은 담담히 말을 이었다.

"지금 초상전장에서 당장 돈을 상환 받으려 한다면 밍씨 집안은 내고 상품 결제할 돈이 남아 있지 않을 것입니다. 그렇다면 흠차 대인께서 내고 독점권을 박탈할 것이고, 그럼 밍씨 집안도 곤란해지지 않습니까?"

협박이었다.

"계약서에는 분명 기한이란 게 있을 텐데?"

"기한은 있습니다. 하지만, 전장에서 이율을 포기하고 상환을 원하면, 5일 내에 상환해야 한다는 조건도 있습니다. 소송을 한다면 징두에서 해야 하고, 소송에서 초상전장이 이기면 즉시 상환해야 한다는 조건도 명시되어 있습니다."

밍칭다가 벌떡 일어나며 소리쳤다.

"자네 미쳤나? 그렇게 하면 자네 전장도 3할이나 손해를 보는 것 아니야?!"

"계약을 맺지 않으시면, 저희 전장은 그 정도 손해를 감수할 생각입니다. 하지만 그렇게 하겠다는 것은 아니고, 저희의 결심이 어느 정도인지 말씀드리는 겁니다."

지배인은 온화한 미소로 말을 이었다.

"저희 주인님은 전장을 운영하시지만, 경국의 상업과 무역에도 상당한 관심이 있으십니다. 협력이라 받아들여 주십시오."

밍칭다는 천천히 자리에 앉았다. 초상전장 사장은 오래 전부터 장사에 끼어들 생각이었다는 것을 깨달았다. 그리고 이는 오래전부터 준비되어온 계획임을 직감했다.

"사장이 누군가?"

"계약을 하는 날, 직접 인사드리러 오실 겁니다."

"만약 내가 계약을 맺을 생각이 없다면? 소송을 한다 해도, 1년 반 정도는 시간을 끌 수 있을 텐데?"

"정말 시간을 끌 수 있으실까요?"

밍칭다도 소송이 자신에게 아무런 도움이 되지 않는다는 것은 알고 있었다. 계약서에 명시되어 있는 한 패소도 명확했고, 지금 조정의 눈치를 받고 있는 상황에서 소송까지 가면 더 악화될 게 뻔했다.

밍칭다는 저도 모르게 몸이 부르르 떨리기 시작했다.

"이거 음모야!"

그리고 잠시의 침묵이 흘렀다.

밍칭다는 겨우 정신을 가다듬고 냉정하게 말했다.

"무슨 계약을 맺고 싶다는 건가?"

"빚을 지분으로 전환하는 계약입니다."

겨울은 지나갔지만 아직 봄이 왔다고 하기에는 이른 시기였다. 어젯밤에는 한겨울 같은 찬바람이 불어와 새로 심은 나무가 죽어버렸다.

밍칭다는 불길한 마음을 진정시키며 두 눈을 감았다. 조금은 굴욕적일 수 있겠지만, 전장과 동업한다면, 풍부한 자금력을 가질 수 있다는 점에서 이득이라는 생각이 들기 시작했다.

"얼마의 지분을 원하는가?"

"3할입니다. 그리고 강남 관아 관리 앞에서 고정불변한 계약을 맺길 원하십니다."

"3할? 고작 은전 4백만 냥으로 3할? 미친 거 아닌가?"

"어르신, 오해입니다. 징두 윗분들이 가진 지분을 제하고, 밍씨 집 안이 가진 지분 중 3할입니다."

'젠장, 차라리 그 사람들 포함해서 3할이면 좋겠네.'

"그래도 너무 많아."

"표면적인 이해 관계만 보지 말아 주십시오. 저희가 지분을 취득 하면 이후에 대량의 은전 지원이 가능하지 않습니까? 어르신도 사 리를 아시는 분이니, 저희 주인님의 요구가 무리하지 않다는 것을 아실 것입니다."

"알았어. 하지만 중대한 일이니 시일을 좀 주게. 형제들과 상의 도 해야 하고."

"네, 감사합니다."

지배인은 밍칭다에게 공손히 인사한 후 푸른 깃발을 든 점쟁이와 함께 명원을 나왔다. 밍란스가 옆에서 보고만 있다 그들이 떠난 것 을 확인하고 입을 열었다.

"아버지, 저들의 요구를 받아 주시면 안 돼요."

"내가 볼 때 나름대로 합리적인 요구다. 물론 은전이 충분했으면 절대 받아들이지 않았겠지만, 지금은 상황이 다르지 않느냐."

그때, 갑자기 밍칭다에게 다른 생각이 떠올랐다.

그는 음흉한 미소를 지으며 말했다.

"하지만, 밍씨 집안의 두 손이 항상……깨끗했다고는 할 수 없지."

밍란스는 등에서 식은땀이 흘렀다. 아버지의 말뜻을 이해했기 때 문이다.

"동이성 초상전장 본점에 회계 장부가 남아 있지 않을까요?"

"넌 이 일에 관여하지 마라. 동이성 사람이 경국에 와서 돈을 달라 한들 누가 신경이나 쓰겠느냐."

밍란스는 급한 마음에 더듬거리며 말을 했다.

"그, 그, 그러면……차라리 집과 땅을 좀 정리하는 건 어떨까요?"

"지금 그들이 원하는 건 돈의 상환이 아니라 지분인데, 그들이 쉽게 물러나겠느냐. 됐다, 물러가거라."

밍란스는 얼굴이 흙빛이 되어 물러갔다. 아버지가 '무엇을' 하려는지는 짐작되었지만, 그것을 '어떻게' 하려는지는 몰랐기 때문이다.

하지만 불안했다. 할머니의 수법을 잘 알고 있었고 아버지는 그녀의 아들이었기 때문이다.

그날 밤, 청색 돌이 깔린 수저우 전장 골목에서 쥐들이 음식 냄새를 맡고 슬그머니 나왔다. 깨끗한 전장 거리에서 드문 일이었지만, 그래 봤자 겨우 세 마리였다. 하지만 하나 같이 엄청난 고수들이었다.

그들은 초상전장의 경비를 가볍게 뚫고 안으로 들어갔다.

전장의 보안은 다른 점포보다 훨씬 삼엄했지만, 세 마리의 쥐새끼 같은 고수들이 파죽지세로 몰아 붙이자 전장 안은 순식간에 피로 물들었다.

하지만 이 세 명의 고수 검객들은 창고로 들어가기 전 마지막 후원에서, 거대한 장애물을 만나고 말았다. 지배인은 그 장애물 뒤에서 차용 증서를 품에 안고 부들부들 떨고만 있었다.

'슥슥슥.'

세 번의 섬광이 번뜩인 후, 검객의 수장이 한발 물러서며 앞에 있는 청년에게 인사를 올렸다. 그의 실력을 인정한 것이다.

세 번의 공격으로 푸른 깃발이 무수한 천 조각으로 변했다. 깃발에 쓰여 있던 청년의 옛날 이름 티에샹의 글자도 산산조각나며, 지금 왕13랑이라 불리우는 그 청년의 손에는 깃대만 들려 있었다.

청년도 검객의 수장에게 공손히 인사했다.

검은 옷을 입고 있던 수장이 얼굴을 가린 천을 내리고 살짝 나부끼는 수염을 드러냈다.

왕13랑이 살짝 놀랐다. 판시엔이 이 자리에 있었으면, 이미 도망 갔을 것이다.

윈즈란.

예상치 못한 상대의 등장에 왕13랑은 깃대를 꽉 쥐었다.

그리고 갑자기 입을 열었다.

"그……상처는 다 나으셨나요?"

윈즈란이 미간을 찌푸렸다.

"날 아나?"

왕13랑은 어색한 미소를 지으며 대답했다.

"시대의 검객께서 어찌하여 도적질을 하시려 합니까?"

"넌 뭐가 다르다 생각하나?"

"여기 차용증을 다 불지르고, 사람을 다 죽인다 해도……밍씨 집안을 도울 수 없습니다. 여기는 다 복사본입니다. 원본이 동이성에 있다 해도 이미 사라졌을 겁니다."

"네가 어느 문하 사람인지는 모르겠지만, 동이성에게 밍씨 집안은 중요하다. 그러니 막지 마라."

"밍칭다는 이미 끝났습니다."

그때, 옆에 있는 다른 검객 하나가 끼어들었다.

"사부, 저 사람은 시간을 끌고 있습니다."

"리스스?"

말한 검객도, 윈즈란도, 호기심 가득한 눈빛으로 왕13랑을 바라 봤다.

"네 놈의 정체가 궁금하지만 시간이 없다. 곧 있으면 주 군대가

올 거다."

윈즈란이 검 끝으로 왕13랑의 목을 겨누었다. 하지만 왕13랑은 침착하게 말했다.

"대인은 절 죽일 수 없습니다."

"왜 그렇게 생각하지?"

"그건······."

왕13랑은 말을 다 끝마치지도 않고, 갑자기 얼굴이 굳더니, 왼쪽 발을 반 발자국 뒤로 물리고, 깃대를 빠른 속도로 휘둘렀다. 왼손은 깃대의 뒤, 오른손은 깃대의 앞을 잡은 채, 힘껏 아래로 찍어 눌렀다!

'웅.'

공기를 가르는 소리와 함께 무거운 마찰음이 들렸다.

엄청난 진기였다. 윈즈란이 살짝 놀란 표정으로 물었다.

"초상전장 주인이 누구지?"

왕13랑은 소리는 내지 않고 입모양으로 말을 했다.

윈즈란은 고개를 절레절레 저었다. 그리고 아무 말 없이 여자 제자 둘을 데리고 떠날 준비를 했다. 그러다 갑자기 발걸음을 멈추고 잠시 생각하다 고개를 돌려 말했다.

"사제, 몸 조심해. 판시엔은 생각보다 음흉해."

"대사형, 밍칭다에게 이 사실을 알리시면 저는 판시엔의 손에 죽을 겁니다."

"그가 왜 자네의 충정심을 시험하기 위해, 이렇게 큰 이익을 걸고 도박하는지를 모르겠어."

"그건 저도 모르겠습니다. 하지만, 제가 배신을 해도 그는 방법이 있어 보입니다."

윈즈란은 잠시 고민을 하다 말했다.

"스승님의 뜻이 도대체 무언가? 밍씨 집안이 중요한 건가, 아니면 자네가 판시엔에게 신임을 얻는 게 중요한 건가? 그걸 알아야 나도 어떻게 결정을 하지."

장 공주냐, 판시엔이냐.

"제가 판시엔의 신임을 얻는 게 중요합니다."

판시엔.

윈즈란은 탄식을 했다. 비로소, 그도 처음 본 베일에 싸여 있던 사제가, 검려에서 나온 후 줄곧 판시엔과 일했다는 것을 알아챘기 때문이다. 왕13랑이 윈즈란에게 예를 한번 올린 후 말했다.

"저에게 맡기시고, 대사형께서는 물러나 침묵해 주시기 바랍니다."

"물러나는 건 물러나는 건데, 왜 침묵까지 해야 하나?"

왕13랑은 품속에서 아주 작은 옥패를 꺼내 보여줬다. 윈즈란이 한숨을 내쉬며 고개를 저었다.

"스승님의 검패가 너에게 간 거였군……."

스구지엔은 양다리를 걸치고 있었다. 그리고 그것은 동이성에게는 필연적인 생존 방법이었다. 경국 내부 정치 싸움에서 누가 승리하든 동이성은 살아남아야 했기 때문이다.

장 공주에 대한 성의는 윈즈란, 판시엔에 대한 성의는 왕13랑.

하지만, 대종사 스구지엔도, 초상전장 습격 사건에서 그의 두 제자가 정면 충돌할 지는 예상 못하고 있었다. 하지만 그런 순간이 왔을 때를 대비하고는 있었다.

스구지엔의 검패.

윈즈란은 그것을 보자 스승이 어느 쪽으로 기울어져 있는지 깨닫게 되었다. 윈즈란은 떠났고, 초상전장 안에는 피비린내가 진동했다. 차용증을 들고 줄곧 벌벌 떨고 있던 지배인이, 겨우 마음을 진정시키고 왕13랑에게 공손히 예를 올리며 말했다.

"심사 통과를 축하드립니다."

왕13랑은 고개를 저으며 대답했다.

"사람의 마음은 참 복잡하군요. 스승님과 판시엔은 정말……재밌는 사람들입니다."

습관적으로 명원의 담장 밖 나무를 바라보던 밍칭다의 마음이 갑자기 스산해졌다.

'며칠 전 푸른 싹이 나던 나무가, 왜 갑자기 죽었을까…….'

지금 그와 그의 가족들은 혹독한 겨울날처럼 힘겨운 상황에 처해 있었다. 물론 백 년의 역사를 가진 밍씨 집안의 숨통이 쉽게 끊어지지는 않을 것이다. 하지만 상인이 아무리 강한들 조정의 압박을 감당할 수 있겠는가.

물론 지금 그가 몸을 뺀다면 집안의 명맥을 유지할 수는 있었다. 하지만 그에게 그럴 생각이 없었다. 그래서 지금 이 문제를 해결해야 했다.

밍칭다는 갑자기 기침이 나왔다. 가슴이 찢어질 듯한 통증이 느껴졌다. 그리고 눈빛에서 낙담과 굴복의 기색이 은은하게 비쳤다.

그가 던진 마지막 수. 윈즈란이 또 한번 떠났다. 이전에는 감사원 자객에게 상처를 입어 떠났는데, 이번에는 그냥 홀연히 떠났다. 어젯밤 초상전장에서 많은 사람이 죽었지만, 장부와 차용증은 도둑맞지 않았고 동이성에서도 어떤 다른 움직임이 포착되지 않았다. 그 이후로 초상전장 앞에는 주 군대까지 동원되어 그곳을 지키고 있었다.

불안했다. 아주 큰 위험이 도사리고 있다 직감했다.

그는 피곤에 절은 목소리로 옆에 있는 첩에게 말했다.

"초상전장에서 사람이 오면 최대한 상냥하게 맞이해줘."

"어르신, 징두에 도움을 요청해야 해요."

"어머니께서는 당신이 장 공주의 궁녀였다는 사실을 모르셨지만, 난 알고 있어. 그러니 나에게 그런 것을 알릴 필요는 없어. 난 이미 그녀와 한 배를 탔고, 그 배에서 내릴 생각이 없어."

그는 순간 괜히 첩에게 냉랭하게 대할 필요 없다는 생각이 들어, 온화하게 미소를 지으며 그녀를 안심시켰다.

"서신은 이미 보냈어. 장 공주도 계획을 세우겠지."

장 공주는 분명히 그렇게 할 것이다.

단, 그녀에게 그럴 여유가 있다면.

명원의 화려한 응접실에 초상전장의 지배인은 미동도 하지 않고 앉아 있었다. 오늘 그의 모습은 일전의 방문과 여러모로 달랐다. 우선 어젯밤에 다친 것인지 한 손에는 붕대가 감겨 있었다. 그리고 그는 이전보다 훨씬 단호한 모습이었다. 왜냐하면, 저번에는 자발적으로 찾아왔지만 이번에는 밍씨 집안이 먼저 초청을 했기 때문이다.

밍칭다는 응접실의 발 뒤에서 말없이 지배인의 안색을 살피고 있었다. 어젯밤 일을 겪었음에도 오늘 초청에 응한 것을 보면, 아직 그 거래를 할 마음이 있다는 뜻이었다.

그가 발을 걷고 나가려는 찰나, 갑자기 누군가 그의 소매를 잡아당겼다. 아들 밍란스.

"시간이 없다. 무슨 일이냐?"

"소자가 불효를 저질렀으니……죽여주십시오."

"무슨 일을 저지른 거냐?"

"소자……아버지 몰래, 징두 귀인의 지분 반을 담보로, 초상전장에서 돈을 빌렸습니다."

밍칭다는 숨을 크게 한번 들이마셨다.

"무슨 계약을 맺었느냐? 태평전장에서 대신 빚을 내어 상환할 수 있는 금액이냐?"

징두 귀인들의 지분을 담보로 빚을 냈다는 것은 엄청난 일이었다. 그래서 그는 아들의 잘못보다 빚을 상환하고 그것을 다시 찾아올 수 있느냐가 무엇보다 중요했다.

"3개월 뒤면 상환할 수 있을 거라 생각했는데, 지금은 원금조차 상환하기가 힘들 것 같습니다……태평전장도 이 일을 알고 있는데, 자신들은 나서기 힘들다며……."

밍칭다는 머릿속이 '웅' 하고 울리더니 '휘청' 하였다.

"도대체 무슨 장사를 했길래, 원금도 상환을 못한다는 것이냐?!"

"소금 밀매를……."

밍칭다는 언뜻 이해할 수 없었다. 경국에서 가장 돈이 되는 장사는, 내고 장사, 기생 장사 그리고 소금 밀매였기 때문이다.

"헌데, 왜 원금 상환도 못한다는 것이냐?"

밍란스는 울고 싶었지만, 눈물이 나오지 않았다.

"며칠 전 관아에서 갑자기 수사를 나와서……어디서 정보를 입수했는지, 밀수 선박 12척이 모두 압류당해서……제가 사람을 보내 봤는데 방법이 없었습니다."

밍란스는 아버지의 안색이 점차 검푸르다 못해 잿빛으로 변하고 있다는 것을 알지도 못한 채, 변명에 집중하고 있었다.

"저희 집안이 항상 강남 관아에게 부족하지 않게 대해줬고, 이번 일은 최대 소금 밀매상 양지메이가 함께 한 거라……그도 아무 일 없을 거라 장담했고…….'"

'짝!'

'쿵!'

밍칭다의 따귀를 맞은 밍란스가 그대로 바닥에 고꾸라졌다.

밍란스는 입가에 피를 흘리며 바닥에 쓰러져, 얼얼한 뺨을 감싸 쥔 채 아버지를 두려운 눈으로 쳐다보았다.

"관아? 너도 그 관아가 이제 어떻게 되어버렸는지 알고 있지 않느냐? 예전처럼 우리 편이라 생각했느냐?!"

밍칭다는 소리가 새어 나가지 않도록 최대한 목소리를 낮췄지만, 그 목소리에 담긴 분노는 하늘을 뚫을 것 같았다.

"양지메이? 너 정말 미친 게 아니냐? 판시엔이 강남에서 머물 때 거처를 제공한 게 바로 양지메이야, 그 양지메이!"

밍칭다는 아들 앞으로 한 걸음 다가간 후 더욱 목소리를 낮추며 말했다.

"어디서 이런 놈을 낳아서……증거나 약점은 남기지 않았느냐? 그들은 너의 목을 베어버릴 증거를 찾고 있을 거야."

밍란스는 무릎을 꿇으며 말했다.

"그 점은 염려 마세요. 돈은 모두 초상전장에서 나왔고, 양지메이 명의로 한 거라, 저에 대한 증거를 찾기는 힘들 것입니다."

"아이고……."

밍칭다는 한숨을 쉬었고, 어이가 없어 실소가 터졌다.

"초상전장이 너와 쓴 계약서를 가지고 있겠구나……."

그때서야 위기감을 느낀 밍란스가 황급히 물었다.

"혹시 초상전장의 주인이……판시엔인가요?"

밍칭다가 단호하게 말했다.

"그럴 리는 없다. 배경을 떠나, 장 공주가 징두에서 호부를 조사했는데, 그가 그 많은 은전을 호부 외에서 조달할 방법이 없다."

밍칭다는 가슴 속 깊은 곳에서 올라오는 패배감을 억누르며 말했다.

"3할을 내놓아야겠구나. 조상들에게는 죄송한 일이지만, 징두에서 해결책을 마련할 때까지 시간은 벌 수 있겠지."

이것이 밍칭다의 '결정적인 패배 요인'이었다.

그가 끝까지 버티다 쓰러질 위기까지 몰린 이유는 '시간을 벌어야 한다는 집착', '시간이 지나면 징두에서 해결해 줄 거라는 믿음' 때문이었다.

초상전장 지배인이 열두 번째 하품을 하고 있을 때, 밍씨 집안 가주 밍칭다가 어두운 얼굴로 그 모습을 드러냈다.

"밍씨 어르신, 사람을 너무 오래 기다리게 하시는군요."

"란스가 지분을 담보로 맺은 계약을 장부에서 지워주면, 자네 주인의 요구를 받아들이겠네."

"네, 알겠습니다."

지배인은 예상하고 있었다는 듯 품에서 계약서를 하나 꺼내 밍칭다에게 건넸다.

오후가 되고, 밍씨 집안과 초상전장의 회계 선생들이 줄지어 응접실로 들어갔다. 초상전장의 요청으로 몇몇 거상들과 수저우 관아에서 파견한 관리들도 따라 들어갔다.

탁자 위에 하얀 종이 세 장이 깔렸고, 붓이 그 위에서 춤을 추기 시작했다. 얼마 뒤, 세 건의 빚을 지분으로 전환한다는 계약서가 쓰였다. 순씨, 숑씨를 포함한 거상들과 수저우 관아의 관리도 그 모습을 보며 놀란 가슴을 쓸어내리고 있었다.

신생 초상전장이, 백 년 밍씨 가문의 지분 3할을 차지하게 된 것이다!

밍칭다는 잠시 망설였지만 이내 침착하게 자신의 이름을 적고 지장을 찍었다. 초상전장을 대표로 서명을 하고 지장을 찍은 이는, 뜻밖에도, 젊은 점쟁이였다.

밍칭다는 예를 올리며 말했다.

"전장의 주인이셨군요. 이전에는 몰라 뵈어서 실례를 저질렀네요."

왕13랑이 이를 인정해야 하나 말아야 하나 난처해하던 그때, 명원 밖에서 시끄러운 소리가 났고, 그 소리는 응접실에 점점 가까워지고 있었다. 그 발걸음은 거침없고, 무척이나 오만하게 들렸다.

밍칭다는 불편한 심기를 감추지 못하고 문을 바라보았다.

판시엔은 기쁜 기색을 감추지 못하고 문턱을 넘어 들어왔다. 그 뒤로 홍창청과 샤치페이가 뒤따르고 있었다.

"흠차 대인께서 오셨는데 마중을 나가지 못해 죄송합니다."

"아니야 아니야. 미리 알리지도 않았는데 뭘. 더구나 오늘은 내가 어르신에게 감사해야 할 것도 있고."

"감사할 것이요?"

밍칭다는 가슴이 떨려왔다.

판시엔은 그의 심장 소리를 들으며 귓가에 대고 조용히 속삭였다.

"지분 3할, 고마워. 초상전장은 사실……내 거야."

밍칭다는 순간 자신의 귀를 의심했다.

초상전장 대행수가 판시엔의 손에 계약서를 건네 주는 모습을 보며, 그의 몸이 다시 한번 '휘청' 했다.

'아니, 호부에서 은전을 옮긴 사실이 없는데……어떻게 그 많은 돈을 가져와 전장을 열었지?'

'쿵!'

결국 밍칭다는 충격을 이기지 못하고 바닥에 혼절해 버렸다!

하지만 밍칭다는 생존 본능에 바로 정신을 차렸다. 순간 잠시 동안 악몽을 꾼 게 아닌가 생각도 들었다. 하지만 백 년 가문의 가주답게 이내 정신을 가다듬었다.

'그래 전체가 아니라 3할이야. 시간을 벌고, 차차 해결하면 돼.'

그는 판시엔의 손에 들린 계약서를 보며 최대한 침착하게 말을 했다.

"손님을 배웅해 드려라."

판시엔은 미동도 하지 않았다.

밍칭다의 표정이 일그러졌다.

샤치페이가 밍칭다를 '빤히' 쳐다보며 말했다.

"손님을 배웅해 드려라."

사람들이 하나둘씩 명원을 빠져나가기 시작했다. 회계 선생, 거상들 그리고 수저우 관리도 눈치를 살피다 인사를 하는 둥 마는 둥 하고 빠져나갔다.

밍칭다가 보란 듯한 도전에, 다른 사람들은 개의치 않고, 품 안에 계약서를 꺼내 찢으며 판시엔에게 싸늘하게 말했다.

"파렴치하게 란스에게 이런 계약을 종용할 수가 있으십니까?"

"난 조정의 명을 받고 움직이는 관리라 장사는 관여하지 않아. 내가 그 지분을 가져서 뭐하겠나?"

이 말과 함께 그는 샤치페이 뒤로 가 재밌는 구경을 하는 것처럼 웃었다. 오늘 그는 샤치페이를 지원해 주기 위해 온 것이었다. 물론 이만큼 재밌는 구경도 놓칠 수 없었고.

샤치페이가 밍칭다 앞으로 가 은은한 미소를 지으며 말했다.

"초상전장 사장님은 이미 3할을 저에게 주겠다는 문서를 주셨습니다. 저번 수저우 관아 소송 때, 보상으로 큰 형님께서 저에게 1할을 주셨으니, 4할이 제 손에 있네요."

밍칭다는 가슴이 철렁하며 넷째를 보며 말했다.

"네 지분도 이놈에게 주었느냐?"

"대세를 보고 움직였을 뿐입니다."

"이런 멍청한 새끼! 밍씨 집안이 망한다면 네놈 때문이다! 조상들과, 죽은 어머니를 어떻게 보려고……이런 호로새끼!"

"큰 형님도 제 얼굴을 보고 계신데 제가 못 볼 건 뭔가요? 제가 수 저우 관아에 체포되었을 때, 저를 도울 사람이 아니라 저를 죽일 사 람을 보내셨던데……."

"당시는……어쩔 수 없었다."

"저도 지금은……어쩔 수 없습니다."

밍칭다는 몸을 부르르 떨며 고개를 돌려 샤치페이에게 소리쳤다.

"네가 가진 패가 이것이냐?! 셋째 넷째가 너에게 붙는다고, 네가 밍씨 가문의 가주가 될 수 있을 거라 생각하느냐?!"

"여섯째 형님이, 초상전장에서 돈을 많이 빌리셨습니다. 큰노마 님에게 받은 지분을 담보로 하셨더군요."

"뭐라? 여섯째가?!"

밍칭다는 고개를 '획' 돌려 여섯째를 노려보았다.

"너, 너……도 미친 것이냐?!"

여섯째는 말도 하지 못하고 샤치페이 뒤로 숨어버렸다.

샤치페이가 대신 차갑게 응수했다.

"여섯째 형님이 미친 게 아니라 밍씨 집안사람 모두가 미쳤지요."

밍칭다가 갑자기 큰소리로 웃기 시작했다.

"그래, 좋아. 네가 지금 5할을 가졌다는 거구나. 그럼 이제 밍씨 집 안 주인이라도 된 것 같으냐? 밍씨 집안 지분 중에는 황실이나 군대 에서 가지고 있는 것도 있어. 턱도 없는 소리 하지 마라!"

판시엔은 멀리 떨어진 의자에서 하품을 하며 무심하게 말했다.

"그건 장부에 기록되지 않는 지분이고. 소송하던가."

밍칭다는 판시엔을 노려보며 말했다.

"판 대인, 지금 설마, 감히 장 공주와 친씨 어르신 지분을 먹겠다 고 하는 건가요?"

판시엔은 귀찮다는 듯이 기지개를 켜며 대답했다.

"어르신, 생각 좀 하고 살자. 그럴 거 아니면, 내가 왜 여기 왔겠어?"

샤치페이가 명하고, 이를 지켜보던 사람들과 밖에서 대기하던 사람들이 일사불란하게 움직였다. 명원의 모든 사람들이 순식간에 교체되고 있었다.

판시엔은 고개를 절레절레 저으며 말했다.

"내가 어르신에게 기회를 줬잖아. 어르신이 받지 않은 거지."

"그래서 어떻게 하실 건가요? 아직 제 쪽에 지분이 거의 절반 가까이 있습니다."

"어르신은 앞으로 말할 자격이 없고, 샤치페이가 관리할 거야."

샤치페이가 보충하듯 입을 열었다.

"제가 이미 사람을 시켜 명원의 모든 장부를 강남 총독부로 보냈고, 조정과 최대한 협력해서 내고 선박이 해적에게 약탈당한 사건을 모두 조사하기로 했습니다. 만일, 그 사건과 연관되어 있는 밍씨 집안사람이 있다면, 적법한 처벌을 받게 할 겁니다."

밍칭다는 벌떡 일어났다.

"란스야! 밍란스!"

밍칭다는 황급히 아들을 부르다 다시 숨을 헐떡거리며 샤치페이에게 소리를 질렀다.

"이런 짓을 벌이다가는 밍씨 집안은 끝이야, 끝이라고! 어머니가 아무리 널 박대했다 하더라도, 너도 밍씨 집안 자손이지 않느냐? 어찌하여 네 손으로 집안을 끝장내려 하는 거야?!"

판시엔은 답답한 듯 대화에 끼어들며 천천히 설명했다.

"조정은 장사에 관심이 없어. 조정이 명원에 직접 개입하지 않는다고. 조정의 말만 잘 들으면, 밍씨 집안이 무너질 일은 없다니까. 내가 내고 전운사가 가진 모든 힘을 동원해 일 년 안에 예전의 명성을 되찾게 해줄 거야. 아직도 상황 파악이 안 돼?"

판시엔은 타이르듯 말했다.

"어르신이나 나나 일년 동안 고생했으니, 이제 편히……."

밍칭다가 말을 끊고 두 눈을 부릅뜨며 말했다.

"대인이 날 여기 가둬 둘 수는 없어. 나중에 어떻게 되나 보자고."

"그 말이 다음 말이었어. 너는 여기서 못 나가."

"허 참. 무슨 권리로 그러시는 건가요? 이제 조정 관원이 민간인을 억류하겠다는 건가요?"

"어르신은, 내가 폐하의 명을 받고 조사하고 있는 쟈오저우 수군 역모 사건의 증인이야. 그리고 그것 말고도 초상전장 살인 사건, 샤치페이 암살 시도 사건……많기도 많네."

"그걸 왜 지금에 와서야 조사하는 겁니까?!"

"알잖아? 이제는 장 공주가 더 이상 어르신을 도와줄 수 없으니까."

"그래서 저를 어떻게 하실 건가요? 죽이기라도 하실 건가요? 많은 사람들의 의심을 받을 텐데요?"

"또 틀렸어."

"지금 상황에서 내가 널 죽인다고 해도 아무도 관심을 가지지 않을 거야. 상황이 바뀌고, 대세가 정해졌으니까. 이전의 주인은 아무도 기억해 주지 않아. 그래도, 난 널 죽이지 않을 것이고, 똥 밭에 굴러도 이승이 낫다는 말도 있잖아? 그러니 특별히 배려해서, 명원에서 노년을 보내라는 거야."

샤치페이가 조용히 탁자에 긴 하얀색 비단 천을 올려 놓았다.

밍칭다의 안색이 변하지는 않았지만 뒤에서 지켜보던 첩은 혼절하고 말았다.

판시엔은 밍칭다를 보며 온화한 미소로 말했다.

"하얀 비단을 여기 놓고 갈 테니, 죽음으로 나에게 대항할 용기가 생기거든 언제든지 사용해. 하지만 넌 못 죽어. 저승에서 어머니를 만날까 두려워서."

판시엔은 눈을 찡긋하고 몸을 돌려 나갔다. 샤치페이가 뒤따라가며 문을 닫자, 다시 방은 한줄기 빛도 없는 어둠에 잠겼다.

한참 동안 하얀 비단을 바라보던 밍칭다가 혼잣말을 중얼거렸다.

"정말 사악한 놈이야……."

명원의 호위들은 감사원에 의해 말끔히 교체되었다. 명원 안에는 온통 낯선 사람들이었지만, 가족 중에서 아무도 샤치페이의 명을 거절할 용기가 있는 사람은 없었다.

샤치페이가 부하의 보고를 받자마자 판시엔에게 전달했다.

"명원의 사병들은 이미 쉐칭 대인이 파견한 주 군대에게 무기를 빼앗긴 상태입니다."

"사상자는?"

"40여 명 죽었고, 여럿 다쳤습니다."

"쉐 대인에게 도움을 받았으니 잊지 말아야겠네."

판시엔은 잠시 생각하다 온화한 미소로 화제를 돌려 물었다.

"이제 밍씨 집안은 네 것이네? 복수에 성공하니 좋아?"

"밍씨 집안은 대인 것입니다. 제 말은, 조정 것이라는 뜻입니다."

"에헤이. 너도 내 말을 이해 못한 거야? 밍씨 집안은 너의 것이지. 조정은 그런 것에 관심 없어. 조정에선 그냥 밍씨 집안이 말을 잘 듣기만 바랄 뿐이야."

샤치페이는 진심으로 놀라 입을 벌리고 아무 말도 하지 못했다.

"폐하께서 가문을 소유하는 게 말이 돼? 누구나 나라와 조정을 이롭게 한다면, 폐하께서는 그걸로 만족하시는 거야. 그리고 조정이 밍씨 집안에 개입한다는 소문이라도 나봐. 링난과 취엔저우 상인들이 뭐라 생각할까? 그리고 조정 대신들 중에 밍씨 집안 사업을 관리할 수 있는 사람도 없어. 그러니 걱정 마."

'폐하는 그렇다지만……왜 판 대인은 이익을 취하려고 하지 않지?'

생각에 잠겨 있는 샤치페이의 귓가에 판시엔의 목소리가 다시 들렸다.

"그래서 복수하니까 어때?"

"사실 아무런 느낌이 없습니다. 정말 원한 것이었는데, 막상 들어오니 낯설기만 할 뿐, 기쁘다는 생각도 들지 않습니다."

"원래 복수는 그런 거야. 복수에 성공하고 처음 느끼는 감정은, 허무지."

"참, 징두 귀인들의 지분은 어떻게 할까요?"

"전부 없애. 어차피 장부에도 없잖아. 내가 표 하나 만들어서 폐하께 보낼 거야."

"그러면, 장 공주 쪽에서……."

'그럴 여유가 있으실까 모르겠네…….'

판시엔은 속으로 웃었지만, 티는 내지 않고, 그렇다고 설명도 하지 않고, 그저 샤치페이에게 나가자고 손짓했다.

사생아로 태어난 두 명의 사내가, 주인이 바뀐 명원 안을 돌아다녔다. 두 사람은 작은 목소리로 후속 조치를 의논하며, 천하의 3대 건축물 중 하나인 명원의 화려한 풍경을 마음껏 감상했다.

제6장

피바람

징두의 가장 심원한 곳 황궁에서 옛날이야기나 은밀한 소문이 퍼지는 건 이상한 일이 아니었다. 하지만 대부분 원인도 분명하지 않고 증거도 명확하지 않았기에 특별한 조치나 영향없이 사그라지는 것이 대부분이었다.

이번 일도 그랬다. 하지만 누군가는 잊지 않고 있었고, 더욱이 황궁에는 경국에서 가장 예민하고 의심이 많은 사람이 살고 있었다.

어느 날 깊은 밤 그 사람은, 그 소문을 다시 입 밖으로 꺼냈다.

"동궁에 있는 궁녀가 죽었다고?"

야오 태감이 공손히 대답했다.

"네 그렇습니다. 황후 마마가 어린 시절 가지고 다니셨던 옥결을 훔친 죄로 심문을 받았고, 결국 수치심을 못 이기고 스스로 목숨을 끊었다 합니다."

"오. 그 옥결은 부황께서 혼사가 결정되고 황후에게 하사했던 것이지. 당시 황궁이 혼란스러워 최상급을 보내지도 않았는데, 황후는 무척이나 마음에 들어 했었지. 구름 무늬가 새겨져 있었던 것이 기억나네."

야오 태감은 묵묵히 이어지는 황제의 회상을 듣고 있었다.

"황후가 그 물건을 좋아하긴 했지만……그 일로 궁녀를 죽였다고……?"

황제의 얼굴이 살짝 차갑게 변했다.

"황후는 그동안 인자한 주인이라 불렸고, 경국의 국모로서 어질고 현명한 역할을 잘해 왔는데……그런 사소한 일로 갑자기 돌변했다?"

야오 태감이 '자살'이라 보고했지만, 황제는 '타살'이라 '의심'하고 있었다. 사실 그 사건이 있은 후 소문이 퍼질 때에도 대부분의 황실 사람들은 '타살'이라 생각하고 있었다.

"자네가 몰래 조사해 봐."

황제가 다시 평온한 얼굴을 하고 책상 위에 있는 상주문을 읽기 시작했다. 그리고 다시 평온한 며칠이 지났다. 황제는 그 일에 대해 더 묻지도 않았다.

그러던 어느 날 밤, 야오 태감이 공손히 보고했다.

"궁녀의 죽음에 이상한 점은 없었습니다."

"알겠네."

"궁녀의 마지막 행적은 오후에 광신궁으로 옷감을 전달한 것이고, 그 외에 별다른 이상 행동은 없었습니다."

황제는 천천히 시선을 상주문에서 야오 태감으로 옮겼다가 다시 말없이 상주문으로 옮기며 무심하게 말했다.

"알겠네."

야오 태감이 살짝 고개를 숙이며 마지막 말과 함께 보고를 마쳤다.

"당시 광신궁에는 장 공주 마마와 태자 전하가 계셨다 합니다."

황제가 상주문을 가볍게 탁자에 내려놓고 눈을 감으며 무언가 생각했다.

야오 태감은 마지막 '알겠네' 세 글자를 기다리고 있었다.

"홍쥬를 불러와."

황제의 낮은 침대 앞에 엎드려 있는 홍쥬는 얼굴이 흙빛이 되어 온몸을 벌벌 떨고 있었다. 너무 심하게 떨어 마치 솜저고리에 물결이 이는 듯 보였다. 그는 정말 겁에 질려 있었다. 모든 일이 다 끝나고 그의 머릿속에서도 이미 잊혀져 있던 '그 사건'인데, 예상치 못하게 황제가 갑자기 불렀기 때문이다.

황제는 그를 보지도 않고 대수롭지 않게 물었다.

"동궁에서 궁녀가 죽었다 하던데……."

"네, 그렇습니다."

홍쥬는 겁에 질려, 질문과 동시에 답을 했다. 그리고 그는 최대한 떳떳하고 성실한 모습을 보이기 위해서 목에 있는 힘껏 힘을 주고 대답을 했다. 다만 힘 조절이 안 되어, 의도와 달리 '네'라 할 때 목소리가 갈라지고 말았다.

황제가 귀에 거슬리는 소리에 살짝 미간을 찌푸렸다.

"당시 상황을……작은 목소리로 말해 봐라."

홍쥬는 황후가 어떻게 옥결을 기억해 냈는지, 옥결을 찾기 위해 수색한 일, 옥결을 발견한 상황 그리고 심문을 진행한 태감이 누구인지, 궁녀가 어떻게 자살을 했는지를 상세하고도 성실하게 설명했다.

황제는 듣는지 마는지 여전히 상주문을 읽으며 무심히 물었다.

"궁녀가 목숨을 끊는 모습을 네가 직접 보았느냐?"

"보지 못했습니다."

홍쥬는 망설임 없이 사실을 말했는데, 당시 황후가 자신에게 안마를 시켜 심문을 직접 안 한 것은 정말 다행이라 생각하고 있었다.

어서방은 다시 조용해졌다.

상주문을 읽던 황제가 마침내 홍쥬에게 천천히 시선을 옮기며 말했다.

"그런데 왜 이렇게 떠는 것이냐?"

홍쥬는 마른 침을 한번 삼키고, 바닥에 엎드려 머리를 바닥에 연신 찧으며, 동시에 흐느끼듯 대답했다.

"종, 죽을 죄를 지었습니다. 궁녀의 자살 소식을 제때 보고하지 않아, 죽어 마땅합니다."

황제는 손을 휘휘 저으며 홍쥬에게 일어서라 했다.

"짐이 동궁에 널 보낸 건 황후를 시중하라는 것이었지, 밀정이 되라는 것은 아니었다. 그런 작은 일은 짐에게 보고할 필요가 없다."

홍쥬는 겨우 놀란 가슴을 진정시키며 도둑이 제발 저릴 필요 없다고 자신을 다독였다. 황제는 몇 마디 더 간단히 물어본 후 화제를 돌리며 물었다.

"황후는 잘 대해 주느냐?"

"분에 넘치게 잘해 주시고, 항상 너그럽게 대해 주십니다."

홍쥬의 이 말은 참으로 '교묘'했다.

"옥결 하나로 궁녀를 죽인 사람을, 너그럽다 할 수 있을까?"

홍쥬는 아무 말도 할 수 없었지만, 속으로 살짝 웃고 있었다.

홍쥬가 어서방을 나가고, 야오 태감이 황제 옆에서 명을 기다리고 있었다. 황제는 한참을 생각하다, 마침내 천천히 입을 열었다.

"홍쥬가 거짓을 말하는 것 같지는 않아. 그래서 궁녀의 죽음에 문제는 없어 보이는데……다만 깨끗해도 너무 깨끗해."

황궁 생활을 오래한 야오 태감은 '너무 깨끗함'에 대한 의미를 잘 알고 있었기에, 마음 한편에 두려움이 엄습했다.

"짐은 도무지 믿을 수 없네."

이 말에 야오 태감은 엎드려 벌벌 떨며 명을 기다렸다.

"홍 태감을 불러와."

야오 태감은 두려움에 질려 무의식적으로 바로 대답했다.

"홍쥬는 방금 나갔습니다."

황제는 말없이 미간을 찌푸리며, 불쾌한 시선으로 야오 태감을 바라봤다.

태감도 곧바로 무엇이 잘못되었다는 것을 깨닫고, 앞섶을 휘날리며 허겁지겁 뛰어가다, 하마터면 문턱에 걸려 넘어질 뻔했다.

"홍스샹, 자네 생각은 어떠한가?"

황제가 큰 홍 태감의 이름을 불렀다는 것은, 사안이 그만큼 신중하다는 뜻이었다.

홍 태감이 허리를 살짝 숙이고, 자는지 깨어 있는지 분간이 안 되는 게슴츠레한 눈빛으로 공손히 대답했다.

"폐하, 어떤 일들은 보는 것만으로 진실을 알 수 없습니다. 설령, 직접 눈으로 확인했다 하더라도 그 진실은 모를 수 있습니다."

황제를 고개를 끄덕이며 말했다.

"짐은 의심이 많은 편이다. 짐도 이 점이 좋지 않음을 알고 있다. 그래서 가끔씩 일을 잘못 보기도 하는데, 그래서 이번엔 자네가 나 대신 좀 제대로 봐주게."

홍 태감은 말없이 공손하게 허리를 숙여 예를 올렸다.

황제가 한참 고민하다, 이윽고 말을 덧붙였다.

"그리고 태자가 갑자기 몸이 좋아지며 활기가 넘친다던데, 그 이유도 좀 알고 싶네."

이 말과 함께 황제는 홍 태감에게서 시선을 거두었다.

홍 태감은 다시 한번 예를 올리고 고개를 숙인 채 뒷걸음질로 조용히 어서방을 빠져나왔다.

며칠 뒤, 태의 한 명이 중병에 걸려 급사했다.

며칠 뒤, 황후의 먼 친척이 교외로 나갔다가 낙마 사고를 당했다.

며칠 뒤, 회춘약방에 불이나 지배인을 포함한 십여 명이 목숨을 잃었다.

화재가 발생한 당일, 큰 홍 태감이 얼이 빠진 얼굴로 다시 황제 앞에 나타나 노쇠한 목소리로 보고했다.

"태자의 몸이 좋아지게 한 환약이 있었고, 6개월 전부터 은밀히 복용했다 합니다. 그리고 궁녀가 죽은 날, 그 환약도 태자에게 전달되었다 합니다."

홍 태감이 잠시 멈칫하다 다시 보고를 이었다.

"종이 태의원을 조사하니 태의가 사망했고, 황실 외척을 조사하니 그 사람도 사망했고, 오늘 약방을 조사하니 화재가 발생했습니다."

"누군가 무엇을 감추고 싶어 하는군. 천하에서 자네보다 먼저 움직일 수 있는 사람은 많지 않지."

확실히 많지 않다. 경국에서 손을 꼽으라 해도, 쳔핑핑, 판시엔 그리고 장 공주.

황제는 침착하게 말을 이었다.

"짐은 누이의 일 처리 방식을 지금까지 높이 평가했다."

하지만 황제는, 그 방식으로 자신을 속이는 것은 용납할 수 없었다. 홍 태감이 환약 하나를 꺼내 건넸다.

"한 알밖에 구하지 못했습니다."

황제가 환약을 자세히 살핀 후, 힘을 주어 부수자 특이한 향이 코를 찔렀다.

"과연 좋은 약이군."

큰 홍 태감이 조심스럽게 황제에게 일러주었다.

"모함일 수도 있습니다."

"알았네. 이후는 짐이 알아서 하겠네. 그리고 모후에게는 알리지 말게."

늙은 홍 태감은 예를 올리고 조용히 물러났다.

광신궁에서 멀지 않는 곳에 위치한 정원의 나무 뒤. 황색 옷을 입은 황제가 그 모습을 숨기고 있었다. 고개를 살짝 숙인 그가 이해할 수 없다는 표정을 지었다.

'저 아이는 왜 홍스샹의 노골적인 움직임 이후에도 저렇게 자중할 줄 모르나…….'

하지만 이 의문은, 마음속에서 솟구치는 분노와 실망 그리고 허무함에 비하면 전혀 중요하지 않았다.

그날 밤, 황제는 늦은 시각에도 침궁으로 들지 않고 어서방에 앉아 있었다. 하지만 오늘은 상주문을 읽기 위함이 아니었다. 황제는 애써 침착을 유지하며 야오 태감에게 물었다.

"홍쥬는 알고 있었던 것 같은가?"

야오 태감은 단호하게 고개를 저었다. 그는 홍쥬가 살아남아야 자기의 생명도 유지할 수 있다 생각했기 때문이다.

"짐은, 그를 죽일 생각이네…….."

황제의 미간 주름이 더욱 깊어졌다.

"짐은……황궁의 모든 사람들을 죽일 생각이야."

야오 태감의 등줄기에 식은땀이 흐르기 시작했다. 하지만 감히 아무 말도 할 수 없었다.

한참이 지난 후, 황제가 차갑게 명했다.

"쳔핑핑에게 입궁하라 전해."

땀을 뻘뻘 흘리고 있던 야오 태감은, 기다렸다는 듯이 재빨리 어서방을 빠져나가 진원에 있는 노인에게 도움을 청하러 달려갔다.

'쨍그랑!'

달려가는 그의 뒤 어서방에서, 무엇인가 산산조각이 나는 소리가 전해졌다.

"회춘약방에는 문제가 없겠지? 마지막 순간에 실수하고 싶진 않네."

진원에서 절름발이 노인이 가장 가까운 전우에게 말했다.

산발을 한 페이지에가 대답했다.

"홍스샹이 직접 나타나긴 했지만, 아무 흔적도 찾지 못할 겁니다. 황궁 상황은 대인의 계획대로 문제없이 진행되고 있습니다."

"홍쥬를 없애야 할까?"

쳔핑핑의 주름이 짙어졌다.

"아무리 생각해 봐도, 문제의 소지가 될 조금이라도 여지가 있는 사람은 홍쥬뿐이야."

"저희가 홍쥬를 이용하긴 했지만, 폐하께서 그를 통해 알 수 있는 건 없을 겁니다."

페이지에의 이 말은, 경천동지할 진실과, 판시엔이 궁금했지만 홍쥬에게 묻지 않았던 질문에 대한 답을 말해주고 있었다.

'홍쥬는 장 공주와 태자 사이의 더러운 진실을 어떻게 알게 되었을까.'

이렇게 보면, 홍쥬는 판시엔을 만나고, 황제의 총애를 받고, 동궁 수령태감이 되었지만, 그렇게 운이 좋았다고 보기 힘들었다.

홍쥬는, 저도 모르게, 쳔핑핑의 장기 말처럼 이용되고 있었기 때문이다.

쳔핑핑이 의아한 표정으로 말했다.

"난 심지어 홍쥬가 아직도 그 사실을 모르고 있는 건 아닌가 하는 의심이 들어. 그는 폐하께서 동궁에 심어 둔 첩자인데, 그 일을 알고 있었으면 왜 바로 폐하에게 가서 보고하지 않았겠나? 그가 입을 다무는 바람에 일이 두 달이나 늦어졌어."

"그가 몰랐을 것 같지는 않습니다. 다만, 그 일을 입 밖에 내는 순간, 죽은 목숨이라 생각한 게 아닐까요? 황궁에서 지금 위치에 오른 걸 보면 바보는 아닙니다."

"그런 거라면, 홍쥬의 인내심에 탄복할 수밖에 없구만……여하튼 이제 폐하께서 아셨으니 된 거지."

절름발이 노인 조차도 홍쥬가 황제의 심복이라 생각했지, 판시엔의 심복인 것은 모르고 있었다. 쳔핑핑은 깊은 한숨을 내쉬며 말을 이었다.

"폐하를 움직이는 건 정말 쉽지 않아. 의심이 많은데다, 너무 총명하시기 때문이지. 그래서 너무 뻔하게 알려드리면 더욱 의심하시고. 이렇게 조그만 단서로 모호하게 던져 드려야, 폐하의 총명함으로 우리가 원하는 방향에 이르시게 되지."

그는 마른 기침을 두 번 했다.

"폐하는 의심이 너무 많고 총명해 결단을 내리시기 힘드신 거야. 과거 5백만의 군사를 이끌고 북벌에 나섰던 용맹한 모습은 이제 찾아볼 수 없어…….”

진원 밖에서 말소리가 들리기 시작하자, 첸핑핑은 자신이 하던 말을 끊고 페이지에를 바라보며 진지하게 말했다.

“드디어 황궁에서 온 것 같네. 자네는 서둘러 징두를 떠나.”

페이지에는 고개를 끄덕이며 물었다.

“홍쥬는 어떻게 할까요?”

“일단 놔둬. 아무래도 그놈이 보통내기는 아닌 것 같아.”

멀리 강남에서 징두 상황을 민감하게 지켜보고 있던 판시엔조차도, 경국에서 가장 실력 좋고 무서운 중년 남성 두 명이 모두, 자신이 궁에 심어 둔 심복을 죽이려 한다는 것을 몰랐다.

판시엔은, 신이 아니었기 때문이다.

경국 황제도, 신은 아니었다.

태극전 뒤 긴 복도에서 쓸쓸하고도 처량한 눈빛을 하고 있는 경국 황제는, 심지어 평범한 중년 남자의 모습과 다를 게 없었다. 그 옆으로 바퀴의자에 앉은 첸핑핑이 살짝 고개를 숙인 채 말없이 무릎 담요를 쓰다듬고 있었다.

두 사람은 아무 말 없이 앞에 펼쳐진 평평한 땅을 바라봤다.

“내가 틀렸어.”

황제는 ‘짐’ 대신 ‘나’라고 호칭했다.

“난 세 번의 북벌 그리고 서쪽과 남쪽을 정벌하며, 천하에 내가 감당하지 못할 일은 없다 자신했지. 그래서 모든 일을 침착하게 바라볼 수 있었네. 하지만 막상 어떤 일이 벌어지니, 내가 나의 인내력을 과대평가 했었다는 생각이 드네.”

“폐하, 이건 집안일입니다. 선인들도 집안일이 가장 처리하기 힘들다 말한 바 있습니다.”

황제는 쳔핑핑의 침착한 태도와 '집안일'이라는 표현에 조금은 안심이 된 듯 말했다.

"자네는 짐의 집안일에 참견하고 싶지 않다 했지만, 결국은 이렇게 되어버렸네. 이 일을 짐과 함께 처리해 주게."

호칭이 다시 '나'에서 '짐'으로 바뀌었다.

"종은, 폐하께서 내린 현명하신 결정을 그대로 따를 뿐입니다."

"일전에 말했듯이 짐은 그들이 걱정되지는 않아. 하지만 짐이 아끼는 누이고 짐의 아들이기에 그저 인내하고 있었지……허나, 이제는 더 참을 수가 없네."

쳔핑핑의 마음속에 복잡한 감정이 복받쳐 올랐다.

그는 이 순간을 기다렸다. 그는 황제가 이 결정을 하게 하기 위해, 많은 일을 했다. 삼석 대사, 군산회 등등. 많은 일들이 주마등처럼 스쳐 지나갔다.

황제가 결심을 한 듯, 천천히 눈을 감으며, 나지막이 마지막 말을 건넸다.

"자네는 궁 밖을 정리해주게, 난 궁 안을 정리하겠네."

그날 새벽. 13성문사는 징두 성문을 반 시진(한 시간) 늦게 열라는 황궁의 명을 받았다. 어스름한 새벽녘 과일, 채소, 고기를 잔뜩 짊어진 백성들이 성문 앞에 긴 줄을 서며, 원망 섞인 눈빛으로 굳게 닫힌 문을 바라보고 있었다.

관병들의 설명은 어젯밤 동이성의 밀정이 발견돼 징두 안이 발칵 뒤집혀서, 감사원이 그가 도망가지 못하게 하기 위해 성문을 걸어 잠그라는 명을 내렸다는 것이었다.

그래서 백성들은 동이성 욕을 하며 성문이 빨리 열리기만 기도하고 있었다.

감사원은 천핑핑의 진두지휘 아래 이미 징두의 대저택 네 곳을 은밀하게 통제했다. 하지만 징두 수비군도, 심지어 황궁을 지키는 금위군도 아무런 소식을 받지 못했다.

하지만 감사원의 이상한 움직임을 보고 받은 친형 후임, 현 징두 수비 통령이자 전임 대황자가 이끌던 서만 정벌군의 부(副)대장군이었던 셰수(謝蘇, 사소)가 재빨리 황궁으로 뛰어갔지만, 금군 뒤에 서 있던 태감 하나가 말없이 그를 막아설 뿐이었다.

얼마 지나지 않아 대황자가 황급히 말을 타고 달려와 입궁하려 했지만, 호우 태감은 여전히 말없이 그 또한 막아섰다.

통트기 전 가장 어두운 시각, 징두 전체가 어둠과 불안에 휩싸이기 시작했다.

"대원수, 감사원에 가봐야 하지 않을까요?"

수비 통령은 서만 정벌군 때의 버릇이 남아 대황자를 아직도 '대원수'라 부르고 있었다.

두 사람은 각자 불안과 경계심을 가진 채, 재빨리 친위병을 이끌고 감사원으로 향했다. 감사원 후원 연못가에 절름발이 노인 하나가, 침착하게 앉아 있었다.

"쳔 숙부, 무슨 일이 생긴 건가요?"

대황자는 여전히 천핑핑을 숙부라 불렀다. 쳔 원장은 고개도 돌리지 않은 채 대답했다.

"별일 아닙니다. 동이성 밀정이 감사원에 침입한 탓에, 황실의 명을 받고 징두를 수색하고 있습니다."

'무슨 소리야? 밀정 하나 때문에 쳔 원장이 움직였다고?'

징두 수비 통령이 조심스럽게 끼어들었다.

"쳔 원장 대인, 그렇다면 징두 수비와 같이 진행해야 하지 않을까요?"

"그렇기는 하지만, 대인은 징두 수비 통령에 부임한 지 얼마 되지 않았고, 이번 일은 갑자기 벌어진 일이니 감사원이 알아서 처리하겠습니다."

셰수 통령이 난처해하자 대황자가 걱정스러운 목소리로 대신 물었다.

"큰일이 아니라면서 황궁 문은 왜 닫혀 있는 겁니까?"

"반 시진 정도 늦을 뿐입니다. 그보다, 폐하께서도 오늘 조정 회의를 반 시진 늦추신다 하셨으니, 두 분은 조정 대신들에게 그 소식을 알려주시지요."

쳔핑핑은 고개를 천천히 돌리며 은은한 미소와 함께 마지막 말을 했다.

"몇몇 저택은 통지하실 필요 없습니다. 이미 제가 사람을 보내 두었습니다."

감사원 관원 한 무리가 도찰원 어사들 저택 앞에 도착했다. 그들은 거칠게 어사들을 땅에 눕혀 제압한 후 직접 대리사까지 연행했다. 저택 안에서 가족들의 비명과 울음소리가 담 넘어까지 울려 퍼졌다.

모자를 눌러써 얼굴을 가린 청년 하나가, 1처를 판시엔 대신 책임지고 있는 무티에에게 걱정스러운 표정으로 말했다.

"무 대인, 도찰원 어사들인데 이렇게 막무가내로 잡아들이면, 폐하의 명성에 흠집을 내지 않을까요?"

"저희는 폐하의 명을 받았을 뿐입니다. 저분들의 목숨은, 현재 도찰원 집필을 맡고 계신 허 대인에게 달려있겠지요."

모자로 얼굴을 가린 허 대인은, 도찰원 집필 대인이자 황제의 명을 받아 황실 대신 감사원을 감시하고 있는, 허종웨이였다.

허종웨이는 이번 일이 황제의 명이라는 것을 알고 있었고, 장 공주의 세력을 겨냥한 것이라는 것도 직감했다. 다만, 그 이유를 몰랐을 뿐이고, 이 연행 과정에 자신이 연관되어 있다면, 도찰원 내에서의 명성에 상당히 타격이 갈 것임을 걱정하고 있었다.

감사원의 또 다른 무리는, 이부 상서 저택 앞에 있었다.

옌빙윈은 무릎을 꿇고 있는 이부 상서 옌싱슈의 죄명을 단호한 말투로 읽어 내려갔다. 대역죄. 죄명을 다 듣지도 않았지만, 옌싱슈는 몸에 힘이 빠지며 풀썩 바닥에 쓰러지고 말았다. 황제가 자신을 참수하고 싶어하는 뜻을 분명히 알 수 있었기 때문이다.

'도대체 왜?!'

이유는 간단했다. 장 공주와 가까이 지냈기 때문에.

"폐하의 친필 명령을 봐야 하겠네! 감사원은 3품 이상 관리를 심문할 수 없지 않는가?!"

마지막 힘을 내 소리를 지르던 옌싱슈는, 옌빙윈의 품에서 나온 친필 명령을 보고, 그 자리에서 혼절하고 말았다.

또 다른 감사원 관원들은, 줄곧 조용한 저택 밖에 대기하고 있을 뿐 아무런 행동을 취하진 않았다. 이 무리는 수장도 없고, 황제 성지도 없고, 심지어 감사원 명령 문서도 없었다.

사실 그들은 이 저택에 전할 명령이 없었다.

감사원 6처 자객들로 이루어진 이 무리가 받은 명령은 '도살'이었다.

헝크러진 머리를 한 페이지가 저택의 한 모퉁이에서 걸어 나오며 무심히 고개를 한번 끄덕인 뒤 떠났다.

저택 안에는 장 공주 심복 중 가장 뛰어난 고수, 뛰어난 모사들이 숨어 있었다.

하지만 6처 자객들이 들어갔을 때 그들은 의외로 아무런 저항을 하지 않았다. 모두 약에 의해 깊이 잠들어 있었기 때문이다. 무공이 강한 고수들이 혼수상태로 저항하려 움직이긴 했지만, 그들은 제일 먼저 영원한 잠에 빠져들게 될 뿐이었다.

장 공주 별저의 모든 이가, 죽었다.

다만, 아무도 모르게 단 한 사람이 저택을 빠져나갔다.

린뤄푸의 죽마고우, 지금 장 공주가 가장 신임하는 모사, 위엔훙다오. 그는 백지장처럼 하얗게 질린 얼굴로 저택 뒤쪽의 개구멍으로 도망쳤다.

위엔훙다오는 연꽃 연못 거리 빈민촌 안의 눈에 띄지 않는 작은 민가에 도착했다. 이 민가는 감사원의 비밀 가옥 중에서도 가장 은밀하게 관리되는 곳 중 하나였다. 그의 머리에 자신을 살려준 페이지에의 산발이 된 머리칼이 떠오르며, 아직 긴장이 풀리지 않은 듯 앞에 있는 차를 무의식적으로 마셨다.

"독이 들어 있는지 걱정은 안 되는가?"

중년 남자가 안쪽에서 천천히 걸어 나오며 나지막이 물었다.

전임 4처장, 옌뤄하이.

위엔훙다오는 그의 얼굴을 보자 황급히 찻잔을 놓으며 말했다.

"저는 애초에 목숨에 대한 미련을 버렸습니다."

"감사원을 너무 오래 떠나 있었나? 폐하와 원장 대인께서 부하들을 쉽게 버리지 않는다는 사실마저 잊어버렸나 보구만."

이때, 평민 복장을 한 여자가 저택 안으로 뛰어들어왔다.

그 여자와 위엔훙다오, 서로는 서로를 보며 경악했다.

장 공주의 심복 궁녀, 장 공주의 심복 모사.

서로를 그렇게만 생각했던 두 사람은 놀랄 수밖에 없었다.

옌뤼하이는 두 사람을 번갈아 본 후 천천히 입을 열었다.

"두 사람의 공이 크네. 폐하와 원장 대인께서도 두 사람의 활약에 만족하고 계시네. 하지만 앞으로도 두 사람은 서로의 신분을 모른 척 해주기를 바라네."

이 말과 함께 옌뤼하이는 두 밀정이 징두 밖으로 빠져나갈 수 있는 절차를 간략하게 설명했다. 설명을 다 듣고 위엔홍다오가 물었다.

"저의 목적지는 어딥니까?"

"신양."

"설마······장 공주가 신양으로 돌아간다는 것인가요?"

"만일의 상황에 대비하는 것뿐이네. 일단 거기서 대기하며 명을 기다리게."

옌뤼하이는 궁녀에게 고개를 돌려 말했다.

"너는 징두 근처에 잠복해 있어라. 다시 입궁해야 할 수도 있으니."

그리고 두 사람을 물렸다.

이 두 사람의 공은 정말 지대했다. 궁녀가 장 공주의 성격과 취향을 확실히 파악했고, 홍쥬에게 '우연히' 그 비밀을 발견하게 했다. 위엔홍다오는 장 공주의 숨겨진 세력과 심복을 정확하게 감사원에 알려주었다.

옌뤼하이는 두 사람의 모습이 사라지는 것을 보며 동시에 천핑핑의 치밀함이 떠올라, 저도 모르게 고개를 절레절레 저었다.

동트기 전 칠흑 같은 어둠 속에서, 한 노인이 보이지도 않는 채소에 물을 주고 있었다. 오늘은 그의 아들도 일찌감치 소식을 전해 듣고 걱정스러운 눈빛으로 노인의 곁에 와 있었다.

친씨 가문 어른의 노쇠한 얼굴에 조금은 놀란 기색이 스쳤다.

"폐하께서 장 공주를 쳐낸다……그 이유가 뭔지 아느냐?"

사실 이유는 알 수도 없었고, 중요하지도 않았다.

친형은 오히려 반문했다.

"이제 우리 가문은 어찌해야 하나요?"

"우리는 아무것도 하지 않는다."

"하지만 장 공주는……우리 집안이 한 일들을 알고 있습니다."

"무슨 일 말이냐? 밍씨 집안 지분? 쟈오저우 수군? 그런 일들로는 폐하께서 가문을 멸하지 않을 것이다."

"하지만 장 공주가 세력을 잃으면 판시엔의 세력이 득세할 텐데, 그렇다면……."

친씨 가문 어른이 말을 끊었다.

"리윈루이가 살아남을 수 있는지가 핵심이다."

친형은 적지 않게 놀라며 황급히 물었다.

"아버지 말씀은, 폐하께서 장 공주를 죽일 수도 있다는 뜻인가요?"

"물론, 태후가 살아 있고 폐하께서도 명성을 중요하게 생각하시니, 쉽게 죽이진 못하겠지. 하지만 만약 내가 황제라면, 장 공주의 미친 행동을 계속 놔두거나, 더 이상 인내하지 못하면 죽이거나, 둘 중 하나일 것이다."

친씨 가문 어른은 나무 바가지에 물을 받아 채소 밭에 다시 물을 뿌린 후 말을 이었다.

"만약 장 공주가 죽는다면, 우리가 뭘 할지는 고민할 필요가 없다. 운명에 맡길 수밖에……중요한 것은, 장 공주가 살아남는다면, 그녀는 누구도 생각 못하는 미친 방법으로 반격을 할 것이야. 우리는 그때까지 아무것도 먼저 해서는 안 되고, 장 공주가 미친 짓을 할 때 기회가 생길 것이야."

그 시각, 경국의 또 다른 어른은, 어찌 보면 경국에서 가장 영향력이 센 어른은 달콤한 잠에 빠져 있었다. 함광전 안과 밖의 소식을 황제가 철저하게 통제하고 있었기 때문이다.

함광전과 그리 멀지 않은 곳, 태후가 가장 아끼는 딸 장 공주가 머무는 처소, 광신궁이 있었다. 그리고 지금 광신궁은 예전의 아름다운 모습과 전혀 다른 분위기를 풍겨내고 있었다.

등이 굽은 늙은 태감이, 겨울의 늙은 거목처럼, 광신궁 문 앞에 서 있었다.

늙은 거목이 있으니, 광신궁은 아름다울 수도, 생기가 넘칠 수도 없었다.

장 공주가 한참 동안 거목을 노려보다 이윽고 차갑게 입을 열었다.

"홍 공공, 난 모후를 봐야겠어."

늙은 거목, 큰 홍 태감은 아무 대꾸도 하지 않았다. 그를 따라 광신궁에 온 태감들은 광신궁 안을 바쁘게 쏘다니며 시신들을 수습하느라 정신이 없었다.

27명의 궁녀와 태감이 죽었다.

모두 변명이라도, 외마디 비명이라도 지르고 싶었지만, 그럴 수 없었다. 황제의 뜻은, 모두 죽이라는 것이었다.

태감들이 빗자루로 흙을 쓸어 핏자국을 덮자, 큰 홍 태감이 무기력한 목소리로 말했다.

"장 공주 전하, 폐하께서 태후 마마의 휴식을 방해하지 말라 명하셨습니다. 폐하께서 곧 오실 것입니다."

장 공주의 매혹적인 두 눈에 잠시 독기가 스치고, 그녀도 모르게 두 주먹을 꽉 쥐었다. 하지만 이내 화사한 웃음을 지으며 늙은 거목에게 예의 있게 허리를 숙였다.

"그럼 본궁은 여기서, 황제 오라버니를 기다려야겠어."

이 말과 함께 그녀는 궁안으로 들어가 나무문을 닫아버렸다.

나무문 안에서 장 공주는, 가슴이 답답하게 조여오는 걸 느끼며 숨을 헐떡였다.

동궁 안. 모든 것이 혼란스러웠고, 모두가 불안에 떨고 있었다. 미처 머리 손질도 못한 황후가 허락도 없이 들어온 태감들을 보며 날카롭게 소리쳤다.

"이런 개만도 못한 종들이 감히! 모반이라도 하는 것이냐?!"

야오 태감이 공손히 대답했다.

"저희는 황명을 따를 뿐입니다."

이때, 안색이 창백한 태자가 밖으로 나와 눈에 익은 태감과 황실 호위들을 보며 미간을 찌푸렸다. 부황의 뜻이었다.

'무엇 때문에 이러시는 거지?'

"야오 공공, 여기서 왜 이러는 것인가?"

"폐하께서 동궁에 손버릇이 더러운 사람이 있다는 말을 들으시고, 전하와 황후 마마를 걱정하셨습니다."

누가 들어도 거짓말이었다.

황후는 참지 못하고 다시 소리를 질렀다.

"동궁의 일은 본궁의 소관 아닌가?!"

하지만 태자는 침착하게 한숨을 쉬며 말했다.

"부황의 뜻이라면, 데려가 심문하게. 몇 명이나 데려가는 것인가?"

"전부."

황후가 다시 소리를 질렀다.

"그럼 시중은 누가 든다는 말인가?!"

"새로운 사람들이 올 것입니다."

황후도, 태자도 오늘 일이 보통 일이 아님을 직감하고 있었다.

황후는 분노했고, 태자는 망연자실했을 뿐이다.

야오 태감이 모든 궁녀와 태감들의 입을 막고 밧줄에 묶어 동궁을 떠나려 할 때, 황제가 동궁으로 들어오며 태연하게 물었다.

"어찌된 일인가?"

황후와 태자가 예를 올리고, 황후가 비통한 목소리로 황급히 말했다.

"폐하, 이곳을 버려진 궁으로 만드시려는 겁니까, 저를 내치시려는 것입니까?"

황제는 혐오스럽다는 눈빛으로 그녀를 힐끗 봤고, 태자는 쳐다보지도 않았다. 그리고 다시 싸늘한 목소리로 야오 태감에게 물었다.

"짐의 분부가 무엇이었느냐?"

야오 태감은 곧장 바닥에 엎드려 연신 머리를 땅바닥에 찍으며 죄를 청하였다.

'슥슥슥슥……'

동궁 정원에서 황실 호위들의 서슬 퍼런 검의 향연이 펼쳐졌다.

태자는 아연실색하여 눈앞에 벌어지는 참극을 바라봤고, 황후는 외마디 비명과 함께 태자 앞에 혼절해버렸다.

칼날이 바람을 가르는 소리, 궁녀와 태감이 절규하는 소리가 황궁의 적막을 갈랐다.

수십 개의 머리, 수십 구의 머리 없는 시체들이 땅바닥에 나뒹굴었다.

붉은 피로 물든 정원에, 선혈의 비린내가 진동했다.

태자는 혼절한 모후를 한번 보고 몸을 부르르 떨며, 고집스럽고 표독스러운 눈빛으로 부황을 바라보고 있었다.

동이 틀 무렵 황궁 구석진 곳의 건물 안에서 대부분의 태감과 궁녀들이 꿈속에서 몸을 뒤척이고 있었다. 하지만 홍쥬는 연신 자기의 뺨을 때리고 있었다. 그는 오늘 당직이 아니었기에 동궁의 참변에서 살아남을 수 있었지만, 앞으로 어떻게 될지 몰라 불안에 떨고 있었던 것이다.

집밖에서 조그만 소리가 들렸다. 사람을 깨울 정도의 큰 소리는 아니었지만, 홍쥬는 판시엔이 호신용으로 준 독이 든 비수를 손에 쥐고 마지막 항전을 준비했다.

이렇게 죽을 수는 없었다.

그는 떨리는 손으로 비수를 쥐고 아랫입술을 깨물었다. 심지어 입술에 피가 나는 데도 개의치 않고 있었다.

얼마나 지났을까. 아무도 홍쥬의 집으로 찾아오지 않았다. 홍쥬가 피 맛이 나는 침을 삼키고 문틈 사이로 밖을 바라보았다.

아무도 없다. 용기를 쥐어짜 문을 조심히 열고 밖으로 나갔다. 이상한 점이 없다. 최대한 살금살금 걸어가 다른 집 문에 손을 뻗었다. 빗장도 걸려 있지 않은 문이, 스르륵 열렸다.

아무도 없다. 시체도 없다. 방구석에 낭자한 혈흔만이 이곳에서 어떤 일이 일어났는지 말해주고 있었다.

홍쥬는 넋이 나간 채 뒷걸음질로 집안을 빠져나왔다. 완전히 비어버린 완의방에서 홀로 남은 그의 몸이 부들부들 떨리고 있다. 기쁨도 두려움도 아니었다. 의아함과 막연한 불안감 때문이었다.

'왜 나만 살아남았지?'

'우르르……쾅!'

소나기가 내리기 시작했다. 홍쥬는 빗물이 얼굴을 때리고 옷이 젖는 것도 모른 채, 빗속에 우두커니 서 있었다. 한참이 지난 뒤, 그는 비수를 꽉 쥐고 자신의 집 안으로 들어갔다.

그리고 그 문을 다시는 열지 않았다.

"부황, 왜 이러시는 겁니까?!"

태자는 평소에 볼 수 없는 분노에 가득 찬 눈빛으로, 자신의 아버지를 노려보며 소리쳤다.

"도대체 왜!"

황제는 아무 말도 들리지 않는 듯, 뒷짐을 지고 싸늘한 얼굴로 황후만 바라보고 있었다.

그는 천천히 고개를 숙여 황후의 얼굴에 자신의 얼굴을 가까이 했다.

황후는 흠칫 놀랐다. 익숙하면서도 원망스러운 얼굴. 용포의 문양도 자세히 보이고, 익숙한 남자의 향도 맡을 수 있었다. 다만, 그 표정 뒤에 숨겨진 마음을 알 수 없었다.

오랜 시간을 함께 보냈지만, 황후는 여전히 '그녀의 남자'의 마음을 알 수가 없었다.

황후는 뼈에 사무쳐 버린 두려움에 온몸이 떨리기 시작했다.

황제는 그녀의 귓가에 대고 나지막이 말했다.

"아들 교육 한번 잘-시켰네."

황제의 비꼬는 말투에 그녀의 모성애가 발휘되며, 저도 모르게 날카롭게 쏘아 댔다.

"제 아들? 그럼 당신의 아들은 아닌가요?"

'짝!'

황후의 질문에 돌아온 것은 귀싸대기!

황제는 천천히 손을 거두며 싸늘하게 말했다.

"황후에서 폐위되기 싫으면, 조용히 입 다물고 있게."

황후는 절망적인 눈빛으로 울부짖기 시작했다.

"지금 날 때렸어……절 때리신 거예요? 몇 년 만인지……그동안 절 본 체도 안 하시더니, 갑자기 절 때리신다? 그 손길에 제가 감사라도 해야 하는 건가요?!"

자신의 어머니의 치욕적인 모습에, 태자가 이성을 잃고 고래고래 소리를 지르기 시작했다. 그리고 그는 황제 앞으로 달려가 그를 막으며, 분노에 찬 눈으로 노려보며 소리쳤다.

"아버지, 그만하시죠!"

태자가 황제와 황후 사이에 있었지만, 황제는 그가 보이지 않는 듯 보였다. 황제의 눈빛은 마치 태자의 몸을 뚫은 듯, 그 뒤에 울고 있는 황후를 노려보며 말했다.

"체통을 잃어서는 안 돼. 알겠나? 황, 후."

황후는 넓지 않은 태자의 어깨 너머로 황제를 노려보며 입술을 깨물었다. 하지만 아무런 말도 하지는 않았다.

황제가 한 보, 앞으로 갔다.

황제의 몸이, 태자의 몸과 충돌했다.

태자는 알았다. 아버지가 자신을 없는 사람처럼 취급하고 있었다.

하지만 태자는 물러서지 않았다. 뒤에 어머니가 있었기 때문이다.

황제가 다시 한 보, 앞으로 갔다.

태자는 몸이, 밀렸다.

그는 마치 앞에 커다란 산이 자신을 향해 다가오는 것처럼 느껴졌다.

'뿌지직.'

태자는 자신의 무릎이 으스러지는 소리를 들었다. 하지만 여전히 물러서지 않고, 목에 핏대를 세우며 소리쳤다.

"아버지, 도대체 왜 이러시는 겁니까!"

마침내 황제가 자신을 가로막고 있는 아들의 눈을 바라보았다.

"역겨운 놈!"

태자는 다리가 풀려 털썩 바닥에 주저앉았다. 마음속 깊이 숨겨왔던 그 무엇, 그리고 자신의 예측이 맞았다는 불안감이 들기 시작했다. 그리고 그는 울기 시작했다. 그의 얼굴은 곧 눈물과 콧물로 범벅이 되었다.

'짝!'

황제가 다시 한번 힘껏 황후의 뺨을 때렸다.

황후는 비명 소리와 함께 낮은 침대 위에 쓰러졌다. 황제는 다시 고개를 숙여, 이를 갈며 나지막이 그녀의 귓가에 말했다.

"짐이 자네에게 이 아이를 맡겼는데, 이런 식으로 만들어?"

황제는 이 말을 끝으로 상체를 꼿꼿이 세우고 몸을 돌려 동궁 밖으로 발걸음을 옮겼다. 문 앞에서 그는 발걸음을 멈추더니, 천천히 고개를 돌려 역겹다는 눈빛으로 태자를 바라보며 말했다.

"만약 좀 전에 짐을 계속 막아섰다면, 그래도 너를 조금은 인정했을 것이다."

떠나가는 경국 황제의 모습에는, 남편도, 아버지도 없었다.

한 명의 군주뿐.

황제가 떠난 후 동궁 안에는 엷은 피 냄새, 통곡하는 황후와 태자만 남았다.

태자가 갑자기 몸을 일으키며 황후를 부축해서 앉게 하였다.

'짝!'

황후가 태자의 뺨을 후려쳤다. 태자는 피하지도 않고 절망에 몸부림치는 눈빛으로 황후를 노려봤다. 그리고 두 번째 손지검을 하려던 황후의 손목을 틀어 잡고, 사나운 목소리로 냉정하게 말했다.

"어머니……만약에 죽고 싶지 않으시면, 할머니에게 알릴 방법이나 찾으세요!"

동궁과 광신궁 그리고 완의방에서, 반 시진만에, 홍쥬를 제외한 모든 태감과 궁녀가 죽임을 당했다. 황제는 황실의 추문을 숨기기 위해, 수백 명의 원혼을 희생시킨 것이다. 드디어 황제는 자신의 강인하고 냉혹한 그리고 잔혹한 면을 드러내기 시작했다.

용포를 입은 중년 남성이 광신궁 밖에 도착했다.

거목처럼 서 있던 큰 홍 태감이 허리를 숙여 예를 올린 후, 아무 소리도 없이 사라졌다.

지금 황제와 장 공주 사이에는 두꺼운 나무문만 있을 뿐.

지금 두 사람 사이는 황제와 신하일까, 아니면 오라버니와 여동생일까? 두 사람은 앞으로 지난 날의 추억을 되새길 것인가, 아니면 죽음을 말할 것인가?

'우르르……쾅!'

바람이 불고 지나갔다.

징두 하늘 위에 깔린 먹구름이 순식간에 두꺼워졌다.

하늘에서 빛이 번쩍이더니, 천둥 소리와 함께 억수 같은 비가 쏟아졌다.

'끼익.'

광신궁의 문이 열리며, 용포를 입고 머리가 산발이 된 중년 남성이 들어왔다. 빗물에 젖은 옷에 그려진 용이, 마치 세상에 튀어나오고 싶다고 발악하는 것처럼 보였다.

장 공주는 낮은 침대에 앉아, 차가운 눈으로 그를 바라보았다.

"오라버니도 이렇게 처참한 몰골이 될 수 있구나?"

'번쩍.'

다시 한번 하늘에서 빛이 내려왔다. 그 빛에 비친 황제의 모습에는 분노, 포악함, 고집 그리고 고독이 담겨있었다.

황제가 광신궁의 문을 천천히 닫았다. 그리고 손목에 차고 있던 끈으로 자신의 젖은 머리칼을 '질끈' 묶었다. 단 한 가닥도 놓치지 않고 정갈하게 묶었다.

장 공주가, 갑자기 웃기 시작했다.

웃음소리는 비바람에도 묻히지 않고, 은방울 같이 광신궁에 음산하게 울려 퍼졌다.

황제는 아무런 표정 없이, 천천히 앞으로 걸어갔다. 그의 뒤에 찍힌 발자국은 일정하게, 또렷하게, 마치 손으로 그린 것처럼 찍혔다.

그는 장 공주 앞으로 다가가, 한자 한자 똑똑히 물었다.

"왜 그런 것이냐?"

장 공주는 대답하지 않았다. 그녀는 마치 어린 여자아이처럼, 무고하다는 눈빛으로, 얇은 손가락으로 침대를 가볍게 치고 있었다.

한참 후, 그녀는 고개를 천천히 들어, 천하에서 가장 큰 남성을 바라보며 붉은 입술을 가볍게 움직였다.

"무엇을 물으시는 거예요?"

황제는 미동도 하지 않고, 여전히 답을 기다리고 있었다. 장 공주는 그 모습에 깊게 숨을 한번 들이마시고, 큰 눈을 깜빡거리며 말을 이었다.

"지금 왜냐고 물으신 거예요?"

그녀는 눈을 다시 한번 깜빡했다.

"그러니까 왜 그랬냐구요?"

그녀는 갑자기 웃으며 자리에서 일어났다. 조금도 주눅이 들지 않은 듯 보였다. 오히려 원망이 서린 눈빛으로 황제를 노려보며 반문했다.

"황제 오라버니, 지금 물으시는 게, 제가 서른이 넘도록 혼인을 안한 이유예요? 아니면 부끄러움도 모르고 열다섯 살에 장원 급제한 남자를 유혹해 아이를 낳은 이유에요? 아니면⋯⋯지금 왜 아직도 많은 남자들을 노리개처럼 부리고 있냐고 물으시는 거예요?"

그녀는 입술을 살며시 깨물며, 한 발짝 앞으로 갔다. 황제 코앞에 이른 그녀는, 그의 두 눈을 똑바로 노려보며, 뼈를 에는 듯한 차가운 목소리로 다시 물었다.

"왜 그랬냐구요? 장 공주 리윈루이는 어째서 부귀영화를 누리며 편안히 살지 않고, 조정을 위해 오랜 시간 내고를 관리해 온 걸까요? 그녀는 왜 멍청하게도 역겨운 마음을 억눌러가며, 경국 황제를 위해 인재들을 끌어 모았을까요? 그녀는 왜 다른 나라들과 관계를 맺기 위해 온갖 더러운 수단을 동원했을까요? 그녀는 왜?! 몰래 군산회를 조직해서 오라버니 대신 손에 피를 묻혔을까요?"

장 공주는 서글픈 눈빛으로 황제를 바라보았다.

"왜냐고?"

감정이 복받친 그녀가 날카로운 목소리로 소리를 질렀다.

"황제 오라버니, 지금 왜 그랬냐고 물으시는 거예요? 왜 제가 멍청하게 이렇게 몰렸냐고? 황제 오라버니가 천하에서 가장 밝고 영예로운 역할을 하시는 동안, 저는 왜 뒤에서 가장 어둡고 더러운 역할을 했냐고? 지금 그 이유를 물으시는 거예요?"

황제는 차갑게, 가련한 눈빛으로 그녀를 바라만 보았다.

그녀가 갑자기 신경질적으로 웃었다.

"이게 다 당신을 위한 거 아니었어? 내가 제일 아끼는 오라버니, 바로 당신은 역사에서 현명한 황제로 남기 위해 다른 사람들에게 피를 묻히는 사람 아닌가⋯⋯그런데 나에 대해 생각해 봤어? 나는?"

장 공주는 분노에 차, 황제의 용포를 잡고 사납게 흔들었다.

"나도 당신에게 묻고 싶어! 왜 그랬어? 왜 내가 가진 모든 것을 빼앗아 갔어?! 왜 그놈에게 다 준거야⋯⋯왜? 좋아. 당신이 그것들을 원한다면, 내가 기꺼이 내 주지……하지만 그놈은 안 돼!"

리원루이는 크게 숨을 두 번 내쉬고, 최대한 평정을 찾으려 노력했다. 그리고 그녀는 가련한 눈빛으로 황제를 바라보며, 천천히 말을 뱉었다.

"안타까워……당신이 아끼는 그 사생아는, 판씨 성을 원했던데?"

황제는 그저 침묵했다.

한참 후, 황제는 나지막이 말했다.

"미친년."

"나 안 미쳤어! 그래, 그동안은 미쳤었지. 그런데 오늘만은……나 안 미쳤어!"

"미친년."

황제는 차갑게, 여전히 조용히 말을 이었다.

"너는 모든 것을 짐의 탓으로 돌릴 뿐, 너의 기형적인 권력욕은 인정하지도 않지."

"기형? 그럼 천하에서 가장 큰 권력을 가진 사람은 뭐가 되지?"

"감히!"

황제는 그녀를 때리려는 듯 천천히 손을 들었다. 그녀는 개의치 않는 듯, 고개를 뻣뻣이 들었다. 그녀의 모습을 보고, 황제는 다시 손을 내리며 말했다.

"네가 가진 모든 것들은, 짐이 준 것이다. 그러니 쉽게 가져갈 수도 있었던 것이다."

"제가 가진 모든 것은 제가 노력해서 얻은 것이에요. 그러니 가져가시려면, 저를 죽이셔야 할 거예요."

황제는 갑자기 웃기 시작했다. 그 웃음에는 뼛속까지 스며드는 차가운 기운이 서려 있었다.

"너 설마……짐이 널 죽이지 못할 거라 생각하는 것이냐?"

장 공주는 재빨리 조롱하듯 대꾸했다.

"눈 하나 깜짝하지 않고 죽이시겠지요……천하에서 오라버니가 아까워하는 목숨이 있던가? 황제 오라버니, 정신 차리세요……천하 사람들에게 인정과 의리를 가장 중시하는 군주인 척 연기 좀 그만해요. 누굴 속이려 하는 거예요? 제발 스스로 속이지 좀 마세요. 항상 저를 없애 버리려 했고, 명분만 찾고 있었던 거잖아요."

그녀는 차갑게 쏘아붙였다.

"그래요, 자신을 설득할 명분만 있으면 되는 거였지요……어렸을 때부터 옆에 있었고, 자라서는 당신을 위해 오랜 시간 헌신한 당신의 누이를 죽일 이유를 찾으셨다면……죽이세요, 죽여! 내가 기꺼이 죽어야지!"

눈을 감고 듣고 있던 황제가 차분히, 그리고 천천히 입을 열었다.

"넌 짐의 친누이이자, 태후가 가장 아끼는 딸이다. 그래서 네가 조정을 흔들고 사병을 양성하고, 밍씨 집안을 움직여 군산회를 조직했지만, 짐은 너의 죄를 묻지 않았다……네가 옌빙원을 팔아 넘기고 판시엔을 죽이려 했지만, 짐은 널 탓하지 않았다. 왜냐하면……짐은 그런 일들이 대수롭지 않다 생각했기 때문이다. 하지만!"

황제는 갑자기 눈을 뜨고, 앞에 있는 장 공주를 똑바로 쳐다보며 말했다.

"조카들에게 손을 쓰는 것은 용납할 수 없다……너 때문에 둘째는 이미 잘못된 길을 가고 있지."

"당신의 아들들은, 당신 때문에 미친 거야."

"청치엔은?"

황제의 눈에 살기가 서렸다.

"그는 태자야! 짐이 심혈을 기울여 키운 태자란 말이다! 짐이 천하를 평정한 뒤, 짐을 대신해 천하를 태평성세로 이끌어야 할 태자!"

'쾅!'

밖에서 천둥 소리가 울려 퍼졌지만, 황제의 분노에 찬 목소리를 가리지는 못했다.

'번쩍.'

다시 한번 번개의 불빛이 번쩍 했을 때, 그 빛은 황제의 오른손이 장 공주의 목을 조르고 있는 모습을 비추었다.

황제는 그녀의 목을 조른 채, 낮은 침대를 넘어, 뒤의 병풍을 넘어, 그 뒤의 벽까지 밀고 갔다!

경국에서 가장 아름다운 여인은 벽에 붙은 채로, 파랗게 핏발이 선 손을 버둥거리며 발악했다!

장 공주는 숨이 막혔지만, 도움을 요청하거나 목숨을 구걸하지 않았다. 그저 핏발이 선 눈에서 나온 동정 어린 눈빛으로, 목을 조르고 있는 중년 남성을 바라볼 뿐이었다. 커다란 손이 백조처럼 하얀 목을 움켜쥐자, 그녀의 얼굴은 피가 통하지 않아 빨개졌고, 그 모습이 오히려 사람을 유혹하는 매력도 더 짙어진 듯 보였다.

"짐은 그동안 청치엔의 미래만을 생각하며 모든 것을 해왔다. 짐이 이룰 천하를 계승하려면, 인정 많고 유능한 군주가 필요하니까……그런데 네가 모두……망쳤어!"

황제는 분노에 찬 목소리로 소리쳤다.

"왜 그런 것이냐!"

장 공주는 입꼬리를 올리고 숨을 헐떡이며, 힘겹게 말을 내뱉었다.

"이게 다 연극이었구나. 판시엔도 노리개에 불과했어. 그놈이 나보다 더 비참하게 죽겠어."

장 공주는 처량하게 발끝으로 바닥을 딛으려 발버둥치면서도, 조롱의 눈빛과 조소를 거두지 않았다.

"황제 오라버니는 너무 의심이 많아요. 너무 위선적이고. 태자를 단련시킨다 했지만, 태자는 이미 겁에 질린 생쥐가 되어 버렸어요. 언제든지 오라버니에게 버림받을 수 있다고 생각하는……그러니 내가 꼭 안아줘야 하지 않을까?"

리윈루이의 서슴없는, 직설적인 말이, 황제를 자극했다.

황제는 그녀를 노려보며, 다시 물었다.

"왜 그런 것이냐?"

"왜? 또 그 소리야?! 이유 같은 것은 없어! 단지 그 아이가 날 좋아한 거야……난 그를 가지고 노는 게 좋았던 것이고."

그녀는 신경질적으로 웃으며, 힘겹게 말을 이었다.

"오늘 보니 그 애가 느낀 절망과 고통이, 내 생각보다 심한 것 같아. 그럼 난 만족해."

"그가 널 좋아했다고?"

"그럼 안 되는 거야? 천하에서 날 안 좋아하는 남자가……있을까?"

그녀는 핏대가 선 오른손을 천천히 들어, 황제의 뺨을 부드럽게 쓰다듬으며 나지막이 속삭였다.

"황제 오라버니, 오라버니도 날 좋아하잖아?"

"미친년!"

리윈루이는 화도 내지 않고, 빨갛게 달아오른 매혹적인 얼굴로, 여전히 거친 숨을 몰아쉬며 말했다.

"오라버니도 날 좋아하잖아. 내가 오라버니 친누이이긴 하지만……그럼 또 어때? 좋아하면 좋아하는 거지. 마음이란 건, 산 속에 숨기거나 바닷속에 던져 놓는다고 숨겨지는 게 아니잖아."

"너 정말 미쳤구나. 모든 남자가 짐승은 아니야. 모든 남자들이 너의 치마 속으로 머리를 조아리지는 않는다는 말이다. 여자가 영원히 남자 머리 위에 설 수 있다 생각하지 마라."

"지금 예칭메이 말하는 거야?"

리윈루이는 역겨운 말투로 내뱉었다.

"난 그녀가 아니야!"

황제는 그녀의 귀에 대고 나지막이 말했다.

"넌 그녀 발끝에도 못 미쳐. 넌 절대 내 마음속에서 그녀의 자리를, 조금도 빼앗을 수 없어."

리윈루이의 얼굴이 빨갛다 못해, 검어지고 있었다. 황제는 잔인한 목소리로 말을 이었다.

"네가 평생 발악해도……절대 그녀를 능가하지 못해……심지어 넌 짐의 그 아들만도 못해."

'우르르……쾅!'

다시 한번 천둥 소리가 천하를 울렸다. 하지만 장 공주의 귀에는, 나지막한 황제의 말이, 천둥 소리보다 크게 들렸다.

"모든 남자를 데리고 놀 수 있다더니, 그 애는 어쩌지 못하던데?"

"그 애는 완알의 상공이니까."

"넌 너의 조카도 건드릴 정도로 뻔뻔하지 않느냐?"

"오라버니가 그런 말을 할 수 있는 자격이 있을까? 심복의 여자를 빼앗은 사람이?"

갑자기 바람과 천둥 번개가 모두 멈춘 듯, 광신궁 안은 적막이 흘렀다. 황제는 미동도 하지 않고, 장 공주의 목을 조르고 있었다. 그녀는 연신 기침을 하면서도, 당당하게 말했다.

"북벌 때 당신은 천핑핑이랑 닝 재인 때문에 살아남은 것 아니야? 그렇게 그 둘에게 은혜를 입고도, 그 둘이 서로 마음이 있다는 것을 알면서도, 닝 재인을 첩으로 뒀잖아. 이런 사람이 뻔뻔하다는 말을 할 수 있는 건가? 천핑핑이 남자 구실 못하기 때문이라는 말은 집어 치워! 그러고는 심복이라고……부끄럽지도 않아?"

황제는 천천히 그녀의 목을 쥐고 있는 손에 힘을 주었다.

"죽기 직전까지도 짐과 천핑핑의 관계를 흔들려고……윈루이, 정말 대단해. 그러니 짐은 널……살려 둘 수 없다."

그 시각 동궁.

동궁에서 가련한 모자가 겁에 질려 벌벌 떨고 있었다. 하지만 이런 위기의 순간에서 황실 핏줄과 교육의 힘이 발휘되기 시작했다.

태자는 겁에 질려 있었지만, 여전히 침착하게 미래를 생각했다.

'살아남아야 한다. 장 공주를 구해야 한다. 그럴 수 있는 사람은 하나뿐이다.'

하지만 천하에서 부황을 분노를 잠재울 수 있는 유일한 그 사람에게 연락할 수 있는 방법이 없었다. 동궁이 모두 봉쇄되었기 때문이다.

"불을 질러야 해."

조용히 혼잣말을 내뱉은 태자의 눈빛이 번뜩하며, 황급히 몸을 돌려 넋이 나가 있는 황후에게 소리쳤다.

"불을 질러야 해. 동궁을 불태워버려야 해!"

야오 태감은 동궁을 지키고 있었지만 그의 마음은 광신궁에 있었다. 광신궁 안은 조용했다. 아니, 조용해 보였다. 하지만 그는 그곳에 가서는 안 된다는 것을 알고 있었다.

광신궁에 비하면 동궁은 평화로워 보였다. 피비린내가 나긴 했지만 이미 이곳은 다 정리가 끝났다. 그리고 안에 있는 두 사람이 할 수 있는 것은 없어 보였다.

그가 얼굴에 흐르는 빗물을 닦아냈다. 젖어서 언 발은 이미 감
각이 없었다.

빗물을 닦아내는 찰나, 눈앞에 불이 보였다.

다시 한번 눈을 닦았다.

비가 쏟아지는 와중에, 동궁을 집어삼킬 듯한 불기둥이 하늘을 향
해 치솟았다!

'누가 이런 거지? 설마 태자와 황후가……? 분신자살?'

야오 태감은 넋이 나간 듯 불길을 바라보고만 있었다.

'이 비에 불이 난다고? 저렇게 강한 불기둥이?'

그는 순간 고개를 저으며 정신이 번쩍 들었다. 원인이 문제가 아
니었다. 진짜 문제는, 만약 안에 두 사람이 다치거나 죽는다면, 자신
도 죽는다는 것이었다.

"물!"

야오 태감이 불에 데인 듯이 날카롭게 소리를 질렀다. 그때, 이미
많은 태감들과 궁녀들은 대야를 동원해 불을 끄기 시작하고 있었다.
불길은 쉽게 잡히지 않았다. 자연적으로 생긴 불이 아니라 누군가 기
름을 이용하여 불을 지른 것 같았다.

하지만 그렇기에 맹렬했던 불길은, 언제 그랬냐는 듯, 기름이 모
두 타 버린 듯, 순식간에 사그라졌다.

야오 태감은 조용히 혼자 동궁 안으로 들어갔고, 다른 태감과 황
실 호위들은 동궁을 다시 포위했다. 안으로 들어간 야오 태감의 눈
에는 처마 밑에서 태자가 황후를 끌어안고 있었고, 살짝 그을린 흔
적 위로 처량하게 빗물이 떨어지고 있었다.

야오 태감은 살짝 허리를 숙이며 말했다.

"불이 꺼졌습니다."

불이 꺼졌으니, 두 사람은 계속 동궁에 갇혀 있어야 한다는 의미

였다. 태자는 살짝 데여 물집이 잡힌 손을 보며 야오 태감을 향해 사납게 소리쳤다.

"자네 본궁을 죽이려는 건가? 왜 화재 소식을 알리지 않는 거야?! 본궁은 무사하지만, 모후께서 연기를 마시고 정신을 잃었단 말이다!"

태자의 목소리는 동궁 밖까지 전해졌고, 두 모자가 무사하다는 소식에 모든 사람들이 안도하고 있었다. 최소한 자신들에게 화가 미치지는 않을 것이라 생각했기 때문이다.

야오 태감은 태자의 반응을 보면서 미간을 찌푸렸다.

'황제의 아들이 맞구만. 절체절명의 위기에서 일부러 불을 지르는 판단을 하다니…….'

불이 나기 전까지는 황실 가족의 일이었다. 하지만 동궁에 화재가 나면서, 집안일이 나랏일로 바뀌어 버린 것이었다.

노부인은 사실 반 시진 전에 깨어 있었다. 늙어서 잠은 적어져 일찍 깼지만, 부드러운 이불에 누워 눈을 감고 명상하는 것이 이미 습관이 되어 있었다.

'우르르……쾅!'

태후는 눈을 감은 채로 미간을 찌푸렸다. 천둥이 무섭지는 않았지만, 천둥 소리는 너무 싫었다. 황실 리씨 집안에 문제가 있을 때마다, 하늘에서 저런 식으로 알려주는 것처럼 느껴졌기 때문이다.

아직 아무도 찾아오지 않았지만 태후는 더 이상 누워 있고 싶지 않았다. 천천히 앉아 옷을 걸치니 궁녀들이 재빨리 대야에 따뜻한 물을 받아왔다.

하지만 태후는 씻지 않고, 대야에서 올라오는 하얀 김만 멍하니 바라보았다.

"방금 전 시끄러운 소리는 어디서 난 것이냐?

궁녀들은 서로의 눈치를 살피며 입을 다물고 있었다. 그러나 한 명의 궁녀가 용기를 내어 말을 하려 입을 벌렸다.

그때, 태후의 늙은 개, 큰 홍 태감이 천천히 걸어 들어왔다.

함광전에 사전 통보 없이 들어올 수 있는 사람은 큰 홍 태감, 그리고 황제뿐. 말하려던 궁녀가 두려움에 떨며 입을 꽉 다물었다. 홍 태감이 천천히 입을 열었다.

"며칠 전에 동궁에서 손버릇이 더러운 종을 잡았는데, 그 일이 다 끝나지 않아서 소란이 일었습니다. 별일 아니니 신경 쓰지 마십시오."

태후는 말을 하려다 멈춘 궁녀를 쳐다봤다.

큰 홍 태감도 그녀를 쳐다봤다.

궁녀는 몸을 떨며 고개를 살짝 숙였다.

하지만 바로 다시 고개를 들고 재빨리 입을 열었다.

"동궁에……."

궁녀가 잔뜩 겁에 질린 눈빛으로, 홍 태감의 눈치를 살폈다.

태후는 떨리는 손을 뻗어, 홍 태감의 손목을 있는 힘껏 잡았다.

그리고 고개를 끄덕였다.

"동궁에 불을 끄러……물을 가지고 갔습니다……태자와 황후께서는 안전하십니다."

"폐하는 어디 계시느냐?"

"광신궁에 계십니다."

궁녀는 이 말과 함께 입술을 깨물고, 소매 안에서 비녀를 꺼내 자신의 목을 찔렀다!

그녀가 자신의 주인에게 남긴 마지막 말이었고, 그녀가 들고 있던 대야가 바닥에 떨어지는 소리와 함께, 그녀의 몸도 바닥에 털썩 주저앉았다.

태후는 죽은 궁녀는 쳐다보지도 않고 결연한 눈빛으로 말했다.

"광신궁으로 가자."

광신궁 밖에 내리는 비가 점점 잦아들고, 장 공주의 호흡도 점점 옅어져 갔다. 그녀의 얼굴은 푸르다 못해 잿빛으로 변해 갔고, 수많은 사람을 유혹하던 큰 눈동자도 점점 돌출되었다. 그녀의 목숨은, 목덜미를 쥐고 있는 커다란 손에 달려 있었다.

죽음에 가까이 가자, 그녀는 마침내 미쳐버렸다. 두려움보다는 조롱의 눈빛을 하고, 기괴한 웃음을 짓기 시작했다.

장 공주는, 황제를, 비웃고 있었다.

그 모습을 보며 황제의 손에 약간 힘이 풀어지자, 장 공주는 주먹으로 미친 듯이 황제를 때리기 시작했다. 그녀의 얼굴에 눈물과 콧물 그리고 침이 흘러내렸다.

"미쳐도 죽음은 두렵나 보구나."

"퉤!"

장 공주는 황제의 얼굴에 침을 뱉고, 신경질적으로 웃기 시작했다.

"날 죽이면 쳔핑핑도 죽이겠지? 그리고 판지엔? 판시엔? 많은 사람이 저승길을 동행할 테니 외롭진 않겠네요. 평생을 그렇게 고독하게 살아가세요."

"천자는 친구가 필요하지 않다. 아들이 모반을 꿈꾸면, 또 낳으면 그만이다."

"오라버니는 날 죽일 수 없어. 하지만 나를 죽이시는 게 좋아요. 만약 오늘 내가 산다면, 모든 방법을 동원해 오라버니를 죽여 드릴 테니까!"

"아무도 짐을 죽일 수 없다."

이 말과 함께, 황제는 손에 힘을 주기 시작했다. 장 공주의 눈빛에 당황한 기색이 비쳤다. 황제는 갑자기 다른 손을 내밀어, 부드럽게 그녀의 뺨을 어루만지며 중얼거렸다.

"넌 내 누이지. 말을 안 들어도, 넌 내 누이야……."

이것이 황제와 장 공주가 이 세상에서 나눈, 마지막 대화였다.

'펑!'

광신궁 문밖에서 섬광이 번뜩 하더니, 나무문이 산산이 부서졌다. 침착한 표정이었지만 조급함만은 숨기지 못한 태후가, 큰 홍 태감의 부축을 받으며 호위 몇과 함께 광신궁 안으로 들어왔다.

"황상!"

초점을 잃어가던 장 공주의 눈동자에, 어렴풋이 황제의 조소가 어렸다.

한 손가락, 한 손가락……장 공주의 목에서 황제의 손아귀가 풀어졌다.

한참 동안 두 눈을 감고 심호흡 하며 마음을 가라앉힌 황제는, 헝크러진 용포를 정리한 뒤 몸을 돌렸다. 그리고 담담하게 자신의 어머니에게 다가가 손을 잡으며 말했다.

"모후, 돌아가시지요."

태후는 벽에 기대 쓰러진 채 목을 만지며 거친 숨을 내쉬는 딸을 보며 몸을 떨고 있었다. 황제는 태후를 잡은 손에 다시 가볍게 힘을 주며 부드럽게 말했다.

"모후, 가시지요."

황제의 목소리는 부드러웠고, 일종의 타협을 표시하고 있었지만, 그 위엄만은 거부할 수 없이 느껴졌다. 태후는 여전히 몸을 떨며, 천천히 말했다.

"돌아가야지요. 빨리 돌아가야지요."

황제는 태후와 함께 광신궁 문을 나서다, 그 주위를 지키고 있는 호위들 앞에서 발걸음을 멈추고, 평온한 얼굴로 담담히 말했다.

"짐은, 천하의 백성들이 모두 짐을 따르는지 알았다."

광신궁 문을 부쉈던 호위들이 아무 말 없이 고개를 숙였다.

몇 번의 바람이 일고, 호위 몇이 비명을 지르며 바닥에 쓰러졌다.

황제는 태후의 손을 잡고 광신궁을 나서고 있었고, 큰 홍 태감이 다시 손을 소매 안으로 넣으며 그 뒤를 따랐다.

광신궁의 문은 다시 굳게 닫혔고, 장 공주의 거친 숨소리도 그 안에 갇혀버렸다.

제7장

남자, 여자 그리고 황제

　오늘 조정의 회의는 반 시진 연기되었고, 황궁의 문도 평소보다 반 시진 늦게 열릴 예정이었지만, 모든 대신들은 원래 정해진 시간에 맞춰 황궁 문 앞에 모여 있었다. 하지만 평소처럼 담소를 나누거나 날씨 이야기를 하지 않았다.

　대신들은 대부분 장 공주가 어떤 일로 황제의 눈 밖에 나서 세력을 잃었다고만 추측하고 있었다. 하지만 진짜 원인을 몰랐을 뿐 아니라, 황궁 안이 피바다가 되었을 거라 생각도 못 하고 있었다.

　하지만 한 가지 사실만은 실감하고 있었다.

　천하는 황자들의 것도, 장 공주가 가지고 놀 수 있는 장난감도 아니라는 사실. 천하는 황제 폐하의 것이며, 따라서 마음만 먹으면 언제든지 주변 세력들을 제거할 수 있다는 사실.

문이 열리자 문하중서성의 두 대학사를 선두로 하여 대신들이 줄지어 차례로 들어갔다. 몇몇 대신들의 자리가 비어 있었고, 그들은 대리사나 감사원에 잡혀 있었지만, 정작 대신들을 놀라게 한 것은 용의에 아무도 없다는 사실이었다.

황제가 조회에 나오지 않았다는 것은, 황궁의 일이 황제 생각처럼 쉽게 끝나지 않았다는 뜻이었다.

비가 그치고 붉은 해가 구름 사이로 얼굴을 내밀고 나서야, 태감의 외침과 함께 용포를 입은 중년 남성이 태극전으로 천천히 들어왔다. 대신들은 만세 삼창을 했고, 상주문을 올렸고, 황제는 사안들에 대해 성지를 내렸다.

모든 것이 평소와 같았지만, 대신들은 최대한 황제의 심기를 건드리지 않도록 조심조심하고 있었다.

하지만 조정도 엄연히 규칙이라는 것이 있었다. 어젯밤 두 관아의 상서가 체포되었고, 도찰원 어사 열 명 중 세 명이 사라졌고, 두 건의 살인도 자행되었다. 이런 큰일을 아무 일 없었다는 듯 넘어갈 수는 없었다.

슈 대학사가 앞으로 나와 황제에게 물었고, 황제는 턱을 괴고 한참 말없이 고민하다 입을 열었다.

"짐의 뜻에 따라, 감사원이 사람들을 감옥에 가둔 것이다."

"옌 상서를 비롯한 대신들이 무슨 죄를 저지른 것인지 궁금합니다."

슈우가 황제의 심기를 건드리면서까지 물은 것은 조정의 규율 때문이기도 하지만, 더 중요한 것은 황제가 자신과 같은 관리가 필요하다 생각하는 것을 알고 있었기 때문이다. 그래서 황제는 화를 내지 않았고 내심 흡족해하고 있었다.

황제는 대답 대신 손짓을 했고, 야오 태감이 상주문과 보고서를 탁자 위에 올려놓았다. 슈 대학사를 포함한 몇몇의 고관 대신들부터 그 문서를 읽기 시작했고, 그들의 얼굴에 놀람, 분노 그리고 부끄러움의 기색이 스치고 지나갔다.

그들의 악행에 그들과 같은 조정의 관리로서, 경국과 황제에게 부끄러웠고, 조정과 백성들에게 부끄러웠다.

증언과 증거가 모두 확실했고, 누가 보더라도 그 관리들이 살아날 기회는 없어 보였다.

그렇게 공식적인 조정 회의가 끝나고, 어서방에는 두 대학사와 6부의 원로 대신들이 앉아 있었다. 평소와 같은 의자였지만, 오늘 만은 모두 가시방석 같다고 느끼고 있었다. 하지만 황제는 평소처럼 온화한 얼굴로 천천히 입을 열었다.

"조정에서 공식적으로 언급할 수 있는 일도 있고, 여기서만 말할 수 있는 일도 있네. 자네들은 경국을 떠받치는 기둥이고, 천자의 집안일도 국사의 한 부분이라 할 수 있으니, 자네들에게는 사실을 말해 주겠네."

황제가 손짓을 하자 옆에 있는 야오 태감이 '또 다른' 보고서를 대신들에게 건넸다.

장 공주는 감사원 주(駐)북제 밀정 수장 옌빙윈을 팔아 넘겼다.

밍씨 집안과 결탁해 해적을 암암리에 키워 내고 화물을 약탈했다.

쟈오저우 수군을 동원해 섬에 있던 그 해적들을 학살했다.

자객을 동원해 거리에서 조정 대신들을 암살했다!

보고서를 들고 있는 슈 대학사의 손이 떨리기 시작했다.

"이……이게……."

슈우는 놀람과 분노에 말을 제대로 잇지 못했다.

황제는 감고 있던 눈을 뜨며 싸늘하게 말했다.

"군산회라는 것도 있네……어쨌든 옌빙윈이 죽지 않아 다행이야. 그렇지 않았다면 짐이 어떻게 백성들의 얼굴을 볼 수 있겠나. 군대 병사들과 감사원 밀정들은 모두 경국을 위해 목숨을 걸고 싸우는 사람들 아닌가. 사사로운 이익을 위해 그런 사람들을 팔아 넘기다니……가당키나 한 일인가!"

황제는 다시 한번 마음을 쓸어내리고 탄식하며 말했다.

"역겨워서……."

어서방 안은 숨소리조차 들리지 않을 정도로 조용해졌다. 한참이 지난 뒤, 황제가 피곤함에 지친 목소리로 말했다.

"민간에 말이 퍼지는 걸 방지하기 위해, 장 공주 리원루이의 작위를 거두지는 않을 것이네. 런샤오안 있는가?"

맨 뒤에서 엎드려 있던 태상사 정경 런샤오안이 급히 앞으로 뛰어나왔다. 그는 어서방에 올 자격이 없었지만 오늘 그가 불린 이유는, 황제가 그에게 직접 명을 내리기 위함이었다. 태상사는 황족들의 거주와 일상다반사를 담당하는 관아였기 때문이다.

런샤오안은 발이 후들거리고 심장이 두근거려 자신이 무슨 말을 하는지도 모르고 입을 열었다.

"소신, 여기 있습니다."

"장 공주가 몸이 좋지 않으니 황실 별원에서 요양해야 할 것이다. 짐의 명이 없는 한 사람 출입을 금하며, 명을 어기는 사람은 참수하도록 하라"

황제는 피곤한 표정으로 천천히 눈을 감으며 말을 이었다.

"큰강의 제방이 모두 완공되는 날이 장 공주의 요양이 끝나는 날이다."

"소신……명을 받들겠습니다."

런샤오안은 너무 놀라 자신도 모르게 울먹이는 목소리로 대답하며 속으로 생각했다.

'만 리에 이르는 큰강 제방이 완공이 되려면……수백 년은 걸릴 텐데…….'

장 공주의 연금 사실은 조정과 민간에 엄청난 충격을 주었다. 그 모든 세력 중 가장 놀라고 겁을 먹은 세력은 2황자 쪽이었다. 사람들 충격의 가장 큰 이유는 그들이 장 공주와 태자와의 관계를 알지 못했기 때문이었다. 2황자 역시 마찬가지였다.

경악, 실망, 슬픔, 괴로움 그리고 황당함.

2황자는 언제든지 태감과 태상사 관리들이 쳐들어와 자신을 붙잡아 연금시킬 것 같은 공포를 느끼고 있었다. 그리고 부황은 그동안 힘이 없어 조용히 있었던 것이 아니라, 단지 인내하고 있었던 것이라는 것을 새삼 깨달았다.

천자가 한번 움직이자, 천하가 순간 변했다.

그는 아무것도 하려 하지 않았다. 함부로 움직였다가 부황의 화를 더 돋울까 두려웠기 때문이다. 그는 목숨을 지키기 위해 쥐 죽은 듯 조용히 있기로 결정했다. 설사 연금되더라도, 최소한 죽는 것보다는 나으니.

그래서 저택에 조용히 머무르며 최후의 날이 오기만을 기다렸다.

황실의 마지막 명을.

마침내, 황실에서 소식이 날아들었다.

소식을 받은 2황자는 너무 놀라 의자에 털썩 주저앉아 버렸다.

'어째서?'

남조국(南詔國) 국왕이 세상을 떠났으니 태자 리청치엔이 조문을 가라는 황제의 성지.

남조국은 7년 전 경국 군대가 속국으로 편입한 나라로, 습하고 더운 날씨 탓에 항상 질병이 창궐하는 곳이었다. 가는 도로 사정도 무척 안 좋고, 갔다 오려면 최소 4개월 이상 소요되는 곳이었다.

속국이니 조문을 가는 것은 관례였지만, 태자가 조문을 가는 것은 두 나라의 관계를 봤을 때 격이 맞지 않았다.

'어째서 대황자 형님을 보내지 않는 거지? 후 대학사는? 차라리 판시엔은……설마……태자를 유배……?'

장 공주의 연금 후 다음에 쓰러질 사람이 2황자라는 모두의 예상과 달리, 태자가 먼저 쓰러졌다.

'설마 부황께서 태자를 폐위하려는 것일까?'

2황자는 기쁨도 잠시, 더욱 불안해지기 시작했다. 지금 상황이 이해가 되지 않았기 때문이다. 그는 긴장해 땀을 뻘뻘 흘리며 당황하고 있었다.

그래서 그는, 더욱 조용히 지냈다.

그리고 20여 일 뒤, 창백한 안색을 한 태자가 금군과 호위 십여 명 그리고 감사원까지 삼중 경호를 받으며 징두의 남문을 나갔다. 영원히 다다를 수 없을 것 같은 머나먼 남조국으로 가기 위해 길을 떠난 것이다.

징두에서 멀리 떨어진 강남은 이미 싱그러운 봄 향기로 가득했다. 특히 시후 호수 주변 버드나무에서는 꽃이 피어나기 시작해 호수 옆의 펑씨 장원은 어느 곳보다도 봄기운이 만연했다.

하지만 장원에 앉아 있는 실질적인 주인의 마음은 즐겁지 못했다. 그는 심각한 얼굴을 하고, 며칠 동안 감사원과 판씨 저택에서 날아든 보고와 서신, 황실 신문 그리고 스챤리가 포월루에서 입수한 정보들을 보고 있었다.

장 공주는 황실 별원에 연금되고, 태자는 천 리 밖에 있는 남조국으로 조문을 떠났다.

"내가 힘들게 계획한 일의 결과가 고작 이거라니……."

판시엔은 앞에 있는 왕치니엔을 보며 말을 이었다.

"엄청난 위험을 감수하고 한 일이었는데……왜 아직 그녀는 죽지 않고 살아 있는 거지?"

판시엔이 황실 깊은 곳에 설치해둔 폭탄을, 황실의 노마님이 손쉽게 제거해 버린 것이었다. 판시엔은 고개를 저으며 말을 이었다.

"늙은이의 하찮은 인정 때문에 일이 이렇게 되어 버리다니……."

'그런데 장 공주는 왜 조금의 반격도 하지 않은 걸까? 미친 그녀가 가만히 당하고만 있었다고?'

왕치니엔은 판시엔의 거침없는 발언에 아무 대꾸도 하지 못하고 땀만 삐질삐질 흘리고 있었다.

"장 공주가 폐하를 좋아할 수도 있다 생각한 적은 있었지만, 이렇게 알아서 꽁무니를 빼버린다고? 그녀가 이 정도로 폐하에게 빠져 있는 거야?"

판시엔은 반 농담 반 진담으로 던진 말이지만, 왕치니엔은 이제 차라리 자기가 귀머거리였으면 좋겠다고 생각하고 있었다.

이번 계획은 판시엔과 왕치니엔 두 사람이 세운 것이었다. 워낙 중대한 일이었기에 왕치니엔 조직원에게도 알리지 않았고, 또 다른 이유로 옌빙윈에게도 알리지 않았었다.

판시엔의 말이 끊기자, 왕치니엔은 겨우겨우, 힘겹게 입을 열어 화제를 돌렸다.

"감사원 보고에 언급된 일련의 사건에 주의를 기울일 필요가 있습니다. 회춘약방 화재, 황실 외척의 낙마 사고, 그리고 태의 사망사고……수상합니다."

"장 공주와 태자가 입막음하려 한 게 아닐 수도 있다는 거야?"

"세 사건의 연결고리는 약인데, 그 약만으로는 아무 증거가 될 수 없습니다. 황실 조사가 들어간 상황에서, 단지 그 약을 없애기 위해, 장 공주와 태자가 뻔히 드러나는 멍청한 짓을 했을 리는……."

"음……일리가 있어. 그러면 황실 조사에서는 아무런 증거도 찾아내지 못했고, 장 공주가 한 짓도 아니라면……그 세 사건은 누가 한 거지?"

판시엔은 자신이 의도한 사건들은 아니었지만, 확실히 그 세 사건이 황제의 의심병을 더욱 확고하게 만들었을 거라는 생각이 들었다. 징두에 있을 때부터 어떤 세력이 자신들과 비슷한 계획을 세우고 있다는 느낌이 들었지만, 목적이 크게 다르지 않은 데다, 사전에 흔적이 드러날까 두려워 조사하지는 않았다.

왕치니엔이 긴 한숨을 내쉬었다.

"그분 아니면……."

판시엔이 끼어들었다.

"우리들의 그분이야."

둘은 순간 침묵에 빠져들었다.

"태자가 남조국으로 갔는데……황제는 이번 일로 태자에게 황권을 물려주지 않을 것이고……태자는 살아 돌아올 수 있을까?"

왕치니엔은 판시엔이 그만 물어봤으면 좋겠다고 생각하며 입을 다물었다. 판시엔은 그 모습을 보며 웃는 얼굴로 꾸짖듯이 말했다.

"이미 멸문지화를 당할 일도 해 놓고, 이런 말도 못한다고?"

왕치니엔은 우거지상을 하고 자포자기하듯 말했다.

"남조 행차는 크게 중요한 일이 아닙니다. 다만 폐하께서도 태자를 폐위하는 일에 명분과 시간이 필요하니……."

"그래. 내 생각도 그거야. 태자를 남조로 보낸 것은 우선 시간을 벌기 위한 것이고, 두 번째는……."

"전염병에 걸려 태자의 몸이 약해지면……."

왕치니엔은 무의식적으로 말을 시작하다, 결국 끝내지 못했다. 자신의 말에 점점 겁이 없어진다는 생각에 화들짝 놀라, 입을 최대한 '악' 물었다.

남조국은 날씨가 더워 전염병이 창궐하는 곳으로, 수 년 전에 옌샤오이가 군대를 이끌고 남만 정벌에 나섰을 때에도 전투에서 죽은 병사보다 전염병으로 죽은 병사가 많을 정도였다.

판시엔이 쓴웃음을 지었다.

"황제는 정말 무서운 사람이야. 그런데 왜 장 공주를 죽이지는 않은 걸까?"

판시엔은 오늘 두 번째로 장 공주가 죽지 않은 사실을 안타까워하고 있었다.

'장 공주가 사지에 몰렸는데, 최후의 반격을 하지 않았다? 군대 원로들이 나서지 않았다? 옌샤오이는 뭐하고 있는 거지? 그들 모두 미처 반응할 시간이 없었다고 해도……예류윈도 그저 지켜보기만 했다고?'

판시엔은 저도 모르게 한숨을 쉬며 왕치니엔에게 나가보라 눈짓하였다. 왕치니엔도 황급히 나와 방문을 닫으며 저도 모르게 한숨을 쉬었다.

'장 공주가 죽지는 않았지만 대부분의 세력을 잃었고, 그럼 제사 대인과 대적할 사람이 없다는 것인데……그럼 좋은 결과 아닌가? 왜 저렇게 한숨을 쉬시는 거지?'

판시엔 걱정의 이유는 간단했다. 판시엔은 충성스러운 신하도, 성실한 신하도 아니었다. 그래서 징두와 멀리 떨어진 강남에서, 황실에서 가장 권력이 강한 오누이, 범과 학이 싸우며 서로에게 상처를 입히는 모습을 구경하고 싶었던 것이다.

그는 장 공주가 무너지길 바랬지만, 황제를 믿지도 않았다.

그의 생각보다 황제의 행동이 훨씬 더 빠르고 강렬했고, 무엇보다 이 일로 인해 황제의 힘은 조금도 줄어들지 않았던 것이다.

'황제가 장 공주를 살려 둔 이유가……가족 간의 정?'

판시엔은 황실 사람들의 정을 믿지도 않았고, 더구나 황제에게는 일말의 정도 없다고 생각했다. 하지만 마땅히 다른 추측을 할 수가 없었다.

판시엔은 서신을 썼다. 아버지에게 자신이 의심되는 부분을 적었고, 완알에게는 위로하는 말을 보냈다. 그래도 완알에게 장 공주는 친모(親母)였다.

그리고 이어서 황제에게 보내는 비밀 상주문을 작성했다. 직접적으로 장 공주를 용서해 달라고 적지는 않았지만, 암암리에 '사람이라면 인정을 베풀어야 한다'는 의사표시를 했다. 황제가 자신의 위선을 알아차리지 못하게 여러 번 검토한 후에야 부하들에게 서신들을 건넸다.

그제서야 조금은 홀가분해진 마음으로 자리에서 일어나, 서랍을 열어 안에 있는 종이 뭉치를 꺼냈다. 예씨 제7지배인과 함께 1년 넘게 공들여 베낀, 황실 내고 3대 작업장 제품들에 대한 기술 문서.

구술과 기억에 의존할 수밖에 없었기에 완벽하다 할 수는 없었지만, 이 정도만이라도 북제를 포함한 타국에 흘러 들어가면, 천하에 엄청난 파장이 생길 수밖에 없었다.

그는 의미심장한 표정으로, 아무도 몰래 조용히 펑씨 장원을 나왔다.

해질 무렵 시후 호수는 황금색 노을로 물들어 있었다. 판시엔은 호숫가 산 언덕 위에서 아름다운 풍경을 감상하며, 젊은이 하나가 언덕을 올라오는 모습을 힐끗 쳐다봤다.

"듣자 하니, 최근 항저우에서 점을 쳐주고 아가씨들의 호감을 얻었다고?"

황금색 노을이 푸른 깃발을 든 왕13랑의 준수한 얼굴을 비추었다.

"강남 사람들은 저를 대인이 데리고 있는 고수라 생각해요. 아가씨들 외에 관리들도 제 눈치를 보며 잘해 주네요."

"네가 아가씨들을 희롱하는 버릇이 없어서 다행이야."

판시엔은 웃으며 그에게 농을 걸었다. 하지만 이내 얼굴이 다시 어두워졌다.

"대인, 고민 있으세요?"

"응. 네 도움이 필요해."

"무슨 일인가요?"

"태자가 남조국으로 가고 있는데, 길도 위험하고, 특히 전염병 때문에 태자의 안위가 걱정돼."

"금군, 황실 호위 그리고 감사원……설령 제가 목숨을 걸고 덤벼도, 가까이 가지도 못할 것 같은데요?"

판시엔은 그를 힐끗 쳐다보며 웃었다.

"하하, 오해야. 나 대신 환약 좀 전달해 달라는 거야. 태자를 '안전'하게 지켜주라고."

왕13랑은 순간 미간을 찌푸리며 물었다.

"이건 무슨 의미죠? 장 공주가 연금되고, 태자가 무너지면……대인은 좋은 거 아닌가요?"

왕13랑도 호기심 어린 표정으로 하지만 의심 가득히 물었다.

"이번에 징두에서 벌어진 일도……대인이 하신 것 아니었나요?"

'눈치는 빨라 가지고.'

"강남에 있는 내가 무슨 수로 징두까지 손을 뻗을 수 있겠어?"

왕13랑은 일리가 있다고 생각하며 고개를 끄덕였지만 여전히 이해가 안 된다는 듯 다시 물었다.

"경국 태자를 남조국으로 보내는 건 경국 황제의 뜻인데……그럼 분명 의도가 있었을 것이고……혹시 대인은 지금 경국 황제와 맞서시려는 건가요?"

"쓸데없는 생각하지 말고, 이 일은 폐하와 무관한 일이야. 완알이 부탁했을 뿐이야."

왕13랑은 판시엔의 말을 믿지 않았지만, 대답을 들을 수 없다 생각하고 그저 미소를 지었다. 판시엔은 그 모습을 보며 고개를 저으며 말했다.

"바보는 아니었네……."

왕13랑은 정색하며 말했다.

"제가 언제 바보 같은 적이 있었나요?"

"작은 활잡이를 그렇게 대놓고 죽였잖아?"

"제가 그런 방식에 익숙할 뿐이에요."

판시엔은 크게 한번 웃으며 왕13랑의 어깨를 토닥이며 말했다.

"네 스승이 너를 나에게 보낸 이유는 훗날을 대비하기 위함이니 제발 목숨을 아껴……이번 남조에 갈 때도 최대한 흔적을 숨기고."

내막을 아는 왕치니엔이 지금 대화를 들었다면, 판시엔이 장모에 이어 드디어 미쳐간다고 생각했을 것이다. 방금 전까지 태자를 무너뜨리려 계획을 짠 사람이 갑자기 돌변해서 태자의 안위를 지키려 하고 있기 때문이다.

하지만 판시엔은 미치지 않았다.

그에게는 완충제가 사라지기 전까지 시간이 필요했다. 장 공주와 태자가 무너지는 것은 그가 원하는 일이지만, 너무 빨리 한꺼번에 쓰러지는 것은 위험했다.

황제의 시선이 그에게로 집중될 수 있었기 때문이다. 황제가 초상 전장 그리고 자신을 지켜주고 있는 두 노인, 쳔핑핑과 아버지 판지엔에게 시선을 돌리기까지 시간이 필요했다.

그래서 황제의 계획을 정확히는 알 수 없었지만, 조금이라도 그 계획을 방해하거나, 최소한 늦추기를 바랐다.

판시엔은 지금 손에 쥔 권력이 하루아침에 사라져 버릴 수 있다는 것을 알고 있었다. 2황자의 말처럼 황제의 성지 하나로 순식간에 없어질 수 있었다. 하지만 그는 크게 두려워하지는 않았다.

그에게는 어머니의 유산, 검은 상자 그리고 우쥬 삼촌이 있었다.

무엇보다 그에게는, 멈춘 지 오래지만 다른 세상에서 뛰었던 심장을 여전히 가지고 있었기 때문이다.

경국은 천하에서 가장 강한 나라였다. 따라서 경국에서 장 공주의 연금 소식과 권력 구도의 변화는, 주변 나라의 수장들에게 많은 고민거리를 안겨주었다. 봄기운이 완연하여 하루 종일 따뜻한 해풍이 불어오는 동이성도 예외는 아니었다.

동이성 가운데는 성주(城主)의 저택이 위풍당당하게 있었지만, 그곳은 주로 상업에 관련한 일을 처리할 뿐 정무나 치안에 관련한 일들은 거의 다루지 않았다. 그리고 동이성의 존망을 결정하는 곳은 성주의 저택이 아닌, 성 밖에 있는 '검의 성지(聖地)'임을 모든 사람들이 알고 있었다.

검의 성지는 오목하게 중앙이 들어간 모양을 하고 있었고, 입구는 앞의 대로가 아닌 뒤의 큰 산 쪽으로 나 있었다. 그래서 누군가 그곳을 들어가려 하면, 산 뒤로 올라가서 산길을 따라 내려와야 했다.

소문에 따르면, 이것이 스구지엔이 방문객을 시험하는 가장 간단한 방법 중 하나라 했다.

오목하게 들어간 부분은 큰 구덩이였는데, 그 안에는 지금까지 스구지엔에게 도전했거나 스구지엔에게 가르침을 청한 고수들이 남긴 검이 사방에 널려 있었다. 다행히 구덩이가 거의 채워질 무렵 대종사에게 도전하는 유행이 사라졌고, 그 후로 스구지엔에게 무모한 도전을 하는 사람들은 거의 사라졌다.

천하 무예가들은 이곳을, 검의 성지, 검려(劍廬)라 불렀다.

어떤 사람들은 이곳을, 검의 무덤, 검총(劍冢)이라 불렀다.

주인인 스구지엔은 이곳을, 검의 구덩이, 검갱(劍坑)이라 칭했다.

"함정이다."

검려 안에서 상당히 젊은 목소리가 울려 퍼지고 있었다.

"경국 황제와 미친 리윈루이는 날 정말 백치라고 생각하나? 연금? 그걸 나보고 믿으라고? 십여 년 동안 손을 맞춘 두 사람의 사이가 틀어졌다고? 그것도 아무 명분 없이?"

스구지엔은 장 공주의 진정한 연금 이유를 알 수가 없었다. 그는 심지어 앞에서 윈즈란이 무릎을 아파하는 이유도 알 수 없었다. 그는 혼잣말을 하느라 제자가 얼마나 오랫동안 무릎을 꿇고 있었는지도 잊은 듯 보였다.

윈즈란은 존경하는 스승의 추측과 판단을 한참 동안 듣고 있었다. 그가 내린 결론은 간단했다.

'터무니없다.'

윈즈란은 경국 황제와 장 공주가 아무 이유 없이 체면을 깎으면서까지 사람을 상대로 연극을 한 것은 아니라 생각했다. 더 중요한 것은 이유가 무엇이든, 동이성은 지금 경국의 내부 분란을 최대한 이용해야 한다고 생각했다.

하지만 여러 차례 그의 설득에도 불구하고 스승의 반응은 냉담했다.

"지금 끼어들어서는 안 된다. 함정일 수도 있다. 일단 지켜봐야해. 그놈들은 언제든지 수작을 부릴 수 있는 놈들이니."

윈즈란은 하는 수 없이 명령을 받아들였으나, 이번 기회에 스승의 의도를 좀 더 타진해 보기로 마음먹었다.

"이번 일로 장 공주가 세력을 잃었으니, 판시엔의 안위는 더 이상 걱정할 필요가 없을 듯 보입니다. 작은 사제의 신분이 발각되기 전에 다시 불러들이는 게 좋을 것 같습니다."

"네가 무슨 생각을 하는지 안다."

스승은 조소를 띠며 말을 이었다.

"내가 판시엔을 돕는다 생각하고 있겠지만, 사실은 반대다. 판시엔은 우리의 도움이 필요 없고, 나는 판시엔이 우리의 도움을 받아주는 게 필요하다. 리원루이는 최소한 내고에서는 끝났고, 그것을 판시엔이 이어받았다. 심지어 밍씨 집안의 주인이 바뀌었는데도 아직까지 문제가 생기지 않았다는 것은, 판시엔이 우리의 도움을 받아주었다는 것이다."

윈즈란은 고개를 숙인 채 조심스럽게 반박했다.

"저희 노선 중 3할을 판시엔이 통제하고 있는데, 갑자기 그의 마음이 바뀌기라도 하면, 대처하기가 쉽지 않을 것 같습니다."

"그가 왜 마음을 바꾼다는 것이냐?"

스구지엔은 예리한 눈빛으로 천천히 설명했다.

"나와 판시엔 사이에 약간의 마찰이 있었지만, 그 모든 마찰은 리원루이 때문이었다. 이제는 그녀가 없는데, 그가 무엇을 위해 위험을 무릅쓰고 마음을 바꾼다는 말이냐?"

윈즈란은 살짝 놀란 표정을 지었다. 말의 내용 때문이 아니라, 스승이 '나와 판시엔' 이라는 표현을 썼기 때문이다. 스구지엔은 이미 판시엔을 그와 직접 대화할 상대로 인정하고 있는 듯 보였다.

"두 가지를 기억해야 한다. 경국은 판시엔의 것이 아니고, 판시엔은 경국의 이익을 위해 자신이 손해볼 이유가 없다."

윈즈란은 스승의 말을 잘 이해할 수 없었다. 하지만 만약 판시엔이 이 말을 들었다면, 저도 모르게 엄지를 '척' 올렸을 것이다.

"왕시를 보낸 것은, 판시엔에게 태도를 보인 것이다. 태도를 제대로 보여줄 수 있는 가는 그 애 몫이겠지만……."

윈즈란은 스승의 이 말도 정확히 이해하기는 힘들었다.

"물론 그 애를 보낸 다른 이유도 있지. 북위가 망하고 얼마 지나지 않아 북제가 건립될 수 있었던 힘은 무엇이냐?"

"쿠허 국사입니다."

"야심을 가진 경국이 아직까지 동이성을 삼키지 못한 이유는?"

윈즈란은 최대한 공손한 목소리로 대답했다.

"동이성에 스승님이 계시고, 스승님의 손에 검이 쥐어져 있기 때문입니다."

"그렇다. 대종사는 사실 아무것도 아니지만, 사람들에게 겁을 주기는 좋다……너는 쿠허와 내가 죽고 난 뒤의 천하를 생각해 본 적이 있느냐?"

윈즈란은 마른 침을 삼키며 단호한 목소리로 대답했다.

"스승님께서는 돌아가실 수 없습니다."

"쓸데없는 소리! 죽지 않는 사람이 어디 있느냐? 그리고 모두, 늙는다. 나도 이제는 적지 않은 나이야……늙어서 검도 제대로 들지 못한다면, 누가 대종사라고 말할 수 있을까……."

"하지만……그것이 작은 사제가 경국에 간 것과 무슨 관련이……?"

"원래 인간 세상에서 대종사라는 건 없었다. 30여 년 전에 처음으로 우리 같은 괴물이 출현한 것인데, 앞으로 있을지 없을지 모르겠다만……지금 최소한 몇몇은 그 경지에 접근할 가능성이 보인다."

스구지엔은 제자를 아끼는 눈빛으로 바라보며 말했다.

"안타깝게도……넌 이미 나이가 들어, 기회가 없을 듯하구나. 내 제자 중 그 경지에 접근할 유일한 제자는……왕시, 그 아이뿐이다."

윈즈란은 대꾸를 하지는 않았지만 적잖이 놀란 표정이었다. 강남에서의 일 합을 통해 사제가 이미 9품 대열에 들어섰다는 것은 알고 있었지만, 아직 자기의 수준에 도달하기에도 시간이 걸린다고 판단하고 있었기 때문이다.

"심성의 문제이다."

스구지엔은 오늘 처음으로 대종사다운 위엄 있는 목소리로 말을 이었다.

"어떤 일을 이루고자 한다면, 그 일에 대한 집착을 버려야 한다. 그건 너도, 쿠허의 수제자 랑타오도 안 된다. 나는 왕시를 선택했고, 쿠허는 하이탕을 선택했지……둘 다 묘하게도 마지막 제자를 선택한 셈이지. 하지만 더 묘한 것은, 쿠허 역시 하이탕을 판시엔에게 보냈다는 것이야."

스구지엔은 '피식' 웃고는 다시 말을 이었다.

"물론 하이탕이 여자라 조금 더 유리할 것 같구나."

'왜 두 분 다 마지막 제자를 판시엔에게 보낸 거지? 그리고 그 일이 대종사 되는 것과 무슨 관련이 있다는 것이지?'

"넌 천하에 괴물 늙은이가 네 명 밖에 없다 생각하느냐?"

"그렇다면……?"

"그렇지 늙은이는 네 명이지. 그 괴물은 늙지 않으니까……너도 그 장님에 대해 들은 적이 있지 않느냐?"

윈즈란은 스승이 일전에 언급한, 오래 전 동이성에 있었던 신비의 인물을 떠올리고 있었다.

"하지만 판시엔이 그 장님의 제자란 것은 모를 것이다. 묘하지 않느냐? 괴물들의 마지막 제자들이 한 곳에 모여 있다는 것이? 물론, 수련의 의미도 있지. 하지만……나와 쿠허가 제자를 판시엔에게 보낸 것은……운을 바랐기 때문이다."

"행운이요?"

"괴물이 되기 위해 필요한 건 성실함, 총명함, 지혜 그리고 심성이지만……핵심은 '운'이다."

스구지엔이 담담하게 말을 이었다.

"내가 이 경지에 오른 것도 운이 좋았기 때문이다. 정확히 말하자면, 대종사가 되고 싶다면, 그 장님을 만날 행운을 가지고 있어야 한다. 다만, 그 장님을 아무도 찾을 수 없으니, 그의 유일한 제자 옆에라도 붙어 있어야 하는 것이지."

윈즈란은 스승의 말을 정확히 이해할 수 없었지만 재빨리 가장 궁금한 부분을 물었다.

"스승님께서 보시기에 왕시, 하이탕, 판시엔 중에 누가 가장 성공 가능성이 있습니까?"

"하이탕."

스구지엔은 망설임 없이 말을 이었다.

"그 아이는 재능도 있고, 발전 속도도 빠르다."

"작은 사제는요?"

"가능성은 있지만 심성이 너무 맑다."

"그럼……판시엔은?"

"그 아이는 가능성이 거의 없다."

윈즈란은 고개를 갸우뚱하며 조심스럽게 물었다.

"이유가 뭔가요?"

"판시엔은 모든 조건을 다 가지고 있지만, 가장 중요한 하나가 없다."

스구지엔은 결론을 내리듯 말을 이었다.

"그는 뜻이 없다. 그 아이는 이 세상에 대한 뜻이 없어. 뜻이 없으니, 심성을 말할 수 없지. 하늘의 경지에 이르려면 손에 쥔 모든 것을 버려야 하는데……그 아이는 그럴 뜻이 없어 보이는구나."

윈즈란은 스승의 말에 깊은 생각에 빠졌다.

스구지엔의 말은 틀리지 않았다. 대종사도 사람이니 그들이 죽은 뒤의 문제를 고민했고, 우연히 그들은 모두 그들의 마지막 제자에게 기대를 걸고 있었다.

다만, 스구지엔이 놓친 점이 있었다.

지금 쿠허의 마지막 제자는 하이탕이 아니다.

판뤄뤄, 판시엔의 누이.

북제에도 조금은 늦었지만, 여느 해처럼 봄은 찾아왔다. 수도 샹징에서 멀지 않은 곳에 위치한 황량한 서산을 돌아 북쪽으로 몇 시간 더 걸어가면 검고 푸른 산에 도착할 수 있었다. 그 산은 크지 않았지만 높은 나무들이 빽빽하게 숲을 이루고 있어 무척이나 아름다운 광경을 자아냈다.

검려가 천하 검객들의 마음의 성지이듯, 이 푸른 산도 천하 수행자들에게 마음의 성지였다. 천일도 일파의 중심지이자 쿠허 국사가 수행하는 곳이었기 때문이다.

울퉁불퉁한 험한 산길을 따라 조용한 산골짜기로 들어서면 희미하게 소나무 군락지가 보였다. 특이한 점은 이곳 소나무들의 솔잎 형태가 나무마다 다르다는 것이다. 어떤 것은 바람에 날릴 듯 얇고 가

늘었고 또 어떤 것은 화난 것처럼 곧게 솟아 있었다.

다양한 형태의 솔잎에 맺힌 이슬이 반사하는 햇빛을 따라가다 보면 천일도 문파의 건축물을 볼 수 있었다. 그것은 북제의 전통 미학에 따라 주로 푸른색과 검은색으로 이루어져 있었다. 쿠허의 제자는 몇 되지 않았지만, 그 제자의 제자인 손제자까지 합치면 백 명이 넘는 사람이 이곳에서 수행하고 있었던 것이다.

하이탕이 이 산에서 몇 년 동안 수행했는지는 알려지지 않았다. 다만, 그녀는 검고 푸른 건축물 옆에 있는 밭에서 채소를 키웠고, 그녀가 먹는 것 외에는 모두 학당에 보냈다. 쿠허의 수많은 제자, 손제자들은 하이탕이 손수 키운 채소를 먹을 영광을 누렸던 것이다.

하지만 하이탕이 떠난 뒤 오래지 않아 다른 아가씨가 그 밭에서 약재를 키우기 시작했다. 쿠허의 '진짜' 마지막 제자, 판시엔의 누이, 판뤄뤄.

천일파 문파의 대부분의 사람들은 판시엔의 신분 때문에 처음에 그녀를 좋아하지 않았고, 스승이 그녀를 제자로 받은 것을 원망하고 있었다. 하지만 정작 판뤄뤄 본인은 그런 시선을 조금도 개의치 않는 듯 보였다.

쿠허는 그녀에게 천일도 심법의 기본만 가르쳐 주고 경전 몇 권을 던져 준 후, 별다른 간섭을 하지 않았다. 그래서 판뤄뤄는 남는 시간에 둘째 사형을 따라다니며 의술을 배웠다.

둘째 사형의 이름은 무펑(木蓬, 목봉).

판뤄뤄는 성실히 의술을 배우고, 시간이 허락할 때마다 산 아래 가난한 백성들을 치료해주며 하루하루 충실히 살아갔다. 이러한 모습에 그녀가 산으로 들어온 지 몇 개월이 지난 지금, 천일도 문파의 사람들은 그녀를 매우 좋아하게 되었다.

물론 판시엔은 여전히 싫어했지만.

그녀는 오늘도 한 시진가량 진행되는 수련을 마친 후, 둘째 사형 집으로 가 의술에 대해 가르침을 받았다. 무평은 말을 하다 뤄뤄의 눈에서 기쁜 기색을 알아채고 미소를 지으며 물었다.

"오라버니에게 편지가 왔나 보구나?"

"아직 받지는 않았지만, 이제 도착할 때가 되었어요."

"오누이 사이가 그렇게 좋은데 왜 징두를 떠난 거야? 여기가 아무리 좋다 해도, 결국 이국 땅이잖아?"

"어디에 있는지는 상관없는 것 같아요. 오라버니가 원하는 목적을 달성하려면, 때로는 희생도 필요하다 했거든요."

"그래? 사매가 이루고 싶은 목적이 뭔데?"

"사람을 구하고 싶어요."

"그뿐?"

"네."

"듣기로는 여기 오기 전에 경국 태의원에서 잠시 있었다던데, 그때 뜻을 세운 건가?"

"사형, 뜻을 세운 건 아니고, 단지 제가 좋아하기 때문이에요."

판뤄뤄는 한치의 망설임도 없이 당당하게 말을 이었다.

"오라버니는 사람이 삶을 어떻게 살아야 하는지에 대해 말하면서, 무엇보다도 자신이 좋아하는 것이 무엇인지 알아야 한다 말했어요. 저는 병을 치료해 사람을 구하는 게 즐겁고, 그래서 이 길을 선택한 거예요."

무평은 대답을 하지 않았지만, 이 세상 여인들에게서 쉽게 들을 수 없는 말을 들으며 속으로 적잖이 놀라고 있었다.

'사람이 삶을 어떻게 살아야 하는지라니……'

해가 저물기 전 집에 돌아온 판뤄뤄는 작은 밭에 심어진 약재를 살피고 안으로 들어가 붓과 먹을 준비했다.

그 순간, 탁자에 놓인 편지를 보며 그녀는 기쁨 가득한 눈빛으로 급히 봉투를 열어 안에 적힌 익숙한 글씨를 바라봤다. 편지를 읽어 갈수록 그녀의 표정이 기쁨에서 긴장으로 그리고 결국 옅은 슬픔으로 변했다.

편지를 멍하니 바라보던 판뤄뤄는 오랜 시간이 지난 뒤 살짝 젖은 눈으로 한숨을 내쉬었다. 징두 조정에서 일어나는 싸움은 그녀와 동떨어진 것이었고, 또 아버지와 오빠의 능력을 믿었기에 편지에 적힌 위험은 걱정하지 않았다. 다만, 판시엔이 편지에서 처음 언급한 리홍청이 그녀의 마음을 흔들었다.

'홍청……'

판뤄뤄는 눈가에 맺힌 눈물을 닦으며 징왕 세자의 얼굴을 떠올렸다.

'다치지는 않을까? 돌아올 수는 있겠지?'

그녀는 홍청이 마음속에 큰 뜻을 품고 있고, 화류계를 좋아하긴 했지만 천성도 제법 좋은 사람이라는 것을 알고 있었다. 다만, 판뤄뤄는 리홍청을 받아들일 수 없었다. 남녀 사이로 받아들일 수는 없었다.

'좋은 사람이지만……내가 좋아하지는 않아.'

"그가 또 무슨 이야기로 널 울린 거야?"

갑자기 문 앞에서 못마땅한 듯한 목소리가 가볍게 들려왔다.

"네 오빠는 어떤 면에서는 정말 이상해."

판뤄뤄가 화들짝 놀라 고개를 들어보니, 하이탕이 얇은 꽃무늬 옷을 입고서 두 손을 주머니에 꽂은 채로 서 있었다. 판뤄뤄는 재빨리 일어서서 예를 올리며 말했다.

"편지를 왕 대인이 아니라 사저(師姐, 같은 스승을 둔 언니)께서 가져오신 거군요?"

"왕치니엔은 돌아오지 않았어. 판시엔이 말 안 했어? 대신 덩즈위에가 왔어. 너도 그를 알지?"

판뤄뤄가 고개를 끄덕였다.

"그나저나 항상 침착한 너를 울리다니……무슨 내용이 적혀 있었던 거야?"

"사저, 놀리지 마세요. 오라버니가 그저……말이 좀 많잖아요."

하이탕이 고개를 절레절레 저으며 말했다.

"그건 내가 정말 많이 경험했지."

"그런데 사저께서는 왜 샹징에 가지 않고 산으로 오신 거예요? 설마 편지 때문에……?"

"스승님께서 둘째 사형의 이야기를 들으시고는 네가 하산할 때가 되었다고 생각하신 것 같아. 나보고 너를 샹징으로 데려다 주래."

"샹징이요? 전 아직 배울 게 많이 남았는데……."

"널 보고 싶어 하는 사람이 있어. 네가 이곳을 좋아하면, 다시 돌아와도 돼."

"사저도 여기 생활을 좋아하지 않으세요? 제가 여기 있는 물건들은 건드리지 않았어요. 나중에 여기서 같이 지내요."

"난 여기 돌아오고 싶어도 당분간은 힘들어."

판뤄뤄는 하이탕이 개인적으로 정도 가고 말로도 같이 지내자 했지만, 항상 완알이 신경 쓰이는 것은 어쩔 수 없었다. 그래서 화제를 바꾸며 물었다.

"그런데……샹징에서 절 보고 싶어하시는 분이 누구예요?"

"폐하."

천일도 문파와 멀지 않는 곳에 위치한 샹징성, 푸른색과 검은색으로 어우러진 또 다른 건축물 북제 황궁 안에서, 젊은 주인이 낮은 침대에서 아름다운 미녀의 품에 안겨 있었다.

"리리, 짐은 도무지 생각이 안 나서 그러는데……작년 여름에 우리가 무슨 일을 했었지?"

"작년 여름에는 폐하께서 특별히 한 일이 없었는데요."

하이탕이 전해준 판시엔의 편지를 읽고 북제 황제와 스리리는 깊은 고민에 빠졌다. 편지는 단 한 줄이었고, 경고 같기도, 위협 같기도 했는데, 문제는 판시엔이 왜 그렇게 화가 난 것인지 이해할 수 없었던 것이다.

물론 이 모든 것은 판시엔이 '재작년 일'을 '작년 일'로 착각했기 때문이었다.

"작년에 짐이 암암리에 왕치니엔을 통해 검을 하나 보내긴 했는데……설마 그 내막을 알아차렸다 하더라도, 짐에게 그럴 순 있어도, 왜 아가씨 스승님을 위협하는 거지?"

"북위 천자의 검……아니면 북제 황제 자식을 위한 검?"

스리리는 가볍게 농담을 했지만, 황제가 여전히 무거운 표정으로 고민하자 그녀는 농담이 너무 버릇없었다고 생각하며 더 이상 입을 열지 않았다. 황제는 리리의 품에서 나와 천천히 일어서며 화제를 바꿨다.

"그 일은 일단 놔두지. 판스져가 오늘 밤 연회를 연다 해서 웨이화를 보낼까 하는데, 네 생각은 어떠하느냐?"

"영명한 생각이네요. 동생 둘이 모두 북제에 있으니, 판시엔이 다른 생각을 품기는 힘들 거예요."

"그 말은 맞지 않아. 우리가 그들을 인질로 잡고 있는 게 아니라, 판시엔이 우리를 동생들의 보모로 삼은 거야."

"제 말씀은 두 사람을 인질로 잡아야 한다는 게 아니라, 동생 둘이 북제에서 잘 지내면 판시엔도 만족할 것이고, 그렇다면 혹시 나중에라도……북제인이 될 수 있지 않을까요?"

"그게 그렇게 간단할까?"

북제 황제가 자조 섞인 미소를 지으며 말을 이었다.

"리윈루이까지 쓰러진 상황에서, 그가 손에 쥔 권력을 버리고 짐에게 올까? 만일의 상황에 대비해서 가족들이 화를 피할 장소로 북제를 생각한 것이야. 내고 때문에라도 짐은 그가 필요하지. 그래서 그가 짐을 이용하는 걸 알면서도, 짐은 응해줄 수밖에 없어."

그의 말은 틀리지 않았다.

북제 황제는 판시엔이 찾은 동생들의 좋은 보모였다.

"판시엔은 왜 빠져나갈 구멍을 만들어 두려는 걸까요? 결국 어느 순간에는 경국을 떠날 수도……."

"짐도 그 점이 참 궁금해. 결국 마지막 순간에는 경국 황제를 배반할 생각까지 품고 있다? 정말이지……이해하기 힘들어."

"판시엔은 자신이 경국 사람이 아니라고 생각하는 걸까요?"

"네가 이전에 샹징으로 오는 길에 판시엔이 해독을 해줬다고 말했지. 그러니 판시엔이 너와 짐의 목숨을 구했다고 할 수도 있는 것인데……문제는 그 당시에는 그가 짐과 공동의 이익을 나누기 전이라는 거야. 다시 말해, 그가 아무런 이익도 없는데 짐이 죽는 걸 원하지 않았다는 것인데……."

스리리는 '샹징으로 오늘 길'이라는 말에, 당시 마차에서의 상황들이 떠오르며 살짝 얼굴을 붉히고 고개를 숙였다.

젊은 황제는 잠시 생각한 후 단호한 목소리로 입을 열었다.

"경국은 우리의 적이야. 지금 그가 경국 사람이라는 것도 변하지 않는 사실이지. 그런데 짐과 짐의 나라에게 왜 이득을 주고 있는 것인가……설마 북제가 영원히 경국에 위협이 되지 않을 거라 생각하는 건가……?"

'나 때문에 그런 건 아니겠지……?'

스리리는 저도 모르게 든 생각을 재빨리 지웠다. 그가 여색을 밝히기는 했지만, 여자 때문에 생각을 바꿀 사람은 절대 아니라는 생각이 들었기 때문이다. 그리고 조심스럽게 입을 열었다.

"혹시 정말 그가 스스로를 경국 사람이라고 생각하지 않는 건……."

스리리는 말꼬리를 흐렸다. 말을 하면서도 말이 안 된다는 생각이 들었기 때문이다. 사실 스리리의 생각은 판시엔의 생각과 어느 정도 부합했다. 판시엔은 경국 사람으로서 어느 정도 자신의 역할을 받아들이고 있었지만, 국가에 대한 충성심이 다른 사람들처럼 높은 것은 아니었다. 그래서 '조국에 대한 배신'이라는 관념 같은 것은 없었다.

다만, 이 세상 사람들은 판시엔이 가진 이런 '다른 세계의 사고 방식'을 이해할 수는 없는 노릇이었다.

북제 황제는 홀로 황궁 내의 돌길을 따라 산 위로 올라가고 있었고, 태감들과 궁녀들이 먼 발치에 떨어져 따라가고 있었다. 잠시 뒤 산길 끝에 이르자 어렴풋이 폭포 소리가 들렸고 황제가 그 옆에 위치한 정자를 말없이 가리키자, 태감들과 궁녀들이 황급히 달려가서 의자와 탁자를 놓고 향을 피운 뒤 먼지를 쓸었다.

북제 황제는 난간으로 다가가 '자신의 나라'의 아름다운 풍경을 바라보며 지시했다.

"모두 물러 가거라."

황제는 난간에 서서 차가운 공기를 마신 후 혼잣말처럼 중얼거렸다.

"판시엔, 도대체 무슨 생각인 거냐? 군자는 백성들이 걱정하기 전에 먼저 걱정하고, 백성들이 즐거워한 뒤에 즐거움을 쫓으라……네가 말한 백성들은 경국의 백성인가, 아니면 천하의 백성인가?"

그는 잠시 조용히 생각하다 이내 살짝 웃는 표정으로 다시 혼잣 말을 했다.

"경국에서 공작에 봉해졌다던데, 북제로 오면 짐이 왕으로 봉해 주는 건 어떤가?"

그는 다시 한번 '피식' 웃었지만, 이내 그 미소는 사라져버렸다. 그리고 그의 인생을 돌아보기 시작했다.

황궁에서 자란 젊은 황제는 부황이 세상을 떠났을 때 인생에서 가장 힘든 난관에 부딪혔다. 쿠허 국사의 강력한 지지와 태후의 보호 덕분에 그 난관을 극복할 수 있었지만, 그 일로 인해 이후 군주로서의 삶이 결코 순탄치는 않았다.

순탄치 않은 이유는 많았지만, 그 중에 가장 중요한 이유는……쿠허의 마음속에, 태후의 마음속에 그리고 그의 마음속에만 있는, 영원히 입 밖에 낼 수 없는 비밀 같은 것이었다.

이 비밀을 위해 황제는 아주 많은 희생을 치러야 했다. 그의 성격을 억지로 바꿔야 했고, 마음을 터 놓고 가깝게 지낼 친구를 사귈 수도 없었고, 그의 누이와도 가깝게 지낼 수 없었다. 그를 시중하는 사람들은 지금까지 변한 적이 없었고, 그가 목욕을 할 때에는 어느 때보다도 엄격하게 봉쇄해야 했다.

그리고 후궁에 있는 여인들은 모두……원망에 사무쳐 있었다.

더구나 경국의 주의력을 분산시키기 위해, 또 조정 대신들의 시선을 피하기 위해, 그는 어머니인 태후와 오랜 시간 대립 관계인 것처럼 연기를 해야 했다.

이 모든 것이 감당하기 힘들었지만, 이미 감당하고 있었다. 쟌씨 가문의 후손인 '그'는 조상들의 웅장한 포부와 의지를 이어받아, 그가 맡은 역사적 책임을 다해야 했다.

그가 한 건 한 건 차분히 진행한 계획 때문에, 북제 조정은 질서 정연하게 바뀌어 가고 있었고, 이미 경국의 내고에서도 비밀리에 많은 이득을 취하고 있었다. 판시엔의 도움을 받고 있었지만, 설령 그가 아니었더라도, 이미 치밀하게 짜여진 계획도 있었고, 이익을 취할 수 있는 능력도 있었다.

하지만 판시엔의 태도를 정확히 이해하기는 여전히 힘들었다.

"그는 무엇을 위해 이러는 걸까……무엇을 위해 짐에게 이처럼 많은 이득을 안겨주는 것일까……경국 황제의 사생아는 아비와 얼마나 다른 것일까……."

북제 황제가 진정으로 신경 쓰는 상대, 인정하는 상대는 경국의 황제밖에 없었다. 웅장한 포부와 야심을 가지고 있으면서도, 인내력도 갖추고 있는 경국 황제.

"그도 언젠가는 늙을 터. 지금도 젊은 건 아니잖아? 아무리 용맹한 군주라 할지라도 세월에는 장사가 없지."

젊은 북제 황제는 눈을 가늘게 뜨고서 입술만 달싹이며, 자신만이 들을 수 있는 목소리로 조용히 중얼거렸다.

"짐이 당당하게 천하 무대에서 당신을 무너뜨리는 날까지, 부디 살아 있길 바라네."

북제 황제가 판시엔을 중시하긴 했지만, 그가 북제의 위협이 되는 날이 온다면, 그는 언제든지 모든 힘을 이용해 판시엔을 제거해 버릴 준비가 되어 있었다.

이는 감정과 무관하고, 국적과도 무관하며, 남녀 관계와는 더더욱 무관한 일이었다.

세상에 세 종류의 사람이 있고, 태어날 때부터 정해지는 것이었다.

남자, 여자 그리고 황제.

정자 아래 계곡에 흐르는 물은 황궁 옆 산자락을 따라 아래로 흘러가 산 아래 연못에 모였다. 연못의 서쪽 편 흰색 돌 옆에 작은 틈이 있어 그곳을 통해 맑은 물이 콸콸 쏟아지고 있었지만, 연못에는 어떠한 물결도 일지 않았다. 지금 이 연못 뒤 숲속에서는 태감과 궁녀 몇이 고개를 숙이고 숨을 죽인 채 대기하고 있었다.

베옷을 입고 삿갓을 쓴 채 맨발을 한 쿠허 국사는 연못가 바위 위에 정좌하고 앉아 낚시대를 들고 있었다. 그리고 '아들'의 입지를 다져 주기 위해 권력에 눈이 멀어 조정을 어지럽히는 여인이라는 오명까지 감수하고 있는 북제 태후가 그 옆에 있었다.

쿠허 국사는 그의 눈처럼 잔잔한 호수를 바라보고 있었다.

태후는 어젯밤 쿠허 국사를 설득해 달라는 황제의 부탁을 떠올리며 조용히 입을 열었다.

"서신은 많이 주고받았지만, 제가 직접 리윈루이를 만난 적은 없어요."

태후는 자신을 '본궁'이나 '애가'로 칭하지 않았다. 얼굴에는 여전히 위엄이 풍겼지만, 말투는 마치 순진한 소녀의 것이었다.

"천 리 길이니 장 공주의 얼굴을 보기는 쉽지 않겠지요. 하지만 전 그녀를 본 적이 있는데, 예사롭지 않더군요. 그래서 전 이번에 징두에서 일어난 일이 상당히 의외네요."

"황제의 의견은……이번 일로 두 나라가 싸워 국력을 소비하는 위험은 피하자는 거예요."

"직접 와서 이야기하지 않는 이유는 뭔가요?"

태후의 대답을 듣지도 않고 쿠허는 계속 말을 했다.

"그는 아직 어려서 늙은이들이 경국 황제를 이토록 경계하는 이유를 이해하지 못하겠지요……하지만 저도 알고 태후도 분명히 알고 있어요. 경국 황제는 절대 평범한 사람이 아니에요. 그가 인내하는 시간이 길어질수록, 저는 더욱 불안해질 거예요."

"그래도 딱히 방법이 있는 건 아니잖아요……?"

"저는 장 공주가 방법을 가지고 있을 거라 믿어요."

태후는 쿠허의 단호한 태도를 보며 다시 한번 조심스럽게 설득했다.

"숙부, 다시 한번 생각해 보세요. 경국 일은 그들이 해결하도록 두는 게, 저희에게 이득일 수도 있어요."

"시간이 없어요."

쿠허의 말은, 그의 손에 든 낚시대처럼 조금의 흔들림도 없었다.

"우리 세대에서 이 문제를 해결하지 못하면, 아무도 이 문제를 해결할 수 없어요."

쿠허의 이 말은, 스구지엔의 의견과 일치했다.

하지만 태후는 웃으며 조심스럽게 말했다.

"북제에는 하이탕이 있고, 남쪽에는 판시엔도 있고……."

"판시엔은 경국 황제의 칼이에요. 그는 이번 일에서 가장 큰 이득을 가져가려 하겠지요. 그리고 그처럼 사람 죽이기는 서슴지 않으면서, 자신이 죽는 것을 두려워하는 사람은, 앞으로 태자나 2황자가 황권을 이어받는 것을 가만히 보고 있지만은 않을 거예요. 하지만 이 천하에서 그를 죽이고 싶은 사람은 많아도, 그를 죽일 수 있는 사람은 몇 없지요. 그 애 뒤에 장님이 있는 한, 예류윈도 다른 황자들을 지켜낼 수 없을 거예요."

황궁에서 나온 계곡의 물은 황궁 밖 위취엔허 강으로 합류된다. 그리고 그 강물은 황궁 담장 밖 멀지 않은 곳에 위치한 작은 전원을 지나갔다. 오늘 이 전원에서 두 아가씨가 나오더니 밖에 세워진 마차를 타고 샹징의 중심으로 향했다.

마차가 샹징 중심부의 골동품 가게를 지나갈 때, 하이탕이 마차 밖을 내다보다 고개를 돌려 판뤄뤄에게 말했다.

"네 아우가 저기 있네. 인사하러 갈래?"

"오늘 밤에 만날 건데, 그냥 샹징성 구경하러 갈래요."

하이탕이 고개를 끄덕이자, 마차가 다시 움직이기 시작했다.

판스져가 오늘 밤 연회를 주최한 것은 사업을 확장하기 위한 목적이었다. 북제와 사업한다는 것은 북제 황실과 사업을 하는 것이고, 경국에서 리원루이의 세력이 힘을 잃었으니 그는 이 기회를 잡아 황실 외척들을 초대한 것이다.

하이탕과 누이를 부른 것은 그 자리에서 자신의 체면을 살려 달라는 의미일 뿐이었다. 다만, 그 때문에 저도 모르게 긴장이 되는 것은 어쩔 수 없었다.

연회는 순조롭게 진행되었지만, 판스져가 습관처럼 포월루 밖을 힐끔힐끔 바라보았다. 웨이화는 그 모습을 보며 의아한 표정을 지었다.

'누가 더 오는 건가? 그런데 왜 난 사전에 아무런 소식을 듣지 못했지?'

그때, 포월루 연회방의 발이 살짝 움직이더니, 아가씨 둘이 손을 잡고 들어왔다.

웨이화는 순간 손에 들고 있는 술잔을 놓칠 뻔했다.

연회장의 분위기가 순식간에 어색해졌다. 태후가 하이탕을 웨이화에게 시집보내려 한 후부터 판시엔, 하이탕 그리고 웨이화가 애매한 관계에 빠지게 된 것은 더 이상 비밀도 아니었기 때문이다.

'판시엔아 판시엔아. 네놈은 어찌 내 체면은 조금도 봐주지 않고, 뭘 하든 나를 이렇게 찍어 눌러야 속이 풀리겠느냐! 이번 담판장에서 폐하를 대신하여 이익을 챙겨 폐하께 잘 보이려 했더니……하이

탕은 무슨 생각인 거야? 팔이 어느 쪽으로 굽고 있는 거야?'

어색한 분위기에서 술이 세 잔 돌고, 몇 마디의 의례적인 말과 가벼운 협상이 끝난 후, 그렇게 연회는 빠르게 끝이 났다. 협상 내용은 양측 모두 비교적 만족스러웠지만, 웨이화의 얼굴에서는 그다지 기쁜 기색을 찾아볼 수 없었다. 두 아가씨가 나타나자마자 판스져에게 주도권을 빼앗겨 버렸기 때문이다.

장 공주 리윈루이가 세력을 잃자 크던 작던 충격이 천하 귀인들의 마음속을 한 차례 훑고 지나갔다. 하지만 기본적으로 북제와 동이성은 판시엔이 오랫동안 권력을 유지하기를 바랐다. 동이성은 표면적으로는 판시엔과 적이었지만, 진정한 주인 스구지엔의 입장은 점점 판시엔에게 기울고 있었다.

북제의 황제는 더욱더 판시엔에 대한 희망을 크게 가지고 있었다. 정확히 말하자면, 판시엔에 대한 경국 황제의 총애가 더 깊어져, 그가 경국 황제의 결정에 영향을 미칠 수 있는 경지까지 가기를 바랐다.

하지만 이는 망상이자, 이상적인 생각일 뿐. 일국의 군주가 타국의 신하에게 나라의 운명을 의지하는 경우는 있을 수 없었다. 더구나 나라와 나라 사이의 평화는 담판이 아니라 실력, 다시 말해 군사력에 의해 구현되는 것이다.

봄이 찾아오자 오랜 연금에서 풀려난 북제의 대장군 샹샨후가 옌징 북쪽과 창저우 동쪽 사이 드넓게 펼쳐진 광야로 남하했다. 그는 명성에 걸맞게 짧은 시간 안에 군대 내에서 절대적인 권위를 확립하며, 경국 군대의 야심을 강력히 억제하고 있었다.

샹샨후에 맞선 경국의 장수는 정북 대도독 옌샤오이. 천하의 대장군 두 명이 붙어있으니 전쟁의 불꽃과 피비린내가 점점 피어오르지 않을 수 없었다. 공식적인 전투는 없었지만 작은 마찰은 수 차례 끊이지 않았다. 긴장된 분위기는 점점 고조되어 갔고, 이미 샤치페이는 내고 물건의 운송 경로를 창저우를 피해 우회하는 것으로 바꾸었다.

하지만 이번 달에 누구도 예상하지 못했던 일이 벌어졌다. 샹샨후가 갑자기 대치 국면을 풀며 병사를 50리 밖으로 물린 것이다. 그런 후 공격도, 심지어 더 이상 방어도 하지 않았다.

옌샤오이 정예병의 사나운 이빨은 전혀 개의치 않는다는 듯이.

긴장감이 돌던 시간은 여가 활동 시간으로 바뀌었고, 두 나라 병사들의 대치는 야유회 활동으로 변해버렸다.

샹샨후는, 북제는, 도대체 무슨 생각인 것일까.

독주를 마시는 옌샤오이의 눈에는 점점 더 차가운 한기가 차올랐다. 그는 징두의 소식을 들은 후부터 한마디도 하지 않고 있었다. 그는 스스로 절체절명의 위기에 직면했음을 명확히 알고 있었기 때문이다.

옌샤오이는 북제의 생각을 잘 알고 있었다.

징두에서 일이 벌어졌으니 경국 황제는 옌샤오이를 제거하려 할 것이다. 그러니 전선에서의 압박감은 내려놓고, 온전히 경국 황제에게 대항하는 데 집중하라.

옌샤오이는 천천히 술잔을 내려 놓으며 냉소를 지었다. 입장이 바뀌었다면, 그도 샹샨후에게 똑같은 조치를 취했을 거라 생각했기 때문이다. 적국 내부의 분열이 일어나면, 한 발짝 물러서 수수방관하며 편하게 어부지리나 얻으면 될 일이었다.

옌샤오이는 최대한 침착하게 그날을 기다리고 있었다.

황제 폐하의 성지가 도착하는 날.

장 공주 심복으로 살아온 옌샤오이, 그의 마지막 날.

하지만 그에게 날아든 것은 황제의 성지가 아니라 비밀 서신이었다. 서신을 보낸 이는 정말 생각지도 못한 인물이었다.

옌샤오이는 서신을 읽어 내려가며 저도 모르게 손을 떨기 시작했다. 차분하고 안정적인 그의 손, 산처럼 활시위를 가지고 놀던 그의 손, 그림자와 판시엔을 대할 때에도 강철처럼 굳셌던 그의 손이, 떨리기 시작했다.

경국이 봄의 끝자락에 머물러 있을 때, 먼 남쪽의 국경 근처에는 이미 무더위가 찾아와 있었다. 하지만 정말 무서운 것은 무더위보다도 밀림 속 습도였다. 비가 오래 내리지는 않았지만, 짧고 강한 폭우가 잦았기 때문이다.

줄곧 엄숙하고 위엄 있던 마차 행렬도, 마치 만사가 다 귀찮다는 듯 느릿느릿 길을 따라 바퀴를 굴리고 있었다. 경국의 체면을 책임지는 예부 홍려사 관원도 어느새 체통 따위는 신경 쓰지 않고 옷섶을 활짝 열어젖힌 상태였다.

그 한가운데 마차에는 경국의 태자가 타고 있었다.

징두에서 출발한 지 두 달여. 남조국의 조문은 순조로웠고, 어린 국왕에게 위로의 말도 충분히 전했고, 그의 등극식에 증인도 되어 주었다. 하지만 '안전하게' 돌아가는 것이 진짜 문제였다.

무더위가 무서웠지만, 더욱 무서운 것은 독 안개였다. 그래서 햇볕이 강렬할 때, 안개가 끼지 않을 때, 마차는 움직여야 했다.

태자 리청치엔이 마차를 톡톡 두드려 행렬을 세웠다. 그리고 태감의 부축을 받으며 마차에서 내렸다. 호위 하나가 급히 다가와 공손히 말을 건넸다.

"전하, 독무를 피하려면, 지금 빨리 움직이셔야 합니다."

"좀 쉬게. 모두 지쳐 있지 않은가."

"독무가 끼기 전에 역참에 도착할 수 있을지 걱정됩니다."

"역참 전에 조그마한 집이 하나 있다던데, 오늘은 거기서 묵지."

예부 관원이 황급하게 대화에 끼어들었다.

"전하, 신분을 생각하셔야 합니다. 전하께서 어떻게 그런 곳에 머무실 수 있단 말입니까. 역참은 이미 전하를 모실 준비가 끝났습니다."

하지만 태자는 단호했다. 예부 관원은 어쩔 수 없었지만 그래도 마지막으로 조심스럽게 말을 건넸다.

"하오나 돌아가는 날짜를 맞추지 못하면 폐하께서……."

"본궁이 책임지면 될 것 아닌가. 모두 지쳐 있는데, 병까지 나게 할 수는 없네."

태자의 명이 떨어졌으니, 일행 수백 명은 곧장 휴식에 들어갔다. 그들 모두는 감동한 눈빛으로 태자를 바라보았다. 태자는 소문이나 사람들의 상상만큼 오만한 사람이 아니었기 때문이다. 오히려 불평 한마디 없이, 상냥하고 친절한 태도로 부하들을 달래고 독려해 주는 사람이었다.

이번 여정에 함께한 관원, 호위, 병사들은 태자에 대해 완전히 다른 생각을 갖게 되었다. 그래서 모두들 말은 못했지만 하나같이 의문을 가지게 되었다.

'이런 훌륭한 태자에게 황제 폐하는 무슨 불만이 있으시길래, 이렇게 험난하고 위험한, 관례에도 맞지 않는 남조국 조문을 보내신 것일까……?'

휴식을 위한 숲에는 관례처럼 푸른색 천막이 둘러쳐진 태자만의 공간이 마련되었다. 태자만의 해우소. 일국의 태자가 다른 이들처럼 엉덩이를 까고 변을 볼 수는 없는 노릇이기 때문이다. 태자는 그 주변을 멀리서 지키는 호위들을 힐끔 쳐다본 후, 그만의 공간으로 '볼 일'을 보러 들어갔다.

하지만, 그는 바지를 풀지 않았다.

잠시 후, 손 하나가 안으로 쑥 들어와, 그에게 환약 하나를 건네 주었다. 태자는 놀라지 않고 침착하게 환약을 입에 넣어 씹어 삼킨 후, 혀끝으로 치아 사이사이를 세세하게 핥아 약 찌꺼기가 남아 있는지 확인했다.

한두 번 있었던 일은 아닌 듯 보였다. 태자는 천막 밖으로 희미하게 보이는 그림자를 향해 조용히 입을 열었다.

"이 약을 밖에 있는 군사들에게 줄 수는 없는가? 벌써 일곱이 죽었네."

축축하고 더러운 땅과 안개가 뒤섞여 만들어 내는 독무에 얼마나 더 죽을 것인가 알 수 없는 노릇이었다. 천막 밖의 그림자가 한참 머뭇거리다 조용히 마지막 말을 남기고 사라져 버렸다.

"전 전하가 갈수록 좋아지는 것 같습니다."

태자는 그의 말을 들으며 고개를 절레절레 저었다. 환약 개수 때문이 아니었다. 신비의 그는 자신이 왕13랑이라 했으며, 판시엔 사람이라 밝혔다.

'판시엔이 왜 나를 보호해 주는 것인가……'

그리고 연이어 자신의 처지가 떠오르며 결연한 표정을 지었다. 그가 판시엔의 환약을 받아먹은 것도 그 이유 때문이다.

'살아남아야 한다.'

태자는 지금 이보다 더 잘할 수 없을 정도로 처신을 잘 하고 있었다. 왜냐하면 그는 부황이 자신을 폐위할 명분을 찾고 있다는 것을 누구보다 잘 알고 있었기 때문이다. 명분 없이는, 체면과 위신을 중요시하는 부황이, 자신을 쉽게 버리지 못한다 생각하고 있었다.

'아버지, 소자는 구실을 제공해 드리지 않을 겁니다. 그러니 만약에 저를 폐위하시려면 그런 체면 따위는 버리셔야 할 겁니다.'

태자는 천막을 나와 눈부시게 내리쬐는 햇빛을 바라보았다. 그리고 문득, 남조국에서 며칠 전 새로운 국왕에 등극한 어린아이를 떠올렸다.

'태자에게……아버지가 일찍 죽는 것은 정말 행복한 일이구나.'

수개월 동안 산을 넘고 물을 건넌, 다시는 돌아오지 못할 것 같았던 태자 일행이, 드디어 징두로 돌아왔다. 징두 성문 밖에 무성하게 서 있는 버드나무도 더운 바람을 따라 살며시 고개를 숙이며 태자의 무사 귀환을 경축하는 듯 보였다.

태자는 곧장 황궁으로 들어가 보고를 올린 후, 황제에게 예를 올리고 동궁으로 돌아갔다. 모든 절차는 예부와 황실의 규정에 따라 진행되었지만, 반년 가까운 시간이 지나 만난 아들의 귀환에, 황제에게는 아버지로서 지어야 할 온화하고 반가운 표정은 조금도 없었다. 하지만 그 사실을 눈치챈 사람은 아무도 없었다.

동궁으로 돌아가는 길에 곁눈으로 광신궁을 보자, 태자의 심장이 두근거리기 시작했다. 세상을 가지기 위해서는 제대로 미칠 필요가 있다는 태자의 고모, 장 공주의 말이 떠올랐기 때문이다.

그랬다. 천하는 미쳐 있었다. 황실에 있는 모든 사람도 정도의 차이는 있지만, 모두 미쳐 있었던 것이다. 태자는 미쳐 날뛰려는 스스로를 억제하며, 천천히 몸을 돌려 자신을 배웅한 야오 태감에게 웃어주고, 동궁 대문을 굳게 닫았다.

태자가 동궁에 걸어 들어가자 태감과 궁녀들이 허리를 숙여 예를 올렸다. 하지만 누구도 감히 다가와 시중을 들려 하지는 않았다. 태자는 냉소를 날리며 동궁의 정전(正殿)으로 향했다.

진한 술 냄새. 구토를 유발할 정도의 진한 술 냄새.

동궁 안은 어두침침했고, 길게 세워진 등불 몇만이 켜져 있었다.

그리고 태자의 시선이 옮겨진 긴 침대에는 눈에 익은 여인 하나가 누워 있었다. 여인은 존귀함이 물씬 풍기는 화려한 황실 복장을 갖췄지만, 머리는 흐트러지고 장신구는 너저분하게 꽂혀 있었다.

초췌함과 절망감. 그 옆에서는 작은태감 하나가, 이 모든 것을 날려 버리기엔 힘겨워 보이는 커다란 부채를 들고 있었다.

"어머니, 아들이 돌아왔어요."

그때까지도 인기척을 느끼지 못했던, 반쯤 취해 있던 황후가 깜짝 놀라 눈을 비볐다. 그리고 돌연 큰 소리로 대성통곡을 하며 아들을 끌어안았다.

"돌아왔으면 됐다, 살아 돌아왔으면 됐어……."

"수개월이 걸린 일이라, 어머니께 걱정을 끼쳐드렸네요."

"아니다, 아니야……살아 돌아왔으면 됐어……."

황후는 황제가 왜 태자를 갑자기 버렸는지 알지 못했지만, 20년 동안 보아온 황제의 성격은 잘 알고 있었다. 그래서 그녀는 아들이 살아 돌아올지 몰랐고, 그럼에도 태자는 그 이유를 말해주지 않았다.

태자가 그녀의 등을 토닥이며 안심의 말을 몇 마디 건네고, 얼마 지나지 않아 황후는 아들의 품에서 깊은 잠에 빠져들었다. 그리고 태자는 작은태감이 들고 있던 부채를 건네받아 직접 부채질을 해 주었다. 또 한참이 지난 후, 태자는 부채를 내려놓고 침대에 멍하니 앉아 있다, 천천히 고개를 들어 작은태감에게 물었다.

"어머니께서 항상 이렇게 술을 드신 것이냐?"

작은태감이 어둠속에서 태자 앞으로 나와 공손히 무릎을 꿇으며 대답했다.

"네."

태자는 작은태감의 얼굴을 보자마자 비웃듯이 말했다.

"동궁에 백여 명의 사람 중에, 너 하나만 살아 남았구나."

홍쥬의 얼굴에 참회의 기색이 내비쳤다. 그리고 아무 말도 하지 않았다. 하지만, 줄곧 황제의 심복이었던 홍쥬, 참변 속에서 그 하나만 살아 남았다는 사실이, 모든 것을 말해주고 있었다.

하지만 홍쥬의 얼굴에 드리워진 참회의 빛은 거짓이 아니었다. 그가 동궁에 있는 동안 황후와 태자는 그에게 잘해 주었고, 특히 황후는 유달리 따스하게 대해주었다. 그런 황후가 절망에 빠져 허구한 날 술로 지새는 모습이 홍쥬의 마음을 후벼 파고 있었던 것이다.

태자는 홍쥬의 생각은 개의치 않는다는 듯 슬프게 웃으며 중얼거리듯 말했다.

"네가 어서방에서 온 것을 본궁이 잊고 있었다니……너와 판시엔 사이의 원한이 진짜이긴 한 것이냐?"

"그건 진짜입니다. 다만……종도 경국의 백성이라, 황제의 명을 거절할 수가……."

태자는 홍쥬의 말이 끝나기도 전에 '버럭' 하며, 손에 잡히는 대로 물건을 집어 던지며 욕을 퍼부었다.

"거시기도 없는 새끼가 어디서 백성을 운운해!"

태자의 분노를 싣고 홍쥬에게 사납게 날아간 물건은……안타깝게도 큰 부채.

하늘에서 하늘하늘, 아름답게 나부끼며 떨어져, 홍쥬의 '거시기'를 가려주었다.

"폐하께서 널 정말 아끼시나 보구나……그리 큰일을 알고 있는 개 같은 네 놈의 목숨을 살려 두신 걸 보니……."

"전하, 대체 무슨 일입니까?"

태자는 홍쥬의 말에 정신이 번쩍 들며, 다시 실언을 하지 않기 위해 조심하며 천천히 입을 열었다.

"지금 동궁은 예전과 달라졌다. 그러니 네가 이곳에 남아 무엇을 하겠느냐. 네가 떠나고 싶으면, 본궁이 직접 부황께 말을 전해주겠다."

홍쥬는 이를 '악' 물고 진심을 다해 말했다.

"종은……동궁에 남고 싶습니다."

태자는 다시 한번 화가 치밀어 올라, 참지 못해 비꼬듯이 말했다.

"동궁에 남아 감시를 하겠다고? 동궁 전체가 감시자들인데, 내가 너 하나 늘었다고 신경이나 쓸 것 같으냐?"

"종, 황후를 모시고 싶습니다."

태자는 잠시 침묵했다. 그리고 최대한 평정을 찾으려 노력했다. 과거가 어떠하든, 지금 자신이 일개 태감에게 화를 내는 것은 적절치 않을 뿐 아니라, 오히려 자신이 너무 예민해져 있는 것이 아닌가 생각이 들었기 때문이다.

태자는 다시 온화한 표정으로 천천히 입을 열었다.

"슈알도 죽었느냐?"

홍쥬는 말없이 비통한 표정으로 고개를 끄덕였다.

"그래……너무 상심 말아라. 본궁이 없는 동안 황궁의 동정은 어떠했느냐?"

"폐하께서 몇 차례 함광전을 행차하셨는데, 나오실 때마다 항상 기분이 좋지 않으셨습니다."

"고맙다. 이제 물러가거라."

태자는 혼자 조용히 생각을 정리했다. 부황이 아무리 모질어도 체면과 효(孝) 때문에, 태후에게는 말하지 않았을 거라 생각했다. 그렇다면 아직 자신에게 기회가 있을 거라 생각하며, 저도 모르게 살며시 주먹을 쥐었다.

'여론이 중요해. 어떻게든 만들어 내야 해.'

"슈알이 죽었으니, 홍쥬의 기분이 어떨지 모르겠어요."

판시엔은 자그마한 목소리로 말을 이었다.

"황제 아버지가 얼마나 독한 분인지, 우리가 놓친 것 같아요. 그렇죠 뭐. 홍쥬가 설령 저를 원망하고 있지 않다 해도, 분명 자신을 탓하고는 있을 거예요. 이게 나중에 문제가 될까 걱정돼요."

판시엔은 다시 '그렇죠 뭐'를 연이어 반복했다. 그리고 슬픈 어조로 말을 계속 이었다.

"그 수백 명의 죽음은……어쨌든 저 때문에 그런 것이니……저도 참 무정한 사람이에요. 그런데 전 몇만 명이 제 눈앞에서 죽어 나가면 견디지 못할 것 같아요……제가 안 했어도 그 일이 언젠가는 터졌겠지만, 어쨌든 지금 상황은 제가 영향을 끼쳤다고 할 수밖에 없어요. 제가 몇백 명을 죽인 거죠……."

판시엔이 고개를 내저으며 말을 이었다.

"그런데 웃기지 않으세요? 지금은 제가 태자의 폐위를 막으려 해요. 왠지 아세요? 만약에 태자, 둘째, 장 공주가 모두 끝장나면, 전 찬밥이 되겠지요. 그래서 전 시간을 끌고 있는 것뿐이었어요. 지금의 상황이 폭발하지 않고, 위험하더라도 유지될 수 있도록……적어도 제가 준비되기 전까지는, 황제 아버지가 칼을 빼 들고 전쟁을 일으키지 못하도록……그런데 이 모든 건, 다 잠재된 모순인 거죠. 제거할 수는 없는 그런 모순."

판시엔은 여기까지 말을 마치고, 앞에 놓여 있는 종이를 다시 검은 상자 안으로 집어넣었다. 그의 눈앞에는 또다른 상자가 활짝 열려 있었고, 눈처럼 하얀 은전이 아름다운 빛을 발하며 반짝이고 있었다.

그 '아버지'에 그 아들.

판지엔에게 직접 그린 '초상화', 황제에게 국가 화백이 그려 놓은 '초상화'가, 판시엔에게는 '어머니가 남긴 편지'였다. 그는 외로울 때마다, 화가 날 때마다, 그 편지를 꺼내 읽고 또 읽고, 그리고 대답 없는 편지의 작성자와 '대화'했다.

판시엔은 항저우 펑씨 장원에 있었다. 우쥬, 뤄뤄, 완알, 하이탕……그 누구도 곁에 없었다. 왕치니엔이 있었지만, 더 이상 말을 했다간 그가 심장마비로 죽을 것 같았다.

그래서 편지와 대화하는 시간이 갈수록 늘어갔다.

판시엔이 이번 생에서 밝힌 목표는 크게 두 가지였다. 절벽에서 우쥬 삼촌에게 말했던 것들은 이미 거의 다 이루어 가고 있었다. 나머지 하나는 아버지에게 말했던 그것, 권력을 쥔 신하, 권신이 되는 것이었는데, 사실 이것도 어떤 의미에서는 이루어 가고 있었다.

하지만, 지금 판시엔은 다시 한번 혼란에 빠지고 말았다.

'정말로 내가 원하는 삶은 무엇일까……?'

한참 후 판시엔은 자조적으로 웃으며, 앞서 머릿속을 맴돌던 형이상학적인 질문을 모두 지워버리려 노력했다. 그리고 강남 총독 관저로 가는 마차에 몸을 실었다.

'난 엄마가 아니잖아? 이 세상에서, 아니 모든 세상에서 이상주의자는 모두 고독하고 적막한 삶을 살았어. 중요한 건, 대부분 비명횡사 했다는 거야. 난 그렇게 죽을 수 없지. 일단 모르겠고, 권력이나 제대로 쥐어 보자!'

판시엔은 강남 총독 관아에서 쉐칭과 대화를 나누다 갑갑함을 느끼며 기지개를 켰다. 그리고 다시 한번 정신을 가다듬고, 속으로 욕을 몇차례 퍼붓고, 침착하게 설득했다.

"내고 장부 조사를 하려면 호부가 해야죠, 왜 도찰원이 하나요? 그리고 지금 감사원이 잘 하고 있지 않나요? 도찰원 어사들은 경전이나 읽는 사람들인데, 장부의 숫자를 보고 기절하면 어떻게 하나요? 대인께서 상주문을 올리셔야 해요. 강남은 멀쩡히 잘 굴러가고 있는데, 생면부지의 사람이 나타나 강남을 휘저은 후, 그때 가서 후회하시면 늦어요."

쉐칭은 겉으로는 웃었지만 속으로는 욕을 했다.

'감사원은 네 것이고, 호부는 네 아비 것인데, 누가 누굴 조사한다는 거야? 징두에서 이미 네가 내고 밀매를 한다는 소문이 파다한 걸 모르는 거야?'

"징두에서 상주문이 올라왔으니, 도찰원이 조사하는 건 피할 수 없네. 다만, 자네와 도찰원이 원한 관계에 있으니, 이번 일도 더 큰 소동이 날까 걱정될 뿐이네."

"진짜 저지를 못하는 거예요? 슈 대학사 영감과 후 대학사는 그렇게 할 일이 없대요?"

도찰원 어사 파견 내고 조사는 문하중서성 명이였기에, 판시엔은 두 대학사를 걸고 넘어졌지만, 사실 황제의 의중인 것을 누구보다 잘 알고 있었다. 허종웨이를 감사원에 파견해 견제하려던 것이 쳰핑핑에 의해 진전이 없자, 눈길을 내고로 돌린 것이다.

'찬밥' 판시엔에게 황제가 시선을 옮기기 시작했다.

판시엔은 밀매에 대한 것은 전혀 걱정하지 않았다. 장 공주도 오랫동안 해 왔던 공공연한 비밀이고, 황제도 그것에 대해 별로 신경 쓰지 않는다는 것을 알고 있었기 때문이다.

중요한 것은, 황제가 그와 북제와의 관계를 경계하기 시작했느냐의 여부였다.

"자네는 뭘 그리 걱정하나? 자네가 강남 흠차(황제를 대신해 지역을 시찰하는 전권을 가진 관직) 대인이라는 것을 잊지 말게. 도찰원이 온다 한들, 누가 흠차 대인의 눈 밖에 나려고 하겠는가. 그보다……."

쉐칭은 천천히 찻잔을 내려놓고서 매우 진지한 눈빛으로 판시엔에게 말을 이었다.

"폐하께서……태자를 폐위하려 하시네."

'뭐지?'

판시엔은 너무 놀라 어안이 벙벙했다. 쉐칭이 말한 내용 때문이 아니었다. 그것은 누구보다 잘 알고 있는 판시엔이었다. 다만, 쉐칭이 너무 대놓고 말했기 때문이다. 다시 말해, 태자의 폐위는 쉐칭의 추측이 아니라 공공연한 사실이 되고 있었다는 것이다.

'뭐지? 황제가 명분 없이 벌써부터 여론 조성에 나섰다고?'

"뭘 그렇게 놀라나? 모르고 있었을 것 같지도 않은데. 내가 비밀 상주문을 올려 다시 생각하시라 간언도 했지만, 너무나 확고하시네."

판시엔은 잠시 생각한 후 입을 열었다.

"이 일을 얼마나 많은 사람이 알고 있나요?"

"강남에서는 자네와 나, 두 사람뿐이야. 하지만 7로의 총독들은 모두 밀지를 받았겠지. 중요한 건, 다른 모두가 알게 되는 시점이 언제냐는 것이네. 그리고 폐하의 명이 내려진 이상, 신하의 입장에서는 따를 수밖에 없고……아마 폐하께 태자 폐위를 위한 공식적인 상주문을 올리는 신하가 내가 되어야 할 것 같네."

황제가 밀지로 태자 폐위를 위한 상주문을 올리라 명을 했지만, 7로의 총독들도 바보는 아니었기에 서로 눈치만 보고 있었다. 황위 싸움에 합세해서 그들에게 좋을 것은 아무것도 없었기 때문이다. 하지만 황제의 심복 중 하나인 쉐칭은, 본인의 의사와는 무관하게, 황제의 명을 받을 수밖에 없었다.

"무슨 이유를 대실 건가요?"

"그게 자네를 부른 이유네. 폐하께서는 감사원 8처를 동원하라 하셨네."

판시엔은 고개를 갸우뚱하며 생각을 정리한 후 말했다.

"과오가 없는 태자를 폐위하는 것은, 고작 소문에 의거해서 할 수 있는 일이 아니에요. 당장 문하중서성의 두 대학사도 들고 일어날 일이죠. 특히 저나 감사원이 나서는 것은 바보 같은 일이에요. 저와 태자는 줄곧 불화가 있었는데, 이 상황에서 제 입을 통해 나간다면……오히려 역효과가 날 거예요."

"자네 말이 일리가 있네. 내가 다시 황제께 그 내용을 비밀 통로로 올리겠네. 그리고 폐하께서 자네에게 전하라는 말이 하나 더 있었는데, 조만간 폐하께서 하늘에 제를 올리겠다고 하시더군."

황당한 연극이었다. 재미도 없는, 무료한 속임수가 곁들여진 연극.

강남 7로 총독들에게 태자를 폐위하라는 상주문을 올리게 하고, 다시 몇몇 대신들을 움직여 그 내용을 보충하게 하며 여론몰이를 시작한다. 황제는 태연하게 난처한 표정을 짓다가, 하늘의 뜻을 묻겠다며 천제를 지낸다. 그리고 하늘의 뜻에 따라 '어쩔 수 없이' 태자를 폐위한다.

판시엔은 고개를 절레절레 흔들며 물었다.

"언제 하신다나요?"

"한 달 후."

제8장

천제(天祭)

며칠 후, 감사원 8처에서 해묵은 이야기를 하나 툭 던졌다. 작년 봄, 호부 조사 때 나온 진부한 사건. 과거 정북 군대의 겨울 의복에 대한 이야기. 하지만 대리사가 곧장 그 미끼를 물어 다시 조사에 나섰다. 그 은전이 어디로 흘러갔고, 태자가 연관되고⋯⋯그렇게 소문은 조금씩 부풀려져 갔다.

조정 대신들은 해묵은 이야기가 다시 거론되자, 곧바로 달라진 냄새를 맡았다. 하지만 그 일로 동궁의 심복 신치우가 투옥되자, 대신들은 모두 사건이 일단락되었다고 생각하며 안심했다.

다만, 신치우는 하옥된 지 불과 3일 만에 멀쩡하게 감옥을 나왔다.

다시 감사원과 대리사의 소문 부풀리기와 태자 공격이 은밀히 진행되었고, 슈 대학사와 후 대학사는 황제의 의중을 알면서도 어쩔 수 없이 태자를 감싸고 돌았다. 태자가 과거에는 비록 황당하고 어리석었었지만, 최근 2년 동안에는 착실히 수양도 하고 흠잡을 데가 없었기 때문이다. 그들에게 명분 없는 태자 폐위는 있을 수 없는 일이었다.

며칠 후, 강남로 총독 쉐칭의 상주문이 황궁에 도착했고, 조정 회의에서 공개적으로 낭독되었다.

슈우가 대노했다. 황제의 뜻을 꺾을 수 없다는 것은 알고 있었지만, 그래도 말할 때마다 쉐칭이 신하의 도리를 지키지 않았다고 언급하며 그의 불충함을 소리 높여 질책했다.

황제는 슈우를 질책하지 않았다.

다만, 나이가 많아 체력이 떨어진 게 안쓰러워 보이니, 3개월 동안 집에서 휴양하라 명했을 뿐.

쉐칭의 상주문이 조정에 올라가자 나머지 6로 총독들의 상주문이 연이어 징두에 도착했다. 그들의 상주문은 제각각이었고, 사람에 따라 무겁기도, 가볍기도, 밝기도, 어둡기도 했다. 하지만 그들 모두, 대단히 조심스럽게 '어떤 태도'를 보이고 있었다.

하지만 여전히 많은 대신들은 명분 없는 태자의 폐위를 못마땅하게 생각하고 있었다. 말이 안 되는 일이었고, 나중에 역사에 대고 해명도 못 할 일이었기 때문이다.

태자가 폐위되면 가장 주목을 받을 두 사람은 판시엔과 2황자. 판시엔은 침묵했고, 2황자는 암암리에 '인정'을 내세워 황제의 뜻에 반대하는 쪽에 섰다. 태자가 위험에 처했을 때, 최대의 적인 형제 둘이, 각기 다른 방식으로 그를 지지해 준 것이다.

기묘하고 미묘하고 현묘한 국면.

조정은 난감한 침묵의 대치 상태로 빠져들었다.

태자는 조용히 있었지만, 생각지도 못한 대신들의 지지에 내심 감격했다. 그래서 전보다 더 조용히 지냈다.

조정이 침묵의 대치를 하고 있을 때, 천하에서 가장 치열한 전선 세 곳에서는 '진짜' 대치를 하고 있었다. 북쪽 오랑캐와 북제의 전선, 서만과 경국의 전선, 그리고 북제와 경국의 전선.

이 중 가장 긴장감이 고조된 지역은 당연히 샹샨후와 옌샤오이가 대치하고 있는 북제와 경국의 국경 지역. 샹샨후가 옌샤오이에게 경국 황제와 대치하라는 의미로 50리 후방으로 물러났지만, 아무도 예상치 못한 일이 벌어졌다.

옌샤오이가 경국 황제의 위협은 개의치 않는다는 듯, 독단적으로 2만의 정예병을 이끌고 옌징와 창저우 사이에 난 길로 곧장 북상해, 샹샨후의 군영을 급습해 버렸다!

샹샨후는 속수무책으로 당했다. 왜냐하면 옌샤오이가 자기 몸 하나 지키기 힘들 때, 독단적으로, 느닷없이 공격해 왔기 때문이다. 그때 북제 군대는 50리 뒤로 후퇴하여 군영도 제대로 꾸리지 않은 상태였다.

수만의 북제 군대가 처참히 깨졌고, 경국 군대의 손실은 5천에 그쳤다.

창저우 대첩.

샹샨후 일생일대 첫 번째 패전. 참, 패.

창저우 대첩 소식이 징두로 날아들자, 징두 하늘을 떠돌던 먹구름도 더 이상 눈에 거슬리지 않는 것만 같았다. 좋은 소식을 두고 황제의 황당한 계획도 더 이상 진행되기 힘들 거라 여겨지기 시작했다.

북제 황제의 국서가 날아들었고, 양국의 우의를 저버리는 파렴치한 공격이었다며 대놓고 화를 내며 욕설을 늘어놓았다.

하지만, 전쟁 선포는 아니었다.

국서를 받아 든 경국 황제는 알 수 없는 의미의 웃음을 짓고서 홍려사와 예부에 넘겨 처리하라 명했다. 사실 현재 국경은 정확히 그어지지 않은 상태였기에, 국토를 '침범'했다고 말하기는 모호한 상태였다. 그러니 나중에 '오해했고, 미안했다' 정도 말하면 될 일이었다.

수만의 북제 군사와 오천의 경국 군사가 죽었지만, 일은 이미 벌어졌고, 죽은 이가 다시 살아 돌아올 수는 없지 않는가.

황제가 옆에 있는 큰 홍 태감에게 미소를 지으며 말했다.

"옌샤오이가 나쁘지 않아. 정확한 방식으로 짐에게 자신의 존재 의의를 보여 줬어."

그렇다. 존재 의의가 없으면, 존재할 필요가 없다.

예를 들면, 태자.

그래서 황제의 의중에 따른 태자 폐위 계획은, 태자의 존재 의의를 없애기 위해 부단히 노력했다. 그 계획은 옌샤오이의 대승에 잠시 휴식기를 가지기는 했지만, 모든 대신들과 백성들의 기대와 달리, 다시 천천히 고개를 내밀기 시작했다.

이 모든 것은 판시엔과 무관했다.

태자 폐위 작업에는, 비록 황제의 방법이 파렴치하다 생각했지만, 판시엔은 아무런 반응도 하지 않고 조용히 있었다. 하지만 그에게 정작 이해가 안 되는 일은 창저우 대첩이었다.

'샹샨후 같은 가공할 만한 실력을 가진 인물이 옌샤오이에게 가만히 앉아서 대패했다고? 그리고 독단적으로 전투를 개시했는데, 그런 대죄를, 아니 모반에 가까운 이 일에 황제가 가만히 있는다고?'

하지만 판시엔은 여전히 반응을 내보이지 않았다. 도망치는 것처럼 보였지만, 오히려 징두라는 정치 폭풍우의 중심 지대를 벗어난 것이라 표현하는 것이 정확할 것이다. 태자가 폐위되면 조정에 엄청난 풍파가 일 것이고, 황제는 그 풍파에 판시엔을 끼워 어떤 완충제 역할을 시키며 새로운 세력의 균형을 꾀할 것이다.

그래서 판시엔은, 어둑어둑한 어느 날 밤, 큰 배를 타고 항저우를 벗어났다. 결연한 마음을 먹고 도망쳐 버린 것이었다.

황제의 성지로부터, 쉐칭의 통지로부터.

판시엔은 강남로 흠차 신분이었기에 관아에 머물러야 했지만, 이번에는 내고의 동쪽 노선 감찰이라는 명목을 달고 나섰다. 하지만 목적지는, 딴저우. 목적은 할머니를 뵙기 위해서인데, 첫째는 할머니의 건강이 안 좋아졌다는 서신을 받았기 때문이고, 둘째는 할머니에게 현 시국에 대한 조언을 얻기 위함이었다.

설령 할머니가 그를 도와주지 못하더라도, 최소한 그의 마음을 편하게 해 줄 테니.

바다로 나간 큰 배는 동쪽에서 떠오르는 태양을 맞으며 힘차게 앞으로 나아갔다. 판시엔은 일출을 감상한 후 다시 선창으로 돌아와, 은전이 담긴 커다란 상자 옆에서 무언가를 골똘히 보고 있었다.

창저우 대첩에 관한 보고서. 아무리 생각해도 이상했지만, 감사원의 보고서에서는 아무런 특이점을 찾을 수가 없었다. 그래서, 그는 다시 보지 않기로 했다. 배를 타면서 심지어 감사원의 정보 연락 체계를 잠시 분리해 놓았기 때문이다.

마치 이 배는, 이전 생에서 본 안티 레이더를 장착한 배와 다름없었다.

그 정도로, 무엇에서부터, 잠시라도, 벗어나고 싶었다.

허나, 생각지도 못한 일이 벌어졌다. 완벽하게 위장한 배가 작은 고을의 항구에 정박할 때마다, 모든 곳에서 판시엔에게 공손히 선물을 보내온 것이다. 판시엔은 정말 모르겠다는 표정으로 말했다.

"저 말단 관리들이 내가 이 배에 있다는 것을 어떻게 알아낸 걸까?"

"대인에게서 풍겨 나오는 기품을 어찌 숨길 수 있겠습니까."

왕치니엔의 이번 아첨은 너무 진부해 판시엔은 불만을 드러내며 옆에 있는 다른 왕씨에게 고개를 돌렸다.

"제가 어찌 알겠어요. 근데 제가 보기엔 대인이 즐거워하시는데요?"

왕13랑의 말에 판시엔은 자신의 속내가 들킨 듯 과장되게 불만스러운 표정을 지었다. 왕13랑은 어깨를 으쓱하고 조용히 선창 밖으로 나갔다.

판시엔은 미간을 살짝 찌푸렸다. 이 작은 고을의 관리들도 자신의 행적을 안다는 것은, 천하가 모두 이 소식을 알 수 있다는 것이다. 하지만 이제 와서 별 수도 없었다. 판시엔은 그렇게 열흘 동안 정박하고 출발하고를 반복했고, 그동안 14명의 관원에게 선물을 받았다.

'진짜 이 사람들이 어떻게 나의 행적을 다 알고 있지?'

판시엔은 선수에 서서 고개를 저으며 그것 또한 잊어버리기로 했다. 징두에서는 폭풍우가 몰아치고 있는데, 자기 혼자 방해 없이 바다 위를 떠다니고 있는 것만 해도 충분하다 생각했기 때문이다.

아주 잠시라 하더라도.

배는 반쪽짜리 옥으로 만든 기둥처럼 생긴 대동산 뒤쪽을 두 번 돌아나와 딴저우 항에 정박했다. 마중나온 딴저우 관원들이 없는 것을 보고 다소 안심을 하며, 가오다를 비롯한 호위와 6처 자객 몇몇과 함께, 딴저우 백성들의 열렬한 환호성을 받으며 딴저우 판씨 집안 별저로 향했다.

'여기 온 지 1년도 채 안 되었는데, 왜 이렇게 반갑게 맞아주는 거지?'

크지 않은 딴저우성. 얼마 지나지 않아 판시엔은 별저에 당도해, 너무나도 익숙한 나무문을 두드렸다.

판시엔은 순간적으로 미간을 찌푸렸다.

별저 사방에서 무수하게 많은 눈빛이 자신을 주시하고 있다는 느낌이 들었다. 하인과 시녀들이 아니었다. 왜냐하면 판시엔이 그들의 기운만 느낄 뿐, 숨은 위치를 알아차리지 못했기 때문이다.

'고수다.'

판시엔은 고개를 살짝 숙인 후, 소매 안 암궁의 방아쇠에 손가락을 얹었다. 동시에 왼손을 아래로 늘어뜨리며, 언제든지 장화 속에 있는 검은 비수를 꺼낼 수 있는 자세를 취하였다. 그리고 그의 오른쪽에 북위 천자의 검을 들고 있는 왕치니엔을 곁눈으로 살짝 확인했다.

왕13랑도 당연히 은밀한 기운을 느낄 수 있었다. 그도 시선을 살짝 내린 후, 푸른 깃발을 쥔 손에 살짝 힘을 주었다. 가오다도 심상치 않은 분위기를 느꼈다. 장도를 쥔 그의 양손에 힘이 들어가기 시작했다. 6처 자객들의 반응이 가장 느렸지만, 그들도 이내 길가 점포 쪽으로 가 각자 그늘과 어둠에 몸을 숨겨 신호를 기다렸다.

별저에서 뿜어져 나오는 강력한 기운이 엄청나긴 했지만, 한 사람으로부터 나오는 것은 아니었다.

'대종사는 아니다. 그런데 누가 이리 많은 고수를 모을 수 있는 거지?'

'끼이익.'

별저의 나무문이, 안에서부터 서서히 열렸다.

엄청난 긴장의 분위기가, 순식간에 흩어져 버렸다.

너무나도 익숙한 얼굴. 하지만, 절대 딴저우 판씨 집안 별저에서 나타날 수 없는 얼굴!

"런 대인. 아니 대인이 왜 여기에……?"

태상사 정경 런샤오안. 그는 잠시 웃어줄 뿐, 인사도 없이 안으로 들라는 손짓만 했다. 판시엔은 잠시 멈칫하고는 고개를 돌려 왕13랑에게 눈짓을 보냈고, 그는 재빨리 뒤로 물러서 6처 자객들과 함께 별저 밖에서 대기했다.

판시엔이 런샤오안, 왕치니엔, 가오다와 함께 별저 안으로 들어갔다. 이상한 점은 없었지만, 셀 수도 없는 고수들이 곳곳에 숨어 있었다. 후원 앞에 도착하자, 또 다른 익숙한, 하지만 또 결코 별저에서 나타나서는 안 되는 인물이 일행을 맞았다.

야오 태감.

판시엔은 쓸쓸한 표정을 지으며 후원의 작은 건물로 들어갔고 그곳에서 예부 상서와 흠천감 관원 몇몇의 인사를 받았다. 판시엔은 떨어지지 않는 무거운 발걸음을 할머니가 묶고 계신 2층으로 옮겼다.

침대에 누워 있는 병색이 드리워진 할머니의 얼굴을 보자, 판시엔의 가슴이 아려 왔다. 하지만 그 옆에서 할머니의 손을 잡고 이야기를 나누고 있는 중년 남성을 보자, 이내 그의 가슴은 두려움과 함께 차갑게 진정되었다.

판시엔은 침대 앞으로 가 예의 바르게 절을 하며 두 사람에게 예를 올린 후 쓸쓸하게 입을 열었다.

"폐하, 어쩐 일로……?"

"짐이 못 올 곳을 왔느냐?"

황제는 웃음기 띤 얼굴로 말을 이었다.

"강남로 흠차가 딴저우에 무슨 일인가? 짐이 기억하기로 널 강남으로 보냈지, 동산로로 보내진 않았는데."

판시엔은 난처한 기색을 최대한 숨기며 해명했다.

"내고의 동쪽 노선을 감찰하기 위해 길을 나섰는데, 할머니가 건강이 나빠졌다는 소식을 듣고, 마침 딴저우도 지근 거리에 있어서, 손자 된 도리로……."

판시엔의 말이 끝나기도 전에 황제가 입을 열었다.

"본래 효심은 변명하라 있는 게 아니거늘……그래 한번 도망가 보거라. 어디까지 도망갈 수 있는지 보자."

"소신은 폐하 손 안에서 노는 미물에 불과한데, 도망간다 한들 폐하의 손에서 벗어날 수 있겠습니까?"

아첨이었지만, 역부족이었다.

하지만 황제는 더 이상 추궁하지 않고 담담히 말했다.

"효도를 하러 왔다니 어서 와 살펴 보거라. 치료하지 못하면 각오 하거라."

황제는 자리에서 일어서며 노부인의 귓가에 나지막이 말했다.

"유모, 몸조리 잘 하시오. 짐이 저녁에 다시 오겠소."

황제가 떠나자 판시엔은 재빨리 일어나 다리를 주무르고는, 할머니 옆에 퍼질러 앉아 손가락으로 진맥을 했다.

노부인은 온화한 미소와 함께 말했다.

"요 원숭이 같은 녀석. 이렇게 할미를 놀라게 해도 되느냐. 할미는 괜찮다. 네가 다른 일이 있나 보구나."

판시엔은 말없이 할머니의 손을 주물렀다. 진맥을 해보니 할머니는 감기에 든 것이었지만, 연로한 할머니가 몇 년을 더 버틸 수 있을지 덜컥 겁이 났다. 할머니는 손자를 보며 안타까운 표정으로 물었다.

"뭘 그리 걱정하누?"

"할머니, 앞으로 어떻게 살아야 할지 잘 모르겠어요……."

"넌 몇 년 동안 너무 잘해 왔단다."

할머니는 온화하게 웃으며 판시엔의 머리를 쓰다듬어 주었다. 그녀의 음성과 표정에는 자랑스러움과 위로가 깃들어 있었다.

"할머니, 백 리 길을 가야 하는 사람에게 구십 리도 절반만 간 거라 하던데……절반밖에 안 왔는데, 머리가 갑자기 멈췄어요."

"지금 폐하께서 딴저우에 온 것 때문에, 네가 불길한 생각을 하는 것이냐?"

'지금 태자를 폐위하려는 이 중요한 시기에, 폐하께서 징두에서 멀리 떨어진 이곳에 와 계시다니……도대체 무슨 생각이실까요?'

판시엔은 말이 목구멍까지 나왔지만, 꾹 참고 고개만 끄덕였다.

할머니는 손자의 두 눈을 지긋이 보며 나지막이 말했다.

"너도 다 컸으니, 이제 일러 줘야겠구나. 판씨 가문은 애당초 누구 편에 설 필요가 없지만, 너는 더욱 그럴 필요가 없단다. 우리 가문은 항상 폐하 편에 서 있었기 때문이야. 이 점만 기억하면 잘못된 길로 갈 수가 없다. 30년의 세월이 검증한 길이니, 더 이상 의심할 필요도 없고."

판시엔은 사실 할머니의 생각과 달랐다. 역사에서 보면, 음모와 배신은 그렇게 희소한 일이 아니었다.

"그런데, 지금 정세에 폐하께서 징두를 떠나 여기 계시는 건 너무 위험해 보여요."

"그렇다면 빨리 가서 간언을 드리거라."

할머니의 말에 판시엔은 '네' 했지만, 당장 아래층으로 달려 내려가지는 않았다. 대신 자신의 진기를 할머니에게 불어넣으며 신중하게 처방전 몇 개를 썼다. 그리고도 한참을 할머니와 한담을 나눈 후, 할머니에게 얇은 이불을 덮어드리고 살금살금 아래층으로 내려왔다.

1층에는 예부 상서, 흠천감 감정, 야오 태감이 있었다. 판시엔은 차례로 예를 올리고서 미소를 지으며 물었다.

"폐하는 어디 계시나요?"

'폐하를 이렇게 오래 기다리게 하다니……'

예부 상서는 씁쓸한 표정으로 밖을 한번 바라보고 말했다.

"정원에서 물푸레나무 꽃을 감상하고 계십니다."

판시엔이 발걸음을 옮기자 야오 태감이 재빨리 앞장을 섰다. 하지만 모퉁이를 돌고 정원에 들어가기 직전에 야오 태감은 인사를 하고 물러나 버렸다.

'어서방 수령태감 야오 태감이 왜 폐하의 시중을 들지 않지?'

판시엔은 조금 의아해하며 정원에 발을 딛었다. 그리고 황제 옆에 또 다른 늙은이도 눈에 들어왔다.

"홍 태감, 안녕하세요."

황제의 면전에서 태감과 인사를 하는 일은 엄격하게 금지된 일이었다. 물론 큰 홍 태감은 모든 면에서 예외였다. 큰 홍 태감은 살짝 미소를 지었지만 말은 하지 않고 황제 뒤쪽으로 물러났다.

"네가 이 나무를 옮겨 심었다고?"

"네, 정원이 넓지 않아 나무가 없었는데, 제가 보기엔 너무 단조로워 꽃 나무 몇 그루를 가져다 심었습니다."

"너도 운치를 아는구나. 짐이 이 저택에 머물렀을 때는 나무가 있었다. 헌데, 짐이 무공 연마를 한다고 다 잘라먹었지."

판시엔은 속으로 적잖이 놀랐다. 그가 이 저택에 머문 세월이 16년. 하지만 그동안 황제가 여기에 기거했다는 것을 전혀 모르고 있었다. 할머니의 신중함에 새삼 놀랐던 것이다.

"짐은 잠행 중이 아니고, 징두에서 떠난 지 사흘째 이미 천하에 다 알렸으니, 너무 조급하게 생각하지 말거라."

"폐하께서 딴저우에 계신 걸 모두가 안다는 말씀이십니까?"

"그래. 짐이 천제(天祭)를 지내러 징두를 떠났다는 사실을 천하가 알고 있지."

"폐하, 천하가 알고 있는 사실을, 어찌 저는 몰랐습니까?"

황제는 판시엔을 힐끔 보고 차가운 미소와 함께 조롱하듯 말했다.

"흠차 대인께서 바다로 나가 놀고 계시지 않았나? 그러니 짐이 천제를 드리는 대오에 합류하라는 성지를 어찌 받아 보실 수 있으셨겠나."

'젠장, 그래서 관원들이 배에 타고 있는 사람이 나 인지 추측할 수 있었구만. 내가 천제를 드리러 가는지 알고서……'

황제는 천천히 발걸음을 옮겨 저택의 문밖으로 향했다. 숨어서 호위하던 고수들과 함께, 별저 안에 있던 관원들이 모두 황제를 따라나섰다. 판시엔은 재빨리 황제 곁으로 가 다른 이들에게 들리지 않을만한 조그마한 목소리로 말했다.

"폐하, 징두 국면이 아직 안정적이지 않고, 천제도 지내셔야 하니, 소신이 징두까지 호위해서 모셔다 드리겠습니다."

"천제를 지내러 왔는데, 왜 징두로 돌아가야 하느냐?"

'이건 또 무슨 소리야?'

"천제는 경국 사당, 경묘에서 지내시지 않습니까?"

"경묘는 징두에만 있는 것이 아니다. 대동산에도 있다."

'이런 젠장. 그래서 흠천감 감정, 예부 상서가 여기에……근데 멀쩡한 징두 경묘를 두고, 굳이 왜 이 먼 곳 대동산 경묘에서?'

황제는 판시엔의 근심스러운 표정을 보고, 아들이 아버지를 걱정한다고 생각하며 내심 흡족해하고 있었다.

"네가 걱정을 멈출 수 없나 보구나. 그럼 좋다. 이번 행차에서는 네가 직접 짐의 안전을 책임지거라."

'이런 젠장! 이게 아닌데⋯⋯!'

판시엔이 어찌 반응해야 할지 몰라 당황하고 있을 때, 황제는 그의 생각은 전혀 개의치 않는다는 듯이 마지막 말과 함께 마차에 올랐다.

"이따 부두에서 보자꾸나."

판시엔은 망연자실한 표정으로 멀어지는 황실 마차를 바라보고 있었다. 황제 일행이 떠난 것을 확인한 왕치니엔은 경악한 표정으로 눈썹을 휘날리며 판시엔에게 황급히 달려왔다.

"대인, 혹시 앞서 가신 분이⋯⋯."

판시엔은 여전히 떠나가는 마차를 보며 고개를 끄덕였다.

"저 주인님은 어찌하여 여기까지⋯⋯?"

"누가 알겠나. 내가 아는 건, 지금부터 저 분에게 일이 생기면, 우리는 끝장난다는 거지."

판시엔은 한숨을 내쉬며 고개를 돌려 왕치니엔에게 명했다.

"감사원 동산로 관원을 모두 동원해, 실시간으로 보고하라 해. 누구라도 대동산 50리 안에 접근하려 하면, 최우선으로 보고하라 하고."

"네."

"징거에게 최대한 빨리 흑기병 500명을 이끌고 와 동산로 서북쪽 일대에 방어선을 구축하라 전해. 현지 주 군대와 협력하여 어떤 일도 벌어지게 하지 말라 하고, 만약에 필요하면 누구든 죽여도 된다 하고."

'동산로 서북쪽은 옌징과 창저우인데⋯⋯옌샤오이 대도독의 정북 군대가 있는⋯⋯그래도 여기까지는 제법 거리가 있는데 너무 민감하신 것 아닌가?'

"조심하는 게 상책이지."

"네."

왕치니엔이 명을 전하러 재빨리 자리를 뜨자 관복을 입은 장정 하나가 판시엔 곁으로 다가왔다.

"폐하의 명을 받았습니다. 대인께서 분부를 내려주십시오."

대황자의 직속 부관, 금군 부통령이었다.

"부통령이군요. 잘 부탁드려요. 그런데 금군에서는 얼마나 왔나요?"

"2천입니다. 모두 딴저우 인근에서 명을 기다리고 있습니다."

'금군 2천에, 폐하 근접 호위 고수들, 그리고 왕13랑, 가오다……
문제는 없겠어.'

딴저우 부두에 구경 나와 있던 백성들은 일찌감치 흔적도 없이 사라지고 없었다. 오로지 하늘의 구름과 바다의 파도가 만들어낸 물거품, 그리고 하늘과 바다를 오가며 날아다니는 갈매기만이 여느 때처럼 자유로워 보였다.

'끼룩끼룩.'

갈매기가 바다에서 먹이 사냥을 하며 날카롭게 소리치자, 황제는 그제서야 감상에서 빠져나온 듯 손짓을 했다.

"짐 곁으로 오거라."

부두의 나무 판 아래서 대기하던 판시엔은 나무 판 위로 살짝 뛰어올라가, 황제의 한 걸음 뒤에 서서 앞에 펼쳐진 망망대해를 바라보았다.

"한 걸음 더 앞으로 오거라."

판시엔은 얼떨떨해하며 다시 한 발짝 앞으로 갔고, 그렇게 판시엔은 황제와 나란히 서게 되었다.

바닷바람에 황제의 귀밑머리가 휘날리기 시작했다. 감탄이 나올 정도로 결연한 느낌이었다. 발 아래로 밀려드는 파도는 나무 판 아래에 있는 암초에 부딪히며 수많은 눈송이로 변해 갔다.

"가슴을 펴라. 짐은 네가 소심한 척하는 게 보기 싫다."

판시엔은 말없이 '헤헤' 웃으며 가슴을 쭉 폈다.

"짐이 지난 번 딴저우에 왔을 때 신분은, 황제도 아니고 태자도 아니었다. 그때, 천핑핑과 홍스샹이 뒤에 서 있었고, 판지엔이 지금의 너처럼 내 곁에 있었다. 하지만, 짐이 태자가 된 후로 판지엔은 다시는 짐과 나란히 서지 않았지."

판시엔은 황제의 얼굴에 스치는 자조적인 미소를 보았다.

"짐은 태자가 된 후, 남쪽을 정벌하고 북벌을 감행했다. 하지만 그 이후로, 짐과 어깨를 겨누며 대화할 수 있는 사람도 없어졌구나."

판시엔은 시의적절하게 탄식을 내뱉었다.

"그때 우리 세 사람은 징두의 혼란을 피해, 딴저우에 기분 전환하러 온 것이었다. 친왕 두 분께서 황권을 두고 암암리에 치열한 싸움을 벌이고 계셨지만, 선황께서는 당시에 아무도 주목하지 않는 인물이었기에 가능한 일이었지."

황제는 담담히 말을 이었다.

"지금 너의 생각과 크게 다르지 않을 것이다. 다만, 그때의 짐에 비해 지금의 넌, 훨씬 강력한 힘을 가졌지."

판시엔은 여전히 말없이 미소를 지었다.

"그날 바다를 볼 때, 어쩌면 바다에서 신선이라도 나와 주길 바랬는지 모르겠어. 물론 바다에는 아무것도 없었다. 오늘처럼."

황제의 얼굴에 장난기 어린 표정이 스치고 지나갔다.

"그러다 우리 모두 고개를 돌렸을 때, 부두에 여인이 있었지. 맹인 무사와 함께."

판시엔이 그리움이 담긴 목소리로 입을 열었다.

"소자, 폐하께서 어머니와 어찌 만나신 건지, 줄곧 궁금했습니다."

황제는 '소자'라는 표현에 잠시 흔들렸다.

그리고 이내 살짝 화제를 돌렸다.

"판지엔 이후에 짐과 어깨를 나란히 한 사람이 없었다 했는데……
사실 네 어미만은 언제나 그리했다. 심지어 가끔씩 짐을 무례하게 깔
보기도 했지. 너에게 그 점을 닮으라고 하는 것은 아니지만, 최소한
네 어미의 위신을 깎지는 말아라."

'위신은 둘째 치고, 목숨이나 보존하게 해주시죠!'

판시엔도 은은하게 미소 지으며 재빨리 화제를 돌렸다.

"징두로 돌아가시는 게 좋을 듯 보입니다. 징두를 너무 오래 비우
셨습니다. 그러다 혹시……."

"혹시 누가 나쁜 마음을 먹을까 염려된다는 뜻이냐?"

황제가 싸늘하게 웃으며 말을 이었다.

"짐은 이번에 바다를 바라보며, 천제를 지낼 것이다. 그리고 광명
정대하게 태자를 폐위할 것이다. 또한 누가 용기와 담력을 가졌는지,
작금의 천하가 대체 누구의 것인지 살펴봐야겠다."

"폐하, 이곳은 존귀하신 몸으로 오래 지낼 곳이 아닙니다. 부디 돌
아가시길 재차 간청드립니다."

"징두에 태후가 있고, 쳔핑핑과 두 대학사도 있는데 감히 누가 움
직인단 말이냐!"

황제는 이 말과 함께 귀찮다는 듯이 손을 휘휘 저으며 말을 이었
다.

"천하를 찬탈하려면, 그 의자를 빼앗아야 하고, 의자를 빼앗으려
면, 짐을 죽여야 할 터. 소란을 피우려면 피우라 하거라. 허나, 짐을
죽이지는 못할 것이다."

'역시 황제 아버지는 변태였어. 자신감, 의심 그리고 극도의 자아

도취적 성격이 뭉친 상(上) 변태.'

판시엔은 황제가 뱀이 굴에서 나오도록 유인한다는 것을 눈치챘지만, 언젠가 그 과정에서 목숨을 잃을 수 있다고 생각했다. 가장 중요한 것은, 그 과정에서 그 자신이 황제의 부장물이 되고 싶지는 않았다.

"안쯔, 명심하거라. 사람의 마음은 원래 알기 어려운 것이다."

판시엔은 황제의 말이 자신에게 하는 것인지 다른 아들들에게 하는 것인지, 아니면 그의 누이에게 하는 것인지 알 수 없었다. 하지만, 가식이 아닌 진짜의 피로함이 황제의 얼굴에 스쳐가는 것을 볼수 있었다.

황제에게 진실한 감정은, 우연히 스치고 지나가는 구름 같은 것. 어느새 황제의 얼굴에 남아 있는 것은 강한 자신감과 굳은 의지뿐이었다.

"세인들은 짐을 무정하다 여길 것이다. 허나, 그들의 생각은 틀렸다. 짐이 그들에게 너무 많은 기회를 줬지. 그들이 깨우치고 후회하기를 바랐기 때문에. 심지어 지금도 그들에게 기회를 주고 있는 것이다. 짐에게 정이 없다면, 어찌하여 그러겠느냐."

'다른 사람이 잘못을 저지르도록 압박해, 그 사람들의 마음을 시험한 것은 아닌가요? 당신의 그 행동이 아버지로서의 정일까요, 아니면 황제로서의 병일까요?'

"네 어머니는, 경국에 큰 공로를 세웠다. 짐에게는 더욱 그러하니, 짐은 하늘 같은 은혜를 입었다 할 수도 있겠다. 하지만 하루아침에 그녀와 그녀의 집안이 처참히 무너지는 것도 모자라……허나, 짐은 그것을 지금까지 숨기고 말하지 않았지. 나중에 조금은 갚았다지만, 그녀가 짐에게 베푼 은혜와 의리에 비하면, 짐이 한 것은 너무 보잘 것 없구나."

판시엔은 황제의 말을 정확히 이해했다. 징두 피의 달에 수많은 사람이 죽긴 했지만, 정작 중요한 인물 몇은 죽지 않았다. 일종의 복수라 생각한다면, 그 복수는 완벽하지 않은 것이었다.

"짐이 먼저 말을 하지도 않았지만, 그 두 사람도 묻지 않았다. 하지만 짐은 그들이 속으로 개운치 않아 한다는 걸, 심지어 짐에게 원망하는 마음도 남아 있다는 것을 알고 있지."

'그들'은 당연히 천핑핑과 판지엔.

"허나, 짐이 어찌할 수 있었겠느냐. 오로지 그녀를 위해 예씨 집안을 지켜줬다면, 태후는 어찌해야 하느냐? 짐이 황후를 폐위하고 죽였어야 하느냐?"

말의 내용과 달리 황제의 어조에는 여전히 감정의 동요가 없어 보였다. 옆에서 듣는 판시엔은 절로 감탄이 나올 지경이었다.

"황제의 자리에서 천하를 가지고 있다 해도, 제약이 따르는 법이다. 짐이 만약에 그리했다면, 똑같이 무정한 사람이 되었겠지. 그리고 조정이 어떠했겠느냐. 짐이 보기에는, 네 어미가 살아 있었더라도, 그녀는 분명 짐의 행동에 찬성해 주었을 거야. 왜냐하면 네 어미는 강대하면서도 풍요로운 경국을 만들고 싶어 했는데, 짐이 그것을 이뤘기 때문이다."

황제는 의연한 표정으로 말을 이었다.

"경국은 현재 가장 강한 나라이다. 경국의 백성들은 역사상 그 어느 때보다도 행복하게 살고 있을 테고. 이 점 하나만으로도, 짐은 그녀의 마음을 충분히 위로해 주었다고 생각한다."

판시엔도 이 점은, 진심으로 인정했다. 지금의 경국은 의심할 여지없이 태평성세라 할 수 있었다. 그리고 그의 옆에 있는 경국 황제는, 의심할 여지없는 역사적 명군이자 성군이었다. 다만, 황제에 대한 평가 기준을 백성을 배불리 먹여 살리는 데 둔다는 전제하에서.

"그녀가 대신들을 감독해야 한다 해서, 감사원을 만들었고, 태감을 경계해야 한다 해서, 태감 수를 제한하고, 정무에 간섭하는 걸 금했다. 명군은 간언을 들어야 한다 해서, 도찰원 어사에게 여론과 풍문에 의해 상주문을 올릴 수 있도록 했다. 개혁을 해서 폐단을 기본적으로 다스려야 한다 해서 개혁을 했지. 물론 짐도 안다. 그 개혁들이 다소 바보 같았음을……다만, 그때 네 어미는 이미 죽고 없었다. 그래도 짐은, 그녀가 짐에게 해주었던 말을 모두 가슴에 새기고, 그녀 대신 실현해 주기 위해 노력했다."

"어머니가 살아 있었다면, 폐하의 은혜에 무한히 탄복했을 것입니다."

"은혜가 아니다. 인정과 의리지. 짐은 하늘로 간 그녀의 혼을 기리고 싶었다. 다른 것은 없었다."

황제는 갑자기 장난기 어린 웃음을 지으며 말을 이었다.

"네 어머니는 신문을 만들자 했고, 천핑핑 이야기를 가장 궁금해했었지. 그래서 경력 4년에 그 늙은 개가 고향에 부모님을 뵈러 갔을 때를 틈타, 그의 이야기를 신문에 실으라 했지. 만약 네 어미가 보았으면 분명 즐거워했을 텐데……."

'황제도 결국 평범한 사람이었군.'

판시엔은 조금은 더 황제에게 호감이 생겼지만 그만큼 더 걱정이 되었다. 판시엔은 알 듯 모를 듯한 표정으로 바다에 떠 있는 함선 몇 척을 바라보고 있었다. 그러다 갑자기 입을 열었다.

"새로 부임한 쟈오저우 수군 제독이 친씨 가문의 사람입니다."

황제가 움직였으니, 육지에서는 금군, 바다에서는 수군이 움직이는 것은 당연했다. 육지에서의 호위에 관해서는 어느 정도 준비가 되었다 생각했지만, 판시엔이 수군과 관련해서는 전혀 통제력이 없었기에 왠지 모를 걱정이 앞섰던 것이다. 심지어 그의 습격을 주모

했던 친씨 집안이 총 사령관인 경국 수군.

하지만 황제는 차분하게 대답했다.

"짐이 언젠가는 너를 위해 산골짜기 습격 사건을 해결해 주겠다. 그리고 친씨 가문 노장군은 나라의 기둥과 같은 사람이니 너무 의심하지 말아라."

황제의 침착한 모습에 판시엔은 황제가 오랫동안 드러낼 기회가 없었던 신분 하나가 떠올랐다. 그래서 판시엔은 웃으며 명을 받아들이고 이를 더 이상 언급하지 않았다.

'시대의 명장' 경국 황제.

다음 날, 희미하게 동이 트기 시작하자 황제의 성대한 마차 행렬은 딴저우를 떠났다. 앞뒤 3리에 걸쳐 사람들이 빽빽이 들어차 있었고, 그 중앙에는 천하에서 가장 귀해 보이는 대형 마차가 위치해 있었다. 그야 말로 어마어마한 위세였다.

딴저우 백성들은 바닥에 엎드려 떠나가는 황제를 향해 공손히 예를 올렸다. 어쩌면 시골에 사는 이들에게는 처음이자 마지막으로 황제를 볼 기회일 수도 있었기 때문이다.

판시엔도 대열 뒤에서 말을 타고 따라가며, 어젯밤 런샤오안과 나누었던 대화를 떠올리고 있었다. 황제가 징두가 아닌 대동산 경묘에서 천제를 지내기로 한 것은 생각지도 못한 이유가 있었다.

'경국의 중심 징두 경묘에 천제를 지낼 사람이 없다니, 참.'

실로 황당한 이유였다. 하지만 판시엔도 그것들을 연결을 못 시켰을 뿐이지 관련 사건들은 모두 알고 있었다. 경묘 대제사가 병으로 갑작스럽게 사망하고, 얼마 지나지 않아 경묘 제2제사 삼석 대사도 징두 외곽 숲에서 처참하게 살해당했다.

'혹시 황제가 대동산에서 천제를 지내게 하기 위해, 어떤 이가 일부러 그들을 죽이진 않았겠지? 그리고……이러한 내용을, 황제의 행보를 감사원에서 나에게 미리 알려줄 수는 있었을 것 같은데……최소한 옌빙원은 방법을 찾을 수 있었을 텐데…….'

판시엔은 그들이 죽은 시간들을 계산해 보며 자신도 황제처럼 의심병이 생긴 것이 아닌지 걱정되었다. 하지만 그는 지금 황제의 안위를 책임지고 있었기에, 예민하고 불안한 것은 정상이라 생각하며 이내 생각을 떨쳤다. 그리고 긍정적인 생각만 하려고 노력했다.

'그래, 황실 비밀 호위 일곱이 하이탕과 비등하게 겨뤘어. 지금은 백 명이니, 그럼 하이탕 10명이 와도 괜찮을 거야. 너무 괜한 걱정하지 말자.'

황제는 마차를 타고 이동했고, 판시엔은 말을 몰고 그 마차 옆을 호위하고 있었다. 며칠에 걸려 도착한 대동산 밑에는 수천 명의 병사들이 깃발을 펄럭이며 줄지어 서 있었고, 대동산 위로 올라가는 길은 모두 막혀 있었다.

야오 태감의 부축을 받으며 황제가 마차에서 내리자 명이 떨어진 것도 아닌데 수천의 사람들이 일제히 무릎을 꿇고 만세를 외쳤다. 황제가 모두 일어나라 가볍게 손짓을 한 후 뒷짐을 지고 산 입구에 도착하니 몇몇 대동산 경묘 제사(祭祀)들이 공손히 예를 올렸다.

대동산은 판시엔이 가늠하기에 해발 2천 미터는 되어 보였고, 바다와 면한 쪽은 매끈한 옥석 같은 절벽이었고, 산 입구가 있는 육지 쪽은 무수한 세월에 걸쳐 쌓인 흙이 생명을 품고 있었다. 그래서 돌계단 양쪽으로는 푸른 풀이 무성하게 나 있고, 키 큰 나무들이 하늘을 향해 빽빽하게 서 있었다.

황제가 돌계단을 오르자 큰 홍 태감, 판시엔, 일부 대신들과 태감들이 그 뒤를 따랐고, 백여 명의 황실 비밀 호위들이 돌계단 옆 숲속으로 산을 올랐다. 그리고 산 아래 수천 명의 병사들은 일사불란하게 방위선을 구축했다.

얼마나 지났을까. 일행이 산꼭대기에 도착하자, 대부분의 대신들과 제사들은 녹초가 되어 땅바닥에 주저앉았으나, 황제는 가슴만 살짝 들썩이고 얼굴만 상기되어 있을 뿐 여전히 당당한 모습이었다. 황제가 절벽 근처로 발걸음을 향하자 판시엔이 말없이 그 뒤를 향했다.

그들의 눈앞에 있는 것은 바다. 끝없이 펼쳐진 바다. 부두에서 본 바다와 또 다른 바다.

그 바다는 멀기도 했지만 한편으로는 냉담했다. 파도가 포효하는 소리는 거의 들리지 않았고, 파도가 계속해서 밀려오며 절벽을 때리고 있었지만, 대동산 암석 절벽을 젖게 만들려는 노력은 영원히 헛수고가 될 것같이 보였다.

절벽 앞에는 새하얀 종이 같은 얇은 구름이 층층이 깔려 있었고, 바다 위에는 붉은 해가 일찌감치 떠 있었지만 마치 대동산보다 낮은 곳에 있는 듯 보였다.

비틀.

깜짝 놀란 판시엔이 전광석화처럼 손을 뻗었다. 그리고 황제의 손을 잡아챈 후 뒤쪽으로 살짝 잡아당겼다. 황제가 손으로 가볍게 이마를 만지며 말했다.

"짐이 늙긴 늙었나 보네. 뭘 했다고 현기증이 나다니……."

황제는 가볍게 미소를 지으며 화제를 돌렸다.

"세상에 신묘가 있다고 생각하느냐?"

"믿습니다."

"믿는다고?"

"네, 믿습니다."

"그래? 짐을 따라오너라."

판시엔은 황제를 따라 돌길을 걸어 대동산 정상 뒤쪽에 자리 잡은 오래된 사당 앞에 도착했다. 오랫동안 수리한 흔적이 없는 작고 낡은 사당이었지만, 처마 아래 달린 풍경이 흔들리며 내는 소리가 마음을 정화해 주는 것 같았다.

황제는 친근감과 그리움이 묻어나는 눈빛으로 작고 오래된 건축물을 훑어보았다. 그리고 갑자기 입을 열었다.

"귀하신 황제 폐하의 몸이라 여길 오면 안 된다 하니……며칠 동안 네가 무슨 걱정을 했는지 짐도 안다. 그럼 만약 네가 장 공주라면 짐이 없는 징두에서 무엇을 하겠느냐?"

"소신의 생각으로는 장 공주가 이 기회를 이용해 모든 힘과 세력을 동원할 것입니다. 대동산이나 징두로 돌아가는 길목에서 급습을 할 것이고, 승패를 떠나 징두로 들어가는 모든 소식을 차단한 후, 폐하께서 불의의 사고를 당했다고 소문을 퍼트리고, 태자 또는 2황자를 황위에 올릴 것입니다."

"승패를 떠난다니, 그런 헛소리가 어딨느냐? 시도를 한다면 필히 짐을 죽이려 하겠지."

'그렇겠지요. 그래도 지금 제가 어떻게 황제가 뒤진다는 이야기를 하겠어요?'

"폐하께서 이곳에 오셨으니, 분명 계획이 있으시리라 생각합니다."

"원루이에게 무슨 힘이 있겠느냐. 군산회? 작년에 쳔핑핑의 말을 듣고 그들을 다 없앴어야 하는데……그래도 이곳에서 짐을 죽이려 한다면, 산부터 잘 타고 봐야 할 게다."

황제는 가볍게 농담처럼 말하고 있었지만, 이곳의 지형을 생각하면 대군을 동원해 공격하기는 거의 불가능 했다. 그렇다면 자객을 동원해야 했지만, 금군 이천과 호위 백 명을 뚫고 들어올 수 있는 자객은 천하에 거의 없었다.

"군산회에는 예류원이 있습니다……."

판시엔은 조심스럽게 하나의 가능성을 꺼냈지만 황제는 대꾸하지 않고 다른 말을 이어갔다.

"짐이 징두를 떠나 대동산에 온다 했을 때 두 대학사가 극렬히 반대했지. 그럼에도 짐이 여기 온 이유는, 한편으로 황궁을 좀 벗어나 옛 추억을 더듬고 싶었고, 다른 한편으로 경묘에서 하늘의 뜻을 물어 짐의 마음을 아프게 한 태자를 광명정대하게 폐위하고 싶었기 때문이다."

황제는 잠시 멈칫한 후 다시 말을 이었다.

"그리고 중요한 이유가 하나 더 있다. 짐은 윈루이에게 마지막 기회를 주고 싶었다. 군산회라는 게 정말로 짐을 제거하려 하는지, 그녀가 군산회를 동원하여 짐을 제거할 수 있는지 보려는 것이다."

판시엔은 재빨리 대답했다.

"폐하, 너무 위험합니다. 차라리 천하의 주인이신 폐하께서 공식적으로 지시를 내리시면, 군산회는 와해되고 다시 거론되지 못할 것입니다."

"그렇다 생각하느냐? 그럼 예류원은?"

'이 자신감은 뭐지? 진짜 자신을 미끼로 쓴다고? 그리고 유인하려는 사람은……예류원?'

일국의 군주에게 대종사라는 존재는 확실히 악성 종양과 다름없었다. 그래서 황제가 예류원을 없앨 수만 있다면, 최소한 경국 내부에서는 황제 권력의 근간을 흔들 힘은 없어지는 것이다. 장 공주가 군산회를 동원하고 예류원도 그곳에 합류하고, 이 모든 세력을 한번에 제거할 수 있다면, 황제로서는 더할 나위 없는 '기회'였다.

다만, 큰 문제가 하나 있었다.

'어떻게 해야 대종사를 죽일 수 있지?'

판시엔은 이 문제를 생각해 본 적이 있었지만 사실 답이 없었다.

'저격총? 그런데 그 상황까지 어떻게 만들지? 그렇다면, 대종사 둘을 이용해 하나를 죽인다? 그런데 대종사 둘은 어떻게 끌어들이 지?'

판시엔의 생각이라도 읽은 듯 황제는 차분하게 말을 이으며 사당의 문을 열었다.

"짐이 대동산에 온 마지막 이유가 있다. 짐에게 이 사람이 필요했기 때문이다."

'끼이익.'

판시엔의 시선이 사당 안에 있는 사람에게 닿는 순간, 놀라움과 흥분 또는 형언할 수 없는 복잡한 감정과 함께, 심장이 순식간에 오 그라들었다.

옌빙윈은 여느 때처럼 감사원 건물에 있었지만, 오늘은 밀실이 아 닌 거리에 접해 있는 4처 처장 방에 있었다. 감사원의 진정한 주인 이 징두로 돌아와 있었기 때문이다. 하지만 지금 창밖으로 보이는 황궁에는 주인이 없었다.

'지금쯤 폐하께서는 동산로에 도착하셨겠지?'

옌빙윈은 저도 모르게 긴장하고 있었지만, 사실 며칠 동안은 유 난히 한가했다. 황제는 징두를 떠나며 태후에게 수렴청정을 맡겼고, 대황자의 금군과 징두 수비군은 순찰을 강화했다. 그리고 가장 중요 한 조치로 쳔핑핑을 징두로 소환했다.

옌빙윈에게 남은 일은 4처 고유의 업무인 징두 밖의 상황을 주시 하는 일이었는데, 창저우 대첩 이후 북방의 국경도 조용해졌고, 동 이성 쪽도 매우 평온해 보였다.

다만, 다소 의심스러운 일 하나로 그의 마음이 조금은 답답했다.

'원장 대인은 왜 판시엔에게 황제 대동산 일정을 알리지 못하게 한 걸까?'

하지만 그는 천핑핑의 경국 황제에 대한 충정을 믿고 있었고, 판시엔을 아끼는 마음도 믿고 있었기에, 이내 고개를 저으며 집으로 향했다. 그리고 집에 도착하자마자 서재로 들어갔다.

"친씨 가문에서는 무슨 소식이 있었나요?"

"넌 4처 처장이지 않느냐? 이미 감시를 하고 있을 텐데, 샤오산(崤山, 효산) 부근에 다른 움직임이 보였느냐?"

샤오산은 위치가 특수했다. 징두의 동북쪽, 동산로 입구에 위치했는데, 동이성과의 거리도 멀지 않았다. 샤오산 뒤쪽으로 징두와 동이성 사이에 자리잡은, 사람이 지나가기 힘든 원시림이 있었다. 그래서 동산로에서 징두로 또는 동이성으로 가기 위해서는, 바다를 이용하거나 샤오산을 돌아가는 길을 택할 수밖에 없었다.

더욱 중요한 것은, 샤오산에는 친씨 가문의 사병 훈련소가 있었는데, 판시엔을 습격했던 병사들도 바로 이곳 출신이었다.

"샤오산 쪽은 줄곧 조용했어요."

"우리가 알고 있는 일은, 원장 대인도, 폐하께서도 모두 알고 계신다. 그러니 너무 걱정할 필요는 없다. 딩저우 쪽에는 움직임이 없느냐?"

"연초에 서만족 600명 병사의 수급을 베어, 원래라면 징두에 돌아와 상을 받아야 하겠지요. 하지만 예중 대인도 자신에 대한 황제의 의심을 걱정하는 듯, 군대를 딩저우에 머물게 하며 징두로 향하고 있지는 않아요."

"그런데 뭐가 걱정인 것이냐?"

"옌샤오이가……창저우 대첩이 확실히 수상해요. 4처 밀정의 보고에 따르면, 사망한 병사들의 수급들에서 위장한 흔적이……."

"물론 백성을 죽여 공을 세운 척하는 것은 큰 죄다. 하지만 징두와 달리 국경 전선에서 일어나는 일은 쉽게 단언할 수 없다. 이미 북제도 국서를 보내 경국을 비판했는데, 너의 추측에 따르면 옌샤오이가 북제와 결탁했다는 것인데, 그런 위험한 일은 증거 없이 함부로 말하면 안 된다. 그리고 설령 옌샤오이가 공적을 허위로 보고했다 한들, 그게 지금 폐하의 안위와 무슨 관련이 있느냐?"

"그렇게 쉽게 볼 문제가 아니에요. 공식적인 보고에서 경국의 정북 군대 오천이 죽고 북제 병사 수만이 죽었다고 했는데, 실제 죽었다는 경국과 북제 병사의 상당수가 가짜일 수 있어요. 만약 그렇다면……정북군 5천은 죽은 건가요, 안 죽은 건가요?"

옌빙윈은 점점 흥분하며 손가락으로 탁자 위 지도의 한 부분을 가리키며 말을 이었다.

"아버지, 정북군의 군영은 창저우와 옌징 사이에 있어요. 하지만 그곳에서 직선을 아래로 그어보면, 대동산까지 불과 5백 리에 불과해요."

"직선 거리로 그렇지만, 실제로는 샤오산을 우회해야 해서 천 리도 넘는 거리다. 오천의 병사가 그 길을 움직이는데 아무런 흔적도 징조도 없다고? 너무 터무니없다."

"우회를 하지 않는다 하면요?"

옌빙윈은 조금도 물러서지 않고, 그동안 생각했던 '하나의 가능성'을 말했다.

"그들이 동이성을 통하고, 다시 작은 제후국을 경유하는 길을 선택하면요?"

"그것도 너무 터무니없다. 우선 동이성과 제후국에서 경국의 군대에게 길을 열어줄 지도 모르겠다만, 설령 그렇다 하더라도, 그 길을 이용하면 다시 딴저우를 거쳐 대동산으로 들어가야 한다. 그렇다면 흔적을 남기지 않을 수 없지. 만약에 그 군대가 딴저우 북쪽에 있는 절벽을 기어오르고, 그 뒤쪽의 원시림을 뚫고 나갈 마술을 부릴 수 없다면."

옌뤄하이의 말에는 약간의 조롱의 기색도 담겨있었지만 옌빙원은 개의치 않고 말을 이었다.

"만약에 거기에 비밀 통로 같은 것이 있으면요?"

옌뤄하이는 조롱을 넘어, 아들이 격무에 시달려 너무 예민한 것처럼 보여 걱정되기 시작했다.

"비밀 통로? 지금 담박서점에서 내놓은 소설 이야기하는 것이야?"

"물론 저도 너무 나갔다는 것은 알고 있어요. 하지만 제가 이렇게까지 의심하는 것은……원장 대인이 제가 판 제사에게 올리려는 모든 정보를 막고 있어서 그런 거예요. 실제 일어날지 여부를 떠나, 의심이 들면 제 상사인 제사 대인에게 올려야 하는 것 아닌가요?"

옌뤄하이는 내심 살짝 놀라 복잡한 눈빛으로 아들을 바라보았다. 하지만 대답은 않고 서재를 나가며 밖에 대기하는 집안 호위에게 조용히 말했다.

"빙원의 몸이 불편한 듯 보인다. 집에서 쉬어야 하니, 집 밖으로 한 발자국도 나가게 하지 마라."

"아버지, 어디 가시는 건가요?"

"네가 아프니, 내가 감사원에 가서 대신 병가라도 신청해야 하지 않겠느냐?"

옌뤄하이는 이 말과 함께 황급히 저택 밖으로 발걸음을 옮겼고, 옌빙원은 그 모습을 보며 수상했지만 더 이상 아무런 말은 하지 않았다. 그 자신이 해야 할 일은 다 했다고 생각했고, 감사원 관원이

자 아버지의 아들인 그가 더 이상 할 수 있는 일은 없었기 때문이다.

"예씨 집안이 너무 조용해. 2황자의 마음이 급하겠구만. 태자가 곧 폐위될 거라 생각하면, 빨리 장인이 징두로 돌아와 자신과 힘을 합쳐 징두를 장악했으면 좋겠다 생각할 텐데……자신을 파멸로 이끌고 싶으면, 반드시 미쳐야 하는데 말이야……장 공주처럼."

옌뤄하이는 첸핑핑의 말뜻을 알아들은 듯 미소를 지으며 말했다.

"장 공주가 아무리 미쳤어도, 대동산 쪽에서 확실한 소식을 받고 움직이지 않을까요?"

"그 소식은 영원히 도달하지 않아."

"제 아들이 창저우 대첩에서 죽은 병사 5천에 대한 의심을 하기 시작했습니다."

"옌샤오이가 그렇게 처리를 잘했는데, 빙윈이 그 내막을 간파할 줄이야. 생각할수록 참 괜찮은 아이야."

"평소에는 얼음처럼 차분한 아이가, 이번에는 엄청 불안해하고 있습니다."

"그 아이는 나, 그리고 자네와 다르지 않나. 폐하의 생각을 모르니 불안할 수밖에. 그러니 나와 자네에 대해 의심을 하는 건 정상적인 거야."

첸핑핑은 몇 마디 더 안심의 말을 건네고 물러가라 손짓했다. 그리고 습관처럼 바퀴의자를 밀어 창가로 가 검은 장막을 살짝 열고 황궁을 바라보았다.

'빙윈이 비밀 통로까지 추측해낼 수 있었다고? 대단한 아이야.'

그렇다. 비밀 통로는 있었다!

판시엔이 십 년이 넘게 오르락내리락 했던 그 절벽에 대동산으로 통하는 비밀 통로가 있었다!

이 사실은 황제와 천핑핑만 알고 있던 사실인데, 천핑핑이 지금 상황을 보니 역시 장 공주는 이 사실을 알고 있었던 것 같았다. 물론, 옌빙윈이 그것을 추측할 수 있을 거라 생각지는 못했다.

하지만 이러나 저러나 대세에 큰 영향은 없었다. 5천 명의 군사라 해도 겨우 대동산 주위를 포위할 수 있을 것이고, 금군과 호위가 버티고 있는 한 대동산 위로 공격을 하지는 못하고 기껏해야 소식을 차단할 수 있는 정도였다.

천핑핑이 정작 걱정하고 있는 것은 다른 것이었다.

'황제가 판시엔을 산꼭대기로 데리고 가다니……녀석의 목숨줄이 조금 더 길어야 할 텐데…….'

산꼭대기에 있는 황제의 추측대로, 장 공주는 어떻게든 징두에 있는 세력을 규합하고 있었다. 심지어 연금이 되어 봉쇄된 황실 별원 그녀의 앞에는, 어떻게 들어왔는지 몰라도 위엔훙다오가 앉아 있었다.

"황제 오라버니가 무슨 생각인지는 삼척동자도 알 수 있는데…… 다만 뭘 믿고 그러시는 걸까?"

장 공주의 용모는 여전히 아름다웠다. 하지만 섬세한 사람이라면 그녀의 눈빛에 미세한 변화가 있다는 것을 눈치챌 수 있었을 것이다.

"오라버니는 의심이 너무 많아서, 우리가 뭔가를 설계할 필요도 없어. 알아서 다 설계를 하시니까. 심지어 너무 자신감이 넘쳐, 상대방의 계략을 역으로 이용할 수 있다고 여기지."

그녀의 눈에 순간적으로 살기가 비쳤다.

"내가 그분을 죽여줄 때만 기다리고 계시는데, 정말 내가 죽일 수 있으면 재밌을 텐데."

황이가 죽은 후 그녀의 최측근 모사가 된 위엔훙다오는, 그녀의 아름다운 미소를 보면서 오히려 살짝 오싹한 기분이 들기까지 했다. 대동산에 덫이 있다는 걸 알면서도, 장 공주가 무턱대고 뛰어들고 있었기 때문이다.

'장 공주는 대종사 예류원이 정말 천하를 바꿀 수 있다고 생각하는 건가?'

"무릇 재미라는 것은 황당함과 어리석음의 결합인데⋯⋯이번에는 폐하께서 먼저 움직이셨으니, 전하께서는 다른 길을 정하시는 게 좋을 듯 보입니다. 그렇지 않으면 항상 상대보다 한 걸음 늦을 수 있습니다."

"다른 길? 나보고 움직이지 말라는 거야?"

"네, 전하."

"이번에 움직이지 않으면? 대동산 천제가 순조롭게 끝나면? 그럼 나보고 여기 영원히 갇혀 있으라고?"

'살아남는 게 중요하지. 여기 들어오기도 했으니, 나갈 방법이 없을까⋯⋯.'

"판시엔. 그가 전하께 온 기회입니다."

"판시엔? 하하. 오라버니가 그 녀석의 권력을 축소한다고, 나에게 그 권력을 줄까?"

"권력 축소에 그친다면 그렇지 않겠지요. 다만, 판시엔과 북제의 관계가 너무 깊습니다. 폐하께서 경국 내부를 평정하시면 응당 칼날을 북제로 돌리실 터. 그때가 어쩌면 전하께 기회일 수 있습니다."

"그래서 살아남아야 한다고?"

"네, 전하."

"홍다오, 살인을 할 때 가장 중요한 게 뭐지?"

"시간, 기회, 대세입니다."

"틀렸어. 힘이야. 제일 거칠고, 제일 직접적인, 하지만 제일 재미

없는. 누구 칼이 많은 지, 누구 칼이 빠른 지. 오라버니는 천하를 모두 헤아릴 수 있다고 생각하지. 하지만 세상의 칼이 모두 그분 손에만 있는 것은 아니야."

장 공주는 마지막으로 싸늘하게 말을 이었다.

"잊지 마. 그분은 자신의 의심 때문에 반드시 패하실 거야."

위엔홍다오는 결연한 장 공주의 말을 듣고서 더 이상 자신의 말이 의미가 없다 생각하며 화제를 돌렸다.

"태자와 2황자 쪽에는 이미 연락을 취했으니, 답이 오면 바로 실행에 착수할 수 있습니다. 조정 문관 대신들은 크게 문제가 없을 것입니다……사실 문관들은 이런 급박한 상황에서 대세가 움직이는 대로 따라오는 종이배 같은 존재이니."

"그래, 네 말이 맞아. 감사원이 있긴 하지만, 그들도 음지에서나 힘을 쓰지 이런 중차대한 힘의 충돌에서는 아무것도 아니야……이제 완알과 곧 출산한다는 판시엔의 첩에 대해서나 계획을 짜봐."

대동산 꼭대기. 판시엔은 오래된 사당 문밖에서, 사당 안 방석에 앉아 있는 사람을 멀뚱히 보고 있었다. 그자는 풍채가 크지 않았고, 평온한 모습으로 앉아 있었다. 하지만 그에게 눈에 띄는 특이점이 하나 있었다.

눈에 두른 검은 천 한 폭.

황제가 '껄껄' 웃으며 몸을 돌려 자리를 떴다.

판시엔은 안으로 들어가 조심스럽게 문을 닫고, 주위에 훔쳐보는 사람이 없음을 확인한 후, 삼촌을 '와락' 끌어안았다.

우쥬는 여전히 차가웠다. 하지만 그 차가움은 옌빙윈과 달랐다. 마치 외부 요인에 의해 마음이 흔들리지 않는, 내면에 있는 절대적인 고요함을 발현시킨 모습이었다. 하지만 판시엔은 우쥬를 끌어안는 바람에, 우쥬의 얼굴에 피어난 따스한 웃음을 볼 수는 없었다.

둘의 포옹은 그리 오래 가지 않았다. 우쥬가 다른 사람과 몸을 맞대는 것을 그리 좋아하지 않았기 때문이다. 판시엔은 옆에 있는 방석을 하나 가져와 우쥬 앞에 앉았고, 그렇게 둘은 말없이 한참 동안 바라보고 있었다.

'상처는 다 나은 것 같네. 다행이다.'

판시엔은 무슨 말을 먼저 해야 할지 한참 고민하다 이윽고 입을 열었다.

"삼촌, 저 아빠 돼요."

"너'도'······아이를 낳나?"

우쥬에게 이 세상에서 존재하는 사람은 단 둘. 아가씨와, 아가씨의 아들 판시엔. 20년의 격차가 있었지만, 우쥬에겐 '도'를 쓸 수 있는 유일한 사람이었다.

우쥬는 살짝 웃으며 말했다.

"축하한다."

'뭐지? 삼촌이 웃었어?'

우쥬는 금세 웃음을 거두고 담담하게 말했다.

"아이를 낳는다니, 축하한다 말한 것이다. 아가씨가 그렇게 하라 가르쳐줬고, 난 아직 기억하고 있다."

"삼촌, 그건 기억하는 게 아니라, 진심에서 나오는 감정인 거예요."

"그런 건 난 모른다. 하지만 중요한 건, 네가 기뻐하기 아직 이르다."

일반인이 들었다면 우쥬의 말뜻을 이해할 수 없었을 것이다. 하지만 판시엔은 이해했고, 그 판단을 인정해 주었다. 아이가 세상에 나와도, 부모가 이 세상에 없을 수 있었다. 우쥬와 판시엔은, 누구보다 그 사실을 잘 알고 있었다.

"쳔핑핑과 아버지가 징두에 있으니, 큰 문제가 있겠어요?"

판시엔은 이 말을 우쥬에게 말하는지 스스로에게 말하는지 그 자신도 몰랐다. 우쥬는 항상 그렇듯 냉철하고 짧게 말했다.

"황제는 줄곧 쳔핑핑과 판지엔에게 군대 권력을 주지 않았다. 넌 지금 징두에 돌아가야 한다."

징두에서 누군가 반역을 일으킨다면 명분이 필요했다. 지금 상황에서 당연히 그 명분은 황제의 죽음일 것이다. 거리를 생각했을 때, 대동산에 자객이 들이닥친다 해도, 소식이 전해지기까지는 15일 정도의 시간이 필요할 것이다.

그러니 지금 판시엔이 징두로 향하면, 징두의 상황을 살피고 통제하는 데 겨우 시간을 맞출 수 있을 것이다.

"넌 이곳에 있어봐야 소용이 없다."

"맞아요. 전 삼촌을 보는 순간, 이곳에서 할 일은 다 끝냈다는 걸 알았어요. 황제가 저를 여기까지 끌고 온 이유가 있었네요. 하지만 단언컨데, 삼촌이 황제 뜻에 따라 움직여줄 필요는 없어요."

"중요한 건, 이 일이 너에게 도움이 되나?"

판시엔은 잠시 고민에 빠졌다. 그에게 사실 황제의 죽음은 고려사항이 아니었다. 하지만 예류원에게 황제가 죽으면 징두가 혼란에 빠질 것이고, 더구나 예류원이 참여한다는 것은 장 공주가 2황자와 결탁했다는 것이었다. 그럼 문제는, 징두에 있는 가족들과 동료들의 안전을 보장할 수 없었다.

"삼촌, 황제의 목숨은 구해주세요. 예류원을 죽이고 살리고는 삼촌이 알아서 하시구요."

우쥬는 말없이 고개를 끄덕였다.

판시엔은 우쥬에게 미안한 감정과 함께 그의 안위에 대한 걱정도 들었지만 이내 고개를 저었다. 판시엔은 어렸을 때 우쥬의 '비행'을 직접 눈으로 목격했기 때문이다.

문제가 되면, 절벽에서 날아오르면 된다.

"전 그럼 산을 내려간다고 황제를 설득해 볼게요."

우쥬는 또 한번 고개를 끄덕였다.

"참, 근데 삼촌은 여기서 1년 동안 상처를 치료한 거예요? 모두들 여기에 신비한 힘이 있다더니 진짜인가?"

우쥬가 드디어 입을 열었다.

"다른 사람은 모르겠지만, 내 상처 치료에는 도움이 된다."

"왜요?"

"대동산이 가진 기운, 원기(元氣)가 천하에서 가장 강하다."

"근데 전 안 느껴지는데요."

"너의 수준은 체내 진기만 느낄 수 있다. 천지의 원기를 느끼기는 어렵다."

우쥬는 잠시 멈칫하더니 다시 말을 이었다.

"쿠허는 서양의 법술도 수련했다 했으니, 그는 느낄 수 있을 것이다."

'천지의 원기? 법술? 그것들은 또 뭐야?'

판시엔은 이것 저것 물어보고 싶은 게 많았지만 자신에게 시간이 많지 않음을 문득 깨달았다. 판시엔은 재빨리 몇 마디 더 나누고 아쉬운 눈빛으로 사당문을 나서다, 문 앞에서 고개를 휙 돌려 말했다.

"삼촌, 이 일 끝나면, 나에게 바로 와야 해."

우쥬는 이 말에 대답은 하지 않고 고개를 갸웃하더니 오른손바닥을 바닥에 댔다.

"늦었다. 너 지금 산을 못 내려 간다."

판시엔은 황급히 절벽 끝에 서 있는 황제에게 다가갔다. 은은한 달빛은 두꺼운 구름에 가려져 있었고, 황제는 짙은 검은색의 바다 위에 떠 있는 쟈오저우 수군의 선박들을 보고 있었다.

"그를 결국 설득했나 보구나."

판시엔은 황제의 말에 대꾸하지도 않고 재빨리 말을 건넸다.

"폐하, 산 아래 기마병들이 급습한 것 같습니다."

황제는 평온한 얼굴로 침착하게 물었다.

"그래? 얼마나 되느냐?"

"그것까지는 모르겠습니다. 하지만 바로 호위들을 보내 적의 포위망을 뚫고 구원 요청을 해야 할 것 같습니다."

"알았다. 하지만 짐이 너에게 따로 시킬 일이 있다."

'슉!'

산 아래에서 불화살 하나가 올라오며 짙은 검은색의 밤 하늘을 갈랐다.

긴급 신호. 황제 시해를 목적으로 하는, 경국 역사상 가장 대담하고 건방진 행동이, 드디어 서막을 연 것이다.

"보고드립니다!"

금군 부통령이 산꼭대기에 설치된 막사에서 뛰어나와 황제 앞에서 무릎을 꿇고 산 아래 상황을 급히 보고했다. 그는 한밤중의 찬바람을 맞고 있었지만 온몸에서 식은땀이 줄줄 흐르고 있었다. 하지만 황제는 고개를 끄덕일 뿐, 아무 말도, 아무 지시도 하지 않았다.

구체적인 상황은 산 위의 누구도 알 수 없었다. 살육하는 소리, 피비린내도 정상까지 전달될 수는 없을 터. 산 정상은 여전히 청명했고, 황제는 여전히 짙은 검은색의 바다를 바라보고 있었다.

바다에서, 작은 배 한 척이, 희미하게 보이기 시작했다. 판시엔은 배를 보자마자, 그 배의 주인을 알아차릴 수 있었다.

예류윈. 삿갓을 쓰고, 수염을 기른 예류윈.

작은 배는, 서늘한 달빛과 함께 파도를 따라 넘실대며, 대동산을 향해 유유자적 다가오고 있었다.

번쩍!

해안선과 맞닿아 있는 산 아래에서 갑자기 불빛이 번쩍 했다. 불빛은 이내 흩어져 버렸지만, 산 정상에서도 또렷이 보였다. 아래 금위군의 진영에는 이미 불이 나 있었다. 다행히 여름이라 숲이 습기를 머금고 있었기에 불이 산 전체로 번질 위험은 적었지만, 최소한 아래는 이미 초토화시키고 있는 듯 보였다.

금군 부통령은 보고 후 곧바로 산 아래로 내려갔다. 하지만 그가 산 아래 도착하기 전에 병사들이 얼마나 살아남아 있을지는 의문이었다.

판시엔은 온갖 생각과 의혹들이 머릿속을 스쳐갔다.

'산 아래 군대가 어디서 갑자기 나타난 거지? 동산로에 있는 감사원 밀정들이 몰랐다고? 샤오산 일대를 지키라 한 흑기병들은 또 뭐야?'

'그래도 2천의 금군인데, 이렇게 빨리 무너진다고? 어느 지역 군대인 거지? 친씨 가문? 딩저우의 예씨 가문?'

황제는 판시엔과 큰 홍 태감의 불안한 눈빛을 보며 침착하게 말했다.

"옌샤오이 친위대구나. 황실을 지키는 금군이 저들의 상대가 될리 없지."

"옌샤오이 친위대가 어떻게……?"

"판시엔, 넌 감사원 제사다. 창저우 군대가 천 리를 이동해 습격해 왔는데, 감사원이 알아차리지 못 했다니, 이게 무슨 죄에 해당하는지 아느냐?"

내용은 꾸짖는 듯했지만 황제의 얼굴에는 장난기가 가득했다.

'지금 이 판국에 웃음이 나온다고?!'

"감사원에 첩자가 있는 듯 보입니다."

사실 판시엔의 이 말은, 감사원에 문제가 있다는 '사실'을 말하고 있었지만, 황제가 일부러 꾸민 계략이 아닌 지에 대해 슬쩍 떠본 것이었다. 하지만 황제의 표정에서는 아무것도 읽을 수 없었다. 황제는 이전보다 더 차가운 목소리로 위엄 있게 말했다.

"짐은 산 아래 상황을 알고 싶다."

판시엔은 고개를 약간 숙였다. 그리고 양손의 손가락을 가볍게 맞대, 몸 안의 패도 진기를 순환시키기 시작했다. 모든 육체와 정신의 감각을 최상의 상태로 끌어올리기 위해서. 순식간에 진기가 차오르자, 그의 주위로 살짝 바람이 불고, 발 아래 작은 돌들이 미세하게 떨려왔다.

"폐하, 기운을 보니, 상대 쪽에서 병사를 뒤로 물린 것 같습니다."

"그래? 옌샤오이가 제법이구나. 산 주위를 봉쇄할 생각이군."

'그럴 수는 없을 건데……아무리 그래도 6처의 자객들이 있는데, 그들이 포위망을 뚫고 나가 다른 군대에게 지원 요청을 했어야 하는데……'

그때, 검은 그림자 하나가 '하늘을 오르는 계단'이라 불리우는 대동산 돌계단, 등천제(登天梯)를 훑으며 날아올라오고 있었다. 절대고수처럼 자세가 깔끔하지는 않았지만, 무릎에 용수철이라도 단 것인지, 튀어 오르는 모습이 대단히 빠르고 안정적이었다.

회색 옷을 입은 검은 그림자가 정상에 거의 닿을 때쯤, 무수한 눈꽃같이 새하얀 섬광들이 휘날리기 시작했다. 황제 주위를 지키던 황실 비밀 호위들이 그림자를 향해 장검을 일제히 휘둘렀다!

그림자의 몸이 움찔하며, 오른손으로 품에서 무언가를 꺼내, 황급히 머리 위로 치켜들었다.

요패. 달빛을 받아 은은하게 빛나는 감사원의 요패.

야오 태감이 요패를 보고 휘휘 손을 저었고, 호위들도 장검을 재빨리 거두었다. 하지만 호위들은 회색 옷을 입은 사람을 포위한 후 경계를 늦추지 않았다.

판시엔은 그 모습을 보면서도 회색 옷을 입은 사람의 안위를 그다지 걱정하지는 않았다. 그의 경공술이라면, 그의 입담이라면, 어쩌면 저 상황에서도 도망칠 수 있다는 생각이 들었기 때문이다.

왕치니엔.

하지만 정작 그는 판시엔의 생각과 달리 너무 놀라고 무서워 한마디도 제대로 하지 못한 채, 몸이 굳어 버린 것 같다는 생각이 들었다. 판시엔의 와서 보고하라는 손짓을 보고서야 천천히, 조심히, 호위에 둘러싸인 채 황제와 판시엔 곁으로 와 무릎을 꿇고 보고하였다.

"반란군의 수는 5천이고, 전원 궁수입니다."

황제의 판단이 맞았다.

궁수 5천을 이끌 수 있는 사람은 옌샤오이밖에 없었다.

"전세는 어떠한가?"

왕치니엔은 급하게 산을 오르느라 정신력과 내공은 모두 소진한 듯 창백한 얼굴로 대답했다.

"습격을 받자마자 산을 타기 시작해, 현재 전세는 모르겠습니다."

판시엔은 왕치니엔의 상황은 개의치 않고 재빨리 물었다.

"밀정들은?"

"6처 관원 17명……전원 사망했습니다."

"확실해?"

"네……산 허리쯤 왔을 때, 그들이 택한 서남과 서북쪽 양쪽 길에 전투가 벌어진 것을 봤습니다. 고수가 잠복해 있는 것 같았습니다."

판시엔은 가슴이 찢어질 듯 아파왔다.

'6처 자객 17명을 상대할 수 있는 고수……그 많은 고수들을 동원할 수 있는 사람은……설마 동이성도 움직인 건가? 스구지엔도 온 건가?'

하지만 최대한 슬픔과 의혹을 억누르며 말없이 왕치니엔의 눈을 뚫어져라 쳐다봤다. 왕치니엔은 바닥에 짚고 있는 오른손을 살짝 움직였다.

'왕13랑은 살아 있나 보네.'

판시엔은 그제서야 황제에게 말했다.

"동이성도 움직인 것 같습니다."

황제는 판시엔의 말에 대답도 하지 않고, 조용히 먼 바다에서 이미 많이 다가와 있는 작은 배를 주시하며 말했다.

"작년에 다친 곳은 어떠하느냐?"

'갑자기?'

"폐하의 보살핌에 깨끗하게 나았습니다."

"좋다. 그럼 믿고 맡겨도 되겠구나."

황제는 고개를 돌리지도 않고, 크지 않지만 위엄 있는 목소리로 명했다.

"모두 물러가라!"

황제의 명에, 판시엔과 큰 홍 태감을 제외한 모든 이들이 사당과 막사 안으로 사라졌다. 왕치니엔도 어쩔 줄 몰라 하다, 판시엔의 눈짓에 황급히 자리를 떠나 물러갔다.

"짐이 이번에 천제를 지내는 것은 도박이었다. 제를 올리는 대상도 하늘이고, 도박을 하는 대상도 하늘이다."

황제는 다소 심각한 얼굴로 말을 이었다.

"짐은 더 기다리고 싶지 않았다. 그래서 목숨을 걸고 도박을 했다. 하지만 짐은……이기고 지는 상황을 모두 계산해 놓았다. 다만,

그 늙은이들이 여기 개입할 지는 몰랐는데……그렇다 한들 어쩌겠느냐. 이제 짐은 그 뒷일도 생각해야겠다."

황제는 고개를 천천히 돌리며 말했다.

"산을 내려가거라."

'그건 내가 원래 하려 한 말인데, 지금 사방이 막혔는데 어떻게 내려가라는 거야? 미치겠네.'

"짐의 아들 중에 개만도 못한 놈이 둘이 있구나. 짐이 죽든 살든 그들은 짐이 죽었다고 말할 터, 네가 짐을 대신해 징두로 가 그들에게 교훈을 주길 바란다. 부디 짐을 실망시키지 말아라."

황제의 말에 판시엔의 심정이 복잡해지기 시작했다.

"이곳에 남아 짐과 함께 목숨을 건 도박을 할 필요는 없다. 만약 짐이 성공하지 못한다면? 그때는 네가 하고 싶은 대로 하거라. 용의에 누가 앉게 될지는, 네가 결정하거라."

판시엔은 실로 너무 놀라 입을 열 수가 없었다.

'용의에 누가 앉게 될지……를 언급한다는 것은, 지금 유언인 거야? 그리고 병사 하나 없는 내가 용의의 주인을 어떻게 결정한다는 거야?'

황제는 그의 표정을 보며 안심시키듯 말했다.

"짐은 지지 않는다."

황제는 잠시 멈칫하고 다시 말을 이었다.

"설령 진다 해도, 예류원과 스구지엔이 짐과 함께 생을 마감할 테니, 또 무엇이 두렵겠나. 천핑핑도 있고, 태후도 있다. 그리고 너의 아비 판지엔도 있는데 걱정하지 말거라."

황제는 품에서 서신과 물건을 꺼내 판시엔에게 건네주었다.

"짐의 성지와 옥새를 가지고 가라. 만약 막는 자가 있다면……모두 죽이거라!"

판시엔은 너무 급박하게 돌아가는 상황에 정신을 차릴 수가 없었다. 그리고 순간 우저우에서 했던 장인어른의 말이 떠올랐다.

'경국 황제의 안위에 이득을 보는 사람이 너무 많다. 북제도 동이성도, 쿠허도 스구지엔도 상황이 되면, 다 참여할 수 있다……상황이 거기까지 가면……대동산에서 살아남는 사람이 있을까?'

판시엔은 애써 침착한 척하며 입을 열었다.

"폐하, 걱정 마십시오. 징두에는 아무 일 없을 것입니다."

"이번 길은 매우 험난할 것이다. 조심하거라."

판시엔은 허리띠를 단단히 매고, 몸에 지닌 비수와 검 등 무기를 확인했다. 그리고 품에서 가죽 봉투로 단단히 밀봉된 황제 친필 성지와 옥새를 다시 한번 확인했다. 무겁지 않은 물건이었지만, 지금 판시엔에게는 무엇보다도 무겁게 느껴졌다.

장 공주에게 필요한 것은 시간이었다. 황제의 죽음이 확인된다면, 또는 그렇지 않더라도 제때에 이 서신과 옥새가 징두에 전달되지만 않는다면, 황제가 죽었다는 소문을 빌미로 모반을 일으키고, 자신이 통제가능한 두 황자 중 한 명을 용의에 앉히기만 하면 되는 것이다.

태자 폐위를 위해 천제를 올리려 했지만, 아직 천제가 진행되지 않았기에, 태자는 여전히 태자였다. 그러니 황권을 이어받을 가능성이 가장 높은 황자는, 당연히 현재의 태자였다.

장 공주에게 필요한 것은, 대동산 공격이 시작된 지금, 그때까지의 시간이었다.

판시엔이 시원하게 기지개를 한번 켰다. 마치 그의 등에 지고 있는 용좌의 부담을 떨쳐버리려는 듯.

"그들은 너의 친형제다."

황제의 말에 판시엔은 고개를 돌렸다.

"상황이 허락된다면, 가능한 죽이지 말거라. 특히 둘째는. 하지만 상황이 허락되지 않는다면……모두 죽여 버려라."

판시엔은 심장이 떨렸지만 말없이 고개를 끄덕였다.

"짐이 대동산을 사건의 장소로 정한 것은 우 대인을 만나기 위해서, 둘째, 바다를 접한 우뚝 솟은 산이 죽기에 적당한 곳이라 생각해서였다. 하지만 이유가 하나 더 있는데, 원루이가 착각하게 만들기 위해서였다."

판시엔은 살짝 이해가 안 된다는 눈빛을 보였다.

"원루이는 이곳에서 나오는 소식을 막을 수 있다 생각하고 있겠지. 외길에, 다른 면은 절벽이고, 산 아래를 다 봉쇄하고 있으니. 하지만 짐은 이곳에서 다른 방법으로 나갈 수 있는 사람을 알고 있다."

'뭐야? 처음부터 날 이용할 생각으로 여기 데리고 온 거야? 그런데 어떻게 알았지?'

"짐이 예전에 공디엔에게 말한 적이 있지. 네가 처음으로 황궁에 잠입했을 때일 것이다. 너의 담 타는 능력이 짐보다 더 뛰어난 것 같다고."

'다 알고 있었던 거야? 황제의 능력은 어디까지인 거지?'

황제의 말이 떨어지자마자, 다시 구름이 달빛을 가렸다. 그리고 판시엔은 어느새 자취를 감추고 사라졌다.

제9장

탈출, 추격 그리고 결심

밤에 휩싸인 산 아래 숲에서는 곳곳에서 바다 냄새보다 더 비린, 피비린내가 진동했다. 달빛은 가끔씩 숲 속을 스치고 지나가며 그 안에 널려 있는 시신들을 슬쩍슬쩍 보여주었다.

반란군 5천은 쥐도 새도 모르게 대동산으로 결집했고, 금군 2천을 향해 가장 비열하고도 돌발적인 야간 습격을 퍼부었다. 옌샤오이 친위병 5천은, 스구지엔의 묵인과 고의적인 비호 아래, 동이성과 동이성 세력인 16개의 작은 제후국을 가로질러, 마지막으로 딴저우 북쪽의 비밀 통로를 이용해 여기까지 온 것이다.

그 후 대동산을 봉쇄했다.

금군을 가장 고통스럽게 만든 것은 반란군의 불화살이었다. 불화살은 금군의 진영뿐 아니라 숲의 모든 것을 맹렬하게 태우기 시작했던 것이다. 하지만 금군은 그 불을 끌 엄두를 내지도 못했다. 그 불빛에 자신들의 위치가 노출되었기 때문이다.

첫 번째 공격에 약 2백여 명의 병사가 목숨을 잃었다.

그 후로 곧바로 처절한 반격, 포위망 뚫기가 시도되었으나, 모두 실패했고 섬멸되었다.

1차 공격에서 반란군은 금군을 대파했지만, 이후 갑자기 공세를 멈추고 가끔 화살을 쏘아 포위를 뚫고 나가 지원군을 부르려는 금군만 사살할 뿐이었다.

그래서 삽시간에 산 아래는 죽음이 휘감은 듯, 죽음의 적막에 빠져들었다.

순간, 주검 더미에서 피칠갑을 한 사람 하나가 벌떡 일어났다. 옌샤오이가 길러낸 궁수들이 본능적으로 일제히 화살을 쏘았다. 하지만 이어진 장면에 궁수들은 모두 미간을 찌푸릴 수밖에 없었다. 피칠갑을 한 사람은 대충 옆에서 시체 두 구를 들더니, 시체를 방패 삼아 춤추는 것처럼 화살을 모두 막아냈다.

더 이상한 것은 반란군 내 장수 하나가 화살 공격을 중지시켰다. 피칠갑을 한 사람은 아무렇지 않다는 듯, 시체를 내려놓고 차분하게 걸어 금군 진영으로 돌아갔다.

산 입구 근처에 세워진 금군 진영에서는 우레와 같은 환호성이 쏟아졌다.

사실 금군들은 이 자가 누군지 정확히 몰랐다. 다만, 감사원 관원이라는 것, 판 제사를 따라다니는 절대 고수라는 것만 알고 있었다. 그는 오늘 혼자 40여 명을 죽인 후, 인파에 밀려 시체 더미에 잠시 몸을 피하고 있었던 것이다.

왕13랑은 왕치니엔 조직원이 가져다준 수건으로 얼굴을 닦으며 씨익 웃고 있었다.

다그닥다그닥.

말발굽 소리가 울리며 반란군 진영 한쪽에서 말 몇 필이 모습을 드러냈다. 선두에 있는 자는 검은색 옷을 입고 얼굴도 가린 상태였다. 옌샤오이 친위병들은 이 자가 누구인지는 몰랐지만, 옌 대도독이 이 자에게 전투의 모든 지휘 권한을 맡긴다는 명은 받았다. 처음에는 반발하는 이들도 있었으나, 첫 번째 공격에서 그의 용병술을 보고서는 아무도 이의를 제기할 수 없었다.

검은 옷을 입은 이는 멀리 금군 진영에서 피칠갑이 된 채로 하얀 이를 내놓고 웃는 젊은이를 보고 있었다. 그의 검은 복면 밖으로 감탄하는 소리가 새어나왔다.

"대단한 자야. 저런 자가 군에 들어오면 천하의 맹장이 되겠어. 하지만 대세가 정해진 이상, 저 젊은이도 곧 죽게 될 테니……실로 애석하구나."

검은 옷을 입은 이의 말에 옆에 있던 장수가 탄식을 하자, 그는 고개를 돌려 옆에 있는 이에게 가볍게 물었다.

"윈 대인은 저자의 재능이 아까운가?"

판시엔의 불길한 예측이 맞았다. 탄식을 한 이는 바로, 윈즈란.

윈즈란은 어색한 미소로 대답을 대신한 후 아무 말도 하지 않았다. 왜냐하면 그는 저 젊은이가 누군지 알았기 때문이다.

'미친 건가? 문파가 움직인 것을 알면서도 왜 저기에 있는 거지? 스승님이 널 거기로 보낸 게 투항을 하라는 의미는 아닐 텐데……스승님은 왜 가만히 계시는 거지?'

하지만 윈즈란조차 검은 옷을 입은 자가 누구인지는 모르고 있었다. 그 자가 돌격에 앞서 동이성 고수들에게 눈에 띄지 않는 곳에 가서 매복하고 있으라 명할 때, 윈즈란의 마음속은 의심으로 가득했다. 하지만 그곳에서 감사원 밀정들을 모두 제압하고 난 후, 그도 어쩔 수 없이 검은 옷을 입은 자의 능력에 탄복할 수밖에 없었다.

그런 전략은, 전장의 모든 세부 사항까지 꿰뚫어 보는 눈이 필요했고, 그런 안목은 전쟁터에서 수십 년을 구르지 않으면 가질 수 없는 것이었다. 하지만, 그는 여전히 왜 옌샤오이가 직접 그의 친위병들을 지휘하지 않는지는 이해할 수 없었다.

검은 옷을 입은 이가 공격 중지 명령을 내렸을 때, 대부분 이해할 수 없었지만 아무도 반대하는 이는 없었다. 그리고 그는 그 이유를 설명해 주지 않고 대동산 정상만 무심히 쳐다볼 뿐이었다.

그가 이번에 반란군을 이끌게 된 것은 누군가와 맺은 모종의 협의 중 하나였다.

그때, 하늘에서 검은 구름이 달빛을 다시 가렸다. 칠흑 같은 어둠 속에서, 그의 곁에 있는 장수들이 들고 있는 무기만이 그윽한 섬광을 내뿜고 있을 뿐이었다.

판시엔은 구름이 달빛을 얼마나 오래 가려줄 지 알 수 없었다. 다만, 조용히 절벽을 타고 미끄러지듯 내려갈 수밖에 없었다. 한밤 중 대동산 절벽의 그윽한 빛은, 판시엔의 야행복과 완벽한 조화를 이루고 있는 듯 보였다.

대동산 절벽은 딴저우 절벽보다 훨씬 위험하고 미끄러웠다. 판시엔의 몸이 살짝 떨리기 시작했는데, 내공 소모가 심해 근력에 영향을 주고 있었기 때문이다. 그는 절벽 틈에 손가락을 집어 넣고 잠시 휴식을 하며 산 위를 바라보았다. 그리고 고개를 돌려 바다에 출렁이고 있는 수군 선박들을 쳐다보았다.

'사태가 이 지경인데, 쟈오저우 수군들은 움직이지도 않는다? 분명 친씨 가문에 문제가 있어. 그럼 예씨, 친씨, 예류윈, 스구지엔……아이고……어제의 적이 오늘의 동지인 건가?'

달이 얼굴 한쪽을 살짝 내밀었다. 판시엔은 서둘지 않고 얼굴을 차가운 절벽에 바짝 붙였다. 절벽에는 거센 해풍이 불고 있었지만 그의 진기를 이용한 흡착력은 매우 강했다.

순간, 판시엔이 그 진기를 분산시켰다!

손바닥과 절벽의 흡착력이 사라지며, 판시엔은 아래로 쭉 미끄러져 내려갔다!

'펑!'

시커먼 화살이, 판시엔이 휴식을 취하고 있던 자리에 박혀, 수십 개의 돌 파편이 생겼다!

'어떤 새끼가 이렇게 시력이 좋은 거야?'

판시엔은 누군인지 생각할 틈도 없이, 두 손바닥에 온 신경을 집중시켜 진기를 모은 후 다시 절벽에 붙였다.

'휙! 펑!'

판시엔이 멈춘 자리, 발 뒤꿈치에서 겨우 손가락 한마디 떨어진 곳에, 두 번째 화살이 꽂혔다. 궁수는 판시엔이 떨어지는 속도를 미리 계산한 듯 보였다.

구름이 다시 달빛을 가렸다. 판시엔은 재빨리 아래로 절벽을 타고 내려갔다. 그대로 절벽에서 떨어져 바닷속으로 들어가고 싶었지만, 그렇게 한다면 수많은 암초에 부딪혀 뼈도 못 추릴 것이었다. 구름이 제발 달빛을 조금이라도 오래 가려주길 기도할 뿐이었다.

하지만 구름이 다시 지나가며, 달빛이 비추기 시작했다.

'휙! 휙! 휙! 휙……!'

바다 위 선박에서 십여 발의 검은색 화살이 순식간에 발사되었다. 판시엔은 오른손을 떼서 반원을 그리며 몸을 돌리며 옆으로 이동했다.

'펑! 펑! 펑! 펑……!'

판시엔은 바다를 바라본 채, 날아오는 화살을 주시한 채, 왼손 오른손을 번갈아 떼며, 조금씩 아래로 내려가고 있었다. 위험해 보였지만, 이렇게라도 하지 않으면 절벽에 박힌 고슴도치가 되거나, 심해의 혼령이 될 판이었다.

판시엔은 마치 검은색 꼭두각시 인형처럼 보였다. 대동산의 신비한 힘이 그의 양손을 차례로 끌어당기며, 뻣뻣하게 익살맞은 춤을 추듯이 밑으로 조금씩 내려 보내는 꼭두각시.

화살이 차례로 박히며, 절벽에 유선형의 선을 아래로 그어가고 있는 듯 보였다. 거친 선의 마지막 부분은 꼭두각시를 절벽에 박아버릴 듯, 꼭두각시의 심장을 꿰뚫어 버릴 듯, 판시엔을 쫓으며 아래로 이어지고 있었다.

'옌샤오이!'

얼마나 억지로 춤을 추었는지 모르겠지만, 어느 순간 판시엔의 형체는 절벽에서 사라졌다. 절벽 아래에는 바닷물이 절벽을 때리는 소리만 들릴 뿐이었다.

'펑!'

판시엔의 발이 어둠 속 암초 위에 닿았을 때, 마지막 화살이 절벽에 박혔다. 화살의 끝은 검은 천 조각이 달린 채 '윙윙' 소리를 내며 파르르 떨리고 있었다.

암초 위에서 듣는 파도 소리는 천지를 뒤흔드는 것 같았다. 판시엔의 얼굴은 창백해져 있었다. 절벽을 내려오느라, 옌샤오이의 화살을 피하느라, 너무 많은 진기를 소모한 탓이다. 그리고 기침이 그치지 않는 것이 횡경막 아래 경맥에 손상이 간 듯 느껴졌다.

마지막 화살이 오른쪽 어깨를 스쳤다. 검은색 관복이 찢어졌고, 근육이 살짝 찢어져 피가 흐르고 있었지만, 판시엔은 생명을 지킨 것만 해도 다행이라 생각하고 있었다.

무수한 암초와 구름에 가린 달빛이 판시엔을 보호해 주고 있었지만, 다른 한편으로는 그가 안전한 길을 찾는데 방해를 하고 있었다. 여기에서 몸을 띄울 수도, 자신의 위치를 다시 알려줄 수도 없는 일이었다.

번쩍!

눈보다 심장이 먼저 반응했다. 어떻게 벗어나야 하는지 생각도 잠시. 판시엔은 본능적으로 옆에 있는 암초를 오른손으로 내리치며 패도 진기를 거칠게 분출시켰다. 암초는 박살 났고, 그 반동에 판시엔의 몸이 빠르게 바닷속으로 빨려 들어갔다!

판시엔이 일으킨 물보라는 곧 큰 파도에 먹혀버렸지만, 그는 위치를 드러낼 수밖에 없었다. 바닷속에서 옌샤오이의 화살에 맞아 죽은 바다거북이가 될 수도 있었지만, 지금은 그런 것을 생각할 여유가 없었다.

판시엔이 물속으로 빠져들어가는 찰나, '선 하나'가 바다 위를 훑고 지나갔다.

하얀 선. 거대한 파도가 일고 있었지만, 그 파도 위를 유유히 지나가는 새하얀 선.

마치 거대한 붓에 하얀 먹을 묻혀 바다에서부터 대동산 절벽까지 긋는 듯한 하얀 선.

그 선은 검이 몰고오는 기세에 주위의 물보라가 깨지면서 생긴 물결이었다!

'펑!'

판시엔이 물속으로 들어가는 찰나, 새하얀 선도 암초에 도달했다.

검은 암초에 닿지 않았지만, 검의 기세에 주위의 암초들은 두부처럼 뭉개지고 으스러지고 있었다.

그리고 그 검(劍)은, 대동산의 매끄러운 절벽에 꽂혔다. 검자루만 남아 절벽 위의 작은 점이 되었다. 하지만 진동으로 검자루가 산산조각 나며, 이제 그 검은 절벽과 영원히 분리될 수 없게 되어 버렸다.

느닷없이 날아온 검이 판시엔의 몸을 뚫지는 못했다. 사실 스치지도 못했다. 하지만 검의 기세에 엄청난 내상을 입었다. 옌샤오이가 날린 마지막 화살에 맞은 것보다 훨씬 심각한 수준이었다.

판시엔은 한동안 표류하듯 해류에 휩쓸리다 겨우 정신을 가다듬고, 바닷속으로 들어가 수면에서 서너 장(丈) 내려간 바닥에 몸을 붙였다. 그리고 차분히 진기를 운용하며 수면 위를 바라보고 있었다. 진기가 내상과 외상을 잠시 다스리게 할 수는 있었지만, 호흡을 하지 못하는 한 오래 버틸 수는 없었다.

'예류윈!'

하지만 판시엔은 수면 위로 올라갈 수 없었다. 옌샤오이가 바닷속을 주시하고 있는 눈이 마치 보이는 것 같았다. 그래서 그는 바닥에 있는 큰 돌덩이를 끌어안았다. 청나라 무술가 곽원갑이 사용했다는 하천 밑바닥을 걷는 무식한 방법.

그는 큰 돌덩이를 안고 최대한 안정적으로 앞으로 걸어가고 있었다. 수면 아래로 보이는 가장 가까운 선박까지 최대한 빨리, 최대한 안정적으로 걸어가고 있었다. 선박 아래에 다다르자 큰 돌덩이를 내려놓고, 부력을 이용해 최대한 자연스럽게 위로 올라갔다. 하지만 물 밖으로 머리를 곧장 내밀지 않은 채 최대한 마지막 숨을 참으며, 해수면과 조금 떨어진 아래에서 뱃전 상황을 주시했다.

이것은 도박이었다. 이 배를 고른 이유는, 이 배에서 옌샤오이의 화살이 날아오지는 않았기 때문이다. 하지만 더 중요한 것은, 더 이상 숨을 참을 수 있을지 확신이 없었다.

그 뱃전 밖으로 손이 하나 나와 있었다.

그리고 그 손가락은 소리를 거의 내지 않으며, 일정한 빈도수로 배를 두드리고 있었다.

대동산 근처 수면 위에는 모두 다섯 척의 수군 선박이, 마치 사냥감을 찾는 악마처럼 움직이고 있었다. 그 중 중앙의 기함을 포함한 중앙 본대 두 척 외에 세 척의 선박은 좀 더 범위를 넓혀 수색을 하기 위해 점점 분산되고 있었다.

그 중 한 척의 지휘관실에는 그리 밝지 않는 등불이 켜져 있었다. 책임 장군의 친위병 셋 중 둘은 지휘관실 밖에서 경계를 서고 있었고, 나머지 하나는 지휘관 뒤에서 기함과의 연락을 책임지고 있었다.

장군 뒤에 있던 친위병이, 오늘 밤 상황이 믿기지 않는 듯한 창백한 얼굴로 느닷없이 입을 열었다.

"쟈오저우 수군도 모반에 참여한 건가?"

'친위병'의 무례한 발언에도 도리어 책임 장군은 공손히 대답했다.

"지금 상황이 쟈오저우 수군의 모반이 아니라⋯⋯도련님의 모반 아닌가요?"

'도련님'. 책임 장군은 쟈오저우 수군의 3인자, 판시엔의 군대 내 유일한 심복, 쉬마오차이. 친위병은 당연히 세상에서 가장 운이 좋은 판시엔. 쉬마오차이는 이미 관련 상황을 보고받고, 옌샤오이의 공격이 진행되는 것을 눈치채고, 은밀히 뱃전 밖으로 손을 내밀어 신호를 보내고 있었던 것이다.

다만, 쟈오저우 수군 장군인 그가 보고받은 내용은, 판시엔이 알고 있는 실상과 많이 달랐다.

"감사원이 황제를 암살했다는 것을 믿었다고?"

"제가 받은 소식에서는 흑기병 5백이 샤오산 친씨 가문 요충지까지 달려와 갑자기 연락이 두절되었다는 것입니다. 그리고 폐하께서 공격당하셨다고…….."

판시엔은 순간 등줄기가 오싹해졌다.

'흑기병을 부른 것은 나인데, 이를 빌미로 공격을? 흑기병은 대동산 근처에도 오지 않았지만, 실상을 모르는 징두 사람들에게는……. 내가? 황제를? 젠장!'

이어지는 쉬마오차이의 설명에 판시엔은 무력감마저 들었다.

'내가 스구지엔과 결탁해서 황제를 공격했다고? 이런 미친…….'

판시엔은 머리를 빠르게 돌렸다. 장 공주는 황제의 사망을 명분으로 태자를 제위에 올리려 한다. 황제 사망에 대한 희생양이 필요하다. 희생양은 힘과 동기가 있어야 하고, 사실이 아니더라도 황실과 조정을 설득할 명분이 있어야 한다.

판시엔은 고수다. 판시엔은 감사원의 힘을 가지고 있다. 흑기병 5백도 가지고 있다. 태후와 황후가 가장 증오하는 예씨 집안의 후손이다. 태자가 황권을 이으면, 아니 2황자가 황위에 오른다 하더라도, 가장 척을 질 인물이다.

'젠장! 이거 잘못하면, 역사서에서는 내가 모반을 한 것으로 남겠구만.'

"도련님, 아마 몇몇은 도련님이 말한 진상을 알고 있을 지도 모릅니다. 그리고 챵쿤 제독이 쟈오저우 수군을 이끌었다면 황제에 대한 경외심으로 모반에 참여를 하지 않았겠지요. 하지만 도련님이 그를 숙청한 이후 수군은 친씨 집안의 손아귀에 들어갔습니다. 그러니 설령 진상을 안다 해도, 그게 뭐가 중요하겠습니까? 그들은 기꺼이 도련님을 희생양으로 해서 황제에 대한 모반에 참여했을 것입니다."

"음……황제도 쟈오저우 수군 상황을 알고 계시니, 분명 후속 수단이 있으시겠지……그런데 넌 어떻게 장 공주와 친씨 가문의 신임을 얻어 여기까지 오게 된 거지?"

쉬마오차이는 자리에서 벌떡 일어나 허리를 숙이며 간절하게 말했다.

"도련님, 저는 발탁된 것이 아니라 자진해서 왔습니다. 이번에 장 공주가 모반을 했고, 친씨 가문도 합세했습니다. 그러니……엄청난 기회입니다. 이번 기회에 정말 뒤집어 엎으시죠!"

판시엔은 정신이 번뜩 들었다. 쉬마오차이 덕에 목숨을 구한 것은 사실이고, 그가 자신에게 아니, 예칭메이에게 충성하는 사람인지는 알고 있었지만, 정말 그러한 이유로 여기에 왔는지는 생각지도 못했기 때문이다.

"무슨 이야기지?"

"지금 징두가 비었습니다. 흑기병 5백과 함께 징두로 가서 쳔 원장과 협력하면 황궁을 장악할 수 있습니다. 이번 일로 황제와 대종사 그리고 태자와 2황자 등 많은 세력들이 손실을 입으면, 도련님이 황자의 신분으로 경국을 장악하실 수 있습니다."

"그건 안 돼. 그리고 흑기병 5백으로 징두를 어떻게 장악해? 징두 수비군이 1만이고, 13성문사도 있고, 금군이 3천인데."

"금군이야 대황자가 이끌고 있고, 13성문사야 황제 직속이고……그리고 지금 들고 계신 성지와 옥새를 이용하면 태후, 이 귀빈 등 황실도 설득할 수 있을 겁니다."

"그럼 친씨 가문은 어떻게 하고, 예씨 집안의 딩저우 군대는 어떻게 해? 아무리 생각해도 말이 안 돼."

"도련님, 경국 군대는 그들만 있는 것이 아닙니다. 옌 대도독이 정북군, 딩저우의 서만 정벌군, 친씨 가문의 징두 수비군도 있지만, 그 외에도 7로 중에 4로의 군대들이 버티고 있습니다. 처음 며칠은 힘든 싸움이 되겠지만, 옥새와 성지로 황실을 설득할 수 있다면, 4로의 정예병들과 대황자의 금군, 감사원의 흑기병으로 상황을 정리할수 있습니다. 도련님 뒤에 쳔 원장 대인, 전임 재상 대인, 판 상서 대인이 있다는 것을 잊지 마세요."

판시엔은 한동안 아무런 말도 하지 않았다. 쉬마오차이는 상당히 준비한 듯 보였고, 실제로 그의 생각대로 될 가능성이 없는 것은 아니었다. 하지만 중요한 것은, 판시엔 스스로 그것을 원하는 것인지를 알지 못 했다. 정확히 말하자면, 한번도 생각해 본 일이 없었다.

"알았어. 그렇더라도 지금은 우선 살아서 징두로 돌아가야 해."

판시엔은 잠시 멈칫하고 다시 말을 이었다.

"그리고 넌 중요한 것을 놓치고 있어. 너의 계획은, 황제가 죽는다는 것을 전제로 하고 있는 것인데, 만약에 아니라면?"

쉬마오차이는 판시엔의 반박에 말을 할 수는 없었다. 하지만 그는 판시엔의 말을 믿을 수도 없었다. 현재 상황을 볼 때, 황제가 대동산에서 살아남을 가능성은 '거의' 없어 보였다. 하지만, 만에 하나라도 황제가 살아남는다면? 그건 판시엔이 정말 '모반'을 하게 되는 일이었다.

판시엔은 쉬마오차이의 충정과 진심을 믿었지만, 그가 쟈오저우 수군의 수상한 움직임과 소식을 들었음에도, 감사원이나 쟈오저우 주지사 우거페이 또는 판시엔의 제자 호우지챵에게 사실을 알리지 않은 것에 대해서는 달갑게 생각하지 않았다. 그가 그렇게 하지 않은 것은, 그에게 예칭메이의 복수를 하고 싶은 마음이 너무 컸기 때문이며, 그래서 현 상황을 초반에 통제할 수 있는 쉬운 방법 하나를 날려버린 것이었다.

판시엔을 설득하기 힘들다고 생각한 쉬마오차이는 잠시 낙담한 표정을 지었지만, 다시 결연한 표정으로 입을 열었다.

"도련님이 징두를 갈 수 있도록, 무슨 수를 써서라도 돕겠습니다."

판시엔은 그의 용기와 결연한 자세에 내심 감동했다. 그의 머릿속에 순간 어떤 생각이 스쳐가며 재빨리 쉬마오차이에게 물었다.

"배를 북쪽으로 3리 정도 이동시킬 수 있을까?"

"옌 대도독이 절 신임하긴 하지만, 지금은 너무 많은 눈이 지켜보고 있어 기다려야 합니다."

"너무 오래 기다릴 수는 없어."

"그런데 북쪽이라면 딴저우로 가시려는 건가요?"

"맞아, 거기에 흰 돛을 단 배를 봤어?"

"도련님의 배 아닌가요? 전 당연히 알고 있고, 딴저우 항에 정박되어 있는 것을 봤습니다."

"그 배로 가야 해."

쟈오저우 수군의 본대 기함에는 등불을 최대한 환하게 밝힌 채 병사들이 갑판에 나와 해수면을 주시하고 있었다. 그리고 일부의 병사들은 그 뒤에서 언제든 바닷속으로 화살을 날릴 태세를 취하고 있었다.

옌샤오이는 간편한 복장으로 큰 활을 멘 채 선수(船首)에 앉아 독주를 한 잔 들이켰다.

'열세 발을 쐈는데……안 죽었어……그래 아직 죽지 마라. 내가 손수 네 놈의 목에 화살을 처박아 주기 전에는…….'

"다른 배 수색 상황은 어떤가요?"

"배에는 없습니다."

대답한 이는 쟈오저우 수군 신임 제독, 추밀원 부사 친형의 사촌형제 친이. 그가 옌샤오이와 이런 대화를 나눈다는 것은, 이번 사건에서 친씨 가문의 입장을 명확히 대변해 주고 있었다.

"조심하세요. 판시엔 저놈은 매우 교활해요. 그가 징두에 살아 돌아간다면, 장 공주 전하와 친씨 어르신의 계획에 차질이 생길 수 있어요."

"네."

친이도 종1품의 수군 제독이었지만, 품계를 초월한 위엄을 가진 옌 대도독에게는 최대한 공손하게 행동했다. 옌샤오이는 고개를 저으며 말했다.

"숨을 이렇게 오래 참을 수는 없는데……육지로 올라갔다는 건가……?"

친이도 고개를 저으며 답했다.

"해안에는 대인의 친위병도 있고, 동이성의 고수들도 있습니다. 판시엔에게 어떠한 틈도 주지 않을 것입니다."

'당신이 그놈을 몰라서 그래……절벽도 타고 내려온 놈이 상식선에서 움직일 것 같아?'

"판시엔이 뭍으로 올라갔다면, 분명 가장 근처에 있는 감사원 부하를 찾을 거예요. 그리고 딴저우 항에 판시엔의 심복들이 있지요."

"알겠습니다. 곧 딴저우 항으로 사람을 보내 조사하겠습니다."

판시엔이 이 대화를 들었다면? 옌샤오이를 와락 끌어안고 진한 뽀뽀를 날렸을 것이다.

수군 제독이 물러가자, 옌샤오이는 독주를 다시 한 잔 들이켜고, 본능적으로 오른손 검지와 중지를 구부렸다. 평생 활을 쏘면서 생긴 습관적인 동작이었다. 그리고 멀리 있는 대동산 정상을 바라보았다.

그리고 일어나 공손하게 허리를 숙여 인사를 했다.

'편안히 가십시오.'

그는 순간 군인으로서 황제에 대한 경외감이 살짝 들었지만, 죽은 아들을 생각하며 재빨리 그 감정을 억눌렀다.

바다 위로 희뿌연 안개가 깔려 있었다. 주변은 고요했고, 멀지 않은 곳에서 가볍게 물결이 이는 소리만 들려왔다. 그 소리는 점점 커졌고, 이윽고 검은색 배 세 척이 유령처럼 안개를 헤치고 나타났다.

해안선 북쪽을 따라 추격에 나섰던 수군 선박 세 척이, 옌샤오이의 명령이 떨어진 지 얼마 지나지 않아 딴저우 남쪽 부두에 도착했다. 그곳에는 흰 돛을 단 감사원 선박이 외롭게 정박해 있었는데, 배 세 척은 짙은 안개 때문에 제법 가까운 곳까지 흔적 없이 다가갈 수 있었다.

판시엔은 쉬마오차이 친위병 복장을 하고 있어 발각될 위험은 없었지만, 다른 배 두 척의 의심을 살 것을 염려하여 쉽게 해안에 접근하려는 시도를 할 수는 없었다. 그리고 판시엔은 심복들을 놔두고 자신만 혼자 도망갈 생각은 할 수가 없었다.

'내가 나타나지 않는다면, 수군들은 감사원 선박을 공격하겠지. 왕치니엔 조직원들과 홍챵청……은 몰살될 거야. 어떻게든 알려야 해.'

세 선박이 모두 쉬마오차이의 지휘 하에 있었으면 더 좋은 방법을 생각할 수도 있었다. 하지만 문제는 옌샤오이가 경솔한 사람이 아니었다는 것이다. 세 척 선박의 책임자는 다 다른 장군이었고, 옌샤오이도 다른 두 척 중 하나의 선박에는 타고 있을 거라 판시엔은 확신했다. 다만, 둘 중 어느 배에 타고 있는지 몰랐을 뿐.

해풍이 잦아들며 안개가 조금 더 짙어졌지만, 해안가로 다가갈수록 절벽과 푸른 나무들이 흐릿하게 보이기 시작했다. 그리고 흰 돛이 달린 감사원 배도 모습을 드러내기 시작하였다.

선박 위에서 밧줄을 매는 소리가 들렸다. 투석기를 쏠 준비를 하고 있는 것이다. 판시엔은 쉬마오차이에게 귓속말로 무언가를 전달했다.

출렁.

쉬마오차이가 지휘하는 선박이 파도에 중심을 잃은 듯, 삼각형의 선박 대형 중에서 중심을 잃으며 한쪽으로 살짝 쏠렸다.

'슝슝.'

쉬마오차이의 선박에서 무거운 돌덩이가 무서운 속도로 하늘 위로 날았다.

'펑! 펑!'

날아오른 돌덩이는, 해변 가장 가까이 있는 다른 선박을 아무런 예고도 없이 부숴버렸다!

돌맹이 하나는 선박 갑판을 뚫고 커다란 구멍을 냈고, 다른 하나는 돛대에 명중했다. 돛대가 부러져 날카롭게 삐죽 솟은 밑동만 남겨버렸고, 돛도 고꾸라져 갑판의 병사들을 덮쳐버렸다. 심지어 돛을 붙잡아주고 있던 밧줄도 순식간에 살상 무기가 되어, 병사들의 복부와 허리를 강타했다.

"활을 쏴라!"

쉬마오차이의 명령에 불화살이 일제히 날아갔고, 바닥에 떨어진 돛은 최고의 불쏘시개가 되어 순식간에 배 전체가 불타오르기 시작했다. 짧은 시간에 이뤄진 급습으로 상대방은 제대로 된 반격도 하지 못한 듯 보였다. 쉬마오차이는 불타는 선박을 잠시 쳐다보고 이상한 움직임이 없는 것을 확인하자, 주먹을 쥔 손을 올려 뒤쪽으로 신호를 보냈다.

쉬마오차이 선박 우측에서 철궁 몇 개가 밖으로 나오며, 갈고리가 달린 밧줄이 일제히 감사원 선박으로 쏘아졌다. 감사원 선박에 갈고리가 달리자, 두 선박은 점점 가까워졌다. 그리고 왕치니엔 조

직은 예상치 못한 소동에, 갈고리가 달린 밧줄을 끊으러 밖으로 뛰
어나왔다.

'슝……펑!'

그때 긴급 신호를 알리는 화살, 영전(슝箭)이 쉬마오차이의 배에
서 공중으로 솟아올라 짧은 시간 하늘을 수놓았다.

'영전.'

감사원 관원들은 몸에 밴 습관으로, 급하게 몸을 돌려 사다리를
내린 후 배를 버리고 육지 쪽으로 돌아가기 시작했다. 쉬마오차이
는 크게 안도의 한숨을 내쉬었다. 판시엔이 그에게 내린 임무는 여
기까지였기 때문이다.

순간, 쉬마오차이의 눈이 번뜩였다. 그리고 재빨리 소리쳤다.

"뱃머리를 돌려……."

쉬마오차이가 말을 끝내기도 전에, 엉덩이 뼈에 엄청난 힘의 발길
질이 가해지며, 그가 공중으로 날아가 버렸다. 그가 갑판에 떨어지자
눈앞에는 공포스러운 광경이 펼쳐져 있었다. 수군 관병 다섯은 몸에
깔끔하게 작은 구멍이 생겨 즉사해 버렸고, 화살은 쉬마오차이 근처
갑판에 꽂혀 '웅웅' 거리며 화살대 끝이 떨리고 있었다.

'어디서 날아온 화살이지? 누가 날 걷어 찬 거지?'

판시엔이 쉬마오차이를 걷어찬 발을 거두었다. 둘은 같은 생각을
하고 있었지만, 판시엔의 반응이 좀더 빨랐던 것이다. 판시엔이 이번
도박에서는 진 것이다. 그들이 공격한 선박은 옌샤오이가 타고 있지
않은 선박이었고, 상황을 지켜보던 옌샤오이가 눈치를 채고 쉬마오
차이 선박을 공격하기 시작했다.

판시엔의 발길질로 쉬마오차이가 공중에 뜨지 않았으면, 이미 그
의 몸에도 깔끔한 화살 구멍이 생겼을 것이었다.

쉬마오차이가 화살에 스친 듯 피를 흘리고 있었지만, 판시엔은 지

금 그를 보살필 여유가 없었다. 판시엔은 맞은 편 배 선수에 서 있는 옌샤오이를 힐끗 보며, 연결되어 있는 밧줄을 타고 살쾡이처럼 감사원 배로 건너갔다.

'휙!'

화살촉이 순식간에 밧줄을 끊어버렸다. 밧줄은 무기력하게 바닷속으로 늘어졌지만, 사람이 빠지는 소리는 들리지 않았다. 옌샤오이는 싸늘한 눈빛으로 장궁을 거둬들인 후, 배를 돌려 감사원 선박으로 붙이라 명했다.

판시엔은 감사원 배에 오르자, 익숙하게 선실로 들어가 눈앞에 있는 거대한 상자를 진기를 실은 발로 부수어 버렸다.

'펑, 촤르르륵.'

상자가 부서지며, 13만 냥의 은전이 쏟아져 내리고 밝은 은빛이 사방으로 튀었다. 그리고 판시엔은 은빛들 사이에서 검은 상자 하나를 집어 들고 밖으로 나가려다, 선실 문 앞에서 인기척을 느끼고 고개를 휙 옆으로 돌렸다.

'영전을 쏘았는데……넌 왜 여기 남아 있는 거야?'

'대인의 피 같은 돈 은전 13만 냥을 두고 제가 어떻게 가나요?'

아무 대화도 없었지만, 서로는 각자의 생각을 전달했다. 홍챵청이 입을 열려는 순간, 판시엔은 이미 왼손으로 그의 목덜미를 휘어 감고 튀어나가려 하고 있었다.

'휙!'

"윽."

뒤에서 날아온 화살 하나가 정확히 홍챵청의 복부를 뚫고 들어갔다. 판시엔은 그 또한 신경 쓸 겨를이 없이 선창 밖으로 나와, 왼발로 선수 난간을 밟고, 오른발로 홍챵청의 복부를 디딤돌 삼아 발돋움하여 날아오르며 외쳤다.

"흑기병을 찾아 합류해."

판시엔이 오른발로 그의 복부를 친 것은, 그를 갈겨버린 것이 아니었다. 그 짧은 시간에 자신의 진기를 그에게 전해줄 겸, 혈맥을 가격해 잠시 출혈을 멈추게 하기 위함이었다. 홍창청은 그 충격으로 바닷물에 떨어져 버렸지만, 그는 지금 상황에서 아는 것도 하나 없었지만, 판시엔은 그 또한 신경 쓸 겨를이 없었다.

'그 섬에서도 살아남은 놈이야. 어떻게든 살아 남아라······.'

바다 위.

옌샤오이의 배가 감사원의 선박으로 방향을 돌린 것을 보고, 쉬마오차이는 급하게 반대 방향으로 배를 돌렸다. '바다에서 표류하다, 기회를 봐서 쟈오저우 수군 진영으로 돌아가라.' 이것이 판시엔의 마지막 명이였고, 지금이 적기라 판단했기 때문이다.

'펑!'

옌샤오이의 선박이 감사원의 선박을 들이받아버렸다!

그리고 동시에 여섯 개의 검은 그림자가 튀어 올라 감사원 선박의 선미에 안착하였다. 감사원 배는 커다란 충격에 진동하며, 조금씩 가라앉고 있었지만, 여섯 명은 대열도 흐트러뜨리지 않은 채, 그 선두에 서 있는 자는 조금도 흔들림 없이 등의 장궁을 꺼내 활시위를 당겼다.

그리고 안개 속으로 빠르게 멀어져 가는 점을 싸늘하게 주시하며 조준했다.

최대 살상력의 거리. 안개가 끼어 있었지만, 옌샤오이는 이미 눈에만 의존하여 목표물을 조준하는 경지는 넘어 있었다.

'휘이익!'

화살이 시위를 떠났다. 그곳에는 옌샤오이의 정점에 달한 정신력과 힘, 그리고 분노가 응축되어 있었다. 마치 시간과 공간의 막을 뚫어 버리는, 신도 당해내지 못할 경지처럼 보였다.

그 화살은 순식간에, 판시엔의 등 뒤에서 나타났다!

그리고, 판시엔의 등에 정확히 명중했다!

'펑!'

"으윽……."

화살이 몸에 꽂히는 소리가 조금 이상하게 들리긴 했지만, 검은색 점은 비틀거리다 바닥에 고꾸라졌다. 옌샤오이의 입꼬리가 조금 올라가고 있었다. 9품 상을 넘어 대종사의 반열에 가까워지고 있는 그의 화살을, 심지어 최대 살상력의 거리에서 피할 수 있는 자는 천하에 몇 없었다.

옌샤오이의 얼굴이 순간 굳었다.

'안 죽었다고……안 죽었다고?!'

바닥에 고꾸라진 점이 비틀거리며 일어나 다시 조금씩 멀어지고 있었다. 옌샤오이 옆에서 지켜보던 다른 친위병 다섯도 말은 못한 채 얼굴이 하얗게 질려가고 있었다.

'절벽을 내려오고……옌 대도독의 화살을 이 거리에서 맞고도 아직……진짜 천맥자?'

옌샤오이도 감정의 동요를 피할 수는 없었지만, 멀리서 희미하게 들려오는 말발굽 소리를 듣고 재빨리 냉정을 찾으며 배에서 뛰어내렸다. 곧이어 기마 부대가 도착하고, 그들은 옌샤오이 일행에게 모두 말을 내어주었다.

해안가에 있는 감사원의 선박은 이미 반 정도 바닷속으로 가라앉았고, 13만 냥에 달하는 은전도 그 배와 운명을 같이 하고 있었다.

그리고 추격전은 계속되었다.

딴저우 북쪽 원시 밀림, 어느 거대한 나무 뒤.

검은 옷을 입은 판시엔은 이끼 위에 앉아, 숨을 헐떡이며 입가에 흐르는 피를 수시로 닦아내고 있었다. 하지만 그의 시선은 검은 상자의 표면에 생긴 작은 점에 고정되어 있었다.

'네가 날 살렸다.'

이 순간 판시엔의 머릿속에는 운이 좋다라는 생각보다, 옌샤오이의 화살이 상자의 표면에 흠집을 낼 수 있었다는 사실에 놀라고 있었다. 그리고 상자가 화살을 막아 주긴 했지만, 화살에 실린 위력까지 막아내지 못해, 또 한번 내상을 입었다는 것을 확인했다.

하지만 판시엔이 걱정을 하고 있는 것은 아니었다. 판시엔은 상자에서 꺼낸 차가운 금속 표면의 감촉을 느끼며 최대한 마음의 안정을 찾아가려 노력했다.

'이 세상에 이것을 이길 수 있는 자는 없지.'

피로감과 흥분감이 동시에 몰려왔다.

판시엔은 몇 년 간의 훈련을 통해 얻은 익숙한 손놀림으로 총을 조립하기 시작했다. 활과 총, 어쩌면 불공평한 대결이었지만, 생사의 순간에는 불공평이라는 단어는 아무런 의미가 없다.

판시엔은 최후의 순간까지 총을 쓰고 싶지 않았다. 그리고 총이 담긴 상자를 은전 상자 속에 보관해 두었다. 가장 위험해 보는 곳이, 가장 안전한 곳. 하지만 황제가 대동산에 가는 일이 이와 같은 상황까지 발전할지는 몰랐다. 그래서 은전 상자를 감사원의 배에 두고 대동산을 올랐던 것이다.

절벽에 옌샤오이 화살이 꽂히는 순간, 절벽에 예류원의 검이 꽂히는 순간, 판시엔에게 처음 든 생각은 검은 상자였다.

그래서 딴저우 항, 감사원 선박에 가야 했던 것이다.

'휘익, 퍽!'

판시엔이 기대고 있는 나무에 화살이 살짝 박혔다. 그는 그렇게 당황하지는 않았다. 화살이 박히는 소리와 모습을 볼 때, 아직 그들과 어느 정도 거리는 있었다. 하지만 더 이상 여기서 지체할 시간이 없다는 것도 알았다.

판시엔은 자신이 설치해 놓은 작은 장치를 다시 한번 꼼꼼히 살핀 후, 검은 상자를 몸에 단단히 고정시키고 산 정상으로 다시 발걸음을 옮겼다. 그리고 다시 한번 이번 추격전에서 자신이 점하고 있는 유일한 우위를 떠올렸다.

옌샤오이는 판시엔이 가지고 있는 무기를 모르고, 화약 무기에 대한 지식이 전혀 없다.

판시엔이 총으로 그를 대적하려면, 500미터 정도 거리를 두는 게 가장 좋았으며, 300미터 이내로 들어오면, 그를 죽일 수 있을지는 몰라도 자신의 목숨도 장담할 수 없었다.

'내가 제대로 조준할 수 있을까?'

또 하나의 중요한 요소였다. 멀리 떨어질수록, 약간의 오차가 결과적으로 엄청난 차이를 만들어 낼 수 있다. 옌샤오이 옆 나무를 뚫어버리는 멍청한 짓을 할 수는 없었다.

적절한 거리와 조준 시간의 확보. 그것이 가장 중요한 요소였다.

그래서 그는 상자를 찾자마자 반격을 한 것이 아니라, 지금 이 원시 밀림까지 도망치며 결정적 장면을 위한 요소를 갖추려고 한 것이다.

"……아……아……악……."

판시엔의 뒤에서 희미하게 비명소리가 들렸다. 하지만 그는 뒤도 돌아보지 않고 결정적 장면을 위한 장소를 찾기 위해 산 정상으로 뛰어가고 있었다.

옌샤오이는 독이 발린 나무못에 찔려 죽은 친위병들을 차가운 눈
빛으로 바라보고 있었다. 슬픔이나 번뇌가 아니었다. 그저 활활 타
오르는 들불 같은 분노만 남아 있었다.

밀림에 들어오면서 말을 버렸다. 그리고 이미 친위병 다섯 중 셋
은 판시엔이 설치한 덫에 걸려 죽었다. 눈앞에 있는 부하는 네 번째.

옌샤오이는 진기를 운용하여, 습한 밀림에서 나는 악취 속에서 익
숙한 냄새를 아주 힘겹게 찾아냈다. 판시엔이 쓴 독의 냄새. 옌샤오
이가 판시엔을 찾게 해 줄 단서. 어렸을 때부터 야생 동물 수렵을 하
며 커온 옌샤오이는, 이 순간 사나운 맹수가 되어 있었다.

"대도독······."

유일하게 살아남은 부하가 마른 침을 삼키며 공포 어린 목소리
로 말을 이었다.

"대동산 아래 형제 같은 5천의 병사가 대도독의 귀환을 기다리
고 있습니다······판시엔이 살아나간다 해도, 징두에는 장 공주가 있
으니······."

'퍽!'

말을 다 마치지도 못한 부하의 목이 꺾이며, 꼿꼿한 자세로 바닥
에 고꾸라졌다. 옌샤오이는 싸늘한 눈길로 부하를 한번 쳐다보고, 나
무 뒤에 납작하게 숨이 죽어 있는 풀들을 힐끔 본 후, 냄새와 흔적을
쫓아 산 정상으로 향했다.

'떠난 지 오래 되지 않았어.'

광학 조준경에 나타났다 사라지기를 반복하는 사람을 보며, 판시
엔은 큰 한숨을 내쉬었다. 차가운 공기가 들어가자 내상 때문에 기

침이 나왔지만, 위치를 노출시키지 않기 위해 최대한 억제했다. 그렇게 할수록, 말라버린 목구멍 안쪽에는 찌르는 듯한 통증이, 가슴팍에는 찢어지는 듯한 통증이 밀려왔다.

판시엔은 앞섶을 풀고, 억지로 입을 틀어막은 후, 코로만 숨을 쉬었다.

'척!'

먼저 날아든 것은 옌샤오이의 화살이었다. 정확히 판시엔을 조준한 것은 아니었지만, 대충의 위치는 짐작하고 있는 듯 보였다. 그는 양 무릎을 구부리고, 몸을 살짝 기울였다.

'펑!'

조준이 된 화살이었다. 잠시 망설이는 몇 초 사이, 옌샤오이는 이미 100장(丈, 1장은 약 3.3미터) 이내로 그와의 거리를 좁힌 것이다. 판시엔은 심장이 오싹해지며, 총을 꽉 쥐고 다시 몸을 돌려 산 정상을 향해 미친 듯이 뛰어올랐다.

얼마 지나지 않아, 옌샤오이가 조금 전 판시엔이 머물고 있는 곳에 도착했다. 그리고 다시 뛰어올라 가다 '알지 못하는 위험'을 느끼고, 본능적으로 풀숲에 엎어져 나무 뒤로 몸을 숨겼다.

하지만 아무런 일도 벌어지지 않았다.

'이게 뭐지? 무슨 기운일까? 판시엔은 활을 쓰지 않는데……그런데 왜 거리를 두고 도망만 가는 것이지?'

지금 이 순간 옌샤오이는 판시엔을 죽일 수 있다 '확신'하고 있었다. 왜냐하면, 이미 상처를 많이 입은 그의 실력은 고작해야 8품 정도일 것이기 때문이다. 그리고 이런 거리를 두는 상황은, 옌샤오이가 절대적인 우위를 점하고 있는 것이었다.

다만, 이해가 되지 않는 것이 있었다. 검과 잔재주를 주로 쓰는 판시엔이 왜 거리를 두려고 하는 것인가? 그리고 또 하나. 알 수 없는 위험의 기운이 느껴지는데, 그것은 무엇 때문인가? 옌샤오이에게 이런 기운이 처음은 아니었다. 처음 느꼈던 때는, 흰 안개가 자욱하게 깔린 포월루 앞 거리에서, 가짜 판시엔과 대치하다 홍 공공을 만났을 때.

하지만 옌샤오이는, 그것이 무엇이든, 지금 자신을 막을 수는 없다고 생각했다.

산 정상.

딴저우 북쪽 원시 밀림의 정상은 드넓은 초원 지대였고, 숲의 반대쪽은 절벽이었다. 판시엔은 더 이상 도망갈 곳도, 도망갈 생각도 없었다. 그리고 그도 옌샤오이를 죽여야 한다고 다짐하고 있었다.

'총이 활에게 진다면⋯⋯어머니가 하늘에서 보고 웃겨 죽겠지?'

지지대를 설치하고, 엎드려 조준 자세를 취한 후, 광학 조준경을 통해 아래를 바라보았다. 판시엔의 이마에는 식은땀이 흐르기 시작했다.

옌샤오이의 모습이 조준경에 나타났다. 그는 나선형을 그리며 산 정상을 향해 조심조심, 하지만 빠르게 올라오며 판시엔과의 거리를 좁히고 있었다.

500미터.

지금부터 가까워질수록 승산이 줄어든다.

400미터.

판시엔의 이마를 흐르는 땀이 갈수록 많아지며, 일부가 눈에 들어가려 했다.

350미터.

옌샤오이의 빠른 움직임을 보며, 그제서야 이렇게는 제대로 조준을 할 수 없다는 것을 깨달았다.

하지만 더 이상 다른 것을 꾀할 시간도 없었다.

지금은 운과 용기 그리고 결심이 필요한 시점이었다.

300미터.

"옌샤오이!"

판시엔은 갑자기 엄폐하고 있던 풀숲에서 일어나 자신의 위치를 노출시키며 소리를 질렀다. 포기나 투항은 아니었다. 왜냐하면 선 자세로 여전히 저격총을 옌샤오이에게 겨누고 있었기 때문이다.

옌샤오이가 멈췄다.

그리고 등에 메고 있던 장궁을 쥐고, 한 발은 앞으로 다른 한 발은 뒤로 놓아 가장 안정적인 자세를 취한 후, 활이 둥글게 휠 정도로 온 힘을 다해 활시위를 당겼다. 그리고 얼음처럼 싸늘한 살기를 담은 화살로 판시엔을 겨누었다.

동시에 그는 판시엔의 손에 있는 물건을 똑똑히 보고 있었다.

'감사원에서 새로 만든 철궁인가?'

그는 정말 그 물건이 무엇인지 몰랐지만, 조금도 개의치 않았다. 100장 정도의 거리. 즉, 옌샤오이 화살의 최대 살상력의 범위 내. 그리고 감사원에서 아무리 빠른 철궁을 만들었다 하더라도, 옌샤오이는 자신의 반응 속도보다 빠를 수 없다고 생각했다. 철궁 발사 소리를 듣고 피할 수 있다고, 최소한 치명상은 입지 않을 거라 생각했다.

철궁이 소리보다 빠를 수는 없다.

더 중요한 것은, 이 세상에서 자신의 화살보다 빠른 철궁은 없다.

그래서 이긴다.

화살이 활시위를 떠났다.

판시엔의 반응 속도는 확실히 옌샤오이보다 느렸다.

그는 옌샤오이의 화살이 고속으로 회전하며 활시위를 벗어나고

서야 방아쇠를 당겼다.

'탕!'

총구에서 불꽃이, 고운 불꽃이 일었다.

옌샤오이는 소리를 들었다.

옌샤오이는 불꽃도 보았다.

하지만 피할 수 없었다.

판시엔의 '철궁 화살'은 확실히 소리보다, 옌샤오이 화살보다 빨랐다.

'펑!'

'펑!'

옌샤오이 몸 반쪽이 순식간에 갈가리 찢어졌다. 그의 강력한 근육질의 몸이, 강인한 피와 살이, 순식간에 꽃송이처럼 변해버렸다. 핏빛에 물든 꽃이, 푸른 풀숲 위로 활짝 피었다.

전혀 의외랄 것 없이, 그가 풀숲에 고꾸라졌다.

동시에, 옌샤오이의 화살이 판시엔의 몸에 인정사정없이 파고들어 회오리치며 또 다른 핏빛 꽃을 피웠다. 그리고 화살은 그의 몸을 관통하여, 마차 하나의 거대한 못처럼, 쓰러진 판시엔을 초원 지대의 풀 속에 박아버렸다.

의외였다.

시간이 흐르기 시작했다. 산토끼는 좁은 동굴로 뛰어들어갔고, 들쥐는 앞발을 내리고 어둠 속으로 질주했다. 풀숲에 있던 새들이 일제히 날아올라 산 정상의 상공을 어지럽게 날아 다녔다.

숲의 양쪽으로 하나는 죽은 채로, 하나는 죽었는지 살았는지 모른 채로 누워 있었다.

정오에 가까워진 때. 태양이 필사적으로 열을 뿜으며 자신이 가지고 있는 모든 것을 풀들에게 나누어 주고 있었다. 기온이 너무 높고 햇빛이 너무 강렬해, 푸른 풀들에 하얀 빛이 감도는 것처럼 보였다.

풀 숲은 고요했고, 새파란 하늘과 상쾌한 구름은, 대지의 모든 광경을 온화하게 바라보고 있었다.

"으음……."

판시엔이 땀과 피가 말라붙어 있는 눈꺼풀을 천천히 올렸다.

'하늘. 살아 있다.'

무의식적으로 오른팔에 살짝 힘을 주어 올려보았다.

'안 올라간다.'

곁눈으로 힐끔 보니, 그의 오른손에는 아직 저격총이 쥐어져 있었다.

왼팔에 살짝 힘을 주어 올려 보았다.

"아아아아악!"

극심한 고통이 밀려들었다. 통증 때문에 정신이 번쩍 든 판시엔은 눈꺼풀을 살짝 내리고 가슴 근처에 박혀 있는 화살을 멍하니 바라보았다. 화살은 거의 끝까지 들어가서, 화살대 뒤 깃털 달린 부분만 삐죽 솟아 있었다. 피가 계속 흐르고, 검은색 깃털도 비린내 나는 피에 물들어 가고 있었다.

왼쪽 다리를 굽히고, 오른손을 왼쪽 장화 안에 넣어 겨우겨우 검은 비수를 꺼냈다. 그런 후 등 쪽으로 조심조심 비수를 보내, 몸과 풀 숲 사이에 남은 좁은 틈으로 비수를 넣어 화살대를 잘랐다.

"아아악!"

저도 모르게 비명을 질렀지만, 다시 한번 이를 악물고, 가슴에 박혀 있는 화살대 깃털 부분을 잘랐다. 나중에 몸에서 화살대를 제거하기 위해 자그마하게 머리 부분은 남겨두었다.

이 모든 것을 마치고 나니, 식은땀이 흘러 얼굴에 말라붙은 핏자국을 깨끗하게 씻어주었다. 그제서야 판시엔은 푸른 하늘과 흰 구름을 보았다. 햇빛이 눈을 찔렀지만, 피하지 않았다. 살아 있음을 마음껏 실감하고 싶었기 때문이다.

옌샤오이는 한 치의 오차도 없이 판시엔의 왼쪽 심장을 겨누었고, 화살도 정확히 그곳으로 날아갔다.

하지만, 비록 판시엔이 계산한 것은 아니지만, 그는 확실히 운이 좋았다. 화살이 가슴에 닿기 직전, 저격총을 쏜 후 반동에 의해, 비록 M82A1의 반동이 크지는 않지만, 판시엔의 몸이 살짝 뒤로 밀렸다.

그래서 옌샤오이의 화살은, 판시엔의 심장 위, 왼쪽 어깨 밑의 어느 지점에 박히게 된 것이다.

판시엔은 지금 옌샤오이의 죽음 여부는 전혀 개의치 않았다. 만약 옌샤오이가 죽지 않았다면, 지금 판시엔의 상태로는 어차피 죽임을 당할 것이기 때문이다. 대신, 그냥 이곳에 누워 하늘을 바라보며 쉬고 싶었다.

그는 다시 눈을 감았다.

"콜록콜록."

"아아아아악!"

얼마의 시간이 지났을까. 심각한 내상 때문에 저도 모르게 기침이 났고, 동시에 극심한 고통이 밀려왔다. 하지만 그 덕에 정신이 번쩍 들었다. 천천히 몸을 일으켰고, 총을 지팡이로 삼아 자리에서 일어났다.

그리고 절대 닿을 수 없을 것 같은 거리 300미터를, 발을 질질 끌며 걸어갔다.

옌샤오이의 왼쪽 상반신은 완전히 사라지고 없었고, 형상을 분간할 수 없을 정도로 살이 잘게 으깨져 있었다. 마치 누군가 움켜쥐고 터트린 토마토 같이 보였다.

시뻘건 과즙과 과육이 한데 섞여 있는 토마토.

판시엔은 감기지 않은 옌샤오이의 눈을 보며 담담하게 입을 열었다.

"이 물건은 총이라 불러. 문명의 정수라 할 수도 있는데……사실 문명 입장에서는 결코 좋은 건 아니야."

옌샤오이는 판시엔이 환생한 후 죽인 최강자였다. 그리고 이번 추격전에서 그를 상대로 총을 써서 이기면서, 판시엔은 자신에게 약간의 변화가 생겼다는 것을 느끼고 있었다.

판시엔은 그동안 죽는 것을 과하게 두려워했다. 그래서 과하게 신중했고, 그래서 과하게 거침없이 살인을 저질렀다. 그럼에도 불구하고, 판시엔은 하이탕 같은 밝은 마음이나, 또는 왕13랑 같은 집념과 끈기는 없었다.

하지만 지금 그는 무언가 달라져 있었다. 죽음에 대한 두려움으로 살인을 저지르는 것과는 무언가 달라져 있었다. 용감하게 풀숲에서 일어나 옌샤오이를 불렀을 때, 용기와 과감한 결단으로 저격총을 쥐고 겨누었을 때, 죽음을 무서워하거나 총에 의지하여 요행을 바라지 않았을 때, 무언가 달라졌다.

판시엔은 처음으로 자신의 두 발로 땅을 견고히 딛고 서 있음을 느낄 수 있었다.

저격총은, 신의 무기가 아니라 지팡이일 뿐이었다.

제10장

대종사

같은 시각. 대동산 정상의 경묘.

황제는 큰 홍 태감을 바라보며 차분하게 말했다.

"이번에는 짐이 그대에게 의지할 수밖에 없네."

"늙은이는 경국의 종입니다. 종은 항상 경국이 천하 통일을 하기만을 바라왔습니다. 폐하께 도움이 된다면, 종에게는 행운일 뿐입니다."

황제가 홍스샹을 바라보다, 두 손을 앞으로 모으고 허리를 숙이며 예를 올렸다!

황제가 태감에게 예를 올리는 것은 상상도 할 수 없었다.

홍스샹은 아무 동요 없이, 침착하게 그 절을 받았다!

"짐이 자네에게, 경국에게, 천하에 약속하지⋯⋯짐이 곧 자네에게 보여주겠네."

아직 이른 새벽. 검은 옷을 입은 반란군 통수권자가, 마치 평범한 집안일을 대하듯 편안한 태도로 윈즈란에게 말했다.

"더 공격해 봐야 소용없네"

5천의 반란군이 잠시 물러나 소강상태일 때, 동이성 고수들이 반군 일부를 이끌고 대동산 입구 금군 진영을 급습했다. 윈즈란이 수하들의 실력을 믿고 감행한 것이었지만, 검은 옷을 입은 장군은 처음부터 비관적이었다.

하지만 여전히 윈즈란은, 동이성 고수들의 실력을 믿고 있었다.

숲에서 깜짝 놀란 새들이 푸드득 나무 꼭대기로 날아올랐다. 새들을 놀라게 한 것은 하얀 눈송이 같은 빛. 인정사정없이 사람과 나무를 베는 장도. 잘려 나간 무수히 많은 수피와 나무줄기가 사방으로 날아다녔다. 그리고 어디선가 무거운 물건들이 땅에 떨어지는 소리가 끊임없이 들렸다.

숲 속에 핏물이 여기저기 뿌려졌다.

반란군의 급습이 시작된 지 얼마 지나지 않아, 윈즈란은 눈앞에 펼쳐진 광경을 믿을 수 없었다. 심지어 그는 가슴이 아파 아무 말도 뱉을 수 없었다.

동이성 고수 다섯 그리고 따라나선 반란군 7할이 목숨을 잃었다.

검은 옷을 입은 이는 여전히 차분하게 말을 건넸다.

"경국 황실 비밀 호위. 일전에 판시엔을 따라나선 호위 일곱에 하이탕도 쩔쩔맸지. 지금은 백여 명의 호위가 포진되어 있네. 더 이상의 공격은 소용이 없다는 말을 이제는 믿겠나?"

대동산 위에는 1백 명의 호위가 지키고 있었다. 하이탕 한 명과 7명의 호위가 대등하게 맞설 수 있었으니 단순한 산수 문제로 풀어본다면, 그곳을 뚫고 들어가기 위해서는 하이탕 열 명이 넘게 필요한 상황이었다. 한 쪽은 절벽 한 쪽은 숲으로 이루어져 있고, 숲 사이로 들어가는 문이 하나인데, 그 마저도 '하늘을 오르는 계단'을 한참이나 올라가야 하는 대동산의 지형을 고려할 때, 사실상 그곳을 무너뜨리기는 불가능에 가까워 보였다.

하늘을 오르기가 어찌 쉬운 일이겠는가.

검은 옷을 입은 이는 공격을 중단하라는 명령을 내린 후 윈즈란의 등을 가볍게 토닥이며 말했다.

"이처럼 위대한 역사적 순간에 나나 자네 같은 사람들도 방관자 역할을 하는 것 외에는 할 수 있는 게 없구만."

영원히 끝이 보이지 않을 것 같은 돌계단 위에 산안개가 자욱하게 깔려 있었다. 삼베옷을 입고 삿갓을 쓴 사람이 대동산 문 아래 가만히 서 있다가 드디어 첫 번째 계단을 올랐다.

돌계단 위는 이미 선혈이 낭자해 있었고, 고약한 악취를 풍기고 있었다.

삿갓을 쓴 사람은, 가만히 서 있었다. 그는 마치 돌계단이 아니라 하얀 구름을 밟고 있는 듯 보였고, 하늘거리는 몸짓은 그 구름을 타고 하늘 궁전으로 올라가고 싶어하는 듯 보였다.

그가 처음 돌계단에 출현했을 때 검은 옷을 입은 이와 윈즈란은 더없이 공손하게 허리를 굽혀 인사했다. 그들은 이 사람이 어젯밤에 이미 산 아래에 도착했다는 것은 알고 있었지만, 아직까지도 그가 세상에 실제로 출현했다는 것을 믿을 수 없었다.

이 고귀한 경국의 수호신이 경국 황제의 명령을 어기고 산을 오르려는 목적을 모두 알고 있었기에, 어느 누구도 말을 하지 못한 채 조용히 숨을 죽이고 상황을 주시했다.

호위들은 비장한 얼굴로 아래를 바라봤고, 감사원 6처 자객들은 마른 침을 삼켰으며, 금군은 너무 놀라 무기를 제대로 들지도 못하고 있었다. 이 모두가 목숨을 바쳐 싸울 수 있었지만, 어느 누구도 그를 상대로 이길 수 있다고 생각하지 않았기 때문이다.

삿갓을 쓴 이의 손에는 검이 없었다. 그 검은 어제 저녁 판시엔에게 내상을 입히고 대동산 절벽에 꽂혀버렸기 때문이다. 하지만 그는 검이 없는 '권법'으로 대종사에 오른 이였다.

예류원.

그가 두 번째 계단을 올랐다.

'휙휙휙휙……!'

끝도 없을 듯한 화살 비가 내리기 시작했다. 감사원 연발 철궁.

그는, 손을 한번 휘둘렀다.

마치 수려한 얼굴을 가리는 산안개를 뿌리치는 듯, 빗방울이 자기 옷을 적시는 게 싫다는 듯. 부드러웠지만, 단호하고 빠른 손놀림이었다.

그 손은 마치 하늘 위에 둥실둥실 떠 있는 구름을 하나하나 집는 것처럼, 빠르게 날아오는 화살들을 집어 바닥에 떨어뜨렸다.

그가 다시, 한 계단 위로 올라섰다.

초여름 대동산에 눈이 내리는 듯, 하얀 눈꽃송이 같은 섬광이 번뜩였다. 호위들이 두려움을 이겨내고 일제히 장검을 뽑아 들었다. 그 검들이 삿갓 위로 내리 꽂히려 할 때, 그는 빠른 속도로 몇 개의 돌 계단을 올라갔다.

예류원이 두 팔을 벌리자, 양손에 들린 꽈배기처럼 꼬인 금속 덩어리가 돌계단 아래로 굴러 떨어졌다.

'휘청.'

그의 몸이 살짝 움직였고, 삼베옷의 한쪽 귀퉁이가 찢어지면서 떨어져 나간 옷 조각이 바람에 살랑살랑 날려 살포시 돌계단에 내려 앉았다. 호위 일곱 명의 장검이 벨 수 있었던 것은 그것뿐.

예류원은 침착하게 돌계단 위에 서서 눈앞에 피를 뒤집어쓴 젊은 이를 바라보았다. 젊은이 주변으로 산 안개가 살짝 흩어지면서 정상의 경묘가 어렴풋하게 모습을 드러냈다.

'음음.'

예류원이 손을 거둬들이고 두 동강이 난 푸른 깃발과 깃발 주인의 복잡한 감정이 담긴 두 눈동자를 바라보며 마른 기침을 두 번 했다.

'펑!'

그때, 왕13랑은 붉은 피를 내뿜음과 동시에 아름다운 곡선을 그리며 공중을 날아, 돌계단 오른쪽 큰 나무에 부딪힌 후 땅에 떨어졌다.

또 한번 조그마한 삼베 천 한 조각이 부드럽게 날아, 예류원의 발 앞에 떨어졌다.

산바람이 불어 대동산 정산에 자욱이 깔려 있던 안개와 구름이 흩어지면서 경묘가 모습을 드러냈다. 옅은 황색 용포를 입은 경국 황제가 난간에 서서 예류원이 오기를 기다리고 있었다.

'둥, 둥.'

오래된 사당에서 사람의 마음을 울리는 그윽한 종소리가 울려 퍼졌다. 하지만 그 종소리로 천하가 불안에 흔들리는 것만 같았다. 천제를 지낼 때 사용하는 고서(古書)가 화로에 불태워지고, 푸른 연기가 주변에 자욱하게 깔렸다. 경국 황제는 태자가 지금까지 저지른 죄에 대해 신묘와 하늘에 알렸다.

이로써 경국 황제가 대동산 경묘에 온 목적은 달성되었다.

이제 하늘의 계시를 가지고 징두로 돌아가, 태자를 폐위하고 마음에 드는 후계자를 다시 고르기만 하면 되었다.

예류윈이 마지막 돌계단을 딛고 올라와 경묘 앞에 서 있는 경국의 조정 대신들 앞에 나타났다. 황제는 삿갓 아래 소박한 외모와 맑은 가을 호수 같은 눈동자를 가진 이를 보며 나지막이 말했다.

"류윈 어르신, 늦으셨군요."

예류윈은 큰 홍 태감 옆에 있는 황제에게 천천히 걸어가며 느릿느릿 말했다.

"뭐가 늦었다고 하시는 건지……폐하, 천제(天祭)를 통해 천명(天命)은 받으셨습니까?"

"짐이 곧 천명이고, 짐이 위험을 무릅쓰고 이곳까지 왔으니, 모두 바라는 대로 이루어질 것이네."

"천명이 그런 것이라면, 짐작하기 어렵겠습니다. 허나, 폐하께서 하늘을 대신해 함부로 벌을 내리려 해서는 안 됩니다."

황제는 10여 장(丈) 근처까지 다가온 예류윈을 바라보며 차갑게 말했다.

"자네는 짐에게 간언을 하러 온 건가, 하늘을 대신해 화를 내러 온 건가?"

"화를 내는 사람은 제가 아니라……폐하이십니다."

예류윈은 경묘 앞에 피를 흘리며 쓰러져 있는 경묘 제사들의 시체들을 가리키며, 안쓰러운 눈빛으로 황제를 바라보며 말을 이었다.

"신묘를 신봉하는 제사들도 이번에 폐하께서 천제를 올리는 것이 잘못된 명이라는 것을 알고 있었을 겁니다. 그래서 폐하께서 그 잘못을 지적하는 저들을 죽인 것이겠지요."

"평범한 제사 몇 죽이는 게 하늘의 뜻과 무슨 상관이 있겠는가?"

"제사들은 평범한 사람이지만, 경국 사당은 평범하지 않습니다. 폐하께서는 하늘의 노여움이 두렵지 않으십니까?"

"자네나 나나 하늘이 아닌 이 세상에 사는데, 하늘을 두려워할 필요가 있을까. 허나, 짐이 자네를 존중하고 공경하니 자네를 위해 옛 친구 한 명을 불렀네."

'끼익.'

사당의 나무문이 열리며 안에서 모습을 드러낸 사람을 보며, 예류원은 마음의 동요와 함께 복잡하고 미묘한 미소를 지었다.

"딴저우에서 헤어지고 난 후, 자네 소식을 못 들은 지 몇 년은 된 것 같군."

그는 우쥬를 향해 부드럽게 말을 이었다.

"언젠가 다시 돌아올 거라 생각했지만, 대동산에 있을 거라고는 생각하지 못 했어."

"안녕."

우쥬는 깔끔하게 한마디를 내뱉은 후, 한 걸음도 움직이지 않고 문 앞에 가만히 서 있었다.

예류원과는 조금 멀고, 황제와는 조금 가까운 거리.

예류원은 우쥬의 짧은 인사에 크게 한번 웃고 몸을 돌려 황제에게 살짝 허리를 굽혀 인사했다.

"대동산에서 천제를 지내고, 저 괴물까지 끄집어내셨다······폐하의 신묘한 계략에 감탄하지 않을 수가 없습니다."

황제는 대답없이 무표정하게 옆에 있는 늙은 홍 태감을 바라봤다. 그 눈빛은 담담했지만, 마치 왜 빨리 움직이지 않느냐고 채근하는 것 같았다. 우쥬와 홍 태감 그리고 예류원. 2대 1의 싸움. 하지만 홍 태감은 황제의 눈빛을 이해하지 못한 듯, 이상하리만큼 뜨거운 눈빛으로 돌계단 아래를 주시하고 있었다.

홍 태감은 반걸음 앞으로 나가 황제 앞을 막고 천천히 몸을 펴기 시작했다.

거의 평생 허리를 굽히고 살던 태감이 몸을 꼿꼿하게 세우자, 말로 설명할 수 없는 진기가 그의 몸 안에 들어오는 듯 보였다. 그리고 그 강한 기운이 주변을 향해 발산되기 시작했다!

그의 온몸에서 눈이 부신 빛이 뿜어져 나와 뒤에 있는 황제까지 가려버린 것 같은 착각이 들게 했으며, 순간적으로 그가 절대 쓰러뜨릴 수 없는 천신(天神)이 된 듯 보였다. 그리고 그 진기는 이미 한 사람이 받아들일 수 있는 한계를 넘어선 것이었다.

거칠고 사나운, 패도 진기!

예류원은 살짝 미간을 찌푸리며 홍 태감에게 물었다.

"자네 같은 뛰어난 사람이, 어찌 종 노릇을 하는가?"

큰 홍 태감은 자신이 내뿜는 강렬한 진기에 은백색 머리칼을 흩날리며 쉰 목소리로 답했다.

"대종사들은 모두 종이지요. 저는 폐하의 종이고, 당신들은 세상의 노비일 뿐. 무슨 차이가 있을까요?"

이 순간, 가오다는 자신이 하늘을 날고 있다고 생각했다. 대동산 산 허리 푸른 숲에 깔린 옅은 안개를 뚫고 날아오른 그는, 공중을 가르며 날아가는 철궁의 화살보다도 더 높이 날아갔다. 그의 눈 아래에서는 붉은 피로 물든 청색 돌계단과, 나무 사이로 번뜩이는 하얀 섬광이 아름답게 펼쳐지고 있었다.

'퍽!'

그는 내리꽂히듯, 묵직하게 땅에 떨어졌다. 체내 진기를 이용해 최대한 충격을 줄인 그는 용수철처럼 튀어 올라, 양손에 장검을 꽉 쥐고 죽음의 기운으로 가득 찬 돌계단으로 뛰어들었다.

'펑!'

그는 온몸의 뼈가 동시에 부러지는 느낌을 받으며 견딜 수 없는 통증에 신음 소리를 토해냈다. 그리고 그의 코에서 피가 흘러내렸다. 그가 장검에 몸을 지탱해 힘겹게 일어났을 때, 진흙에 박힌 장검이 순식간에 무수한 파편으로 부서지며 '휘청' 했다.

8품 고수 가오다는 복잡한 심경이 담긴 눈빛으로 돌계단을 바라보았다.

백 명의 황실 비밀 호위를 뚫고 돌계단을 오를 수 있는 사람은 없다고 생각했었다. 방금 전에 지나간 예류원 그리고 눈앞에 있는 저 사람 외에는.

그는 자신의 형제 같은 동료들은 이미 죽었다고 생각하고 있었다. 그리고 자신도 다시 죽을 때까지 저 사람에게 달려들어야 한다고 생각했다.

하지만 가오다는, 망설였다.

'우선 살아남아야 한다.'

판시엔의 말이 떠올랐기 때문이다. 그는 손으로 입을 가렸다. 붉은 피가 손가락 사이로 흘러나왔지만 아무런 소리가 나지는 않았다. 그가 숲 아래 반란군의 포위망을 바라봤다. 두 명의 대종사가 움직이며 포위망이 조금은 흐트러진 듯 보였다.

가오다는 이를 악물고 결연한 표정을 지으며 이곳을 빠져 나가야겠다고 결심했다.

그의 오늘 이 결심이 몇 년 뒤 세상에 어떤 충격을 가져올 지는 아무도 모르고 있었다.

'뚝, 뚝.'

떨어지는 핏방울 소리가, 오래된 사당의 종소리보다도 더욱더 사람들의 영혼을 씻어주고 있는 듯 보였다.

그 피는, 검 끝에서 떨어지고 있었다.

피를 머금은 검이 마침내 마지막 돌계단을 넘어, 대동산 정상에 있는 모두의 앞에 그 모습을 드러냈다. 특별하지 않은 평범한 검이었지만, 밧줄로 대충 감아 묶은 검자루였지만, 두려울 정도로 강력한 기세와 한기를 내뿜고 있었다.

검을 쥔 자 또한 예류원처럼 삿갓을 쓰고 있었지만, 예류원보다 왜소한 체형을 지니고 있었다. 그리고 예류원의 깔끔한 모습과는 대조되게, 누더기에 가까운 삼베옷을 입고 있었다.

어찌 보면 한 사람의 처량한 걸인처럼 보이기도 했다.

홍 태감은 '걸인'을 보며 은은한 미소를 지었다. 그리고 발산하던 패도 진기를 거두고 다시 허리를 굽혀 평상시 큰 홍 태감의 모습으로 돌아갔다. 하지만 먼저 입을 연 사람은 경국 황제. 그는 '걸인'을 힐끗 보고, 앞에 있는 예류원을 향해 조소하듯 말했다.

"원루이가 이번 계획에 힘을 많이 썼네. 그런데 자네는 경국 사람인데, 자네도 원루이처럼 미친 건가? 사실 짐은 자네가 가족과 경국을 배신할 것이라 생각하지 못했네."

예류원은 변명도, 해명도 하지 않았다. 그저 온화한 미소만 짓고 있었다.

경국 황제는 고개를 살짝 돌려 '걸인'에게 말했다.

"스구지엔 자네는 검려에서 노년 생활을 즐기지 않고 왜 여기에 왔는가? 옷이 헤진 것을 보니 짐의 호위들을 다 죽이고 여기까지 온 것인가? 마주치는 사람을 다 죽이고 올라온 듯한데, 그렇게 진기를 쓸데없이 소모하는 걸 보면……백치는 백치야."

스구지엔도 황제의 말에 대꾸도 하지 않았다. 대신 이글거리는 눈빛으로, 마치 홍 태감의 얼굴을 녹여 버리기라도 하려는 듯이 바라보며 입을 열었다.

"방금 패도 진기의 주인이 자네였나? 판시엔이 패도 진기를 사용하던데……그에게 전수한 게 자네인가? 십여 년 전에 경국 황궁에서 날 막았던 이도 자네였나보군."

경국 황제가 대신 대답했다.

"자네는 짐을 죽이려 세 번이나 경국에 왔지만, 짐의 얼굴도 못 보고 처량하게 물러나야 했지. 이제 그를 마주하게 되어 기쁜가?"

황제와 스구지엔이 동시에 큰소리로 웃기 시작했다. 스구지엔의 웃음소리는 진기가 실려 있어 바닷바람을 부수고 사방으로 퍼져 나갔고, 황제의 웃음소리에는 천하의 주인이 가져야 할 호탕한 기백이 담겨 있었다.

하지만 바로 웃음소리가 뚝 끊겼다.

황제가 뒷짐을 지고 탄식을 하며 진지하게 말했다.

"이번 상황은 짐이 원루이의 뜻에 맞춰준 것이네. 하지만 원루이가 이런 미친 계획을 세웠을 거라 생각하지는 못했어. 국가의 존엄도 생각하지 않고 동이성까지 끌어들이다니……."

황제는 스구지엔의 삿갓 아래 얼굴에 드리워진 그림자를 보며 말을 이었다.

"대종사는 좀처럼 세상일에 간섭하지 않지만, 한번 나타나면 천하를 놀라게 하지. 오늘은 둘이나 왔으니, 이곳에서는 엄청난 일이 벌어지겠군. 짐은 죽음이 두렵지는 않네. 하지만 그렇다고 죽고 싶은 생각도 없어. 그래서 짐은 시간을 끄는 것뿐인데……자네 둘은 무엇을 기다리고 있는 것인가?"

스구지엔이 몸을 돌려 뒤에 있는 경묘를 향해 검을 들어 예를 올리며 말했다.

"정말 이해할 수 없군. 자질구레한 세상일에 자네가 왜 나서는 건가?"

스구지엔의 시선이 경묘로 향하자, 그 앞에 서 있던 대신들은 아연실색하며 그 시선을 피해 자리를 옮겼고, 그 뒤 경묘 앞에는 검은 옷을 입은 우쥬가 마치 사당과 한 몸이 된 듯 서 있었다.

우쥬는 아무 반응 없이 그저 심드렁하게 서 있었다.

스구지엔은 한숨을 내쉬었고, 황제는 한결 자연스러운 웃음을 지으며 말했다.

"자네도 왔는데, 우 대인이 온 게 불만인 건가?"

예류원이 쓸쓸한 미소를 지으며 스구지엔에게 설명했다.

"산이 포위되었을 때 판시엔이 정상에 있었네. 그러니 우 대인이 온 거지."

스구지엔은 어리둥절한 표정을 지었다. 그리고 이내 대종사의 기개나 체면은 개의치 않는 듯 저속한 욕을 쏟아냈다.

"이 개 같은……윈즈란, 옌샤오이……이 병신들!"

스구지엔은 숨을 헐떡이며 황제를 향해 차갑게 쏘아붙였다.

"자네가 꾸민 건가? 어쩐지 조금도 겁내지 않는다 했더니……."

황제는 아무 말없이 은은한 미소를 지었다.

스구지엔은 다시 우쥬를 향해 말을 이었다.

"자네는 이 일에 관여 말고 산을 내려가게. 경국 황제를 자네가 지킬 필요는 없지 않은가? 우리가 판시엔의 편안한 미래를 보장하지. 동이성에 온다면 그를 성주(城主)로 만들어 줄 수도 있어."

사실 이 순간 가장 놀란 사람은 경묘 사당 앞에 떨고 있던 경국 조정의 대신들이었다. 그는 검은 옷을 입은 장님이 누군지도 몰랐고, 황제를 공격하려던 두 명의 대종사가 갑자기 행동을 멈춘 이유도 몰랐다. 더구나 스구지엔이 갑자기 왜 저런 터무니없는 약속을 하는지도 몰랐기 때문이다.

우쥬는 그 무엇도 개의치 않는 듯 담담하게 대답했다.

"미안하다. 판시엔이 나에게 황제의 목숨을 지켜 주라 했다."

"우쥬, 우리는 과거의 추억을 가지고 있지 않은가……난 어쩔 수 없는 경우가 아니라면 자네와 싸우고 싶지 않네."

"넌 그때 콧물을 흘리고 있었지. 너무 더러웠다."

"하하. 지금도 더럽긴 마찬가지이지만, 그러면 또 어떠한가? 자네가 이 순간 정말 움직여야 하겠는가?"

우쥬는 웃을 듯 말 듯한 표정으로 가만히 있었다. 스구지엔은 그 모습을 보며 한참 침묵하다, 이내 고개를 절레절레 저으며 검을 검집에 넣었다. 그 모습을 보고 예류윈이 놀라 황급히 물었다.

"자네 지금 뭐 하는 건가?"

"두 명 대 두 명. 바보나 이런 상황에서 움직이지."

"자넨 백치 아닌가?"

"맞아. 난 백치야. 하지만 미치광이 백치는 아니네."

이때, 구름이 다시 산허리를 감싸더니, 천검이 돌계단을 부수고, 낙엽이 바람에 따라 날아다녔다. 그리고 다시 한번 정상의 안개가 흩어지며 세 번째 삿갓 쓴 이가 사뿐히 산 정상에 올라왔다.

고행자 쿠허.

모두 다른 곳에서 온 네 명의 대종사가, 오늘 한 사람을 위해 대동산에 모였다. 정확히 말하면 예류윈, 스구지엔, 쿠허 세 명은 천하의 권력을 가진 경국 황제를 죽이기 위해서, 홍 태감은 황제를 지키기 위해서.

그리고 그 옆에, 4대 종사들이 영원히 잊지 못하는 장님, 우쥬가 있었다.

"저 사람까지?"

런샤오안 뒤에 숨어 있던 왕치니엔이 습관적으로 중얼거렸다. 그리고 눈알을 한번 굴리고, 아무도 자신을 신경 쓰지 않는다는 것을 확인한 후 조용히 뒷걸음으로 물러났다. 그는 갈수록 발걸음이 빨라지며, 변변치 않은 단역이 몸을 숨기기에는 지금이 가장 좋은 때라고 생각했다.

'우선 살아남아야 한다.'

각기 이유는 달랐지만, 판시엔의 심복 가오다와 왕치니엔은 같은 판단을 내렸다.

먹구름이 모이며 대동산 정상을 내리쬐던 햇빛을 가려버렸다. 산정상에는 습한 바닷바람이 지나고 있었지만, 숨소리도 들릴 만큼 조용했다.

"폐하를 뵙습니다."

신발도 신지 않고 마지막으로 산 정상에 오른 쿠허의 목소리가 침묵을 깨트렸다. 황제가 살짝 허리를 굽혀 예를 표시했다.

"북제 국사의 기력이 갈수록 좋아지는 것 같네."

쿠허가 삿갓을 벗자 반들반들한 머리와 이마의 주름이 드러났다.

"폐하의 기력도 좋아 보입니다."

황제는 내심 살짝 놀랐지만 여전히 당당하게 말했다.

"윈루이가 도대체 무슨 능력으로 자네들을 설득한 건가? 자네들은 짐이 죽은 뒤 일어날 천하의 혼란을 감당할 자신이 있는가?"

이 말은 협박이 아니라, 일종의 사실이었다. 이 일로 경국 황제가 죽으면, 경국 내부의 혼란과 함께 천하의 전쟁은 피할 수 없이 보였다.

"짐이 죽으면, 천하 사람들도 모두 죽는 것이네. 자네들 세 명은 백성들의 수호자라 자처하는 사람들 아닌가. 정말 그런 고통을 모두 감수하면서까지 해야 하는 일이라 생각하는가?"

쿠허가 은은한 미소를 지으며 대답했다.

"폐하를 살려 드린다 해도, 천하에 전쟁이 발생하지 않는다 할 수 있을까요?"

"20여 년 동안 전쟁이 일어나지 않았잖나?"

"그것은 아직 이 늙은이들이 살아 있기 때문이겠죠."

"그렇네. 짐은 자네들이 늙어 죽기만을 기다리고 있지."

"저희는 기다릴 수 없습니다. 저희가 죽으면 누가 천하의 평화를 유지할 수 있을까요?"

"평화? 오직 짐만이 천하의 평화를 이룰 수 있네!"

"저희 같은 평범한 사람들은 천 년 뒤 역사가 오늘 일을 어떻게 평가할지, 먼 미래에 백성들의 삶이 어떠할지 알 수 없습니다. 저희는 지금 당장 천하의 평화를 원할 뿐입니다."

쿠허는 공손하게 양손을 모은 후 말을 이었다.

"저희 세 명은 늙어 죽기 전에, 천하에 대한 책임을 다하고 싶습니다."

"그래서 짐을 죽이겠다는 건가?"

황제는 살며시 웃으며 고개를 돌려 예류원을 향해 말했다.

"자네도 그런 것인가? 경국이 남벌과 서만 정복, 그리고 북벌에서 죽인 사람 중 최소 3할은 예씨 집안이 죽인 것 아닌가?"

황제는 예류원의 대답을 듣지도 않고 스구지엔을 향해 말을 이었다.

"자네는 어떤가? 사람 목숨을 풀처럼 베는 사람이 천하의 평화를 생각한다는 말인가? 자네가 가족들을 다 죽인 이유도 동이성의 평화를 위해서였나?"

황제는 마지막으로 경시하는 눈빛으로 쿠허를 노려보며 말했다.

"고행자? 자네는 더 이상 고행을 하지도, 고행자를 배출해 내지도 않고, 단지 백성들의 공양만 받고 있지 않나? 자네야말로 백성들을 좀 먹는 해충이야."

황제의 목소리는 높아졌다.

"쟌밍위에(戰明月, 전명월)! 머리를 깎고 고행자 행세를 한다고, 손에 묻은 붉은 피가 씻길 거라 생각하지 말게!"

황제는 평정심을 되찾으려 노력하며, 한편으로는 최대한 조소를 참으며 말을 이었다.

"예류윈, 자네는 가족들을 지키러 여기 있는 것이고, 짐도 자네를 죽일 생각이었으니, 짐이 자네를 원망할 수는 없겠지. 스구지엔, 짐이 언젠가는 동이성을 무너뜨리려 했으니, 짐이 자네도 원망할 수 없네. 쿠허, 짐이 북벌을 여러 차례 감행했으니 자네에게도 할 말은 없네. 자네 세 명 모두 짐을 죽여야 할 이유를 가지고 있고, 짐을 죽일 능력이 있지. 하지만!"

다시 한번 황제의 목소리가 높아졌다.

"자네들이 각자의 속셈을 속이고 백성을 들먹일 자격이나 되는가? 틀렸어. 자네들은 이 세상에 존재해서는 안 되는, 괴물들일 뿐이야!"

황제가 소매를 가볍게 털며 큰소리로 웃기 시작했다. 경멸과 조롱이 담긴 웃음이었다. 인간 세상에서 가장 높은 경지에 오른 대종사들을 경멸하고, 미리 준비해도 막을 수 없는 하늘의 운명을 조롱하는 웃음이었다.

"그래, 하늘의 뜻은 원래 공평하지 못하지. 세 명의 괴물이 짐의 계획을 방해하고 있으니……20년 동안 짐은 하늘에 물었네. 어째서 천 년 전에는, 백 년 전에는 존재하지 않았던 괴물들이, 왜 하필, 짐이 통치할 때 나타난 거냐고."

황제는 갑자기 웃음을 그치고, 차가운 목소리로 말했다.

"사람들이 모두 모였는데, 무엇을 더 기다리는 건가?"

황제의 목소리는 한기가 서려있었지만 당당하고 차분했고, 표정과 눈빛에서도 일체의 두려움은 찾아볼 수 없었다. 오랜 시간 천하제1의 권력자로 군림한 그는, 천하에서 가장 막강한 힘 앞에 포위되어 있으면서도 제왕의 위엄을 잃지 않았던 것이다.

더구나 그가 마지막으로 한 말은 자신이 가진 패기, 결심 그리고 자신감을 표현하고 있었다.

천, 하, 통, 일!

"뭘 더 기다리나?"

황제는 비꼬는 말투로 다시 한번 물었다.

"당당한 대종사들도 짐은 두려운 것인가? 쿠허, 아니 쟌밍위에! 설마 짐이 윈루이와 손을 잡았을까 걱정하는 것인가?"

그렇다. 세 명의 대종사에게 이번이 좋은 기회인 것은 분명했지만, 경국 내부의 진정한 문제가 무엇인지 몰랐기 때문에 함부로 나설 수가 없었다. 산을 포위하고 있는 옌샤오이의 반란군을 옌샤오이가 아닌 '검은 옷을 입은 이'가 지휘하고 있다는 것부터 수상했다.

파도가 심상치 않게 일더니 대동산 정상에 드리운 먹구름이 점차 커져갔다. 하늘과 바다가 만나는 지평선까지 먹구름이 드리워지자 하늘색마저 검게 변하기 시작했다. 마치 어떠한 힘이 구름들을 움직여 서로 뒤엉키게 만드는 것 같았다.

먹구름이 드리우자……곧이어 엄청난 바람이 불었고, 천지가 고통에 비명을 지르는 것 같은 천둥이 쳤다. 그리고 빗방울이 떨어졌다.

첫 번째 빗방울은, 황제의 황색 용포에 새겨진 용안 위로 떨어졌다. 빗방울이 용의 오른쪽 눈동자에서 떨어지는 모습이, 마치 용이

슬피 우는 것만 같았다.

기세(氣勢).

막강한 힘을 가진 네 개의 세력이 먹구름이 낀 대동산 정상에 동시에 출현해서, 서로 간섭하고 의지하고 충돌하더니, 점차 하나로 합쳐져 먹구름 안에 숨은 천둥과 힘을 겨루기 시작했다!

실체(實體).

실체적인 힘을 가진 네 개의 세력이 하나로 완전히 융합되어 현묘한 경지에 들어섰다. 첫 번째 빗방울이 떨어지는 그때, 대동산의 모든 것들이 통제되기 시작했다.

실(實)과 세(勢)가 융합되는 경지에서 모든 생명이 자기 영혼의 통제력을 잃기 시작한 것이다!

공포스러운 기세에 눌린 경국 대신들의 몸이 쓰러지지는 않았지만, 온몸이 뻣뻣하게 굳어 조금도 움직일 수 없었다. 오금을 저릴 수도, 비명을 지를 수도 없었다.

산 정상 주변의 나무들이 천하의 군주에게 절을 하는 것처럼 쓰러졌다. 사당 처마에 달린 종은 흔들렸지만 소리를 내지 못했다. 지면의 황토는 강대한 힘에 눌려 잔뜩 움츠린 채 천천히 청색의 돌 틈 사이로 들어갔다.

어떠한 소리도 들리지 않았다. 모든 소리가 공포스럽고 단단한 장벽 안에 봉쇄되었다. 빗방울이 떨어지는 소리도, 심지어 천둥을 치는 소리도 들리지 않았다. 눈앞에 펼쳐진 광경이 내는 소리를 인간의 귀로는 들을 수 없는 것 같았다.

엄청난 기세가, 인간의 범주를 초월해, 아득히 먼 하늘의 무한한 이치에 근접하고 있었다.

거센 바람이 소리도 냄새도 없이 불었다.

거센 비가 소리도 없이 떨어졌다.

두 번째 빗물이 쿠허의 노쇠한 얼굴을 때렸다. 그의 체내에 순수한 진기를 만난 빗물은 부서지지 않고 부드럽게 흘러, 그의 삼베옷과 맨발을 적셨다. 거센 바람에 그의 옷이 펄럭였다. 그는 산과 하나가 된 듯, 굳건하게 서서 비와 바람을 아무런 저항 없이 그대로 받아들였다.

자연스럽게 비, 바람과 하나가 된 모습이었다.

세를 빌려, 산의 세를 빌려, 바람의 세를 빌려, 비의 세를 빌려, 부드럽지만 난폭한 패도 진기를 맞서고 있었다.

홍 태감은 한 손으로 황제를 잡고 온몸을 꼿꼿하게 펴고서, 체내에 있는 패도 진기를 전부 발산했다. 그의 긴 수염과 머리칼이 머리에 쓰고 있던 관모를 찔렀고, 그의 옷은 바람과 반대 방향으로 나부꼈다.

그의 패도 진기가 산과 바람 그리고 비를, 모두 산산조각으로 부숴버릴 것만 같았다.

네 개의 세력 중 유일하게 홍 태감만이 모든 힘과 기세를 발산하고 있었다. 그 기세에 부서진 빗물이 안개처럼 자욱하게 그와 황제 주변을 감쌌다. 홍 태감의 눈빛에 특별한 광채가 비쳤고, 그의 얼굴은 수십 살 젊어 보였다.

하지만, 하늘의 이치에 반하는 패도 진기가 오래갈 수는 없는 터.

그는 자신의 생명을 소모해 대종사들의 공격을 늦춤으로써, 우쥬에게 황제를 구할 기회를 주려 하고 있었다.

우쥬는 미동도 하지 않는다.

스구지엔이 검은 그림자를 그리며 우쥬와 황제 중간을 막아섰다.

그리고 스구지엔도 미동도 하지 않는다.

검은 천으로 눈을 가린 우쥬가, 스구지엔이 들고 있는 검을 '바라본다'.

스구지엔은 움직이지 않았지만, 체내에 있는 사나운 진기를 강제로 뿜어내기 시작했고, 그 진기는 황실 호위 백여 명 목숨의 대가인 삼베옷에 난 수백 개의 크고 작은 구멍을 통해 발산되었다.

구멍 주변이 진동하기 시작했고, 구멍에서 나온 진기들이 곡선을 그리며 그의 주변에서 춤을 추듯 흩날렸다. 진기가, 빗물과 손잡고, 아름답게 춤을 추고 있었다.

고개를 살짝 숙인 우쥬가, 허리춤의 쇠막대기를 살짝 쥐었다.

스구지엔 주변을 맴도는 진기를 담은 빗물이 격해지며 모든 주변의 활기를 없앴다. 산 정상에는 절망 그리고 살기밖에 느껴지지 않았다. 하지만 스구지엔은 검을 뽑지 않았다.

지금 그는, 그 자체가 스구지엔(四顧劍, 사고검), 하나의 검이었다.

예류윈도 검을 뽑지 않았다. 그의 검은 어젯밤 절벽에 박혀 자취를 감췄기 때문이다. 그리고 그는 검이 필요하지 않은 산수권법의 창시자이다.

그는 경국인이다.

그는 예씨 집안의 수호신이다.

그는 경국 황제가 '어르신'이라 부르는 인물이다.

그는 경국 황제를 죽여야 한다.

하지만, 그는 철을 자르고, 옥을 끊고, 구름을 부수고, 바람을 잡을 수 있는 양손을, 소매 안에서 꺼내지 않고 있었다.

한 발짝. 쿠허가 움직였다. 홍 태감 앞으로 한 발짝 움직였다.

산이 움직이는 느낌을 받은 홍 태감이 눈썹을 치켜세웠고, 그의 왼손 중지가 살짝 구부러졌다. 오로지 패도 진기로, 쿠허의 산 같은 기세를 무너뜨리려는 모습이었다.

하늘이 찢어졌다.

폭우가 쏟아졌다.

쿠허가 합장했고, 퍼붓는 빗물이 갑자기 방향을 바꾸었고, 홍 태감의 양쪽 뺨을 사정없이 때렸다. 홍 태감의 젊어진 얼굴에 몇 가닥 주름이 패였다.

하지만 그 빗물은 그 즉시 증발했다.

홍 태감이 오른쪽 집게 손가락으로 눈앞에 허공을 두드렸다. 어떤 전조도, 소리도 없이, 빗물이 좌우로 갈라지고, 땅의 푸른 돌판도 갈라지며 아래 웅크리고 있던 흙바닥이 드러났다. 황토는 난폭한 패도 진기를 견디지 못하고, 머금고 있던 수많은 물 알갱이들을 밀어냈다.

쿠허가 낙엽처럼 뒤로 날아갔다.

그가 밟고 있던 푸른 돌판은 사라졌고, 그 아래 황토는 모래처럼 메말라 있었다.

쿠허의 마음이 살짝 우울해졌다. 평생을 경국 황궁에서 지냈던 태감이, 오늘 죽을 각오를 했다는 생각이 들었기 때문이다. 그런 각오가 없다면, 이런 난폭한 방법을 사용할 수 없다. 이 정도로 사나운 패도 진기는, 설사 대종사라 할지라도 아주 잠깐만 발산할 수 있었다.

쿠허가 다시 낙엽처럼 앞으로 날아갔다.

그는 홍 태감의 오른손을 꽉 잡았다. 마치 사당 담장에 붙은 젖은 낙엽처럼, 바짝 붙어서 떨어지지 않으려 했다.

홍 태감의 미간 주름이 깊어졌다.

쿠허의 옷이 펄럭였다.

두 사람 사이의 공기가 쉴 새 없이 변형되다 빗물 사이를 통과했지만, 아무런 소리도 들리지 않았다.

세상의 모든 소리가 사라진 듯, 끝을 알 수 없는 고요한 침묵이 이어졌다.

삿갓을 타고 흘러내리는 빗물이 작은 폭포처럼 스구지엔의 얼굴을 가렸다. 그는 고개를 숙이고 쥐고 있던 검을 놓았고, 대신 손가락 두 개를 펼쳐 하늘 끝을 가리켰다.

손가락을 긋자, 주변의 비바람이 흔들리며, 검의가 폭발했다.

그의 손에서 떨어지던 검은 바닥에 닿기도 전에 갑자기 공중에서 멈추더니 현란한 광채를 내뿜었다. 검자루부터 검 끝까지 이어진 검의는 엄청난 살의와 함께 빛을 내기 시작했다. 그리고 지면에는 깊이를 알 수 없는 검은 구덩이가 나타났다.

고개를 살짝 숙인 우쥬는, 손마디가 하얗게 될 정도로 쇠막대기를 꽉 움켜쥐었다.

예류원은 자신이 반드시 나서야 한다는 것을 알고 있었다. 최후의 일격이, 협의의 가장 중요한 부분이었기 때문이다. 그는 두 눈을 떴다. 눈빛은 이미 결심이 선 듯 보였다. 그리고 소매에서 옥처럼 하얀 손을 꺼냈다.

그가 움직였다. 그리고 세력의 균형이 깨지기 시작했다. 홍 태감의 패도 진기로 형성된 현묘한 결계에 미세한 구멍이 생기기 시작했던 것이다.

작은 구멍이었지만, 모든 것을 무너뜨리기에는 충분해 보였다.

소리가 다시 들리기 시작했다.

묵직한 소리가 쿠허와 홍 태감 사이에 울렸다. 천일도와 패도 진기, 서로 다른 성질의 진기가 충돌하며 만들어낸 소리가 드디어 주변에 들리기 시작한 것이다.

천둥과도 같은, 풍운과도 같은 소리.

쿠허의 양 어깨 위의 삼베옷이 산산이 찢어져 핏자국이 가득한 그의 노쇠한 어깨가 드러났다. 하지만 그의 눈빛은 여전히 평온했고,

한 손은 여전히 홍 태감의 오른손을 잡고 있었다. 낙엽이 다시 산바람을 타고 날아올라, 이상해 보이면서도 또 한편으로는 자연스러운 흔적을 그리며 날아갔다.

쿠허의 오른손 손바닥이 가볍게 홍 태감의 가슴을 쓰다듬었다.

홍 태감의 얼굴이 더욱 노쇠해졌다.

그때, 홍 태감의 가슴이 격렬하게 팽창되기 시작했다. 그 가슴에 대고 있던 쿠허의 손바닥도 미세하게 떨리기 시작했다.

안색이 점점 하얗게 질려가는 쿠허가 손바닥에 진기를 불어넣으며 가볍게 홍 태감의 가슴을 눌렀다.

황제가 한숨을 쉬며, 잡고 있던 홍 태감의 손을 놓았다.

"물보라는 잠깐 피었다가 사그라지지만, 구름도 잠시 머물다 흘러가지만, 천년을 버틴 바위도 물보라나 구름과 다를 바 없습니다. 폐하께서도……다를 바 없겠지요."

예류원의 처량한 목소리가 산 정상에 울렸다. 그는 이미 황제 앞으로 다가와 있었다. 홍 태감은 쿠허를, 우쥬는 스구지엔을 상대하고 있었기에, 누구도 황제를 향한 그의 최후의 일격을 막을 수 없어 보였다.

번개가 산 정상에 내리치고, 엄청난 폭우가 쏟아졌다.

전광석화 같은 번개의 불빛에 잠시 주변이 밝아졌다.

우쥬는 쇠막대기를 '꽉' 쥐고 있던 손의 힘을, 살짝 풀었다!

스구지엔은 회심의 미소를 지었다.

그가 내밀고 있던 두 손가락에서, 빗방울이 하나 떨어졌다.

'휙!'

그의 곁에서 공중에 둥실둥실 떠 있던 검이, 반원형을 그리며 황제의 등으로 향했다!

황제의 앞에는 예류원, 황제의 뒤에는 스구지엔의 검.

이제 모든 게 끝을 향해 달리고 있었다.

황제의 오른손이 떨렸지만, 표정만은 침착했다. 이미 죽음을 맞이할 준비가 되어 있어 보였다. 사람은 누구나 죽는 법. 황제의 입술을 타고 흐르는 빗물은 처량해 보였고, 용포에 수놓아진 용도 지금 상황이 달갑지 않은 듯, 구름 사이를 헤쳐 나오기 위해 발악하고 있는 듯 보였다.

'우르르 쾅쾅!'

번쩍이는 번개가 지나가며, 하늘을 찢을 듯한 천둥 소리가 산 정상을 메꿨다.

황제는 의연하게 서서 죽음을 기다리고 있었다.

무기력하게 빗속에 서서 공포가 서린 눈빛으로 이 장면을 바라보던 경국의 대신들과 경묘의 제사들은, 빗물과 눈물에 젖은 바닥에 일제히 엎드리며 외쳤다.

"폐하……!"

제11장

모두가 잊고 있던 이름

경력 7년의 여름은 여느 해보다 훨씬 더웠다. 가을을 재촉하는 비가 내리지 않으면서, 3개월 내내 민가와 거리에 쌓인 더위는 바람이 불어도 사라지지 않았다. 징두 백성들은 새벽마다 온몸이 땀에 절어 끈적끈적한 불쾌감 속에서 일어났고, 씻고 나온 후에도 뜨거운 햇빛에 하루 종일 땀을 뻘뻘 흘려야 했다.

매미들만 신이 난 모습이었다. 최후의 죽음을 앞두고 있었지만, 여전히 울음소리는 당당하고 우렁찼다.

'툭.'

푸른 대나무 막대기가 득의양양하던 매미의 입을 막았다. 막대기

444

를 쥐고 있던 작은태감이 아교에 붙은 매미를 자루에 넣고서, 담장 옆 대나무 의자에 앉아 더위를 피하고 있는 사람에게 엉덩이를 씰룩거리며 달려갔다.

"몇 번 말했어? 날개 쪽을 겨냥하라고, 머리가 아니라……그리고 겨우 이거 잡은 거야? 태후 마마께서 잠에서 깨시면 어쩌려고."

홍쥬의 호통에 작은태감 십여 명은 재빨리 다시 매미를 잡기 시작했다. 황제와 황후가 그를 좋아하는 이유는 바로 이런 세심함 때문이었다.

'이 방법은 판 대인이 가르쳐준 것인데……대동산에 잘 계시겠지? 천제는 무사히 끝났으려나?'

홍쥬는 동궁에 있고 싶었지만, 태후의 명으로 함광전에서 태후를 시중하고 있었다. 그리고 동궁에서 유일하게 살아남은 그는 황궁에서 이미 모두가 두려워하는 존재가 되어 있었다.

그가 함광전으로 발걸음을 옮겼다. 그는 젊은 나이임에도 이미 허리가 살짝 굽어, 벌써부터 큰 홍 태감처럼 죽은 사람의 냄새를 풍기고 있었다.

13성문사 관리들은 더위와 싸우며 징두로 들어오는 사람들의 문서를 자세히 검사하고 있었다. 징두 수비 본영도 경계 태세를 높였고, 황궁을 지키는 수천 명의 금군들도 황실 담장 아래 모든 것을 주시했다.

황제가 징두에 없고, 태자가 곧 폐위당할 상황에서, 모든 것은 평소보다 삼엄했다.

하지만 징두 백성들은 조정 관리나 군대처럼 긴장하지 않았다. 비교적 풍요로운 생활을 영위하는 경국 백성들은 푹푹 찌는 더운 집 안에 머물기보다 시원한 찻집에서 냉차를 마시며 조정에서 일어난 일이나 이웃의 자질구레한 일상을 이야기했다.

징두 백성들에게 황실의 일이란, 그들 이웃에서 일어난 일과 근본적으로 다르지 않았다.

'횡.'

거센 바람이 징두의 넓은 거리와 오밀조밀 모여 있는 민가 사이를 스치고 지나갔다. 갑자기 불어온 바람은 과일 가게 노점, 고개를 숙이고 졸고 있는 상인도 스쳐갔다. 거리 곳곳에 떨어져 있던 과일 껍질들이 바람에 여기저기로 나뒹굴었고, 찻집 청색 발 위에 앉아 있던 매미도 툭 소리와 함께 땅에 떨어졌다.

찻집 난간에 앉아 있던 백성들은 호기심 어린 표정으로 밖을 바라봤다. 모두들 3개월 내내 이어진 더위를 씻어줄 가을비를 기대하며 하늘을 올려다보았다.

'뚝, 뚝, 뚝뚝…….'

동남쪽에서 비구름이 빠르게 몰려오며, 누군가 징두 전체에 뚜껑을 씌운 것처럼 푸른 하늘이 검게 변했다. 하지만 징두 백성들은 놀라기보다 기다리던 비 소식에 기뻐하는 것 같았다.

단, 비가 거세지는 않았지만, 이상하리만큼 차가웠다.

"무슨 일이 일어난 거지?"

누군가 성문 방향을 바라보며 말했다. 이 말을 들은 사람들은 일제히 성문을 바라보았다. 자욱하게 깔린 비 안개 때문에 정확하게 무슨 일이 일어났는지 몰랐지만, 시끄러운 소리와 함께 군인들이 정신없이 움직이는 모습은 어렴풋하게 볼 수 있었다.

찻집에 있던 손님 모두가 흥미진진한 표정을 지었다.

'다그닥다그닥.'

빗물을 헤치며 말을 타고 달려오는 어떤 형체가 희미하게 보이기 시작했다. 급보를 전하러 온 듯 보였고, 얼마나 급했는지 지친 말의 입가에 하얀 거품이 보였다. 말 위에 탄 사람도 온몸에 먼지를 뒤집어쓴 모습이 더없이 고되고 처량해 보였다. 그 모습을 보며 차를 마시고 있던 나이든 손님 하나가 떨리는 목소리로 입을 열었다.

"흰 천을 묶고 있던데……."

일순간에 찻집 분위기가 무거워졌다. 경국 군대가 만여 명의 사상자를 낸 북벌 당시 천리 길을 달려 급보를 전하러 온 이의 팔에……흰 천이 묶여 있었었다.

"옌 대도독이 이긴 게 아니었나?"

나이 든 손님이 당시의 참혹했던 기억을 떠올리며 여전히 떨리는 목소리로 자문했다.

'다그닥다그닥.'

"또 왔다!"

한 젊은이의 외침에 모두들 다시 성문 방향을 바라봤는데, 이번에는 갑옷이 아니라 검은색 옷을 입은 이가 첫 번째 말보다 더 빠른 속도로 황궁으로 달려가고 있었다.

그도 왼쪽에 흰 천을 묶고, 요패를 쥔 오른손을 높이 치켜들고 있었다.

"감사원……."

곧이어 세 번째 말이 나타났다.

그도 왼팔에 흰 천을 묶고 있었다.

나이 든 손님은 다리에 힘이 풀려 바닥에 주저앉고 말았다. 차가운 가을비에 싸늘한 가을을 느낀 매미들은 남은 힘을 다해 죽음을 앞둔 마지막 울음을 내뱉고 있었다.

징두 전체가 알 수 없는 공포와 불안감에 빠졌다.

'댕! 댕! 댕!'

석양이 질 무렵 황궁의 누각에서 종소리가 들렸다. 비가 내린 뒤 붉게 물든 하늘을 배경으로 사람의 영혼을 울리는 듯한 종소리가 천천히 징두 전체에 울려 퍼졌다.

태극전에는 많은 사람들이 있었지만 숨소리조차 들리지 않았다. 황제를 대신해 임시로 수렴청정을 하던 태후가 천천히 주렴 안에서 걸어 나왔다. 봉황이 새겨진 옷이 그녀의 위엄을 대변했다. 호우 공공은 태후의 오른손을 잡고 부축하고 있었고 홍쥬는 붓을 들고 옆에서 명을 기다리고 있었다.

홍쥬의 눈에 떨리는 태후의 손이 들어왔다.

급보를 전하기 위해 모든 힘을 쏟아 부은 세 사람이 무릎을 꿇고 용의 앞에 앉아 있었다. 하지만 그들은 고개를 숙인 채 아무런 소리도 내지 못했다. 그들이 전한 소식이 천하를 호령했던 경국을 무너뜨리지 않을까 걱정하고 있었기 때문이다.

"왜 우는 게야?"

태후의 엄중한 말소리에 옆에서 울고 있던 마마들은 재빨리 눈물을 닦았다. 다만 그 얼굴에 드리운 놀람과 공포까지 닦아내지는 못했다. 태후는 부축을 받으며 용의 옆에 놓인 의자에 앉으며 말했다.

"황궁 문을 닫고, 금군을 책임지는 화친왕은 이 명을 어긴 사람을 즉시 참수하게."

"네."

눈에 뜨거운 눈물이 그렁그렁 맺힌 대황자가 고개를 들어 할머니를 바라보며 대답하였다. 태후는 손자의 시선을 바라보지도 않은 채 거침없이 명을 내렸다.

"슈 대학사, 후 대학사 입궁하라 전하라."

"네."

"성문사 통령 장더칭 입궁하라 전하라."

"네."

"명이 있을 때까지 황궁문을 열지 말라."

"네"

"딩저우 군을 책임지는 예중은 서만의 수급을 바치러 징두로 오지 말고, 이틀 안에 딩저우로 돌아가라 전하라. 지금은 변방의 경계에 힘을 쏟아야 한다."

"네, 알겠습니다."

담담한 표정의 태후가 갑자기 미간을 찌푸렸다. 그녀는 귓속에서 '웅웅' 거리는 소리를 잠재우려 태양혈 부근을 지긋이 누르며 말을 이었다.

"징왕, 호부 상서 판지엔, 친……형, 모두 입궁하라 전하라."

"네."

"황후와 태자는 함광전으로 오라 하고……닝 재인도 오라 하고, 이 귀빈은 셋째를 데리고 오라고 전하라."

하늘은 어둑어둑해졌고, 종소리도 이미 그친 뒤였다. 태극전 안의 촛불이 바람에 불안하게 흔들리고 있었다. 현재 경국을 실질적으로 통제하고 있는 연로한 태후가 마른 기침을 하며 복잡한 눈빛으로 나지막이 말을 이었다.

"장 공주와 쳔 군주에게 잠시 입궁해서 머물라 하고, 판시엔……그의 아이를 가졌다는 첩도 같이 입궁하라 전하라."

"네, 알겠습니다."

그녀의 의도는 너무나도 노골적이었다. 최대한 신속하게 징두를 외부와 단절시키고, 혼란을 야기할 만한 인물들을 황궁 안에 가둬 통제하겠다는 것이었다.

갑자기 자식이 없는 황실의 비빈(妃嬪)이 실성한 듯 소리쳤다.

"판시엔이 폐하를 암살했습니다! 그런데 태후께서는 어찌 그 집안의 구족(族)을 멸하지 않고 입궁하라 명하십니까!"

태극전 안의 공기가 무겁게 가라앉았다. 하지만 태후는 조금도 동요하지 않고, 마치 죽은 사람 보듯 그녀를 바라보며 차갑게 명했다.

"끌고가서 묻어라."

호위와 태감 몇이 앞으로 나가 실성한 듯한 비빈을 끌고 나갔고, 태후는 차가운 눈빛으로 아래를 훑어보며 말을 이었다.

"입과 머리 단속을 잘하도록 하게. 황궁은 넓어 말이 나갈 구멍이 아주 많다는 걸 잊지 말게."

사람들은 모두 슬픔에 잠겨 아무 말도 할 수 없었다. 모두들 방금 전 끌려 나간 비빈과 같은 의문을 품고 있었지만, 그녀와 같이 실성하지는 않았기에 차마 입으로 내뱉을 수 없었다. 태후는 주변을 둘러보다 차갑게 굳은 얼굴로 물었다.

"쳰핑핑은? 어째서 입궁하지 않은 것이냐?"

훙쥬가 붓질을 멈추고 떨리는 목소리로 대답했다.

"쳰 원장은 독에 중독되어 진원으로 돌아가 어의들에게 치료받고 있습니다. 그래서 아마도……소식을 듣지 못했을 것입니다."

"그 늙은 개에게 똑똑히 전하라. 징두로 당장 들어오지 않으면 그와 관련된 사람들을 모두 죽여버릴 것이야!"

최대한 짧은 시간 안에 가장 안전하고 확실한 계획을 세우기 위해 슬픔과 걱정을 억누르던 태후는 기력을 모두 다 쏟아 부은 모습이었다. 힘없이 의자에 기댄 그녀가 두 눈을 감자, 눈물이 주름진 눈가를 적시기 시작했다.

수방궁 구석에서 희미한 울음소리가 들렸다. 이 귀빈은 소매 안에서 손수건을 꺼내 눈물을 훔치며 쉬어 버린 목소리로 중얼거렸다.

"믿을 수 없어."

이 귀빈은 함광전으로 즉시 거처를 옮기라는 태후의 명을 듣자마자 자기를 편하게 감시하기 위한 목적임을 알아차렸다. 생각에 잠긴 그녀의 눈이 눈물에 젖어 반짝였다.

"내 아들은 어찌되는 거지? 황상이 죽다니……황상이 죽다니!"

그녀가 헝클어진 머리칼을 하고 힘껏 고개를 저었다. 마치 믿기지 않는 소식을 자신의 머릿속에서 지워버리고 싶은 듯 보였다.

"황상이 어떻게 돌아가실 수 있지?"

그녀가 자신의 아랫입술을 깨물었다. 붉게 윤이 나던 입술에 청백색 자국이 남았다. 그녀의 슬픔과 두려움, 불안감은 황제가 죽었다는 소식 때문만이 아니었다.

"판시엔이 어떻게 황상을……."

하지만 이 귀빈은 믿을 수 없었다. 사실 너무 허무맹랑했기 때문이다. 황제가 천제를 지낸 것은 태자를 폐위하기 위함이었고, 그 후로 판시엔의 지위가 더 공고히 될 것이었다. 그런데 왜 판시엔이 이런 황당한 행동을 보인다는 것인가?

하지만 사실 여부를 떠나, 판시엔을 옭아 맨 그물이 수방궁까지 펼쳐졌다는 것은 명확해 보였다. 류씨인 그녀와 판씨 집안과의 관계, 3황자와 판시엔의 사제 관계.

희망이 한순간에 절망으로 바뀐 것만 같았다.

"어머니! 어머니!"

이제야 소식을 들은 3황자가 울먹이며 안으로 뛰어 들어왔다. 눈물이 그렁그렁 맺힌 눈으로 아들을 바라보던 이 귀빈이 조용히 고개를 끄덕였다. 낙심한 어머니의 얼굴을 본 3황자는 입을 꾹 다물고 억지로 참고 있었지만, 입술 사이로 흘러나오는 울음소리를 감출 수는 없었다.

"울지 말거라. 울지 마. 지금은 울 때가 아니다……부황께서는 영웅의 기질을 가진 군주셨다. 그러니 부황의 아들인 너도 울면 안 된다."

3황자는 눈물을 닦으며 결연한 표정으로 고개를 끄덕였다.

"징두로 들어온 소식에 따르면 폐하를 암살한 사람이 판시엔이라고 하는구나……."

"소자는 믿을 수 없어요! 스승님이 그럴 리 없어요. 더구나 그럴 이유도 없잖아요?!"

이 귀빈은 억지로 미소를 지으며 아들의 머리를 쓰다듬었다.

"그래, 맞아. 그 말을 믿는 사람은 별로 없어. 우리만 믿지 못하는 게 아니야. 태후께서도 그 소식을 완전히 믿지는 못하고 계신단다. 아니었다면 판씨 집안과 류씨 집안은 이미 참수를 당하고 없어졌겠지……."

"소자가 뭘 할 수 있을까요?"

3황자는 주먹을 꽉 쥐며 물었다. 이 귀빈은 슬픔에 겨운 표정을 지으며 3황자를 꽉 끌어안으며 말했다.

"아무것도 하지 말고 그냥 울어라……슬퍼하며 태후를 모셔야지……네 스승이 징두에 오기 전까지 태후께서도 어찌하지 못하실 테다. 판시엔이 돌아오길 기다려 봐야지……."

이때, 궁 밖 태감의 재촉하는 소리가 들려왔다. 이 귀빈은 넋이 나간 얼굴로 거처를 함광전으로 옮길 준비를 했고, 3황자는 비장한 표정을 지으며 책상 옆으로 갔다. 그리고 판시엔이 일전에 비밀리에 준, 독이 발라진 비수를 꺼낸 후 조심스럽게 장화 안으로 숨겼다.

3황자는 어머니의 말에 동의할 수도 없었고, 함광전이 안전한 곳이라는 생각이 들지도 않았다. 이 순간, 용의를 차지하기 위해 누군가는 미친 짓을 벌일 것이었다.

두 형님이든 고모이든, 아니면 누구이든지 간에.

태자 리청치엔은 천천히 옷차림을 정돈했다. 그의 얼굴에는 미친 듯이 기뻐하는 기색은 전혀 보이지 않았다. 그 역시 황제가 서거했다는 소식을 듣고 다른 황자나 대신들과 마찬가지로 슬픔에 겨워 대성통곡했다. 그는 창백한 얼굴을 하고 동궁 문 앞에 서서 동쪽 저녁 하늘을 보며 허리를 숙였다.

그의 눈에서 눈물 두 방울이 떨어졌다.

한참 뒤 그가 몸을 꼿꼿이 세운 후 혼자만 들을 수 있는 작은 목소리로 입을 열었다.

"아버지, 저는 불효자가 아닙니다. 아버지께서 저를, 막다른 골목까지 몰아넣으셨을 뿐입니다."

홍쥬는 호위들과 함께 황후, 태자를 함광전으로 안내하기 위해 동궁 문 앞에 대기하고 있었다. 태자는 그 모습을 한번 보고 고개를 돌려 넋이 나간 듯한 황후의 얼굴을 바라봤다.

"어머니, 너무 슬퍼 마십시오."

황후는 지난 반년 동안 이전의 화려했던 모습을 잃은 지 오래였다. 그리고 황제 서거 소식에 마음마저 산산이 부서져 버렸다.

"네 부황께서 돌아가셨어……."

"소자도 알고 있습니다. 다만……사람은 누구나 죽는 법입니다."

황후는 순간 정신이 번쩍 들었다. 그녀는 이해할 수 없다는 표정으로 아들을 바라보았고, 무언가 말을 하려고 입을 벌렸지만 아무 말도 내뱉지는 못했다.

"천제는 끝마치지 못했을 겁니다."

태자는 더욱 목소리를 줄이며 말을 이었다.

"소자가 경국 황제가 되면, 어머니는 태후가 되시는 겁니다."

황후는 말로 형용할 수 없는 복잡하고도 의미심장한 표정으로 더듬거리며 말했다.

"그래, 그래, 그래……판시엔, 그놈은 천벌을 받아야지……내가……내가 뭐랬느냐. 그놈은 불길한 놈이라고……우리 집안이……그놈과 그 어미 때문에……."

생각이 여기까지 미치자 황후의 목소리가 점점 커졌다.

"함광전에 가면 태후께 판씨 집안 3대를 멸하라 간청을 드려야겠다! 아니! 판씨 집안뿐 아니라 류씨 집안도 참수하고, 쳰핑핑! 그 늙은 개도 죽어야 해!"

태자가 황후의 손을 꽉 쥐었다. 순간 황후는 통증을 느끼며 더 이상 말을 하지 않았다. 태자는 그녀의 귀에 대고 속삭이듯, 하지만 한자 한자 똑똑히 말했다.

"아무 말도 하지 마세요. 절대 어떤 말도 해서는 안됩니다……제가 용상에 오르는 모습을 보고 싶다면, 절대 아무 말도 하면 안됩니다. 지금 판시엔이 부황을 암살했다고 믿는 사람은 거의 없어요. 그러니 어머니가 나서시면 사람들의 의심이 더욱 커질 겁니다. 사나흘이 지나면 증인과 증거가 모두 징두에 도착할 것이고, 그때가 되면, 어머니가 말하지 않아도 할머니께서 알아서 나설 겁니다."

황후는 몸을 부르르 떨며 마치 낯선 사람을 보듯 자기 아들을 바라보았다. 태자는 다시 몸을 꼿꼿이 세우며 담담한 목소리로 마지막 말을 뱉었다.

"잠시 후, 친형 대인이 입궁하면, 어머니가 하고 싶은 말을 그가 대신하여 태후께 잘 말할 겁니다."

황궁에서 그리 멀지 않은 곳에 위치한 대저택에서 2황자 역시 슬픔에 겨운 얼굴로 의복을 정돈하고 있었다. 옆에서 그 모습을 지켜보던 예링알이 냉정한 목소리로 물었다.

"믿기세요?"

"믿지 않아. 난 사실 판시엔이 좋아. 그리고 그가 이번 일을 저지를 이유가 아무것도 없어."

"그런데 어째서……?"

"영리한 사람은 소문에 흔들리지 않는 법이지."

2황자는 고개를 숙이고 눈처럼 하얀 소매를 말아 올렸다. 그는 오늘 평소와 달리 수수해 보이는 옅은 색 홑옷을 입고 있었다.

"난 증거를 보기 전까지 그가 그런 미친 짓을 했다는 것을 믿지 않을 거야."

"궁에 들어가시면 최대한 조심하세요."

2황자가 예링알의 볼을 부드럽게 쓰다듬으며 말했다.

"조심할 게 뭐 있어? 정말 부황께서 돌아가셨다면, 이후 나라 전체가 애도하고 태자가 용상에 오르겠지. 난 예나 지금이나 그저 볼품없는 2황자일 뿐이야."

"만족할 수 있으세요?"

"솔직히 말해……난 이번 사건의 배후에 태자가 있다고 의심하고 있어."

놀란 예링알이 자신의 입을 틀어막았다. 2황자는 씁쓸한 표정을 지으며 다독이듯 말했다.

"추측일 뿐이야."

말을 마친 그가 저택 밖으로 걸어가며 측근을 불러 지시했다.

"장인어른에게 징두로 들어올 준비를 하시라 전해."

2황자는 저택 앞에서 파란 하늘을 바라보았다. 내리쬐는 아름다운 빛이 자신의 머리를 비추는 것 같은 기분이 들었다. 사실 그는 장공주를 통해 대동산에서 벌어진 일을 잘 알고 있었다.

'그래. 태자가 용상에 먼저 오르라면 오르라 해. 판시엔이 살았든 죽었든, 그의 뒤를 지켜주던 늙은 여우들이 가만히 있지 않을 텐데,

태자가 그 자리를 무사히 지켜낼 수 있을까?'

2황자의 입가에 차가운 미소가 걸렸다. 부황 암살의 배후에 태자가 있다는 사실이 밝혀진다면, 그때는 모든 것이 달라질 것이기 때문이었다.

그렇다. 경국 황제의 서거 소식이 전해졌다.

하지만 소식을 아는 사람들은 슬퍼할 겨를이 없었다. 잠깐 놀라고, 잠깐 슬퍼했지만, 재빨리 침착하고 이성적으로 이후 일들을 계획해 나갔다. 용의에 앉을 자격이 있는 사람들은 그 준비를 시작했고, 용상을 누구에게 줄지 결정할 힘이 있는 사람들은 몰래 연락을 주고받았다.

사람들은 모두 잊고 있는 듯 보였다.

죽은 사람이 경국이 세워진 뒤 가장 강력한 황제였으며, 경국을 20년 동안 통치한 지존이었고, 모든 경국인들의 정신적 지주였다는 사실을.

눈앞의 이익이 내뿜는 달콤한 향기에 취한 이들은 흥분과 불안에 휩싸인 마음을 애써 슬픈 것으로 위장할 뿐, 정말로 슬퍼하고 있지는 않았다.

단 한 사람을 제외하고…….

장 공주가 '형식상' 수개월 동안 닫혀 있었던 황실 별원의 대문을 천천히 열고 돌계단 위에 서서, 그 아래에 자신을 맞이하러 온 마차와 태감들을 바라보았다. 그녀의 아름다운 얼굴은 조금도 떨리지 않았지만, 하얀색 홑옷을 입은 수수한 차림의 그녀는 진정한 슬픔으로 가득했다.

그녀는 그저 천천히 고개를 들어 비구름이 흩어진 뒤 파란 하늘을 바라보았다. 얼굴에 드리운 슬픔이 갈수록 짙어지더니 어느 순간 갑자기 옅어졌다.

슬프지 않은 것이 아니라, 슬픔을 억누르고 보인 침착함이었다.

'오라버니, 잘 가요.'

그리고 그녀는 마차를 타고 황궁으로 향했다.

그녀는 태자, 2황자와 달리 감사원과 판씨 집안을 경계하고 있지 않았다. 그녀는 조금 더 높은 곳에 서서, 조금 더 멀리 내다보고 있었기 때문이다. 일을 결정지을 마지막 소식이 징두로 오고 있었다.

그것만 확인된다면, 다른 것은 고려할 필요도 없었다.

황제의 죽음.

황제만 죽으면, 그를 누가 죽였는지, 이후에 누가 용의를 차지할지는 전혀 중요한 것이 아니었다. 태후도 황제가 죽었다면, 사실 여부를 떠나 판시엔이 죽었다는 지금의 소문을 믿을 수밖에 없을 것이다. 정확히 말하면, 믿지 않더라도, 그 소문에 '의거하여' 이후의 일을 처리할 수밖에 없었다. 그녀는 그 일을 '도와줄' 생각이었다.

마차 안에서 그녀가 갑자기 웃음을 터뜨리다가, 돌연 울음을 터뜨렸다.

성문 앞 나뭇가지에 맺혀 있던 빗물이 천천히 바닥에 떨어지고 있었다. 징두에 급보가 도착한 날로부터 며칠이 흘렀다. 징두 수비, 13 성문사, 금군 모두 바삐 움직이며 경계를 강화했지만, 감사원만은 이상하리만큼 긴 침묵을 지키고 있었다.

징두의 백성들은 직접적이고 정확하게 이 상황을 바라봤다. 그들이 아는 것은 경국 황제는 '좋은 황제'였다는 것. 백성들의 삶을 안락하고 윤택하게 해준, 보기 드문 명군이었다는 것. 그리고 그들은 마음속 의혹은 있었지만, 근본적으로 판시엔이 황제를 암살했다는 사실을 믿지 않았다.

조정 대신들도 처음엔 마찬가지였다. 하지만 판시엔의 직속 흑기병은 아직도 동산루에서 머물며 보고하러 징두에 오지 않았고, 딴저우에 있던 판시엔이 이용한 감사원 선박은 소리소문 없이 자취를 감췄다. 확증은 없었지만, 갈수록 사람들의 마음에는 의혹이 짙어지고 있었다.

판씨 저택은 이미 감시를 받고 있었다.

류씨 국공 저택도 감시를 받기 시작했다.

언제 참혹한 피바람이 불어도 이상할 게 없는 상황이었다.

그리고 황궁에서 태자가 황위 계승을 준비하고 있다는 소식이 들렸다.

엊그제까지 폐위될 운명이었던 태자가 갑자기 황위를 계승하게 된 것이다. 전대미문의 황당한 일이었다.

급박했던 며칠 동안 큰 혼란이 일어나지 않자 전체 봉쇄되었던 징두 성문이 절반 봉쇄로 바뀌었다. 장사를 하던 사람들은 앞다투어 징두를 들어가려 했지만 이전보다 엄해진 문서 심사에 들어갈 수 있는 사람은 몇 없었다. 그들은 또 며칠을 기다려야 할지 모를 일이었다.

삿갓을 쓴 콩기름 상인은, 어렵사리 구한 궁방사 문서를 이용해 성문을 통과해 어느 이름 없는 객잔에 들어갔다. 객잔 창문 너머로 희미하게 군인들이 감시하는 판씨 집안의 두 저택이 보였다.

상인은 갑자기 가슴을 부여잡고 기침을 두어 번 했고, 그의 눈에 복잡한 감정이 스치고 지나갔다.

판시엔은 주먹으로 입을 가리고 기침을 하다 창밖에서 시선을 거두며 침대에 앉아 거친 숨을 고르고 있었다.

익숙한 징두였지만, 익숙하지 않는 풍경이었다.

옌샤오이와 결전을 치른 후 풀숲에서 이틀 동안이나 몸을 치료하며 기력을 회복해야 했다. 그리고 천천히 이름 모를 작은 길들을 통해 움직였다. 힘겹게 움직여 처음 도착한 곳은 동이성의 비호를 받고 있는 작은 제후국 송나라. 그는 그곳에서 최대한 조심하며 객잔 심부름꾼에게 부탁해 약을 구해 몸을 치료했다.

판시엔은 스스로 의술에 자신이 있었지만, 옌샤오이 화살의 위력이 워낙 강력해 단시간에 온전한 상태로 회복할 수는 없을 듯 보였다. 기껏해야 6할 정도의 실력밖에는 발휘할 수 없다고 생각했다.

하지만 그에게 시간은 없었다. 그는 송나라에 이틀 정도 머문 후 바로 옌징으로 가 마차를 빌려 타고 징두로 들어왔다. 최대한 빨리 온 것이었지만, 그가 징두에 콩기름 상인으로 위장해 들어왔을 때에는 이미 급보가 전해지고 며칠이 지난 뒤였다.

판시엔은 감사원에 연락하지는 않았고, 대신 포월루의 정보망을 통해 징두에서 며칠간 내려진 조치들에 대해서 소상히 알게 되었다.

감사원에 연락하지 않은 이유는 간단했다. 그가 감사원 제사라 하더라도, 황제를 암살했다는 의심을 받는 자에게 감사원 관원들이 여전히 충성할지는 모를 일이었다. 그는 불확실한 사람의 마음을 시험하며 도박을 하고 싶지는 않았다.

그날 오후 밖으로 나간 그는 징두 거리를 한 바퀴 돌며 여러 가지 일들을 확인했다. 조심하기 위해 약방은 가지 않았고, 대신 감사원 3처 비밀 창고에 몰래 잠입해 필요한 약들을 구했다.

그가 변장하고 살펴본 모든 곳은 징두 관아 또는 금군의 감시를 받고 있었다. 특히 판씨 집안 근처에는 고수들이 상당히 많아 안에 있는 사람과 연락할 엄두조차 낼 수 없었다. 감사원은 조용했지만 감시를 받고 있는 것은 불 보듯 뻔한 일이었고, 추밀원은 무척이나 분주한 모습이었다.

'태후가 영리하긴 하군.'

판시엔은 안정되어 가는 징두를 보며 태후가 징두를 제법 잘 통제하고 있다 생각했다. 하지만 그에게 지금의 징두 상황은 눈에 들어오지도 않았다. 그는 가슴 속에 숨겨둔 황제의 친필 서신과 옥새를 쓰다듬었다.

'황제는 정말 죽었을까?'

태자의 즉위를 막기 위해서는 한시라도 빨리 황궁에 들어가 서신과 옥새를 태후에게 건네야 했다. 하지만, 만약 황제가 정말 죽었다면, 태후는 사실 여부를 떠나 징두를 안정시키기 위해, 서신과 옥새를 직접 없애 버리고 태자를 즉위시킬 수도 있었다.

태후를 믿을 수는 없었다.

태후가 황제가 암살당한 진실을 덮으려 한다면, 판시엔이 태자의 즉위를 위한 첫 번째 제물이 될 터였다.

다른 방법도 있었다. 징두에 있는 조력자들과 힘을 합쳐 진실을 가지고 정면으로 싸우는 것이었다. 이 싸움에서 이기는 자가 역사를 기록할 자격을 가지게 될 것이었다. 이 선택을 한다면 많은 사람이 죽겠지만 최소한 판시엔과 주변 사람은 안전할 수 있었다.

다만, 지금 판시엔이 천핑핑 또는 아버지와 연락할 방법이 없었다. 판씨 저택은 봉쇄되었고, 천핑핑은 감기약을 먹다 동이성이 쓴 독에 중독되어 요양하고 있다는 믿을 수 없는 소문만 파다했다.

그리고 지금 가장 중요한 것은, 그에게 시간이 없다는 것이었다. 옌샤오이가 죽었고 그가 살았다는 소식이 늦어도 이틀 후면 징두에 전해질 것이었다. 비록 지금은 황제를 죽인 암살범이 판시엔이라 직접적으로 공표하지 않았지만, 그 소식이 전해진 후에는 사실 여부를 떠나 태후는 마지막 선택을 할 것이다.

그리고 그 선택은, 판시엔에게 유리해 보이지 않았다.

완알과 스스는 이미 황궁에 불려 들어갔고, 아버지 판지엔은 판씨 저택에 연금된 듯 보였다. 판시엔은 침대에 누워 머리를 빠르게 굴리며 판단을 내렸다.

'판씨 저택이 아니라 황궁을 들어가야 해.'

그는 대황자가 금군을 통솔하고 있는 이상 아버지에게 큰 위협을 가할 것이라 생각하지 않았고, 지금 황궁 내에 있는 사람들 중에는, 설령 그 이유가 그들 스스로의 이익을 위해서라 하더라도, 판시엔을 지지해 줄 사람이 있을 것이라 생각했다.

그에게 드리운 역모자라는 누명만 씻어낼 수 있다면, 감사원을 손에 쥐고 대황자가 이끄는 금군의 도움도 받을 수 있었다. 그리고 아버지와 류씨 국공 집안이 힘을 보태 줄 것이었고, 황실에서도 최소한 이 귀빈, 닝 재인 그리고 홍쥬가 도움을 줄 것이다.

그렇게만 된다면 징두에서 그를 능가할 세력은 없었다. 물론, 친씨 집안과 예씨 집안이 이끄는 경국의 군대가 직접 징두로 들어오지 않은 한.

"서만 정벌군에 성지가 도착해 5천 명의 군사들이 서쪽으로 이동하기 시작했습니다. 대략 10일 후에는 전투가 시작될 것입니다."

나이 든 장군이 태후에게 공손한 말투로 보고했다.

"남조국의 왕은 아직 어려서 큰 분쟁을 일으키지 못할 것이고, 북쪽의 경우에는 옌 대도독이 승세를 잡고 있어 샹샨후가 쉽게 움직이지 못할 것입니다. 그리고 옌징과 송나라 국경 부분은 저희가 3일 안에 바로 전투를 일으킬 수 있고, 동이성이 대응하기에는 시간이 부족할 것입니다."

현재 태후의 큰 걱정거리 중 하나는 국경 문제였다. 경국 황실이 황제의 죽음을 공식적으로 인정하지는 않았지만 그 사실이 전해지는 것은 시간 문제였다. 그리고 용의가 비어 있는 틈을 노려 천하의 세력들이 이득을 얻으려고 달려드는 사태가 벌어질 수도 있었다. 그래서 태후가 처음 내린 조치는 경국의 군대가 선제적으로 공격함으로써 그들의 야심을 억누르는 것이었던 것이다.

"충분치 않아."

태후가 늙은 장군을 바라보며 차갑게 말했다.

"추밀원이 전략을 만들라 하게. 보름 동안 3로 대군이 습격을 시작하라 해. 100리를 기준으로 얼마나 많은 토지를 가져오는 것은 별개로, 최소한 1리라도 뺏긴다면, 예중, 옌샤오이 그리고 왕즈쿤(王志昆, 왕지곤)은 자신들의 머리를 내놓아야 할 것이야."

"영명하십니다."

친씨 어른은 즉각 대답했지만 조금은 걱정스러운 목소리로 나지막이 말을 이었다.

"헌데 갑자기 병력을 움직이면 군량을 제대로 조달하지 못할까 걱정입니다."

"공격하고 바로 돌아오면 되지 않는가. 북제와 동이성이 사막도 아니니 약탈을 해도 되고. 보름만 공격하고 돌아오면 되니 걱정할 필요 없네. 이런 시기에 경국 내부가 혼란해지면 안 되네. 그러니 경국 외부에서 많이 죽이고 약탈해 다른 곳을 혼란스럽게 만들어야지."

태후가 잠시 멈칫하고 다시 물었다.

"달리 할 말이 있는가?"

"제가 감히 다른 의견이 있겠습니까. 모든 것은 순리에 따라 이루어져야 하고, 그 모든 것은 태후께서 결정하실 일이지요."

'순리'에 따라 이루어져야 한다는 것은, 황제가 서거했으니 명분이 있는 태자가 용상에 올라야 한다는 말이었다. 태후도 지금 상황에서 태자가 황위에 오르는 것이 타당하다 생각했고, 최근 이틀 동안 태자와 대화를 나누면서 그 마음이 더욱 굳어져 갔다. 이런 상황에서 군 측에서도 태자를 지지한다고 밝히니 태후로서는 다른 이를 용상에 앉힐 이유가 더욱 없어 보였다.

"판씨 집안 쪽은 어떤가?"

"마마……과거 예씨 성을 가진 여인을 잊으셔서는 안 됩니다."

무거운 침묵이 잠시 흐르고 태후가 담담하게 입을 열었다.

"먼저 가보게."

"네."

친 장군이 예를 올리고 함광전을 빠져나가자 태후는 혼자 낮은 침대에 앉아 생각에 빠졌다. 은은한 불빛이 태후의 뺨을 비추자, 또렷하게 보이는 주름들이 현재 경국 최대 권력자의 노쇠한 모습을 그대로 드러나게 하였다.

"내 선택이 틀리지 않았겠지……."

태후 마음속에 있는 의문이 독사처럼 그녀의 자신감을 계속 집어삼키고 있었다.

"만약 황상이 살아서 이 모습을 봤다면 나를 탓했을 거야."

황제는 태자를 폐위하러 대동산에 갔는데, 지금 태후는 태자를 즉위시키려 하고 있었다. 죽은 황제의 영혼이 분노하는 것도 당연한 듯 보였다.

하지만, 태후는 지금의 황족이 경국을 오래 통치하게 하기 위해서는 다른 선택이 없다고 생각했다. 독사 같은 마음속 의혹도 그녀의 결심에 영향을 주지 못했다.

"나는 누가 너를 죽였는지 알려 하지 않을 것이고, 내가 선택한 그 애가 너를 죽였다 해도 그 사실을 알려 하지 않을 거란다. 어차피 넌……죽었잖니……이미 죽었는데, 누가 죽였는지 뭐가 중요하겠니……!"

태후는 무지 몽매한 사람이 아니었다. 황제의 죽음으로 가장 달

콤한 과실을 따먹는 사람이 태자인 것도 알고 있었다. 하지만 태후
는 자신이 세상을 떠날 때까지 남은 몇 년 동안 평안한 삶을 보내려
면, 판시엔을 '진범'으로 만들고, 태자를 '명군'으로 만들어야 한다는
것을 알고 있었다.

"마마, 장 공주가 왔습니다."

시중을 들던 늙은 어멈 하나가 나지막이 말을 건넸다. 태후가 무
기력하게 손짓하자 장 공주 리윈루이가 들어와 가냘픈 몸을 흐느적
거리며 허리를 숙여 예를 올렸다.

한참 동안 말없이 그 모습을 바라보던 태후가 다시 손짓을 하자
시중을 들던 모든 이들이 함광전 정전(正殿) 밖으로 나갔다.

그렇게 적막한 함광전 정전에 모녀 둘만 남았다.

"며칠 동안 울었다던데, 그렇게 몸을 상하게 하면 되겠느냐. 이미
떠났는데, 이제 와서 운들 무슨 소용이 있느냐."

"어머니의 말씀이 옳습니다."

장 공주는 태후 옆에 앉으며 열 살 남짓한 여자아이처럼 몸을 기
댔다.

"징왕 녀석은 의지할 놈이 못 되고, 황상이 세상을 떠났으니 네가
자주 와서 나의 말동무가 되어 주어라."

"네, 어머니."

"오늘 온 것은, 안쯔 일에 대해 설득하러 온 것이겠지?"

"어머니의 말씀이 무슨 의미인지……?"

"난 스스로를 설득할 명분만 필요할 뿐이다."

"판시엔은 그런 짓을 저지를 명분이 충분합니다."

"무슨 말이냐?"

"판시엔의 친모는 예칭메이입니다. 그리고 그 애는 지금까지 한번
도 자신을 리씨 가문 사람이라 생각하지 않았습니다."

"계속해 보거라."

"게다가 그 애는 강남에서 북제 사람과 결탁했고, 동이성과도 은밀하게 결탁해 왔습니다."

"왕13랑을 말하는 것이냐?"

장 공주는 저도 모르게 미간을 찌푸리며 고개를 숙였다. 태후가 그녀가 생각한 것보다 일의 정황을 자세히 알고 있다는 생각이 들었기 때문이다.

"네. 맞습니다."

"하지만 몇 달 전에 청치엔이 남조국에 갔을 때, 왕13랑에게 많은 도움을 받았다고 하더구나. 그가 판시엔 사람이라면……안쯔는 좋은 아이인 거지."

장 공주는 움찔했지만 아무 말도 하지 않았다.

"태자가 이미 애가(태후가 자신을 일컫는 호칭)에게 말해주었다. 그리고 태자도 최근 며칠 동안 판시엔을 변호해 주는 것을 보면, 청치엔도 좋은 아이인 것 같구나."

장 공주는 안심을 하며 공손하게 대답했다.

"저도 그렇게 생각합니다."

"폐하께서 남기신 아들은 모두 각자의 장점을 가지고 있는 훌륭한 아이들이야. 그래서 애가는……그 아이들이 너 때문에 고생하는 꼴을 더 이상 보고 싶지 않구나."

"네. 저도 앞으로는 분수에 맞게 행동할 겁니다."

"몇 년 동안 폐하께서 조금은 고집스럽게 하신 면도 없지 않지만, 어쨌든 너의 오라비 아니냐……."

태후는 말을 끝맺지 못하고 슬픔이 가득한 눈으로 자신의 딸을 한참 동안 바라보았다. 어스름한 불빛이 장 공주의 아름다운 얼굴을 비추고 있었다.

'짝!'

태후가 천천히 손을 들어 장 공주의 뺨을 갈겼다!

신음 소리를 내며 땅에 쓰러진 장 공주의 입가에 붉은 피가 흘러 내렸다. 태후의 가슴은 빠르게 들썩였고, 그 후로 한참의 적막이 흐른 뒤에 겨우 진정되는 듯 보였다.

판시엔은 황실의 상황이 어떠한지 정확히 알지 못했다. 만약 그가 태후와 장 공주의 대화를 들었다면, 황궁을 들어가 태후에게 친필 서신과 옥새를 넘길 생각을 하지 않았을 것이다.

그는 어둠 속에 숨어 높은 담장을 기어올랐다. 그는 조심스럽게 주위를 둘러본 후 아래 정원으로 가볍게 착지했다. 이곳 저택에는 고수나 호위병들은 없었지만 하인들이 많이 있었기에 움직임을 들키지 않게 조심하며 재빨리 서재로 향했다. 그리고 눈치를 보다 비수를 꺼내 창문을 비틀어 열고 안으로 들어갔다.

서재 안에서 그 모습을 본 사람은 얼굴이 백지장처럼 하얗게 질린 채로 저도 모르게 소리를 지르려 하고 있었다. 판시엔은 재빨리 그에게 다가가 입을 틀어막고는 귓가에 대고 나지막이 말했다.

"저, 판시엔이에요. 소리 지르지 마세요."

판시엔이 입을 막고 있었지만 그가 죽기를 각오하고 소리를 지르면 판시엔도 살아서 징두를 벗어나기 힘들 것이라 생각했다.

다시 말해 이 행동은, 판시엔에게 도박이었다.

다행히 안정을 되찾은 그는 소리를 지르지 않았다. 대신 의미심장한 눈빛으로, 어쩌면 약간의 기쁨도 섞인 눈으로 판시엔을 바라보았다.

"슈 대인, 저를 그런 눈으로 보지 마세요."

판시엔이 천천히 비수를 거두고 슈 대학사 맞은 편 의자에 앉았다.

그렇다. 판시엔은 슈 대학사를 가장 먼저 찾아온 것이다. 조정의 대신 중 유일하게 장모우한 제자였고, 인품이나 도덕성 면에서 가장 신임할 만한 사람이라 판단했기 때문이다.

"물어보고 싶은 게 세 가지 있네."

"물어보세요."

"폐하께서 돌아가셨나?"

"제가 대동산을 떠났을 때에는 살아계셨지만……이후에 돌아가셨을 것 같아요."

슈우는 한숨을 내쉬며 한참 동안 말을 잇지 못했다. 이윽고 정신을 가다듬은 그가 다시 질문을 했다.

"누구 짓인가?"

"군대와 감사원 소식에는 제가 한 짓이라 되어 있던데요?"

"자네 짓이라면 자네가 징두로 돌아오지 않았겠지……개인적으로는 자네가 뒷일도 생각하지 않고 이런 짓을 저질렀다고 생각하지 않네만……."

두 사람이 동시에 입을 닫았다.

한참이 지난 후 판시엔이 먼저 입을 열었다.

"부탁드릴 게 있어요."

"뭔가?"

"태자가 황위에 오르면 안 돼요."

"이유가 뭔가?"

"그건……슈 대학사도 아비를 죽인 반역자가 황위에 오르는 것을 원치 않으실 것이기 때문이에요."

다시 한번 침묵이 흘렀다. 이번에는 판시엔은 말 대신 품에서 서신과 옥새를 꺼내 슈우에게 건네주었다. 조정에서 오랜 시간을 보낸 슈우는 서체와 문체를 보자 마자 두 눈에 눈물이 그렁그렁 맺혔다. 하지만 읽기 시작하자 놀람과 함께 분노의 기색이 짙어지며, 결국 책상을 세게 내리치며 소리쳤다.

"몹쓸 놈들! 몹쓸 놈!"

판시엔은 재빨리 책상을 치는 그의 손을 잡으며 나지막이 말했다.

"이 서신은 폐하께서 저를 징두로 돌려보내기 전날 밤에 써 주신 거예요."

"당장 입궁해야겠네. 태후를 뵈어야 하겠어."

판시엔은 단호한 표정으로 고개를 저었다.

슈우는 이해할 수 없다는 듯이 다급하게 말을 이었다.

"지금 폐하의 장례도 치르지 않고 태자의 즉위를 준비하고 있네. 시간이 더 지나가면 되돌릴 수 없을 지도 몰라."

"그 서신은 원래……태후에게 먼저 보여줘야 할 서신이었어요."

슈우는 판시엔의 말에 갑자기 안색이 변하며 탄식을 했다.

"아……그럴 리가 없어!"

"세상에 불가능한 일은 없지요. 물론 아닐 수도 있지만, 지금의 저는 하나의 실수라도 하면 안 돼요. 태후의 의중이 의심되지 않았다면, 제가 무엇 하러 위험을 무릅쓰고 이곳까지 왔겠어요?"

슈우의 여전히 믿을 수 없다는 표정을 바라보며 판시엔은 설명하듯 말을 이었다.

"리씨 황족은 마치 살아 있는 생명처럼 상황에 맞게 몸을 변형시킬 수 있어요. 지금 그들에게 황족의 안전과 천하의 통제력 외에는 아무것도 중요하지 않아요. 그리고 슈 대학사가 이제 어떤 선택을 하시든 제가 관여하지 않을 거예요. 그냥 제가 오늘 오지 않았다고 생각하고, 정당하다 생각하는 선택을 하시면 됩니다."

슈 대학사는 순식간에 노쇠한 노인으로 변해 버린 듯 보였다. 장

고를 거듭하던 그가 쉰 목소리로 나지막이 말했다.

"판 대인이 여기 왔고, 그 사실을 내가 아는데, 어찌 오지 않았다 할 수 있을까."

판시엔은 진심으로 감동했지만 내색은 하지 않았다. 슈 대학사는 침착하게 말을 이었다.

"다만 궁금한 게 있네. 판 상서야 저택에 연금되었다 하지만, 조정에는 대인 사람이 많지 않나. 그런데 굳이 날 선택한 이유가 뭔가? 천 원장도 있고 대황자도 있고……."

"무력으로 일을 해결하는 건 최후의 방법이에요. 물론 이 일을 해결하려면 결국 무력이 동원되겠지만, 그래도 그 전에 도리(道理)를 말해야 한다 생각했어요."

판시엔은 진지하게 말을 이었다.

"대인을 선택한 이유는, 폐하를 대신해 도리를 말할 수 있는 학자라고 생각했기 때문입니다."

판시엔이 결의에 찬 말투로 말을 이었다.

"저는 순수한 학자라고 할 수 없지만, 진정한 학자가 어떤 사람인지 알고 있습니다. 대인의 스승이신 장모우한 선생도 학자의 기개를 가지고 있지요. 저는 지금, 대인의 기개를 빌리고 싶습니다."

성 전체가 흰색으로 물들었다. 9월에 눈이 내리기 시작한 것이다. 물론 진짜 눈은 아니었고, 하얀색 천, 하얀색 종이 그리고 하얀색 등이었다.

태후가 대동산에 군대를 보내 황제의 시신을 수습하도록 시킨 후, 조사 결과를 기다리지도 않고 천하에 황제 서거 소식을 알렸다. 백성들은 이미 마음의 준비를 하고 있었지만 막상 공식적인 발표가 나오고 하얀색 물결을 보자마자 상당한 충격을 받았다.

경국에는, 밤새도록 슬픔에 겨운 통곡 소리가 울렸다.

하지만 모든 사람이 습관적으로 슬픔에 잠긴 후에 갑자기 황당함을 느끼기 시작했다. 황제가 세상을 떠났다는 사실을 받아들일 수 있었지만, 세상을 떠난 이유는 도무지 받아들일 수 없었기 때문이다.

'천하'의 황제가, 누구보다 뛰어났던 황제가, 그런 경국 황제가 세상을 떠난 이유가 너무나도 평범해서, 그래서 오히려 더 이상했다.

두렵고, 불안했다. 그래서 더욱 안정을 갈망했다. 누구라도 빨리 태극전에 놓인 용의에 앉아 경국을 안정시켜주길 바랐다.

당연한 말이지만 황자들 중 태자는 첫 번째 후보였다. 명분으로 보나, 태후와의 관계로 보나. 하지만 황제가 태자를 폐위하러 대동산으로 가서 암살을 당했다는 것은, 지워버릴 수 없는 사실이자 공공연한 비밀이었다.

하지만 어느 누구도 의혹을 입밖에 낼 수 없었다. 백성들도 대신들도 더 이상 대세는 바꿀 수 없다고 생각했다. 그리고 태자가 새로운 황제로 등극하면, 선황을 죽인 판시엔의 이름은 어둠 속에 묻히게 될 거라고 생각했다.

함광전 앞에서 태후는 뒤에서 들려오는 울음소리를 들으며 슬픈 표정을 짓고 있었다. 문밖에서 리씨 황족들은 옛 풍습에 따라 황동판 위에서 종이 돈을 태우고 있었다. 황색 돈이 회백색 재로 변하는 모습은 인생의 무상함을 보여주는 것만 같았다.

황궁 전체가 정신없이 바쁘게 돌아갔다. 특히 태극전 안에서는 오늘 벌어질 일, 앞으로 경국이 걸어갈 방향을 정하는 일에 모든 시선이 쏠려 있었다.

태후는 고개를 돌려 옆에 있는 원로 대신에게 온화한 목소리로 말했다.

"오늘 황실에서 혼란이 일어나는 것은 괜찮지만, 조정에서 혼란이 일어나면 안 되네. 지금 같은 때에는 폐하의 신임을 받은 원로 대신, 자네가 나서 줘야 하네."

슈우는 허리를 숙이고 동판 위에 점점 사그라지고 있는 불꽃을 바라보며 최대한 낮은 목소리로 말했다.

"소신도 알고 있습니다. 허나, 폐하께서 서거하시기 전에 남긴 유훈이 있는데 어찌 따르지 않을 수 있겠습니까."

태후의 눈동자에 순간 튀어 오르는 불꽃이 보이더니 곧 가라앉았다. 그녀가 천천히 손을 내밀어 개봉하지도 않은 황제의 친필 서신을 불에 던져 넣자, 서서히 꺼지고 있던 불길이 갑자기 거세졌다.

슈우는 아무런 말없이 물끄러미 동판 위에서 타고 있는 황제의 친필 서신을 바라봤다.

"이미 떠난 사람이네. 그가 어떻게 말했든 무슨 소용 있겠는가."

태후가 갑자기 기침을 하기 시작했다. 한참 뒤 가쁜 숨을 진정시킨 그녀가 슈우를 바라보며 간절한 눈빛으로 말을 이었다.

"진실보다, 경국의 미래가 더 중요하지 않겠나."

슈우는 담담하게 고개를 저으며 대답했다.

"태후, 소신은 학자입니다. 진실은 진실대로 중요하고, 폐하의 뜻은 폐하의 뜻대로 중요하다 생각합니다. 소신은, 폐하의 유훈을 지켜야 할 신하입니다."

"자네는 이미 최선을 다했네. 신하의 본분을 다했어. 만약 다음에 판시엔을 만나게 된다면 애가가 누명을 벗을 기회를 줄 테니 오라고 전해주게."

태후의 말을 듣자 슈우는 섬뜩해졌다. 하지만 최대한 내색은 하지 않고 공손히 예를 올렸다.

"소신, 이제 태극전으로 가보겠습니다."

"어떤 일은 운명적으로 정해져 있네. 바꿀 수 없는 일을 굳이 바꾸려 하다 혼란을 자초하지 말게."

슈우는 목숨을 걸고 직언을 올렸지만, 아무것도 바꿀 수가 없었다. 태자가 이대로 즉위한다면, 그는 학자의 양심상 관직을 사직하고 고향으로 내려가는 길밖에 없다고 생각했다.

슈우가 풀이 죽은 모습으로 태극전 앞으로 걸어갔다. 터벅터벅 걸어가던 그의 눈에, 태극전 광장에 펼쳐진 어지러운 제례 행렬, 꼿꼿하게 세워져 있는 흰색 천 그리고 황궁과 주변을 경계하고 있는 금군 관병들의 모습이 보였다. 그리고 이따금씩 어디서 들리는지도 모르는 처량한 울음소리도 들려왔다.

그 모든 모습을 멍하게 바라보고 있던 슈우의 가슴에, 갑자기 뜨거운 피가 치솟으며 현기증이 났다.

태극전 문관 대열 가장 앞쪽에 서 있는 슈우에게 어떠한 말도 들리지 않았다. 주렴 뒤에서 태후가 슬픔에 젖은 목소리로 하는 말도, 태자, 대황자, 2황자, 3황자 그리고 황족들의 울음소리도, 경국 대신들의 구슬픈 울음소리도 들리지 않았다.

판시엔, 역모, 수배, 몰수, 처형 등의 단어가 단절적으로 귀를 파고들어왔을 뿐이다.

대신들이 엎드리자, 슈 대학사는 넋이 나간 채, 이유도 모르고 같이 엎드렸다 일어났다. 그의 앞에서 후 대학사가 그에게 정신 차리라는 눈빛을 보냈지만, 그 눈빛조차 슈 대학사가 읽었는지 확신이 서질 않았다.

태극전 안의 모든 대신들은 모두 연극을 하고 있었다. 모두들 자신의 감정, 생각, 의혹 등을 비통한 표정 속에 감추고, 또 숨겼다.

슈우는 평상시 친숙하게 지내는 동료 대신들이 갑자기 낯설게 느껴졌다. 특히 앞에 서 있는 후 대학사가 그랬다. 태극전 밖에서 약간의 암시를 주었지만, 지금 그는 아무렇지 않은 듯 행동했다.

'후 대학사 마저……'

슈우의 몸이 떨렸다. 그리고 마치 잃어버렸던 청력이 다시 돌아오는 듯, 태극전 밖의 북과 징 소리가 요란스럽게 들렸다.

'끝났다.'

태자가 용의에 앉으려 준비하고 있었다.

다른 대신들은 슈우를 보며 행동이 조금 이상하다 생각했지만, 황제의 서거 소식에 충격을 받아 넋이 나간 것이라 생각하고 있었기에 다른 의심을 하지는 않았다. 다만, 태후만이 냉철한 눈으로 그의 일거수일투족을 지켜보고 있었다.

"슈 대학사는 측전에 가서 잠시 쉬도록 하게."

태자는 슈우를 바라보며 한마디 한 후, 주변 사람들에게서 시선을 거두고 곧장 침착하게 용의를 향해 걸어갔다.

태자는 용의 앞에 서서 무릎을 꿇고 엎드려 있는 형제와 신하들을 내려보았다. 이제 이곳에 앉기만 하면, 자신은 경국 이래 다섯 번째 군주가 되어 천하 백성의 생사를 좌지우지할 수 있는 통치자가 되는 것이었다.

그가 오랫동안 이루기 위해 노력해 온 목표였다. 한때 두려움, 시기심, 방탕함만 가득했던 그가, 이 목표를 이루기 위해 인내심, 평정심 그리고 악독함을 배웠다. 평생 추구했던 목표가 코앞까지 다가온 이 순간, 태자의 마음은 어느 때보다 차분했다.

너무 차분해서, 그 자신도 너무 이상하게 여겨질 정도였다.

"천자의 자리에 오르십시오."

"천자의 자리에 오르십시오."

"천자의 자리에 오르십시오."

세 번의 외침 소리가 들리자, 태자 리쳥치엔은 세 차례 허리를 굽혀 천하의 사람들에게 경외를 표시했다. 이후 다시 허리를 꼿꼿이 세우고, 아래 엎드려 있는 군신들을 바라봤다. 순간 천하의 모든 백성들이 자신의 발 아래 있는 것 같은 착각이 들었다.

그리고 천하를 손에 쥐었다는 생각에 감정이 벅차올랐다.

하지만 뭔가 느껴지는 찜찜함을 지워버릴 수는 없었다. 어젯밤 동산로에서 전해온 판시엔이 생존해 있다는 소식 때문인 것인지, 속내를 알 수 없는 2황자 때문인 것인지, 그도 아니면 복잡한 관계의 고모 때문인 것인지 도무지 이유를 알 수 없었다.

'이렇게 고민하며 용의에 앉는 첫 번째 천자가 되겠구만.'

미래의 천자가 몸을 돌려, 태후에게 공손히 예를 올리고, 용의에 앉으려 했다.

슈우는 정말 혼절할 것 같았다. 이렇게 엄숙하고 조용한, 모든 대신들이 엎드려 예를 표하는 이 순간에, 그가 갑자기 열 밖으로 두 발짝 나오더니, 용의 밑으로 와서, 고개를 숙이며 큰소리로 외쳤다.

"아니 됩니다!"

'아니 됩니다' 한마디에 태극전 안의 모든 사람들이 경악했고, 주렴 뒤 태후의 얼굴이 심각해지면서, 태감 몇몇이 슈 대학사 쪽으로 황급히 달려갔다. 다만, 태자는 드디어 자신의 찜찜함이 무엇인지 알았다는 듯, 긴 한숨을 내쉬며 마음이 조금 편안해지는 것을 느꼈다.

그렇다. 황제 즉위가, 이렇게 순탄할 리 없었다.

슈우도 한숨을 내쉬었다. 정신이 혼미한 상태에서 저도 모르게 내지른 말이었지만, 자신의 외침 소리에 정신이 번쩍 든 듯, 이제 무엇을 해야 하는지 정확히 알 것 같았다.

판시엔이 그에게 빌리고자 했던 '기개', 오랜 세월 황제에게 받은 총애에 대한 '보답', 경국 백성들이 경국 대신들에게 거는 '기대'.

슈우는 자신을 부축하러 온 태감들을 본 체도 안 한 채, 몸을 꼿꼿이 세우고, 주렴 뒤 태후를 바라보고, 다시 용의 앞의 태자를 바라보고, 자신이 가진 모든 힘을 다하여, 자신이 쌓아온 모든 명예를 걸고, 생사를 고려하지 않은 채, 슬픔과 걱정에 가득 찬 목소리로 외쳤다.

"폐하께서 서거하시기 전, 유훈이 있었습니다. 태자는……황위에 오르지 못한다!"

무거운 침묵이 감도는 태극전에서, 어느 누구도 입을 열지 못했다.

주렴 뒤에서 살기가 뿜어져 나왔다. 깊이를 알 수 없는 태후의 눈동자에서 살기등등한 눈빛이 슈 대학사로 향했다.

"슈 대학사, 성지를 거역하는 것은, 군주를 기만하는 대역죄야!"

"현재 경국에 군주가 없는데, 어찌 군주를 기만할 수 있단 말입니까?"

슈우는 전혀 물러설 기색이 없었고, 태후가 주렴 밖으로 나오자 태자가 황급히 다가가 그녀를 부축했다.

"감사원 제사 판시엔이 동이성과 결탁해 대동산에서 폐하를 암살했네. 이런 급박한 상황에 어떻게 폐하께서 유훈을 남겼다는 것인가? 그리고 있다면, 지금 어디에 있는가?"

"폐하의 유훈이 담긴 친필 서신은, 현재 담박 공작 판시엔이 가지고 있습니다."

슈우의 말에 태극전이 술렁이기 시작했다. 태후는 기침을 두어 번 한 뒤 말했다.

"그런가? 판시엔이 징두로 돌아왔단 말인가? 조정에서도 알지 못하는 그 사실을, 어찌 자네만 알고 있는 것인가? 그리고 어떻게 폐하께서 유훈을 남겼다는 사실을 확신하는가?"

슈우가 절을 하며 통곡하는 목소리로 외쳤다.

"폐하께서 암살당했다는 경천동지하는 일이 일어났는데, 조정과 군대는 보름도 지나지 않아, 증거도 없이, 담박 공작을 범인이라 단정지었습니다. 하지만 소신은 담박 공작의 성품을 알기에, 그가 그런 극악무도한 짓을 저지르지 않았다고 확신합니다. 그리고 폐하께서 남기신 유훈은, 소신이 이 두 눈으로 똑똑히 확인하였습니다."

태자는 한기가 들며 손이 살짝 차가워졌다. 부황이 유훈을 남겼을 것이라 생각도 못했지만, 그 유훈의 내용이 무엇인지 짐작할 수 있었다. 그리고 부황이 자신을 얼마나 미워했는지 실감나며 씁쓸한 미소를 지었다. 하지만 이 순간 그는 용의에 오를 것이고, 그렇다면 반드시 유훈을 없애야겠다고 다짐했다.

태자는 대신들을 바라보며 위엄 있는 목소리로 말했다.

"판시엔은 스구지엔과 결탁해 대역무도한 짓을 저질렀다. 판시엔은 평소에도 사람을 기만하고 더러운 짓을 서슴없이 저질러온 사람이네. 그러니 슈 대학사는 그런 간사한 자의 말에 속지 말게. 아들인 나 역시 부황의 친필 유훈을 보고 싶은 마음이 간절……."

태자가 울먹이며 말끝을 흐리자, 대신들이 엎드려 위로의 말을 건넸다. 태자는 다시 정신을 가다듬으며 말을 이었다.

"본궁은 평소 슈 대학사를 존경해 왔지만, 오늘은 정말이지 실망스럽네. 조정에 반역을 저지른 범인을 두둔해 주다니……부황의 신임을 받아온 슈 대학사가 어찌 그런 말을 할 수 있단 말인가? 훗날 부황의 얼굴을 어찌 보려 하는 것인가!"

태자는 위엄 있는 목소리로 엄중히 말했다.

"대학사 슈우는 모반을 저지른 범인과 결탁해 폐하의 유훈을 조작하려 하였다. 여봐라! 저놈을 끌고 가서 하옥하라!"

조정이 다시 술렁이기 시작했다. 그리고 대신들의 마음이 벌렁대기 시작했다. 하지만 모두들 알 수 없는 표정으로 슈우가 끌려가는 모습을 보며, 침묵하고 있었다.

슈우는 씁쓸하게 웃었지만, 태감들이 자신의 팔을 결박하는 것을 지켜만 보았다. 그는 자신이 해야 할 일은 이미 끝났다고 생각했기 때문이다. 태후의 위엄과 태자의 지위, 장 공주의 세력이 두려워 모든 조정 대신들이 침묵하는 이상, 설령 자신이 진짜 친필 서신을 가져와 보여 준들 바뀌는 것은 없을 것이라 생각했다.

슈우는 밖으로 끌려가며, 황제의 유훈을 보지도 않고 태연하게 태워버린 태후를 차갑게 바라보았다.

태후가 열어보지도 않고 황동판에 태워 버린 편지 봉투에는 사실 아무것도 적히지 않은 백지만 들어있었다. 그리고 태후에게 마지막으로 걸었던, 슈 대학사의 기대가 들어있었을 뿐이다.

슈우의 생각과는 상관없이, 묵묵히 끌려 나가는 그의 모습을 보며 태자는 짧게 안도의 한숨을 쉬었다. 태후도 약간은 마음이 놓인 표정이었다. 둘 다 어떻게든 빨리 이 즉위식을 끝마쳐야 한다는 생각밖에 없었다.

"아……."

슈우가 태극전 밖으로 끌려 나가려는 찰나, 그의 귓가에, 그리고 모든 대신들의 귓가에, 어렴풋하게 탄식 소리가 들렸다.

문하중서성 수석 대학사, 경국 문학 개선 운동 창시자, 조정에서 가장 청렴한 문신.

후 대학사.

후 대학사가 슈우를 바라보며 씁쓸한 미소와 함께 고개를 저었다. 그리고 대열 앞으로 나가 무릎을 꿇고 머리를 조아린 뒤 말했다.

"소신, 태자께 방금 전 명령을 거두어 달라 간청 드립니다."

대신들이 크게 술렁였다. 태후의 안색이 살짝 변하며 소매 안에 있는 그녀의 손이 떨리기 시작했다. 하지만 후 대학사의 턱 밑 수염은 조금도 떨리지 않았다. 그는 결의에 찬 목소리로 연달아 말을 뱉었다.

"소신, 가장 시급한 일은 대동산 사건의 진상을 밝히는 것이라 생각합니다. 그리고 지금 그 진상을 아는 이는, 담박 공작 한 명입니다."

"유훈이 진짜인지 아닌지는, 어쨌든 보고 판단할 일입니다"

"담박 공작을 어떻게 처리할지는 우선 그를 체포하고 다시 논할 일입니다."

"소신, 감히 태후께, 담박 공작을 체포하여 그의 죄를 조정의 정식 안건으로 채택하고, 폐하의 유훈을 태극전에서 공표해 달라 간곡하게 청합니다."

태극전이 순식간에 침묵에 빠졌다.

한참 후 태후의 떨리는 외침이 들렸다.

"좋아! 좋아! 좋네!"

이때, 줄곧 동궁의 측근이었던 이부 상서 옌싱슈가 후 대학사를 향해 차갑게 말했다.

"반역자인 판시엔을 후 대학사는 여전히 담박 공작이라 부르시는군요. 두 대학사가 역모를 저지른 대역죄인 판시엔을 두둔하는 이유가, 혹시 알리지 못할 비밀이 있기 때문 아닙니까?"

후 대학사는 그에게 눈길도 주지 않은 채 경멸하는 말투로 말했다.

"소신은 경국의 신하이자, 폐하의 신하입니다. 또 문하중서의 수석 대학사로, 폐하의 명을 받아 국사를 처리하는 사람입니다. 폐하께서 유훈을 남기셨다면 소신이 봐야하는 것이 당연한 터, 어찌 말

못 할 비밀이 있다 의심하시는 겁니까?"

이 순간 가장 놀란 사람은 슈우였다. 그는 놀람과 기쁨이 섞인 얼굴로 후 대학사를 바라보았다. 용의 앞에 있던 세 황자들의 마음은 각자 복잡했다. 대황자는 유훈이 진짜인지 고민하고 있었으며, 2황자는 태자와 태후를 비웃고 있었다.

'공명정대한 방법으로 용의에 앉지 않으면, 이런 일이 터지는 것이지.'

3황자는 고개를 숙인 채 떨리는 심장을 주체하지 못하며 생각했다.

'만일 밖을 지키고 있는 호위들이 쳐들어오면……난 어떻게 해야 하지? 태자 형님이 대신들을 다 죽이지는 않겠지?'

물론 황자 중 태자의 마음이 가장 복잡했다. 경국은 무(武)로 세운 나라이지만, 무릇 하나의 국가는 무(武)와 문(文) 두 개의 기둥으로 지탱된다. 황제가 문신들에게 가지라 허락한 신념과 지조가, 지금 태자가 즉위하는 데 엄청난 장애물이 된 것이다.

하지만 그에게 지금 다른 선택지는 없었다.

태자는 다시 한번 정신을 가다듬고 차가운 눈빛으로 위엄 있게 말했다.

"두 대학사를 모두 끌고 나가라! 후 대학사, 경국의 신하로서 있지도 않는 유훈이 있다 했으니, 가서 반성하길 바라네."

문관의 수장, 문신의 자존심, 두 대학사가 모두 끌려 나가자, 태극전의 분위기는 순식간에 흉흉하게 변했다. 그리고 알 수 없는 어색한, 어쩌면 엄숙한 침묵이 흘렀다.

슈 대학사와 후 대학사는, 태극전 문 앞에서, 손이 결박된 채로, 서로를 바라보고, 말없이 환하게 웃었다.

'펄럭.'

바람이 불었다.

바람 한점 없던 늦여름 태극전에, 느닷없이 바람이 불었다.

그 바람이 두 대학사의 옷깃을 스쳐갔다.

그 바람은 자연이 만들어 낸 것이 아니라, 사람이 만들어 낸 것이었다.

"태후 마마, 통촉하여 주시옵소서!"

"태자 전하, 통촉하여 주시옵소서!"

태극전의 절반을 메우고 있던 문관 대신들이, 옷깃을 펄럭이며 바닥에 엎드리며 만들어 낸, 거대한 바람이었다!

그 모습을 바라보던 무관 대신들은 도무지 이해할 수 없었다.

'나불대는 입과 명성 말고는 아무런 힘도 없는 문신들이 뭘 믿고 저러는 거지?'

평온했던 태자의 얼굴이 점점 어둡게 변하기 시작했고, 태후는 현기증이 나 도저히 서 있을 수가 없었다.

'이 세상에 정말 죽음을 두려워하지 않는 사람이 있단 말인가? 어째서 문신들이 죽음을 불사하며 당당하게 지조를 드러내고 있는 것이지?'

태자는 머릿속이 혼란스러웠다. 왜 대부분의 대신들이 자신이 황위에 오르는 것을 반대하는지 이해할 수 없었기 때문이다.

'평상시 존재감을 드러내지 않았던 중도파의 대신들까지 왜 저러는 것이지? 그들도 판시엔의 계략에 넘어간 것인가?'

'모두 죽여야 하나?'

'죽이지 않고 다른 방법이 있을까?'

태자의 머릿속에 수많은 생각들이 스쳐 지나가고 있을 때, 태후가 분노에 사무친 이름을 나지막이 읊었다. 태자는 그 이름을 듣자마자 정신이 번쩍 들었다.

태자도, 태후도, 심지어 장 공주도……모두가 잊고 있던 이름이었다.

　장 공주와 오랜 갈등으로 징두에서 쫓겨나 우저우에서 수년간 은둔 생활을 하고 있지만, 과거 조정과 민간 그리고 수많은 문하생들에게 막강한 영향력을 행사했던 한 사람.

　전임 재상, 린뤄푸!

제12장

조력자

모든 시선이 판시엔에게 쏠렸다. 오늘 태자의 즉위식을 끝내지 못했지만, 황실은 정식으로 판시엔을, 황제를 암살한 주범이자 모반을 저지른 죄인으로 선포했다. 그리고 태자는 그 유훈만 없앨 수 있다면 더 이상 문신들도 자신에게 대항하지 못하리라 생각했다.

하지만 판시엔을 어디에서 찾는다는 말인가?

징두의 외진 골목. 징두 권력의 중심이나 화려한 귀족 저택들이 밀집해 있는 곳과는 떨어져 있는 골목. 너무나도 조용해서 징두 백성의 슬픔도 느껴지지 않는 골목. 초가을 바람이 가지를 흔드는 나무들 몇 그루 말고는 볼 게 없는 볼품없는 골목.

이 골목을 사람들은 양총 골목이라 불렀다.

이 골목의 끝에 2년 전 누군가 사들인 작은 저택이 있었고, 한 여자가 몇 명의 하인을 데리고 들어와 살고 있었다. 그 여자의 신분을 알 수는 없었고, 누구 하나 찾아오는 이도 없었다.

황궁에서 죽음을 불사한 싸움이 벌어지고 있을 무렵, 그 일의 당사자는 이 저택 정원 나무 아래에서 시원한 바람을 쐬며 차를 마시고 있었다. 그는 살짝 데워진 잔을 바라보며 앞에 있는 눈이 깊은 미인에게 말했다.

"대황자 말고 이 저택에 대해 알고 있는 사람이 있어?"

미인은 호기심 가득한 눈으로 고개를 저었다.

징두의 여인들과 다른 분위기를 풍기고 있는 미인. 판시엔이 강남에 있을 때 골치를 썩게 했던 미인. 대황자가 서만 정벌에서 돌아오며 데려온 서호 어느 부족의 공주.

마쉬쉬.

'끼익.'

판시엔이 미간을 찌푸리며 의자에서 일어나 정원과 연결된 후문 쪽을 바라보았다. 가벼운 발소리로 보았을 때 자신이 기다리던 대황자는 아닌 게 분명했다. 마쉬쉬는 입을 틀어막으며 공포에 질린 눈으로 생각했다.

'누가 판 대인을 밀고했나?'

"대인, 어서 피하세요."

판시엔은 도망가지 않았다. 오히려 후문에서 천천히 걸어 들어오는 자의 손을 잡고 인사했다.

"왕비, 잘 지내셨죠?"

저택을 방문한 사람은 화친왕 대황자가 아닌, 화친왕비 북제 공주였다.

"담박 공작, 잘 있었나?"

왕비가 마쉬쉬를 탐탁지 않게 생각하는 것을 알기에 판시엔은 재빨리 눈짓을 줘 그녀에게 자리를 피하라 했다. 그리고 손을 뻗어 왕비에게 자리에 앉을 것을 권했다.

"황실이 화친왕 저택을 감시하고 있을 텐데 이렇게 혼자 저를 보러 오시다니, 왕비도 간이 정말 크네요."

"판 대인이 간이 크지……."

왕비는 은은한 미소를 지으며 말을 이었다.

"징두 모든 세력들은 대인을 잡으려 혈안이 되어 있는데, 계획은 있는 건가?"

"실현될지는 모르겠지만, 아무 생각도 없는 건 아니에요. 생각이 없었다면 어찌 왕비를 이곳까지 오게 할 수 있었겠어요."

"지금 부군은 너무 바빠 집에 올 여력도 없고 감시가 심해 이곳에 오지 못해. 그래서 내가 대신 온 것이니 너무 언짢게 생각하지 말게."

"지금 저는 공식적으로 역모자가 되어 있는데 공주가 여기 온 것은, 제 뜻이 어떤지 알고 있다는 의미겠지요?"

왕비의 눈썹이 살짝 떨렸다.

"공주, 제가 북제에서 처음으로 공주를 징두로 모시고 올 때, 저와 한 약속은 잊지 않으셨겠죠?"

"당연히 잊지 않았지. 다만, 지금은 징두의 앞날을 한치도 예측할 수 없고, 화친왕도 금군을 가까스로 지탱하고 있어, 자네를 얼마나 도와줄 수 있을지 모르겠네."

"가까스로 지탱하고 있다……어제 징두 수비군 수장이 교체된 것을 두고 말하는 건가요?"

징두 수비는 오랜 기간 예중이 맡다가 현공 사당 사건 이후 친형으로 교체되었고, 그 뒤 산골짜기 습격 사건으로 다시 대황자의 심복 셰수가 맡았다. 하지만 어제 태후의 명에 의해 징두 수비 수장이 셰수에서 다시 친형으로 교체된 것이다.

이는 대황자에게도, 판시엔에게도 치명적인 사건이었다.

판시엔은 왕비를 바라보며 침착하게 말을 이었다.

"징두 수비군 본영은 징두 외곽에 있으니, 13성문사가 성문을 지켜만 준다면, 징두 내 상황을 통제할 수 있는 것은 여전히 금군밖에 없어요."

"판 대인, 난 지금까지 자네와의 약속을 한번도 잊은 적이 없어. 하지만 화친왕이 아직도 금군을 맡고 있는 건 태후 마마가 인정했기 때문인데, 그건 부군이 성정이 곧고 정직해서 반역을 일으키지 않을 거라 믿기……."

판시엔은 그녀의 말을 끊으며 반문했다.

"지금 모반을 일으킨 사람은 황궁 '안'의 사람인데요?"

"문제는 사실 여부를 떠나, 마지막에 용의에 앉는 사람만이 누가 역모자인지 정할 수 있다는 거야. 만약 자네가 입궁 해 태후 옆에서 폐하의 유훈을 공개한다면, 화친왕이 대인의 가장 큰 지지자가 되어 줄 거네. 담박 공작, 폐하의 유훈을 공개하게."

판시엔은 바로 대답하지 않았다.

"판 대인, 아무리 생각해도 유훈을 공개하고 명분을 얻어야 해. 그러지 않으면 계속 끌려 다닐 수밖에 없어."

"안 돼요. 유훈을 공개하기 전까지는 평화 상태를 유지할 수 있지만, 만약 공개되면? 그 순간부터는 양측 모두 전면전을 벌여야 해요."

"지금 이런 순간에도 그런 것을 걱정한다는 것인가?"

"제가 유훈을 공개하지 못하는 것, 대황자가 쉽게 움직이지 못하는 것은 사실 그 맥락을 같이 하지요. 닝 재인이 황궁에 잡혀 있는 한 대황자는 쉽게 움직이지 못해요. 저도 아내와 첩이 황궁에 있고……
만일 이런 상황에서 전면전이 벌어지면, 저나 대황자나 감당할 수
없는 손실을 입게 돼요."

"판 대인의 말을 들으니 잘 이해가 안되…….."

"뭐가 이해가 안된다는 거예요? 이 일은 반드시 황궁 안에서 해
결해야 해요."

왕비가 웃었다.

"판시엔, 내 말을 오해했어. 내가 이해가 안된다는 건, 판 대인이
이런 삼엄한 감시를 뚫고 여기에서 나와 대화를 나눌 수도 있는 힘
이 있는 사람인데, 왜 황궁의 상황을 정확하게 알지 못할까 하는 점
이네."

"네?"

"황궁 내 상황은 판 대인이 생각하는 것보다 좋아."

판시엔이 영문을 모르겠다는 표정을 짓자 왕비는 천천히 설명했
다.

"판 상서는 황궁에서 입궁하라는 명이 떨어지기 전에 이미 징왕
저택으로 거처를 옮겼네."

"네? 그런데 왜 전 몰랐죠?"

"그리고 스스 아가씨는 출산이 임박해서, 십여 일 전에 쳔 군주와
린씨 큰 도련님과 함께 징두 외곽 판씨 집안 장원으로 거처를 옮겼
네. 그래서 황실에서 입궁 명령을 들고 판씨 저택에 도착했을 때 아
무도 없었고, 태감들이 판씨 집안 장원으로 찾아 갔을 때 스스 아가
씨는 이미 실종된 상태였어."

판시엔은 겉으로는 침착했지만 적지 않은 충격을 받았다.

'스스가 실종? 누가 꾸민 일이지? 아버지가? 그럼 아버지가 십여
일 전에 이미 폐하 서거 소식을 알고, 뒤에 일어날 일을 미리 예측

해서……?'

"내가 한 일이 아니야."

왕비는 넋이 나간 듯한 판시엔을 보며 말을 이었다.

"나도 스스가 어디 있는지 모르네."

"절름발이 늙은이……."

"쳔 원장……."

두 사람 동시에 같은 대답을 내뱉었다. 판시엔이 먼저 조심스럽게 말을 이었다.

"제가 여러 이유로 감사원에 들러 보진 못했는데……공주가 이 사실을 상세히 알고 있다는게 놀랍네요."

"폐하께서 안 계실 때 쳔 원장이 중요하다는 건 누구나 아는 사실이고, 첫날 태후가 쳔 원장을 입궁하라……."

"하지만 입궁하지 않았죠. 13성문사가 성 안팎으로 주고받는 정보를 엄격하게 관리하고 있다지만, 징두 밖 쳔 원장의 거처 진원을 봉쇄하는 것은 불가능해요."

'독에 중독되었다고? 정말?'

왕비는 그의 생각을 읽지는 못했지만 한숨을 내쉬며 말했다.

"그럼 독에 중독되었다는 소문이 진짜인 건가……?"

"저도 원래 핑계라 생각했는데……진짜 그런 거라면 일이 복잡해지겠네요."

"이미 복잡해졌네. 설령 쳔 원장이 진짜 독에 중독되었다 하더라도, 시기가 너무 교묘해 태후도 의심을 하지 않을 수 없고."

"친헝도 징두 수비군을 맡고 나서 첫 임무가 진원을 감시하는 것이었던데, 어쨌든 진원에서 아무런 소식이 나오지 않는 건 너무 수상하네요."

판시엔은 쳔핑핑이 신경 쓰였지만 다시 고개를 저으며 단호하게 말을 이었다.

"지금 이것 저것 따질 시간이 없어요. 대황자에게 이제는 결심을 내려야 할 때라는 말을 전해주세요."

"그래도 닝 재인이 황궁에 있는데 부군께서 어떻게……."

"닝 재인의 안전을 제가 보장하죠. 대신 저는 대황자의 결심이 필요해요. 그리고 금군 안에는 여전히 옌샤오이의 측근들이 남아 있는데, 만약에 태후가 대황자를 금군 통령 자리에서 물러나게 해버리면……그때는 상황을 되돌리기 힘들어요."

'그런데 판시엔이 어떻게 닝 재인의 안전을 보장한다는 것이지?'

"지금은 금군보다 13성문사가 관건이네. 어쨌든 태후 측인 친씨 집안 군대와 예씨 집안 군대가 징두로 들어오는 것을 막아야 하지 않겠나?"

판시엔은 왕비가 구체적인 사항을 이야기하기 시작하자 조금은 안심하며 솔직하게 토론을 하기 시작했다.

"왕비도 아시지만, 저는 군대와 별 친분이 없어 13성문사 쪽은 어떻게 해야 할지 모르겠어요."

왕비가 한숨을 쉬었다.

"화친왕도 과거 함께 했던 서만 정벌군의 장군들이 뿔뿔이 흩어져 버려 징두에 별 세력이 없네. 친씨 집안과 예씨 집안이 연합해 징두로 들어오면 상대하기가 힘들 것이야. 천 원장만 징두에 있었더라도 13성문사를 통제할 방법을 강구해……."

"그런 생각할 시간이 없어요. 성문이 열리기 전에 황궁 내 상황을 정리해야 해요."

"결국에는 피바람이 불겠군……."

"피를 조금이라도 덜 흘리려면, 조금도 흠이 없는 완벽한 계획도 있어야 하고, 운도 따라야 하죠. 더구나 장 공주는 미친 인간이니, 우리가 황궁에서 움직이는 것을 눈치 채면, 당장 병력을 동원하여 몇 천 명이 죽든 상관하지 않을 거예요."

왕비가 동의한다는 표정으로 고개를 끄덕이며 말했다.

"우선 자네 의견을 부군께 전달하겠네."

"왕비가 화친왕 대신 온 것이니, 왕비가 결정할 수 있는 것 아닌 가요?"

사실 대황자는 판시엔이 무슨 생각을 하는지 알고 있었다. 그럼에도 부인을 대신 보낸 것은 판시엔이 얼마나 많은 패를 쥐고 있으며, 얼마나 많은 일을 할 수 있는지 알고 싶었기 때문이다. 그래서 판시엔의 직설적인 물음에 왕비는 멋쩍은 미소를 지으며 말했다.

"담박 공작이 갈수록 자신만만해지네. 징두가 풍전등화인데 그런 농담이 나오는 건가?"

"자신은 있어요. 친씨 집안과 예씨 집안 군대가 징두로 들어오는 것만 막아내고, 대황자만 절 지지해 주면……징두에 제 적수는 없어요."

"판시엔, 하나만 묻자. 오늘 조정에서 문관 대신들이 죽기를 각오하고 태자에게 대항했다는데, 만약 태자가 그들 모두를 죽였으면 어떻게 할 생각이었어? 그들의 죽음은 개의치 않았던 건가?"

판시엔은 미소를 거두며 엄숙하고 진지한 표정으로 대답했다.

"두 분의 대학사는 자신의 마음속 정도(正道)를 지키며 살아가고자 하는 분들이셨고, 그래서 자신의 신념대로 그런 선택을 한 거예요. 20일 전 산꼭대기에서 전 깨달았어요. 저는 여전히 목숨을 아끼지만, 더 이상 죽음이 두렵지는 않아요. 만약 죽어야만 하는 상황이 닥친다면, 그저 가치 있게 죽기만을 바랄 뿐이에요."

판시엔은 두 눈을 감고 잠시 생각하다 다시 입을 열었다.

"대항하는 사람이 장 공주였다면 그런 생각을 하지 않았을 거예요. 하지만 태자였기에, 모험을 해 본 것이죠. 제가 아는 한 태자는, 황자 중 가장 온화한 사람이에요."

왕비는 더 이상 말을 하지 못하고 몸을 돌려 떠나려 했다. 판시엔은 그런 왕비를 불러 세우며, 마쉬쉬를 나오게 한 뒤 진지하게 당부했다.

"저는 징두에서 한 곳에 머물 수 없어요. 여기도 다시 오지 않을 거예요. 그러니 이 아가씨가 안전하게 지낼 수 있도록 화친왕 저택에 데리고 가 주셨으면 좋겠어요."

왕비가 살짝 당황한 표정을 지었다. 마쉬쉬도 놀란 표정을 지으며 판시엔을 바라봤다. 하지만 판시엔은 전혀 개의치 않고 말을 이었다.

"왕비는 이해해 주실 거라 믿어요."

왕비는 천천히 고개를 끄덕였다. 판시엔도 왕비도 마쉬쉬의 생사에 그렇게 개의치 않았지만, 만약 그녀가 죽는다면 둘 다 대황자에게 할 말이 없는 것도 사실이었다. 판시엔은 두 사람을 정문까지 배웅하며 왕비가 마차에 오르는 마지막 순간에 그녀의 눈을 바라보며 부탁했다.

"화친왕비, 이제는 북제의 공주가 아니라 경국 화친왕의 왕비입니다. 그러니 스스로 경국인이라고 여겨 주길 바랍니다……북제인이 아니라."

마차가 화친왕 저택에 도착하자 왕비가 마쉬쉬를 데리고 후원으로 들어가 하인에게 머물 거처를 마련해 주라 명했다. 그리고 혼자 호수 중앙에 있는 정자로 갔다. 왕비는 긴 한숨을 내뱉으며 줄곧 정자에서 기다리던 사람에게 물었다.

"친왕 쪽에서 무슨 소식이 있었어?"

"금군 쪽에 약간 이상한 행동이 있었지만, 셰수 부통령의 말에 따르면 큰 문제는 없다 합니다."

집사 같이 보이는 사람은 한껏 목소리를 낮추고 말을 이었다.

"공주, 그 사람은 만나셨습니까?"

공주?

화친왕비를 공주라고 부르는 사람은……북제인이었다!

왕비가 고개를 끄덕이며 대답했다.

"장 공주 쪽과 잠시 평화를 유지하려 한다는 말 말고 다른 말은 없었어."

"폐하께서는 장 공주가 경국 상황을 잘 통제할 수 있도록 도우라는 명을 내리셨습니다. 그러니 판시엔의 행적을 장 공주에게 알려야 합니다."

"샹징에서 무슨 생각을 가지고 있는지 모르겠지만, 당분간이라도 판시엔은 죽으면 안 돼."

"공주, 북제인의 신분을 잊으시면 안 됩니다. 감정적으로 판단하여 폐하의 명을 어기시면 아니 될 일입니다."

"난 너를 생각해서 하는 말이야. 판시엔이 죽으면? 폐하께서 정말 널 용서할까?"

북제의 밀정이 더욱더 목소리를 낮추며 말했다.

"경국에 큰 혼란을 일으키라는 폐하의 엄명이 있었습니다. 판시엔이 죽지 않으면, 천핑핑, 판지엔, 린뤄푸도 가만히 있을 겁니다. 경국 황제가 죽었으니, 경국을 혼란에 빠뜨릴 인물은 장 공주와 세 명의 늙은이밖에 없습니다."

고개를 푹 숙인 그 사람의 말이 점점 빨라졌다.

"태후가 늙은이들을 모두 감시하고 있으니 그들이 섣불리 움직이지는 않겠지만, 판시엔이 죽으면……그들도 어쩔 수 없이 날뛰며 경국에 큰 혼란을 불러올 겁니다. 경국에 혼란이 생기면 누가 이기든 북제로서는 좋은 일입니다."

북제 밀정은 고개를 살짝 들어 공주의 눈치를 살핀 뒤 단호하게 말했다.

"경국 황제의 죽음이 경국 혼란의 시작이었다면, 판시엔의 죽음은 혼란을 폭발시킬 수 있는 도화선입니다."

"그건 북제 금의위 의견이야, 폐하의 의견이야?"

"이 일은 금의위 진무사 지휘사의 손을 거치지 않은 폐하의 독단적인 결정이십니다. 폐하께서 비록 명시적으로 밝히진 않으셨지만, 판시엔의 죽음도 예상하고 계신 건 분명해 보입니다."

"그럼 북제는 어디가 이길 거라 보는 거야?"

"판시엔 쪽이 이길 거라 생각하고 있습니다. 그래서 판시엔 쪽이 이기려면, 판시엔이 반드시 죽어야 합니다."

"무슨 말이야? 판시엔이 이길 건데, 판시엔이 죽어야 한다?"

"폐하께서는 쳔핑핑의 힘을 믿는 것 같습니다. 지금 상황에서 화친왕이 판시엔을 돕는다 해도, 예씨와 친씨 집안의 군대를 막을 재간이 없습니다. 다만, 그 상황에서 판시엔이 죽으면, 쳔핑핑이 무슨 수를 써서라도 그 상황을 평정할 거라는……."

"결국 장 공주가 패하고, 판시엔이 쪽이 경국을 장악한다면, 그럼 차라리 판시엔이 살아 있는 게 나은 것이 아닌가? 판시엔은 북제와 사이도 좋으니 당분간은 평화를 유지할 수도 있을 것이고."

북제 밀정은 고개를 들어 왕비의 눈을 한참 바라보다 천천히 입을 열었다.

"공주는 폐하의 뜻을 정확하게 이해하지 못하신 듯 보입니다."

"폐하의 뜻?"

"지금 모든 사람의 시선은 태자, 2황자, 3황자 그리고 판시엔에게 쏠려 있습니다. 그런데 만약 혼란이 일어나 뒤죽박죽 되어 버린다면……금군의 병력을 일으킬 수 있는 것은 화친왕입니다. 화친왕은 줄곧 판시엔과 사이가 좋았고, 천 원장에게는 조카 같은 사람이고, 판지엔도 아들을 잃는다면 결국 지지할 사람은……그러니 판시엔이 죽으면 가장 좋은 기회를 얻는 사람은, 화친왕입니다."

왕비는 적지 않게 놀라며 깊은 숨을 들이쉬었다. 그녀는 이제서야 멀리 샹징성에 있는 이복 동생이 얼마나 치밀한 계획을 세웠는지 깨달았던 것이다. 왕비는 놀란 가슴을 쓸어내리며 조심스럽게 말했다.

"화친왕은……허락하지 않을 거야."

"판시엔이 장 공주와 형제들에게 죽임을 당하면 실망과 분노로 가득하게 될 겁니다. 그렇게 되면 화친왕 마음속 깊은 곳의 야심도 꿈틀댈 겁니다."

"그럴 리 없어. 너도, 폐하도……화친왕을 이해하지 못해. 어쨌든 판시엔이 죽어서는 안 돼. 샹징이 무슨 계획을 가지고 있는지는 알 바 아니고, 최소한 판시엔의 행적을 우리 쪽에서 노출하면 안 돼."

"공주……."

북제의 밀정은 유감스러운 말투로 조심스럽게 말했다.

"소신의 입장을 헤아려 주십시오. 양총 골목에서 마차가 떠났을 때, 이미 장 공주에게 알렸습니다."

왕비는 더욱 놀라며 이해할 수 없다는 표정으로 밀정을 바라봤다. 그리고 천천히 고개를 돌려 푸른 하늘을 바라보았다.

'판시엔…….'

판시엔은 마쉬쉬를 화친왕비에게 부탁할 정도로 세심한 사람이었지만, 경국 황제의 암살을 북제 황제가 최소한 묵인했다는 것도 눈치채고 있었지만, 왕비 곁에 북제 밀정이 붙어 있다고는 생각지도 못했다.

그래서 양총 골목에 있는 작은 저택에 조금 더 머물렀다. 하늘이 어둑어둑해 질 무렵, 그는 평범한 삿갓을 쓰고 저택을 나와 골목을 걸어갔다. 그리고 민가에 걸려 있는 하얀 깃발들을 지나가며 감사원 1처 건물 방향으로 향했다.

무티에를 찾아갈 생각이었다. 쳔핑핑의 안위가 진심으로 걱정되었기 때문이다. 아무리 흑기병 5백이 곁에서 지키고 있다지만 천하 최강 경국의 군대를 막을 수는 없을 터였다.

'다그닥다그닥.'

그가 미간을 살짝 찌푸리며 고개를 돌렸다. 멀지 않은 곳에 자신을 미행하고 있는 세 사람이 보였다. 그는 재빨리 뒤에 있는 좁은 골목으로 들어갔다. 세 사람도 죽음을 각오한 듯 재빨리 쫓아 들어갔다.

'퍽!'

판시엔이 몸을 돌려 한 사람의 목을 내리쳤다. 그리고 두 번째 사람의 낭심을 걷어찬 뒤, 암궁 한 발을 쏘아 세 번째 사람의 눈구멍에 화살을 꽂았다. 순식간에 벌어진 일에 세 사람은 소리를 지르지도 못했지만, 판시엔은 행적이 들켰으니 장 공주가 보낸 사람이 더 있을 거라 생각하고 조금도 지체하지 않고 왼쪽 벽을 타고 올라갈 준비를 했다.

'퍽!'

하늘에서 한 사람이 매처럼 날아와 판시엔의 얼굴을 갈겼다!

'8품.'

판시엔은 8품 고수의 두 번째 공격을 오른손으로 맞받아쳤다. 그리고 숨을 크게 한번 들이쉬며 진기를 주입했다.

'펑!'

군인으로 보이는 고수는 팔뼈가 부러지고, 어깨뼈가 산산 조각나고, 가슴뼈가 무너져 내렸다. 그리고 패도 진기의 기세에 다시 하늘로 날아갔다.

'콜록콜록.'

판시엔도 마른 기침을 하며 가슴이 찢어질 듯한 통증을 느꼈다. 아직 몸 상태가 모두 회복되지 않았기 때문이다. 그는 이 상태로 오래 싸울 수 없다는 것을 알기에 재빨리 추격에서 벗어나려 하였다.

하지만 8품 고수를 상대하는 그 짧은 순간에, 이미 그는 포위당하고 말았다.

판시엔은 체념한 듯 자신을 포위하고 있는 사람들을 천천히 훑어보았다. 징두 수비군 군인들, 형부 관원들, 징두 관아 관원들. 심지어 맨 뒤에는 몇몇의 태감과 황실 호위들도 보였다.

감사원을 제외하고 징두에서 힘을 가졌다는 세력들은 모두 모인 셈이었다.

판시엔은 두렵지는 않았다. 더욱이 상처 입은 뒤 나락으로 떨어지는 패배자라 생각하지도 않았다. 그는 담담하게 이 모든 것을 바라보고 있을 뿐이었다.

'옌샤오이도 날 못 죽였는데, 누가 날 죽여?!'

"죽여라!"

어디선가 명령이 내려지자 셀 수도 없는 사람들이 일제히 판시엔에게 달려들었다.

'퍽, 퍽, 퍽, 퍽……!'

큰 강물처럼 맹렬히 달려들던 사람들은, 마치 부술 수 없는 거대한 바위를 만난 듯 양갈래로 떨어져 나갔고, 칼날이 사람을 가르고 뼈가 부서지는 소리가 끊임없이 울려 퍼졌다.

제일 처음 뛰쳐나갔던 사람 넷이 각자의 손목을 틀어쥐고 피를 흘리며 바닥에 쓰러졌다.

하지만 상대방도 물러서지 않았다.

"죽여!"

검은색 섬광이 번쩍였다.

판시엔의 전광석화 같은 공격에 사방으로 피가 튀었고, 좁은 골목 안은 끊임없는 참혹한 비명 소리와 피비린내로 채워지기 시작했다.

달려들던 군인과 관병들이 순간 멈칫했다.

이번에는 판시엔이 먼저 달려들었다. 그림자처럼, 바람처럼 사람들 사이를 오가며, 손으로 사람들의 귓불, 손가락, 겨드랑이 등 약한 부분을 공격했다.

잔재주. 잔재주는 체력을 가장 절약할 수 있고, 진기를 소모하지 않고도 효율적으로 싸울 수 있는 방법이었다. 그리고 그의 목적은 그들을 모조리 죽이는 게 아니었다.

사람들이 떨어져 나가자 멀지 않은 곳에서 이들을 지휘하고 있는 장군이 보였다. 그 장군의 예상과 달리 판시엔은 상처 하나 입지 않고 20여 명을 살상했으며, 포위를 뚫고 10여 장(丈)이나 이동해 있었다.

"막아! 반역자를 죽여라!"

'틱틱틱틱……'

철궁. 철궁이 장전되는 소리. 판시엔의 손이 멈칫했다. 산골짜기 습격이 생각났다. 철궁을 쓰는 곳은 감사원 아니면 군대.

'벌써 장 공주가 군대를 징두에……13성문사는 어떻게 된 거지?'

'펑!'

판시엔은 그 짧은 순간 오른발에 패도 진기를 가득 실어, 아래 푸른색 석판 바닥을 내딛었다.

'휙휙휙휙!'

'휙휙휙휙!'

깨진 석판 조각이 순식간에 주위의 관병들과 지붕 위의 군인들에게 날아가 박혔다. 그와 거의 동시에 철궁들도 발사되었지만, 판시엔은 오른발로 발돋움한 힘으로 이미 앞으로 3척 정도 나아가 있었기에 한 발도 그를 명중시키지 못했다.

그리고 발끝에 힘을 줘 다시 한번 발돋움하며 공중으로 날아 지붕 위로 올라갔다.

잠시 뒤 바람을 가르는 소리와 함께 처마 끝으로 날아간 판시엔을 지붕 위 군인들이 쫓기 시작했고, 지상에서는 징두 관아와 형부의 관병들이 그가 도망간 방향으로 내달리기 시작했다.

"난 그놈을 죽일 거야."

광신궁으로 돌아온 장 공주가 무표정한 얼굴로 옆에 있는 태감에게 말했다.

"공주, 그보다 진원 쪽에 문제가……그리고 동산로에도 문제가 생긴 듯 보입니다. 마지막 소식을 받은 지 3일이나 지났습니다."

"감사원 문제는 네가 신경 쓸 사안이 아니야. 난 판시엔이 죽길 원해."

"네, 전하."

대답한 이는, 호우 태감!

야오 태감과 함께 경국 황제에게 가장 큰 신뢰를 받던 호우 태감. 과거 판씨 집안과 류씨가 건넸던 수 많은 돈은 모두 쓸데없는 돈이었던 것이다. 무술 고수인 큰 홍 태감의 생사는 알 수 없어도, 야오 태감은 황제와 같이 죽었을 가능성이 매우 컸기에, 지금 태후의 신임을 가장 많이 받으며 황실에서 최고 권력을 가진 태감은 호우 공공이었다.

그는 원래 장 공주 사람이었던 것이다!

"동궁에 불을 지른 건 참 잘한 일이야. 이제 징두에도 불을 질러
야지?"

호우 태감은 허리를 굽혀 다시 한번 예를 올린 후 공손하게 말을
이었다.

"태후께서 금군에도 판시엔을 체포하는 데 협조하라 명령을 내
리셨는데……현장에는 나타났지만, 금군이 실제 협조하지는 않았습
니다. 아무래도……대황자는 다른 마음을 품고 있는 듯 보입니다."

"금군은 우리가 건드릴 수 없어."

"오늘 태극전에서 사십여 명의 대신들이 소란을 일으켜 하옥되었
지만, 태후의 뜻은 확고해 보입니다. 태자 전하께서 황위를 물려받
는 게 정해졌으니……대황자의 위치도 바뀔 수 있지 않겠습니까?"

"그러니까 나보고 어머니에게 가서 말해보라는 뜻이야?"

장 공주는 살짝 비웃듯이 말을 이었다.

"그럴 수는 없어. 징두 수비도 내 사람이고, 친씨 집안과 예씨 집
안의 군대도 내 사람들인데……이런 상황에서 금군까지 내 사람으
로 교체하자 하면, 어머니가 어떻게 허락하시겠어? 어머니는 항상
균형을 추구하시지……닝 재인만 함광전에 얌전히 있는다면, 금군
은 화친왕이 계속 맡을 거야."

장 공주는 자신만만한 미소를 지으며 계속 말을 이었다.

"판시엔도 약점은 있지."

"태후께서 입궁하라 명을 내리기 전에 판시엔의 핏줄을 임신한 첩
이 도망간 것이 아쉽습니다."

"도망간 게 아니야. 누군가 그놈의 가족을 보호하는 거지. 하지만
판시엔이 죽는다면? 과연 주인을 잃은 수족들이 얼마나 자신들의 몸
을 지킬 수 있을 지는 모르겠네."

"공주의 절묘한 계략에 감탄하지 않을 수 없습니다."

"좋은 계략일 것도 없어. 이틀 후 정도면 궁을 나가야 할 것 같으니 준비해 줘."

호우 태감은 왜 이틀 후에 궁을 나가야 하는지 그 이유는 몰랐지만 고개를 끄덕이며 인사를 고했다.

"종, 이만 함광전으로 돌아가겠습니다."

"어머니가 마음을 단단히 먹도록 도와줘."

"네, 전하."

호우 태감이 떠나자 그녀는 자리에서 일어나 광신궁 뒤편으로 발걸음을 옮겼다. 그곳에는 궁녀 여러 명이 남자 한 명과 여자 한 명을 감시하며 가둬 두고 있었다.

장 공주는 은은한 미소를 지으며 여자에게 말했다.

"쳔이야, 이 어미가 판시엔을 찾았단다."

린완알은 놀라지도 않고, 장 공주를 쳐다보지도 않은 채, 아랫입술만 살짝 깨물었다. 장 공주는 딸의 반응이 탐탁지 않은 듯 노기 섞인 목소리로 말을 이었다.

"그놈이 정말 널 걱정했다면, 진작 궁에 돌아왔겠지."

장 공주의 비꼬는 말에 완알은 고개를 번쩍 들고, 눈빛으로 장 공주를 베어버리고 싶은 듯 차갑게 말했다.

"어머니가 절 함광전에서 광신궁으로 거처를 옮기게 했을 때, 일말의 모녀의 정이 남아 있어서 그런 거라 생각한 제가 바보지요. 인질로 삼은 건데……황제 삼촌이 항상 어머니는 미친 사람이라 일반인이랑 똑같이 보면 안 된다고 하셨는데……그러니 안심하세요. 저는 어머니를 원망하지는 않아요. 미친 사람은 병자이니, 원망조차도 쓸모 없는 감정일 뿐이에요."

"그래?"

장 공주는 천천히 두 눈을 감으며 말했다.

"내가 너를 낳았으니, 넌 날 원망하면 안 돼. 판씨 집안이 스스라는 천한 계집은 챙기면서 너에게는 관심조차 두지 않는 걸 보면, 네가 원망해야 할 사람은 판시엔 그놈과 시아버지겠지."

"틀렸어요. 그분들은 미친 사람들이 아니라, 친딸을 인질로 삼을 거라 생각하지 못한 것이겠죠."

'철컹.'

완알이 분노에 몸을 떨며 살짝 움직이자, 묵직한 금속 부딪히는 소리가 울렸다.

장 공주 리윈루이가 자신의 친딸인 완알에게, 족쇄를 채운 것이다!

"판시엔이 죽으면 모두가 다 잘 될 거야."

"그래요? 안타깝네요. 어머니는 상공을 절대 죽이지 못할 테니까."

"살고 죽는 건 사람 마음처럼 되지 않아. 그리고 난 내 사위를 잘 알고 있어."

장 공주는 딸 옆에 겁에 잔뜩 질린 얼굴로 아랫입술을 파르르 떨고 있는 큰보배를 경멸스러운 눈빛으로 바라보며 말을 이었다.

"너와 이 바보가 여기 있는데, 그가 죽지 않고 어쩔 수 있을까?"

"제 상공은 그렇게 멍청하지 않아요."

"그래? 넌 이해하지 못할 거야. 아니 모두 이해하지 못하고 있어. 판시엔은 겉으로는 대의를 위해 뭐든 희생할 수 있는 냉정한 사람인 척하지만, 사실은 자기 주변 사람들의 안위를 가장 먼저 생각하는 사람인데, 사람들은 그걸 몰라."

장 공주는 잠시 생각하다 다시 아름다운 미소를 지으며 말을 이었다.

"난 판시엔을 높게 평가해. 며칠 뒤 그 애는 황궁에 들어와 상황을 역전시키려 하겠지. 그래서 난 너와 이 바보를 출궁시킨 뒤, 그가 여기서 죽게 만들 거야."

"13성문사도 장악했나 보군요. 그럼 이제 친씨와 예씨 집안 군대가 징두로 들어오겠군요."

"역시 내 딸이야."

완알이 고개를 숙이며 생각에 빠졌다. 판시엔이 황궁에 들어와 대황자가 이끄는 금군과 함께 황실을 장악하려 할 것이지만, 그는 장공주가 이미 거기까지 생각해서 그 후에 강력한 군대로 반격할 거라고는 전혀 예상하지 못할 것이라 생각했다.

완알은 약간은 걱정스러운 목소리로, 하지만 차갑고 비웃는 말투로 쏘아붙였다.

"도대체 뭘 하시려는 거예요?"

"내가 뭘 하고 싶냐고?"

장 공주는 고개를 들어 광신궁 담장 어딘가를 망연하게 바라보다 이윽고 말을 이었다.

"남자가 지배하는 이 세상에서, 비범한 일을 할 수 있는 여자들이 있다는 걸 알려주고 싶어. 사실 남자가 없는 게 더 나을 수 있단다. 판시엔이 죽으면 넌 지체 높은 황실의 딸, 군주의 신분인데, 뭐 그리 슬퍼할 필요가 있을까?"

"어머니가 제대로 된 남편을 얻지 못해 미친 거겠죠. 그래서 이런 미친 짓을 해서라도 존재감을 찾고 싶은 것이고."

"버릇없는 년! 어디서 말 같지도 않은……."

"그래요? 황제 삼촌이 어머니의 계략에 돌아가셨으니 어머니는 통쾌하겠지만, 또 한편으로는 울적해서 스스로 해치고 싶은 거 아닌가요?"

완알은 조롱하는 미소를 지으며 차갑게 말을 이었다.

"몰라서 말을 하지 않은 게 아니에요. 역겨워서 하지 않은 거지. 어머니는 숨기려 하지만……사실은 남자 없이 살아갈 수 없는 가련한 사람이잖아요. 그걸 숨길 수 있을까요?"

순간 무거운 침묵이 흘렀다. 잠시 후 장 공주는 더 이상 자신의 감정을 숨기지 않고 차가운 목소리로 침묵을 깼다.

"넌 어쨌든 내 딸이야. 그러니 내가 어찌 널 죽이겠어. 하지만 네 말에는 살기가 가득하구나."

"저는 힘이 없어 말밖에는 할 수 있는 게 없죠. 어머니가 설령 상공을 죽이더라도, 저에게는 조금의 존경도 받을 수 없을 거예요."

입술을 다문 린완알의 얼굴은 침착하면서도 자신감이 넘쳤다. 그때 그녀의 옆에서 손을 잡고 있던 큰보배가 끙끙 소리를 내다 작은 목소리로 투덜거렸다.

"손 너무 꽉 잡지 마. 아파."

장 공주는 큰소리로 한번 웃은 뒤 완알에게 나지막한 목소리로 말했다.

"딸아, 벌써부터 그렇게 화내면 안 돼. 어미가 네가 보는 앞에서 판시엔을 죽일 건데, 그때는 어떻게 하려고 그래?"

장 공주는 다시 아름다운 미소를 지으며 완알의 얼음처럼 차가운 뺨을 가볍게 토닥였다.

판시엔은 군대와 관병들의 추격을 피하며 지금 자신이 징두에서 가장 주목을 받고 있는 사람이라는 것을 뼈저리게 실감했다. 징두 8할의 백성들은 그가 누명을 썼다 생각했지만, 나머지 사람들은 황제를 암살한 반역자라고 생각하고 있었던 것이다.

그들은 판시엔이 겨우 추격을 따돌렸다 생각하는 순간, 온갖 야단법석을 떨면서 그가 도망간 방향을 가리키며 잡으라 소리를 지르고 있었다. 그래서 그는 한 장소에 15분 이상 잠복해 있을 수 없었다.

담장 아래 기대 갈수록 어두워지는 밤하늘을 보며, 판시엔은 이 대로 계속 도망 다닐 수 만은 없다고 생각했다. 징두에서 역사상 가장 많은 수의 인원들이 치밀한 수색 작전을 펼치고 있었기 때문이다.

'콜록콜록.'

그가 기침을 하니 피가 살짝 묻어져 나왔다. 아직 상처가 다 낫지 않은 상태에서 패도 진기를 무리하게 운용했기에 피로가 몰려오고 있었다. 멀지 않은 곳에서 다시 웅성대는 소리가 들렸고, 판시엔은 한숨을 내쉬며 다시 움직일 준비를 하였다.

사실 그에게 이 추격을 피하는 일은 아무것도 아니었다. 문제는, 완알과 큰보배가 황궁에 갇혀 있다는 것이었다. 그래서 황궁 밖에서 이렇게 시간을 보내는 것은 너무 위험했다. 최대한 빨리 안전한 곳에 몸을 숨기고, 자신의 세력과 연락하여 정보를 파악하고 다음 계획을 세워야 했다.

하지만 그와 연관이 조금이라도 있는 곳은 모두 감시를 받고 있었고, 이런 대대적인 추격에서 안전한 은신처를 찾는 것은 불가능해 보였다.

'다그닥다그닥.'

말발굽 소리가 점점 더 크게 들렸다. 일단 움직여야 했다. 그는 골목 끝 담장에 손을 얹고 진기를 이용해 큰 새처럼 훌쩍 날아 담장 안으로 들어갔다.

그는 더 이상 도망만 치며 시간을 보낼 수 없다 생각이 들자마자, 이 저택을 눈여겨 보기 시작했었다. 잘 꾸며진 것이 조정 대신의 저택인 듯 보였다. 누구의 저택인지는 알 수 없었지만, 믿을 수 있는 사람이라면 접촉해보고, 아니라면 최소한 숨어 있으며 몸을 잠시라도 회복한 뒤 다시 생각해 보기로 한 것이다.

담장을 뛰어 넘은 그는 2층에 있는 서재로 재빨리 이동했다. 그곳에 저택의 주인이 있을 것이라 생각했기 때문이다. 그는 책 냄새가 물씬 풍기는 방 안으로 들어가 검은색 비수를 꺼내 서재에 있던 사람의 목을 겨누었다.

그런데 예상과 달리 서재에 벌벌 떨며 서 있던 이는, 이 집의 주인이 아니라 가련한 몸을 가진 여자였다!

그녀는 백지장처럼 질린 얼굴로 비명을 지르려 하였고, 판시엔은 재빨리 손을 뻗어 그녀의 입을 막고 경맥을 눌러 잠시 움직이지 못하게 하려 했다. 그런데 판시엔이 그녀의 경맥을 누르기도 전에 그녀는 혼절해 버렸다!

'뭐지? 손에 미약을 바르지도 않았는데?'

판시엔은 우선 그녀를 낮은 침대에 조심히 눕혀 놓고 창가로 다가가 저택 정문을 바라봤다. 그를 추격하던 무리가 대문 앞에서 이 저택의 집사로 보이는 사람과 몇 마디 나누더니, 그냥 몸을 휙 돌려 다른 곳으로 가버렸다.

'뭐야? 이 저택의 주인이 누구지? 장 공주 사람이었어? 젠장.'

판시엔은 다시 한번 서재를 둘러봤다. 저택 규모로 봤을 때 황족은 아니고 조정 대신의 저택이었는데, 장 공주 쪽 대신 중 누구의 것인지 알 수가 없었다. 그리고 책이 많아 서재라고 생각했던 방이 사실은 규방이었다는 것을 알게 되었다. 하지만 그도 그럴 것이, 일반적인 규방에서 볼 수 있는 물품은 거의 없었고, 책장에 책만 가득 꽂혀 있었기 때문이다.

그리고 더욱 이상한 것은 책상 다리에 붙여져 있는 종이에 쓰인 문구였다.

'꿈에 어리는 쌀쌀한 추위는 봄날의 한기이고, 내 곁의 자욱한 꽃향기는 술의 향기구나.'

송나라 학자 진관이 지은 것으로, 판시엔이 베껴 쓴 〈홍루몽〉에 나오는 것이었다.

판시엔은 고개를 저으며 책장에 꽂힌 책들을 보았는데 그는 순간 온몸에 소름이 끼쳤다. 일반적인 규방에 있어야 하는 여학(女學)이나 열녀전 같은 것은 한 권도 없었고, 대신 그 큰 책장을 모두 채우고 있는 것은 판시엔에게 너무나도 익숙한 것이었다.

왜냐하면, 자신이 쓴 책이었기 때문이다.

삼백여 수의 시가 담긴 시집의 각종 판본, 장모우한이 그에게 증정한 서적을 정리한 것 그리고 무엇보다 책장 한쪽을 가득 채우고 있는 엄청난 양의, 각양각색의 〈홍루몽〉 아니 이 세상에서는 〈석두기〉.

대부분이 담박서점에서 지난 3년 동안 출판한 책들이었고, 몇몇은 이름 없는 책방에서 불법으로 출간한 해적판이었다. 그는 미소를 지으며 처음 징두에 왔을 때 이름 모를 아줌마에게 산 불법 〈석두기〉 판본을 집어 들고, 기절해 있는 아가씨 옆으로 와 그녀의 얼굴을 천천히 살폈다.

상당한 미모와 함께 유난히 깨끗한 피부를 가졌는데 미간 부분에서는 약간 차가운 기운이 비쳤다.

'뭐뭐와 닮았네.'

바로 그때 아가씨의 눈꺼풀이 살짝 움직이더니 그녀가 깨어나기 시작했다.

순핀알(孫顰兒, 손빈아)은 눈꺼풀이 돌처럼 무거운 느낌이 들었다. 그녀가 기억하는 건 저녁 식사 후 방으로 돌아왔고, 돌아가신 폐하를 위해 시를 지으려 하고 있었는데, 갑자기 밖에서 소란스러운 소리가 들리며 잠시 후 어느 남자가 난데없이……

그녀는 살면서 한번도 이런 무례한 경우를 당해본 적이 없었다. 그래서 당황하기도 하고 화가 나기도 해 감정을 주체하지 못하다가 갑자기 혼절한 것이었다.

그녀가 어렵게 눈을 뜨자, 어렴풋하게 어떤 얼굴이 보였다. 이목구비가 뚜렷한 준수한 외모의 남자가 미소를 지으며 그녀를 바라보고 있었다. 창밖에서 비추는 은은한 달빛에 비친 남자의 얼굴은 순수하고 온화해 보였다.

그녀는 눈을 깜빡이며 초점을 맞추다, 어디서 본 듯한 얼굴의 이 남자가 누구인지 생각했다.

판시엔은 언제든지 경맥을 눌러 다시 기절시킬 준비를 하면서도, 소리를 지르지 않는 그녀를 의아한 눈으로 바라보고 있었다.

"누구세요?"

"누구세요?"

두 사람이 동시에 같은 질문을 내뱉었다.

판시엔이 고개를 갸웃하며 먼저 말을 이었다.

"제가 나쁜 사람이라고 생각하지는 않나 보군요?"

그녀는 양손으로 자신의 몸을 감싸며 떨리는 목소리로 말했다.

"그쪽이 누군지 모르겠지만 소란은 피우지 마세요. 소란을 피우면 그쪽도 좋을 게 없잖아요."

"아가씨는 대단히 침착하네요. 아주 좋아요. 보통 아가씨들은 이런 상황에서 소리부터 지르거든요."

순핀알은 얼굴을 약간 붉혔다. 그녀도 처음에는 소리를 지르려 했다. 하지만 어딘가 익숙한 얼굴에 누구인지 계속 생각하다 저도 모르게 소리가 나오지 않았을 뿐이었다. 판시엔은 손에 들고 있던 불법 〈석두기〉 판본을 책상에 놓으며 말을 이었다.

"놀랄 필요는 없어요. 잠시 몸을 피할 곳이 필요해 들어왔어요. 절대 아가씨를 해치지는 않을 거예요."

"몸을 피할 곳……?"

그녀는 갑자기 정신이 번쩍 들더니, 책상 위에 있는 〈석두기〉를 보고 얼굴이 하얗게 질리기 시작했다. 그리고 더 이상 그를 쳐다보지 못하고 고개를 숙인 채 떨리는 목소리로 물었다.

"혹시……그분?"

판시엔은 대답은 하지 않은 채 반문했다.

"아가씨는 어느 집안사람이죠?"

순핀알도 대답은 하지 않고 살짝 고개를 들어 판시엔을 다시 한 번 힐끔 보고 확신을 한 듯 물었다. 그녀의 목소리는 점점 더 떨리고 있었다.

"혹……시……판……대인?"

'분장을 진하게 한 것은 아니지만 어떻게 나를 알지? 분명 모르는 사람인데.'

판시엔은 대답은 하지 않고 조금은 경계하는 눈빛으로 그녀를 바라보았다. 하지만 그녀는 판시엔이 그녀의 대답에 바로 부인을 하지 않았다는 사실만으로 속이 울렁거리기 시작했다. 그리고 그제서야 판시엔의 질문이 기억난 듯 재빨리 대답했다.

"저의 아버지는 순징슈(孫敬修, 손경수)에요."

"순징슈!"

'순징슈?! 지금 날 쫓고 있는 징두 관아 부윤, 순징슈! 지금 내가 그의 딸을 인질로 잡고 있는 거야?'

판시엔은 겉으로는 최대한 놀란 기색을 내비치지 않으며 침착하게 말했다.

"순씨 집안 아가씨였군요. 너무 놀라지는 마세요."

현재 정2품 징두 관아 부윤 순징슈는 어느 파에도 속하지 않는 사람이었지만, 판시엔과 교분을 나눈 적도 없었다. 하지만 이 순간 중요한 것은 순징슈는 태후의 신임을 받고 있는 사람이고, 태후의 명을 받고 판시엔을 체포하려 하고 있는 사람이었다.

그는 그녀를 바라보며 몰래 손가락을 움직여 미약을 묻혔다. 그것으로 아가씨를 잠시 기절시킨 후 재빨리 이곳을 떠날 작정이었다.

"판 대인 맞죠?"

그녀도 최대한 평정을 되찾으려 노력하며 끈질기게 물었다.

판시엔은 살짝 미소를 지으며 반문했다.

"아가씨는 어떻게 저를 한눈에 알아본 거예요? 우리가 만난 적이 있나요?"

판시엔이 신분을 인정하자 순핀알은 저도 모르게 손으로 자신의 입을 틀어 막았고, 난데없이 옥구슬 같은 눈물이 그녀의 눈에서 떨어지기 시작했다. 판시엔은 영문을 모르겠다는 표정이었지만, 일단은 이곳을 나가야 한다는 생각에 자리에서 살짝 일어나려 했다.

순핀알이 갑자기 벌떡 일어나더니 그의 품으로 달려들었다!

여린 몸이 갑자기 가슴에 파고들어 자신을 꽉 잡자 판시엔은 눈알을 이리저리 굴리며 당황을 하기 시작했다.

'이 아가씨가 지금 목숨을 바쳐 나를 붙잡아 그녀의 아버지에게 넘기겠다는 건가? 어찌해야 하지…….'

그때, 판시엔의 품에 흐느껴 울던 순핀알이 잠꼬대를 하듯 말을 툭 뱉었다.

"가보옥(홍루몽의 주인공)……."

판시엔은 그녀를 품에서 떼어 낸 뒤 나지막이 말했다.

"아가씨, 정신 차려요."

판시엔의 말에 정신이 번쩍 든 듯 순핀알은 뒷걸음질 치더니, 자신이 지조도 없이 낯선 남자의 품에 안겼다는 사실에 놀라기도 하고 부끄럽기도 해, 의자에 주저앉아 울음을 터트렸다.

　그 모습을 어이없는 표정으로 바라보던 판시엔의 머릿속에 갑자기 하나의 장면이 스쳐 지나갔다. 그가 처음 징두를 와서 판스져와 〈홍루몽〉에 대해 이야기할 때 판스져와 나눴던 대화.

　'……어느 대인 집 아가씨가 형의 책을 읽느라 밥도 안 먹어서, 아가씨 어머니가 책을 다 불살라 버렸고……병이 났고……아가씨가 내 보배를 불살라 버려 병이 깊어졌…….'

　"아가씨가 혹시……어머니가 〈석두기〉를 불태우자 병이 났다는……?"

　그녀는 울어서 엉망이 된 얼굴로 부끄러워하며 고개를 끄덕였다.

　"그때 책을 다 불태웠다고…….'

　"병이 낫고 다시 샀어요."

　"아……그때는 순 대인이 징두 관아 부승이었는데, 벌써 징두 관아 부윤이 된 거구나."

　부윤과 부승은 품계상 2등급 차이였지만 실제 그 권력에서는 상당히 차이가 났다. 당연히 수도인 징두 부윤은 다른 지방의 부윤과 비교할 수 없었고, 그런 자리에 부승에서 3년 만에 올라갔다는 것은 상당히 어려운 일이었다.

　"판 대인에게 감사할 일이죠."

　"저에게요?"

　순핀알이 자초지종을 설명하자 판시엔도 그녀의 말을 이해하기 시작했다. 판시엔이 처음 징두에 왔을 때 징두 관아 부윤은 메이즈리였는데, 판시엔과 궈바오쿤의 송사에 휘말려 징두에서 쫓겨났고, 이어서 부임한 2황자 측근 징두 관아 부윤도 세비안 사건 등으로 징두 부윤에서 물러난 것이다. 이렇게 3년 동안 징두 부윤 자리가 연달아 바뀌는 바람에, 순징슈가 어부지리로 초고속 승진을 할 수 있었다.

판시엔이 재빨리 머리를 굴리며 조용히 말했다.

"아가씨, 저를 믿어요?"

"그냥 편하게 핀알이라 불러 주세요."

"핀알? 그럼 편하게 할게."

판시엔은 최대한 부드럽게 말했다.

"지금 조정에서 나를……."

"전 믿지 않아요."

"그러니까 내가 나쁜……."

"대인이 그럴 리 없어요."

판시엔이 말을 하기도 전에 순핀알은 단호하게 머리를 저으며 말을 끊었다. 판시엔은 그녀의 태도에 당황하기보다 안심이 되는 듯 온화한 미소를 지으며 조심스럽게 말했다.

"핀알, 날 도와줄 수 있을까?"

"일단 불을 켜야겠어요."

핀알은 달빛이 충분히 밝지 않아 우상의 얼굴을 보지 못하는 게 아쉬워서 그러는 것인지, 아니면 순씨 집안 하인들의 의심을 사지 않기 위해 그러는 것인지 모르겠지만 황급히 일어나 촛불을 켰다.

"판 대인, 지금 천하 사람들이 모두 대인을 찾고 있는데, 징두 관아 부윤 대인 저택에 숨어 있다고는 아무도 생각 못 할 거예요. 저와 대인이 안 지가 2년이 넘어가는데, 이번 일은 정말 감탄하지 않을 수 없네요."

촛불이 밝혀진 방 안에서 젊은 남자가 판시엔 앞에 앉아 고개를 절레절레 저었다. 판시엔은 은은한 미소로 그 남자를 바라보며 말했다.

"드디어 옌 공자도 내게 감탄한 거네?"

판시엔이 징두로 들어와 제일 먼저 연락한 사람은 옌빙윈이었다. 다만, 적절한 시간과 장소를 찾지 못해 이제서야 만난 것이다.

"이 사실을 알면 장 공주도 감탄할 걸요?"

"내가 운이 좀 좋지."

옌빙윈은 침대 쪽에 있는 핀알을 힐끔 보고 최대한 목소리를 낮춰 이야기했다.

"저 아가씨를 어떻게 이용하려는 거예요?"

"일단 안전하게 연락을 주고받을 장소가 필요하니 이곳을 이용하려 해. 네 말처럼 장 공주도 생각하지 못하겠지."

"다시 생각해도 대단하시네요."

"이번에 날 습격한 사람들 중에 군인들이 있었어. 금군도 현장에 있었지만 움직이진 않았으니, 예씨나 친씨 집안 쪽 군인들일 거야. 그들이 징두에 이미 들어와 있으니 성문이 절반은 열린 거나 다름없어."

판시엔은 침착하게 상황을 설명하며 이후 일을 지시했다.

"징두에 있는 감사원 관원들을 각 부처에 잘 분배하는 일을 해줘. 일단 움직이면, 상대방이 반격할 기회를 줘서는 안 돼."

"그런데 문제가 좀 있어요. 한 달 전 즈음 제가 가지고 있는 권한을 쳔 원장께서 가져가셨어요."

"뭐라고? 절름발이 늙은이가 미친 거야?"

"일단 그 문제는 천천히 이야기하고, 한 가지 먼저 확인하고 싶은 게 있어요."

"뭐지?"

"폐하께서……정말 돌아가신 거예요?"

잠시의 침묵이 흐른 후, 판시엔이 진중하게 대답을 했다.

"대동산에서 살아 도망친 사람은 나 하나야. 직접 보지는 못했지만, 황제가 살아 있을 가능성은 거의 없어 보여. 지금 장 공주가 저렇게 날뛰는 것만 봐도, 황제가 살아 있으면 저렇게 못하겠지…….”

“대동산에서 도대체 무슨 일이 있었던 거예요?”

“예류원, 스구지엔 그리고……쿠허도 온 것 같아.”

옌빙윈의 표정이 순식간에 굳어졌다. 판시엔의 짧은 말에, 이미 그는 황제가 살아 남았을 가능성은 없다고 판단되었기 때문이다. 옌빙윈은 주먹을 꽉 쥐며 결연한 표정으로 물었다.

“대인의 흑기병 5백은 어디 있나요?”

“징두 밖에 있어. 연락은 할 수 있는데, 눈에 띄지 않고 징두를 들어오게 할 방법이 없네.”

판시엔이 살짝 핀알 쪽으로 눈짓을 보내자 옌빙윈은 바로 눈치채고 물었다.

“징두 관아를 이용해 그들을 징두에 들어오게 할 생각인가요? 아무리 딸이라도 저 아가씨가 아버지에게 힘을 쓸 수 있을까요?”

“저 아가씨는 날 돕고 싶어해. 그리고 그건 내가 고민할 문제야. 일단 흑기병 5백이 징두로 들어오면 금군, 그리고 징두에 있는 감사원 관원 1천4백이 힘을 합쳐 군대가 들어오기 전에 황궁을 장악할 수도 있을 거야.”

판시엔의 눈빛에 점점 결연한 기색이 드러났다.

“이게 너와 내가 가진 모든 힘이야. 장 공주가 13성문사를 완전히 장악해서 군대가 들어오기 전에 우리가 먼저 상황을 통제해야 해.”

옌빙윈이 잠시 뜸을 들이다 어색한 목소리로 말했다.

“이 말을 해야 할 듯하네요. 제 추측이 틀리지 않는다면……폐하가 암살당하실 거란 사실을 천 원장은 알고 있었던 것 같아요. 그리고 어쩌면 장 공주를 암중에서 돕기도…….”

판시엔은 눈을 휘둥그렇게 뜨며 믿을 수 없다는 표정을 지었다.

"그럴 리 없어. 심지어 지금 친씨 집안 군대가 진원을 포위하고 있어."

"하지만 사실이에요."

옌빙윈은 차가운 눈빛을 하고 단호하게 말을 이었다.

"전 대인과 쳔 원장의 정이 얼마나 깊은지 신경 쓰지 않아요. 하지만 대인이 폐하께서 남긴 유훈을 지켜야 한다면, 쳔 원장과 관련된 '사실'을 고려해야 해요."

"참고할게. 하지만 쳔 원장이 날 해치지 않을 거라는 '사실'도 난 자신 있게 말할 수 있어."

판시엔은 품에서 제사 요패를 꺼내 옌빙윈에게 건네며 말을 이었다.

"권한을 빼앗겼다 하니, 이 요패가 필요하겠지?"

"고맙습니다. 이제부터는 저도 운을 믿어 봐야겠네요."

판시엔이 떠날 준비를 하는 옌빙윈을 보며 웃으며 농을 던졌다.

"언젠가 들은 말인데, 남자는 세상을 정복하고, 여자는 그 남자를 정복해 세상을 지배한다던데?"

옌빙윈이 무표정하게 답을 하며 자리에서 일어났다.

"그건 모르겠지만 대인이 여자를 정복해 세상을 지배하려 한다는 건, 전 진작부터 알고 있었어요."

"참, 잠깐만. 홍챵청이나 왕치니엔 조직 소식 들은 적 있어?"

"안타깝게도……."

"아직 위로할 필요는 없어. 무소식이 꼭 나쁜 것은 아니니 기다려 보자고."

"사실 그 소식 말고도 동산로에서 오는 모든 소식이 끊겼어요. 감사원 정보 전달 체계에 무슨 문제가 생긴 듯한데……3일 전에 들어온 게 가장 최근 소식이에요."

"확실히 수상하네. 하지만 일단 지금은 거기까지 생각할 시간이 없어. 징두 일부터 처리하자고. 지금은 13성문사를 통제하는 게 가장 중요해. 어떻게든 해 봐."

"감사원의 힘만으로 황실의 직접 명령을 받는 13성문사를 통제하기가……그리고 대인의 말에 따르면 이미 장 공주가 먼저 손을 썼을 가능성이 농후해요."

"아무리 그래도 태후가 13성문사를 장 공주의 손으로 떨어지게 하지 않을 거야. 태후가 징두를 불바다로 만들고 싶어하지 않는다면……그리고 감사원 밀정은 어디에나 있지 않아? 절름발이 늙은이가 그 방면에서는 최고이고. 13성문사에도 우리가 모르는 감사원 밀정이 있을 수도 있어."

"만약에 통제하지 못하면……?"

"설령 친씨, 예씨 집안 군대가 들어오는 것을 완전히 막지 못하더라도, 9개 성문 중 어디에서 언제, 얼마나 많은 병력이 들어오는 것은 사전에 알아낼 수 있지 않겠어?"

판시엔이 옌빙윈의 어깨를 토닥이며 말했다.

"내 추측이 맞다면, 쳔 원장이 직접적으로 말하지는 않았지만, 너의 부친 옌 대인과 쳔 원장이 친씨 집안에 밀정을 매복시켜 놓은 것 같던데?"

옌빙윈은 어색한 웃음을 지었지만 판시엔은 개의치 않는다는 듯 말을 이었다.

"친씨 집안 군대가 뭘 하려 하는지 파악한 후에, 정확한 시간에 맞춰 움직인다면 성공할 수 있어."

옌빙윈이 떠난 후 판시엔은 시간, 자신이 동원 가능한 힘, 징두에 생길 변화들을 생각했다. 하지만 아무리 생각해도 친씨 집안과 예씨 집안의 대군이 징두로 들어온다면, 유격전을 펼치는 것 말고는 방법이 없었다. 그리고 일단 그 대군이 들어오기 전에 황궁으로 들어가 완알, 닝 재인, 이 귀빈 그리고 3황자를 빼내야 했다.

일단 그들을 구해내면, 유격전에서는 최소한 그들의 손에 죽지 않을 자신은 있었다. 다만, 어쨌든 전면전에서는 불리했기 때문에 앞으로 닥칠 상황이 조금은 막연하게 다가왔다.

'이 봐봐. 황제 아버지, 세력 균형이고 뭐고 당신의 의심병 때문에 그동안 나와 군대의 교류를 막았으니 지금 답이 없잖아?!'

"판 대인……."

침대 쪽에서 들려오는 소리에 판시엔이 살짝 고개를 돌렸다.

"전 조정의 일은 잘 모르지만……제가 도울 만한 일이 없을까요?"

"핀알, 여기에 며칠 동안만 더 머물게 해 줄 수 있을까?"

순핀알은 판시엔의 소박한 대답에 약간은 실망하며 다시 말했다.

"저희 아버지라면 대인이 하시는 일에 도움을 줄 수 있지 않을까요?"

"물론 그렇기도 하고, 기회가 있다면 순 대인을 만나 보고 싶긴 한데……."

"제가 한번 해 볼게요. 그런데 하나만 좀 약속해 주세요."

"뭐?"

"혹시 나중에 판 대인의 계획대로 되면, 아버지를 좀 너그럽게……."

태후의 명을 받아 판시엔을 체포하려 하는 징두 관아의 수장은 사실상 판시엔의 적이었고, 만약 판시엔이 징두의 권력을 가지게 되면 순 대인에게 큰 화가 생길 수 있다는 것을 핀알은 걱정하고 있었다.

"핀알, 걱정 마. 만약 내가 조정을 바로잡는다면, 아버지의 목숨은 건드리지 않는다 약속할게. 그리고 순 대인도 명을 따를 수밖에 없는 입장이란 것을 잘 알아."

"감사해요……."

"내가 고마워. 그리고 난 좋은 사람은 아니지만, 살인을 즐기는 사람도 아니야. 태후가 진실을 알게 되면, 피를 흘리지 않고도 이번 일이 잘 해결될 수도 있어."

화친왕 저택 밖에 이상한 그림자가 왔다 갔다 했지만, 화친왕 집안 호위들은 특별히 신경 쓰지 않았다. 황실의 밀정이나 추밀원 감시자들일 가능성이 컸지만, 현재 금군을 장악하고 있는 화친왕에게 도발할 가능성은 거의 없었기 때문이다. 그리고 황제 암살 소식이 날아든 즉시 대황자가 가장 먼저 배치한 금군 5백도 지근 거리에 있었다.

화친왕 집안 둘째 집사가 작은 목소리로 집안 호위들에게 몇 마디 말을 건네자 호위 한 명이 재빨리 저택 정문에 왕의 표식이 달린 마차를 준비했다. 그는 마차를 타기 전 금군 교관들과 담소를 나누며 저택 밖의 수상한 그림자들을 봤지만 사실 전혀 걱정하고 있지 않았다. 왜냐하면 그는 지금 장 공주 모사를 만나 다음 행동을 논의하러 가는 길이었기 때문이다.

징두에 있는 북제 밀정의 우두머리, 화친왕 저택의 둘째 집사, 화친왕비 뜻을 거역하고 판시엔의 행적을 장 공주에게 알린 사람. 화친왕비는 분노했지만, 북제 황제의 명을 받아 움직이는 그는 별로 개의치 않았다.

그는 은은한 미소를 지으며 계단을 내려와 준비된 마차에 올랐다.

오른손으로 마차의 장막을 젖히며 들어가던 그의 눈이 휘둥그레졌다. 아무도 없어야 할 마차 안에 검은 옷을 입은 사람이 앉아 있었기 때문이다.

"6처……."

차마 말을 다 뱉기도 전에 쇠막대기가 이미 그의 몸을 뚫고 나오고 있었다. 그는 왼손으로 가슴에 꽂힌 쇠막대기를 힘없이 쥐고 피를 흘리며 땅에 떨어졌다. 그리고 순식간에 벌어진 일에 화친왕 저택의 호위들이나 금군들이 잠시 멍하게 있는 틈을 타 마차는 다시 움직였다.

"죽여!"

어디선가 들린 명령에 이내 정신을 차린 금군들이 재빨리 마차를 포위하며 긴 창으로 마차를 공격하기 시작했다.

'펑!'

마차에서 뭔가 터지는 소리와 함께 자욱한 연기가 퍼져 나갔다. 순간적으로 독 연기를 마신 금군들이 기침을 하며 몇 걸음 뒤로 물러섰다. 그 틈에 6처 자객은 포위망을 뚫고 짙은 어둠 속으로 사라졌다. 그리고 그가 사라진 방향에서 큰 외침 소리가 들렸다.

"판 제사를 팔아 넘긴 대가다!"

징두의 모든 세력들에게 판시엔이 아직 살아 있다는 경고였다.

감사원이 아직 여전하다는 것을 알린 것이었다.

그리고 복수가 시작되었다는 뜻이었다.

모두가 당황하고 혼란에 빠진 화친왕 저택 밖의 상황과 달리, 저택 안은 집사의 암살 소식에도 고요하고 평화로워 보였다. 화친왕비는 정자에 앉아 호수를 바라보며 뒤에 있는 젊은이에게 물었다.

"나에게 경고하는 것인가?"

"아닙니다. 제사 대인이 자신의 진심과 뜻을 전달한 것입니다."

왕비는 고개를 돌려 옌빙윈의 눈을 진지하게 바라보았다. 옌빙윈은 꿈쩍도 하지 않고 서서 침착하게 말을 이었다.

"왕비는 더 이상 북제 공주가 아니니, 앞으로 둘째 집사 같은 사람이 얼마나 죽든 마음 아파할 필요가 없습니다. 제사 대인이 이 일로 알리고 싶은 것은, 그가 다시 감사원을 장악했다는 사실일 뿐입니다."

"난 판 제사와 협력하고 싶어. 그래서 오히려 집사를 죽여줘서 내가 고맙다고 해야 할 것 같네. 하지만 암살이 꼭 좋은 방법이라 할 수 없으니, 옌 대인도 앞으로 신중하게 행동해 주게."

그녀는 추격을 당하고 있는 판시엔이 암살을 직접 계획했다고 생각하지 않았다. 이 모든 것이 앞에 있는 옌빙윈이 했다는 것을 알고 있었기에, 직접적으로 말한 것이다. 옌빙윈은 고개를 숙여 예를 한 번 올린 후 다시 입을 열었다.

"감사원은 어둠 속에서 가장 빛을 발하는 조직입니다."

"오늘 밤에 얼마나 많은 사람이 죽는 건가?"

"13성문사의 장군 하나, 형부의 시랑 하나는 벌써 죽었을 것입니다. 왕비, 큰 풍파가 불면, 많은 사람의 죽음을 피할 수 없습니다. 너무 걱정하지 마십시오."

제13장

반격

　이날 밤 많은 사람이 죽었다는 소식은 초가을에 내린 첫서리와 같이 차가웠다. 태극전에서 일어난 문관들의 목숨을 건 항거와 징두성 내에서 일어난 일련의 암살 사건들은 이 싸움이 조용히 끝날 수 없다는 것을 상징적으로 알려주고 있었다. 다시 말해, 날뛰는 판시엔을 잡지 못한다면 그 누구도 안락한 삶을 누리지 못할 것이라는 경고였다.

　태후와 태자는 판시엔의 행동에 분노했다. 명백한 협박이라 느꼈기 때문이다. 하지만 사실 어떤 각도에서 보면 판시엔의 행동은 무리하다 못해 바보같이 느껴졌다. 군을 장악하고 있는 황실을 일개 대신이 협박한다? 아무리 감사원이라 하더라도 천하 최강의 실력을 가지고 있는 강력한 경국 군대의 적수가 될 수는 없었다.

하지만 어찌 된 영문인지 태후와 태자는 곧바로 강력한 반격을 진행하지 않고 잠시 침묵하기로 했다.

이틀 동안 대대적으로 행해진 수색에서, 장 공주는 6처 자객 7명을 죽이는 성과를 올렸지만 판시엔을 잡지는 못하였다. 그래서 옌씨 저택을 쳐들어갔지만 옌씨 부자는 물론이고 션 아가씨도 이미 종적을 감춘 후였다.

징왕 저택을 감시하는 인력도 증원되었다. 감사원을 감시하는 병력도 늘어났다. 하지만 감히 그곳들을 쳐들어갈 생각은 하지 못했다. 그리고 사실 감사원에 상주하던 감사원 관원 6백 명은 이미 판시엔의 명에 의해 징두의 어둠 속으로 사라진 후였다.

태자가 즉위한다는 소문은 들렸으나, 이후에 즉위했다는 소식이 들리지는 않았다. 황실은 정보를 엄격히 통제하고 40여 명의 대신을 하옥했지만, 워낙 큰 사건인 만큼 모두의 눈과 귀를 막을 수는 없었다.

시간이 흐를수록 징두 백성들도 상황이 어떻게 흘러가는지 알게 되었고, 역사를 바꿀 힘이나 용기가 없는 그들은 조용히 자신의 냉기 서린 집안으로 숨어들었다. 그리고 하늘과 신묘에게 이전의 평화로운 일상으로 돌아갈 수 있게 해달라고 빌었다.

그들은 평화로운 일상을 누릴 수 있게 된다면, 누가 황제가 되든 상관없었다.

태자는 책상 옆에 쌓인 상주문을 보고 씁쓸한 미소를 지었다. 3일 동안 경국 각 주(州)와 군(郡)에서 올린 상주문이 2천여 개에 달했다. 하지만 그것들을 처리할 문관 대신들은 대부분 감옥에 있었다.

태자가 가장 늦게 도착한 상주문 몇 개를 집어 들며 생각에 잠겼다. 그것은 동산로 외 나머지 6로 총독들이 황제의 암살 소식을 들은 후 보낸 상주문이었다.

상주문의 어투는 공손했지만, 비굴하지는 않았다.

'경국 문신들이 언제부터 이렇게 기개가 넘치게 된 거야?'

감옥에 있는 수십 명의 대신들은 며칠 동안 입을 열지 않았고, 심지어 어제부터는 고문을 가했지만 여전히 지조를 굽히지 않았으며, 대학사 둘은 오늘 정오부터 단식 투쟁에 들어가며 최후의 항전을 벌이고 있었다.

'고모의 말대로 모두 죽여야 하는 것인가……하지만 이후 누가 정무를 처리한단 말인가? 결국 본궁은 고독한 군주가 되어야 하는 것인가…….'

그때 태감 하나가 미리 알리지도 않고 허겁지겁 어서방 안으로 들어왔다. 예법에 맞지 않는 행동이었지만, 고모의 심복 호우 태감임을 알아차리고 태자는 그를 손짓해서 불렀다. 태감이 태자의 귀에 대고 몇 마디 건네자, 태자의 얼굴이 백지장처럼 하얗게 질렸다.

"뭐라고? 셋째가 암살을 당했다고?!"

"종은 관련이 없습니다……."

"관련이 없다고?! 지금 황궁을 관리하는 수령태감이 자네 아닌가? 자네가 관여하지 않았는데 자객이 어떻게 황궁에 들어올 수 있단 말인가?"

"종은 정말 아무것도 모르는 일입니다."

호우 공공의 떨리는 목소리를 듣고 태자는 일어나 후궁으로 발걸음을 옮겼다.

'누가 셋째를 죽이려 한 거지? 내가 더 모질게 행동하도록 고모가 벌인 일인가? 아니면 날 궁지로 몰아넣기 위해 둘째 형이 꾸민 일인가?'

태자는 판시엔을 죽이려 하고 있고, 셋째가 판시엔 편이니 그도 태자의 적이었지만, 태자는 셋째를 죽일 생각은 조금도 없었다. 이 상황에 셋째가 죽는다면 엄청난 폭풍이 불 것이고, 무엇보다 셋째는 아직 너무 어린 아이였다.

태자는 후궁으로 가는 내내 셋째가 살아 있기를 기도하고 있었다.

"확인했어?"

"태후, 태자, 슈 귀비, 장 공주……모두 황궁 안에 있어요. 황궁을 통제하면 대세가 우리 쪽으로 기울 것 같아요."

"태후는 정말 마지막까지 대황자를 신임하며 금군을 맡긴다는 거지?"

"태후는 아마 황궁의 호위들과 태감들이 지키면 닝 재인을 아무도 구할 수 없을 거라 생각하는 것 같아요."

"난 구할 수 있는데?"

판시엔은 은은한 미소를 지으며 앞에 있는 옌빙윈에게 말을 이었다.

"관병들이 옌씨 저택까지 들어갔다던데, 네 부친은 괜찮은 건가?"

"아버지 쪽은 걱정하지 마세요. 제 추측으로 아버지는 친씨 저택에 있을 것 같아요. 그보다 대인이 궁에 들어가기 전에 알려드려야 할 소식이 있는데……."

"뭐야?"

"3황자가 자객의 공격을 받았어요."

판시엔은 흥분하지 않았지만 저도 모르게 피가 통하지 않아 손이 하얗게 변할 정도로 세게 주먹을 쥐며 입을 열었다.

"그러니까 지금……청핑이 자객의 공격을 받았다고?"

"결과까지는 정확히 모르겠지만, 태자가 한 짓은 아니에요."

"이미 피를 봤구나……하지만 오늘 밤에 궁에 들어가니 계획을 앞당길 필요는 없어."

"징두 관아를 이용해 흑기 4백 정도를 징두로 불러들였어요. 대인이 13성문사 쪽은 포기하시기로 했으니, 오늘 밤 황궁에서 일망타진해야 해요. 조금의 틈도 있어서는 안 됩니다."

"아홉 개 성문(城門) 중에 우리가 통제할 수 있는 게 하나라도 있는 건가?"

판시엔은 쓸쓸하게 웃으며 말을 이었다.

"우리 손에 있는 병력이 너무 적어……."

"맞아요. 금군이 막지 않겠지만……황궁이 너무 커서 모두를 일거에 잡으려면 목표가 정확하게 어디 있는지 알아야 해요. 이렇게 정보가 통제된 상황에서 그건 정말 힘든 일인데……대인은 자신 있으세요?"

"적의 진영에 내 사람이 있으니까."

판시엔은 은은하게 웃으며 자신의 뺨과 턱을 무의식적으로 만졌다. 그리고 고개를 푹 숙였는데, 자기도 모르게 생뚱맞은 말이 입에서 튀어나왔다.

"넌 살아야 해."

'너'는 앞에 있는 옌빙윈이 아니었다.

"너는 나중에 황제가 될 몸이니까……."

한 시진 전에 일어난 암살 사건은, 경국 황제의 암살 사건 이후 두 번째로 황궁을 대경실색하게 만든 사건이었다. 3황자는 아이였고 혼자서 황위를 위협할 세력도 없었기에, 누구도 3황자가 중요한 목표가 될 것이라 예상하지 못했기 때문이다. 이 상황에서 가장 의심을 받을 수 있는 태자도, 3황자를 암살할 생각은 꿈에도 하지 않았었다.

'누가 쳥핑이를 죽이려 한 거지?'

'누가 나를 죽이려 하는 거야?'

리쳥핑은 황궁의 긴 복도를 도망치며 이 말을 계속 되뇌였다. 그의 앳된 얼굴은 잔뜩 겁에 질려 있었다. 이곳은 함광전이 아니라 태후도 그를 보호해 줄 수 없었고, 황궁의 긴 복도에는 아무도 없어 소리를 질러도 아무런 반응이 없었다.

'함광전에 있었어야 했는데……속았어.'

그렇다. 리쳥핑은 상대방에 속았던 것이다. 그는 스승이 말을 전하러 왔다는 소식에, 어렵게 모두의 눈을 피해 혼자 여기로 왔던 것이다. 쳥핑은 바보가 아니었지만, 상대방이 스승의 신물(信物)까지 보여줬기에 믿을 수밖에 없었다.

3황자는 복도를 정신없이 질주하고 있었다.

하지만 아이가 아무리 빨라도 성인보다 빠를 수는 없는 법. 숨을 헐떡이며 뛰어가던 쳥핑은 바닥에 넘어져 창백하게 질린 얼굴로 자신을 향해 다가오는 태감 둘을 바라보았다. 그들은 무공이 뛰어나 보이지는 않았지만 어떤 훈련을 받은 것처럼 보였다.

살인 훈련.

그들은 자신만만한 표정을 지으며 품에서 검을 꺼냈다.

3황자는 떨리는 손으로 몰래 장화 속에 비수를 꽉 쥐었다.

'휙! 퉁!'

태감의 손에 있던 검이 3황자의 작은 몸을 스치고 황궁의 푸른색 돌바닥에 꽂혔다. 바닥 돌이 부서질 만큼 상당한 힘이 실린 일격이었다. 3황자는 비명을 지르면서 몸을 뒤틀고 발버둥을 치다 우연히 날아오는 검을 피하는 데 성공한 것이다.

3황자는 있는 힘껏 소리를 지르며 손에 쥔 비수를 아무렇게나 휘둘렀다!

'츠윽츠윽.'

비수는 태감들의 옷깃을 스치며 구멍을 내고 태감의 살을 살짝 베었지만 실제로는 아무런 타격을 주지 못하는 것처럼 보였다. 태감들은 3황자가 비수를 가지고 있고, 그 비수가 상당히 날카로운 것을 알고는 조금 당황했지만, 예상대로 자신들에게 아무런 타격을 주지 못하자 이내 사악한 웃음을 지으며, 발로 비수를 쥔 3황자의 오른손을 밟아 움직이지 못하게 만들었다.

다른 태감 하나는 발로 쳥핑의 목을 밟아 조르며 검을 치켜들었다.

목이 조여 숨을 헐떡이던 쳥핑은 자신을 향한 검 끝을 보고 울먹이며 두 눈을 꼭 감았다. 그리고 짧은 인생이었지만 죽는다는 생각이 들자 온갖 후회들이 밀려들기 시작했다.

'스으······.'

칼이 고깃덩어리에 꽂히는 소리가 들렸다.

3황자는 비명도 지르지 못했다.

그렇게 시간이 흘렀다.

'툭, 툭.'

두 차례의 무거운 소리에 3황자가 눈을 번쩍 떴다.

'뭐지? 다른 세상인가?'

그리고 재빨리 고개를 이리저리 돌리며 상황을 파악했다. 자신을 공격하던 태감 둘이, 눈과 입에서 검은 피를 흘리며 쓰러져 있었다. 그는 본능적으로 오른손에 쥐고 있던 비수를 들어 태감 하나의 발등을 내리찍었다. 피가 솟구쳤지만, 태감은 이미 죽었는지 아무런 비명도 지르지 않았다.

3황자는 영문을 알 수 없었지만 우선 자리를 피해야 된다 생각하며 벌떡 일어났다.

"윽……."

3황자는 그제서야 극심한 고통을 느끼며 고개를 내려 통증 부위를 바라보았다. 검이 살짝 자신의 가슴을 찌르며 낸 상처에 피가 흘러내리고 있었다. 하지만 치명적인 상처를 입은 듯 보이지는 않았고, 오히려 그 통증이 3황자의 정신을 번쩍 들게 해 주었다.

청핑은 고통스러운 그리고 떨리는 가슴을 부여잡고 천천히 죽은 태감들을 바라보았다.

'하늘이 저주를 내린 건가?'

그는 태감들의 죽은 모습과 상처를 보며, 다시 한번 손에 들고 있는 비수를 바라보았다.

'독.'

3황자도, 그를 공격하던 태감 둘도, 비수에 독이 발라져 있을 거라 생각하지 못했던 것이다. 아무렇게 휘둘러진 비수가 태감들의 피부를 살짝 베었을 때, 감사원 3처가 만든 가장 강력한 독이 그들의 피부에 들어가며 순식간에 독이 퍼져 죽은 것이었다.

태감 둘이 죽은 것을 확인하자 3황자는 그제서야 침착함 사이에 분노가 올라왔다.

'누가 날 죽이려 한 거야……!'

청핑은 그 답을 알 수 없었지만 형들이 이 일과 무관하지 않다는 것을 알고 있었다.

'척! 척! 척!'

청핑은 저도 모르게 죽은 태감 하나의 몸에 비수를 세 번 찔러 넣었다. 하지만 흘러나오는 피를 보며 비수에 독이 발라져 있다는 생각에 정신이 번쩍 들며, 재빨리 비수에 묻은 피를 태감의 옷에 조심히 닦고 텅 빈 복도 끝을 향해 소리치며 달렸다.

복도 끝은 냉궁이 있었고, 그곳에는 항상 궁녀가 있었다.

"어머니, 소자는 어머니를 냉궁에서 지내게 할 수는 없어요……소자도 죽고 싶지 않으니, 어머니도 돌아가시면 안 돼요……."

3황자는 함광전 곁채에서 이불에 꽁꽁 싸여 누워 울고 있었고, 이 귀빈은 두 눈이 붉게 충혈된 채 말없이 아들을 꽉 끌어안았다. 냉궁에서 소식이 전해진 후에야 3황자가 몰래 함광전을 빠져나가 자객을 만났다는 소식을 태후가 알게 되었고, 그녀는 분노하며 황궁 안방어를 강화하고 함광전 안의 태감과 궁녀 심지어 이 귀빈까지 호되게 질책하였다.

"걱정하지 말아라."

이 귀빈은 한참이 지난 후 아들을 끌어안은 채 떨리는 목소리로 말을 이었다.

"함광전 안에서 태후의 보호를 받는 한, 더 이상 아무도 우리를 건드리지 못할 거다."

이 귀빈은 이 말을 하고 잠시 머뭇거리다 목소리를 한껏 낮춰 아들에게 물었다.

"누군지 보았느냐? 누가 보낸 건지 알겠어?"

"모르겠어요……."

조용히 아들을 바라보던 이 귀빈이 고개를 들어 주변을 둘러보았다. 그녀는 곁채를 지키고 있는 태감과 궁녀들을 훑어보고 더는 말을 하지 않았다.

'함광전도 안전한 곳이라 할 수는 없어…….'

그 뒤로 제일 먼저 닝 재인이 찾아왔지만 그녀와 이 귀빈은 한마디도 못한 채 서로 바라보며 다 설명할 수 없는 깊은 탄식을 내뱉었다. 그 뒤로 태자도 와서 몇 마디 위로의 말을 건네고 누구의 소행인지 반드시 밝혀내겠다고 약속했다. 태자는 진심이었지만, 이 귀빈은 그의 진심이 느껴지지 않았다.

밤이 되고 사람들이 모두 떠난 후, 이 귀빈은 이불 안에 있는 아들을 보며 나지막이 입을 열었다.

"태자가 아니라면 누가 그런 걸까?"

'내 아들이 죽으면 누가 가장 큰 이익을 보지?'

이 귀빈은 저도 모르게 한 사람의 이름이 머릿속을 스쳐갔지만, 감히 그 이름을 내뱉지는 못했다. 3황자는 어머니의 어색한 표정을 보고 단호히 고개를 저으며 말했다.

"스승님은 아니에요."

이 귀빈은 판시엔을 의심하고 있었다. 이 상황에서 판시엔의 사람 3황자가 암살당하면, 모두가 태자를 의심할 것이고, 그렇다면 여론도 급격하게 안 좋아질 것이다.

"그가 네 스승이긴 하지만……친형제는 아니라고 할 수…….."

"스승님은 저의 친형님이에요."

3황자는 아랫입술을 살짝 깨물며 다시 단호하게 말했다.

"그렇기는 하지만……황족 사이에 사제의 정이나 형제의 정이라는 게……심지어 태감이 신물(信物)도 보여줬다면서."

신물은 사실 평범한 물건이었다. 강남 항저우에 있는 펑씨 장원에서 3황자가 즐겨보았던 책의 일부분이었다. 하지만 3황자는 다시 단호하게 반박했다.

"저는 스승님을 의심하지 않을 거예요. 그리고 스승님이 절 진짜 죽이시려 했다면 이렇게 허술하게 증거를 남기지 않으셨을 거예요."

"그래, 그래. 네 말이 맞구나. 상황이 너무 어지럽게 돌아가니 어미가 너무 과했나 보다. 하지만 그렇다고 해도, 판시엔이 우리를 구하러 올 수 있을지 모르겠구나……."

이 귀빈은 반은 진심으로 반은 거짓으로 이 말을 하며 속으로 생각했다.

'판시엔이 태자를 너무 궁지로 몰면, 태자는 결국 피바람을 일으 켜서 억지로라도 대신과 백성들을 굴복시키려 할 텐데……그때가 되어도 우리 모자가 살아남을 수 있을까……?'

그 시각 함광전의 정전(正殿)에서는 다른 모자(母子)가 태후를 안 마하며 곁에 있었다. 같은 함광전 안이었지만, 확실히 이 귀빈 모자 보다는 상황이 훨씬 편안해 보였다.

"고모, 셋째가 명이 긴 것 같아요……그 상황에서도 살아남다니, 판시엔 이 역모자 놈이 셋째에게 많은 것을 가르쳤나 봅니다."

황후의 멍청한 말에 태자는 할머니의 태양혈 부근 피부가 살짝 팽 팽해지는 것을 보았다. 태자는 재빨리 차갑게 대꾸했다.

"아우가 살았으니 그걸로 된 겁니다. 다른 일까지 거론할 필요는 없어요."

태후가 깊은 숨을 내쉰 후 태자의 손등을 부드럽게 토닥였다. 태 후는 그의 말을 들으며 자신의 선택이 틀리지 않았다는 확신이 들 었다. 그리고 손짓을 하여 태감과 궁녀, 어멈들을 자리에서 물렸다.

태후는 피로한 눈으로 태자를 바라보다 그의 손을 꼭 잡으며 말 했다.

"네 형제들끼리 피를 흘리는 모습을 보지 않으려고 내가 애쓰고 있다는 걸, 네가 알아주는 것 같아 기쁘구나."

'나의 형제들……판시엔도 포함되는 건가?'

마치 태자의 생각을 읽은 듯 태후는 차가운 눈빛을 하며 말을 이 었다.

"제왕은 단호할 때는 과감하게, 관용을 베풀 때는 대범하게 해야 하는 법이다. 판시엔은 네 부황을 죽인 암살범이고, 그 애의 성은 '리'가 아니라 '판'인데 무슨 생각을 하는 것이냐?"

"네, 소자도 몇몇 사람들은 반드시 처단해야 한다는 걸 알고 있습니다."

"그래……지금 두 대학사랑 나머지 문신들은 어디 있지?"

"형부 감옥에 있습니다. 하지만 대신들이 판시엔의 계략에 속은 것인지……왜 멍청하게 계속 고집을 피우는지 모르겠습니다."

"그건 속은 게 아니라, 네 부황께서 너무 아껴 주시는 바람에 방자해진 거야. 유훈은 무슨……."

"유훈은 애초에 없었습니다."

"그래, 없었지. 그럼 그런 터무니없는 말을 퍼트린 놈을 어떻게 해야겠느냐?"

"죽여야 합니다."

"그래, 맞다. 안정을 원한다면, 몇 사람 죽이는 걸 두려워해서는 안 되느니라."

"다만, 감사원이 명을 받지 않고 암살을 자행하고 있는데……통제가 되지 않습니다."

"무슨 말을 하고 싶은 것이냐."

"소자, 징두에 군을 불러들여, 강력하게 진압해 달라 청하고 싶습니다."

무거운 침묵이 흘렀다. 잠시 후 태후는 천천히 입을 열었다.

"오늘 태극전에서 이부 상서 옌싱슈가 그 의견을 이미 제시했지만, 또 반대에 부딪히지 않았느냐."

"대학사 둘과 린뤄푸 심복들이 다 감옥에 들어간 상황에서……고집을 부리는 대신이 더 나올 줄은 생각지도 못했습니다."

그가 반대할 줄은 태자도 몰랐지만, 이를 알았다면 판시엔도 놀랐을 것이고, 사실 그 어느 누구도 예상하지 못했다.

그는 바로 독특한 이력을 가진, 허종웨이.

태후는 잠시 더 고민을 하다 결심을 한 듯 다시 말을 이었다.

"군대라 하면……친씨 집안이야 걱정이 없지만, 예씨 집안 쪽은 둘째의 장인어른 아니냐. 그리고 이대로 가다 변경 5로에 주둔해 있는 정예병들의 군심이 흔들리기 시작하면 사태는 걷잡을 수 없어질 것이다."

태자는 공손하게 허리를 숙이며 대답했다.

"그래서 소자, 징두에 군대를 들이자 청하는 것입니다. 예씨 집안은 둘째 사람이지만, 현 상황에서는 크게 걱정할 문제는 아니고, 미래의 우환을 막기 위해서라도 판시엔을 먼저 제거하는 것이 중요하다 생각합니다."

태후는 태자의 말에 결연한 눈빛으로 대답했다.

"허종웨이는 내가 처리하마. 그리고 군대가 징두로 들어오면, 네형이 맡고 있는 금군 대통령 자리도 넘겨 받도록 해라."

태자는 '네'라고 답했지만, 마지막 태후의 말에 내심 놀라고 있었다.

광신궁은 함광전에서 그리 멀지 않았기에 오늘 일어난 일에 대해 대부분의 소식을 제일 먼저 들을 수 있었다. 다만, 이 모든 계획을 직접 계획한 장 공주에게도 오늘 일어난 일들이 수상했다.

"판시엔을 왜 아직도 못 잡는 거지?"

장 공주는 호우 태감을 보며 차갑게 말을 이었다.

"군대 고수도 있고, 징두 관아가 힘이 없는 것도 아닌데, 내가 얼마나 더 기다려야 그놈의 머리를 볼 수 있는 거야?"

장 공주가 말을 하는 자리에는 호우 태감 외에도 그녀의 딸도 같이 있었다. 하지만 완알은 판시엔의 안위가 전혀 걱정되지 않는다는 듯 침착한 표정으로 묵묵히 말을 듣고만 있었다.

호우 태감이 질책을 듣고 황급히 밖으로 나가자, 장 공주는 조금 전까지 화를 냈다고는 믿기지 않을 만큼 평온한 표정으로 바꾸었다. 사실 그녀는 판시엔이 쉽게 잡히지 않을 거라 생각하고 있었다. 그는 대동산에서도 살아 돌아왔기 때문이다. 다시 말하면, 그는 옌샤오이를 죽였다는 것이었다. 그런 판시엔을 그렇게 쉽게 잡을 수는 없을 것이라 생각했다.

장 공주는 서늘한 광신궁을 훑어보며 말했다.

"이 궁전은 다 타버린 재처럼 생기가 없어졌어."

앞에 있던 완알이 드디어 입을 열었다.

"두려우신 거군요."

"내가? 하하. 판시엔이 오늘 밤 황궁을 공격할까 내가 두려워하는 것 같니?"

장 공주는 딸의 마른 뺨을 쓰다듬으며 말을 이었다.

"줄곧 묻고 싶은 게 있었는데……내가 만약 네 목숨을 가지고 사위를 위협하면 어떻게 될까?"

장 공주는 즐겁다는 듯 호탕하게 웃으며 말했다.

"정말이지 그 애가 어떻게 나올지 궁금해. 그래서 난, 판시엔이 내 앞에서 죽기만을 기다리고 있어."

판시엔은 스스로 태후의 마음을 잘 헤아리고 있다 생각했다. 태후는 '안정'을 꾀하고, '황족의 번영'을 원하기 때문에, 군대를 끌어들여 나라를 혼란에 빠뜨리지는 않을 것이라 생각했다. 그리고 이 전제 하에 모든 것을 준비했다.

결과적으로 판시엔은 빗나갔다.

태후는 군대를 징두로 끌어들이는 결심을 했다.

하지만 판시엔의 예상이 하나 더 빗나갔다.

허종웨이 때문에 태후와 태자의 결심이 하루 늦춰졌다.

판시엔이 황궁을 통제하기 전에 군대가 들어오기 시작했다면, 사실 그는 황궁에 진입하지 못하거나, 진입하더라도 통제하기 전에 필연적으로 암담한 결과를 맞게 될 거였다.

결론적으로, 판시엔이 의도하지 않았지만, 판시엔이 알지도 못했지만, 지금 이 순간에 허종웨이가 그에게 가장 큰 도움을 준 사람이었다.

모두가 잠에 빠져 있는 시간. 그리고 금군의 교대 시간.

한 열에 약 2백여 명인 금군 대열이 전신에 투구와 갑옷을 입고 황궁 정문 앞에 정렬했다. 이미 3일째 집으로 돌아가지 못한 금군 대통령 대황자는 황궁의 각루 위에서 그 모습을 바라보다 천천히 아래로 내려갔다.

갑옷과 투구를 입은 그가 마치 황궁으로 향하는 모든 공격을 막을 기세로 정문 앞 정중앙에 섰다.

그는 차가운 눈빛으로 교대할 금군 대열을 보다 잠시 뒤 묵묵히 고개를 끄덕였다. 그의 옆에 있는 금군 교관이 마른 침을 삼키며 입궁을 명했다.

금군 대열이 그를 중심으로 양쪽으로 나뉘어 황궁 안으로 들어갔다. 질서정연한 모습이 군기 있게 보였다.

대열의 마지막에 서 있던 금군 병사 하나가 대황자를 지나가며 가볍게 고개를 끄덕였다. 그리고 그 병사까지 모두 입궁한 후, 대황자 옆에 있던 교관이 최대한 목소리를 낮추며 입을 열었다.

"장군, 다음은 어떻게?"

이 교관은 대황자의 측근으로, 대황자가 서만 정벌군을 이끌 때 고위직에 있던 대황자의 심복이었다. 대황자가 허리춤에 차고 있는 검을 천천히 움켜쥐었다. 밤바람을 맞고 있는 그의 얼굴 윤곽이 오늘따라 더욱 강인해 보였다.

"모두 깨워. 임시 회의를 소집한다 해."

말이 떨어지기 무섭게 엄청난 살기가 뿜어져 나왔고, 교관은 두려워하기보다 잔뜩 흥분한 표정으로 명을 전달하러 갔다. 교관은 오늘 장군이 살인을 행하려 한다는 것을 알고 있었다. 그것도 자신이 지휘하는 금군들을. 원래 옌샤오이가 이끌던 금군 내의 불안 요소를 제거하기 위해서는 불가피한 선택이었다.

황궁 정문 성벽 위는 말 네 필이 오고 갈 수 있을 만큼 크고 넓었다. 이곳에서 금군은 전투 대형을 하고 황궁 정문 앞 넓은 광장을 지켜보며 언제든 습격을 막을 준비를 하고 있었다.

다만 오늘 금군의 한 병사는, 정문 앞 광장이 아닌 뒤쪽 황궁 안을 바라보고 있었다.

판시엔은 금군 복장을 정리하며 익숙한 황궁 안을 바라보았다. 칠흑처럼 어두운 황궁 안 어디에 가족이 있고, 어디에 적이 있는지 알수가 없었다. 그리고 전투가 일어났을 때 대황자가 금군을 완전히 통제할 수 있을지도 확신할 수 없었다.

"적들이 바라는 대로 움직여서는 안 돼."

판시엔은 옆에 있는 흑기 부통령 징거를 보며 말했다.

"이건 나폴레옹이 한 말인데, 황궁 정문은 들어왔지만 여전히 후궁 문은 닫혀 있지. 우리가 이렇게 들어올지 적들은 예상하지 못할거야."

금군이 회의하는 방에는 몇 개 되지 않는 촛불만이 밝혀져 있었다. 어두컴컴한 방 안에서 촛불에 살짝 비치는 금군 고위 장수 교위(校尉)들은 모두 피로에 절어 있었다. 그들은 며칠 동안 집에 돌아갈 수도, 황궁을 떠날 수도 없었기 때문이다.

대황자는 십여 명의 교위들을 보며 싸늘한 목소리로 말했다.

"본왕이 한 말을 모두 똑똑히 들었는가?"

잠시의 침묵이 흐른 뒤, 교위 하나가 바닥에 무릎을 꿇고 이를 악물며 말했다.

"말장(末將, 무관 장수가 자신을 낮춰 부르는 말)은 잘 모르겠습니다."

"내가 폐하의 유훈을 다시 읽어야겠는가?"

대황자가 눈을 부라리며 말을 이었다.

"태자가 황위를 찬탈하기 위해 적국과 결탁해 대동산에서 폐하를 살해했네. 그런 후 판 대인에게 누명을 씌웠고. 본왕은 폐하의 친필 서신을 받았으니 가만히 있지 않을 것이야!"

무릎을 꿇은 교위가 대황자 곁에 있는 얇은 종이를 바라보며 말했다.

"전하, 아무리 유훈이라 하더라도, 진짜인지 확인할 방법이 없습니다."

대황자는 싸늘하게 교위를 바라본 후 품에서 상자를 하나 꺼내 열었다.

옥새!

방 안에 있던 교위들의 낯빛이 순식간에 변했고, 잠시의 시간이 흐른 후 누가 먼저라 할 것도 없이 일제히 무릎을 꿇고 예를 올리며 외쳤다.

"명을 받들겠습니다!"

"본왕과 함께 위기에 처한 나라를 구하고자 하는 장군은 일어서게."

모두가 자리에서 일어났다. 사실 처음 반기를 든 교위는 옌샤오이 측, 즉 장 공주의 사람이었지만 지금 분위기상 어쩔 수 없었다.

"쟝하오, 쳔이쟝……."

대황자가 난데없이 다섯 장군을 호명했다. 그들은 서로의 얼굴을 쳐다보며 대열 앞으로 한 발짝 나왔다.

"본왕이 자네들을 왜 불렀는지 알걸세."

'털썩.'

장군 하나가 무릎을 꿇으며 황급히 말했다.

"전하! 말장은 다른 마음을 품은 적이 없습니다."

대황자는 고개를 끄덕이며 온화하게 말했다.

"억울할 수도 있지만, 자네는 여기에 남아 일이 끝날 때까지 기다려 주게."

그가 어렵게 고개를 끄덕이고 벽 쪽으로 돌아가자 나머지 네 사람의 마음이 복잡해졌다. 그때, 처음으로 반기를 들었던 교위가 다시 한번 이를 악물고 말했다. 그의 이름은 쳔이쟝. 옌샤오이가 과거에 직접 뽑은 심복이었다. 이미 그는 반기를 한번 들었기에 운명은 정해진 것이라 생각했다.

"친왕, 지금 황성에 2천 명의 금군이 있고, 그 중 6백 명 정도는 저희 다섯의 수하입니다. 저희의 도움 없이 모든 금군을 굴복시킬 수 있다고 생각하십니까?"

그는 고개를 약간 치켜들며 갈수록 거만하게 말했다.

"나머지 금군들은 대동산에 있고, 징두 수비군도 언제든 징두로 들어올 수 있습니다. 친왕께서도 부디 목숨을 중히 여기시길 간청드립니다."

"본왕은 이미 결정했네. 재고의 여지가 없어."

쳔이쟝의 심장이 요동치기 시작했고 이내 뜨거운 피가 솟구쳤다. 그는 포효하며 허리에 차고 있는 검을 뽑아 대황자에게 돌진했다!

하지만 그는 대황자에게 닿기도 전에, 긴 창 세 개에 몸이 꿰인 채 허공에 붕 떠 있었다.

'푸.'

그는 입에서 피를 왈칵 쏟으며 불만과 절망이 담긴 눈빛으로 대황자를 바라보다, 두어 번 경련을 일으킨 후 고개를 축 늘어뜨렸다.

'슥슥슥……'

천이장의 모습에 나머지 세 명의 교위들도 검을 빼 들었으나, 제대로 공격도 한번 하지 못하고 밀실을 지키고 있던 대황자 친위병들에게 모두 죽임을 당했다.

그렇게 금군 장수 넷이 비참하게, 굴욕적으로 죽음을 맞이했다.

처음에 무릎을 꿇고 용서를 빈 장수 하나의 다리가 후들거리는 모습을 보고 대황자는 고개를 저으며 명을 내렸다.

"잘 감시하라."

그리고 대황자는 뒤도 돌아보지 않고 나머지 교위들과 함께 밖으로 나가 곧장 황성 정문 성벽 위로 올랐다. 그는 황성 위 각루에 서서 고정되어 있는 강노를 가볍게 만졌다. 판시엔이 산골짜기 습격을 당할 때에도 사용되었던 수성용 강노. 그는 강노가 가리키는 방향을 바라보며, 시선을 황궁 앞 광장으로 그리고 더 멀리 광장 밖 금군의 휴식처인 주둔 진영으로 옮겼다.

"준비되었나?"

금군 교대식에 있던 대황자의 심복 중 하나인 교위가 의연하게 보고했다.

"옌샤오이측 교위들 수하의 지휘를 받는 병사 6백여 명은 휴식을 취하고 있고, 1천2백의 금군들이 그 주변을 포위하고 있습니다."

"자고 있겠지? 하기야 잠결에 죽음을 맞이하는 것도 나쁘지 않지."

"명을 받들겠습니다."

"아직. 공격 시점은 내가 정하는 게 아니네."

그는 고개를 돌려 황궁 안을 바라보았다.

그리고 신호를 기다렸다.

황궁은 하나의 성이라 황성이라고도 불린다. 황성의 중심은 군림(君臨) 광장이고 이 주변에 태극전을 포함한 장엄한 전각들이 모여 있었다. 이곳에서는 경국 황제와 대신들이 경국의 대소사에 대해 토론하고 결정했다.

마마들이라 불리우는 귀인들의 거주지는 태극전 뒤쪽에 자리잡고 있었다. 이곳에도 많은 궁전들이 있었는데, 이곳을 뒤쪽에 자리잡은 궁전이라 하여 후궁(後宮)이라 불렀다. 그리고 그곳은 호위와 태감들이 지키고 있었다.

많은 사람들은 황성의 정문만 들어오면 후궁 쪽은 순조롭게 들어갈 수 있을 거라 생각했다. 하지만 그것은 황제라는 수컷이 자기 영토와 암컷들을 얼마나 신경 써서 지키는지 모르고 하는 말이었다. 역사적으로 황제들은 자신들의 후궁을 삼엄하게 감시했고, 본래 황제라는 자리가 만들어 내는 의심은 끝을 알 수 없는 것이었다.

그래서 황제는 내시, 태감 즉 고자를 만들어 냈다. 그리고 후궁을 다른 곳과 차단시키는 높은 담벼락을 세우고 호위들을 배치했다. 그래서 역사적으로 후궁에 기거하는 비빈들에게 손을 대는 색귀들은 호위, 태감 그리고 태의 세 부류였던 것이다.

후궁은 황성 안의 또 다른 성(城)이었다. 그 성의 담은 여러 모반을 꿈꾸는 이들을 성공적으로 막아 내기도 했다. 백여 년 전 북위에서 모반이 일어났을 때에도, 결정적인 패인은 후궁 벽에 막혀 3일을 지체한 탓이었다. 물론 당시 황후의 결단력 그리고 태감, 궁녀, 호위들의 단결력도 한몫 했지만, 제일 중요한 요인은 황제가 자신의 여인들을 가두기 위해 세운 높은 담이 너무 견고했기 때문이다.

물론 견고한 후궁의 담에도, 문은 있었다. 그리고 그 문을 열 수 있는 사람도 있었다. 그 문을 지키는 것은 얼마나 강력한 재질로 문을 만드느냐가 아니라, 그 문을 열 수 있는 사람을 얼마나 잘 단속하느냐에 달려 있었다.

판시엔이 황궁 공격에 자신이 있었던 이유는, 당연히 그 문을 열어줄 사람을 확보하고 있었기 때문이다.

'금군' 2백 명이 여느 때처럼 조용하고 긴장된 분위기에서, '평소 다니는' 길을 따라 순시를 돌았다. 그리고 '평소처럼' 등불 한 점 없는 태극전 계단을 내려와 황성 안 후궁에서 가장 가까운 곳에 집합했다.

그리고, 바람처럼 흩어졌다.

'휘이익, 휙, 휙······'

'금군'은 순식간에 무수히 많은 매가 되어 그 근처에 있던 호위들과 태감들을 정리했다.

판시엔은 고개를 끄덕였다. 판시엔이 편성한 '금군' 2백은, 흑기병 1백, 6처 자객 1백으로 만들어진 살인 기계 부대였다. 옆에 있던 징거가 조심스럽게 물었다.

"강공을 펼치실 겁니까?"

"문이 있는데 문으로 들어가야지."

"문으로······?"

판시엔은 더 이상 설명하지 않은 채 묵직한 금군의 갑옷과 투구를 벗었다. 그리고 검은색 감사원 관복을 입고 밤의 어둠을 이용해 조용히 약속된 문 하나로 다가갔다. 징거가 수신호를 보내자 '금군'이 일제히 후궁 담벼락 아래에 바짝 붙었다.

징거는 판시엔 두 장(丈) 뒤에 서서 최악의 상황을 마음속으로 준비하고 있었다.

'생각보다 높지 않네. 최소한 절반은 살아서 넘어갈 수 있겠어.'

은색의 달빛이 징거의 은색 가면을 비추고 있었다.

판시엔은 드디어, 가볍게 문을 두드렸다.

'똑똑.'

반응이 없었다.

'똑똑.'

반응이 없었다. 판시엔의 미간이 살짝 지푸려졌다.

'팅.'

그때, 아주 미세하지만 용수철이 튀어 오를 때 나는 소리가 들렸다. 판시엔은 그제서야 약간 마음이 놓인 듯, 문에 손바닥을 올려 최대한 살짝 진기를 운용해 문을 안쪽으로 열었다. 다행히 아무런 소리도 없이 두 사람 정도 들어갈 수 있을 만한 틈이 벌어졌다.

판시엔은 바람처럼 그 틈으로 쏙 들어갔다.

"고생했어."

안에서 태감 하나가 마른 침을 삼키며 아무런 대꾸도 하지 못했다.

다이 태감!

다이 태감은 현공 사당 사건 이후 권세를 잃어버렸지만, 판시엔이 공개적으로 하든 홍쥬를 통해서 몰래 하든 그를 보호해 주고 있었다. 그가 판시엔을 도운 이유는 과거의 권세를 되찾고 싶은 욕심도 있었지만, 그보다는 만약 태자가 황위에 오른다면, 최근 자신과 판시엔의 관계를 아는 태자가 자신을 살려 둘 리 없다고 생각했기 때문이다. 심지어 야채 시장을 관할하는 말단 관직에 있는 그의 조카도 판시엔의 감시 하에 있었다.

검은 그림자들이 벌어진 문틈으로 빠른 몸놀림으로 들어오고 있었다. 다이 태감은 순간 놀랐지만 그들이 판시엔이 데리고 온 부하들이란 것을 알 수 있었다.

'너무 적은 거 아닌가?'

다이 태감은 이리저리 놀랬지만 겉으로 내색은 하지 않고 침착하게 입을 열었다.

"종이 길을 안내……."

"됐어. 이제부터 내가 알아서 할 테니, 어디든 들어가 죽은 듯 있어."

판시엔이 황궁의 지형을 잘 알고 있다는 것은 뤄뤄와 우쥬 외에는 아무도 모르는 일이었다. 그는 다시 한번 머릿속에서 공격과 철수 노선을 그려보며 결의를 다졌다.

이로써 금군 2백은 제각기 최후의 준비를 마치게 되었다. 판시엔은 징거를 바라보며 가볍게 말했다.

"돌격."

임무는 입궁 전에 이미 배분되어 있었고, 2백 명은 모두 4개의 조로 나뉘어 각자 맡은 바를 행하기 위해 움직였다. 그 중 가장 중요한 조는 당연히 판시엔이 이끄는 조 그리고 징거가 이끄는 조, 두 개 조였다.

판시엔은 곧장 함광전으로 갔다. 닝 재인, 이 귀비, 3황자 이 세 사람을 태후의 관할권 밖으로 빼내기 위함이었다. 특히 닝 재인을 구하지 못하면 대황자의 움직임에 제한이 있을 수밖에 없었다.

징거는 흑기병 중에서도 정예병을 이끌고 광신궁으로 향했다. 린완알과 큰보배를 구하는 것과 동시에 장 공주를 체포하거나, 또는 죽여야 했다.

판시엔은 함광전 방향으로 최대 속도로 나아갔다. 꽃밭, 나무 숲, 호수, 정자를 지나는 동안 몇몇 호위병들과 맞닥뜨렸다. 하지만 판시엔은 그들을 전혀 개의치 않았다. 더 중요한 것은 호위들이 저주라도 받은 것인지, 자신의 눈앞에서 검은색 그림자가 지나가는 모습을 보고 아무런 반응도 보이지 않았다!

'슉슉…….'

판시엔을 따라오던 6처 자객들의 쇠막대기가 멀뚱하게 서 있던 호위들의 목을 깔끔하게 잘랐다.

다시 화원, 호수, 정자를 지나자, 함광전이 눈앞에 나타났다.

판시엔이 왼손을 흔들자, 판시엔을 발견하고 소리를 지르려던 태감의 목에 암궁 화살 하나가 박혔다.

지금 필요한 것은 속도였다.

그렇기에 판시엔은 자신의 모습이 드러나는 것도 개의치 않았다. 미리 저녁 밥과 차에 독을 타서 호위병들의 움직임을 늦춘 것도, 자신의 모습이 드러나는 시간을 약간이라도 미루기 위한 것뿐이었다.

함광전과의 거리 30장(丈).

'챙챙챙…….'

판시엔의 후방에 금속이 마주치는 소리가 수차례 났다.

판시엔은 고개를 돌리지 않았다.

'드디어 들켰군.'

"흩어져!"

판시엔은 경로를 약간 변경했고, 평소 훈련이 잘되어 있던 감사원 6처 자객들도 그의 뒤쪽에서 흩어졌다. 그리고 함광전 옆에 자리 잡은 구불구불한 호수 가장자리를 따라 이동하며 수없이 많은 검은 곡선이 되었다.

제일 뒤쪽에서 따라오던 자객이 홀연 멈추더니, 손에 들고 있던 쇠막대기를 바닥에 꽂아 놓고, 품 속에서 작은 대롱을 꺼내 달을 보며 손잡이를 잡아당겼다.

'슉! 펑!'

연화령. 하늘로 쏘아 올려진 불꽃이, 깊은 어둠에 휩싸여 있던 황궁을 밝게 비추었다. 그리고 징두 곳곳에 숨어서 대기하던 사람들에게 명확한 신호를 보냈다.

그들은 각자 그리고 일제히, 급습을 시작했다.

"윽!"

칼 하나가 날아들며 연화령을 들고 있던 자객의 오른쪽 어깨를 베었다. 하지만 자객은 피를 철철 흘리면서도 피하지도, 연화에서 손을 떼지도 않았다. 왼손으로 쇠막대기를 바닥에서 뽑아 들어 옆에서 달려드는 호위 둘을 단번에 해치워 버렸다.

함광전과의 거리 10장(丈).

판시엔은 연화령을 보지도 않았고, 심복의 오른 어깨가 베인지도, 또 그의 생사도 몰랐다. 그는 차갑게 함광전만 주시하며 달려갔다.

'빨리, 더 빨리.'

판시엔은 체내의 패도 진기를 일순간 최대치로 끌어 올리며, 함광전 측면의 돌난간을 밟고 날아올랐다!

돌난간이 산산조각 나며 무수한 파편이 날렸다.

그 힘을 이용해 한 마리의 검은 새처럼 날아올라, 마치 결의에 찬 날개를 펼치는 것처럼 두 팔을 펴고 아래로 낙하했다!

'펑!'

함광전 지붕 기와가 부서지며 커다란 구멍이 생겼다.

함광전 내 궁녀가 깜짝 놀라 첫 번째 등불을 켰을 때, 판시엔은 이미 바위 덩어리처럼 함광전 뒤편 바닥에 떨어져 있었다. 그의 곁에는 부서진 지붕 때문에 먼지가 가득했고, 그의 발 아래 푸른 돌바닥은 잘게 부서져 있었다.

그리고 그의 손에는 '북위 마지막 황제의 검'이 들려 있었다.

'슥.'

궁녀는 너무 놀라 소리를 지르려 했지만 어떠한 소리도 나오지 않았다. 판시엔이 여덟 걸음을 바람처럼 움직여 방 한 가운데 서 있던 궁녀의 목구멍에 단번에 검을 찔러 넣었기 때문이다. 그가 검을 뽑자 선혈이 사방으로 튀었고, 다시 팔목을 살짝 돌려 옆에 달려오는 태감의 측면으로 검을 목구멍에 찔렀다.

판시엔은 검을 뽑으며 뒤로 세 걸음 물러났고, 왼쪽 발끝을 중심으로 무용수처럼 아름답게 회전했다. 그 궤적을 따라, 섬광이 둥글고 차가운 빛을 발했다.

'스스슥.'

소리를 듣고 황급히 달려온 태감과 궁녀들이 차가운 빛에 닿을 때마다 고꾸라졌고, 순식간에 함광전 측전(側殿) 바닥은 피바다가 되어 버렸다.

판시엔은 앞에서 달려들던 태감을 보며 뒤에서 누가 낚아 챈 듯 뒤로 누워 미끄러지며 태감의 발을 부러뜨렸고, 그와 동시에 오른 팔에 용수철이라도 단 듯, 팔꿈치를 튕겨 천자의 검을 우측에서 달려드는 다른 태감에게 던졌다. 그의 몸도 용수철이 된 듯 튕기며 바닥에서 일어나는 반동을 이용해 좌측에서 달려드는 태감에게 오른손 주먹을 갈겼다.

연달아 여덟 명을 순식간에 처리한 것이다.

사고검법. 그리고 그림자 대인의 음산함과 차가움.

산수권법. 예류원처럼 담담하고 멋스러움은 없었지만, 패도 진기를 더해 장렬함이 강해졌다.

공격이 멈추자, 판시엔은 그제서야 고개를 돌려 주위를 살폈다.

닝 재인, 이 귀빈, 3황자.

이 귀빈은 기쁨이 넘쳐나고 있었다. 잠시 판시엔을 의심하기도 했지만, 이렇게 와서 자신과 아들을 구했으니 그런 걱정은 이미 사라지고 없었다. 다만, 방안 가득 널린 시체를 보자마자 두 다리에 힘이 풀려 '휘청' 했다.

3황자가 재빨리 어머니를 부축하고, 감격한 눈빛으로 스승을 바라보며 힘을 주어 고개를 끄덕였다. 이미 그의 눈가는 촉촉하게 젖어 있었다.

하지만 판시엔은 지금 감상에 젖을 시간이 없었다. 함광전 밖에 얼마나 많은 황실 호위들이 있는지, 정전(正殿)에 얼마나 많은 고수 태감들이 있는지 알 수 없었다.

"저를 따라오세요. 뚫고 나가야 해요."

판시엔은 태감 하나에 박혀 있는 장검을 뽑으며 옆에 있는 닝 재인을 바라보았다. 그리고 장화에서 검은색 비수를 꺼내 그녀에게 건넸다.

그리고 판시엔은 함광전 밖이 아닌, 함광전 정전으로 가는 문을 향해 나아갔다!

나무문에 손바닥을 가져다 대고 진기를 불어넣자 나무문이 순식간에 산산조각 났다. 그리고 나무 파편들이 바닥에 떨어지기 전에 이미, 판시엔의 손바닥은 태감 하나의 손바닥과 마주하고 있었다.

'펑!'

사나운 패도 진기가 태감 손바닥을 통해 태감 몸으로 주입되자, 태감의 오관(五官)에서 피가 흘러나왔다. 하지만 이 태감은 뒤에 고수가 준비할 시간을 벌어야 한다는 자신의 임무를 잘 알고 있었기에 물러서지 않았다.

판시엔은 시간이 없었다.

'펑!'

판시엔은 독무를 터트리고 순식간에 천자의 검으로 그의 목을 베어 버린 후, 문 대신 옆에 있는 나무 벽으로 돌진했다.

'펑!'

나무 벽에 큰 구멍이 생기는 순간, 문 입구에서 꼿꼿이 버티던 태감의 목이 바닥에 떨어졌다. 이 귀빈은 넋이 나간 듯 그 광경을 지켜보고 있었고, 닝 재인은 그녀와 3황자를 데리고 판시엔을 따라 큰 구멍 안으로 들어갔다.

그녀의 손에는 검은색 비수가 들려 있었다.

함광전의 돌 난간이 부서질 때부터 여기까지의 시간이라 해 봤자, 손뼉을 십여 차례 치는 정도의 시간이었다.

그 시간 동안 함광전 밖에서는 이곳저곳에서 피 튀기는 싸움이 벌어지고 있었다. 얼마나 죽고 다쳤는지는 모르겠지만 밖에서 보기에는 6처 자객들이 조금씩 뒤로 밀리는 것처럼 보였다. 하지만 이는 계산된 후퇴였다. 그들은 뚫고 들어가는 것이 목적이 아니었다. 호위들과의 적절한 거리를 유지하며 함광전을 견고하게 포위하는 것이 목적이었다.

판시엔의 계획은 철저하게 사방을 둘러싸 봉쇄한 후, 그 중심에서 꽃을 피우는 전술이었다.

그래서 판시엔은 꽃을 피워야 했다.

태후는 나이가 들어 청력이 좋지 않았다. 그리고 며칠 동안 두통을 앓던 터라 이마에 황색의 띠를 둘러 묶고 있었다. 하지만 무언가 이상하다는 생각이 들었다. 궁녀 하나가 급히 달려와 태후를 부축하여 일으켰다. 그때 태후의 눈이 번쩍하며 갑자기 소리쳤다.

"함광전 문을 닫아라! 그리고 모두 물러나 궁내로 들어와라!"

태후의 반응은 늦지 않았다. 명령도 매우 간략하고 정확했다. 하지만 그녀가 옆으로 고개를 돌리는 순간, 마치 한 마리의 숨어 있던 용이 날 듯, 벽에 난 구멍 쪽 허공에서 검은 그림자가 그녀의 침대로 날아오는 것을 보았다.

그때, 태후의 침궁을 지키고 있던 고수 태감 넷이 사방에서 소리를 지르며 행동을 개시했다. 큰 홍 태감 수하의 늙은 태감 넷의 손바닥이, 빠르게 앞으로 향하고 있는 판시엔의 몸을 움켜쥐려 했다.

고목(古木)이 꽃을 피우며 숲속의 거대한 용을 속박하려는 것처럼.

태후는 침착하게 그 장면을 바라봤다.

마치 판시엔이 곧 시체로 변할 거라 확신하는 것처럼.

모두의 예상과 달리, 판시엔은 날아가는 속도를 줄이지 않았다.

다만, 폭발시켰던 사나운 패도 진기를 순식간에 거두어 버렸다!

이 방법은 판시엔이 산골짜기 습격을 당할 때 처음 쓴 방법으로, 일반적으로는 즉시 경맥이 끊겨 죽을 수도 있는 매우 위험한 것이었다. 진기를 갑자기 폭발시키는 것도 위험하지만, 갑자기 분산시키는 것도 경맥에 무리를 줄 수 있기 때문이다.

하지만, 사나운 패도 진기와 온화한 천일도의 진기, 전혀 다른 성질의 진기를 모두 수련하는 데 성공한 판시엔만이 이러한 극단적인 방법을 쓸 수 있었던 것이다.

판시엔이 갑자기 공중에서 몸을 웅크려 공처럼 만들었다. 그리고 살짝 부르르 떨면서 방향을 튼 후 그대로 수직낙하 했다!

순간, 네 명의 고수 태감들의 동공이 수축되었다.

메마른 첫 번째 손바닥은 판시엔의 어깨를 스쳤지만, 구름을 쥔 듯 아무런 힘을 주지 못했다.

메마른 두 번째 손바닥은 왼쪽 소매를 잡은 듯했지만, 사실 소매

속에 있는 암궁 화살을 잡았다.

메마른 세 번째 손바닥은 오른쪽 무릎 위 옷을 잡고, 판시엔의 옷을 찢어버렸다.

그리고 네 번째 손바닥은 판시엔의 신발을 스쳤다.

판시엔은 그대로 떨어지는 동안, 공중에서 발돋움한 후, 몸을 피하며 태후 옆으로 날아가 태후의 목에 검을 겨눴다.

'푸!'

판시엔은 창백한 얼굴로 '휘청' 하더니 입에서 선혈을 왈칵 쏟았다. 무리한 진기 운용과 고수 네 명의 '스친' 공격으로 내상을 입은 것이다. 하지만 판시엔의 눈빛은 그 어느 때보다 결연했다. 그리고 얼음처럼 차가운 검 끝으로, 함광전 내 모든 이의 마음을 싸늘하게 얼려 버렸다.

침묵 그리고 또 침묵.

'똑, 똑, 똑······.'

판시엔의 피가 침대 아래 바닥으로 떨어지는 소리 외에는 어떤 소리도 나지 않았다. 그리고 일부의 피는 판시엔의 몸에서 태후의 몸으로 타고 내려가, 점점 그녀의 몸을 붉게 물들이고 있었다.

고수 태감들도 모두 제자리에 서서 감히 움직일 엄두를 내지 못했다.

하지만 판시엔의 표정은 너무도 침착하고 차가웠다. 마치 자신의 검이 겨누고 있는 사람이 태후가 아닌 보통 사람인 것처럼 생각하고 있는 것 같았다. 판시엔은 천천히 태후의 뒤로 돌아가 오른손 팔꿈치로 태후의 오른 어깨를 누르며, 언제라도 벨 수 있도록 검 날을 태후의 목에 가볍게 대며 말했다.

"바깥의 호위병에게 공격을 멈추라 명하세요."

침묵 그리고 또 침묵.

이따금씩 밖에서 참담한 비명 소리만 전해 들려왔다.

태후는 목에 겨눠진 검은 전혀 개의치 않는 듯 고개와 몸을 살짝 왼쪽으로 틀며 뒤에 있는 판시엔을 바라봤다. 하얗게 세어버린 머리칼이 헝클어져 있기는 했지만, 그녀는 여전히 위엄 있는 목소리로 싸늘하게 말했다.

"대역무도한 놈! 감히 애가를 위협해?!"

'뭐야? 이 상황에서?'

'짝!'

판시엔이 당황할 틈도 없이 태후가 판시엔의 귀싸대기를 올렸다!

"감히 애가를 죽이려는 것이냐!"

태후의 당당한 이 모습에 궁녀와 어멈 몇은 기절해 버렸다.

'확실히 똑똑해. 태후는 태후구만……'

판시엔도 사실 자신이 태후를 죽일 수 없다는 것을 알고 있었다. 친할머니에 대한 가족의 정 같은 것이 아니었다. 이후에 황궁을 통제하려면 그녀를 죽일 수는 없었기 때문이다. 하지만 이 상황에서 어떻게 해야 하는 것이 좋을지 잠시 고민할 수밖에 없었다.

이때, 누구도 예상하지 못하는 일이 발생했다.

태감 하나가 판시엔이 만들어낸 구멍 쪽으로 바람처럼 다가간 것이다. 판시엔도 태후도 그 장면을 바라볼 수밖에 없었다. 지금 상황에서 움직이는 것은 둘 모두에게 엄청난 위험이었기 때문이다.

그 태감이 손바닥으로 3황자의 목을 조르며 천천히 말을 뱉었다.

"판 대인, 섣불리 움직이지 마시지요."

동시에 이 귀빈은 다른 태감에게 저지당했고, 닝 재인도 비수를 휘둘렀지만 결국 태감 몇에게 포위당하고 말았다.

모두의 시선이 판시엔에게로 향했다.

태후의 손가락이 미세하게 떨리기 시작했다.

판시엔이 잠시 고민하더니 왼손을 천천히 들었다.

'짜-악!'

판시엔이, 태후의, 노쇠한 뺨을, 후려 갈겼다!

태후는 얼굴을 감쌌고, 늙어 메말라 버린 손가락 사이로 피가 흘러나왔다.

이 장면을 보고 있던 사람들은 판시엔이 태후에게 날린 따귀가, 자기들의 뺨에, 자기들의 심장에 떨어진 것처럼 느껴졌다.

'판시엔이 지금 누구의 뺨을……태후, 폐하의 생모, 판시엔의 친할머니……!'

판시엔은 부어오른 태후의 뺨을 무심한 눈빛으로 바라보며 다시 입을 열었다.

"놓아주라 하고, 공격을 멈추라 명하세요. 저도 한번 더 하기는 싫어요."

아픔과 분노. 그보다 큰 굴욕.

태후는 온몸을 부들부들 떨었다.

태후의 목을 겨눈 검 날이 메마른 그녀의 피부를 살짝 눌렀다.

태후에게는 찰나와 같은 순간일 수도, 아니면 영원과 같은 시간이었을 수도. 그녀는 천천히 눈을 감으며 입을 열었다.

"그의 말에 따르게."

"크게 이야기하세요."

태후는 눈을 번쩍 뜨며 고개를 '획' 돌려 분노에 찬 눈빛으로 판시엔을 바라보았다. 하지만 이내 떨리는 목소리로 소리쳤다.

"명을……전하라! 모두……물러서라!"

태후의 이 말에 함광전 내 사람들은 놀라움 보다는 안도의 한숨을 내쉬었다. 신하가 태후를, 손자가 친할머니를 죽이는 광경을 목도하지 않아도 된다는 안도의 한숨.

오직 호우 태감만이 3황자의 목을 여전히 쥔 채 미간을 찌푸렸다.

"호우 태감은 태후가 죽기를 바라는군요."

판시엔이 태후를 보며 싸늘하게 말했다. 그제서야 호우 태감이 한숨을 내쉬며 3황자의 목을 쥐고 있던 손을 풀었다. 창백한 얼굴을 한, 오후에 자객에게 찔린 상처가 터져 다시 피로 옷이 죄다 붉게 물들어 버린 3황자가, 재빨리 어머니를 부축하고 닝 재인과 함께 판시엔 곁으로 다가갔다.

'끼익, 끼익, 끼익……'

함광전의 정문을 포함한 모든 나무문이 열리고, 순식간에 검은색 옷을 입은 6처 자객들이 들어와 태감들을 포위하고 철제 수갑을 채웠다. 판시엔은 상처투성이가 된 부하들을 훑어보니 이미 십여 명의 충성스러운 부하가 세상을 떠난 것 같았다.

태후가 갑자기 극심하게 기침을 하며 가슴을 부여잡았다. 격한 움직임 때문에 판시엔의 검에 목이 살짝 베었지만, 그 고통도 느끼지 못하는 듯 보였다. 겨우 기침을 진정시킨 태후는, 판시엔을 사납게 노려보며 말했다.

"네 어미 같은 놈……네가 황궁에서 뭘 하는지, 애가가 이 두 눈으로 똑똑히 볼 것이야!"

판시엔은 태후의 말을 무시한 채 다른 세 개 조의 소식과 황궁 밖의 소식을 기다렸다. 순간 이상한 느낌을 받고 고개를 휙 돌려 호우 태감을 바라봤다.

호우 태감은 움찔했다. 몰래 진기를 운용하고 있었기 때문이다. 판시엔의 눈짓에 철궁을 지닌 십여 명의 6처 자객들이 일제히 태감을 겨눴다. 호우 태감도 어쩔 수 없다는 듯 공격했지만, 한 척(尺)도 못 가 고슴도치로 변해버렸다.

'툭.'

그는 바닥에 쓰러져 두어 번 몸을 움찔하고서, 눈도 감지 못하고 죽어버렸다.

판시엔은 호우 공공이 장 공주 사람인지 확신할 수 없었지만, 지금은 그런 것을 고려할 시간도, 여유도 없었다. 그는 차분히 태후 옆에 앉았다. 함광전 안은 다시 조용해졌고, 할머니와 손자는 둘 다 타인의 피로 물든 채 냉랭하게 침대에 앉아 있었다.

판시엔은 그냥 기다리는 중이었다.

6처 자객들과 흑기병의 실력을 믿고 있었기 때문이다.

함광전 밖이 약간 소란해지더니, 검은 옷을 입은 자객 십여 명이 의복이 흐트러진 여자를 데리고 함광전으로 들어왔다.

슈 귀비.

판시엔은 그 모습을 보자마자 이 조의 사상자가 너무 많았다는 생각에 가슴이 아려 왔다. 하지만 내색은 하지 않고 푹신한 침대를 살짝 손으로 두드리며 말했다.

"마마, 여기 앉으세요."

판시엔은 슈 귀비에게 악감정은 전혀 없었지만 황궁을 통제하기 위해서는 한 사람도 예외일 수 없었다. 그리고 다른 조 중에 슈 귀비에 간 조가 가장 먼저 돌아올 것도 예상하고 있었다. 나머지 두 조는 동궁 그리고 광신궁으로 향했었기 때문이다.

그래서 판시엔은, 침착하게 기다렸다.

그리고 얼마 후, 광신궁으로 향했던 징거가 돌아왔다.

판시엔은 심장이 '쿵' 하고 내려앉았고, 징거가 그의 귓가에 몇 마디를 건네자 낯빛이 점점 어두워졌다. 그때, 마지막 조를 이끌고 동궁으로 갔던 관원이 보고를 하러 들어왔다.

역시 나쁜 소식이었다.

"휴-."

한참 후, 판시엔이 옷깃을 정리하며 한숨을 쉰 뒤 가벼운 목소리로 입을 열었다.

"이렇게 한 가족이 다 모이기가 힘들어요."

천자의 가족 중 판시엔이 황궁에 있다고 파악한 사람 중, 황후와 태자 그리고 장 공주만 없었다. 그리고 그들은 이 순간 판시엔의 눈언저리를 짓누르고 있는 무거운 돌이 되어 있었다.

징거와 다른 고위 관원의 보고는 간단했다.

도착했을 때, 아무도 없었다!

그들이 어떻게 소식을 알았는지 모르지만, 습격을 시작하기 전이미 냉궁 방향으로 몸을 옮긴 후 황궁 밖으로 빠져나갔던 것이다.

'젠장, 제일 중요한 태자와 장 공주를 놓치다니……그리고 완알, 큰보배…….'

태후가 판시엔을 노려보며 조롱하듯 말했다.

"청치엔이 내 명을 가지고 황궁을 나갔다. 그러니 내일 대군(大軍)이 징두로 들어올 게다. 두려우냐?"

"두려웠으면 마마의 따귀를 때릴 수 있었을까요?"

판시엔의 말에 태후는 다시 몸을 살짝 떨었다.

"이미 여든은 되셨을 텐데, 아직도 죽는 게 두려우신 거예요?"

"고작 이 몇 명 가지고 뭘 한다고……애가를 붙잡아 둔다 해도, 황궁 밖은 어떻게 하려는 것이냐?"

"걱정 마세요. 황궁 밖에는 훨씬 많이 남겨뒀으니까."

판시엔이 징두 관아 부윤 대인 저택에서 옌빙원과 같이 동원할 수 있는 인원을 계산했을 때 적어도 1천9백 명이었다. 징두 각 부처에 숨어들어 있는 밀정 1천4백 그리고 흑기병 5백의 합이었다. 그 숫자에는 금군과 감사원 건물에 상주하는 관원들은 없었다.

오늘 황궁 습격에 판시엔과 징거가 정예병 2백을 직접 끌고 왔고, 나머지 1천7백은 옌빙원의 지시 아래 이런 저런 임무를 수행하고 있었다. 그래서 대황자가 금군만 통제해 준다면 일단 큰 산을 넘은 것이었다.

이때, 후궁을 감싸고 있는 담 쪽에서 소란스러운 소리가 들리기 시작했다. 죽이라는 명령과 문이 부서지는 소리 그리고 살육이 자행되는 소리였다. 드디어 대황자가 이끄는 금군이 황실 호위병들을 제거하는 소리였다. 그 소리가 점점 가까워지자 판시엔은 마음이 놓인 듯 징거에게 명령을 내렸다.

"함광전은 앞으로 네가 맡아. 누구라도 이상한 움직임을 보이면 죽여."

징거가 명을 받아들이자 옆에 있던 닝 재인이 갑자기 검은색 비수를 자기에게 달라고 말했다. 판시엔은 잠시 생각했지만 이내 그 뜻을 알아차리고 웃으며 비수를 건네주었다. 징거가 아무리 간이 크다 해도 정말로 혼란이 일어나면 태후에게 감히 손을 쓰지 못 할 수도 있고, 닝 재인은 거기까지 내다본 것이었다.

판시엔은 살짝 웃으며 인사를 한 후 함광전 돌계단을 내려갔다. 그리고 6처 자객 몇이 그의 뒤를 따랐다. 함광전 안팎의 사람들은 그의 무리를 바라보며, 이 중요한 때에 그가 어디로 가는 건지 궁금해했다.

'펑!'

수성용 강노 옆에 서 있던 대황자가 후궁 쪽에서 밤하늘을 가르며 피어오르는 연화령을 보고, 결연한 표정으로 마치 칼을 든 것처럼 절도 있게 손으로 밤바람을 내리쳤다.

'스윽스윽.'

대황자의 신호에 야간 습격을 개시한 금군 고위 장수 교위가 장도로 금군 병사 둘의 목을 자르며 소리쳤다.

"공격!"

금군이 금군을 죽이는 거였다. 다른 시공간이었다면, 어쩌면 이들은 어깨를 나란히 하고 용감하게 적진으로 뛰어들 수도 있었을 것이다. 하지만 오늘밤은 한쪽의 일방적인 살육이었고, 그것도 무자비한 도살이었다.

옌샤오이 측 교위 다섯의 수하 약 6백여 명의 군사는 교대 후 쉬고 있었다. 대부분 자고 있는 상태에서 죽임을 당했고, 일부는 놀라 깨기도 했지만 아무런 반격도 못하고 날아드는 창과 칼을 그냥 마주했다.

시간도 그리 오래 가지 않았다. 대황자에 충성하는 금군 2천은 황성 광장 앞쪽에 있는 넓은 구역을 삽시간에 쓸어버렸다.

연화령을 기다리던 사람은 대황자만이 아니었다. 징두 곳곳에 잠복해 있던 감사원 관원들도 밖으로 나와 각자 정해진 목표를 향해 나아갔다. 형부 관아를 지키던 관원 하나가 검은색 관복을 입은 거대한 무리를 보고 얼굴이 하얗게 질려 징을 울렸다.

두려움을 자아낼 정도로 싸우며 죽이는 소리가 나진 않았다. 형부 관원들은 스스로 감사원의 적수가 되지 않는다는 것을 알았기 때문이다. 몇 차례 참담한 비명소리가 들렸지만, 이내 형부 상서는 감사원 관원들에게 포위되고 말았다.

"본관은 태후의 명과 화친왕의 군령을 받들어 원로 대신들을 출옥시키러 왔습니다. 상서 대인, 넘겨주십시오."

'넘겨 달라? 이건 탈옥이지!'

형부 상서는 분노에 치가 떨리는 건지 두려움에 몸이 떨리는 것인지 몰랐다. 이미 그의 옆에는 좌시랑, 우시랑이 죽어 있었기 때문이다.

'투항하면 살려주나?'

감사원 관원은 그의 눈빛을 읽고 차분히 말했다.

"태후의 명이 있었습니다. 반역자라 하더라도 진심으로 후회하는 자가 있다면 과거의 잘못을 묻지 말라 하셨습니다."

'판시엔이 정말 황궁을 장악한 것인가? 만약 그런 상황이 아닌데 내가 투항한다면……일이 더 커지는 게 아닌가?'

이를 악 물고 있는 형부 상서의 눈빛이 쉼 없이 변하고 있었다. 감사원 관원은 고개를 저으며 쇠막대기를 든 오른손을 움직였다.

"셋을 세겠습니다. 셋, 둘…….''

"잠깐! 부탁이 있네. 판 대인의 말을 직접 듣고 싶네."

감사원 관원이 조소를 띠고 품에서 문서를 꺼내 형부 상서 쪽으로 던졌다. 판시엔의 친필이었다.

'……태자가 동이성, 북제와 결탁해 폐하를 시해하고……모반에 가담한 옌샤오이를 직접 처단하고……죄를 뉘우치고 공을 세운 자는 과거의 잘못을 묻지 않을 것이며…….'

문서를 들고 있는 형부 상서의 손이 떨렸다. 내용은 짐작한 바였지만, 마지막 찍혀 있는 인장이 태후의 인장이 아닌, 황제의 옥새였다!

그리고 판시엔의 친필 서명도 있었다.

형부 상서가 털썩 주저 않으며 무릎을 꿇고 엎드리자 감옥 간수를 비롯한 모든 형부 관원들이 처량하게 읍소하기 시작했다.

"소신, 죄를 지었습니다."

감사원 관원들은 능수능란하게 관원들을 체포하는 일을 진행함과 동시에 굳게 닫혀 있던 형부 감옥 안으로 들어가 엉망진창이 되어 있는 조정 대신 사오십 명을 부축해서 나왔다. 그들은 모두 고문을 당한 듯 보였고, 일부는 걷기조차 힘들어 보였다. 형부 습격을 맡은 감사원 관원 우두머리가 급히 그들 앞으로 가 무릎을 꿇었다.

"하관, 감사원 2처 주부 무룽옌(慕容燕, 모용연)입니다. 태후의 명을 받아 대인들을 모시러 왔습니다. 제사 대인께서 하관에게 일러 두 분 대학사에게 감사 인사 올리라 하였습니다."

슈 대학사는 기쁘기보다 황궁에서 일어났을 피바람에 걱정부터 되었다. 하지만 후 대학사는 호탕하게 웃으며 대답했다.

"담박 공작이 이번에는 틀렸어. 난 그를 도운 적이 없는데, 뭐가 감사하다는 말인가."

황궁에서 연화령이 쏘아지고 징두에서 근 천여 명이 움직였다. 그 중 한 조는 징두 관아를 향했는데, 본래 형부보다 공략하기 힘들 거라 생각했던 징두 관아의 문이 감사원 관원이 도착하기도 전에 이미 활짝 열려 있었다.

열린 문으로 감사원 관원들이 줄줄이 들어갔고, 무슨 영문인지 모르는 징두 관아 관원들 앞에서 한밤 중에 관복을 단정하게 차려 입은 징두 부윤 순징슈를 포위했다. 징두 관아 습격을 맡은 1처 무티에가 앞으로 나와 공손하게 말했다.

"대인께서 하관을 시켜 물으라 하셨습니다. 생각은 끝나셨습니까?"

순징슈는 큰 숨을 한번 내쉰 후 바닥에 엎드리며 말했다.

"소신의 잘못을 어찌 감히 공작 어르신에게 용서해 달라 할 수 있겠습니까."

순징슈는 어젯밤에 옌빙원과 후원에서 대화를 나누고 마음을 정할 수밖에 없었다. 판시엔이 자신의 저택에 수일 간 숨어 있었고, 지금 상황의 논의 장소가 자기 딸의 방이었다는 것을, 그리고 흑기병 4백이 징두 관아 문서를 이용해 징두에 몰래 잠입했다는 것을 알고서.

'하나밖에 없는 딸이 나의 필체를 모사하고 인장을 훔치다니……!'

그 시각. 판시엔은 침울한 얼굴로 동궁의 정문을 열었다. 그는 따라온 6처 자객들을 밖에 남긴 채 혼자 들어가며, 한쪽에 결박당한 채 몰려 있는 태감들과 궁녀들을 힐끗 바라보았다.

'아……실수를 만회할 수 있을까……?'

넋이 나가 있던 홍쥬는 판시엔이 동궁 정전(正殿) 안으로 들어오자 말없이 그 앞으로 와 무릎을 꿇었다. 두 사람은 아무도 없는 넓은 동궁전에서, 그렇게 한참의 어색한 시간을 보냈다. 판시엔이 움켜진 오른손 주먹에서 서서히 힘을 빼며 나지막이 입을 열었다.

"해명해 봐."

홍쥬는 깊은 자책이 묻어 있는 눈빛을 하고 고개만 조아릴 뿐, 아무런 해명도 하지 않았다. 이번 습격에서 홍쥬는 판시엔의 최대 조력자였다. 2백 명으로 후궁을 통제할 수 있었던 것은, 홍쥬를 통해 후궁 정세, 호위병의 분포, 각 귀인들의 세부 생활 방식을 이해하고 있었기 때문이다.

홍쥬가 황궁 내 판시엔의 첩자였다는 걸 아는 사람은 없었으며, 홍쥬는 이틀 동안 온갖 위험을 감수하면서까지 황궁 밖으로 정보를 전달해 주었다. 그리고 호위병들의 저녁밥과 차에 독을 탄 것도 홍쥬의 도움이었다.

판시엔은 다시 주먹을 꽉 움켜쥐었다.

"네가 한 거야?"

홍쥬는 무겁게 고개를 끄덕였다.

"지금 우리가 뭐 하는 건지 알아?"

판시엔의 마음속은 미쳐 날뛰고 있었지만, 목소리를 최대한 높이지 않으려 노력하며 천천히 말을 이었다.

"모반이야, 모반. 마음이 약해진 거야? 그것 때문에 경국이 엄청난 혼란에 빠질 수도 있어."

판시엔은 끓어오르는 분노 때문에 점점 더 말이 험하게 변했다.

"천신만고 끝에 황궁을 들어왔는데, 네가 이런 장난질을 쳐? 죽으려면 그냥 죽어. 근데, 여기 황궁에 남아 있는 사람은 어쩌라고!"

판시엔은 씩씩거리며 홍쥬를 사납게 노려봤다. 도무지 이해할 수 없었기 때문이다.

'왜지? 왜지! 도대체 뭐야!'

홍쥬가 갑자기 흐느끼기 시작했다. 눈가에서 흐른 눈물이 홍쥬의 뺨을 타고 내려가 그의 옷을 적셨다.

"태자께서 종에게 정말로 잘해 주셨습니다. 그리고 황후 마마는……너무 불쌍합니다. 이 종……참을 수가 없었습니다……."

홍쥬는 결국 대성통곡을 하기 시작했다. 그의 얼굴은 눈물과 콧물로 범벅이 되었다.

"대인, 종을 죽여주십시오! 저도 살고 싶지 않습니다. 슈알도 죽었고……저 때문에 얼마나 많은 사람이 죽었는지 모릅니다……모두 제 탓입니다. 모두 제 잘못입니다……."

'진짜 마음이 약해져서? 단지 그 이유라고?! 아이고 머리야…….'

판시엔은 다시 찬 밤공기를 들이마셨다.

"광신궁 쪽은?"

"그건 정말 모릅니다."

"일어나."

홍쥬가 바닥에서 일어나지 않자, 판시엔은 목소리는 낮았지만 포효하듯 소리쳤다.

"일어나라고!"

홍쥬가 깜짝 놀라며 벌떡 일어났다. 그리고 죽음을 기다렸다.

'그래, 죽어 마땅하지. 황후와 태자께 말씀드리는 순간……난 이미 죽은 목숨이었지."

"휴-."

홍쥬의 예상과 달리 판시엔은 한숨을 내뱉고서 손을 휘휘 저으며 동궁전 밖으로 걸어나갔다. 멍하니 판시엔의 뒷모습을 바라보고 있던 홍쥬는 바닥에 털썩 주저앉으며 또 이유 없이 울기 시작했다.

동궁 밖까지 홍쥬의 울음소리가 들리진 않았다. 판시엔은 잠시 분노했지만, 지금은 오히려 마음 한구석이 텅 빈 것만 같았다. 궁녀 슈알이라는 이름을 들었기 때문이다.

홍쥬가 배반한 건, 정이 많다는 반증이었다.

'어쩌면 내가 무정한 것일지도……그래서 홍쥬의 정을 간과한 것일지도…….'

쉬마오차이가 아니었다면 판시엔은 대동산 앞 바다에서 벗어날 수 없었고, 홍쥬가 없었다면 판시엔은 황궁에 들어올 수 없었다. 다만, 제일 중요한 순간에 그 둘이 자신들의 생각대로 움직여버린 것이다. 하지만 판시엔은 그들을 탓할 수 없었다.

'그래. 태자는 가끔씩 진실되게 행동했지만, 난 항상 연극을 했지…….'

판시엔은 우울한 얼굴로 함광전에 돌아왔다. 이미 금군이 6처 자객, 흑기병과 함께 후궁을 깨끗이 쓸어버린 후였다. 하지만 판시엔은 태후를 보러 가지 않고 3황자에게 몇 마디 안심의 말을 건넨 후, 궁 밖을 지키고 있는 징거에게 몇 가지 분부를 했다.

'판 제사가 대승을 앞에 둔 시점에서 왜 실패를 생각하지?'

징거는 이상했지만 더 이상 묻지는 않고 습격조 흑기병을 데리고 다시 궁 밖으로 나갔다.

그리고 연화령이 쏘아진 지 반 시진 만에, 황궁 습격의 두 주모자가 황성 정문의 성벽 위에서 만났다. 판시엔이 먼저 공손하게 예를 올렸고, 대황자도 정중하게 답례를 올렸다. 판시엔의 검은색 감사원 관복이 펄럭였고, 대황자의 갑옷 밑으로 보이는 붉은색 도포도 소리를 내며 바람에 휘날렸다.

작렬하는 붉은색 도포, 냉담한 검은색 관복. 광명과 암흑의 연합.

두 사람은 아무 말 없이 각루 외측으로 자리를 옮겨 조용한 황성 앞 광장을 바라보았다. 두 사람은 말을 할 필요가 없었다. 사실 대동산 사건 이후 두 사람은 만나서 논의한 적이 없었다. 과거도 지금도, 말은 필요 없었다. 하지만 둘은 오늘 황궁 습격을 성공시켰다.

이 둘을 묶어준 것은 신뢰와 믿음. 어머니 대(代)부터 이어져 온 인연. 이제 그 아들들이 어깨를 나란히 하고 있었다.

금군은 총 5천.

2천은 대동산에 있었고, 1천은 황궁에 주둔하고, 1천은 황성 성벽을 지키고 있었다. 그리고 나머지 금군 1천은 징두에서 감사원 밀정 1천과 함께 일을 진행하고 있었다.

"날이 밝기 전에 잡아야 하네."

대황자가 먼저 입을 열었다.

잡아야 할 사람은 황후, 태자 그리고 장 공주.

동이 트기까지 남은 시간은 고작 세 시진.

판시엔은 대황자의 말에 대꾸하지 않고 화제를 바꿨다.

"함광전은 모든 게 잘되었고, 태후는 문제없어요."

"난 자네를 믿네."

"만약 장 공주와 태자가 정말 징두를 벗어나 징두 수비군을 동원한다면, 얼마나 될까요?"

"1만. 허나 공성전은 1대 3으로 버틸 수 있고, 황성의 경우 1대 4도 가능하네. 자네와 내가 가진 병력을 합치면 5천 정도. 그 정도면 버틸 수 있을 거야."

판시엔은 고개를 절레절레 흔들며 칠흑 같은 밤의 어둠 한 곳을 가리켰다.

"제 수하들은 저런 곳에서나 힘을 발휘할 뿐이에요. 그리고 친씨 가문이 통제하는 군대가 징두 수비사만 있는 것도 아니고, 또 둘째 와 예중 수하에 있는 예씨 집안 군대도 생각해야 하고, 심지어 황궁 은 고립되어 있으니 군량도 문제가 생길 것이고……만약 대군에 황 성이 포위당하면 우리는 얼마나 버틸 수 있을까요?"

"자네 지금 무슨 소리 하는 건가? 우리가 지키는 건 징두성이 아 니라 황성이야. 징두 밖의 군대가 들어오려면 13성문사를 거쳐야 하 는데, 자네가 그곳을 그냥 방치했다고 믿고 싶지 않네."

"가장 최악을 생각하고 있는 거예요. 그러니 지금 관건은, 친씨 가 문이 맡고 있는 징두 수비군 그리고 예중이 맡고 있는 딩저우 군이 며칠이면 징두로 들어오느냐는 것이죠."

판시엔은 차분하게 말을 이었다.

"제 정보와 계산에 의하면, 징두 수비군은 하루, 나머지 친씨 가문 의 군대와 딩저우 군은 나흘 정도면 족해요."

"판시엔, 성문사를 통제할 수 있는 거지? 그렇지 않았다면 자네가 감히 움직이지 않았겠지."

판시엔은 입을 꾹 닫았다.

대황자는 조금은 조급해지며 말을 이었다.

"그리고 징거는 어디로 보낸 건가? 다른 생각이 있는 거야?"

판시엔이 느닷없이 웃기 시작했다.

그리고 고개를 돌려 대황자의 눈을 보며 대답했다.

"사실 한참 전부터 하고 싶은 말이 있었어요."

"뭔가?"

"같이 도망가시죠."

제14장

절망

'퍽!'

분노가 극에 달한 대황자가 손바닥으로 성벽을 내리쳤다. 그리고 무거운 목소리로 크게 분노했다.

"도망가자고? 자네 미쳤나?"

"제가 지금 좀 미친 짓을 하긴 했지만, 또 도망을 어디로 가요? 그냥 농담한 거니 너무 노하시지 마세요."

"지금 농담이 나와?!"

"너무 긴장하신 듯 보여 분위기 전환 좀 한 거예요."

사실 판시엔의 말이 전부 농담은 아니었다. 홍쥬의 행동 하나로 지금의 모든 것이 순식간에 무너질 수 있다 생각했기 때문이다. 대황자는 평정을 유지하려 애쓰며 판시엔의 어깨를 천천히 그리고 무겁게 토닥였다.

"성문사가 통제되고 있으니, 우리가 고작 4천이라 하더라도 열흘은 버틸 수 있네."

그때, 황성 앞 광장에서 감사원 관원들이 호위하는 마차의 행렬이 황궁으로 들어오고 있었다. 대황자는 마차를 바라보며 말을 이었다.

"목숨을 걸고 기개를 펼친 원로 대신들이 있는데, 우리가 어떻게 도망을 가나. 어찌 냉정하게 도망갈 수 있겠는가."

판시엔은 천천히 고개를 끄덕이며 대답했다.

"전하의 말대로 오늘 조정 회의를 열어 폐하의 유훈을 공개하고 태자를 폐위해야 해요."

"그리고 사방에 격문을 돌리고, 4로 변경 대군에게 신속히 지원병을 보내라 성지를 내리게."

경국은 7로로 나뉘어 있었고 변경을 맡는 정예병들은 5로에 나뉘어져 있었다. 그중 딩저우 군은 예중을 중심으로 예씨 집안이 이끌고 있었으므로 남은 것은 4로의 대군이었다. 그들이 상황을 파악하고 지원을 해 준다면 충분히 승산이 있었다.

"4로 군대 중 세 개의 군대는 열흘 이내로 징두에 들어오기 힘들어요. 거리를 고려하면 이전에 옌샤오이가 이끌던, 옌징에 주둔하고 있는 북제 정벌 군대 정도나 가능성이 있는데⋯⋯거긴 너무 위험해요."

판시엔은 웃으며 말을 이었다.

"잘못하면 전하와 제가 정말 반역자로 몰릴지 몰라요."

판시엔이 걱정하는 것은 북제 황제였다. 옌징 북방 정벌군의 기본적인 역할은 북제의 남하를 저지하는 것이고, 현재 옌징에서 샹샨후의 군대와 대치하고 있었다. 만약 그들을 징두로 회군 시켰을 때 북제 황제가 남하(南下) 한다면? 판시엔과 대황자는 벗어날 수 없는 북제 황제의 계략에 빠질 수도 있었다.

대황자는 판시엔의 깊은 생각에 감탄하면서도, 현재의 상황을 따져보며 점점 낯빛이 어두워졌다.

"열흘……지원군이 없으면, 고작해야 열흘이네."

이번엔 대황자가 느닷없이 웃기 시작했다.

"이제 보니 자네 생각에 일리가 있어. 지금 도망가는 것이 우리에게 최선이구만."

판시엔은 어안이 벙벙해 대황자를 한번 바라보았고, 잠시 후 누가 먼저라 할 것도 없이 둘이 큰소리로 웃었다.

'하하하……하하하……하하하…….'

두 사람의 웃는 소리는 조용한 징두 밤하늘에 멀리멀리 퍼져나갔다. 입궁을 하기 위해 마차에서 내려 황궁 정문 앞에 서 있던 대학사 둘은 고개를 들어 웃음소리가 나는 곳을 쳐다보았다. 희미하지만 대황자와 판시엔이라는 것을 알고는 마음이 편해졌다.

그들의 즐거운 웃음소리를 들으며 이미 대세가 정해졌다고 생각하고 있었기 때문이다.

하지만 그들은 그 웃음소리에 담겨 있는 무력감과 씁쓸함까지 알 수는 없었다.

"유훈을 징두 곳곳에 공표해 민심을 안정시키고, 태후의 명을 빌려 성문사를 통제해 봐야죠. 전하가 열흘은 버틸 수 있다 한 말은 꼭 지키세요."

"반드시 열흘은 버티겠네."

대황자는 결의에 찬 표정으로 말했지만 마음속 의혹은 내색하지 않았다.

'열흘이 지나면 뚫릴 터인데, 그때는 어떻게 하겠다는 거지? 판시엔은 왜 열흘을 버텨야 된다 강조하는 거지?'

판시엔은 다시 한번 강조했다.

"어떻게든 열흘은 버텨주세요. 제가 군을 지휘해본 적은 없지만, 수장이 없는 군대는 어떻게 될까요?"

"흩어진 모래알이지."

'그렇긴 한데, 어떻게 한다는 거지? 감사원이 아무리 대단해도 지금 이 상황에서 반군의 수장들을 다 죽이겠다고?'

"만약 태자와 장 공주가 갑자기 죽으면 어떻게 될까요? 그때도 반군이 버틸 수 있을까요?"

'뭐라고? 그들을 찾지도 못하는데 어떻게 죽인다는 거야? 판시엔이 드디어 미쳤나?'

"열흘을 버티는 건, 제게 대단한 계획이 있어서 그런 건 아니에요. 저는 저의 운을 믿어요. 다만, 이번에 그 운을 사용하면, 개인적으로는 어떻게 될까 걱정이긴 하지만……."

대황자는 판시엔의 말을 전혀 이해할 수 없었다. 판시엔이 저격총을 염두에 두고 한 말인지 알 수가 없었기 때문이다. 대황자는 그가 저격총을 만인에게 공개했을 때, 그 위력이 천하에 드러났을 때, 세상이 어떻게 변할지, 그가 어떻게 될지 걱정하는 것을 꿈에도 생각할 수 없었다.

갑자기 황성 아래 광장이 소란스러워졌다. 한 무리의 기마병들이 먼지를 일으키며 누군가를 붙잡아 황궁으로 급히 달려오고 있었다. 판시엔이 눈을 가느다랗게 뜨고 잠시 바라보다 웃는 얼굴로 나지막이 말했다.

"보세요. 운이 좋다니까요. 황후가 잡혀왔으니, 태자와 장 공주도 아직 멀리 가진 못했겠죠?"

말을 마친 판시엔은 곧장 몸을 돌려 성벽 위에서 아래로 내려갔다. 하지만 갑자기 심한 기침이 나 돌계단 중간 담벼락에 기대 환약을 하나 입안으로 집어 넣고 힘껏 씹어 삼켰다. 코를 찌르는 마황 냄새가 입에 퍼졌다. 판시엔은 이 환약을 거의 먹지 않았는데, 약효가 너무 강하고 거칠었기 때문이다.

마황은 흥분제 성분도 있고, 진기도 문란해지게 만들 수 있는 강한 약재였다. 하지만 그는 황궁 습격을 위해 강한 부작용이 있는 이 약을 다시 복용해야 했다. 지금은 자신이 상해를 입는 것까지 생각할 여유가 전혀 없다고 생각했다.

장 공주는 광신궁에도, 징두 내 자신의 별저에도 없었다. 하지만 저항은 어디보다 강했고, 감사원 관원 십여 명의 목숨을 대가로 별저를 장악할 수 있었다. 그리고 조장이었던 1처 주보 무펑알도 왼팔에 깊은 상처가 생겨 피를 많이 흘렸다.

무펑알은 무티에의 조카이자 판시엔의 직속 부하였다. 그래서 상처에는 개의치 않고, 사라진 장 공주 대신 그녀의 마지막 심복 모사 위엔홍다오의 목이라도 그으려 단도를 쥐었다.

"담박 공작에게 보고할 일이 있네!"

'뭔 개소리야? 장 공주의 모사가 왜 판 제사 대인에게 보고를 해? 늙은이가 죽기 싫어 미쳤구만?'

순간 무펑알이 미간을 찌푸렸다.

'잠깐. 이 늙은이를 죽이는 것보다는 끌고 가서 심문하는 게 좋겠네. 장 공주의 행방에 대한 단서라도 알 수 있으니."

위엔홍다오의 눈앞이 번쩍 하더니, 그가 무거운 신음소리를 뱉으며 바닥에 고꾸라졌다. 무펑알이 그에게 더 이상 설명의 기회도 주지 않고 주먹으로 그의 태양혈을 가격했기 때문이다. 하지만 위엔홍다오는 무펑알을 원망하지는 않았다. 무펑알이 그의 신분을 알 수도 없었고, 그도 무펑알에게 신분을 증명할 방법도 없었기 때문이다.

혼절하기 직전 위엔훙다오에게는, 이중 첩자로서의 슬픔과 앞으로 벌어질 일에 대한 걱정밖에 없었다.

그리고 그는 후배에게 끌려가 감사원의 깊고 어두운 감옥에 갇혔다.

하루 사이에 마황환을 두 개나 먹은 판시엔의 눈동자는 이미 붉게 충혈되어 있었다. 하지만 판시엔은 전혀 개의치 않고 두 대학사를 부축했다. 그리고 특별한 인사말도 없이 직설적으로 말했다.

"한시가 급해요. 힘드시겠지만 황궁에서 잠시 쉬시지요. 어의가 와서 기본적인 진맥과 치료는 해드릴 거예요. 그리고 좀 도움이 필요해요. 태후가 아파서 몸져누웠으니, 조정 일은 대학사 두 분이 맡아 주셨으면 해요."

"원래 이런 때에는 우리 같은 사람들은 아무 소용이 없는데, 할 수 있는 게 있다면 어찌 싫다 말하겠나."

슈우가 쉬어 버린 목소리로 대답했다. 태후에 관한 말은 사실이 아니라 생각했지만 지금은 그런 것을 따질 상황이 아니었다. 빨리 용의의 주인이 정해지고 경국의 조정과 백성이 안정되는 것이 모든 문신들의 바람이었기 때문이다.

원로 대신들의 임시 거처는 태극전에 딸린 편전(便殿)이었다. 감옥과 비교할 수는 없었지만 공기도 싸늘하고 바닥이 차가워 뼛골로 냉기가 스미는 건 마찬가지였다. 원로 대신들의 휴식처를 정하자 판시엔과 두 대학사는 어서방으로 향했다.

너무 익숙한 공간이었지만, 너무 어색했다.

그리고 판시엔이 전한 소식은 더욱 놀라웠다.

'판시엔이 모두 잘 통제하는지 알았더니……장 공주와 태자가 사라지다니…….'

당혹함 속에 먼저 입을 연 사람은 후 대학사였다.

"모든 것은 법률과 규정에 의해 진행되어야 하네. 비록 현재 혼란을 당장 끝낼 수 없다 해도, 조정 회의는 열려야 하고, 태자와 장 공주의 모반도 천하에 알려야 하네."

슈우는 신중하게 의견을 제시했다.

"천하에 알리면……조정의 체면이……."

"정통, 대의. 이것들이 명분이고 체면이네."

판시엔은 단호한 후 대학사의 의견에 동감하며 고개를 끄덕였다. 그리고 슈우도 더 이상 말을 하지 않고 결연한 표정으로 고개를 끄덕였다. 의견이 모아지자, 두 대학사는 친히 서한을 작성했다.

'태자를 폐위하고, 장 공주를 비롯한 역모자를 처단하며…….'

폐하의 옥새, 태후의 인장이 찍히고, 마지막으로 판시엔이 친필 서명했다.

서한은 곧바로 판시엔의 감사원 부하에게 건네졌고, 이어서 십여 마리의 말이 빠르게 황궁을 빠져나갔다. 7로 총독부와 5로 대군을 향해.

"서한이 성을 빠져나갈 수 있나?"

후 대학사가 차분한 시선으로 판시엔을 바라보며 물었다. 질문의 숨은 의미는 13성문사를 통제하고 있느냐는 것이었다.

"문제없을 거예요. 제 사람이 처음부터 거기 가 있었거든요."

그제서야 후 대학사는 조금 안심이 된 듯 고개를 끄덕이며 휴식을 취하러 편전으로 발걸음을 옮겼다. 그들이 떠나자 판시엔은 고개를 돌려 멀리 있는 다이 태감을 불렀다. 호우 태감은 고슴도치가 되어 죽었고 홍쥬는 동궁 태감들과 함께 냉궁에 갇혀 있었기에, 자연스레 다이 태감이 현재 수령태감의 지위에 오르게 된 것이다.

"황후는 괜찮아?"

"공작 어르신의 명대로 이미 냉궁에 보냈습니다. 정신적으로는 지쳐 보이나 큰 문제는 없어 보입니다."

판시엔은 고개를 끄덕이고 물러가라 손짓했다. 그리고 어서방 밖의 둥근 기둥에 몸을 기대고 태극전 앞의 넓은 광장을 물끄러미 바라보았다.

판시엔이 후 대학사에게 한 말은 거짓이 아니었다. 13성문사는 처음부터 관건이었다. 그래서 판시엔은 황제의 유훈을 정밀히 복제한 후 가장 믿을 수 있는 사람에게 건네주고 13성문사로 보냈다. 13성문사에만 수천 명의 관병이 있기에 힘으로 해결한다는 것은 불가능했기 때문이다.

판시엔이 믿고 있는 부분은 또 있었다. 성문사를 이끄는 수장, 장(張, 장) 통령. 그는 철저히 황제의 명만 따른 황제의 심복이자 측근이었다. 그래서 경국 황제의 서거 소식 후 즉시 태후의 명을 받았고, 지금까지 친씨와 예씨 가문이 징두에 들어오지 못한 중요한 이유였다.

판시엔은 자신이 보낸 심복의 능력으로 보나, 성문사의 수장 장 통령으로 보나, 이제 13성문사는 판시엔의 이익에 부합되는 선택을 해줘야 했다.

온통 흰색으로 차려 입은 옌빙윈이 징두 관아 후원에서 징두 부윤과 이야기를 끝내고 나오자, 원만한 결과를 축하라도 하듯 밤하늘에 연화령의 불꽃이 피어올랐다. 그가 감사원 관복 대신 흰색 옷을 차려 입은 것은, 이번 임무가 암살이 아니라 '설득'이었기 때문이다.

그가 성문사 관아에 도착하자 수많은 관병들이 창을 겨눈 채 그를 접견실로 안내했다. 하지만 옌빙윈은 감정의 동요 없이 차분하게 그곳에서 장 통령을 기다리고 있었다.

"옌 대인은 지금 수배 중이지 않나? 제법 담력이 크군."

징두 9개 성문의 개폐를 통제하고 있는 현재 가장 중요한 인물 장 통령이 접견실로 들어오며 입을 열었다. 옌빙윈은 차분히 종이 한 장을 꺼내며 대답했다.

"폐하의 친필 유훈입니다."

13성문사 통령 장더칭(張德清, 장덕청). 정3품 대신. 명의상 추밀원 소속. 하지만 그의 수하는 감사원이 심사 발탁했으며, 녹봉은 조정에서 받았기 때문에 추밀원이나 군대와는 전혀 관련이 없었다.

그의 가족, 동료, 교제 대상은 모두 황제의 윤허 사항이었다. 왜냐하면 황제가 징두의 9개 성문 열쇠를 그의 개인 허리춤에 자유롭게 달아 둘 수 없었기 때문이다. 오히려 그의 머리가 황제의 허리춤에 매달려 있다고 하는 편이 정확할 것이다.

황제가 그의 모반을 막을 방법도 많았지만, 그 누구도 그가 모반을 꾀할 거라 생각하지 않았다. 왜냐하면 장씨 가문은 대를 이어 황제와 황실에 충성을 바쳤고, 그의 부인까지 황제가 정한 충신 집안의 후손이었다.

장더칭은, 황제가 내려주는 밥만 먹고, 황제의 명만 받들었다.

여러 해 전, 징두에서 일어난 '피의 밤' 사건 때, 그는 그의 충정을 여실히 증명하기도 했었다.

황제 서거 소식 후 장더칭이 태후에게 충성한 것은 너무나 당연해 보였다. 태후가 황제의 친모이기 때문이 아니었다. 황제가 대동산에 천제를 지내러 가기 전 그가 없는 동안 태후가 수렴청정할 것이라 공표했기 때문이다.

판시엔과 옌빙윈은, 지금 그의 '황제에 대한 충성심'에 기대고 있었다.

　13성문사 관아를 혈혈단신으로 찾아온 옌빙원은 복제한 '황제의 친필 서신'을 건넨 후 차분하게 장더칭의 선택을 기다렸다. 친필 서신의 내용은 간단명료 했다.

　첫째, 태자를 폐위하라.

　둘째, 태자와 장 공주가 역모를 꾀해 대동산을 포위했다.

　셋째, 판시엔에게 감국(監國, 황제의 유고 시 임시로 황제의 권한을 가지는 지위)의 권한을 넘겨라.

　넷째, 판시엔에게 경국의 다음 황위 결정권을 주어라.

　장더칭의 눈가를 타고 눈물이 흘렀다.

　"이 유훈을 태후께서도 보셨는가?"

　"태후께서도 보셨습니다."

　"그런데 왜 방금 전 황궁에서 연화령이 쏘아졌는가?"

　"폐하의 유훈에 따라, 판 대인이 태후와 함께 반역자들을 제거한 것입니다."

　"허나, 본 장군은 이 서신 하나로는 자네를 믿을 수 없네. 태후를 뵈어야겠네."

　"지당하신 말씀입니다."

　옌빙원은 사실 지금 태후의 생사도 몰랐다.

　하지만 어느 때보다 당당하게 말을 이었다.

　"장군은 시대의 충신입니다. 경국이 위기에 처한 지금, 당연히 폐하의 유훈을 따르실 거라 믿습니다."

　옌빙원은 말끝마다 '폐하의 유훈'을 강조하고 있었다.

　장더칭이 잠시 생각하다 이내 입을 열었다.

　"황궁에 일이 났으니, 지금 입궁해 알아봐야 하겠네."

　"장 대인, 대인은 폐하의 유훈 그리고 태후의 명에 따라 9개의 성문을 지키셔야 합니다.”

옌빙원의 말에 장더칭은 미안한 내색을 하며 말했다.

“옌 대인, 시간을 좀 주게나.”

'시간? 폐하의 유훈이 있는데……지금 징두의 세력 상황을 보겠다는 건가? 장더칭이? 도대체 무슨 의도이지?'

옌빙원은 미간을 찌푸렸지만 곧바로 다시 평정심을 회복했다.

'아니야. 무슨 의도이든 상관없어. 13성문사가 중립만 유지해 준다면 되는 거야. 시간을 끈다면 지금 상황이 지속되는 것이니, 나쁠 것 없지.'

옌빙원은 고개를 끄덕였고, 장더칭은 밖으로 나갔다. 옌빙원은 조금 자세를 편하게 고친 후 성문사 관아 방에 눌러 앉았다. 성문사 관병들이 긴 창을 그에게 겨누고 있었지만 그는 어떠한 감정의 동요도 없는 듯 보였다.

성문사 통령 장더칭은 실제로 많은 일을 처리해야 했기에 옌빙원과 앉아서 고민할 시간이 없었다. 그는 허리에 찬 칼을 움켜쥔 채 밤에 둘러싸인 징두성 성벽 위를 걷고 있었다. 그는 천천히 걸어 조망대 위에 올라가 황궁을 바라보았다. 연화령이 쏘아진 뒤 한 차례 소동이 일어났지만 잠잠한 것을 보니 대세는 판시엔 쪽으로 기울어진 듯 보였다.

'이것도 나쁘지 않은 선택일 수 있지……'

달그락달그락.

마차 소리가 희미하게 들렸다. 그 소리는 성문 쪽으로 가까워지고 있었다. 20년을 징두 성벽과 성문 근처에서 생활하는 그에게 이 소리는 너무나 익숙했다. 그는 잠시 침묵하다, 마차 소리가 다른 관병들에게도 뚜렷하게 들릴 때쯤 아래로 내려가 성문사 관아로 향했다.

옌빙원도 마차 소리를 듣고 씁쓸한 표정으로 자리에서 일어났다.

'이 시간에 징두 성문에서 마차 소리……'

그때 장더칭이 접견실로 걸어 들어오며 말했다.

"미안하네……여봐라, 이 자를 결박하라!"

'역시……판시엔이 실패한 것인가……'

하지만 옌빙윈은 당황하지도 반항하지도 않고 손이 뒤로 묶인 채 장더칭 앞에 앉았다.

"정말로 혼자 온 거였나? 바보 같다 해야 하나, 간이 크다 해야 하나……"

"내가 사람을 잘못 봤네."

"자네들이 이겼으면 유훈을 받들었겠지. 허나, 자네들이 졌는데, 나에게 무슨 이득이 있나?"

"충신, 충신 하더니."

'폐하께서 살아 계셨다면 나도 평생 충신으로 살았겠지. 지금은 상황이 다르잖아?'

장더칭은 약간 겸연쩍은 표정을 지었지만 차마 이 말은 뱉지 못했다.

장더칭과 옌빙윈의 거리는 세 걸음.

옌빙윈의 눈썹 끝에서 식은땀 한 방울이 흘러내렸다.

순간 옌빙윈이 두 눈을 희번덕이며 소리를 질렀다!

"반역자 장더칭! 죽여라!"

'갑자기 누구에게 명하는 거지?'

움직인 자는 장더칭의 친위병 중 하나였다.

그가 갑자기 칼을 치켜들고 장더칭에게 달려들었다!

'챙, 챙, 챙!'

'윽.'

장더칭은 몸을 살짝 피하며 뒤로 몇 발짝 물러났고, 순식간에 긴 창이 일제히 장더칭에게 달려든 자의 몸을 파고들며 그를 죽여버렸다.

옌빙원은 죽은 자를 알지 못했다. 그는 의심 많은 황제와 주도면밀한 쳰 원장이 장더칭 주변에 밀정을 심어 놓지 않을 리 없다 생각했던 것이었다.

그의 생각은 맞았지만, 밀정은 너무 허무하게 죽어버렸다.

'뻐걱.'

그때, 무언가 부러지는 소리가 나며, 장더칭 눈앞으로 흰 그림자가 달려들었다. 밀정을 죽이느라 혼란한 틈을 타 옌빙원이 손목을 부러뜨려 결박을 푼 후, 소매에 숨겨둔 비수를 들고 달려든 것이다!

죽은 밀정의 몸에 꽂힌 창을 빼낼 겨를도 없었던 다른 관병들은 이 장면을 지켜만 보았고, 중심이 살짝 흐트러진 장더칭은 비수는 피했지만 옌빙원의 팔꿈치에 얼굴을 가격 당했다. 당황한 장더칭은 문밖으로 뛰어나갔고, 옌빙원은 거머리처럼 그를 쫓았다.

옌빙원의 무공 수준이 낮다 해도, 아무나 경국 주(駐)북제 밀정의 수장, 4처의 처장, 미래의 감사원 제사가 될 수는 없었다.

번개처럼 펼쳐진 추격전에 성문사 관병들은 당황해서 아무것도 할 수 없었다. 장더칭은 도망치는 동안 이미 몇 군데 자상을 입었고, 두 사람은 이미 관아 정문 근처까지 와 있었다.

'윽!'

소리를 지른 이는 장더칭이 아닌 옌빙원이었다!

어디선가 나타난 맹렬한 진기가 옌빙원의 몸으로 달려들자, 그가 비수를 거두며 가슴을 감싸 그 공격을 겨우 막아 냈지만, 그 충격에 몸이 날아갔다. 그가 천천히 바닥에서 일어났을 때 그의 입과 코에서는 피가 흐르고 있었다.

"옌 공자, 잘 들어. 더칭이 반역한 건, 그가 내 사람이라 그래."

장 공주가 군산회 고수 둘의 호위를 받으며 차분한 표정으로 말했다. 이미 한 손은 못쓰게 된 상태에서 필사의 공격을 실패한 옌빙원의 얼굴이 잿빛으로 변해갔다. 심지어 방금 전 공격을 막느라 내상을 입은 듯 보였다.

　장 공주는 아름다운 미소를 지으며 짧게 말했다.

　"잘 가."

　13성문사 관병들도 혼란에서 벗어나 그에게 긴 창을 겨누고 있었고, 장 공주의 말이 떨어지자 군산회 고수 둘이 그에게 빠르게 달려들었다.

　'끝이군.'

　옌빙원은 자신의 운명을 직감했지만, 당황하지 않고 품에서 연화령 한 발을 꺼냈다. 어떻게든 죽기 전에 황궁에 있는 판시엔에게 장더칭의 반역을 알려야 했다.

　'촤락!'

　'펑!'

　연화령에 불이 붙었지만, 하늘로 솟지는 못했다!

　대신 성문사 관병 하나의 가슴에 꽂혀버렸다!

　'젠장!'

　연화령을 쏘기 직전 누군가 옌빙원의 손을 건드렸기 때문이다. 그리고 어디서 떨어진 것인지는 모르겠지만 그의 손등으로 미지근한 액체가 흘러내리고 있었다.

　옌빙원이 연화령의 줄을 잡았을 때, 그에게 달려들던 군산회 고수 둘의 눈에는 모두 공포가 서렸다. 그리고 둘의 목에 가느다란 줄이 거의 동시에 생겼다.

　혈선(血腺).

혈선은 순식간에 넓어지더니 목 안에 식도와 살이 엉겨 붙은 역겨운 모습을 드러냈고, 그와 동시에 선혈이 분수처럼 쏟아졌다!

옌빙원에게 달려들던 고수 하나가 공중에서 떨어지며 그의 손을 건드렸고, 그 고수는 바닥에 부딪히는 충격으로 반 정도 잘린 목이 등쪽으로 툭 떨어져 달랑거렸다. 고개가 뒤집혀 매달린 머리는 눈을 부릅뜬 채, 장 공주와 장더칭을 노려보았다.

지옥에서 튀어나온 것 같은 검이 전광석화처럼 군산회 고수 둘을 해치웠다. 그 장면을 지켜보던 모두가, 심지어 옌빙원도 무슨 일이 일어났는지 도무지 알 수 없었다.

갑자기, 옌빙원은 몸이 공중으로 날아가는 느낌을 받았다.

검은 '그림자'가 그의 목깃을 잡고 성문사 관아 담을 훌쩍 넘었기 때문이다. 그리고 징두 성벽 아래 드리워진 '그림자'를 따라 징두의 어둠속으로 사라졌다.

동 트기 전, 가장 짙은 어둠속으로.

관병들에게 호위를 받으며 최후방에서 이 장면을 지켜본 장 공주의 얼굴이 살짝 창백해져 있었다. 그는 '그림자'가 사라진 후 손을 저어 부하들을 물리고 '그림자'가 도망간 방향을 한참 바라보았다.

"감사원은……확실히 무서워."

하지만 조금씩 날이 밝아오고 있었다. 징두의 어둠도 조금씩 쫓겨나기 시작했다. 장 공주도 이미 예전의 아름다운 미소를 되찾은 상태였다.

장 공주는 감사원이 무서운 존재라 생각했다.

하지만 지금 무서워하지는 않았다.

그녀는 비밀이 있었기 때문이다.

감사원은 무서운 존재다.

그래서 은퇴한 지 오래인 친씨 어른이 다시 군대 지휘권을 잡았을 때 처음 내린 명령은 진원을 도륙하라는 것이었다.

진원은 이미 폐허가 되어 있었다.

호화롭고 사치스러운 진원은 모두 불타 검은 재가 되어 있었다. 보통 전쟁에서 약탈자가 불을 지르는 경우는, 약탈할 물건이 너무 많아 다 옮길 수 없을 때 그 나라 백성들에게 하나도 남겨주지 않기 위해 불을 놓는다.

하지만 친씨 가문 군대가 불을 놓은 이유는 달랐다.

훔칠 물건도, 잡을 사람도 없었기 때문이다.

삼백여 명의 병사를 잃고서야 진입할 수 있었던 진원에는 아무 것도 없었다.

진원 습격을 맡았던 군대의 수장은 친씨 가문의 2세 중 하나로, 친형의 사촌 뻘이었다. 그가 텅 빈 진원을 허둥지둥 둘러보다 너무 화가 난 나머지 불을 놓아버린 것이다.

친씨 가문 어른의 명은 분명했다.

'천핑핑을 죽여라. 그 전에 회군은 없다.'

친씨 장군은 어쩔 수 없이 평소의 오만함을 지우고 검은색 옷을 입은 옆 사람에게 가르침을 구했다. 그 사람은 어르신이 도움을 받으라고 특별히 붙여준 사람이었다. 그 사람은 진원을 공격하기 전부터 그곳에 아무도 없을 거라 조언했지만, 친씨 장군은 믿지 않고 공격했다. 하지만 지금은 도움을 구할 수밖에 없었다.

"천 원장이 사라졌으니, 장군은 마음의 준비를 단단히 하게. 단시간에 그를 잡을 생각은 꿈에도 하지 말고."

친씨 장군은 못마땅했지만 어쩔 수 없이 '네' 대답했다.

검은색 옷을 입은 사람은, 마치 불타는 진원을 보기 싫다는 듯 재빨리 몸을 돌려 나갔다.

'진원에 불을 지르다니……나중에 원장 대인이 자네를 능지처참 시킬지도 모르겠네.'

옌뤄하이!

옌뤄하이는 감사원 사람이다. 이는 감사원이 알고 있다. 하지만 친씨 집안은 모른다.

옌뤄하이는 친씨 집안사람이다. 이는 친씨 집안이 알고 있다. 그리고 감사원도 알고 있다.

그럼 옌뤄하이는 어디의 밀정인가?

동산로와 징두는 며칠 동안 어지러웠지만, 경국의 나머지 지방은 평소와 다름없이 평화로웠다. 소식이 느린 사회에서 어찌 보면 당연한 일이었다. 징두 근처의 웨이저우에 있는 한 저택도 아무 일 없이 평화로운 새벽을 맞이하고 있었다.

천핑핑이 정원을 비추기 시작한 햇빛을 맞으며 죽과 만두를 먹고 있었다. 그는 진원에 있을 때에도 이 두 음식을 가장 좋아했다.

태후로부터 입궁 명령이 떨어지자, 그는 곧바로 하인을 시켜 짐을 꾸리게 한 후 진원을 떠났다. 동작은 어느 때보다 빨랐다. 다만, 징두가 아닌 징두 남쪽으로 향했을 뿐.

정확히 말해 마차는 징두 남쪽을 빙글빙글 돌았다. 그리고 그 뒤를 친씨 가문 군대가 끈질기게 쫓았다. 천핑핑은 서두르지도, 자신의 행적을 지우지도 않았다. 그는 위험하게도 군대가 자신의 꽁무니까지 쫓아오면, 그때서야 방향을 틀었다.

도망치는 이는 천핑핑, 쫓아가는 이는 옌뤄하이.

영원히 끝나지 않는 술래잡기.

천핑핑이 계산한 시간이 다 되자, 그의 행렬은 행적을 지우며 징두 남쪽 웨이저우 어떤 장원에 멈추었다.

지금 첸핑핑과 같이 아침을 먹고 있는 사람은 셋. 진원에서 수십 년간 그를 수발한 늙은 하인, 7처 전임 처장 대머리 그리고 왕치니 엔과 함께 감사원 추적술의 양대 대가 중 하나 종쮀이.

종쮀이가 그리 밝지 않은 표정으로 물었다.

"쫓아오는 군대가 아직 지근 거리에 있는데……계획이 있으신 지……."

"그들은 곧 돌아갈 거네. 걱정 말게. 그보다 나가서 준비들 하게 나."

종쮀이와 전임 7처 처장이 명을 받들고 자리에서 일어났다. 늙은 하인이 첸 원장과 둘만 남게 되자 황급히 입을 열었다.

"페이 대인을 부르시지요. 독을 어쩐단 말입니까?"

첸핑핑은 진짜 독에 중독된 것이었다!

"이 독은 사람을 죽이진 못해. 괴롭게 할 뿐이지."

"아 참……그리고 징두가 정말 위험해 보입니다. 판 대인 걱정은 안 되시는 건가요?"

"어찌 걱정하지 않을 수 있겠나? 허나, 실패한다 해도 그 애는 살아남을 거야. 그가 살아남기만 하면, 어쨌든 다 된 거야."

'태자가 즉위를 하면, 판 대인이 어찌 살아남는다는 거지? 심지어 친씨 예씨 군대까지 징두로 들어오면……원장 대인도 무사할 수 있을까?'

파닥파닥.

흰색 비둘기 몇 마리가 하인을 위로하듯 새벽빛을 따라 정원으로 날아들었다. 하인은 재빨리 앞으로 가 한 마리를 잡아 첸핑핑에게 건넸다. 첸핑핑이 비둘기 발에 달린 가느다란 통을 열어 그 내용을 읽어 내려갔다. 그의 미간 주름이 더욱 깊어지며 진중하게 명을 내렸다.

"전원 행동에 들어가. 동산로에서 오는 소식은 철저히 봉쇄하고. 이제 곧 영혼이 될 무리들이 징두에 도착한다 하네."

천핑핑은 명을 내린 후 바퀴의자를 밀며 후원으로 갔다. 그러다 갑자기 멈춰 서서 살며시 떨고 있는 작은 흰 꽃을 한참 바라보았다. 그는 천천히 몸을 굽혀 한 송이를 따서 귀 뒤에 꽂았다. 그리고 후원의 곁채로 들어갔다.

"판시엔이 아비의 도리를 안다면, 목숨을 소중히 여기겠지."

곁채에는 한 여인이 품속의 갓난아기를 사랑스럽게 바라보고 있었다.

스스. 그렇다면 품속의 아이는?

천핑핑이 바퀴의자를 밀어 스스에게 다가가자 그녀는 아이를 그에게 건넸다. 그는 아기 뺨의 홍조, 깜박이는 눈, 벌린 입 사이에서 움직이는 혀를 보며 아이를 어르기 시작했다.

"정말로 예쁜 딸이야. 네 아비가 보면 무척 좋아할 거야."

스스는 기분 좋게 이 장면을 바라보다 천핑핑의 귀에 꽂힌 작은 흰 꽃을 발견하고는 궁금해하며 물었다.

"원장 대인, 꽃은 뭔가요?"

"지난번에 아이를 안았더니 울더라고. 내가 너무 못생겨서 그런 것 같아 오늘은 꽃을 꽂았더니 역시, 안 우는 거 보게."

천핑핑 얼굴의 주름이 국화처럼 활짝 폈다. 스스는 살며시 미소를 지었지만 이내 약간 걱정되는 표정으로 조심히 물었다.

"헌데……도련님은 언제……?"

"며칠이면 돼."

천핑핑은 그녀를 안심시키듯 말을 이었다.

"임산부에게 가장 중요한 건 기쁘고 좋은 생각만 하는 거지. 그래서 판시엔이 나에게 자네를 데려가 달라 한 것이야. 일단 좀 쉬게. 내 잠시 아이를 안고 밖에 나갔다 올 테니."

스스는 쳰 원장의 말을 믿을 수는 없었지만 더 자세히 물어보지 않고 고개를 끄덕였다.

옆방으로 옮긴 쳰핑핑은 그 방에 있던 사람을 보며 말했다.

"보여주러 왔네. 판시엔의 딸이야."

방에 있는 사람은 두 팔과 두 다리가 모두 묶여 불안감과 상실감을 느끼고 있었지만, 어찌 된 영문인지 쳰 원장에 대한 적의도 느껴지지 않았고, 심지어 '판시엔의 딸'이라는 말에 갑자기 얼굴이 밝아지며 물었다.

"원장 대인, 이 꼬마 아가씨의 이름은 지었나요?"

그는 쳰핑핑의 대답을 기다리지도 않고 쳰핑핑이 꽂은 작은 꽃을 보며 재빨리 말했다.

"작은 꽃, 판샤오화(范小花, 범소화) 어떤가요? 판 대인이 딱 좋아할 이름인데."

쳰 원장과 이런 만담을 할 수 있는 이는 딱 한 명.

왕치니엔!

그가 어떻게 여기 있고, 왜 결박되어 있는지는 모를 일이었다.

"작은 꽃은 무슨!"

쳰 원장의 구박에 왕치니엔은 의기소침해진 얼굴로 나지막이 말했다.

"대인은 자신의 예쁜 딸을 볼 수는 있는 건가요?"

그는 얼굴을 구기며 말을 이었다.

"대체 무슨 일이 일어난 건가요? 하관은 정말 모르겠습니다."

쳰핑핑은 평온한 얼굴로 대답했다.

"나도 징두에 무슨 일이 일어난 건지는 모르네. 하지만 징두에 뭔가 일어났다는 것은 확실히 아네……."

이때, 왕치니엔의 걱정을 모르는 판시엔은 황성 성벽 위에서 떠오르는 태양을 보고 있었다. 징왕 저택에서 전해온 소식에 따르면 아버지와 류씨는 안전하다 했다. 하지만 걱정되는 사람이 한둘이 아니었다.

완알, 큰보배, 옌빙윈, 스스……

완알과 큰보배는 행적을 알 수 없었고, 옌빙윈이 맡은 13성문사에서는 소식도 연화령도 없었다. 스스는 출산을 했는지 알 수 없었지만, 그래도 가장 걱정이 되지는 않았다. 집안사람 모두 스스에 대해 입을 닫고 있는 것을 보면 분명 절름발이 늙은이와 관련이 있다 생각했기 때문이다.

"휴."

판시엔이 깊은 한숨을 내쉬었다. 징두는 위험했지만, 그는 어떻게든 스스로를 안심시켜야 했다. 누군가는 분명 오색구름을 타고 나타나 구해줄 거라고.

위엔훙다오가 어렵게 눈을 떴다. 태양혈 근처에 극심한 통증이 밀려왔다. 앞이 잘 보이지는 않았지만 낯선 곳 같았고, 밀정의 습관처럼 우선 아무 말도 하지 않았다.

장 공주는 대동산 일을 계획할 때 위엔훙다오를 참여시키지 않았지만, 실제 실행하기 시작할 때부터는 그에게 지시했다. 그래서 그는 비교적 초기에 관련 소식을 알았다. 다만, 이 소식을 감사원에 통보할 방법이 없었다.

이상하게 자신이 감사원과 연락하는 모든 통로가 한꺼번에 단절되어 버린 것이다!

'도대체 무슨 일이지?'

그래서 불안했다. 너무나 큰 소식이었고, 감사원의 상황은 너무 이상했다. 그래서 원래 사람을 아무도 믿지 않는 그였지만, 어쩔 수 없이 처음 보는 감사원 관원에게 소리를 지른 것이었다. 하지만 무평알의 충심에 그것도 막혀버렸다.

위엔홍다오는 엎어져 있는 상태에서 눈을 몇 번 감았다 뜨며 초점을 맞추려 노력했다. 어떤 성벽 위 각루 같은 곳에 있었다. 그리고 살짝 고개를 돌리자 준수한 청년 하나가 그를 바라보고 있었다.

"장더칭은……장 공주……사람……."

그는 고통스럽고 정신이 없었지만 재빨리, 어렵게 말을 뱉었다.

판시엔은 걱정하고 있던 일이 현실이 되자 걱정이 밀려왔지만, 최대한 속마음을 내비치지 않으려 노력했다.

왜냐하면 이미 늦었기 때문이다.

장인어른의 얼굴이 떠올랐다.

'나중에 징두에서 정말로 혼란이 발생한다면, 위엔홍다오가 자네를 도와줄 수 있을 거네.'

지금 와서 돌아보니, 장인어른은 1년 전부터 이 상황을 예상하고 있었던 것이다. 그리고 그의 말대로 위엔홍다오는 장 공주 사람이 아니라, 감사원이 장 공주에게 심은 밀정이었다.

'아……내가 바보였어. 위엔홍다오를 일찍 떠올렸다면……성문사 문제를 좀 더 빨리 알았다면……이렇게까지 되지 않았을 수 있는데……운명인가…….'

위엔홍다오는 판시엔의 두 눈을 보며 다시 말을 뱉었다.

"저와 감사원의 연락 통로가 왜 모조리 끊겼던 겁니까?"

침묵이 흘렀다. 판시엔도 가능하다면 당장이라도 달려가 천핑핑에게 묻고 싶은 심정이었지만, 어찌 대답해야 할지 몰라 화제를 돌렸다.

"징두 수비군은 정오쯤 징두에 도착할 수 있을 것이고, 친씨와 예씨 집안 군대는 사흘 후에나 도착할 거예요. 우리가 빨리 움직인다면 성문을 통제할 방법이 있을 수도 있어요."

위엔홍다오는 놀란 표정을 하며 황급히 말했다.

"성문사를 감사원이 통제하지 못했다는 건가요? 친씨 가문이 밤새도록 달려온다면 지금이면 징두 근처에 있을지도 모릅니다."

판시엔의 낯빛이 조금씩 창백해지고 있었다. 판시엔은 대군이 들이닥칠 수도 있다는 것을 짐작했지만 그래도 시간은 있다고 생각했고, 그동안 어떻게든 9개 성문의 통제권을 되찾을 계획이었기 때문이다.

'옌뤄하이가 친씨 집안에 밀정으로 있는데……왜 이렇게 정보가 차이가 나는 거지……?'

판시엔이 대황자 곁으로 다가갔다.

"병사들을 궁으로 불러들이지요. 친씨 가문 군대가 생각보다 일찍 도착할 것 같아요."

대황자의 미간 주름이 깊어졌다. 하지만 지금은 시간이 없었다.

'우우우우우……'

그가 옆의 병사에게 신호를 주자 병사는 작은 황색 깃발을 흔들었고 다시 호각이 울렸다. 판시엔도 옆에 있는 관원에게 신호를 보냈고 관원은 연화를 하나 꺼내 다시 하늘로 쏘아올렸다. 그리고 이어 화답이라도 하듯 추밀원, 감사원, 각부 관아가 있는 곳에서 연화가 솟아올랐다. 금군은 황궁 방향으로 모여들기 시작했고, 감사원 밀정들은 거리와 골목 곳곳으로 사라졌다.

광활한 티엔허다다오 대로에 유난히 푸른 나뭇잎 몇 장만 급히 부는 가을바람에 나뒹굴고 있었다.

"태자나 장 공주가 어떻게 도망쳤는지를 떠나, 그들이 출궁했다는 것은 무언가 준비하고 있었다는 거예요. 우리가 무엇을 할지 미리 알고 있었던 거죠."

판시엔이 대황자를 보며 심각한 얼굴로 자신의 판단을 이어 설명했다.

"황궁을 우리에게 일부러 양보하고, 다시 그 황궁을 포위한다……우리가 제 꾀에 넘어간 꼴이 되었네요."

판시엔은 무의식적으로 황궁 성벽을 손바닥으로 가볍게 치며 혼잣말처럼 마지막 말을 뱉었다.

"우리가 애당초 장 공주를 얕봤네요."

대황자는 말이 없었다. 대신 침착하게 황성을 지키기 위한 명령을 내렸다. 판시엔은 그 모습을 보며 담담하게 물었다.

"얼마나 버틸 수 있을까요?"

대황자가 엄숙한 표정으로 답했다.

"황성 성벽은 생각보다 높아. 끝까지 싸울 수 있을 거네."

"전하만 믿을게요."

"6로 총독에게 지원군 요청이 닿을 때까지 버틸 수 있을까?"

대황자는 질문을 했지만 판시엔의 답을 기다리지 않고 자답했다.

"됐네. 그런 생각은 버리자고. 소식을 전하러 간 사람들이 아직 살아 있을 리 없지."

판시엔은 탄식을 한번 했지만 대꾸하지 않고 속으로만 생각했다.

'제가 기다리는 건 그 지원군이 아니에요…….'

갑옷과 투구를 갖춘 금군 고위 장군 교위 몇이 두 사람 앞에서 짧게 보고했다. 결론은 태자, 장 공주 모두 잡지 못 했다는 것이었지만, 두 사람 모두 놀라거나 당황하지 않았다. 교위들이 물러가자 대황자가 몸을 돌려 판시엔을 향해 말했다.

"현 상황을 보니 자네 말대로 반군들이 황성을 포위하면 우리가 상황을 뒤집긴 힘들겠네. 우리가 쥐고 있는 병력이 너무 적어."

대황자는 떠오르기 시작한 태양으로 시선을 옮기며 말을 이었다.

"그래도 시간을 끌려면, 저들이 성문을 들어오는 순간을 이용해 공격을 시작해야 하네. 문제는 그들이 9개 성문 중 어디를 통해 들어 오느냐인데……."

"성문에서 황성까지는 어느 정도 거리가 있으니, 그 사이에 상대방의 기세를 조금은 꺾을 수 있겠네요. 그리고 저는……정양문에 걸게요."

"내 생각과 같군."

정양문은 황성과 가장 가까운 거리에 있는 성문이었다. 그리고 13성문사의 관아 역시 그곳에 있었고, 장더칭이 장 공주 사람이니 반군 입장에서도 통제하기 가장 쉬운 성문이기도 했다. 대황자는 담담하게 말을 이었다.

"내가 이미 그곳에 기병대 몇을 남겨 두었네."

'병사 수가 너무 차이가 날 텐데……전멸할 수도…….'

대황자는 판시엔의 표정을 슬쩍 보고 결연하게 말했다.

"경국의 병사이니, 경국을 위해 목숨을 바치는 건 당연한 거야."

'젠장. 황실의 권력 쟁탈전에 평범한 군사들이 피를 흘려야 한다니…….'

새벽바람이 불었다. 금군 교위들이 전투를 치르기 전 마지막으로 부하들을 이동시키며 만들어 내는 바람이었다. 대황자는 정양문 쪽으로 시선을 옮기며 무심하게 물었다.

"마지막으로 묻겠네. 도망칠 건가? 황성이 포위당하면, 그땐 도망치고 싶어도 불가능해."

대황자는 판시엔과 이 문제로 여러 번 논의했었다. 대황자는 황성을 지키는 금군의 대통령으로서, 처음부터 황성에서 어쩌면 마지막

일지도 모르는 전투를 치르기로 마음먹었다. 하지만 판시엔은 감사원의 제사로서, 밀정의 도움을 받아 황성에 있는 귀인들을 데리고 남하해서 웨이저우로 도망가 훗날을 대비하는 것을 권유했던 것이다.

판시엔은 다시 한번 고개를 가로저었다.

포위를 뚫을 가능성은 차치하더라도, 대황자가 혼자 장 공주의 대군에게 처참하게 부서지는 것을 지켜볼 순 없었다.

판시엔도 대황자도, 말없이 태양이 비추는 정양문을 바라보았다.

얼마 지나지 않아, 둘의 예측대로, 하지만 생각보다 빨리, 정양문이 열렸다.

판시엔이 갑자기 고개를 홱 돌려 징두 곳곳을 바라보았다. 징두 도처에서 밀정들이 피워 올린 푸른 연기가 올라오고 있었다. 판시엔이 한숨을 내쉬며, 하지만 미소 띤 얼굴로 입을 열었다.

"우리 둘 다, 틀렸네요."

푸른 연기가 사방에서 피어오르고, 호각 소리가 점점 더 커졌다.

반군은, 9개 성문에서 동시에 입성하고 있었다!

'반군이 도대체 얼마나 되는 거야?!'

제15장

도박

그 시각, 징두 정양문 밖. 빠르게 내달리는 말발굽에 누런 흙이 짓이겨졌다. 짓이겨진 흙은 누런 흙먼지가 되고, 누런 먼지는 점점 높이 치솟아 누런 연기가 되었다. 5천에 달하는 기마병이 5열 종대로 속도를 유지하며 활짝 열린 정양문 안으로 들어왔다. 말발굽이 일으키는 먼지도 함께 성문으로 들어왔다.

하늘 가득 인 누런 먼지 속에서 활짝 펴진 거대한 군기(軍旗)가 펄럭이고 있었다.

'친(秦, 진).'

친씨 가문의 군을 이끄는 장군에게 정양문은 너무나도 익숙했다.

이 문은 경국이 건국된 이래 한번도 적에게 뚫린 적이 없었다. 하지만 오늘, 그 문은 외부가 아닌 내부의 적에 의해 함락되었다.

전임 추밀원 부사(副使), 현 징두 수비군 통령, 친형.

그는 이렇게 쉽게 13성문사를 통제한 장 공주에게 한편으로 감탄하면서도, 한편으로 무서운 감정이 들었다. 하지만 지금 그의 임무는 제일 먼저 5천의 기병을 이끌고 황성 앞에 도착하는 것이다.

군인에게 임무는, 목숨이다.

반란군은 친씨 예씨 가문 군대 그리고 징두 수비군까지 합쳐 3만여 명이었다. 그가 파악한 바로는 황성을 지킬 수 있는 군사는 금군, 흑기병, 감사원 밀정까지 포함해도 고작 5천이었다.

6대 1의 병력.

이번 전투가 어렵다고 생각하지는 않았다.

다만, 친씨 가문의 계승자인 그에게 가장 신경 쓰이는 것은 예중이 이끄는 예씨 가문의 군대였다. 장 공주의 계획에 따라 예씨 가문이 참여하는 것은 전투에 큰 도움이었지만, 친씨 가문은 확고한 태자 편인 반면 예씨 집안은 2황자의 사돈 집안이었다. 지금은 협력하지만, 미래를 생각한다면 신경이 쓰일 수밖에 없었다.

그래서 그는 누구보다 빨리 황성에 도착해야 했다.

실력, 자존심 그리고 친씨 가문의 미래에 관한 문제였다.

친형의 5천 기병이 정양문을 통과할 때, 다른 여덟 개 성문에서도 반란군이 입성했다. 9개의 성문 중 6개의 성문에서 친씨 가문 군대가, 3개의 성문에서 예씨 집안 군대가 들어왔다.

13성문사는 장 공주의 명에 따라 성문을 열었지만, 성문사의 관병 수천은 반란군에 참여하지 않았기에 이 광경을 입을 벌린 채로 바라보고만 있었다.

'다그닥다그닥……두둥두둥두둥…….'

정양문에서부터 희미하게 들리던 말발굽 소리가 점차 커지며, 티엔허다다오 대로에서는 우레처럼 울리기 시작했다. 기마병들은 무기를 들고 경계태세를 취하고 있었지만 속도는 전혀 줄이지 않고 광풍처럼 내달렸다.

가장 선두에 있던 기마병 십여 명이 대오에서 빠져나와 조용한 거리를 전광석화처럼 파고든 후 민가 곳곳을 내달렸다.

척후병.

이 모든 동작은 빠르고 자연스럽게 이루어졌다. 이는 천하 제일 경국 군대의 훈련 수준과 강력함을 보여주고 있었다.

친형은 척후병들이 움직이는 백여 장(丈) 전방을 주시했다.

판시엔과 대황자가 급습을 준비할 수도 있었지만 친형은 신경 쓰지 않았다. 방해물이 나타나면, 짓밟으면 되는 것이기 때문이다.

'이힝!'

몇몇의 전투마들이 고통스럽게 울어 대며 바닥에 고꾸라졌다.

'스스스스슥……'

정사각형 푸른 돌 사이를 메우고 있던 황토에서 가느다랗고 시커먼 밧줄이 동시에 솟아올랐다. 그 밧줄은 검은색이었지만, 은은하게 빛나고 있었다.

독을 바른 가느다란 밧줄!

'휙휙휙……'

사방에서 검은색 철궁 화살이 날아들었다!

기병 100여 명이 말에서 떨어지며 바닥에 나뒹굴었다.

말과 사람의 시체가 뒤엉키며 티엔허다다오 대로를 붉은 피로 물들였고, 그 일대가 일순간에 아수라장이 되며 여기저기에서 고통스러운 비명 소리가 이어졌다.

"방패!"

반군 대오에서 엄중한 목소리의 명이 떨어지자, 대오에서 방패를 든 기마병들이 날아오는 화살을 막았고, 철궁 화살의 위력이 떨어지기 시작하자 재빨리 그 사이로 다른 병사들은 화살이 날아오는 방향으로 내달렸다.

'슥슥슥.'

동시에 본대의 기병들은 아래에서 올라온 밧줄들을 순식간에 자르기 시작했다.

친형이 다시 대오를 정비하고 전방을 바라보며 고개를 끄덕였다. 그의 옆에 있던 맹장 하나가 긴 창을 치켜올리며 크게 소리쳤다.

"돌진!"

맹장이 말의 배를 발로 차자, 다시 한번 우레와 같은 말발굽 소리가 대로에 울려 퍼졌다. 주위 민가 사이사이로 여전히 비명소리, 칼과 창이 뼈를 파고드는 소리, 신음 소리들이 들려왔지만, 본 대오는 신경 쓰지 않고 긴 거리를 빠르게 내달렸다.

그 중간 중간 맹장이 나무문을 들어갔다 나오면, 그의 긴 창에는 검은색 관복을 입은 사람들이 꿰여 있었고, 맹장은 팔을 흔들어 창의 먼지를 털어버리듯 시체를 땅바닥으로 던졌다.

그리고 다시 거리의 시체와 피를 밟으며 대로를 내달렸다.

친형은 뒤에서 그 모습을 바라보다 손을 휘휘 저었다. 이미 2백의 기병을 잃긴 했지만, 그의 손짓에는 조금의 흔들림도 없었다.

활을 든 기병들이 일제히 옆으로 빠지며 민가를 조준했다.

1차 화살이 공중을 가를 때, 기이한 소리가 연이어 들렸다.

'슝……펑!'

"대기!"

'타타타타탁.'

연화령 한 발이 공중에 쏟아지고, '대기하라'는 알 수 없는 외침과 함께, 철궁 화살이 날아오던 창문들이 일제히 닫히기 시작했다.

두 번째 화살이 일제히 명령 소리가 난 곳으로 가 꽂혔다. 건물에는 무수한 구멍이 생겼고, 안에서 들릴 듯 말 듯한 신음소리가 들렸다. 명령을 내린 자가 죽어 가는 듯 보였다.

"대기!"

똑같은 명령이 다른 곳에서 들렸다.

'쥐새끼 같은 놈들.'

친형의 눈썹이 한 차례 씰룩했다. 그는 감사원의 '대기'는 명령이 무엇을 뜻하는지 몰랐지만, 감사원의 매복을 피해 멀리 돌아갈 수도 있었지만, 아버지의 군령은 목숨이었다.

'제일 빨리 황궁에 도착해야 한다.'

그는 들고 있던 채찍을 맹렬히 휘두르며 수천의 본대를 향해 소리쳤다.

"진격!"

갑옷으로 무장한 반군 대군이 넓고 위험한 긴 거리 위를 홍수처럼 덮치기 시작했다.

본대가 선봉대에 거의 합류했을 무렵 전방에서 또 다른 무리의 말발굽 소리가 들려왔다. 약 2백여 명의 기병들의 옆에는 가장 선두에 섰던 척후병 십여 명의 시체가 나뒹굴고 있었다.

친형의 눈동자가 살짝 수축되었다.

'금군.'

하지만 친형은 속도를 멈추지 않았다. 다른 명을 내리지도 않았다.

그 모습을 보고 선봉대를 이끌던 맹장은 쥐고 있던 강철 창을 다시 한번 단단히 움켜쥐고, 살아남은 몇십 명의 선봉대와 함께 금군을 향해 전속력으로 내달렸다.

금군을 이끄는 장군의 눈에는 차분함과 결심 외에 다른 것은 없었다. 그는 칼을 높이 치켜들고 말의 배를 차며, 마치 활을 벗어난 화살처럼 빠르게 앞으로 튀어나갔다. 그 뒤를 2백의 금군 선봉대가 따랐다.

색상이 다른 두 개의 물줄기가 곧 충돌만을 앞두고 있었다.

"공격!"

이 명령이 충돌 직전의 두 군대가 아닌 조용한 민가 쪽에서 들렸다.

검은 그림자 몇이 거리 옆 민가에서 반란군 선봉 대장 앞으로 툭튀어나왔다. 맹장은 전혀 속도를 줄이지 않은 채 팔꿈치를 구부렸다 폈다. 창 끝이 번쩍하며, 여러 차례 살을 가르는 소리가 났다.

검은 그림자는 갈기갈기 찢어졌고, 찢어진 천이 여기저기 날렸고, 그와 동시에 정체 모를 분말이 허공에 흩뿌려졌다.

'독!'

맹장이 순간 숨을 참았다. 거리에 흩뿌려진 미량의 독으로 그의 기세를 멈추게 할 수는 없었다.

'휘휘힉!'

철궁들이 다시 발사되었다.

'쥐새끼 같은 놈들.'

맹장은 긴 창을 다시 한번 휘둘러 자신의 급소와 말머리를 보호했다. 몇 발이 갑옷과 투구를 맞추기는 했지만 그것을 뚫어내지는 못했다. 그런데 순간 맹장의 눈에 붉은 기운이 내비쳤다.

'펑!펑!펑!'

말머리, 갑옷, 투구……분말이 묻은 곳곳마다 불길이 번져 나갔다.

화약! 불화살!

하얀 분말은 독이 아니라 화약이었고, 화살의 끝은 뭉텅했지만 불이 붙어 있었다.

맹장은 어느새 불타는 횃불로 변해 있었다.

"아아아아악!"

그는 창을 내던지고 양손으로 몸에 붙은 불을 끄기 위해 온몸을 두드리고 있었다.

"캭!"

그렇게 그의 목은 금군 교위의 장도에 잘려 나갔고, 주인을 잃은 말은 화염에 휩싸인채 어느 민가의 담벼락에 부딪혔다.

'퉁.'

육중한 몸이 바닥에 떨어졌고, 말은 구슬픈 소리로 처참하게 울어 댔다.

금군 선봉대 대장은 뒤를 돌아보지 않았다. 여전히 기마병 2백은 그 뒤를 빠른 속도로 뒤따라오고 있었다.

그렇게 친형이 있는 본대로 내달리고 있었다.

친형은 앞에서 달려오는 금군 선봉대를 신경 쓸 여력이 없었다. 본대 주변에서도 2차 공격이 시작되었기 때문이다.

'휘휘휘휘휘휙…….'

끝도 없는 철궁 화살이 빗발쳤다.

이번에는 단발이 아닌 연발 화살이었다.

이번에는 본대 전체가 아닌 친형이 유일한 목표였다.

순식간에 친형 주변에 있던 병사 절반가량이 죽어 나갔다. 사방에 튀는 피로 얼굴이 붉게 물든 친형은 감사원의 목표가 본대가 아닌 자신임을 알게 되었다. 그리고 이번 습격은 단순히 시간을 끌기 위함이 아닌 자신의 목숨을 이곳에서 끝내기 위해 벌인 일임을 깨달았다.

'왜 이렇게 나에게 집착하지?'

친헝은 의아했지만 두려워하거나 당황하지는 않았다. 그가 허리춤에 있던 장검을 꺼내들고 말의 배를 치며 마치 화살에서 솟구치는 한 마리의 용처럼 소리쳤다.

"경국을 위해, 죽여라!"

"와! 죽여라!"

친헝이 돌진하자, 반군의 사기가 크게 오르며 일제히 외쳤다. 그리고 물결처럼 화살비 속으로 달려들었다.

이때, 금군 선봉대 2백여 명이 다소 흐트러진 친씨 가문 본대로 거센 물줄기처럼 밀고 들어왔다. 어느 진영의 군인인지도 모르는 기마병들이 말에서 떨어지고 처참하게 짓밟혔다. 떨어지고, 압사당하고, 토막 나 죽었다.

칼, 창, 갑옷 그리고 기세가 부딪혔다.

친헝의 얼굴빛이 살짝 변했다.

'판시엔과 대황자는 얼마나 많은 군사가 있길래 이곳에 이렇게 많은 사람들을 배치한 거지? 정보가 틀렸나?'

"동원할 수 있는 모든 관원들을 정양문에 배치했어요. 비록 9개 성문에서 동시에 반란군이 들어올지는 몰랐지만, 어쨌든 정양문 쪽에서라도 기세를 꺾어야 해요."

판시엔이 황궁 성벽 위에서 대황자를 보며 말했다. 대황자는 크게 한숨을 쉬며 그를 보지도 않고 대답했다.

"판시엔, 대세를 꺾지는 못해. 저 정도면 정양문 쪽의 혼란을 틈타, 어쩌면 정말 자네가 도망칠 수 있었을 거야……."

"아니었을 거예요. 장 공주가 징두성 밖에도 예비 군대를 마련해뒀을 거예요."

"징거도 흑기 2백을 이끌고 징두 모처로 사라지지 않았나?"

대황자는 판시엔을 힐끔 봤지만, 판시엔은 대답하지 않고 황궁 앞 넓은 광장만을 바라보았다.

그의 심장이 떨리기 시작했다.

점. 검은 점. 넓은 황궁 앞 광장의 검은 점.

두 개, 세 개⋯⋯백 개⋯⋯천 개⋯⋯의 점이 나타났다. 어느 새 푸른색 광장은 그 점으로 시커멓게 변해버렸다.

친씨 가문의 기마병.

정양문을 제외한 나머지 성문에서 나누어 들어온 이들은, 중간에 저항하는 이들을 깨끗이 쓸어버린 후 마치 먹구름처럼 황성 앞에 몰려들었다. 그리고 조용히 그리고 무정하게 황성을 포위하기 시작했다.

판시엔과 대황자도 대화를 멈추고 긴장하며 앞에 있는 모든 것들을 바라보았다.

'펄럭.'

깃발이 흔들렸다.

'친(秦, 진).'

곧이어 다른 쪽에서도 한 무리의 기마병들이 운집하기 시작했다.

'예(葉, 엽).'

마지막으로 나타난 건, 밝은 황색의 거대한 깃발이었다. 글자가 쓰여 있지는 않았고, 대신 운무 속에서 꿈틀대는 용이 황금 발톱으로 상서로운 구름을 쥐고 나는 모습이 황금실로 수놓아져 있었다.

"용 깃발까지 광명정대하게 내걸고 왔군요."

"무서운가?"

"수가 많긴 많네요. 뭐든 모이면 무서워 보이죠."

거대한 세 대의 깃발이 천천히 움직여 황성 앞 첫 번째 기마병 뒤쪽에 자리잡고 웅장하게 펄럭였다. 판시엔은 옆의 부하에게 짧게 뭔가를 지시했고 대황자는 그 모습을 힐끗 보며 말했다.

"자네가 포위를 뚫고 도망가지 않기에, 난 자네가 뭔가 마지막 패를 숨긴 거라 생각했네."

"비장의 패 같은 건 없어요."

판시엔은 담담하게 말을 이었다.

"마지막 사지에 몰리면, 그 늙은이들이 구해줄 거라 기대했어요. 초사이언인처럼……제 추측이 틀렸나 보네요."

"초사이언인?"

판시엔이 대꾸하지 않자 대황자는 다시 말을 이었다.

"나도 수상하긴 하네. 천 원장이 설마 진짜 독에 중독된 건가?"

판시엔은 이 말에도 대답하지 않고 대신 환하게 웃으며 말했다.

"우리 둘이면 또 어때요?"

"자네와 함께 죽고 싶지는 않은데……."

갑자기 둘의 눈빛이 부딪혔고, 누가 먼저라 할 것도 없이 크게 웃었다. 이 모습을 지켜보던 금군 교위와 병사들은 웃음의 의미는 몰랐지만, 웃음이 너무 쾌활해 보여 황궁 앞으로 몰려온 반군들이 생각만큼 두려운 존재가 아닌 것처럼 느껴졌다.

웃음을 그친 대황자가 황궁 앞에 덩그러니 나와 있는 세 개의 깃발과 선봉 기마병을 보며 미소를 지었다.

"군의 전통에 따르면, 첫 번째로 도착한 병사가 최고의 영광을 얻는 거네."

"그래요? 그럼 저자가 얻은 영광을 떼어 줘야겠네요. 저는 군인이 아니라 영광 같은 것은 잘 모르고, 그냥 죽고 죽이는 일만 알아요. 저들이 저렇게 제 앞에 떡하니 서 있는 건……."

판시엔이 말을 마치기도 전에 손을 아래로 내렸다.

'휘이익……펑!'

느닷없이 묵직한 소리가 황궁 안에서 죽은 영혼들을 깨우듯 바람을 갈랐다.

첫 번째로 도착한 기마병이 고개를 들 틈도 없이, 거대하고 굵은 수성용 강노가 그의 몸과 전투마를 꿰뚫었기 때문이다.

거대한 피의 꽃이 피어나며, 사람과 말이 꼬치처럼 잔인하게 푸른 광장 바닥에 꽂혔다!

그제서야 판시엔은 하려던 말을 마쳤다.

"……저들이 바보이기 때문이에요."

'윙윙윙…….'

강노의 깃대가 흔들리며 무거운 소리를 냈다. 그럼에도 깃발을 들고 있던 기마병 셋은 아무런 반응을 보이지 않았다. 하지만 말은 사람과 달랐다.

'이히힝!'

앞쪽의 말들이 세차게 울어 댔고, 몇 마리는 뒤쪽을 향해 어지럽게 뛰었다. 깃대를 들고 있던 이들은 재빨리 말을 진정시키며 뒤쪽 진영으로 물러갔다.

'툭.'

바람이 한차례 불고, 깃대를 들고 있던 한 기병이 실수로 깃발을 손에서 놓쳐버렸다.

황색 용 깃발!

깃발은 광장에 떨어진 뒤 돌돌 말려버렸다.

경국 황실의 존엄을, 천하 제일 경국 군대의 의지를 대표하는 깃발.

침묵. 그리고 수만 병사의 눈빛에는 복잡한 심정이 담겼다.

"효과가 괜찮지요?"

대황자는 아무 말도 하지 않았다.

"와와와와!"

화답한 이는 그 광경을 지켜보던 금군이었다. 이 함성은 황성 아래 있는 수만 반군의 얼굴을 향해 날린 매서운 채찍질이었다.

깃발을 떨어뜨린 기마병이 반군의 중앙 군영에서 고개를 푹 숙이고 온몸을 부들부들 떨고 있었다. 기수는 영광된 자리이다.

기수에게 깃발은 목숨이다.

기마병 수백이 양쪽으로 갈라지며 길을 텄다. 그리고 반짝이는 갑옷과 투구를 입은 태자가 장군 몇몇의 호위 아래 천천히 걸어 나왔다. 그는 깃발을 잃어버린 기수를 잠시 바라보았지만 별말을 하지는 않았다.

태자의 눈빛은 온화했지만, 기수는 무한한 수치심을 느끼고 있었다. 그가 이를 악물고 말머리를 돌렸다. 목숨을 잃더라도 용 깃발을 되찾아 가져오려 했다.

"깃발을 잃은 자, 참……."

'슥'

기수는 목에 날아드는 싸늘한 기운을 느꼈다.

"……수할 것이다!"

태자 옆을 호위하던 한 장수가 칼을 휘두르며 달려가 기수의 목을 자르고, 뒤도 돌아보지 않은 채 전광석화처럼 용 깃발이 떨어진 광장의 앞으로 뛰어나갔다.

반군의 모두가 이 장군을 아는 건 아니었다.

하지만 반군의 모두가 이 장군이 지금 하려는 것은 알았다.

"와!"

반군 모두의 심장이 쿵쾅거리고 뜨거운 피가 솟구쳤다.

장군이 함성에 맞춰 살짝 고삐를 쥐자, 전투마가 비룡처럼 앞발을 들고 하늘로 솟구치는 자세를 취했다. 그리고 화살처럼 황성 앞으로 튀어나갔다.

수성용 강노가 꽂힌 그곳으로 내달렸다.

말은 대단히 빨랐다. 하지만 말을 모는 사람의 실력이 더 대단했다.

그가 움직이는 궤적은 직선같아 보였지만, 중간 중간 미세하게 변주하고 있었다.

수성용 강노가 한 발도 발사되지 않았다.

조준할 방법이 없었기 때문이다.

장군은 빠른 속도를 유지하고 있었지만, 황성 방어용 강노의 발사 속도와 공격 범위를 명확하게 숙지하고 있는 듯 보였다.

판시엔은 오른손을 천천히 올리며 이 장면을 날카롭게 보고 있었다. 눈 몇 번 깜빡했는데, 상대 장군이 용 깃발 앞에 있었다.

기세다. 깃발은 기세다. 깃발을 뺏고 빼앗는 것은, 기세 싸움이다.

장수는 속도를 전혀 줄이지 않은 채, 한 발로 몸을 지탱한 채 말 위에서 바닥으로 손을 뻗어 용 깃발을 낚아챘다.

그때, 판시엔의 오른손도 내려갔다.

'휘이익……'

'이히힝!'

몇 가지 소리가 섞이며 울려 퍼졌다.

강노가 발사되는 찰나, 장군은 언제 강노가 발사될 지 알았다는 듯이, 말고삐를 죄어 말의 앞발을 들었다. 그리고 그 상태에서 전투마의 배를 한차례 걷어찼고, 말은 앞발이 들린 채로 강제로 방향이 살짝 틀어졌다.

장군은 한 손에 용 깃발을, 다른 한 손에 말고삐를 굳세게 쥐고 있었다.

아침 햇살이 장군과 전투마를 비추었고, 발사된 강노 화살이 전투마의 복부 앞을 살짝 스치며 지나갔다!

'펑!'

강노는 푸른 바닥 돌을 깨트렸고, 돌 파편이 사방으로 튀었지만, 반군 장군도, 그의 애마의 털끝 하나도 다치게 할 수 없었다.

말의 두 발이 바닥에 닿자마자, 장군은 그 반동과 함께 온몸의 근육을 이용해 반군의 중앙 군영으로 돌아갔다.

그리고 멋스럽게 태자 옆에 서서, 당당하게 용 깃발을 내리꽂았다.

'펄럭!'

아침 바람에 용 깃발이 다시 펄럭이고, 그 장군은 멀리 성벽 위 두 개의 검은 점을 바라보았다.

"와와와!"

잠시의 침묵 후, 수만 군사들의 함성은 그야말로 최고조에 달했다.

"대단하네요. 천하 제일의 경국 군대가 맞아요."

판시엔이 미소를 지으며 말을 이었다.

"공디엔……전임 황실 호위 대장이자 금군 부통령. 수성용 강노는 잘 알고 있겠지요. 그 자신도 8품 고수니 실력은 말할 것도 없겠고. 다만……직접 나서서 깃발을 빼앗아 가다니 그 용기와 기개가 대단하네요."

"이제 보니 그였군……공 장군은 어려서부터 딩저우에서 말을 키웠지. 그의 기마술은 군대 내에서도 최고에 달한다 하더군."

판시엔은 고개를 절레절레 저었다. 공디엔의 내력은 판시엔도 잘 알고 있었다. 하지만 한때 황제 가장 가까이서 호위를 맡았던 그가 어떻게 이 상황에 처하게 되었는지 안타까웠기 때문이다.

"비겼군."

대황자의 말에 판시엔이 고개를 끄덕였다.

기세 싸움에서는 비긴 것으로 보였다. 그렇다면 표면적으로 황성이 아무리 높다 해도, 수성전이 아무리 유리하다 해도, 수가 압도적으로 많은 반란군의 대승이 눈앞에 있는 듯 보였다.

하지만, 그들은 쉽게 공격해 오지 못했다.

황궁 성벽, 수성용 강노도 한 이유였지만, 더 중요한 것은 태자와 2황자, 친씨 가문과 예씨 가문의 미묘한 관계 때문이다. 판시엔은 손가락으로 오른쪽 먼 곳에 있는 부대를 가리켰다.

"공디엔은 예중의 제자이고 예씨 집안 측 인사이지만, 그를 제외한 2황자와 예중 등 대부분의 예씨 가문 군대는 저쪽에 있겠지요."

대황자가 침착하게 대답했다.

"둘째는 당연히 자기의 장인이 직접 나서도록 하고 싶지 않을 거네. 그가 이번에 최후의 밑천을 다 보이면, 나중에 태자가 둘째를 어떤 식으로 할지 안 봐도 뻔한 일이야. 둘째는 아직 원하는 게 많아."

"그렇죠. 태자도 친씨 가문만으로 공격하기에 부담스럽고, 그렇다고 예씨 가문에게 선공을 펼치라 하기도 부담스럽고……저들도 고민이 많겠네요. 그러니 아마 저들이 공격하기보다는 먼저 투항을 권하겠죠?"

대황자가 판시엔을 바라보자 판시엔은 미소를 지으며 말했다.

"그리고 태자는 생각보다 온화한 사람이에요."

수만의 반란군이 다시 대열을 정비하자, 반군 중앙 군영에서 몇 사람이 천천히 황성 앞으로 말을 타고 나왔다. 그리고 두 발의 수성용 강노가 꽂힌 바닥의 몇 걸음 뒤에 섰다.

선두에 선 자는 태자.

그리고 뒤로 말 두 마리 떨어진 곳에 공디엔이 있었다. 공디엔의 행동으로 태자를 향한 예씨 가문의 충성도를 짐작할 수 있었지만, 태자는 그렇게 예씨 집안을 신임하지 않는 듯 보였다. 왜냐하면 태자 옆에는 친씨 가문의 장군이 서 있었기 때문이다.

그 장군은 의심할 여지없이 오늘 반군의 핵심이었다.

태후, 태자의 가장 큰 믿음을 얻고 있는 원로 장군.

친씨 어른.

그가 태자에게 잠시 목례를 한 후 황성 성벽 위를 바라보고 천천히 입을 열었다.

"경국의 군사로서, 어찌 군주를 살해한 역도 판시엔을 따르는가!"

친씨 어른이 입을 열자 황성 광장 위의 공기가 진동하기 시작했다. 판시엔과 대황자는 말없이 눈빛을 한번 교환했다.

'뭐야? 저 노인네가 9품 고수야?'

판시엔은 두렵기보다 자신이 죽인 옌샤오이를 떠올리며 흥분하기 시작했다.

"친예(秦業, 진업)!"

성벽 위아래 군사들의 시선이 일제히 판시엔에게 쏠렸다.

친예도 살짝 미간을 찌푸렸다.

'네놈이 감히 나의 이름을……!'

"친! 예!"

판시엔은 다시 한번 그의 이름을 '감히' 불렀다. 태자 옆에 있던 친씨 가문 여러 장수들의 얼굴에 분노가 일기 시작했다.

"어르신은 아들이 하나 있던데, 지금 어디 있습니까?"

그제서야 황성과 가장 가까운 정양문을 통해 들어간 친헝의 부대가 보이지 않는 것을 눈치챈 여러 군사들은 내심 걱정하기 시작했다. 하지만 친예는 아무런 표정 변화를 보이지 않았다. 판시엔은 다시 말을 이었다.

"이제 아시겠지요. 맞습니다. 어르신의 아들은 오늘 저의 부하 징거가 이끄는 부대에게 죽임을 당했습니다. 감히 폐하를 배신하고 모반을 일으켰으니, 제가 친씨 가문의 대를 끊었습니다!"

대황자가 옆에 있는 판시엔을 보지도 않고 최대한 목소리를 낮춰 말했다.

"판시엔, 지금 친씨 어른을 화나게 하는 것은 좋지 않네."

판시엔은 친씨 어른의 분노가 극에 달하지만 태자는 그렇지 않다면, 그 둘 사이가 어떻게 될지 궁금했던 것이었다. 하지만 상황은 그가 바라는 대로 흘러가지 않았다. 투구 속의 늙은 얼굴에는 아무런 감정 변화도 없었다.

"판시엔, 내가 그동안 궁금했던 것 하나를 확인시켜줘서 고맙다고 해야겠네. 큰아들이 죽고 그 살인자 놈도 죽었어야 했는데……증거가 없었지. 그 살인자 놈을 검은 개새끼가 거둔 거였군."

친예는 차분히 말을 이었다.

"네 시신은 온전하게 남도록 해주지. 허나, 검은 개새끼 쳔핑핑은 수천수만 조각을 내버릴 것이야."

친예는 여전히 차분했지만 목소리에 담긴 한기가 점점 진해지고 있었다.

"친형……난 나의 아들을 믿네. 그리고 설령 그 아이가 죽었다 한들 뭐 어쩌겠나? 장군은 전쟁터에서 죽는 거네. 그러니 헛된 죽음은 아니지."

판시엔은 속으로 탄식을 한번 한 후 고개를 살짝 돌려 태자를 보며 말투를 바꿔 온화하게 말했다.

"쳥치엔, 투항하시죠."

판시엔의 말에, 반란군뿐만 아니라 황성 안에 있던 금군까지 황당해하며 눈을 동그랗게 떴다. 하지만 가장 황당한 사람은 다름아닌 태자였다.

'판시엔은 자신이 갇힌 상황에서 왜 저런 황당한 말을 내뱉지?'

태자는 고개를 가로 저으며 자조적인 웃음을 지었다.

'내가 먼저 투항을 권하려 했더니……그걸 가로챈 건가?'

"큰형님, 자네, 그리고 나는…….."

태자가 드디어 입을 열었다. 하지만 내공이 없는 그는 힘껏 소리쳐야 했다. 그래서 황실의 기풍은 담겨 있었지만, 강인함은 친예의 목소리에 미치지 못하였다. 그리고 태자 말의 의도는 명확했다.

판시엔은 대황자를 힐끔 보았다. 누구보다 형제의 정을 중요시하던 그였기에 낯빛이 살짝 어두워졌지만 판시엔은 그를 크게 걱정하지 않았다.

"그만하거라!"

대황자가 성난 목소리로 소리쳤다.

"지금이 어느 때라고! 판시엔을 아직도 모함하는 것이냐! 공격하려거든 하거라. 입으로 말만 재잘거리지 말고!"

단호했다. 태자, 그리고 2황자에게도 조금의 여지를 주지 않는 말이었다. 줄곧 온화했던 2황자의 얼굴도 조금씩 음침하게 변하기 시작했다.

"큰형님! 진짜 형제는 우리 셋이라는 것을 잊지 마십시오!"

"형제라고?"

대황자는 태자를 한번 보고, 다시 시선을 2황자로 돌리며 말을 이었다.

"형제라니! 너희들은 아들 노릇도 하지 않는데, 어찌 나와 형제이더냐!"

대황자의 말에 일순간 침묵이 흘렀다. 대황자는 미간을 찌푸리며 태자를 보고 비통한 목소리로 말을 이었다.

"대동산 일은 장 공주가 한 일이겠지. 허나 넌 분명 계획을 알고 있었을 것이다……부황께서 너를 폐위하려 하셨지. 하지만 넌 여전히 부황의 아들이다……어찌 아들이 되어 이런 금수만도 못한 짓을 벌였단 말이냐……."

황성 위아래에서 황자 셋이 격렬하게, 비통하게, 분노에 차서 이야기를 나누는 동안 그 옆에 사람들이 무엇을 하는지는 간과되어지고 있었다.

친씨 어른은 손을 저어 반군에게 공격 준비를 시켰다.

판시엔은 어느새 대황자 곁을 떠나 성벽에서 내려와 태극전으로 걸어가고 있었다.

그가 성벽을 내려오며 느낀 것은 대황자가 야전뿐만 아니라 수성전에도 상당히 일가견이 있다는 것이었다. 돌계단 입구에는 나무와 석재가 쌓여 있었고, 황성은 정문 외에도 양쪽으로 문이 하나씩 더 있었는데, 평소에는 정문 하나밖에 열지 않지만 지금은 그곳에도 모두 돌들이 쌓여 있었다. 그리고 특히 방어가 약한 태감과 궁녀들의 거처 궁방처 쪽 문에는 금군 1천여 명이 배치되어 있었다.

판시엔은 태극전으로 들어가자마자 한숨을 내쉬었다.

걱정에 휩싸인 대신들, 잔뜩 무거운 표정의 닝 재인과 이 귀빈, 그리고 좌불안석인 3황자. 판시엔은 두 대학사에게 예를 간단히 올린 후, 억지 미소를 지으며 3황자에게 말했다.

"청핑아, 곧 전투가 시작될 텐데, 흥분되지 않니?"

황자에게 할 적절한 말과 말투는 아니었지만, 이 말에 3황자는 실소가 터졌다. 3황자 리청핑은 황자였지만, 그래도 아이였다. 그는 황궁에 갇힌 이후로 잔뜩 겁을 먹고 있었는데, 판시엔이 긴장을 풀어주기 위해 일부러 농담을 한 것이다.

판시엔은 살짝 한번 웃어주고는, 몸을 돌려 창백하게 질려 있는 태후에게 예를 올렸다. 그리고 그 옆에 헝크러진 머리카락을 하고 있는 황후를 보고 나지막이 말했다.

"태후 마마, 황후 마마, 성벽에 올라 전투를 참관하시지요."

황성의 광장 후방에서는 이미 친씨 어른의 명에 따라 수천의 궁수가 일제히 활을 쏠 준비를 마쳤다. 성벽에 올라와 있는 금군은 천여 명. 수성용 강노는 4대. 그마저도 화살이 충분하지는 않았다. 금군이 화살 공격에 적지 않은 타격을 받을 수 있었지만, 대황자는 장검을 들고 성벽을 걸으며 침착하게 공세에 맞설 준비를 위한 명을 내렸다.

'슉슉슉슉슉⋯⋯.'

끊임없이 활시위가 당겨지는 소리가 황성 위 금군의 고막을 뚫고 들어가 병사들의 마음을 흔들어 놓았다. 방패를 든 병사들은 대황자 바로 뒤에서 대기했다.

일촉즉발의 상황.

모두가 화살이 빗발칠 순간을 대비했다.

'두두두두두두두⋯⋯.'

돌계단 쪽에서 다급한 발소리가 들려왔다. 제일 먼저 3황자의 손을 잡은 판시엔이 보이고 그 뒤로 수십 명의 늙은 대신들이 숨을 헐떡이며 따라오고 있었다. 그리고 태감의 부축을 받으며 마치 호송되듯이 끌려오고 있는 몇몇의 여인들이 보였다.

판시엔은 성벽 위에 올라 눈앞에 펼쳐진 상황을 보았다.

'니미랄, 저 많은 화살을 어떻게 견뎌?!'

판시엔은 빗발치는 화살을 편안하게 감상할 변태적 취미는 없었다. 왜냐하면 금군이 참혹한 손실을 입어버리면, 어떠한 묘수나 허세가 통하지 않을 것이기 때문이다. 그가 진기를 끌어올려 반군을 향해 재빨리 소리쳤다.

"청치엔, 2황자! 멈추시오!"

판시엔의 고함 소리에 성벽 위를 바라본 이들의 눈에는 너무나도 끔찍한 광경이 눈에 들어왔다.

"모후!"

"모친!"

"태후!"

판시엔의 행동에 많은 사람들의 피가 거꾸로 솟고 있었다. 2황자가 가장 먼저 참지 못하고 소리쳤다.

"판시엔! 이런 파렴치한 놈!"

"이제야 아셨나?"

태자는 소리치지 않고 황급히 친씨 어른에게 명했다.

"화살을 쏘지 마시오!"

'판시엔이 저 분들을 인질로 삼고 위협하는 것은 당연지사……태자는 그것도 생각하지 못한 건가…….'

뼛속까지 군인인 친씨 어른은 속으로 한숨을 내쉬었다. 그에게 지금 태자의 행동은 비겁하고 나약한 행동일 뿐이었다. 어떤 때에 인성(人性)이란, 나약함의 또 다른 말일 뿐이다.

의심할 여지없이, 판시엔에게 지금 인성은 없었다.

판시엔은 태연하게 대황자에게 입을 열었다.

"전 고슴도치가 되고 싶지 않았을 뿐이에요."

"청핑이는 왜 데려왔나? 아직 어린애인데."

"훗날 경국의 황제가 될 몸이니, 반드시 이 모든 걸 똑똑히 봐야겠죠."

판시엔은 떨고 있는 3황자의 두 손을 꼭 잡아주었다. 그리고 옆에 있는 부하에게 분부를 내렸다.

"슈 귀비는 각루 좌측, 황후는 각루 우측 그리고……"

판시엔은 고개를 살짝 돌려 미소를 지으며 말을 이었다.

"태후 마마는 제 옆에 서시지요."

그리고 몸을 돌려 다시 황궁 정면을 보며 혼잣말처럼 말을 했다.

"자 이제 저들의 화살이 얼마나 정확한지 볼까나?"

판시엔은 봉황이 수놓아진 옅은 황색의 복장을 한 태후를 성벽의 가장 높은 곳에 세웠다. 그는 그녀의 옷깃을 대신 정리해 주고, 한 가닥 흘러내린 머리카락도 매만져주며 온화하게 말했다.

"과연 태후마마는 황실 정복을 입으셔야 위엄이 나오시네요."

태후가 고개를 '홱' 돌렸다. 늙고 지친 눈빛에서 판시엔을 씹어 먹어버릴 듯한 독기가 뿜어져 나왔다. 판시엔은 눈빛을 못 본 체하며 그녀의 귀에 대고 속삭였다.

"저도 압니다. 말하지 못하는 고통이 크실 거예요. 제 약이 좀 그래요. 허나 생각을 해 보세요. 리씨 가문은 대가를 치러야해요……제가 제 어머니를 대신해서 벌을 드리는 거라 생각하세요."

새콤달콤. 판시엔이 태후에게 먹인 환약의 맛.

판시엔은 이 약을 줄곧 지니고 있었다. 어렸을 때 페이지에 스승이 준 약. 스승이 패도 진기가 폭발하기 전에 먹으라 일러준 약. 그림자와의 일전에서 경맥이 찢어졌을 때에도 먹지 않은 약. 진기가 모두 흩어지는 약.

오늘 그 약을 태후의 입에 넣어버렸다.

늙고 쇠약해진 태후에게 그 약은 치명적이었다. 얼마 남아 있지 않은 생기가 빠져나가, 걷는 것만으로도 몸 안의 기운이 흐트러질 정도였다. 심지어 태후에게는 말할 기운조차 남아 있지 않았다.

그렇게 태후는 비참한 죽음을 기다려야 했다.

판시엔은 태후 옆에 앉아 2황자와 예중을 진지하게 바라보았다. 예중은 본래 서만 정벌에서 얻은 적의 수급을 바치러 딩저우 군 몇 천 정도를 이끌고 징두 근처에 있었지만, 황제 서거 소식 이후 태후의 명에 의해 딩저우로 돌아갔어야 했다. 심지어 지금 징두에 들어온 병사가 적어도 1만은 넘는 것으로 보아, 일찌감치 다른 마음을 먹고 준비한 것 같았다.

판시엔은 고개를 저으며 반군 중앙 본영으로 시선을 옮겼다. 몇몇 고위 장군들이 논쟁을 하는 것 같았지만, 태자는 계속 침묵하며 우울한 눈빛으로 성벽 위를 바라보고 있었다.

얼마의 시간이 지난 후, 고위 장군들이 상의가 끝난 듯 보였다. 말발굽 소리가 커지며 병사들이 움직이기 시작했다. 판시엔은 고개를 돌려 대황자를 바라보았다. 대황자는 고개를 끄덕였다. 준비되었으니 염려 말라는 의미였다.

반군이 후방에서 바삐 움직이며 공성용 사다리를 높이 올리기 시작하자 판시엔은 가슴이 오싹해지며 머리가 멍해졌다.

'3만 대 5천…….'

판시엔의 심장이 가파르게 뛰었다. 숨을 몇 차례 가쁘게 몰아 쉬었지만 결국 벽에 기대어 몸을 웅크리며 앉았다. 성벽 위에 있던 이들이 순간 깜짝 놀라 그가 있는 곳으로 달려왔다. 이 순간 그에게 문제가 생긴다면? 결과는 상상할 수도 없었다.

가장 가까이 있던 3황자가 아연실색하며 판시엔의 왼쪽 팔을 부축했다.

"스승님, 왜 그러세요?"

더 많은 사람이 몰려들자, 판시엔은 오른손을 살짝 들며 고개도 들지 않은 채 말했다.

"조용한 곳에서 생각할 게 있어서 그래……자네들은 나 상관 말고 준비나 해."

사람들은 판시엔의 말을 믿을 수 없었다. 하지만 판시엔은 그 말을 끝으로 사람들을 물린 후 성벽 바닥에 앉아, 얼굴을 다리 사이에 깊숙이 파묻고 힘겹게 숨을 쉬었다. 3황자만이 그의 손을 꼭 잡아 주고 있었다.

판시엔은 머릿속이 혼란스러워 미칠 지경이었다.

황성에 갇힌 후에도 판시엔은 여전히 '믿음'이 있었다. 여러 정황들을 보았을 때 첸핑핑이 장 공주와 태자의 반역을 일찌감치 알고 있었다는 단서들이 있었기 때문이다. 그렇다면 언젠가는 역전할 기회가 있다는 것이었다.

누군가 오색 구름을 타고 자신을 구해주러 올 것만 같았다.

'구해줄 사람은 대체 어디 있는 거지?'

하지만 구름은 이미 흩어지고, 아침해의 붉은 빛은 사라졌다.

'저격총을 사용해야 할까? 뒷감당은 어떻게 하지?'

판시엔은 고개를 저었다. 무언가 중요한 게 머릿속을 맴돌고 있긴 한데 그게 무엇인지 도무지 잡아챌 수가 없었다. 마음도, 정신도 소모가 너무 컸다. 판시엔은 다시 품에서 남은 마황환 두 알을 꺼내 한꺼번에 입에 넣어 대충 삼켰다.

벌써 네 알. 이 약은 판시엔의 몸에 무리를 줄 테지만, 다른 방법이 없었다.

순간, 판시엔이 3황자가 잡고 있던 손을 뺐다. 그리고 전광석화처럼 황금색 신발을 신고 있는 노부인의 작은 발을 움켜쥐었다. 그리고 판시엔은 고개도 들지 않은 채 싸늘하게 입을 열었다.

"자살하실 거면 아까 궁에서 하시지……태자를 자극해 맹공을 펼치게 하시려고?"

태후는 다시 한번 판시엔을 독기 서린 눈으로 노려봤지만, 결국 천천히 자리에 앉았다.

약의 기운이 빠르게 퍼졌다. 판시엔의 호흡도 조금씩 진정되었다. 그는 고개를 들어 전방을 바라보았다.

'둥둥둥둥둥……'

전투 개시를 알리는 북이 울리고, 첫 번째 공성전이 시작되었다. 반군은 사다리와 기름 먹인 천으로 덮인 수레를 끌고 돌격해 왔다. 성벽 위에서는 수성용 강노와 화살로 대응하였다. 성벽 밑으로 불길이 치솟았고, 곳곳에서 참담한 비명 소리가 들렸다.

판시엔이 천천히 자리에서 일어나 그 광경을 아침해와 함께 무심히 바라보며 태후에게 말을 건넸다.

"이제 알겠네요."

판시엔은 태후의 발을 잡았을 때, 딴저우 할머니가 떠올랐다. 그리고 할머니의 말이 머릿속을 스쳐 지나갔다.

'판씨 가문은 애당초 누구 편에 설 필요가 없단다……왜냐하면 우리는 언제나 황제 폐하 편에 서 있었기 때문이야.'

판시엔은 고개를 끄덕였다. 그리고 차츰 판단을 굳혔다.

황제에 대한 믿음.

'쿵쿵!'

우레와 같은 소리와 함께 성벽이 흔들리자 판시엔의 정신이 번쩍 들었다.

예첨중차(銳尖重車). 마차 위에 쇠가죽으로 감싼 봉을 올리고, 봉 앞은 뾰족하게 깎은 대형 무기. 여러 명이 속력이 나도록 밀어 황궁 문과 충돌시키면서 공격을 하는 무기.

황성 정문에는 수천의 군사가 삼 열로 나누어 번갈아 공격하고 있었고, 십여 대의 예첨중차가 사이사이 끼어 있었다. 그 중 세 대는 수성용 강노로 이미 부서진 상태였지만, 강노는 한 발을 쏘기까지 시간이 많이 걸리는 반면, 아래의 예첨중차는 번갈아 가며 성공적으로 황문을 공격하고 있었다.

'쿵! 쿵! 끼익끼익.'

황성 정문은 충돌로 움푹 파이고 구리 못 십여 개가 떨어지기는 했지만 다행히 제법 잘 견디고 있었다. 하지만 중차도, 군사도 너무 많았다. 삼 열로 된 반군은 침착하게, 질서정연하게 황성의 나무문을 공격했다.

'퍽!'

무거운 소리가 낮게 울리며 정문에서 먼지가 날렸다. 마치 먼지를 넣고 부풀린 소가죽 봉투를, 개구쟁이가 양손바닥으로 쳐서 터뜨린 것만 같은 소리였다. 먼지가 좀 잦아들고 시야가 밝아지자, 나무문에 뚫린 구멍이 보였다. 하지만 이상하게도 문이 앞으로 엎어지진 않았다.

가장 앞 열에 있던 반군 병사들의 표정이 밝지 않았다. 그들은 다소 놀란 표정으로 구멍 안에 보이는 진흙으로 촘촘히 메워진 돌무더기를 보고 있었다.

'뭐야, 저들은 아예 빠져나갈 생각은 안 하는 건가? 그럼 황궁은 거대한 무덤과 다른 게 뭐지?'

장군 하나가 명을 내리자 병사 여럿이 달려가 돌과 진흙을 파기 시작했다.

"윽!"

진흙 사이로 검은 창이 번쩍 튀어나와 병사의 목을 찔렀고, 그 목에서는 선혈이 분수처럼 쏟아지며 황성문을 붉게 물들였다.

황성 정문 안쪽 진흙으로 메워진 돌덩이로부터 열 보 정도 떨어진 곳에는, 금군 3백여 명이 긴장을 늦추지 않고 차분하게 대기하고 있었다. 그리고 성벽 위에서는 대황자가 아래의 상황을 매의 눈으로 지켜보고 있었다. 황성의 문에 구멍이 나고 중차의 공격이 잠시 주춤하자 대황자가 오른손을 아래로 내리며 신호를 주었다.

성벽 위의 금군 수백 명이 발 아래 있던 마대를 들어 일제히 아래에 쏟았다. 누르스름한 분말이 더러운 눈처럼 아래에 있는 천여 명의 반군 머리 위로 떨어졌다.

'독?'

아니 화약이었다. 태자와 장 공주를 수색하러 황성을 나갔다 들어온 금군이 판시엔의 명에 따라 감사원 지하에서 가져온 화약 분말이었다. 대황자가 고개를 끄덕이자 그의 옆에 있던 장군 하나가 크게 외쳤다.

"발사!"

'펑펑펑펑펑펑……!'

화살이 안개 속으로 들어가자, 거대한 화염이 솟아오르기 시작했다. 무수히 많은 불꽃이 무성히 피어나 순식간에 거대한 불바다를 만들어냈다. 황성 아래쪽으로 불꽃을 뿜는 용이 가로로 누워 있는 것처럼 보이기도 했고, 붉은 햇빛이 비추는 조용한 호숫가에 물결이 일렁이는 것 같기도 했다.

몸에 불이 붙은 무수한 사람이 광장에서 미친 듯이 뛰기 시작했고, 하늘을 찌를 듯한 비명 소리를 마지막으로 검게 탄 시체가 되어 갔다. 일부 병사는 불이 붙은 채 뒤로 도망가려 했지만 얼마 가지 못하고 땅에 엎어졌다.

후방에서 이 광경을 지켜보던 친씨 어른이 침착하게 성벽 위로 시선을 옮기며 입을 열었다.

"판시엔……역시 악랄하구만."

판시엔의 불 공격에 반군의 황성 공격이 잠시 멈춰졌고, 성벽 위에 있던 대황자와 금군마저 이 광경을 보고 살짝 놀란 듯 보였다.

"오늘 운이 좋네요."

판시엔은 붉게 솟아오르는 화염을 보며 대황자에게 나지막하게 말을 이었다.

"바람도 비도 없어 효과가 괜찮았어요."

말을 마친 판시엔이 천천히 고개를 숙였다. 그가 처음 내고를 시찰했을 때 무기를 생산하는 병 작업장에 화약 무기가 없는 것을 보고 의아하게 생각했다. 어머니는 그에게 총을 남긴 사람 아니던가. 그래서 3처와 함께 화약 분말을 만들어 내기는 했지만 이를 세상에 공개하지는 않았었다.

그것은 판도라의 상자 같은 것이었기 때문이다.

그래서 공격은 성공했지만, 판시엔은 다른 의미로 내심 두려웠다. 그리고 내색하지는 않았지만 수많은 시체들을 보며 속이 울렁거려 토하고 싶었다. 하지만 이내 그는 다시 고개를 들며 눈빛을 번쩍했다.

'전쟁터……그래, 지금은 진짜 전쟁이야…….'

그는 승리해야겠다는 결심을 다시 한번 굳혔다. 자신을 이 세계로 보냄으로써 하늘이 부여한 사명이 있다면, 그것은 하이탕과 협의한 그것이라 생각했다. 평화. 그것을 달성하려면, 지금 자신은 우선 살아남아야 했다.

대황자는 판시엔을 힐끔 바라보았다. 판시엔의 오른손이 미세하게 떨리고 있었으며, 눈의 붉은 핏발이 갈수록 조밀해지고 있었다. 대황자는 잠시 생각하고 금군을 천천히 훑어보다, 결의에 찬 목소리로 사방을 향해 외쳤다.

"이건 전쟁이다! 저들은 반역자들이다! 성 아래 있는 자들이, 바로 적이다!"

대황자의 목소리가 갈수록 커졌다.

"모든 것은 경국을 위해서! 하늘에 계신 황제 폐하께서 지금 너희들을 굽어보고 계신다!"

"경국을 위해서!"

"경국을 위해서!"

성벽 위의 모든 금군들이 일제히 외치기 시작했고, 판시엔의 옆에 있던 3황자도 결의에 찬 목소리로 외쳤다. 바로 이때, 무거운 발걸음 소리가 들렸다. 한 무리의 태감들이 감사원 관원과 함께 검은색 커다란 물건을 메고 성벽 위로 올라와 그것을 힘겹게 바닥에 내려놓았다.

'퉁.'

검은색으로 칠해진 커다란 관 세 개에 모두의 시선이 집중되었다.

판시엔은 3황자의 손을 잡고 대황자 뒤에 서서 금군 병사들, 감사원 관원들 그리고 조정 원로 대신들에게 나지막이 말했다.

"우리들은 황제 폐하의 신하들입니다. 여기서 단 한 발짝도 물러서지 않을 것입니다."

대황자는 엄숙한 표정으로 판시엔의 말을 이어받아 말했다.

"여기에 세 개의 관이 있다. 나, 쳥핑, 안쯔 것이다. 황성이 함락되면, 우리 세 사람은 이곳에 묻힐 것이다."

대황자가 천천히 사람들을 훑어본 후 물었다.

"자신 있는가?"

이 장면을 바라본 모두의 피가 끓어오르고 있었다. 그리고 일제히 외쳤다.

"자신 있습니다!"

그때 판시엔은 3황자를 보고 부드럽게 물었다.

"두려워?"

3황자는 힘을 주어 고개를 저었다.

"두렵지 않아요. 저도 부황의 아들이에요."

"그래, 좋아."

판시엔은 부드러운 미소로 말없이 3황자를 바라보며 생각했다.

'진짜 함락되면 이 아이를 데리고 도망 다녀야 하겠지? 그때 너무 욕하지만 마라.'

그 시각, 성벽 밑의 불길이 잦아들고 반군은 다시 대열을 갖추기 시작했다. 판시엔은 그 모습을 보며 대황자에게 물었다.

"지금 금군이 얼마 남았나요?"

"2천 7백정도. 우리 측 손실은 거의 없는 셈이지."

"우리가 정말 황성을 지켜낼 수 있을까요?"

"사실 부황께서 살아 돌아오셔서 친히 금군을 이끄신다고 해도 무리야. 숫자 차이가 너무 나. 하지만 포기하지 않을 거네. 지더라도, 그리 참담히 지지는 않을 거야. 나의 부하들은 들판에서 오랑캐의 살을 먹고, 그들의 피를 마신 이들이니까. 친씨 영감은 20년 동안 직접 군을 통솔하지도 않았지. 징두 수비군이야 별 거 아니고, 딩저우 군 정도만……."

판시엔이 대황자의 말을 끊었다.

"조금 전 전투에서 이상한 점 하나를 발견했어요."

"뭔가?"

판시엔이 대황자 귓가에 대고 몇 마디 건넸다. 말을 들은 대황자는 차가운 목소리로 물었다.

"자네 도대체 무슨 생각인 건가?"

"도박을 하려는 거예요. 우리들에게 비장의 패 같은 건 없어요. 이대로 버틴다면, 죽는 건 시간 문제일 뿐이에요."

"전투가 아이들 장난이 아니네. 자네 말은 너무 황당해."

"황당하긴 하지만……그것 외에는 이 판을 뒤집을 방법이 없어요."

판시엔이 고개를 돌려 검은색 관을 힐끗 보았다. 그의 눈에 점점 결의가 차올랐다. 그리고 2황자와 그의 곁에 있는 예중을 바라보았다. 한동안 아무 말도 없던 대황자가 조용히 물었다.

"어떤 도박을 한다는 건가?"

"우선 정문 뒤에 있는 돌과 진흙을 파내야 해요. 황성 문을 열 거예요. 그리고 돌격을 할 거예요……세상을 깜짝 놀라게 해 주자고요."

그때, 예중이 판시엔의 시선을 느끼기라도 한 듯 고개를 들어 성벽 위를 바라보았다. 그 모습에 옆에 있던 2황자도 같이 성벽을 바라보며 소리를 죽여 혼잣말을 했다.

"저들은 어차피 못 지킬 텐데……결국 얼마나 버티느냐의 문제일 뿐. 그런데 왜 저렇게 용감히 맞서는 거지? 판시엔의 성격으로 봐서는 벌써 도망갔어야 했는데……."

2황자의 장인어른이자 딩저우 군을 이끄는 예중은 사위를 향해 천천히 입을 열었다.

"황궁 안에 저리 사람이 많으니 그들을 놔두고 쉽게 도망가지 못하겠지……아니면 분명 믿는 구석이 있을 걸세."

"판시엔은 항상 생각지도 못한 때에 비장의 패를 꺼내지요. 그래서 저도 그를 얕보지 않지만, 그래도 지금의 상황은……."

2황자는 차분한 얼굴로 생각을 하기 시작했다. 사실 지금 2황자의 머릿속은 매우 복잡했다. 친씨 예씨 가문이 연합하여 황궁을 공격하고 있고, 그 명분은 태자의 황위 계승을 지지하기 위해서였지만, 2황자는 그 이후를 보고 있었기 때문이다. 그래서 그는 암암리에 지시하여 예씨 가문의 군대에게 전력을 다하지 않으려 했다.

"판시엔은 이미 우리의 전략을 알아차렸을 거네. 내가 볼 땐, 판시엔이 그 점을 이용해서 뭔가 꾸밀 듯한데……내 생각에는 일단 향후 일은 생각 말고, 지금은 태자를 도와 입궁하는 것이 우선이네."

"장인어른의 말씀이 맞네요……제가 중앙 군영으로 가서 태자에게 지시를 내려 달라 해야겠어요."

"그건 너무 위험하네. 내가 가겠네. 전하는 그동안 딩저우 군을 맡아 주시게."

2황자는 예중의 깊은 마음에 감동 어린 표정으로 대답했다.

"장인어른, 조심하세요."

태자도 2황자와 예씨 집안의 입장을 짐작하고 있었다. 하지만 지금은 어떻게든 보여주기식이더라도 단결과 협력을 유지해야만 했다. 그래서 예씨 집안이 이끄는 군사들이 적극적으로 움직이지 않아도 모른 척했다. 무엇보다 지금의 공격은 친씨 집안 군대 하나로도 충분했기 때문이다.

다만, 직접 군을 이끄는 친씨 가문의 장군들은 마음이 편하지 않았다. 자신의 부하들은 전선에서 죽음을 각오하고 싸우고 있는 반면, 같은 편인 딩저우 군은 옆에서 수수방관하고 있다고 생각했기 때문이다.

이는 모두가 아는 사실이었지만, 아무도 입밖에 내지는 않았다. 다만, 예중과 사제 관계로 태자 옆을 지키고 있는 공디엔의 얼굴빛이 그리 밝지 않았다. 친씨 가문 위주로 구성된 중앙 군영의 분위기에 눌려 지금의 상황을 부끄러워하고 있는 듯 보였다. 하지만 태자는 여전히 온화한 미소를 지으며 공디엔을 향해 말했다.

"판시엔도 자신이 막다른 길에 있다는 것을 알 거네. 그러니 우리가 자중지란에 빠지지만 않는다면, 대업은 이미 달성된 거나 마찬가지야. 마지막까지 최선을 다해주게."

"네, 전하."

공디엔을 비롯한 주위의 장군들이 일제히 몸을 굽혔다. 그들 모두 태자의 뜻을 이해하고 있었다. 이때, 깃발을 든 병사가 빠르게 중앙 군영 안으로 들어와 말을 전했다.

"부사령관 예중이 태자 전하께 명을 받고자 왔습니다."

태자의 눈빛이 빛나기 시작했다. 옆에 있던 친씨 어른의 눈빛도 이글거리기 시작했다. 하지만 이내 그 이글거림은 차분한 기운으로 바뀌었다.

친씨 어른의 생각은 이랬다.

그동안 전력을 다하지 않던 예씨 집안이 갑자기 명을 받고자 왔다. 그건 이미 대세가 정해진 상황에서 마지막에 조금이라도 공을 세우려는 의도일 것이다.

그래서 눈빛이 이글거렸다.

하지만, 예씨 집안 군대가 마지막에 작은 공을 세우더라도 이번 전투에서 친씨 집안이 올린 공에 비할 바가 아니다. 태자가 황제로 등극만 한다면, 친씨 가문은 적어도 수십 년간 태평성대를 누릴 것이었다.

그래서 이내 눈빛이 차분해졌다.

태자의 생각은 이랬다.

이번 전투에서 가장 큰 공은 누가 뭐라해도 친씨 가문이 가져갈 것이었다. 하지만 자신이 나중에 황제가 된다면, 세력의 균형을 신경 써야 했다. 즉, 친씨 가문이 군을 독식하는 것은 막아야 했다. 지금 예중은 2황자의 장인으로 자신이 가장 경계해야 할 사람 중 하나였다. 하지만 예씨는 친씨 가문을 유일하게 견제할 수 있는 집안이었다. 그리고 자신이 황제가 된다면 예씨 가문도 결국 자신을 지지하는 게 더 유리하다 판단할 것이었다.

그래서 태자의 눈빛이 빛났다.

그리고 예중을 들라 명했다.

예중은 태자에게 정중히 예를 올리고 딩저우 군이 맡은 궁방처 쪽 전투 상황을 간략하게 보고하기 시작했다.

공성전은 계속되고 있었다. 금군은 잘 버티고 있고, 황성의 성벽은 아직 무너지지 않았고, 황궁의 정문도 돌과 진흙으로 막혀 뚫리지 않았지만, 금군의 사망자가 눈에 띄게 늘어나고 있었다.

대황자가 갑옷을 정비하고 허리춤에 있는 장검을 내려놓고, 부하에게서 그가 전쟁터에서 사용하는 장도를 받아 들며 돌계단 쪽으로 향했다. 하지만 판시엔이 그의 어깨를 잡아 세우며 침착하게 말했다.

"제가 갈게요."

"자네가 강하다는 건 인정하지. 허나, 군을 이끄는 건 다른 일이야. 이런 일은 아무래도 내가 하는 편이 더 나아. 내 어머니의 목숨을 자네에게 맡기겠네."

판시엔은 감히 더 말을 하지는 못했다.

대황자는 그를 바라보며 씁쓸하게 웃었다.

"아무래도 내가 미친 것 같구만. 아무것도 모르면서 성문을 열고 적진에 돌격을 하려 하다니……판시엔, 내가 죽으면, 그리고 자네가 성공적으로 도망간다면, 매년 날 위해 지전이나 태워주게."

대황자의 말에 판시엔은 저도 모르게 그의 어깨를 툭툭 치며 말했다.

"큰형님, 조심하세요."

큰, 형, 님!

대황자가 호탕하게 웃었다.

"죽기 직전에 갑자기 나를 큰형으로 인정해 주는 건가? 이것도 나쁘지 않네."

판시엔은 멀어지는 대황자의 뒷모습을 바라보았다. 이번 도박이 성공하면, 어쩌면 판을 뒤집을 기회가 있을 수도 있었다. 하지만 실패한다면, 대황자, 그가 이끄는 2백여 명의 기마병들 그리고 황궁의 대다수의 사람들이 생명을 내놓아야 했다.

판시엔은 검은색 관 위에 올라 주위를 천천히 둘러보았다. 수성용 강노를 지키는 감사원 관원, 창백한 얼굴의 두 대학사 그리고 3황자. 판시엔은 3황자의 귓가에 몇 마디 건네고, 둘이 손바닥을 한번 경쾌하게 쳤다. 그리고 다시 앞을 바라보았다.

'만약 여러분이 죽는다면, 나 판시엔, 얼마가 걸리더라도, 기필코 리씨 가문의 모든 이를 죽여 복수해 줄게요.'

반란군의 진영에 약간의 변화가 판시엔의 눈앞에 펼쳐지고 있었다. 예중이 중앙 군영으로 가고 얼마 지나지 않아, 딩저우 군이 친씨 가문이 맡고 있던 진영 쪽으로 움직이고 있었다. 예씨 집안이 드디어 공격적인 자세를 취하며 '실질적 협력'을 하려 했다.

천천히 딩저우 군과 친씨 가문 군대와의 '교대'가 이루어지고 있었다.

판시엔이 원했던 모습이다. 물론 그가 군사에 대해서 아는 것은 없지만, 교대 과정에서의 틈을 이용해서 무언가를 하려던 것은 아니었다. 하지만 이 교대 과정은 자신이 하는 도박의 일부였다.

판시엔은 기도를 했다. 20년간 자신을 따라다니던 행운이 이번에도 크게 힘을 발휘해주기를 바랐다.

'다그닥다그닥……'

하늘의 뜻이 정말 있는 것인가?

판시엔의 기도에 화답을 한 것인지 멀리서 살의를 품은 급박한 말발굽 소리가 전해져 왔다. 그는 정신을 똑바로 차리고 그곳을 주시했다.

그리고, 절망했다.

기다리던 이가 아니었다.

원군이 아니라, 친형이었다!

친형은 장군이었다. 친씨 집안을 이어받을 맹장이었다. 그가 이끄는 5천의 기마병은 정양문 근처에서 잔혹하고 맹렬한 급습을 받았지만, 결국은 급습을 정면 돌파해 황궁에 도착했다.

친형의 기마병들이 순식간에 황궁 광장과 연결된 세 갈래 길 입구까지 밀고 들어왔다. 그들의 몸에는 핏자국이 선명하게 남아 있었고, 그 수도 3천으로 줄어 있었다. 하지만 그들은 결국 살아서, 한 시진 정도 늦었지만, 황궁에 도착했다.

판시엔의 가슴이 바늘로 찌르는 듯 아파왔다. 감사원 밀정, 금군 선봉대……얼마나 많은 이가 죽었는지 알 수 없었지만, 최소한 금군 선봉대는 전멸했을 것 같았다.

입술과 혀 사이로 씁쓸한 피비린내가 맴돌았다. 두어 번 기침을 한 후, 붉게 충혈된 두 눈을 부릅떴다. 마황환이 경맥 깊은 곳까지 손상시킨 것 같았다.

이제 더 이상 물러설 곳이 없을 듯 보였다.

"시작하자."

'슝……펑!'

판시엔 곁을 지키던 감사원 관원이 연화령을 힘껏 잡아당기자, 구름이 낀 어두침침한 하늘에 아름다운 불꽃이 수놓아졌다.

〈하1권에 계속〉

경여년 : 오래된 신세계 중-2

1판 1쇄 2021년 1월 11일
1판 2쇄 2024년 9월 1일

지은이 묘니(猫膩)
옮긴이 이기용
디자인 황종엽

펴낸 곳 사이웍스
협력 후난만일문화유한회사(湖南万一文化有限公司)
브랜드 이연
등록 2020년 7월 27일 제 2020-000154 호
주소 서울특별시 마포구 월드컵북로1길 52, 3층
이메일 wonnyculture@gmail.com

ISBN 979-11-971791-4-3
        979-11-971791-0-5(세트)

'이연은 사이웍스의 중국장르문학 브랜드입니다.'